老农民

The Chinese Farmers

高满堂　李洲◎著

作家出版社

第一章

　　打春一百，拿镰割麦。

　　老天爷真怪，1948年的春脖子特别长，立春都快三个月了，紧靠黄河北岸的麦香村，村头的老槐树早已经满头翠绿，可地里的麦子才甩齐穗儿，还没有灌满浆。青黄不接啊，庄户人一个个黄皮寡瘦。

　　可是，肚子里即使没有干货，也挡不住有人蚵架。一大早，雾气还没有散尽，外号"牛三鞭"的牛占山和外号"老驴子"的杨连地就来到黄河滩上较起劲儿来。牛三鞭单手拽着鞭子杆，老驴子单手拽着连枷柄，鞭子和连枷缠绕在一起，两人较着力，就像俩蛐蛐儿龇牙咧嘴地咬着不松口。

　　这时候，村上的许多人围着看，谁也不理会不远处滔滔东流的黄河水。在刚露脸的日头照射下波光激滟的黄河水，也按照老辈子的模样，不理会它身边的芸芸众生，不紧不慢地奔向大海。

　　牛三鞭喘着气说："老驴子，你真是越老越驴性，非要跟我见个高低短长吗？"

　　老驴子瞪着眼喊："牛三鞭，今儿个你要是胜了我，你儿子牛有草和我闺女杨灯儿，就是两个巴掌拍出了响儿！你要胜不了我，只能怪你老牛家眼高手低！"

　　牛三鞭皱着眉头说："老伙计，你要想找我报仇，咱就单讲报仇的事，你把孩子的婚事搅和进去，不地道！"老驴子咬着牙说："牛三鞭，有劲儿别使在嘴上，我闺女的婚事，我说了算！"

　　老驴子一使劲，连枷发出吱吱的声响，牛三鞭的手紧紧拽着鞭子杆，两人眉头拧着运气，互不相让。说来话长，老驴子和牛三鞭的仇出在当年村东、村西械斗上。麦香村村东住的是大户人家，村西住的是穷人。当年村东、村西械斗，老驴子和牛三鞭带头对付村东财主马敬贤，谁知道老驴子被马敬贤施计收买，村西吃了大

1

亏。为这件事，牛三鞭教训老驴子，一鞭子下去，想不到当时他喝多了酒，鞭子没准头，不小心把老驴子的子孙布袋抽散了黄儿，后来老驴子就不能传宗接代，这仇算是结下了……

老驴子使劲拽着连枷，牛三鞭使劲拽着鞭子。牛有草、杨灯儿、灯儿娘在一旁紧紧盯着。突然"咔吧"一声，连枷头断了，牛三鞭和老驴子都后退好几步。牛有草扶住牛三鞭，灯儿娘和灯儿则扶住老驴子。

牛三鞭一笑："老伙计，这一仗咋算哪？"老驴子望着断了头的连枷柄，憋气不吭。灯儿趁机说："爹，咱自己的家什儿不应手，怪不得旁人。"灯儿娘也敲边鼓："她爹，咱不能说话不算数。"老驴子黑丧着脸不吭声。

牛三鞭退一步说："老伙计，你要是想反悔，我就当你啥都没讲过，咱们再换着法儿比试，行不？"事已至此，老驴子也只好退半步说："拿三升麦子做聘礼，我闺女就是你牛家的人！"他说着转身就走，灯儿娘急忙跟着。

杨灯儿望着牛有草笑了笑，捡起连枷头转身跑了。牛有草望着灯儿的背影呵呵地笑。牛有草心里明白，这年景三升麦子，聘礼可不轻啊。牛三鞭倒是觉得，人家就一个闺女，多要点聘礼没啥。他告诉儿子，现如今在麦香村，除了马敬贤，谁家也拿不出多余的粮。趁着老驴子的话还热乎，赶紧去！牛三鞭估摸着，看在他给马敬贤家当过几十年长工的分上，马敬贤也不好抹面子。

世道乱了，人心浮动。要变天啦，对于有家有业的人而言，这不是好兆头。这会儿，马敬贤正在院子里抽着烟袋锅，坐在椅子上晒太阳。他心里像是十五个吊桶打水，七上八下的，等着长工赵有田打听八路军的消息。前段日子人们疯传八路军快要来了，搞得马大头心慌意乱，寝食难安。

牛有草跑进来，走到马敬贤面前，轻声喊了声叔儿。马敬贤没看牛有草，继续抽着烟袋锅。牛有草高声喊了一声叔儿，马敬贤打了个激灵，烟袋锅掉在腿上。牛有草赶紧扑拉马敬贤的裤子，捡起烟袋锅递给马敬贤，又递过身旁小桌上的烟叶袋子。马敬贤从袋子里掏出烟叶，塞进烟袋锅。牛有草赶紧用火镰子、火石、纸媒子打着火，给马敬贤点着烟袋锅，这才说他爹让他来借三升麦子的事。

马敬贤皱着眉头说："你叔家的粮是天上掉下来的呀？老天爷一年就让咱收一回粮，你叔家的粮也不多。"牛有草只好求着："叔儿，这三升麦子我家急用，您就行行好，开开面儿吧。"

马敬贤抽了几口烟才说："你爹能张嘴管我借粮，保准是碰上翻过不去的坎儿了。你牛家来我不能不给借，谁让咱两家热乎了几十年呢！"

两人来到粮仓门口，马敬贤让牛有草在门口望着，他进去装麦子。马敬贤走进粮仓，望着满仓的麦子，摸摸这袋，又摸摸那袋。他打开一个麻袋，用手抄起一把黄澄澄的麦子，咂吧着嘴，拿出一个小口袋，又拿起一个加了外沿的升，挖出一升麦子，他握着升沿，把升里的麦子卷在升沿里一部分，然后晃着，摇着，把麦子倒进口袋里。就这样，他装好三升麦子，交给牛有草。

牛有草抱着三升麦子回到家，牛三鞭正躺在炕上，挺着大肚子哼唧，他这是吃荞麦皮窝窝头整的。早晨，为了和老驴子在黄河滩上较劲儿，牛三鞭怕空着肚子没有力气，就死命往肚子里塞荞麦皮窝窝头。结果闹得肚子胀成怀了八个月身孕的婆娘，咋也拉不下屎。牛有草急忙用擀面杖擀老爹的大肚子。

牛三鞭看到儿子借到了麦子，让儿子赶紧给老驴子送去。牛有草不急，要先擀老爹的肚子，边擀边问老爹现在最想吃啥。

牛三鞭说："能吃上地瓜就好，那年地瓜丰收，顿顿地瓜管饱，放屁都是甜丝丝的。地瓜全身是宝，地瓜叶、地瓜秧也好吃，做的菜窝窝吃起来没够。可惜现在这个也吃不上了。"

牛有草给老爹擀肚子，牛三鞭唠叨着说："爹对不住你啊，家穷得连虱子都不愿意待，狗都不愿意来串门儿，你这么大岁数了，还没娶上媳妇。屎憋着早晚要拉出来，话憋着早晚要倒出来，我最恨马大头那个老王八羔子。老鳖羔子一直瞧不起咱牛家，当年他对你爷爷说，你有孙子就叫穷八辈。如今你和灯儿要定亲了，以后成了亲，我有了孙子，就给他起名叫牛八碗！一天吃八大碗干饭！十天八十大碗，一百天八百大碗！我孙子能把马大头家的粮仓吃空了，连地皮都啃秃，非得把马大头的大脑袋气瘪不可！"说累了，牛三鞭催儿子赶紧把麦子送过去。

牛有草背着粮袋往老驴子杨连地家走，好事临近的喜悦使他劲头十足。

老驴子坐在院里的石墩上修理断了头的连枷，板着脸，心里气鼓鼓的；灯儿娘掐麦秸辫子，屋里传来灯儿唱吕戏《王儿赶脚》的声音。老驴子心烦，高声喊着不让灯儿唱。

灯儿娘说："孩子招你惹你了？有火朝我撒，生闷气伤身子！"老驴子扔了手里的连枷说："老天爷不帮我！灯儿一回家就猫屋里，不能出来干点活吗？"

灯儿娘说："眼瞅着要出嫁了，在屋里绣花呢，准备嫁妆。闺女老大不小了，像她这么大的，孩子都炕沿高了，咱这是晚的。"老驴子叹气："这年头，兵荒马乱的，又赶上年景不好，谁还顾得上婚嫁！"

说来说去，老驴子还是对牛三鞭有气，把闺女嫁给他家，心里一百个不愿意。灯儿娘赶紧劝说，三升麦子的聘礼都定下来了，要是牛有草拎着麦子来求亲，一定要应承下来。黄河边斗仗输给人家，要是反悔，十里八乡的叫人笑话！

老驴子拧着脖子："我是说了不算的人吗？"灯儿娘笑着："他牛三鞭是犟牛，你是犟驴，豁嘴子吃肉，谁也别说谁。"

老驴子还是要说牛三鞭。老驴子提起，牛三鞭年轻的时候就爱管闲事，那一年，菜包子马仁廉他爹遭土匪绑票，别人躲都来不及，可牛三鞭拍着肚皮夸下海口，要到土匪窝里去说事儿。他还吹牛说，上山三鞭子下来，土匪头子就得头缠裹腿布，两手扳后脑勺，敲锣打鼓把人送回来！他临走前大碗喝酒大块吃肉，一口气啃了人家半只猪腿。结果票儿没赎回来，他自己也被土匪扣下。他媳妇为了赎他，把家产都贴上，败了家。后来牛三鞭是回来了，他媳妇一气之下跑了，再没回来。牛家不是过日子的主儿，不是消停的人。老驴子对牛三鞭的儿子牛有草也看不上眼，说那孩子从小胆子就忒大，好惹是非，所以才有"牛大胆"的外号，跟他爹一样，一块荒料。

　　灯儿拿着绣花撑子走过来，不乐意地说："他爹是他爹，大胆是大胆，别那么说人家。"老驴子一瞪眼："你这妮子，我一说老牛家人的不是，你就跟我急赤白脸的，还没过门就向着人家说话，也不怕笑话。"

　　"背后说人家的坏话，才叫人家笑话呢。"灯儿说罢回屋里去了。老驴子气哼哼说："别的不讲了，三升麦子做聘礼，看老牛家的本事吧。"

　　正说呢，牛有草背着粮袋站在门口喊婶子。灯儿娘高声大嗓地让牛有草快进来。老驴子编着柳条筐没抬头。灯儿扔了绣花撑子，急忙趴在窗口朝外望。

　　牛有草走到老驴子跟前低声说："叔儿，我来了。"他把袋子放在老驴子面前，"这是我亲自到马大头家借的，看着他量的，三升麦子，丁点儿不差。"老驴子笑了笑："你爹是啥人哪？蚊子腿上剔精肉，麻雀肚里刮肥油，雁过拔毛的主儿，麦子过了他的手，不掉分量才怪呢。"

　　牛有草正想辩白，老驴子已经让灯儿娘把升拿来过量。第三升没满，麦子果然少了！老驴子看着牛有草不说话。牛有草吃惊地挠着头，不知道这是咋回事。

　　老驴子拉长了驴脸说："要不是我们家灯儿和你起小就恋着，不嫌你们家穷，寻死寻活要嫁给你，我才不会做这赔本生意！"

　　老驴子告诉牛有草，眼前这升就是他借马大头家的，他断定少的麦子是牛三鞭打面糊喝了。不过，麦子少点他也认了，他两只手像两只蒲扇，一层层抄着麦子，搓着闻着咬着，脸色忽然变了，怒道："小子，你真长了本事啊，竟敢拿红眼儿麦子晃我的眼！都是庄稼人，麦粒有没受潮，捂没捂，你能糊弄得了我吗？"

　　牛有草感到奇怪，麦子是他亲自从马大头家借的，升满满的，都是好麦子，怎么就变了？还有红眼麦子？

　　老驴子在院子里背着手转着，撅着胡子说："小子，红眼麦子你拿回去，顺便告诉你爹，都在地里拱了大半辈子，该是啥就是啥，谁也诓不了谁！"

　　牛有草没辙，收好麦子，悻悻地回到家里。他放下麦子，垂头搭脑把事情的来龙去脉讲给老爹听。牛三鞭拍着大腿，后悔没有事先告诉儿子，马大头家的升，往外借的时候加了沿儿，倒不干净，马大头把好麦子放在上面，儿子是被马大头糊弄了！

牛有草要把麦子退回去。牛三鞭不让，说是吃一堑长一智，吃个哑巴亏吧。

牛有草心里气不忿："灯儿她爹本来就不痛快我跟灯儿的亲事，又赶上出了这档子事，咱就是换了三升好麦子，这事儿也成不了。"

马敬贤正在牛槽前给牛拌草料，长工赵有田气喘吁吁跑进来，说大队的八路军正路过，枪头锃明刷亮，白花花晃眼！马敬贤一听急忙往外跑，赵有田随后跟上。两人来到村头，正遇上三疯子牛有金一边疯跑一边大喊："来了！来了！大枪大炮啊……"

马敬贤和赵有田爬上村头高坡趴下望着。远处，一眼望不到边的解放军队伍，正悄无声息地翻越麦香岭的山口。马敬贤呆了一阵子，赶紧回家关好大院的门，到屋里抱个坛子走出来。他四处看看无人，把坛子藏到鸡窝里，又觉得不妥，取出来抱着坛子走进西厢房。

忽然敲门声传来，马敬贤急忙跑去开门，儿子马仁礼和一位姑娘站在门前，两个人穿得挺洋气。

马敬贤长舒一口气："儿子，你怎么也没打个招呼就回来？放假了？"马仁礼说："没有，回头跟您细说。这位姑娘叫乔月，我带她来的。"

马仁礼把行李搬到院子里打开包装，是几箱子书和一些奇怪的设备。马仁礼告诉父亲，这些是观测气象设备，有百叶箱、气压测量仪、雨水量测量仪、风向风速标，还有温、湿度仪等等。学校里气象学不搞了，设备没用处理，捡了个大便宜。

马仁礼给爹介绍说："乔月是东北人，流亡到北平读书。北平太乱了，她家里没有亲人，没人供她读书，她不想念了，要跟我结婚，我就带回她来。我们是回来结婚的。"

马敬贤惊异地打量乔月说："啊，回来结婚？真是的，给我弄个措手不及。"

马仁礼忙说："也不用大操大办，简简单单就行，乔月不挑。结了婚就不回去了。北平那边的活辞了。"

马仁礼对父亲说，他念书的时候，恩师是研究气象学的蒋丙然先生，他和先生过从甚密。敌伪时期，先生在学校任过职，光复后，人家说他附逆，北平待不下去了。就为这，他也跟着吃了挂落，接收大员三天两头传唤他，抠这个，问那个，还暗示让花钱买平安。他受不了瘪犊子气，和乔月一商量，三十六计走为上，就回来了。

马敬贤让进屋说话。乔月要去梳洗一下，马仁礼带着她袅袅婷婷地进屋去了。马敬贤默默看着乔月的背影，摇了摇头。

吃过晚饭，马敬贤坐在堂屋的椅子上喝茶，他提醒儿子，这次回来，应该体体面面抽空到村里的大户人家走走，别让人家挑礼。骡马架子大值钱，人架子大锄子儿不值。马仁礼则觉得眼下的形势未定，有的亲共，有的投靠国民党，还是谁也不招惹，少麻烦。马敬贤想了想，同意儿子暂时在家猫着。

马敬贤看乔月身上有一股子风尘味，不像是正经姑娘。父子俩正说着，乔月已经换了一身服饰走进来，到马敬贤跟前喊："爹，儿媳给您请安了。"马敬贤忙摆手："别呀，还没结婚不能叫爹，祖祖辈辈谁也不能破规矩！"

乔月看着马仁礼不知所措。马仁礼朝乔月使了个眼色，乔月赶紧改称叔。马敬贤让乔月先到那屋歇着去，他和仁礼还有些话要说。乔月走后，父子俩开始议论时局。根据马仁礼的分析，蒋介石已经是强弩之末，大厦将倾，垮塌是早晚的事儿，撑不了一年。共产党每到一个地方就闹土改，土地是农民的命根子，农民得到了土地，能不支持共产党吗？土改很快就要闹到这儿了，得早做准备。

马敬贤表示改天他就分地！老话讲，花钱免灾！大势所趋，挡也挡不住的事儿，挡它干什么？与其让人家牵着鼻子走，不如做个顺水人情，这叫识时务者为俊杰。马敬贤悄悄告诉儿子，家里有十个金元宝。他也看出老蒋的气数已尽，共产党必定坐天下，闹土改，所以早早卖了些地换成金元宝，对外说做生意赔了。这叫盛世置地，乱世藏金。马仁礼提醒爹，得赶紧把金元宝藏起来，这叫浮财。东北土改的时候，几乎所有的地主老财都把金银珠宝藏起来，农民掘地三尺挖浮财，为这出过人命。

马敬贤一听急了，翻箱倒柜取出一个木匣子，父子俩想了半天，觉得藏在家里不好，还是藏到院子里。俩人走到院子里。马敬贤仰起头看着烟囱，让儿子搬梯子来，他把元宝匣子裹了又裹，上了房，顺着烟囱把匣子扔了进去。

夜晚，月明星稀。

杨灯儿来到牛有草家院子里，见了牛有草就问："你家咋弄的？"牛有草忙说："唉！叫马大头那个老东西要了。"

杨灯儿埋怨说："你就是不省心。你走后，我爹翻老账，把你爹好一通骂，还说让你这辈子绝了念想。你打算咋办？"牛有草挠着头没主意。

杨灯儿深情地看着牛有草说："你再去求求我爹，反正我生是你的人，死是你的鬼，这辈子等着你！"牛有草心里一热，看着灯儿说："那好，我豁上我这张不值钱的穷脸再去求求他。"

第二天上午，牛有草就来到老驴子家，对着老驴子长跪不起。灯儿和娘躲在门后听动静。

老驴子冷冷地说："你也不用给我闹这些光景，我说出去的话，泼出去的水，你能收回来，还是我能收回来？"牛有草抬头看着老驴子恳求道："叔儿，顶着太阳说话，我真的是被马大头耍了，我要是撒谎，你把我剁了剐了也没怨言。咱撇开这些不说，就说我和灯儿打小就要好，她愿意嫁我，我愿意娶她，您就成全我们吧！"

老驴子摇着头："你俩要好不一定是姻缘，起先我反对你们的亲事吗？你爹先前几次定好日子要给灯儿提亲，我家为了这，回了好几家提亲的，可你家来提过吗？"牛有草辩白说："叔儿，那几次我家不都是摊上事了嘛！一次是我爹到土匪那儿，给菜包子他爹赎票，被土匪扣下耽误了；还有一回是我爹去找我娘，又耽误了。回头再来找您，您说红烧肉凉透了，回锅肉就不好吃了，把我们挡到门外，这也不怨我们啊！"

老驴子冷冷地说："我就是看不惯你们家人说了不算，算了不说，不讲信用！这辈子你就死了这条心吧。就说这回，你说你被马大头耍了我信，可你爹一辈子精怪，他亲口对我说过，眼前飞过只蚂蚱，他都能分出公母，老牛隔山放个屁，他能听见动静。他也能被耍？我不信！我就认准一条，我闺女不能嫁无信无义的人家，那样我会叫全村儿的人戳烂脊梁骨，说我把闺女扔进火坑里去了。"

牛有草继续哀求："叔儿，你们老人的事是老人的事，我们的事是我们的事，不能扯起葫芦带起瓢。"老驴子瞪眼说："屁话！没有葫芦哪来的瓢？你是不是牛三鞭的种？实话告诉你吧，我看不惯你爹，你也没入我的眼！"

牛有草忽地站起来说："叔儿，我也实话告诉您吧，不管您同不同意，我这辈子和灯儿拆不开了！这么说吧，也就是您不知道，灯儿已经是我的人了，我要是不娶，就没人要了！"

老驴子腾地一下站起来说："你小子的手挺能抓刷啊，好，就算是这么回事，你也别做梦，我宁可把她嫁到猪圈里，也没你的份儿！"他抄起连枷挥舞着，"你给我滚，回去告诉你爹，他不是鞭子使得好吗？告诉他，黄河滩我和他再斗一场，他要是斗过我，我麦子不要了，闺女还给你白送过去；他要是不敢比试，那说句软话也成，闺女我照样给你牛家！"

牛有草脸色难看地回来，把到老驴子家求情的经过对老爹讲说一遍。牛三鞭这才告诉儿子，老驴子不答应亲事，不是为了别的，是他和老驴子有过节儿。他把当年械斗他鞭伤老驴子的事讲给儿子听。牛有草埋怨老爹下手太重，讲到底，这事错在自家身上！牛有草把老驴子说的要再斗一场的话对爹原原本本讲述一遍。

牛三鞭点点头："话都讲到这份上，看来这老东西是不把脸面扳回来不罢手啊。我的鞭子是有功夫，可他老驴子的连枷也无人可敌，力道大，有准头，一头二百斤的肥猪，他一连枷上去能拍成肉饼，眼前有蚂蚱飞过，他一连枷打过去，要它的左腿不敢给右腿。看起来是得再斗一场了！"

老驴子在家里甩连枷，杨灯儿在一旁看着说："爹，你真的要和大胆他爹斗狠？"老驴子说："就看牛三鞭敢不敢应战了！"

杨灯儿劝道："爹，何苦呢！您就愿意看着自己的闺女不能跟相好的人儿一起过日子？您不心疼自己的闺女？"老驴子赌气说："爹不是不疼你，可爹心里有数，那样的人家，你和他走到一起，也没你的好日子过，爹是为你着想。"杨灯儿噘嘴："我看您是为自己。"

老驴子看着女儿问："大胆说，你已经是他的人了，真的？"灯儿红了脸辩白："别听他的，他那是急了眼胡说的。"

老驴子点点头，心里有底了。这时，牛有草来了，他赔着笑脸告诉老驴子，他爹同意再陪着耍耍。

老驴子笑着说："好，是个痛快人儿！听说你爹身子骨不太好？能爬起炕来？不行别硬撑着，要不然人家会说我欺负老弱病残。"牛有草说："我爹好着呢，一顿能吃八个窝窝头！"

太阳暖洋洋地晒着。马敬贤站在自己的地里，默默看着土地，他喝醉了，踉跄几步扶着老枣树。马仁礼走到父亲跟前，轻声让他回去。马敬贤从怀里掏出一沓地契翻看着。他有些哽咽地叨叨着，像是对儿子，又像是自言自语："这些地来得不易啊！这是块阳坡地，在村西，叫老汉背，不肥，可透水性好，再涝的年份也不会绝收。这是块阴坡地，在村东，叫寡妇脸，地薄点，可是豁上工夫种几年豆子，多使粪肥就养过来了，就像寡妇枯焦，再嫁个停妥男人，睡几个好觉就滋润了。这块地叫姑娘腰，也在村西，肥啊，当年我爹为了要这块地，把棺材本都卖了……这块叫老汉脚，这块叫娃娃腚，这块叫秃头顶，不用细说，不是地块小，就是山岗薄地，不值钱。在我眼里，这些地都是我的老亲人儿啊！"

马仁礼默默地看着父亲。

马敬贤掰着手指头继续叨叨："牛三鞭给咱家做了半辈子长工，有感情，脚下这片地离河近，好料理，分给他吧。和咱家有情有义的还有会兽医的菜包子马仁廉，咱家的牲口出了毛病，随叫随到。还有好多，就不一一说了。我是这么打算的，凡是对咱家有恩的，都分给好一点的地，弄不好到了节骨眼上，能帮咱说两句好听的……"

第二天，马敬贤要分地了。土地庙周围站满了村民，牛有草、马小转、吃不饱牛有粮、赵有田、三猴儿马仁义、瞎老尹尹世贵、寡妇牛金花、老干棒牛有道、地里仙牛忠贵、三疯子牛有金等人都在，大家议论纷纷。乔月在不远处默默望着。

马敬贤站在土地庙前，马仁礼拿着一张单子。

村长王万春站出来说："老少爷们儿，昨儿个咱麦香村的首富马敬贤找到村里，说为了实行耕者有其田的主张，要学习别的解放区的经验，主动给没地少地的人家分地。这可是大事，我请示了咱民主政府，区长说这是好事，就同意了。下面请马敬贤说两句。"

马敬贤说："万春村长，我有个请求，这地我是要分的，就像你说的，这是件大事儿，怎么的也得给列祖列宗打个招呼吧？可以吗？"王万春点头同意。

马敬贤点燃三炷香，拜祖宗，拜土地。仪式结束后，马敬贤讲话："各位父老乡亲，感谢大伙儿赏脸来了。我马敬贤请大家来给大伙儿分地。有人问我，老马，你为啥要给乡亲们分地啊？我说说我的道理。大家都知道，咱们的国父孙中山早就提出平均地权、耕者有其田的口号，可惜他的理想一直没实现。最近我儿子仁礼回来了，看到很多乡亲没地种，日子过得凄惶，偷偷落泪了。仁礼跟我说，国家的事咱们管不了，可乡亲们的事还是能帮上忙的。爷儿俩一商量，得了，给乡亲们分地吧！好听的我就不多说了，咱们来实惠的，下面就让仁礼念念分地名单。"

马仁礼拿出一张单子说："乡亲们，我念到谁的名字，谁就站出来，到我爹那儿领地契。第一个，牛占山大叔。"

吃不饱喊："牛三鞭大叔在家里生病呢。"马仁礼说："他儿子也行。"牛有草站出来，从马敬贤手里接过地契看着。

下一个是菜包子马仁廉。马仁礼接着喊的是牛有粮。吃不饱问牛有粮是谁？地里仙牛忠贵说："兔羔子，自己的名都忘了，你的大名不是叫牛有粮吗？还是我给你起的呢。"吃不饱慌忙站出来问："不要地行不？最好能换几头猪。"

马小转也积极响应，问要猪不行吗？牛金花打趣，说是小转儿不光惦记吃肉，还惦记男人！马小转反击牛金花，说她丧气的寡妇嘴乱白话，还让不让人嫁出去了！老干棒接马小转的话茬，说是不怕，有他兜着底儿，小转儿肯定能嫁出去。

牛金花又刺弄老干棒，讥笑他天天拿三寸宽的磨刀石到处逛荡，见了大姑娘小媳妇就喊，磨吗？他那一见娘们儿就挪不动脚的样，小转儿哪能看上他！三猴儿马仁义也凑热闹，说本来他还想给小转儿和老干棒拉呱拉呱，让牛金花的丧门嘴一说，他俩成不了了！马小转也不是省油的灯，指着三猴儿马仁义笑，说你成天给人家拉呱媳妇，到头来自己一个都没拉呱到！

众人哈哈大笑。

该瞎老尹尹世贵了，他接过地契，把地契贴到眼前看着。马仁礼念到三疯子牛有金，三疯子从马敬贤手里一把抢过地契吃肚里去，说吃了就掏不出来了！

马仁礼最后一个念的是牛忠贵，可是地里仙牛忠贵没理，转身走了。

夜晚，马敬贤在堂屋里喝着酒，哼着吕戏《借亲》。马仁礼担心，分出去的那些地，不是沙洼地就是盐碱地，要是土改改到这儿，真怕乡亲们有话说。马敬贤告诉儿子，自古以来，人分三六九等，肉有五花三层，没有鱼鳖虾蟹，哪有花花世界！马家主动分地，不能说自古至今绝无仅有，在咱们这一片也是头一份儿，那帮泥腿子感激还来不及呢。咱不求露脸，就求个安稳！再说了，这也是给儿子留条后道儿！马敬贤很得意，这叫一石二鸟，拿出这些地充数，这样一来，马家就没多少地了，还能赚来乡亲们的好话。听说土改要划成分，到那时候，再活动活动，划不上中农，顶多是个富农。

日头刚升起一竿子高，瞎老尹就来到老槐树下拉响了钟。马小转跑着喊："大鞭对连枷，牛和驴又要斶架啦！"一帮村民跟在她身后跑着。

牛三鞭和老驴子已经在黄河滩上摆开决斗的架势。村民围观二人大战，议论纷纷。马仁礼和乔月在远处观看。赵有田等人拖来磅秤，摆弄着定盘星。吃不饱牛有粮向马小转套近乎，偷偷给小转儿肉蛋儿吃。小转儿咬了一口，挺香的，问啥肉的？吃不饱嘻嘻笑着说是猫肉。马小转吐了，大骂吃不饱天杀的找死！她捶打吃不饱，吃不饱一边跑一边喊好心赚个驴肝肺，这娘们儿真难伺候。

杨灯儿悄悄问牛有草，他俩斶架希望谁能赢？牛有草说："当然是我爹。"

杨灯儿说："我也是，要不然咱俩成不了亲，可就怕我爹输了面子上挂不住，说不定闹出个三长两短的。"牛有草让杨灯儿放心，他爹心里有数，不会让灯儿爹下不来台。

赵有田给老驴子打气说："叔儿，我看了，您这身子骨儿，这手绝活，胜过牛三鞭不在话下。"地里仙牛忠贵摇头感叹："唉，煮豆燃萁，相煎何急？这必定是一场鏖战！"

赵有田喊："老少爷们儿，今儿个牛大叔和杨大叔约好要比画比画，两位各自拿出绝技，比画三个回合。第一回合比力道，砸地秤，现在开始。两位大叔，谁先登场啊？"

牛三鞭让老驴子先来。老驴子让牛三鞭先来。牛三鞭说声献丑了，甩起鞭子，一鞭子砸起二百斤的秤砣。观者叫好。牛有草和灯儿很高兴。老驴子走进场地，抢起连枷，砸起二百五十斤的秤砣。场下爆发欢呼声。牛有草和灯儿吃一惊。赵有田宣布，第一回合杨连地叔胜。

第二回合，比准头，两位做准备。吃不饱等人搬到场地一个坛子，坛子里装满水，水上漂着一粒麦子。这一回合要求用鞭子或者连枷取出麦粒，不能损坏坛子。牛三鞭大步进场，瞄了瞄，挥动鞭子，鞭梢呼啸，宛如灵蛇吐信，取出麦粒。

一片叫好声。牛有草和杨灯儿都笑了。老驴子出场，一连枷下来，把坛子打碎了。

赵有田宣布，这一回合牛占山叔胜。

第三回合，大鞭对连枷。两人要面对面站着，鞭子缠连枷，二人用力扯拽，不管用什么办法，一袋烟的工夫，谁的脚动了地方谁输。二人上场，牛三鞭拽着鞭子杆，老驴子拽着连枷杆，二人使劲往自己怀里拽，一袋烟工夫谁的脚也没有动地方。

地里仙牛忠贵走出来说："诸位，我看他们俩是将遇良才，棋逢对手，都是黄河滩响当当的人物，何必要分出雌雄？都松手吧。"

牛三鞭一松手，老驴子没留神摔倒了。牛三鞭扶起老驴子。老驴子气愤地一定要比出个山高水低。牛三鞭冷笑一声转身就走。

老驴子大骂："牛三鞭你个孬种，给我站住！咱俩大战三百合，胜不了你我给你当儿子！"牛三鞭随口说："拉倒吧，你给我当儿子，我就得绝后。"

这句话正戳到老驴子的伤疤，他气得脸色煞白，嘴唇哆嗦着，浑身发抖，突然追过去喊："老不死的接家伙！"说着挥起连枷，朝牛三鞭甩去，连枷重重打在牛三鞭后背上。牛三鞭身子晃了晃，又站住了，他转身望着老驴子，一口血喷出来，倒在儿子牛有草怀里。大伙围着老驴子纷纷谴责他不地道……

马敬贤听儿子马仁礼讲杨连地把牛占山用连枷打吐血的事，琢磨半天，知道牛占山的命不长了，就让马仁礼拎半升麦子给牛占山送去，临走前让他吃点好的。马仁礼觉得半升麦子拿不出手，还是给半袋子白面合适。马敬贤犹豫半晌，咬牙同意，可又怕热脸贴上冷屁股。因为老牛曾经是他家的长工，他面子上和老牛热热乎乎，背地里也没少让老牛闹心。这时候去关照他们，怕人家不领情。架不住马仁礼一再说现在需要人缘，马敬贤才让儿子提着半袋子面去看老牛。

马仁礼来到牛家对牛占山说："牛叔，我爹说，您在我家干了大半辈子，相处得不错，听说您伤着了，好一阵儿难过，说要来看看。谁知是因为难过啊，还是因为别的，咳血了，身子不方便，就打发我来看看。"牛有草忍不住说："别猫哭耗子假慈悲，要不是你爹坑害我们，哪有今天？滚！"

马仁礼把面口袋放到桌子上："好，我走。老牛叔，这是我爹的一点心意，还有，我带来了云南白药，您好好养病，改日还来看望您。"说完灰溜溜走了。

牛有草要把面袋子扔出去。老牛让儿子赶快给烙张葱花大饼，他流泪道："啥都别说，人穷志短，马瘦毛长，爹小半年没吃面食了，不能临走空着肚子，要不没力气过奈何桥、爬望乡台啊！"

牛有草把烙好的白面大饼拿来，老牛抱着大饼狼吞虎咽地啃着，边吃边对儿子讲，吃上白面大饼死了也不亏，比他爹的命好，他爹临咽气就想吃不掺野菜的窝窝头，到底没吃上就伸腿了。

老牛吃过白面大饼睡了一觉，到黄昏真的不行了，一口接一口捯气儿。牛有草给爹捋着肚子，老牛断断续续和儿子交代后事。他说他这辈子对不住儿子，儿子这么大岁数还没娶上媳妇，看来要断子绝孙了。他对不起儿子的娘，那年伤了她的心，她一气之下朝北面去了，这么多年也不知道是死是活，这辈子没跟她过够！他还说儿子的胆太大，小时候就敢用秫秸捅庙里的土地佬儿，长大了和人比胆大，敢在坟地里睡棺材，以后胆儿小点不吃亏。他最后嘱咐，这一回老驴子下黑手使阴招，名声恶臭，村里人瞧不起他，千万不能娶灯儿！老牛说："你要是不答应，我死了也不闭眼，就瞅着你，瞅死你！"

过了一会儿，老牛要去茅房拉屎，牛有草背起爹走出屋子。可是，出了屋子，老牛说不去茅房，要到他家的八分地里看看。牛有草背着爹走到地里，老牛指着地里的三棵枣树告诉儿子："你祖爷爷，你爷爷，都埋在这儿。当年，这三棵枣树连带这片地都姓牛，可你爹我没守住。当年我苦苦哀求马家，才留住中间这棵老枣树，我死了以后，也要埋在这儿。我要守着老家儿，活着的时候穷，顾不上祖宗，死了我给他们尽孝。咱家就这点地和这棵树，这棵树你要是守不住就不是我儿子，等哪天你死了想要进来，我一脚把你踹出去！"

老牛要拉屎，他让儿子离远点，然后解开裤带，蹲在地上，不停地搓着地里的泥土。他方便完了，轻轻松松地喊了声："妥了！"说完轰然倒下……

晚上，马敬贤听儿子在堂屋里说牛三鞭的事。他对儿子说："你老牛叔到底走了，真舍不得啊！"说着掉出几滴眼泪，"可惜呀，多好的车把式，这么多年，他在咱家赶大车，车赶得好啊，那鞭子能抖出一串花来，十里八里都听得脆响，那力气，给头牛都不换。"

马仁礼也记得，他小时候看到家里两头牛打架，怎么都分不开，牛三鞭一只手抓住一只牛犄角，活生生给掰开了。一坨豆饼，他三鞭子能给打断！场上铺着橙黄的麦捆子，他一阵鞭子，麦捆散了，麦粒掉了，麦壳脱了个精光锃亮，直接就能磨面。马敬贤决定明天要去最后送送牛占山。

外边传来乔月唱《苏三起解》的声音。马敬贤侧着耳朵听乔月唱戏，心里疑惑，追问儿子，乔月到底是干什么的？马仁礼只好承认，乔月以前是草台班子唱小戏的，后来不唱了，念了书。不过乔月和别的戏子不一样，东北沦陷，她孤身一人跑到北平，没有办法才唱戏谋生，后来他帮她读了书。她经常到学校图书馆看书，一来二去的，就认识了，他发现她是个爱学习有追求的女孩，渐渐地就建立了感情。

临睡前，马仁礼敲乔月的屋门，说是有事要进屋里说。可是乔月没开门，让马仁礼明天再说。马仁礼告诉乔月，是想商量商量结婚的事。可是乔月推说，兵荒马乱的，婚事先不着急，等这场仗打完再说。屋里的油灯儿熄灭了。马仁礼望着屋门口心里明白，乔月已经不是在北平的乔月了。

翌日，牛家院里摆着一口白皮薄棺材。牛有草披麻戴孝，擦着泪水。乡亲们看着棺材满脸悲戚。地里仙牛忠贵用拐杖戳着地，悲怆地感叹牛占山不该走这么早，大事还没办完。

马敬贤带着马仁礼来吊孝，他几步小跑到棺材前，扶棺哭泣着："老伙计，没想到三日不见，你就命赴黄泉，这是怎么了？咱们东伙一场，我舍不得你走啊！这些年，你给我马家出了不少的力，开春往地里送粪，夏收往家里送麦，秋天赶着马车梁粮，冬日里你拉着我走亲戚。你是黄河滩百里挑一的车把式啊！大鞭子一甩，麦香岭谁不说你是个人物！老伙计，你对马家有功啊！咱们虽然是东伙，老哥儿俩说得着啊！逢年过节，咱哥儿俩时不时喝壶小酒，说麦香岭的人情世故，论黄河滩的英雄人物，有说不完的话，真想再听听你说话啊……"

棺材里突然伸出一只手抓住了马敬贤。众人大惊。马敬贤侧着耳朵凑近棺材，不断地点头，良久，他严肃地点了点头："妥，老伙计，我听你的，你安心上路吧。"他直起腰来，高声说，"老伙计，你听好了，西坡地里那两棵老枣树，从今天开始归你牛家了！"

大伙儿帮牛有草在老枣树下埋葬牛占山。白皮棺材被抬到挖好的坑里，大伙儿要掩埋。牛有草哭着要等等，他要再看爹一眼，他心里有感觉，说不定爹还有话对他说。大伙儿打开棺材盖儿，牛占山的眼睛瞪着。

地里仙牛忠贵说："有草啊，你爹有心事，念叨念叨，给他合上眼吧。"

牛有草一边念叨，一边摩挲爹的眼皮："爹，儿子明白您的心思，您是怕儿子娶不上媳妇，断了牛家的香火。您放心，三年之内，儿子头拱地也要娶来家媳妇，到时候我带着婆娘、孙子给您上坟！"牛占山还是合不上眼睛。

杨灯儿走过来对牛有草说："大胆哥，老人家一定还有惦记的事，再念叨念叨！"牛有草抬眼望了望杨灯儿："你想知道他老人家惦记啥吗？"他撕心裂肺地喊了一句："爹，儿子记住您的话了，这辈子不娶灯儿！"

牛占山的眼睛慢慢闭上。灯儿心如刀绞，捂着脸跑了。

回到家里，马敬贤犯起嘀咕，在堂屋踱着步，还为老牛的死伤心。他明白，牛占山的死他脱不了干系。他知道，自己这辈子做了两件见不得人的事。一件是那年村东、村西械斗，村西那边人多势众，又有牛占山和杨连地撑大旗，他不能看着村东吃亏，就用了反间计，把杨连地拉了过来，结果反败为胜。打那时候起，牛、杨两人反目为仇。第二件，是牛有草来借麦子，他不知道是做聘礼用的，昧了斤两，还掺了红眼麦子，结果牛、杨两个人斗狠。谁知杨连地下手太狠，让牛占山送了命。

马仁礼也埋怨他爹，不该在穷人身上那么算计。马敬贤承认他是生就的骨头长就的肉，自己家的东西往外拿心揪揪着，想方设法也要留下点，这件事儿办得实在不光彩。他让马仁礼赶紧去看望牛有草，这时候谁近谁远谁冷谁热可看得最清楚，见了牛有草就说，这辈子他跟老牛兄弟是一个头下两条腿，亲兄弟一样，没处够，要是大胆缺什么少什么，尽管张嘴说。

马仁礼来到牛家院子里，牛有草正拿着老爹的鞭子挥舞着，甩出一串鞭花。

马仁礼为牛有草鼓掌叫好，赶紧把他爹的话学说一遍。牛有草说马仁礼是黄鼠狼给鸡拜年不安好心。

马仁礼脸色有些不好看地说："好心好意来看看你，都是一个村的，有这么待客的吗？这不是热脸贴了冷屁股吗？我这是自讨没趣儿，活该。"说着转身要走。牛有草的心有些软和了，就让马仁礼屋里坐会儿。

二人进到屋里，马仁礼感慨地说："唉，三天前还和老牛叔在这屋子里拉呱儿，想不到三天后人去屋空，这真是，无可奈何花落去，似曾相识燕归来。有草兄，生死有命，富贵在天，一定要节哀啊！"牛有草冷着脸说："不用你嘱咐，好赖都得活着。"马仁礼赔笑："临来之前，我爹给我好一顿念叨老牛叔的好。"牛有草冷笑："我爹是好，给你家扛了一辈子活，出了一辈子力，到头来自己没挣下一垄地，半片瓦，这不是一辈子为你们家活的吗？"

马仁礼只好扭转话题："咱不说这些，没听说？济南那边要打大仗了。"牛有草一笑："打吧！收拾的就是你们这些黑心烂肺的老财！"

马仁礼解释说："有草兄不能这么说，我家虽然有点钱、有些地，可自打民主政府成立，我们家一直是站在老百姓这一边的，给佃户减租减息，给前线捐款捐物，给没地的乡亲分地，我爹哪一项不是走在前面？这可是有目共睹的，要不然我爹也不能得了个开明绅士的称号。"

牛有草撇嘴说："拉倒吧，你爹满肚子的小九九谁不知道？别的不说，你们家分的地，都是些啥破地？能长庄稼吗？"马仁礼辩解："话不能这么说，人勤地不懒，只要豁上工夫，水肥跟上……"

牛有草推着马仁礼出门说："得了，你没资格给我念庄稼经，回家跟你爹嘚嘚吧。"马仁礼不服地辩解："你说你这个牛有草，我怎么就没有资格念庄稼经了？好歹我也是农业大学肄业……"

马仁礼刚走，杨灯儿就来了，她一进屋就说："爹打发我来的，他有话想和你说。"牛有草没搭腔。杨灯儿说："有草哥，心里还是过不去呀？我爹一时没按住火气，后悔不迭，他说他这辈子的名声倒了不算啥，就是对不住你牛家。"

牛有草皱眉道："一句对不住就结了？一条命的事儿！"杨连地的声音传来："说的好，就是一条命的事儿！"随着话音，老杨进屋来了，"侄儿，你心里过不去应该，可有些话我要当着你的面说清楚，我不说酱是咋咸的，醋是咋酸的，我就说那天我是咋失手的。那天我和你爹斗狠，是打了个平手，可你爹说了句戳我肺管子的话，我一时怒火攻心，不管不顾砸了你爹一连枷。按理说，凭他平时的身手，他能躲过去，可他偏偏没躲。不管咋说，那件事我做得不对，我对不住你爹。我欠你牛家一条命，一报还一报，从今儿开始，我这条命是你牛家的了，你想要我这条命，随时来拿。还有，这件事跟灯儿没关系，别怨恨灯儿。"

牛有草沉默良久，一声高呼："爹，您听好了，儿子这辈子不娶杨灯儿！"

杨灯儿呆呆地望着牛有草，眼泪扑簌簌流下来。

黄河的水滚滚东流去，日夜不停息。村头的老槐树早已经结满了槐角子，一转眼就到了秋天。

马家大院里，长工赵有田在给牲口喂料。马敬贤走过来，赵有田说："东家，济南解放了，听说土改工作组就要进村。王万春给贫雇农开会了，说土改工作组组长就是当年游击队的队长周老虎。"

马敬贤听了一惊，他知道，周老虎可是个难对付的主儿，得小心，于是笑着问："有田啊，你说这回闹土改，乡亲们能和我过不去吗？"赵有田一笑："不会吧？东家一向善待乡亲，前儿个还给大伙儿分了地，大伙儿不会以怨报德吧？"

马敬贤担心地说："就怕好心不得好报，听说有的主儿嚷嚷，没分到好地，牢骚还不少。你说说，要饭的嫌饭凉，这就叫得寸进尺。"

马仁礼在屋里摆弄风速仪，乔月走进来。马仁礼笑着问："怎么？不看书了？想我了？"乔月脸色严肃地说："仁礼，有些话想对你说说。我想了好几天，咱们分手吧。"

马仁礼一愣，望着乔月。乔月对马仁礼说了真心话。一个女孩儿家嫁人，其实就是找靠山，她觉得将来马仁礼靠不住，怕共产党坐天下了，他是泥菩萨过江，自身难保。乔月东北老家传来信儿了，说土改以后，地主老财的日子都不好过，有的不甘心受屈，上山当胡子，没跑的个个低头搭脑受人欺负。她说马仁礼对她的恩德她不会忘，可她不能眼睁睁跳出火坑又进水坑，一句话，不想跟着马仁礼受连累。

马仁礼长叹："你这是忘恩负义。看来我爹说的没错，果然是戏子无良。那好吧，你走你的阳关路吧。"乔月闪着大眼说："我知道你是个好心人，我无依无靠，暂时还没有地方去，你能收留我一段时间吗？"

马仁礼又是一声长叹："救人救到底，送佛送到西，好吧。"

土改工作组眼看就要进村了，一穷二白的人欢欣鼓舞，家有产业的地主却是人心凄惶。

这天夜里，马家父子满脸沮丧地在堂屋里商量对策。马仁礼知道，根据东北那边的说法，工作组来了之后先是搞串联，组织农会，接着调查土地占有情况划成分，分土地。马仁礼觉得，工作组是冲着土地来的，如果投其所好，再献一些地，划成分的时候就不会得得太高。马敬贤心痛不想再献地。马仁礼告诉他爹，工作队是根据土地占有的情况划成分，根据他家现有的土地，就得划个地主。共产党斗的就是地主！划了地主就等着开斗争会时挨斗！所以，留下够自己种的，咬牙全献！

马敬贤叫苦："我的天啊，要我的命根子了，那可是祖祖辈辈留下来的家业啊，怎么让我跟列祖列宗交代啊！杀了我吧！"马仁礼劝解说："爹，都什么时候了？你想搞得家破人亡吗？你挡得住吗？"

马敬贤摇头说："老蒋都挡不住，我哪儿挡得住！"马仁礼厉声道："那就听我的！把地契都拿出来！"

马敬贤一夜没合眼，早晨躺在炕上，头痛欲裂，额头上捂毛巾哼哼唧唧的。马仁礼整理地契，写好分地名单，然后让赵有田给村里没地的乡亲过个话，就说马家要给乡亲们二次分地，中午到关帝庙前集合。跟乡亲们说，这回分的都是好地，除了留下自己种的，其余的全部分了。

中午，关帝庙戏台子前围满村民。马仁礼站在戏台子上大声说："乡亲们，今天把大家伙儿请来，不为别的事，我们老马家又要给乡亲们分地了……"

三疯子牛有金忽然跑过来大喊："来了！来了！大马车……"

这时候，一辆拉着土改工作队成员的马车奔过来。周老虎挥挥手，车把式停了车。周老虎下车走到戏台子前，听马仁礼讲话。

马仁礼接着说："乡亲们，这次分地，我们马家毫无保留，除了留下自己种的十来亩地，其余全部分给乡亲们，给地契。别的我就不说了，来实惠的，现在我叫到名的请上台来，第一个，牛忠贵……"

周老虎喊了一声："等一等！"他跳上台说，"乡亲们，大家还认识我吧？"

地里仙牛忠贵说："咋不认识，你是周老虎，打小日本的时候，你是麦香岭游击队队长，还在咱们村住过一段。"周老虎笑着说："哎呀，这不是地里仙牛二爷吗？你老人家还好吗？"

地里仙说："好着呢，几年不见，你也胡子拉碴的了，当官了？"周老虎摆手说："不是当官，现在我是麦香村土改工作队队长。工作队落地儿就开始工作，我宣布工作队第一个命令，从现在开始，麦香村停止一切土地交易和赠送，今天这儿的行动取消！"

马仁礼忙解释说："周队长，我这既不是土地交易，也不是赠送，是把土地分给乡亲们。"周老虎说："那好啊，你把地契交给工作队吧，我们马上要成立农会了，一切权力归农会，土地由农会统一分配！"

马仁礼望着周老虎说："好吧，都听您的。"

第二章

　　王万春、牛有草等农会的人在村公所开会。周老虎简单讲了当前的工作，然后提出马敬贤的家庭成分应当怎么定的问题，让大家讨论。

　　王万春主张按政策划，马敬贤本来就是地主。周老虎觉得马敬贤家的情况比较特殊，很难划定，给他划地主吧，可他家眼下的土地数量不够。

　　菜包子马仁廉心里想，马敬贤和自己是一笔写不出两个马字，就想为他说句好话。他说马敬贤把地分给大伙儿，自己的地已经不多，划成分应该考虑。

　　牛有草认为马敬贤很狡猾，不划地主不合理。瞎老尹喊着，马大头要是不划地主，麦香村就没有地主了。大多数人觉得马敬贤该划地主。

　　周老虎拍板给马敬贤划地主。他讲了有关政策。马敬贤划地主也合乎政策，但不管怎么说，他主动献出自己家的地，以前没有替敌伪做事的历史，相反，对抗日和民主政府多少有过贡献，应该算开明土绅。当然，麦香村斗争会还是要开的，不过一定要有充分准备，把斗争会开好，开成穷人团结的大会，土改阶段性胜利的大会！

　　一切准备妥当，斗争会按时举行。天气晴好，日头明晃晃照着。会场设在麦香村关帝庙大院里，关帝庙的戏台子前拉起斗争大会的横幅，周围横七竖八贴了许多标语，四周有背着大枪的民兵站岗。戏台子前站满了人。马敬贤被持枪的民兵押上台子。台下的马仁礼看着父亲上台，脸上木木的，毫无表情。忽然，三疯子牛有金大喊大叫地跑过来："来了！来了！斗啊斗……"一个民兵赶紧过来拉住三疯子训："喊你娘的腿啊！别捣乱！出去！"连推带搡把他弄出院子。

　　周老虎站在台上宣布斗争大会开始："乡亲们，今天农会开大会，斗争地主马敬贤，大伙有冤的诉冤，有苦的诉苦，谁打头一炮？"

　　台下的人面面相觑，互相推着别人上台。吃不饱让老干棒上台。老干棒反问吃不饱咋不上台。吃不饱推说这几天闹嗓子。

台上的牛有草忽然站出来说："我打头炮！乡亲们，咱们受地主老财马大头的压迫剥削太苦了，别的不说，全村的土地，他家就占一半，他一家人不劳动，吃香的喝辣的。有人说，这两年马大头老实多了，他为啥老实？还不是因为八路军来了。以前他马大头多威风啊，成天挂着文明棍儿在村子里晃，心里不顺当了，见鸡打鸡，遇狗踢狗，碰上人更不用说，两句话不合，抡起文明棍儿就打。老干棒你说，你的门牙是咋掉的？"

老干棒牛有道喊："马大头打的。他家的狗咬我，我踢了狗一脚，他说他家的狗是母狗，说我不怀好意。大伙儿说说，就算我说不上媳妇，也不至于打他家母狗的主意啊，他这不是羞臊人吗！"台下有人笑了。

牛有草赶紧一步跨到马敬贤面前，指着他的鼻子厉声质问："马大头，你说有没有这回事儿？"马敬贤哭丧着脸说："冤枉啊，不是那么回事儿，我家的狗带崽了……"牛有草立马打断道："你给我闭嘴！大家看看，马大头多霸道啊，他家的狗都欺负穷人！"

吃不饱想起昨天牛有草动员他上台发言的事。当时他答应得蛮好，现在他不敢上台，总得有点动静，于是就在台下喊："打倒地主老财马大头！"

牛有草继续诉苦说："乡亲们给马大头剥削得苦啊！日子过得凄惶啊！就说我家吧，我今年三十五岁了，因为穷，至今还没说上媳妇。前一段，我家和老杨家那件事大家都知道了，就因为马大头下作，把我借他家三升麦子扣了斤两不说，还给我红眼麦子。搞得亲事吹了，两家还种下仇。大伙儿都说说，马大头该不该斗？"

台下大伙儿喊该斗。牛有草带领大家喊口号："打倒地主马大头！"因为动作剧烈，他的裤子掉了下来，一段捆腰的草绳掉到台上，引起一阵哄笑。

周老虎赶紧捡起草绳举着说："大家不要笑，乡亲们都看到了，牛有草兄弟连裤腰带都扎不起，日子多苦啊！这是为什么？就是因为地主阶级的压迫剥削！"

马敬贤忽然抬头看着牛有草说："有草侄儿，你爹跟老杨头斗狠吐了血，我让儿子给你家送去半袋子雪白的面粉，你吃肚里拉完就全不记得了吗？"

牛有草想不到马敬贤竟然敢在台上回嘴，一时不知道该说啥好，被噎了一下，不由得猛地搡了他一把说："拉倒吧！你每回送给我家东西，年末算账都扣除了，那叫送吗？"马敬贤被搡得趔趄一下，差点摔倒。

菜包子马仁廉心里想，咋老是牛家在说，马家也得说几句。于是他就在台下喊："我说两句。马敬贤剥削乡亲们是事实，可咱们不能不长记性，他也为乡亲做了些好事，头两年他减租减息的事就不说了，前不久他不是给大家分地了吗？所以我说，他还不是罪大恶极的地主恶霸，咱们说话可得拍着良心。"

牛有草喊："菜包子，你虽说是贫农，可是和马大头是本家，向着他说话，你听听大伙儿都是咋说的。"说罢向台下招手。

瞎老尹、吃不饱上了台。瞎老尹说马大头分地不假，可他给分的不是沙洼地就是盐碱地，他这是拿着骨头当肉送，欺骗贫雇农！吃不饱这会儿仗着人多胆儿大了，大声说："我家本来不像现在这么穷，有几亩好地，当年马大头他爹眼红我家那地，几次要买。我爹死活不答应，他爹就动了心思，让我们家摊上官司，马大头他爹趁火打劫，逼得我家把地低价卖给他家。我爹气不过跳河死了……"吃不饱说到这儿，蹲在台上呜呜地哭。

牛有草拽了吃不饱一把，赶紧领着大伙喊口号。吃不饱站起来说："马大头家老老少少没一个好东西，他儿子马仁礼也该陪斗！大伙儿说是不是啊？"

台下有人响应。周老虎觉得让马仁礼陪斗不合乎政策，而且也转移斗争的大方向，正要阻止，牛有草大喊一声："把马仁礼押上台来！"

民兵们立即押着马仁礼上台。乔月看着马仁礼被押上台，脑子飞快转着，她忽然在台下喊起口号："打倒万恶的地主阶级！坚决和马家划清界线！"

大伙儿把目光投向乔月，乔月在众目睽睽下上了台。王万春告诉周老虎，这女孩子是马仁礼没过门的媳妇。

"周队长，我也要控诉！"乔月用她那唱戏的尖脆嗓子大声说，"乡亲们可能不认识我，我叫乔月，是东北逃难的孤儿，从北平来。马仁礼花言巧语欺骗了我，我轻率地答应嫁给他，以至于误入歧途。通过今天的斗争会，我彻底看清了马家的罪恶。今天当着乡亲们的面我郑重宣布，坚决站稳阶级立场，和马家断绝关系，退掉婚约，还我自由身！"

吃不饱喊口号："打倒地主羔子马仁礼！"有几个人跟着喊。

马仁礼低头哈腰站在台子上，心想真不该回这个倒霉的村子，要是在北平，怎么说也能混个肚子圆，就要到手的女人乔月也不会翻脸，何至于现在戳在台子上挨斗受辱啊！他终于忍不住了，大喊了一声："乡亲们，听我说两句，我也有功啊……"牛有草呵斥道："不许你狡辩！"

就在这时，原本晴得好好的天，忽然刮起一阵风，涌来一片乌云，接着是一声炸雷响，竟然落下豆大的雨点。会场的群众开始往外走，几个民兵在庙院门口拦着不让人出去。

周老虎看到这种情况，立即站在台上大声说："乡亲们，今天的斗争会开得好啊！大长了贫下中农的气势，灭了地主阶级的威风！现在，我宣布土改工作队的决定，下一步我们就转入土地分配，实现农民几千年的梦想！马敬贤家的房产和浮财也要没收分配。工作队初步打算，给麦香村来个大搬家，村东的高成分大户搬到村西，村西的贫雇农搬到村东。现在散会!"

人们正拥出关帝庙大院，雨瞬间停了，南方天际出现了彩虹。三疯子迎着出来的人们大声喊着跳着："东虹云彩西虹雨，南虹出来卖儿女，北虹出来摸鲶鱼!"

开始分地了。三疯子牛有金在田地里疯跑叫喊着："分了! 分啊分地了……"

吃不饱兴致勃勃地用大拐尺量地。三猴儿高兴地把写着地块面积和姓名的木牌子使劲插在地头上。有的跪下捧起一把泥土，有的拜天拜地，有的点燃鞭炮。

老干棒看着自己地头的木牌子泪流满面地喊："亲娘啊，我有地了!"吃不饱说顺口溜："三五亩地一头牛，老婆孩子热炕头。有好日子过了!"牛有草跑到老枣树下祖宗的坟前跪念叨："列祖列宗，爹，咱家有地了。酒菜我都带来了，咱喝吧，喝醉了咱就躺在这地上，这是咱家的热炕头啊，谁也管不着!"

晚上，麦香村牛姓男人聚集在牛家祠堂里，有地里仙牛忠贵、牛有草、吃不饱牛有粮、老干棒牛有道等人。地里仙是老牛家的尊长，忠字辈儿的，肚子里有玩意儿，看过奇门遁甲，懂周易八卦，能掐会算，谁心里有啥解不开的事儿都去请教他，所以人称"地里仙"。

地里仙把"影"（挂着的宗谱）请出来挂在墙上说："众爷们儿，还不到阴历十月一祭祖的日子，我把大家召集来，就是要庆贺咱老牛家终于扬眉吐气了，有共产党给咱撑腰闹土改分地，灭了马家财主的威风，断了他马家的财气，我高兴啊! 今天把大家请来，就是要把这好消息禀告牛家列祖列宗，让他们也高兴。跪吧!"大伙儿对着"影"跪下连磕三个头。地里仙让牛有草领着大伙儿好好庆贺庆贺，动静搞大点。第二天，牛有草以农会的名义组织了庆贺活动，有舞狮子的、踩高跷的、扭秧歌的。牛有草带头舞狮子。

开马敬贤的斗争会杨连地没有去，他不想蹚那浑水。他家原先有点地，这次就没有给他分地。他人勤快，会编筐子、茨子的手艺，又会养蜂，日子过得本分。他觉得，把人家的地白白拿来，就好比割人家身上的肉贴到自己身上，能生根吗? 早晚要掉下来。发家致富要靠劳动! 分人家的地和东西算啥本事? 他知道，多年前河南遭黄河发大水，马、牛、杨三家一起逃难来到麦香岭，当时都是穷光蛋。多少年过去了，这三家穷也罢，富也罢，路都是自己走的，能怨得了旁人吗? 再说，这地方割据好几年，八路军来了让种高粱，好藏身;中央军来了叫砍高粱。来回拉锯，听谁的? 民国三十六年，共产党领导马家沟的穷人斗地主，分田分财，不久中央军过来，杀了400多人，有干部，也有分地的农民，图的啥呀?

杨灯儿用抹布擦着铁树的叶子说："爹，大胆哥带头掀马大头家的底儿，老马家能善罢甘休吗?"杨连地摇头说："就看这世道还变不变了。你心里还惦记着他? 闺女，死了心吧，就算我答应了，人家也不会要你。牛有草把话说绝了，就他那性子，说过的话不会再收回去！"灯儿流着眼泪说："他是说了绝话，可老天爷还没说答应不答应呢！"

马敬贤心里既憋屈又惶恐，屋里乱七八糟也不收拾，他坐在炕上，抱着个笤帚发呆。马仁礼风尘仆仆走进来。他去县城找一个当了共产党干部的同学，想求求他给工作队过个话，把自家的成分定得低一点。可惜那同学跟着南下的队伍走了。老马抹着眼泪告诉儿子，穷鬼们进来就说要挖浮财，简直就是土匪，眼睛瞪得跟狼看见肉似的，翻箱倒柜，挖地三尺，家里就遭败成这样了。

忽然，三猴儿马仁义跑进来，他看着空荡荡的屋子，嘴里叨念着来晚了，没抢上东西。他不甘心地在屋里转悠着，一眼看见文明棍，拿起来就走，总也算抢到点东西。他来到村街遇见牛金花，就让她也去马大头家寻摸点东西。牛金花觉得自己一个女人家，不能去抢人家的东西，分给啥就要啥。她接着说起正事，现在分地了，可她一个女人家，没个汉子，怕地种不下，提前给二猴儿打个招呼，到时候要请他帮帮手。也不白帮，三猴儿有洗浆、缝补的活，她会帮忙。

三猴儿当然高兴："你的事儿就是我的事儿。我就帮你一个，七仙女来求我我也不会答应。"牛金花走了。三猴儿眼神直勾勾地看她扭着大屁股走远，心想，"买牛要买抓地虎，娶媳妇要娶大屁股"，家里要是有了她……

三疯子像是一个预言家，看上去疯疯癫癫，心里似乎都明白，他跑着大喊："来了！来了！搬家啊……"他的破鞋都跑掉了。三疯子身后，一伙人敲锣打鼓，簇拥着牛有草朝马敬贤家走。

乔月住的西厢房门敞开着。马仁礼走到门口，乔月探出头望着马仁礼说："村东村西大搬家，我本来就该住在村东，省的调换了。"

马仁礼气愤地说道："没想到你是这么个忘恩负义的人，当年不是我把你从火坑里救出来，你还能活到现在吗？"乔月瞅着马仁礼说："你救我出火坑，这份情义我记着，可我是城市贫民出身，你现在的成分是地主，换了你，会飞蛾扑火吗？"

正说着，牛有草等众人拥进院子里，一个劲儿地敲锣打鼓。马仁礼惊奇地问："牛大哥，这是怎么回事？"牛有草高声说："谁是你大哥？阶级阵线要划清楚了，叫牛主席。你家这房子归贫雇农了！今天你们就得搬我那儿去。"

马仁礼只好笑着点头，说这样应该，他要和爹商量，收拾收拾东西。马仁礼匆匆忙忙跑进堂屋，对父亲讲了牛有草他们要搬进来。老马笑笑，淡淡地说这是早晚的事，搬吧。马仁礼小声提醒父亲，那十个金元宝顺着烟囱溜到炕洞里了，怎么办？老马愣了一下，张口要说什么，牛有草闯进来。父子俩默默看着牛有草。牛有草把胳膊夹着的破棉被扔到炕上，一头躺了下来。马敬贤看着牛有草，突然吐出一口血来。

马仁礼惊慌地喊："哎呀，我爹这是急火攻心，可不得了！"牛有草这才坐起来说："这么着吧，今儿晚你们就住这儿，明天再搬。这大炕，咱仨人睡不挤！"

夜里，牛有草躺在炕上，呼噜声一阵接着一阵。马敬贤躺在牛有草身边。马仁礼坐在炕边。老马小声说："爹不行了。这些日子吃不好饭，睡不好觉，我估摸，自己身上的肝儿肺啊的都糟烂了，没几天蹦跶头了。爹这么活着也能活活气死，我活腻歪了！"他告诫儿子，现在还年轻，天下这么大，总得有站脚的地方。今后再难也要挺着，多动心思少说话，不吃亏。得个机会就撒丫子，这不是爷们儿的安生地儿。他一阵咳嗽，吐了一大口鲜血。牛有草翻了一下身，不知嘟囔些啥又呼呼睡去。

早晨，牛有草醒了。马敬贤问牛有草睡的咋样，牛有草笑着说："大炕暄腾，睡得舒坦。马大头我告诉你，我牛家没你家屋大，没你家地多，可我牛有草比你活得长，你到了阎王爷那儿就瞪着马眼，看我牛有草咋个折腾法！"

马敬贤感觉自己活不长，想说什么，因为牛有草在场，欲言又止。马仁礼委婉求着："牛主席，你看，我爹就要咽气儿了，你在这儿多不吉利！要不你先出去躲躲？"牛有草点头走开。

马仁礼看着牛有草走出屋门，回过头来说："爹，您有话就说吧。"马大头喘息着："儿子，有件事爹瞒了你，金元宝，金元宝……"话没说清楚就咽气了。

乔月看到马仁礼彻底靠不住了，得赶紧另找门路，她来到土改工作队办公室，对工作队员们哭诉，声泪俱下地说她也是个苦命的人儿。她是东北人，妈十六岁就在财主家当丫鬟，因为漂亮，那财主一次酒后把她妈奸污，怀上了她，财主怕坏了自己的名声，不承认做了亏心事，还赶走她妈。她妈回娘家生下她以后不久就上吊自尽。她跟妈姓，由穷苦的姥爷、姥姥抚养。姥爷、姥姥过世后，她被人贩子卖给关内一个唱京戏的草台戏班子。她在草台戏班子遭了不少罪，班主还想霸占她当小老婆，她不想走她妈的老路，就想跑。那时候，在北平的一所大学当图书管理员的马仁礼常去听戏，他花言巧语骗了她，她就跑到他那里，当时不知道他是地主的儿子，要是知道，砍了头也不会和他好。乔月忽闪着朦胧泪眼看着土改工作队队员们，声情并茂的哭诉像一池温水，把满屋子的人都泡软了。

周老虎不解地问："既然这样，你为什么不离开麦香村？"乔月又哭了："我无亲无友，无依无靠，孤身一人，要我到哪儿去啊？我想在咱们村留下来。"

周老虎同意乔月留下来。虽然土改已经结束，但是，乔月也是苦命人，村里要想办法给她挤点地出来。乔月千恩万谢，袅袅婷婷地走了。

乔月开始自力更生了，这天，她到野地里打了一小捆柴火背回来在村街走着，虽然柴火不多，可已经累得满头大汗。

老干棒牛有道看见了忙说："哎哟，水灵灵的大姑娘，咋干得了这么粗的活儿？来，柴火给我扛着。"乔月毫不客气地把柴火递给老干棒说："谢谢您啊！"

老干棒闻到乔月身上有一股特好闻的味道，不由得抽了两下鼻子，心想，这女人咋和村上的女人味道不一样呢！他对乔月笑得合不拢嘴："谢啥谢？你也是村里的人了，今后一个人过日子，有啥难处，尽管说，打个招呼我就过去。"

乔月看着老干棒腰里别着的磨刀石问："干棒大哥，你腰里别着这么个东西干什么？"老干棒说："我会点木匠活，干活离不开它，再就是呢，乡亲们的刀啊、剪子啊、镰刀啊啥的，都求我给磨磨，我随身带着方便。"

乔月水灵灵的大眼对老干棒一笑："您会木匠活啊？正好，我住的地方门窗都坏了，您帮我修理修理？"

乔月的一笑，把老干棒的骨头都笑酥了，他忙说："赌好吧。举手之劳的事儿。往我家那边走吧，我好捎带上工具。"

乔月得到土改工作队的同情，仍住在马敬贤家的西厢房里。老干棒把柴火放到乔月的门外，开始兴致勃勃地给乔月修理门窗。

乔月站在旁边插不上手，就陪着老干棒说话。老干棒就讲吃不饱牛有粮在村公所演了一场好戏。昨天，吃不饱对工作队的周老虎说他从娘肚子里爬出来就没吃饱过，真不知道吃饱是个啥滋味儿。正赶上饭口，工作队蒸了一锅饽饽，周老虎就让牛有粮吃饱给大家看看。吃不饱抓起饽饽狼吞虎咽地吃着，转眼三个饽饽就吃没了。周老虎让再拿三个大饽饽来，转眼吃不饱把三个大饽饽又下了肚。周老虎以为他吃饱了，可他说刚刚垫了底，说这辈子他就没吃饱过，他爷爷和他爹也没吃饱过。周老虎看着吃不饱那个样子，当即表示，共产党就是让穷人都吃饱，大家要是吃不饱，他这个官就不当了。

乔月点头说："是啊，有了共产党，我这个无家可归的人才算有了家。"老干棒笑着说："不假，你要是再寻个好男人，那才是真正有了家。"

土改了，地分下去了，可种地各家都有各家的难处，有的家没牲口，有的家缺农具，有的家没劳力。乔月就是种地困难户，她除了有两亩地，别的什么都没有。该犁地了，她只能在地头抹眼泪。牛有草背着犁子走过来，他让乔月扶犁他拉犁。乔月赶紧来了一个笑脸："到底是主席啊，关心困难群众。"

二人一个拉，一个扶，开始犁地。可是，乔月按不住犁头，犁铧离了土。牛有草问乔月会不会干点儿别的，比方做饭、洗衣、缝补啥的。乔月老实承认她会打面糊糊喝，缝缝补补也不太行，就只会唱戏，说着又掉眼泪了。

牛有草见不得女人哭，更何况乔月还是个年轻漂亮的女人。他的心软了，忙劝乔月不用犯愁，现在政府号召成立互助组。他说起顺口溜："互助组，好处多，老乡听我仔细说。你没犁耙难种地，我没牲口难拉犁。他家没有劳动力，缺这少那凑不齐。大家成立互助组，互通有无能配齐。你有牛，我有犁，他家有个壮劳力。你挽我，我扶你，家家户户都欢喜。"

牛有草告诉乔月，他打算联系三五户，有牛的，有农具的，互相帮工，好比驴扛痒痒，你扛一下，我扛一下，三扛两扛就不痒了。乔月笑着夸牛有草这个农会主席不是白当的。

和漂亮的乔月在一起，牛有草挺高兴地说："互助组不是我琢磨出来的，有的地方早就这么干了。到时候我带上你？"乔月笑道："带上我？可我给你们扛不了痒痒，我能干什么？"

牛有草笑着："你站在地头唱戏给我们听吧，现在就唱一段给我听听。"乔月知道山东人喜欢听吕剧，就站在地头唱《蓝桥会》。牛有草听得入了神，不由得摇头晃脑。乔月唱完一段停下来。牛有草眨眨眼，让乔月唱一段新词儿，就把他刚才说互助组的那顺口溜唱成吕剧。乔月很快就把牛有草说的互助组的顺口溜记住了，而且当时就用吕剧的调子唱出来。牛有草夸乔月聪明，乔月面若桃花，心里像喝了蜂蜜水。

牛有草领着村民在关帝庙前开会，他说："今儿个就讲讲互助的事。先让乔月唱一段吧！"乔月大大方方站起来，用吕剧的调子唱出牛有草说的那段顺口溜。大伙儿鼓掌，都觉得乔月唱得很新鲜、很好，把互助组的事情也唱明白了。牛有草解释着，五六家成立一个互助组，农活一家一家的干，你帮我，我帮你，以劳力换工，以畜力换工，以工换粮，要合情合理，大家商量着，谁也不让吃亏。他接着告诉大家，互助组在老解放区早就搞了。麦香村先搞两个点，村东他出头，村西赵有田出头。商量的结果，牛有草互助组吸收了地里仙、三猴儿、吃不饱、马小转、乔月。赵有田互助组吸收了瞎老尹、老干棒、杨灯儿、牛金花。三猴儿告诉牛有草，不能要吃不饱和小转儿，他俩太懒。牛有草让三猴儿放心，吃不饱和小转儿以前懒是因为没地种，现在有自己的地就不会懒。吃不饱和马小转当即保证以后不会懒了。

夜晚，人们都睡了，村里很静，偶尔传来几声狗叫。

牛有草和王万春在村公所议事。周老虎一脚踏进门，他是到县里开了几天会，摸黑赶回来的。牛有草向周老虎汇报了村里成立互助组的事，周老虎夸牛有草这件事办得好，农民得到土地仅仅是第一步，还要组织好生产，多打粮食支援前线。接着，周老虎简要传达了县里开会的精神。最近不少地方出现了还乡团，很凶残，杀了不少土改积极分子。县里要求我们做好防范，首先要抓好民兵作战训练，还要注意村里地富分子的动向，防止他们勾结还乡团骚扰。民兵除了训练，要在村口布置好放哨，不放进一个可疑的人进村。告诉大家不要害怕，咱们有民兵，有情况各村民兵可以互相支援，还有县大队撑腰，还乡团成不了气候！

牛有草当即表示说："共产党领导农民翻身解放分土地，我死活跟着共产党，不怕还乡团！谁要是从我们嘴里夺粮食，我就把这罐子血倒给他！周队长，我想加入共产党！"周老虎告诉牛有草，党组织向所有要求入党的人敞开大门，不过需要写申请书，还要经过考验。

还乡团要来的消息很快在村中传开。马小转家就是信息中心。老干棒、三猴儿、牛金花、菜包子、吃不饱都在。马小转说听旋口的亲戚讲，还乡团可厉害，见了分地的农民就砍，全家灭门。当时，几个人心里像压着大石头。

一大早，马仁礼在家郁闷地自饮自唱："杨延辉坐宫院自思自叹，想起了当年事好不惨然。我好比笼中鸟有翅难展，我好比虎离山受了孤单。我好比南来雁失群飞散，我好比浅水龙困在沙滩……"

牛有草忽然来了。马仁礼赶紧站起来说："哎呀，牛主席来了，有失远迎。"牛有草冷笑："挺悠闲啊，唱上了，唱的啥戏啊？"

马仁礼嘴唇哆嗦了："瞎……唱，让您见……笑了。"牛有草冷着脸说："不见笑，我听不懂。马仁礼，听说了吧？旋口村来了还乡团，杀了不少人。你应该高兴啊，戏都唱上了！"

马仁礼赶紧躬身作揖哀求："牛主席，可不敢这么说，这话传出去，可是杀头之罪啊！"牛有草说："知道就好。你要老老实实，不要想三想四，共产党坐江山，是铁板钉钉的事了，还乡团几个蟊贼能成啥气候！"

马仁礼连连点头："牛主席，您放心，我虽然蠢笨，也不会看不清形势，我保证跟着你们走，如果对共产党有二心，天诛地灭！"

场光地净，秋去冬来。大雪纷飞，黄河冰封。传了个把月，连还乡团的影子也没有见着，村民们悬着的心慢慢放了下来。

可是，就在一天夜里，人们都蜷在被窝里睡觉，忽然老槐树下的钟揪人心般响起来，瞎老尹使劲拉着钟。老干棒大喊着："还乡团来了，都到村公所集合！"分了地的拖家带口跑出家门，向村公所聚拢。还乡团放着枪进了村。

马仁礼正要往麦秸垛里躲藏，牛有草跑进院子，喊马仁礼跟他走。村民被还乡团逼进村公所，聚集在院子里。周老虎组织工作队员和民兵爬上墙头、房子上抵抗。还乡团包围了村公所，一个头子喊："狠狠打，杀尽穷鬼，给老家儿报仇！"

周老虎听着枪声，判断还乡团的人数虽然不多，可武器齐整，要是没有县大队增援，这里支持不了多久，得派人到集贤村的县大队送信儿，请求支援。杨灯儿说她姑姑住在集贤村，那儿她熟，她去县大队送信。牛有草不同意让一个姑娘去。马仁礼主动要求去。牛有草觉得让马仁礼去就是放虎归山。三猴儿说马仁礼和还乡团是一家子，他出村送信不会引起怀疑，让他去合适。

周老虎点点头："是啊，马仁礼主动献地，是开明人士，这个时候派他去最合适。马仁礼，考验你的时候到了，不要辜负大家的信任！"

马仁礼从村公所冲出来，摆着手向还乡团跑去。还乡团停止开枪。见马仁礼跑过来，还乡团头子问："伙计，你是啥人？"马仁礼喘着粗气说："提起我你可能不知道，我爹是本村财主马敬贤，我是他儿子马仁礼。"

一个人举着火把看了马仁礼，说他就是马敬贤的儿子。还乡团头子问马仁礼咋和穷鬼混到一起了，马仁礼回说穷鬼怕他跟还乡团跑，硬把他拖走的。还乡团头子给马仁礼一杆枪，让他一块儿干。马仁礼推说不会使唤枪。还乡团头子就让马仁礼一边躲着去，然后又命令开火。

马仁礼趁黑趁乱跑了，他跑上高坡，回头望着麦香村心里想，这哪是人过的日子啊！此时不跑，更待何时？他撒丫子飞快跑着，摔倒又爬起来跑。远处火把闪动，一群民兵举着火把跑来。马仁礼藏在草坑里偷偷窥探。一个民兵走到草坑旁，解开裤带刚要蹲下，马仁礼大喊："慢着！"那民兵蹦起来举枪对准马仁礼："啥人？出来！"

马仁礼冒出头，双手举过头顶："我是麦香村来报信儿的，是周老虎队长派我来的！"于是，马仁礼领路，县大队长下令战士们跑步救援麦香村！

这时候，还乡团在村公所外越攻越急。村公所里，大家没有经过这种阵势，听着外面越来越急的枪声都很紧张。

牛有草喊："我早说了，要命的节骨眼上，地主羔子马仁礼能回来？得个机会不跑才怪！"菜包子马仁廉说："不见得，集贤村离这儿挺远，马仁礼就是长飞毛腿这时候也跑不到。"

周老虎下命令说："现在派一个人冲出去，把敌人引走，大伙儿突围。你们都没有作战经验，还是我去。"牛有草拦住周老虎说："不行，你去了谁带领大伙儿突围？周队长，跟共产党走，老百姓真能吃饱饭吗？"周老虎点点头："那当然！"

牛有草喊了一声："好！"他拎起一串手炮冲出去。他走出村公所，还乡团头子认为可能是出来谈判的，让停止射击，放那人过来。牛有草朝还乡团走去，他还没走到跟前，突然枪声大作。

还乡团头子知道是县大队来了，赶紧带着他的人撤走。牛有草使劲把几个手炮一起甩出去！一声巨响传来，周老虎立即领着大伙儿冲出去，还乡团已经跑得没了影。周老虎和县大队长两只手握在一起。牛有草安然无恙，望着大伙儿呵呵笑。

打跑了还乡团，大家伙儿底气壮了许多。马仁礼阴差阳错经受了考验，他仍是笑脸迎人，小心谨慎，夹着尾巴做人。

村头老槐树叶子黄了又绿，又一个春天早早来了。太阳刚露脸，瞎老尹就拉响了老槐树上吊着的大钟。

麦怕胎里旱。锄头上有雨。牛有草领着互助组的人锄麦地。地里仙、三猴儿、马小转、乔月都到了地头上，就缺吃不饱。地里仙、三猴儿吸过了"地头烟"，还不见吃不饱的影子。三猴儿说那懒蛋兴许正做婆媳妇的美梦。牛有草不等他了，让大伙儿开始干活，挨着来，先干乔月的地，一人一垄，不许偷懒耍滑。大伙儿开始锄草。乔月拿锄头划拉着地皮儿。牛有草说她是秃老婆画眉。乔月哭丧着脸说她不会干。牛有草叹了口气，只好让她站到地头给大家唱戏。

乔月高兴地扔了锄头，跑向地头大声说："大伙儿听好了，我今天不唱老戏，唱我自己编的一段吕剧，题目就叫《歌颂英雄牛有草》，献丑了啊。"她亮开清脆的嗓子唱道，"麦香河，三道弯，麦香村出了个人尖尖。他领着大伙儿闹土改，名字就叫牛有草。说大胆，唱大胆，大胆的事迹唱不完。村里来了还乡团，老百姓眼看遭祸患。为了保护老百姓，他舍生忘死冲在前……"

马小转笑着说："听着戏锄地，真滋润，这个驴扛痒痒的办法好。"三猴儿接上："小转儿，咱俩互相扛扛呗。"马小转笑骂："撅腚等着吧！看你尖嘴猴腮的样子，恶心人！"

牛有草在前面喊："大伙儿赶紧干活，前线等粮食呢。前段时间周老虎让人从前线稍回话来，说部队缺粮，战士们有时候吃不饱。他跟我说过，为了让咱农民都有地种，吃饱饭，就是牺牲了也心甘情愿。"

马仁礼在院子里摆弄百叶箱、风速计。马小转走进院子告诉马仁礼，牛组长让他去一趟，要给他分配新任务。马仁礼听说牛有草叫他，不敢怠慢，赶紧去牛有草家。牛有草正把一床漏了棉花的破被挂在晾衣绳上，马仁礼拎着一瓶酒来了。

牛有草问："手里拎的啥东西？"马仁礼笑着说："好酒，景芝白干儿。"

牛有草板着脸训斥："啥意思？想拉拢贫雇农吗？"马仁礼赔笑："牛组长真能开玩笑，我是怕您说多了话口渴。"

牛有草瞪眼说："口渴也不能喝酒。人心隔肚皮，你到底是啥意思？不想听我说话吗？"马仁礼弓腰摇头："打死我也不敢。""不敢是啥意思？我压迫你了吗？""没有，我想听您的指示。"

牛有草追问："那你拿瓶酒过来干啥？想灌倒我？"马仁礼无奈，一把打开瓶塞说："您既然这么说，我还是自己喝了吧。"

马仁礼刚喝几口，牛有草一把抢过酒瓶说："我这就让你看看，贫雇农面对剥削阶级的拉拢腐蚀是个啥态度！"他仰头喝酒，一口气喝完一瓶酒，"别说一瓶，就是三瓶四瓶也不在话下!"牛有草放下酒瓶才说到正题:"马仁礼,找你来没别的事儿,老蒋吆喝着要反攻大陆了,反革命很猖狂,那也是秋后的蚂蚱。我才接到上级命令,说要对你进行管制。以后,你早晨要向我请示,晚上要向我汇报,风雨不误!听到没有?"

马仁礼忙弓腰点头:"听到、听到,我听上级的,更要听牛组长的。"

马仁礼知道,他的苦日子来了。

都说男大当婚女大当嫁。杨灯儿也老大不小了,仍待字闺中,她父母心焦着呢。她爹杨连地的哮喘病犯了,抽着止喘的偏方洋金花烟,杨灯儿在一边服侍着。老杨喘了几口,忽然又催灯儿老大不小的该成个家了。灯儿不说话。

灯儿娘说:"你还有脸说这话,要不是你把咱家的名声弄这么臭,就凭咱家灯儿的模样,媒人都得踩烂门槛子,可如今媒人不登门不说,托媒人说媒,人家都不搭理。"老杨叹了口气不吭声。灯儿娘继续埋怨,"牛有草也不是东西,那年说咱闺女是他的人了,他不嫌害臊不要紧,咱闺女还嫌害臊呢,说出的话泼出的水,收不回来。咱闺女坏名声在外,嫁人也难。"

老杨问:"灯儿你说实话,心里是不是还擎着那个人儿?"灯儿还是不说话。老杨心想,解铃还得系铃人,要赶紧找牛有草说道说道!

天才擦黑儿,杨连地来到牛有草家,瞪眼看着牛有草。牛有草不冷不热地问:"你来干啥?"老杨说:"唉,没老娘们儿的日子就是不好过啊!"

牛有草皱着眉问:"说这些不咸不淡的啥意思?"老杨说:"没别的意思,就是想把心里话说清楚。"

牛有草板着脸说:"说呗,没堵着你的嘴。"老杨说:"这话咋说的?当年我和你爹黄河滩一番比画,不为别的,就是为出口气。你爹死在我手里,我认账,可我不是故意的,是你爹激怒了我,我收不住手,误伤你爹。我说过,我这条老命就放你这儿,你要是不解气,立马拿走,我没半点埋怨。话说回来,灯儿是个干净人儿,岁数不小了,还孤零个身子,她心里一直挂着你。"

牛有草小声说:"没法子,我听我爹的。"老杨追问:"铁了心了?"

牛有草咬牙道:"坟头上起了誓,再也改不了口。"老杨吹胡子瞪眼说:"当年你亲口说过,灯儿已经是你的人了,是真是假不说,现在这话早传遍十里八乡,她还咋嫁人?"

牛有草看着老杨说:"我栽的树我收果儿,我说错的话我担着。"老杨点点头:"有这句话就行!"说罢转身走了。

老杨回家,立马把牛有草的话学说给女儿听。灯儿不相信。老杨让灯儿自己去问牛有草。

杨灯儿摸黑儿来到牛有草家院外敲门。乔月从西厢房走出来，她听到是杨灯儿的声音就不开门。灯儿使劲敲着门。牛有草从屋里走出来，听到是灯儿，就把门打开了。杨灯儿走进来，望了牛有草和乔月一眼，径直朝牛有草的屋子走去。牛有草跟进来。

　　灯儿瞪着大眼直接问："大胆哥，你这辈子真的铁了心不娶我？"牛有草憋气不吭。灯儿质问，"当年你求亲的时候放了个屁，把我的名声臭了，弄得我不上不下，我咋办？"

　　牛有草只好低着头说："我那是急昏了头，胡说八道，都是我的错。改天我当着全村人的面给你赔不是，可我得听我爹的。"灯儿两眼冒火盯着牛有草质问："你宁可不要这张脸，也不肯收回自己的话？"

　　牛有草咬着嘴唇，沉默了一会儿说："我在我爹坟头上起了誓，改不了口了。"

　　灯儿望着牛有草，眼泪也就泉水般流了下来。

　　杨灯儿抹着眼泪走出来，乔月坐在西厢房门口望着她不咸不淡地说："怎么还鼻涕一把泪一把的了？"杨灯儿回道："有喜事乐的。"

　　乔月问："啥喜事啊？"杨灯儿忽地一笑："你说呢？"说完扭着腰走出院子，脑后的那条粗辫子在腰间起劲儿地摆动。

　　牛有草说到做到。第二天晌午，满街筒子的人围着牛有草，开始当众认错。

　　他大声说："各位父老乡亲，说件事儿。当年我去杨灯儿家求亲，被人家卷了面子，昏了头，我说了句昧良心的话，说杨灯儿已经是我的人了，把灯儿的名声踢蹬了。今天当着大伙儿的面，我给灯儿认错，我说的话都是放屁！"

　　杨连地问："这就完了？光嘴里认错不行，你得让大伙儿说说。"

　　赵有田上前一步："牛有草，我说句公道话。你当年把屎盆子往灯儿头上一扣，给人家弄了个臭不可闻，如今嘴上两扇皮，上下一忽搭就完了？太拿人家黄花大闺女的名声不值钱了，不是个人物！"

　　菜包子马仁廉一扬手说："树活一层皮，人活一张脸。咱乡下啥东西最值钱？就是脸面、名声，尤其是女人家，脸面一丢，名声一臭，二流子都愁！"

　　牛有草挠头，不知道该咋办。吃不饱给出主意，让牛有草干脆就把杨灯儿娶家去算了。牛有草还是那句话，他当着爹的面发了毒誓，一辈子不娶杨灯儿。

　　老杨头问："牛有草，爷们儿哪里最金贵？"他一指牛有草的膝盖，"这儿最金贵，这里要是打了软儿，那就是真认错了。"

　　牛有草摇头："两根骨头上顶天下拄地，一根大筋抻得溜直，软不了。我能跪天跪地跪祖宗跪爹娘，不能跪别的。小时候我和马仁礼蚵架，打破了他的头，他爹让我跪下认错我不跪。我爹打我，柳条子抽断三根，我就是没跪！"

　　老杨头仰天长叹："闺女你苦命啊！你的名声这辈子算翻不过来了！"杨灯儿紧

紧抓着爹的手，热泪长流，泪珠颗颗砸在尘土中！

牛有草看着老杨头，又看着杨灯儿，心里好像开了锅。好一阵子，他忽然喊着："老天爷在上，你看着！"说着就双膝一软跪在了地上。

杨灯儿看着木雕般跪在地上的牛有草，心如死灰，她用手背一抹眼泪，大声说："牛有草你个孬熊，我把话撂这儿，从今往后，咱俩谁也不欠谁的。你抬起眼皮好好瞅着，我叫杨灯儿，是灯就得亮着！"说完转身就走。

回到家里，杨灯儿趴在炕上号啕大哭，心彻底凉了，彻底死了。

一眨眼就到了秋天，树叶飘落到黄河里，顺着河水远去。

白露早，寒露迟，秋分种麦正当时。该种冬小麦了，可牛有草的互助组里没有大牲口，播种太慢，出苗不齐，影响收成。牛有草提议大伙儿凑钱买头牛，几个人都同意了，只有吃不饱说没钱不参加，最后好说歹说他出一半钱。

钱凑齐了，地里仙让牛有草到牲口市看看行情，说不定能捡个便宜。吃不饱要跟着去，说可以长点眼色。第二天一大早，牛有草就带着吃不饱去牲口市看牛。他看着一头牛问啥价儿。牛经纪凑过来，把手伸进牛有草的袖筒里，通过指头暗讲价钱。牛有草嫌贵，摇摇头走了。

这时候，大大咧咧的闺女韩美丽走来，她看着一头牛问价儿。牛经纪照规矩要把手伸进韩美丽的袖筒里。

韩美丽一下把手缩回去，瞪眼道："干啥呀你！不会拿嘴说啊？"牛经纪尴尬一笑："你……你不懂牲口市的规矩啊？"

韩美丽板着脸问："没看我是女的吗？摸索个啥？"牛经纪摇头说："没见过女人逛牲口市，你懂牛吗？"

韩美丽扬眉道："谁说我不懂牛？"牛经纪笑道："那你说说咋鉴定耕牛？"

这时候，不少买牛的、卖牛的围过来看热闹。牛有草和吃不饱也顺着声音走过来。韩美丽毫不怯场，好像讲演似的大声说："要说鉴定耕牛，首先要离远了看牛的外形。好耕牛体形高大粗壮，前高后低，骨骼结实，全身肌肉发育好；公牛昂头挺胸，母牛头面清秀；牛体的前、中、后三部分发育匀称，结实紧凑，前躯宽大，四肢粗壮有力，眼睛明亮有神，毛发清洁光亮，鼻孔大，鼻镜宽，湿润有汗……"大伙儿鼓掌叫好，韩美丽继续说，"我爹当年干过牛经纪，我看过《相牛经》，《相牛经》说，上观一张皮，下观四肢蹄，前观胸膛宽，后观屁股齐。"

牛经纪心里服气，嘴上还想再考考这闺女："那你会看牛的牙口吗？"他指着一头牛，"你说这头牛多大口了？"韩美丽摸了摸牛的牙齿："八岁口，正当壮年。可惜啊，这头牛有点毛病。"她看了牛经纪一眼笑道，"毛病就不说了吧，免得砸了你的饭碗。"说罢转身走了。

吃不饱一拉牛有草说："有门儿，咱得跟着这闺女。"

韩美丽继续在牲口市看牛。牛有草凑过来问："这位大妹子，贵姓？"韩美丽扭头说："干啥？查户口啊？"

牛有草一笑："不是，我看你对牲口挺在行的，想讨教一下。"韩美丽看了牛有草一眼说："我姓韩，问名不？叫韩美丽。"

牛有草点点头："真是爽快人。韩同志，我姓牛……"韩美丽咯咯笑着说："你是来看你的兄弟姐妹呀？"

牛有草只好笑着说："韩同志取笑了。我是来买牛的。"韩美丽也笑："谁不知道你是买牛的，报个名啊！"

牛有草忙说："我叫牛有草。"韩美丽大笑："我的亲娘哟！你这个名儿真有趣儿，牛有草，饿不着。哪村的？""麦香村，你呢？""集贤村。"

牛有草套近乎说："那地方我知道，以前的县大队驻扎在你们村。"韩美丽一拍滚圆的大腿叫道："你说的咋那么对！咱都是归麦香岭地区。我们那儿成立互助组了，你们那儿呢？"

牛有草说："搞了两个试点。你是来买牛的？"韩美丽挺高兴："你说的咋那么对！是给互助组买牛。"

这时，牛经纪看牛有草是实心实意买牛，说那边有头牛价格公道，让去看看。牛有草请韩美丽一起去，帮着长长眼，晌午请她吃饭。韩美丽很爽快地答应了。

四个人来看那头牛。牛经纪和牛有草袖筒里讲价。牛有草觉得价钱还可以，可牛腿有毛病，就征求韩美丽的意见。韩美丽四周打量牛，摸摸这儿，拍拍那儿。她说牛腿是有些毛病，耕田没有问题，就问啥价儿？牛有草伸出手来，又把手缩回去了。韩美丽笑着说："还挺封建的，没事儿。"牛有草把手伸进韩美丽的袖筒讲价。

牛经纪笑问："哎，这位女同志，他咋就可以伸进你袖筒？"韩美丽说："我们认识嘛！嗯，干活没大问题，关键是价钱还可以。"吃不饱急了："买了吧，就算有问题，杀了吃肉也合适。"

牛有草拍板买了。吃不饱牵着牛和牛有草走着还不忘吃："有草哥，你不是说了吗，人家韩美丽帮咱看牛，咱请人家吃饭，说话得算数啊！"牛有草说："那就请她吃饭。"吃不饱高兴了："应该、应该！"

正好，吃不饱看到韩美丽牵着一条小牛犊过来了，就大喊："哎，韩姑娘，还没走呢？"牛有草走上前说："不是答应请你吃饭嘛，到饭时儿了，去前面饭馆吃点啥吧。"韩美丽倒也不客气："你这人挺认真的。好吧，也饿了，少破费点。"

三个人在饭馆吃锅饼。吃不饱狼吞虎咽地吃着。牛有草问："韩同志多大了？"韩美丽应声道："二十五，你呢？""大你十岁。""不像，你不显老。几个孩子了？"

吃不饱忙说："我大胆哥还没娶媳妇呢！"韩美丽问："你不是叫牛有草吗？"

牛有草笑了："大胆是我的外号，到我们那儿，叫我牛有草不一定有人知道，叫牛大胆谁都知道。你呢？几个孩子？""我也没结婚。""挑花眼了？"

韩美丽眼睛湿润了："我本来订婚了，未婚夫抗美援朝牺牲在朝鲜，就耽误了。"牛有草赶紧说："对不起，不该问这些。如今赶上好社会，往前奔吧。"

韩美丽拍着牛有草的肩膀："你说的咋那么对！我现在是互助组的组长，没工夫考虑自己的事，等把生产搞上去了，再谈婚论嫁不晚。"

牛有草高兴道："你领了互助组，我也领了互助组，咱们比比，看谁干的成绩大。"韩美丽笑着说："比就比，明年县里劳模会上见！"

牛买来了，牛有草互助组的人都来看。大伙儿发现牛腿有点毛病。牛有草说牛是腿受了点伤，养养就好了。兽医菜包子来了，他端详着牛，好一顿摸后说："牛是好牛，正当年，可惜腿有毛病，是胎里带来的，养不好，大胆哪，你被人家骗了，不信使使看吧。"

大伙儿看那牛拉着犁，一瘸一拐地走着，越走越瘸。马小转说："组长，菜包子说得对，你是叫人家骗了！"三猴儿埋怨说："你这么精明，咋叫牛贩子骗了！这不是拿着大伙儿的钱耍大冤吗？"

牛有草火了："钱少还要买好牛，天下的便宜都叫咱占了啊？这牛耕地拉车的活能干就行，不就是上山差点劲嘛！"他赶着牛，瘸腿牛果然不能上坡。他说，"我看这牛特别要强，不服输，它一直在使劲，眼睛都憋红了。做人就要有这种精神，瘸了一条腿，还有一条腿，只要有条腿，就要往前奔！"他抱着一条牛腿帮着使劲，牛还是没上去。大家被感动了，也帮着推牛屁股。牛上了山坡，众人累得呼呼直喘。

牛有草看着大伙儿说："看到了吧？少了一条腿不算啥，咱们给它当腿用！"吃不饱笑着说："大胆，你以后就改名叫牛大腿吧。"

牛有草哈哈大笑："这个名也不错。咱每个人都长着牛大腿，以后庄稼活就不用愁了。"地里仙抚摸着牛说："这牛除了腿有点毛病，其他方面都停妥，委实不错，谁来养呢？"

说起养牛，几个人都推脱着不想干。牛有草让大家轮着养，抓阄决定。结果吃不饱抓到了。可是，吃不饱太懒，喂牛没有心思，把牛喂得越来越瘦。地里仙看着牛瘦得腔巴骨都能当刀使唤了，就把牛牵回家自己养。地里仙家没有牛棚，他赶紧盖了简易牛棚，还用他准备做棺材的红松木料，让老干棒打了牛槽。下雨了，牛棚里漏雨。地里仙冒雨把牛牵进屋里，又费力把牛槽搬进来，他摸索出几个鸡蛋，打碎拌进草料里。牛吃得可欢，地里仙捋着胡子笑。

第三章

　　牛有草正赶牛犁地，马仁礼来到他跟前说："牛组长，我这几年一直单干，互助组搞试点的时候，咱知道自己没资格，现在都铺开了，我想加入互助组。"牛有草摇头说："不是我不要你，我们组人够多，还都是些困难户，你到别的组吧。"

　　马仁礼跟在后面求着："我不是还要跟你早请示晚汇报嘛，要是在一个组，多方便。"牛有草笑了："拉倒吧，你一个月才给我请示汇报几回？"

　　马仁礼忙解释说："牛组长，话不能这么说，我是天天去的，风雨不误，可你不是说忙，就是没时间，不听我的请示汇报，怨不得我。"牛有草一摆手说："就算那么回事，我这里也留不了你，你去赵有田他们组看看吧。"

　　马仁礼没辙了，只好去找赵有田，他笑着说："少东家来了！"马仁礼苦笑："赵组长，不敢这么开玩笑，我承受不起。"

　　赵有田忙说："别在意，找我有事儿啊？"马仁礼把想加入互助组的事说了。赵有田就和大伙儿商量。老干棒不同意，说马仁礼的成分不好，小心一个苍蝇坏了一锅粥。杨灯儿替马仁礼说话，认为不能一棒子打死人，马仁礼这几年改造得挺好，不能总是低半拉眼皮看人。还有，马仁礼念过书，有文化，他要是进了组是好事。瞎老尹夸杨灯儿说得有道理。

　　马仁礼当众表态："还乡团来的时候，我冒着生死给县大队报信儿，也是立了功的，还受到周老虎队长的表扬，我也要进步，为咱们组生产出力。"

　　赵有田拍板，试用马仁礼一个月，试用期过了才能正式进组。大伙儿都同意这么办。马仁礼很高兴，立即提出搞生产的建议："俗话说，庄稼一枝花，全靠肥当家。人养地，地养人，土地不亏勤劳人。咱们秋后要在积肥上下功夫。如果能到县城里拉大粪，那就很好。"

赵有田觉得这个主意不错，只是对县城的情况不了解，入冬了再说。

干活的时候，马小转传播消息，说马仁礼进了赵有田的互助组，还出主意要去城里拉大粪呢！地里仙称赞道："这步棋走得好。种地不上粪，等于瞎胡混。咱也得想法子积肥。"牛有草笑着："这小子到底是在城里待过，眼尖手长，能想到城里去淘粪，鬼点子！不能让他占了先，咱得早走一步！"他马上让吃不饱去县城打探情况，答应让吃不饱在城里可以买三个大馇馇吃。

吃不饱可高兴，跑到县城一趟，果然打听清楚了。县城里管大粪的是卫生局，他们都是白天上班，附近村庄的菜农包了城里的大粪，白天去不行，要半夜最冷的天去，这时候没有人，大粪上点冻了，好淘。吃不饱还把大院的茅房，还有公共厕所都记下来了。牛有草夸吃不饱能干，三个馇馇换来的情报值了！

一转眼冬天就到了。赵有田办事有些拖沓，胆子又小，去县城拉大粪的事没有太在意。牛有草却趁着天上下雪地下上冻的机会，半夜就悄悄带着三猴儿和吃不饱赶牛车去县城淘大粪了，到县城天才麻麻亮。他们来到一个大杂院查看茅房，里面的粪堆满了。一个老大娘出门泼水，看到他们三个人，问明是淘粪的，连说："好！好！粪坑满了，快淘吧。"

一个大胡子进来倒尿罐子，听说是远处农村来的，就说恐怕不行，县城的大粪有专门机构管理，有专门挑大粪的，送到大粪场卖钱，恐怕人家不让。老大娘说粪坑都满了，还能不让人上茅房啊！牛有草仨人很快装满了一车大粪拉回来。

马仁礼听说牛有草他们第一次去县城淘大粪就淘了满满一车，就和赵有田商量也要去拉大粪，赵有田同意了，决定他和马仁礼还有老干棒三个人去。

这天半夜，牛有草他们赶着牛车上路了。马仁礼带着赵有田和老干棒赶车远远尾随。牛有草他们来到一个大院把牛车停下，立即走进大院淘粪。马仁礼他们把车停得远远的，瞄着牛有草他们的行动。牛有草他们一走，马仁礼带着赵有田和老干棒来了，他们赶紧刨粪。

一户人家走出个老人问："你们咋又来了？不是刚走吗？"马仁礼说："啊，那是我们一伙儿的，分组行动。"

牛有草他们赶着牛车来到一个大坑前面把粪先卸下，又带人来淘粪，可是一看粪坑，空了！

那个老人又出门来看。牛有草问："我们走了以后，谁来过了？"老人说："有三个人说是你们一伙儿的，淘得干干净净。"牛有草奇怪："好家伙，还有捡剩馇馇吃的。走，到别的地方看看。"

第二天，牛有草带人到县城一个公厕偷粪，装满一车后，让吃不饱留下看着，不能再让别人得便宜。牛有草和三猴儿赶着车走了，吃不饱看着粪坑。牛有草刚走，马仁礼带人来了。他远远看到看粪坑的吃不饱，就从车上拿来一个麻袋。

吃不饱抱着肩膀蹲在公厕旁。马仁礼走过来，拍了拍吃不饱的肩膀。吃不饱吓了一跳。马仁礼问他来这儿干啥？吃不饱被问急了，就说来拉屎，反问马仁礼跑这么远来干啥？马仁礼笑着告诉吃不饱，他来办事儿，顺便想弄只狗回去杀了吃肉。他说前些日子到县城办事，看见屠宰场附近有一只没人管的狗，可肥了，想套回去，可惜没带麻袋，今天特意带来了。只是一个人舞弄不了，要是俩人去，套着了俩人平分。吃不饱一听可高兴，就跟着马仁礼走。赵有田趁机带人把车赶来淘大粪，装满车急忙跑了。

马仁礼和吃不饱在街上走着。一个大院儿里出来一只狗，挺肥的。马仁礼忽然说坏了，套狗得用绳子，没带绳子，就让吃不饱在这儿看着狗，他去找绳子。牛有草再带人回来一看，公厕里的大粪被人淘干净了，吃不饱也不见影儿。

牛有草一身疲倦地回到家里，刚躺在炕上，吃不饱跑进来嚷嚷着："马仁礼这个不拉人屎的，他骗我去套狗吃肉，我中了他的调虎离山计。这小子人狡猾了！"牛有草瞪眼："你还把自己比老虎？你就是个完蛋货！"

吃不饱跳着脚喊："不行，我要找马仁礼论理！"牛有草撇撇嘴："算了吧，一个愿打，一个愿挨，怨不得别人。再说，你哪只眼看见马仁礼偷咱们的大粪了？"

晌午，牛有草走在村街上，迎面碰见马仁礼。马仁礼对牛有草毕恭毕敬地说："牛组长，闲着呢？有空儿给您汇报汇报思想。"牛有草斜一眼马仁礼说："你小子不用装，你那点儿心眼，逃不出我的眼睛。"

马仁礼笑着说："看您说的，您是火眼金睛，手里还有金箍棒，我哪敢和您装蒜。"牛有草指着马仁礼的鼻子训斥道："我心里明镜似的，你们组你是狗头军师。咱们别比小心眼儿，比明年谁的生产搞得好！"

黄昏时，天上飘着雪花。老干棒在村街上碰到马小转，他举着磨刀石问："妹子，磨吗？""大冬天，磨你娘的腿啊！金花嫂家暖和，你去问问，弄不好她要磨。"马小转说完，大笑着走了。

老干棒继续走，这时一个蓬头垢面的要饭瘦女人背着包裹迎面走来。老干棒盯着瘦女人没话找话："大妹子，磨吗？"瘦女人一愣："大哥，磨啥啊？"

老干棒举着磨刀石说："菜刀、剪子、锄头啥的，都能磨。"瘦女人哀叹："大哥，别拿俺取乐了，俺是要饭的，除了破碗和打狗棍，啥也没有。俺河南老家受灾，全村人都出来要饭，大哥发发善心，给点干粮吧。大哥，给口吃的，俺……全听你的。"

老干棒望着瘦女人，叹了口气："大冷的天，小风嗖嗖的，顺着脖子往里灌，冰凉啊，跟我走吧。"说罢领着瘦女人走了。

老干棒和瘦女人一前一后走着。吃不饱走过来问："这是在哪儿抓挠个婆娘啊？""七仙女下凡了。"老干棒说着把吃不饱拽到一边低声道，"想找媳妇吗？你要是能给她弄口吃的，她就跟你回家。"

吃不饱摇头说："丑八怪一个，你自己留着吧。"老干棒一戳吃不饱的脑门子说："穷得媳妇都找不着，还挑丑拣俊的，啥玩意儿！"

老干棒领着瘦女人推开破门进家，让女人炕上坐，然后拿出干粮，倒一碗水，让瘦女人吃喝。看瘦女人狼吞虎咽地吃，老干棒有一搭没一搭地和女人聊，知道瘦女人叫姜红果，在老家都叫果儿，出来讨饭小半年，家里没啥人了。

老干棒让果儿吃完就走。可是果儿不想走，实在不行，就在院里草垛子睡一宿，明儿个天一亮就走。老干棒心软了，大冷天的，哪能让人睡草垛子，里屋有炕，就是没褥子，可总比外面暖和。

老干棒拉着风箱烧水。果儿洗过脸，走过来让老干棒也洗洗。老干棒抬头望着果儿愣住了。梳洗干净的果儿站在老干棒面前，原来她是个颇有姿色的女人。老干棒愣愣地望着果儿，手不停地拉着风箱。

果儿有点不自在地问："大哥，你看啥哩？"老干棒笑着说："真是七仙女下凡了！"

"啥七仙女八仙女的，哪有要饭的仙女啊！"果儿说着，打了半盆凉水过来，"大哥，水都烧滚了，你咋还拉哩？"

老干棒这才停住风箱。果儿从锅里舀出热水，倒进盆里说："大哥，就着热乎水，你也擦把脸。"老干棒站起来说："我这张脸，洗不洗都一个样。"果儿笑着说："谁说的，洗洗不一样。"

老干棒洗脸，果儿靠前来，让老干棒低下头，她给老干棒洗头。洗完了，老干棒抬起头来，泪水满面地呜呜哭："果儿，我都四十多岁了，除了我娘，头回有个女人对我这么亲！"果儿笑着给老干棒擦脸。

老干棒看着果儿："哎，你说的话当真？"果儿故意："我说啥啦？""你说给你口吃的，你全听我的。""大哥，那是掏心窝子的话。"

老干棒一把抱起果儿，大步朝里间走去。夜深了，冬夜寒冷啊，可躺在炕上的老干棒浑身热得像火炭儿。他长到四十多岁，到现在才知道啥叫女人。女人原来是这样的啊！一阵忙乎过了，他让果儿躺在他的胳膊上，望着棚顶不言声。

忽然，老干棒嘴对着果儿的耳朵吹风："果儿，明天咱就去扯结婚证！"果儿抓着老干棒的手说："不中。那俺还得回老家办手续，你能出盘缠？"

老干棒一搂果儿说："出不起。要不咱先把喜事办了，结婚证以后再扯。"果儿把脸靠在老干棒的胸脯上，动情地说："那也得不少钱，咱就不吭不哈地过就中。"

老干棒倒也觉得省事，问道："你不怕委屈了？""俺一个要饭的，还有啥委屈？"果儿声音有点发涩。老干棒赶紧安慰道："再别说啥要饭的，往后你有家了！"

老干棒抱着女人好像在做梦，他真怕这个好梦会突然醒来，落得一场空。他暗自掐一下自己的大腿，疼！他摸摸怀里女人的脸，女人用热热的嘴唇咬了一下他的耳垂。他知道这不是梦。他把果儿的脖子搂得更紧了："果儿，我实在配不上你。"果儿紧抓着老干棒的另一只手说："大哥你咋说哩，俺一个要饭的有个人疼着，心里暖和着哩。你心好，俺情愿跟你过，要是撒半句谎，出门让雷劈了俺！"

老干棒翻身环抱着女人："果儿啊，果儿，就凭你这么说，我要是不好好待你一辈子，出门让雷劈了我！"

太阳暖洋洋地照着，牛有草领着组里人拉碌碡压麦苗。马小转告诉大伙儿，老干棒找了个女人过上了，他那原来像老树皮的脸现在跟抹了胭脂红扑扑的。那是个要饭的女人，挺年轻的，模样可俊了。吃不饱这才想起来，前两天老干棒拉着个要饭的女人说给他做媳妇，那个女的丑的要命，咋会俊呢？

三猴儿心里有点酸地说："这个老干棒，交桃花运了，有好事也不跟咱们说一声，自个儿快活上了。我成天给这个拉呱对象，给那个拉呱对象，一身本事，没用上啊！"

吃不饱干活回来，特意转到老干棒家看，果然，那个要饭的瘦女人让老干棒喂得脸上挺滋润，模样就是不错。他回到家里，好像喝了半斤醋，酸得难受，心想，这么大的便宜咋就让老干棒占了呢！

天很黑，下着小雪，怪冷的。吃不饱端着盆子走出家门，在院子里撮了半盆子雪。不一会儿，一个人影跳进老干棒家院子，钻进老干棒家的屋里。屋里忽然传出老干棒一声大叫，紧接着传出女人的叫声。人影跑出老干棒家消失了。

老干棒赤身站在炕头，果儿捂着被子愣愣地望着，炕上撒了一堆雪。老干棒匆匆穿上衣裳，走出屋子卸下铡刀，扛着铡刀走出了院子。

老干棒扛着铡刀在村街上边走边骂："哪个没长屁眼儿的干的？找死啊！你给我站出来，我捏不出你的粪蛋蛋不姓牛！"果儿走过来拖老干棒："当家的，咱不生气，有人看咱过得好眼气，不跟他一般见识，为俺跟别人玩命，不值当。"

老干棒大喊："咋不值当！你不能受欺负，谁欺负你，我就把一腔子血泼谁身上！"果儿望着老干棒，心里一热要流泪。老干棒拉住果儿，"明儿个你好好收拾收拾，我领你出去逛逛，我倒要看看哪个敢奔拉眼皮看你！"果儿听了心里暖暖的，一心想与老干棒把日子过好。

老干棒心疼果儿，逮着空就帮果儿干家务。他拉风箱，果儿在灶上忙活。老干棒问："今儿个给我做啥好吃的？"果儿两手不闲地说："俺老家河南最有名的胡辣汤，可好喝，包你喝了一辈子忘不了。"

老干棒满脸幸福地感叹："果儿，这些日子，我一直像在梦里，你不是天上的七仙女儿下凡的吧？"果儿笑着说："看你说的，那俺就是妖精了。"

老干棒深情地说："我就怕一觉醒来，你让王母娘娘召回天庭里去了。真有那么一天，你事先给我打个招呼啊！"果儿说："别胡思乱想了，紧着点拉风箱。"

老干棒一阵忙活。果儿用勺子舀了一勺汤让老干棒尝尝味道。老干棒喝了一口赞道："鲜，味道太好了，从娘肚子里出来，舌头就没尝过这么好的味道。"果儿说："有芝麻香油味道更好。"老干棒眯缝着眼说："有酒更好，美死了。"

门外传来牛有草的声音："酒和芝麻香油都有，下酒菜也带来了。"话音刚落，牛有草和马仁礼走进来。马仁礼打躬作揖说："恭喜有道哥，金屋藏娇啊！"

老干棒站起来嘿嘿笑道："你嫂子刚进门，还没来得及领给乡亲们认识，失礼了。果儿，这个是牛组长，那是马仁礼，我们一个互助组的。"

果儿赶紧笑着让座，用河南胡辣汤招待客人。牛有草揭开篮子盖儿，拿出酒和四个菜。马仁礼举着香油瓶子让果儿往胡辣汤里点一点。三个人喝酒。马仁礼让果儿也坐下。果儿说河南老家的规矩，女人不上席。

牛有草在老干棒家喝醉了，马仁礼把他搀回家，放在炕上。牛有草躺在炕上，闭着眼睛哼哼。

马仁礼捅着牛有草说："牛组长，醒一醒！"牛有草闭着眼睛问："干啥？""还没汇报思想呢。""我困得不行了。""那今天就免了？""那不行，说！"

马仁礼挺认真地说："关于香油的事……"牛有草嘟囔："啥香油？说思想！"

马仁礼长出一口气："咱先说说，老干棒媳妇的胡辣汤好不好喝？要是没滴儿滴香油，能有好味道吗？所以说，不管是地主，还是贫农，都喜欢吃香油，是吧？所以说，吃不吃香油，和出身没关系，是吧？"牛有草忽地坐起来说："你小子这是跟我汇报思想吗？是给我来上课！算了，说点别的。"

马仁礼一笑："那好，就说别的。牛组长，我看老干棒的媳妇有点靠不住。这个果儿嫂子，要模样有模样，怎么能看上干棒大哥呢？再说，她这么大岁数了，怎么还孤身一人？"牛有草也笑："这有啥奇怪的，灯儿不是也不小了吗？有啥事儿耽误了吧！"

马仁礼问："你这是说起灯儿了，怎么还不打算娶她？"牛有草忽然火了："你给我闭嘴！"

马仁礼赶紧说："闭嘴，这就闭嘴。今天就算汇报了？""算了，你走吧，我酒劲儿又上来了。"牛有草说着倒在炕上。

地里的麦苗返青了，村头的老槐树发芽了，浑浊的河水半槽子了，又一个春天来到了。

杨连地在院里整理蜂箱，杨灯儿把那棵老铁树搬到院子里浇水。媒婆马婆子来给灯儿说亲，老杨头赶快往屋里请。马婆子坐在炕上，老杨头递过烟袋、火镰、火石、纸媒子一整套家什，让马婆子吸烟。

马婆子吸了一口烟："我说老驴子，你家的日子过得真差事，人家都用洋火了，你家还用火镰、火石。"老杨头一笑："庄户人过日子，能省就省。老话说得好，吃不穷，穿不穷，不会打算一世穷。"

马婆子慢慢喷出一炷烟："这是大实话。我想起马大头他爹，那是咱村的首富，可老爷子成天腰里扎着草绳子，天不亮就去拾粪。"

老杨头也来了兴趣："他还有个典故呢。那年大年三十，马大头他爹早早安排孩子睡觉，就是为了不让孩子放鞭炮。别人家放鞭炮把马仁礼惊醒了。马仁礼问他爷爷啥动静这么响，老爷子说，睡你的觉，那是驴踢门的动静。"

马婆子笑着说："怪不得那老头子的外号叫'驴踢门'，有这么个来头。该说正经事儿了。嗯？灯儿呢？"

灯儿娘从西屋把灯儿叫来。马婆子看着杨灯儿说："闺女出息得越来越漂亮了！先前我没少替咱灯儿的婚事操心，可一提起来，人家都摇头，不是嫌弃咱闺女长得拿不出手，是膈应名声不好。如今灯儿的名声挽回来了，可岁数大了点，我也不能眼看着咱灯儿臭在家里，把我愁的啊，一宿一宿地睡不着觉。昨儿我去集贤村说事儿，有个主儿，三十多岁，人长的五大三粗，国字脸，络腮胡子，都叫他罗胡子，日子过得殷实，前些年他媳妇性子烈，和婆婆处不来，拌了几句嘴，跳井死了，身边有个闺女，想娶个本分人家的闺女进门。我呼啦一下想起咱灯儿。你们看有没有意，要是有意我给嘎哒嘎哒。"

老两口沉默了。"爹，娘，你们也想要我跳井吗？"杨灯儿说完转身走了。马婆子见了直摇头，婚事当然没有说成。

村里的日子过得慢，除了农活儿就是开会。在赵有田互助组的会上，马仁礼发言说，要在产量上胜过牛有草他们组，就得有新措施。眼下两个组的粪肥差不多，可以把好钢用在刀刃上，改改撒肥的办法。撒肥一大片，不如一条线。开春了，追肥、浇水正是时候。眼下一个雨点都没掉，麦苗蔫头耷拉脑，黄乎乎一片，怎么办？老天不给水，咱自己找水，麦香岭水位高，好打井。可以搞一台手摇水车，他见过图样。瞎老尹会铁匠活，老干棒会木匠活，造就是了。赵有田一听，觉得这个办法好，就决定干起来。全组的劳动力白天打井，晚上突击造水车。

马仁礼画好手摇水车图纸，赵有田组里的人在瞎老尹家的院子里造水车。牛金花拉风箱，赵有田和灯儿抢锤，瞎老尹打铁。

赵有田笑问："灯儿，你行吗？抻着来，闪了腰不好跟你爹交代。"灯儿把大锤一举："要是讲力气活儿，不输给你，还是小心你的小体格吧！"

老干棒干木匠活。马仁礼拿着图纸，交代一定要按图纸尺寸来。果儿提着桶来喊："大伙儿都歇歇吧，俺烧了锅胡辣汤，都喝点。"大伙儿放下手里的活。果儿给每个人盛一碗胡辣汤。大伙儿美滋滋地喝着。老干棒笑着说："你们都有口福啊，我媳妇的胡辣汤，神仙喝了都不愿意上天！"

众人一条心，黄土变成金。赵有田互助组的人日夜干，水井打好见水了，手摇水车也造好抽水了。大家轮班摇水车，给麦田灌水，一个个浑身大汗。

大家都很高兴，夸手摇水车这玩意儿真不错，比挑水省力多了。赵有田夸马仁礼给互助组立了一大功。村里其他互助组的人纷纷来观看，非常羡慕，赞叹不已。马仁礼兴高采烈，乐得嘴都合不上了。

牛有草来了。马仁礼忙说："牛组长大驾光临，有失远迎。来看看我们的水车？"牛有草一笑："你们有水车？我才知道。我到东边那块地看看，赶巧路过这儿。"他说着，斜眼望着手摇水车，"也没啥，逗弄小孩的玩意儿。"

马仁礼使劲摇了几下说："牛组长请看，这不抽上水了吗？"牛有草笑着说："费这么大的力，才抽多点水呀，跟小孩尿尿似的。"

正在摇水车的杨灯儿白了牛有草一眼问："你家的孩子有这么大的尿泡？"牛有草撇撇嘴："我要有儿子，一泡尿能把这块地浇透。没意思，走了。"

牛有草是嘴硬心里急，夜里，他到地里偷看水车。马仁礼从水车后面闪出来。牛有草被吓了一跳。

马仁礼笑着问："牛组长来看水车？给介绍一下？"牛有草摆手说："谁稀罕看你这破玩意儿，我赶巧路过。别忘了到我那儿汇报！"说着，一摇两晃地走了。

马仁礼正吃晚饭，杨灯儿来了，她进屋四处望着，走到炕前拿起一摞图纸问："这就是你设计的水车样子？你真有学问！"马仁礼高兴了："这算什么？我的本事大了去。别说水车，豁上工夫，火车我都能设计出来。"

灯儿笑着说："说你胖，还喘起来了。不管咋说，佩服你。你这图样我拿回去看看，学点玩意儿。"马仁礼笑看杨灯儿："拿走可以，你是要给牛有草看吧？""你瞅你那小心眼儿，亏得我还把你当个爷们儿看！"杨灯儿说着拿起图纸走了。

晚上，杨灯儿走进院子，朝牛有草屋里走去。牛有草正光着膀子，笨拙地补肩膀磨破的地方，他看灯儿进来，赶忙穿上褂子。

灯儿一屁股坐下说："看把你能的，还干针线活了，脱下来，我给缝两针。"牛有草不脱。杨灯儿站起来，"叫脱就脱，还封建了！也知道害臊啊？"

牛有草刚要脱褂子，乔月进来问："灯儿姐也在这儿啊？"灯儿扭头道："咋我一来你就来呢？跟我的脚啊？"

乔月笑着说："这是什么话！我早想来了，可又怕打扰牛组长。才看你来了，我想一个也是打扰，两个也是打扰，咱就凑一对得了。其实也没什么事儿，就是看我们组长这几天脸上的气色不好，过来问问，是不是操劳过度了。"

杨灯儿说："庄户爷们儿，成年累月都是这些活，有啥操劳过度的？别没话找话，说要紧的。"乔月脸上开花说："牛组长，我有个建议，你是咱们互助组的顶梁柱，可每天挑水浇地，干得比别人多，这不行。你的责任是领大伙儿干活，你光顾自己干活了，有的人偷懒耍滑。咱们可以把组里的人分两拨，搞劳动竞赛。"

杨灯儿笑道："拉倒吧，要是搞竞赛，谁要你啊？"乔月白了杨灯儿一眼说："哎，我说一句，你堵一句，让不让人家说话了？"说着转身走了。

牛有草摇摇头："灯儿，你看你，说话就是噎人。""我就是看不惯这种光会说嘴的人。"杨灯儿说着，拿出马仁礼的水车设计图，"自己看吧。"

牛有草打开图纸问："造水车的图样？马仁礼的？我不看。"杨灯儿火了："我不是冲着你，是冲着地里的庄稼，大伙儿忙活了一冬，你就眼睁睁着大伙儿着急？"

牛有草噘嘴赌气说："这是我的事，不用你管！""你爱看不看！"杨灯儿把水车设计图扔到炕上，转身走了。

牛有草终于想开了，他不能比马仁礼落后，他也要造水车，要比马仁礼的先进，要造牛拉的水车，其实别的地方有的就这么干了。马小转有个表哥在县水利局，有马仁礼画的手摇水车的图样，托人给改成牛拉水车，自己造。牛有草把自己的想法和组里的人一说，大家都很兴奋。

地里仙提出，他做寿材的木料可以献出来造水车。牛有草说木料就算借的，以后打了粮食给置办新木料。马小转的表哥来了，牛有草让他看马仁礼画的图纸，他夸乡下有能人，图纸画得有模有样，在这个基础上改成牛拉的问题不大。牛拉水车很快造成了，牛有草互助组的牛拉水车转动着，井水哗哗地流向麦田。

马仁礼看着牛有草的水车说："牛组长，您真有本事，这招都能想得出来。不过，我们的水车，除了传动装置，跟你们造的水车像是一个模子倒出来的啊！"牛有草笑着说："你们施的肥跟我们施的肥，好像是一个茅房里淘出来的吧？"

这天，马小转在家纳鞋底子，三猴儿牵着牛过来，牛该马小转养了。马小转让三猴儿把牛拴那儿，三猴儿找不到拴牛桩子，马小转就让拴她腿上，三猴儿把牛拴到小转儿的腿上走了。小转儿继续纳鞋底子。牛走动找吃的，把马小转拖个仰八叉。

马小转骂道："你这该死的牛，看我不打你！"牛叫着，马小转在院子里抓了一把草扔给牛。她这么喂牛，没过几天牛就瘦得皮包骨头，草也不吃。马小转害怕牛死了，赶紧跑到牛有草家喊："大胆哥，不好了！这两天牛不吃草，一个劲儿地叫，快去看看吧。"

牛有草跑到马小转家一看，牛卧在地上，一声一声叫着。兽医菜包子看着牛，这儿摸摸，那儿敲敲。

牛有草埋怨说："小转儿，看看这牛让你养的，瘦成啥样了！"马小转还挺委屈："也没断它吃的，光吃不长膘，我有啥办法！"

菜包子问马小转："你都喂它啥了？"马小转指着院里的草："就喂那些。"

菜包子走到那堆草跟前拨拉着，找出了一根钉子。他举着钉子："这牛吃了混进钉子的草了。"牛有草生气道："小转儿，你这个败家的娘们儿，咋给牛喂这个？"马小转噘嘴说："谁知道里边有钉子？"

牛有草问："喂牛的草料你不过筛子吗？"马小转嘟囔："我家没有筛子。"牛有草气得摇头："你这日子咋过的？谁娶了你算倒了八辈子霉了。"小转儿瞪眼说："你想娶我还不跟呢！"

牛有草无奈地说："不跟你扯皮！仁廉，你说咋办吧？"菜包子说："要想治，就得给牛做手术，就是给牛开膛破肚。"

牛有草皱着眉问："肚子豁开了，万一牛死了咋办？"菜包子说："给人做手术都有风险，何况牛了。你要是同意，我回去磨刀。"

牛有草不放心，让先等等，他再想一想。吃不饱和马小转都说开刀吧，不会有事儿。牛有草瞪着眼说："我看你俩恨不得要把牛生啃了，牛遇到你们俩见肉眼红的主儿，算倒了八辈子霉了！停两天看看吧，给它吃点泻肚子的药，说不定就能把钉子拉出来。牛我牵回家了。"

牛有草在野地里拔一堆好青草放在牛面前，牛不吃。他使劲把青草塞进牛嘴里，牛摇着头还是不吃。他看着牛抹起眼泪。

马仁礼路过问："牛组长，你跟牛拉呱呢？"牛有草哼了一声说："嗯，拉呱呢，牛一肚子心里话，倒不出来。"

马仁礼一笑，转身要走。牛有草喊："哎，人要是吞了钉子咋办？"马仁礼挺认真地说："拉不出来就是死路一条！别想不开，不就是条牛嘛，你可要好好活着。"

牛有草冲马仁礼大声道："要是在旧社会，我还真活不下去了。现在光景好啊，地主老财的地到咱爷们儿家，扔个种子就能长出庄稼来。我要好好活着，等丰收了，我躺麦地里，伸手撸一把麦穗，边嚼边晒太阳，想吃多少吃多少，舒坦!"

马仁礼转身走了。牛有草牵着牛回来，院门口站着马小转和吃不饱，俩人都说心里一直挂念着牛，来看看。牛有草白了他俩一眼问："我看你们是挂念牛肉吧?"

马小转毫不掩饰地说："牛组长，实在不行就杀了吧，要是再不杀，牛遭罪不说，也干不了活啊! 你看这牛瘦的，打眼一看，少了好几十斤，那是好几十斤肉啊!"吃不饱赶紧接上话："这好几十斤肉要是炖了，那可是一大锅，够咱们吃多少天啊! 你就眼睁睁看着肉不明不白溜走吗?"

牛有草赌气道："牛就是死了肉也得卖钱! 牛是大伙儿出钱买的，不能说吃就吃了!"杨灯儿过来看牛说："听说你们的牛吞了钉子? 马仁礼说有办法救它。"

牛有草奇怪地问："我碰见他了，他咋没说?"杨灯儿白了牛有草一眼说："该求着人家了，你咋也得去招呼一声，说个请字啊!"

牛有草耍牛脾气说："我明白那小子的心思，他想靠这拉拢我，我求谁也不求他!"灯儿生气道："你这是当组长说的话吗? 牛是大伙儿凑钱买的，干活少不了，它要是有个好歹，你就认了? 扁担两头翘，哪轻哪重你还不明白?"

牛有草想了半天，还是得低这个头。

马仁礼在院子里摆弄百叶箱，拿本子记着。牛有草进来打着哈哈："老马啊，忙啥哩?"马仁礼连忙站直了回答："啊，牛组长驾到，有失远迎! 我闲着没事儿瞎摆弄。"

牛有草开门见山问："听说你会给牛看病?"马仁礼摆手说："我哪会给牛看病啊!"牛有草往破凳子上一坐训斥道："拿你当土地佬敬着，你还歪歪起腔了，给你个进步的机会，你小子别不知道好歹!"马仁礼一笑："我也是胡琢磨。"

牛有草一听有门，忙问："你咋琢磨的，说给我听听。"马仁礼说："你把牛交给我，我搞个试验，给牛吃棉花，也许有用。"他告诉牛有草，在北京图书馆的时候，他看过给牛治病的资料，书上说，给牛吃棉花，棉花能把钉子带出来。

牛有草不相信地问："你拿我的牛做实验? 那你先自己吃个钉子再吃棉花试试，看钉子能不能拉出来。"马仁礼解释说："信不信由你，那也比开膛破肚好，就算棉花带不出钉子，牛也能把棉花拉出来，不试试怎么知道不行?"

死牛当成活牛医。牛有草心动了："那就试试看? 我回去把被子拆了。"马仁礼笑着说："你那破被，里面的棉花都馊了，牛不能吃。"牛有草也笑："你的被干净? 那就用你的。"

马仁礼故意说："你们的牛，凭什么毁我的被子?""你看你，心眼儿比针鼻儿小，等牛治好了，我给你买床新的。"牛有草说着要走。马仁礼喊着要顺便给汇报一下思想。牛有草笑着说，"今天就免了吧，没心思。"

棉花给牛喂进去半天了，几个人围着牛看。牛有草着急道："这牛咋还不拉屎？"马仁礼倒是不急："该拉的时候，它憋不住就拉了。"

牛突然倒在地上哼哼地叫着，牛有草喊："完了，牛要死了！"马仁礼催牛有草，赶紧给牛擀肚子啊，他最拿手。

牛有草拿着擀面杖给牛擀肚子。牛叫着，过一会儿闭上了眼睛。牛有草突然站起身，抄着擀面杖朝马仁礼打来。马仁礼扭身就跑，牛有草紧追马仁礼。

杨灯儿拉住牛有草说："有话说话，咋还打人呢？"牛有草吼道："他把牛弄死了，我找他偿命！"说着又追马仁礼。马仁礼一下滑倒，趴在地上直叫唤。

牛有草举着擀面杖问："我还没打你呢，你叫唤个啥？"马仁礼捂着手说："都扎出血了！"牛有草一看，马仁礼手里拿着一根钉子。

牛"哞"发出一声叫，开始吃草。牛有草一下抱住牛头亲着……

这一年冬小麦丰收，黄澄澄的麦子铺满场，农民打麦、扬场，好不热闹！麦香村到处飘着麦香。

牛有草来到祖坟，放下篮子，拿出十一个大馍馍摆供。他念叨着说："爷爷、奶奶、爹，这是咱地里刚收的麦子蒸的馍馍，还热乎，你们闻闻多香啊！今儿个咱全齐了，有地有粮了，把这些馍馍都吃了吧，吃了小鬼儿都另眼瞧咱们。"

能吃饱的日子过得快啊，一眨眼的工夫，就又到了冬天。农民一冬一春家里能有粮不愁吃喝，那就是好日子。漫天大雪年来到，村街一片过年的景象。

关帝庙戏台前站满了人，乔月在台上唱新词吕剧腔："正月里来闹新春，妹子结伴看花灯。今年花灯格外好，一盏一盏数不清。这儿是关公过五关，那儿是吕布战三英。麻姑献寿下凡来，八仙过海显奇能。这儿是三阳开泰降吉祥，那儿是五谷丰登同欢庆……"

大年初一，瑞雪漫天飞舞，世界一片银白。过年了，马仁礼心里还挂牵着乔月。他穿一身新衣裳，拎着包走到门口，从兜里掏出木梳梳了梳头，然后走进院子。他望了望牛有草的屋，又望了望乔月的屋。他走到乔月屋门口，一推屋门走进去。屋里没有人，他把拎着的包放下，从屋里走出来关上屋门。

马仁礼来到牛有草家，牛有草正在包饺子。马仁礼笑着问："牛组长过年好！我给你拜年来了。包饺子呢？"牛有草低头忙乎着说："没你的份儿。"

马仁礼赔着笑："我那儿包好了，回去就下锅。"他抖着身上的雪，"好家伙，雪真大，瑞雪兆丰年，今年的收成不会错。"牛有草耷拉着眼皮说："年也拜了，回家吃自己的饺子吧。"

马仁礼躬身道："别呀，还没跟您请示呢！"牛有草不耐烦地说："大年初一，就免了吧。"马仁礼不由得说："请示汇报几年了，什么时候是个头啊？"牛有草一抬头："这是你着急的事吗？怎么？你烦了？麻雀变了凤凰了？"

马仁礼忙说："没有啊，我就是问问。我永远是只小麻雀。"牛有草看着马仁礼说："麻雀也不是好鸟，偷吃粮食。别忘了，你的家庭成分是地主，是剥削阶级，这辈子都得向我汇报！在贫雇农面前，你别梗梗脖子，明白吗？"

马仁礼辩解说："牛组长，你要弄清楚，我不是剥削阶级，是剥削阶级的子弟，我没剥削。"牛有草自有道理："你是没剥削，可你爹剥削了，你得实惠了，就是剥削阶级！"

马仁礼不服地说："牛组长，你这话我可得说一说了。党的阶级政策说得明明白白，划成分以前，我在北京有拿工资的工作，不是靠土地剥削为生，按照政策，我不是地主，顶多是地主子弟。"牛有草说："还是的啊，你是地主的儿子，地主死了，你不接他的牌位谁接？你爹死了就没有地主了？这个锅你得背着！"

马仁礼壮了胆子说："你这么说就是不讲理了。"牛有草瞪眼质问："不管这些，你就说，你服不服我管吧？"

马仁礼只好赔笑："服服服，我一辈子都服，你得管我一辈子，不能交给别人。"牛有草得意地笑着说："这么说，你就愿我管你？这不结了！你小子回家吃饺子吧。"

马仁礼朝院门口走，正碰上吃不饱、三猴儿、马小转穿着新棉袄走进院子。

吃不饱问："马仁礼，你咋来这么早呢？"三猴儿说："你长没长脑袋啊？他来早请示，不早点能行吗？"

吃不饱摇头说："大年初一也得请示啊？"三猴儿看着马仁礼说："这可是大事，耽误不得！马仁礼，你说是不？"

马仁礼忙点头："是是是！过年了，我给大伙儿拜年，祝新春大吉，万事顺利！"

马小转笑着说："还是文化人会讲话！"

马仁礼心里堵得满满的，大过年的，这算什么事儿啊！只有没心没肺的马小转还能说句热乎话。他朝乔月住的西厢房瞥了一眼，那是他心中的一盏看得见摸不着的灯笼。他急匆匆走了。

吃不饱、三猴儿、小转儿拥进屋子给牛有草拜年，他们背后都藏着东西。

牛有草笑着问大家都好："饺子包好了，正要下锅呢，一块儿吃点？"吃不饱说："吃点就吃点，这年景，谁家都待得起客。光吃饺子没意思，喝点。"

牛有草忙声明："酒我这儿倒是有，可没做下酒菜。"马小转说："这就不用你操心了，我们一家做了一个菜。"大伙儿拿出身后的菜放到桌子上。

牛有草让把地里仙请来，大家一起热闹热闹喝酒，吃饺子。

地里仙捋着胡子说："咱们村穷，小子们娶不上媳妇，落个光棍村的臭名，如今日子好过了，得把光棍村的帽子摘掉。大胆啊，这你得带头。"吃不饱说："大胆哥不是娶不上媳妇，他是有媳妇不想娶。灯儿和乔月都在那儿摆着呢！"

牛有草说："乔月是城里来的。"马小转点破他的心思说："谁不知道，你心里还有灯儿。"

牛有草赶紧解释："别胡说，我心里早把她抠掉了。"地里仙拍着牛有草的肩膀说："灯儿是一棵树，你抠掉树，抠不掉根。"

牛有草烦躁地岔开话说："咱不说这些了，说说以后的好光景。这不是地里能浇水了嘛，明年多种麦子，少种杂粮，那样，咱每天都有白面馍馍吃了。"

黄昏，雪停了，牛有草扫院子里的雪。乔月挎着个包裹，一进来就说："啊，牛组长，我还没给你拜年呢，过年好啊！"牛有草说："哪有过了晌午还拜年的，热乎乎的饺子你都没赶上。"

乔月走进家里，见灶台上放着一个布包。她一层一层打开布包，里面露出一个饭盒。打开饭盒，里面是饺子。乔月高兴地以为饺子是牛有草给送的，笑着拿起一个饺子吃了，然后从自己挎的包裹里掏出一瓶酒，转身来到牛有草家。

乔月告诉牛有草，酒是去县城买的。她是去买毛线，想打一件毛衣，说着坐到炕头上倒了两杯酒。二人对脸喝酒。乔月小脸儿红扑扑的，举杯敬牛组长，祝组长今年领着大伙儿再来一个丰收年。牛有草举杯祝乔月早点有个人家嫁出去。

乔月幽怨地看了一眼牛有草说："组长，你也盼着我早点嫁人？我嫁就嫁个喜欢的人。"她有醉态了，"牛组长，你的一片心我领了。你饺子馅调得真好，咸淡也合适，吃进肚里热乎乎的。"

牛有草不明白，皱着眉头问："喝醉了吧，你啥时吃我包的饺子了？"乔月红着脸说："牛组长啊牛组长，你就别装糊涂了，来喝酒！"

乔月醉了，站在炕上唱吕剧腔："风吹柳叶哗啦啦，一轮明月天上挂。月亮圆时月宫好，月残嫦娥泪哗哗。天上虽好太寂寞，哪比人间好风华……"

乔月唱到这儿动情地流泪了。

这时候，杨灯儿挎着篮子来了，听到屋子里唱戏，停下脚步听着。屋里传来乔月咯咯的笑声。杨灯儿忍不住一把推开门走进去，把篮子放在炕上说："你俩挺热闹啊！有酒没菜不成局，我都给你们备好了。"说着从篮子里拿出菜和酒。

乔月挑衅道："灯儿，你这是拜年来了？只有黄鼠狼才晚上拜年呢！"杨灯儿更是要强："谁是黄鼠狼谁知道，黄鼠狼就怕喝多酒，喝多了藏不住尾巴。"她说着，给乔月倒上酒，"还敢喝吗？"

乔月端起酒杯，一口把酒喝了。灯儿也把酒喝了，接着又倒酒。俩女人拼酒。

牛有草忙说："灯儿，乔月酒量不行，再说，你来之前，她都喝不少了。"灯儿瞪了一眼说："牛有草，你啥意思，心疼她了？"说着拿起酒瓶，一口气灌了半瓶，然后把酒瓶蹾在饭桌上，"这回公平了吧？"

牛有草劝道："灯儿，你别闹了，赶紧回家吧。"杨灯儿微醉了，笑着说："还早着呢，你急啥啊！来，乔月，咱俩继续喝，看看到底谁是黄鼠狼！"

杨灯儿和乔月继续拼酒。乔月醉倒趴在饭桌上，杨灯儿也醉了，她扶着饭桌说："乔月，你别装醉啊，有本事起来接着喝！牛有草，你把她翻过去，我要看看她腚后头长没长尾巴！"

牛有草劝阻说："净说胡话。灯儿，她喝不过你，你赶紧回家吧。"杨灯儿哈哈大笑："咋啦，你怕我睡这儿？牛有草，我告诉你，我杨灯儿不是喝多就随便找地儿睡的人！我瞧上眼儿了，服服帖帖怎么都成，我要是瞧不上眼儿，你就是拿铡刀按我的脖子，我也得端你两脚！"她说着就下了地，身子忽然一侧歪。

牛有草赶紧扶住杨灯儿。灯儿一甩手，把牛有草甩到一边，拉起乔月搀着走进西厢房。杨灯儿从乔月屋里摇摇晃晃走出来，牛有草要送她回去。

杨灯儿说："用不着。你是我啥人？你送我算啥事？让旁人看着了，还不得嚼烂你的舌头。"她摇摇晃晃地走着喊，"真凉快啊！"她走到老槐树那儿，扶着树喘气，眼泪禁不住滚落下来……

老干棒坐在炕桌前，笑眯眯地等着果儿把饭菜端上桌子。果儿满脸泪痕地走进屋子，端着饭菜。老干棒收敛了笑容，很奇怪果儿是咋了。果儿让老干棒吃，自己不吃，说是不饿。

老干棒担心地问："你到底咋啦？谁欺负你了？告诉我，我泼上命也得把脸找回来！"果儿说没有人欺负她，说罢走出里屋，坐在灶台前流泪。

老干棒出来擦着果儿的脸说："果儿，说啊，到底咋了？我对你不好了？跟着我受穷，委屈了？"

果儿只是摇头。老干棒急得在屋里转圈。果儿突然号啕大哭起来："当家的，俺对不起你啊！"老干棒忙问："是不是因为成亲一年了，没给我生下一男半女的，愧得慌？"

果儿抽泣着问："当家的，俺说了，你不会拿俺不当人吧？"老干棒忙说："咋会呢？我拿你当娘娘伺候都觉得过意不去！"

果儿这次细说："俺是有男人的……前年俺那儿遭了灾，日子没法过，村子里的大人都出来逃荒要饭，俺男人病得不行，出不了门。俺不想出来，俺男人说，你出去还能带走一张嘴，你要不走，全家都得饿死，还是走吧。就这么着，俺走了。来到这里，遇到了你，俺看你待俺这么好，也是跑得没力气了，一时没志气，就跟你过了。”

老干棒埋怨着说："你有男人早说啊，你说咱俩都这样了，叫我咋办？你打算咋办？"果儿抹着眼泪哽咽说："大哥，不管咋说，俺是有主儿的人了，俺两口子感情还不错，如今日子好过了，俺想回老家。"

老干棒手哆嗦着，点着了烟，大口抽着，烟雾弥漫了他的脸。好一阵子他才问："不回去不行？"果儿摇着头："那可不中。俺是俺男人明媒正娶的，和你一起过，也不是个事儿啊！"

老干棒追问："你舍得走？"果儿哀叹："大哥，说心里话，你对俺这么好，俺也不舍得，可不舍得能中吗？"

老干棒又问："你就不怕我不放你走？"果儿泪眼蒙眬地看着老干棒说："要是怕，俺就偷偷跑了，俺信得过你，才把实情告诉你。"

老干棒憋气不吭，好一会儿才说："果儿，我知道你心里也苦，你既然这么说，我也不留你了，你走吧……"果儿给老干棒跪下了，哭着说："大哥，你是好人啊，今生今世俺不能给你当媳妇，等下辈子一定来找你，跟你过一辈子！"

老干棒给果儿收拾着行李问："果儿，你咋走？"果儿说："俺是走着来的，还走着回去。"

老干棒拿出一沓钱塞到果儿手里说："我这儿有钱，坐车回去。"果儿推着不要，体贴地说："大哥你留着钱还得过日子。"

老干棒拿出一包旱烟给果儿的男人捎着，就说老干棒对不起他了。果儿泪流满面，哽咽不止："大哥，是俺对不起你，俺这辈子都欠你的情，会报答你的。"

第二天一早，老干棒送果儿到黄河滩上。天晴得很好，太阳把野地上的雪照得耀人眼。果儿用头巾裹着脸，只顾低着头往前走。

老干棒对果儿说："到家写封信给我，别叫我担着这颗心。回去好好过日子。"

果儿点点头，泪水淌下来。果儿上船。船走了。老干棒招着手，不由得老泪涌流。他一直望着那船，像一根干树棒那样戳在黄河岸边。

渡船上，果儿泣不成声……

第 四 章

把一只胳膊留在朝鲜战场上的县委书记周老虎去地委开会，路过麦香村的麦田，特意到地头看初级社的社员给麦田浇返青水。

社长牛有草发现了周老虎，周老虎问道初级社办的情况，还特别关心牛有草的"个人问题"，听说他还打光棍呢，笑着说要替他操点心。牛有草心里热乎乎地看着周老虎上吉普车离去。

其实，牛有草的婚事不难解决，漂亮的乔月正追他。乔月对他说："你的眼光太高了，有个姑娘追你好几年了，你不哼不哈的。你还等人家姑娘求你呀？都说你胆儿大，我看你的胆儿比老鼠都小。"牛有草装糊涂："谁家的姑娘啊？我咋不知道？人家不跟我提，我不会犯贱，真碰一鼻子灰，我这张脸往哪儿放？"

牛有草心里还想着杨灯儿。杨灯儿眼看乔月紧追牛有草，心想眼不见为净，就去姑姑家住一段日子。牛有草一连几天不见杨灯儿，心里空落落的，就跑到杨连地家问灯儿哪儿去了？老杨头说灯儿到集贤村相亲去了，对象叫罗胡子。牛有草不信，老杨头叫他自己去打听。牛有草刚走，老杨头立马去了集贤村一趟。

第二天一早，牛有草就到集贤村找到罗胡子问："麦香村有个叫杨灯儿的，来你这儿相亲了？"罗胡子说："是啊。""你看好了？""看好了。"

好像一盆冷水浇到头上，牛有草问："你们啥时候办事儿？"罗胡子说："忙过这一阵吧。嗯？你是谁？打听这些干啥？"

牛有草只好说："我们一个村的，我到你们这里办事儿，顺便看看。"罗胡子瞪眼："你吃饱了撑的啊？该干啥干啥去！"

牛有草走了，他的五脏六腑像被一下掏空，挺壮的汉子，走起路来像脚踩棉花包。他心里一直装着杨灯儿，现在他亲自问了灯儿的对象罗胡子，对灯儿只能绝了念想儿。现在有乔月追着，一朵鲜花，看着美，闻着香，是个男人就会动心。

牛有草心烦意乱地回到家里，找出一瓶酒拿着来到马仁礼家里。

马仁礼在本子上记着气象资料，看到牛有草来了，惶恐不安地问："牛社长有什么吩咐？"牛有草说："来看看你，请你喝酒。"

马仁礼躬身摇手："不敢，您来看我，已经是受宠若惊了，还请我喝酒，赌受不起。"牛有草瞪眼说："别跟我来虚里冒套的，拿出下酒菜！"

马仁礼笑着拿出下酒菜，问道："又遇到什么烦心事了？说吧。"牛有草一屁股坐下问："乔月缠着我不是一两天了，我一直装糊涂，现在有些装不下去。你就说说，我和她合适不合适？"

马仁礼突然死死盯着牛有草说："牛社长，你今天是来羞臊我的吧？有句老话，士可杀不可辱！"牛有草点点头："马仁礼，你小子挺操蛋啊！我告诉你，我想和乔月搭伙过日子。念你和她有过一场，特地来告诉你一声，免得你不舒服，说我牛有草不干爷们儿事儿！我这是对你尊重！再说，乔月是自己跑进我家门的，不是我硬拽的！越敬越偏腔，你在我跟前摆弄醋坛子来了，少来这一套！"

马仁礼不再吭气，只是喝着闷酒。是啊，乔月自己不愿意跟他这个"地主羔子"，硬往雇农儿子牛有草的屋里钻，这也怨不得别人，更扯不上夺妻之恨，只能怪自己生在地主家，眼看就要搂在怀里的媳妇跑了！命该如此啊！

牛有草喝了不少，舌头都硬了，他扯着马仁礼喊："你别只顾喝酒，说话啊！不说出个子丑寅卯没门儿，快给我拿主意！"

马仁礼又灌下一杯酒："婚姻大事，历来就是父母拿主意。我算什么？"牛有草指着马仁礼说："你小子占我便宜！好了，我今儿个不和你计较，你得说说乔月的优点、缺点，主意我自己拿。"

马仁礼寻思了一会儿才说："她年轻漂亮，眼睛又大又亮，牙齿雪白，这叫明眸皓齿，嘴唇红红的，两个小酒窝，笑起来像银铃似的，有文化，能歌善舞。要说缺点嘛，这人有点风花雪月；还有嘛，就是好高骛远；再就是善于见风使舵。"

牛有草认为女人都喜欢花儿草儿的，不是毛病；好高骛远就是站得高看得远那是优点；见风使舵这说明她能跟形势，那更是优点了。牛有草既然这样理解，马仁礼也就不想再说啥了。

牛有草忽然问当年乔月为啥不嫁给他，这一下子戳到了马仁礼的心窝子。马仁礼暗暗咬牙切齿，脸上不动声色道："明知故问。你还是娶了她吧！"

牛有草还要再想想。马仁礼旧事一下涌上心头，他还惦记着那十个金元宝，他想再找找，就拍着炕问："牛社长，你家的炕不热啊？"

牛有草说不太好烧，锅灶倒烟。马仁礼告诉牛有草，那可不行，一年三百六十天，天天烧火做饭，烟熏火燎的，就是太上老君八卦炉里的孙猴子也受不了，改改烟道就好了，正好他会改烟道。牛有草让马仁礼明儿个来给改烟道，说罢呼呼睡去。

马仁礼第二天晌午来给牛有草改烟道，他掀起炕席子，打开青石，从炕洞处钻进去，在炕洞里摸索着，掏了半天，一无所获。他只好钻出来，满脸的炕灰像戏剧里的三花脸。他告诉牛有草烟道堵了，他好好清理了一下。马仁礼走出牛有草家的门，心里想，奇怪了，元宝怎么找不到呢？

马仁礼刚走，乔月走进来。牛有草不开窍，乔月得主动进攻点拨他。乔月从包里掏出一件毛衣，让牛有草穿上看看合身不合身。牛有草惊异地躲闪着问，这是给谁织的？乔月硬给牛有草穿毛衣，牛有草无奈地任乔月给自己穿上毛衣。乔月端量着牛有草说毛衣正好。牛有草说袖子短一截。乔月说袖子长了干活还得挽上，短点好。牛有草说毛衣领子有点松。乔月说要的就是松，领子松气儿喘的就顺溜。乔月摆弄牛有草身上的毛衣，这儿摸摸，那儿拽拽，说这毛衣就送给牛有草了。牛有草不要，赶紧往下脱毛衣，乔月不让脱，二人撕扯起来，毛衣被抻得老长。牛有草还是把毛衣脱了，递给乔月。热脸贴了一个冷屁股，乔月臊眉耷眼地拎着毛衣走出来，到外屋灶台前要把毛衣塞灶坑里烧了。牛有草撕扯着不让烧。

乔月眼圈含泪说："这毛衣就是给你织的，你要是不穿，我留着它干什么？大胆哥，一个姑娘家，虽然有自己喜欢的男人，也不能厚着脸皮央求人家娶了自己。我今天这么做，什么意思你应该知道，要是再装糊涂，就不是爷们儿了。"

牛有草看着乔月说："你年轻漂亮，又有文化，我配不上你。"乔月上前拉住牛有草的衣袖大胆地坦白："大胆哥，你知道今天我为什么豁上这张脸来找你吗？昨天我到区上办事儿，遇见周书记周老虎，他问我的婚姻，我说了和你的事儿。周书记说，我应该大胆追求自己的幸福。我的幸福就在你这儿，我不能让它跑了！"

牛有草傻笑说："我这儿有幸福？幸福在哪儿呢？"乔月眼含柔情地说："都说嫁汉嫁汉，穿衣吃饭。我不这么认为，我认为，一个女人嫁人就要嫁给一个真正的男子汉，你就是我心目中的真正男子汉。"

牛有草摇头说："你高看我了，我就是个普通农民。"乔月靠近牛有草，呼出的热气喷在他的脸上："你是我心目中的英雄。那一年还乡团进村，你揣着几个手炮冲向敌人，那一瞬间，你的高大形象深深刻在了我的心上。我这么多年一直没嫁人，我就想走进你心里，让你心甘情愿地娶我！"

牛有草被乔月呼出的香气熏醉了，他晕乎乎地望着乔月，接过毛衣穿上了。

村街上，响器班子吹奏着，后面是高跷队，再后面跟着两匹马，马上分别坐着牛有草和乔月，两个人披红挂彩。他们身后跟着一群大人小孩。远处，马仁礼望着不由得眼里冒火。老干棒看着，脸上显得有些悲伤。

这时候，杨灯儿风尘仆仆地回村了，她看到结婚的队伍从街上走过惊呆了，飞奔回家撞开院门闯进来。老杨头正给铁树浇水，灯儿没说话，一脚踢翻老铁树跑进屋子，她哭着掀了桌子，趴在炕上哭。老两口只能叹气。

大家簇拥着新人进屋，村长王万春来主持新式婚礼，不搞老一套，新事新办，二位新人给毛主席像鞠三个躬就算完成结婚仪式。

王万春趁这个机会告诉大家，他接到上级调令，要到区上任副区长，主管生产。村支书由马仁廉担任，村长先代着，换届的时候再选。以后就别叫外号菜包子了，叫大号马仁廉。大伙儿都笑了。

夕阳西下，霞光如血。马仁礼拿着一瓶酒，坐在街边发呆。杨灯儿一脸怒气地走过来要去找牛有草。马仁礼挡住她问："你不会要去给牛有草道喜吧？""用不着你管！"杨灯儿绕开马仁礼继续走。

马仁礼又挡住杨灯儿说："人家大喜的日子，你可别胡来！先消消气，气大伤身。"杨灯儿一把推开马仁礼，又朝前走。马仁礼高声喊："你早干什么来着，眼下人家都结婚了，你还咋呼什么？"

杨灯儿猛地转身朝马仁礼走来，两眼红红地说："马仁礼，你还有脸说，这事从根儿上讲都怪你！你要是不把那个狐狸精领回来，牛有草能娶她吗？"马仁礼摇头："就算牛有草不娶她，那也娶不了你，要能娶早娶了！"

杨灯儿抡拳砸向马仁礼，马仁礼转身就跑，杨灯儿紧紧追赶。两人跑到麦地头上都跑不动了，都是伤心失意的人，于是他俩就坐在地头上一递一口喝着酒。

马仁礼嘴里骂骂咧咧："什么叫水性杨花？什么叫忘恩负义？今天我算长了见识，你这个臭女人，当年我为了救你出火坑，冒了多大的风险，你怎么一点旧情不念？再说了，你嫁给谁不好？偏要嫁给他，这不是往我心里扎玻璃碴子吗……"灯儿喊着："骂得好，使劲骂，我跟你一起骂！"

马仁礼吞下一口酒说："咱俩同病相怜，我骂我的，你骂你的！"杨灯儿夺过酒瓶喝一口："你把你的骂够了，跟我一起骂我的吧！"

马仁礼接过酒瓶说："不对，你还是骂你的吧。"杨灯儿笑着问："你还怕他？胆小鬼！好，我骂，你听着。"她站起身高声喊，"牛有草，你这个没良心的！你这个挨千刀的！你这个不拉人屎的！你忘了我对你的情分吗？那年大饥荒，你饿得三根青筋挑着一颗瘦头，眼看歪歪着活不成了，不是我偷着把自己家的粮食送给你，你能活到今天吗?! 为了你，我挨了我爹一顿打，你对得起我吗？你这个忘恩负义的白眼狼，我恨死你了！你怎么不去死了！"

马仁礼眯缝着眼说："灯儿，这都是你骂的，我可没骂。"杨灯儿气愤地说："你这个没出息的软蛋货！老婆给人家抢去了，屁都不敢放一个，没意思！"

马仁礼一拍胸膛站起来喊："谁说我不敢骂？我，我他妈的难受！难受啊！"杨灯儿说："难受就骂啊！骂出来就好了。"

马仁礼流着泪说："灯儿，骂有什么用啊，人家都过上了！"杨灯儿也放声哭着说："牛有草你个狠心狼啊！"

两个人抱头痛哭……

谁管你俩哭不哭，人家新郎牛有草和新娘乔月可是只管享受洞房花烛夜的甜蜜。人们都走了，牛有草猴急着抱起乔月就往炕上奔。

乔月笑着挣扎说："看你馋猫似的，别急，说会话儿。"牛有草喘着粗气说："你有话以后说，快上炕忙活好事吧！"

乔月轻拍牛有草的脸说："好事往后有你忙活的，我要说说今后的日子怎么过。"牛有阜亲一下乔月的脸："你说咋过就咋过，咱炕上商量！"

"就像黄梅戏《天仙配》里唱的那样。"乔月挣脱下来唱，"树上的鸟儿成双对，绿水青山带笑颜。从今再不受那奴役苦，夫妻双双把家还。你耕田来我织布，我挑水来你浇园……"

牛有草笑了："你会织布？你能浇园？庄稼地里的活，你得学着点。劳动关不好过，跟着我，你得学会吃苦。不说了，咱干大事吧！"乔月咯咯笑着说："你就知道想好事。去，把牙刷了！"牛有草只好摇着头去外间刷牙。

牛有草终于可以和乔月躺在被窝里了。他刚要把乔月往怀里搂，乔月双手推开他，给他提几点要求。第一条，以后还得进步，争取当劳动模范，还得学文化。第二条，得学会有礼貌，说话要有水平，不许动粗口。第三条，乔月停了一下，忽然搂住牛有草说："我已经是你的人了，可总觉得有点对不住马仁礼，以后你对他要好一点儿，就算给我个面子。"

牛有草连连点头，迫不及待地吭哧吭哧开始干正经事。

牛有草昨儿个成亲，今天就满脸喜庆地扛着锄头要下地干活。杨灯儿迎面走来。牛有草惊奇地问："灯儿，从你姑姑家回来了？这是啥时候的事儿？我咋不知道？"杨灯儿白了牛有草一眼："你还顾得了我啊？挺滋润啊，小脸儿红扑扑的，搂着漂亮媳妇睡觉的滋味就是不一样吧？"

牛有草回嘴："还说我呢，是你先滋润的！你爹对我说你去集贤村相亲，我亲自去集贤村看了，对象好啊，挺富态的一个人，家里条件也好，就是死了老婆，再就是满脸胡子，看样子挺凶。"

杨灯儿愣了，说道："我爹那是胡说八道！我是到姑姑家住了些日子，我表姐生孩子，我去伺候月子了。"牛有草惊愕得说不出话来，傻傻地盯着杨灯儿。

杨灯儿回家就和爹吵架，她气愤地叨叨着说："你都这么大一把年纪了，咋能撒谎吊猴？还有个老家儿的样儿吗？你成天把为我好挂在嘴上，这么多年我好在哪儿？你这不是坑害自己的亲闺女吗？有你这么当爹的吗？"

老杨头嘴硬："我撒谎是不对，可姓牛的不娶你，你还非得往人家塞啊？我的闺女就这么不值钱了？我就是让他死了这条心！他成亲了，你就想想自己的事儿吧，赶快找个主儿嫁出去，我早喘口顺溜气儿！"

杨灯儿恨恨地赌气道："我就不嫁人，就在家里靠，你也别想把气喘顺溜了！"

她发脾气，把筐子、筐箩、农具等杂物扔出自己的屋子，叫喊着，"啥破烂儿都往我屋里塞，我的屋子是猪圈啊！"

老杨头收拾着东西说："灯儿，你心里不痛快就说，别拿东西撒气。"杨灯儿大喊："谁说我不痛快？你们这是成心挤对我，容不下就说，大不了我去当尼姑！"

灯儿娘忙劝："闺女啊，爹娘就你这么个闺女，捧在手里怕凉了，含在嘴里怕化了，谁挤对你了？"老杨头说软话了："闺女，爹不该撒那个谎，爹一时糊涂，你就饶了爹吧！"

王万春在村委会对马仁廉交代工作，马仁礼来了，扶着门框子不说话。王万春让他进来，有事尽管说。

马仁礼嗫嚅着问："您要调走了，今后我的早请示晚汇报找谁？还是牛社长吗？"王万春感到很奇怪，问"早请示晚汇报"是谁给定的规矩？马仁礼回答，牛社长说这是上级的安排。

王万春皱眉说："扯淡，哪有这样的事儿！"马仁廉摇头说："这个牛有草，真能弄景儿，我去跟他说说，今后免了。"

马仁礼忙说："别呀，这么多年我都习惯了，就那么着吧。我这出身，身边有这么个人敲打着，少犯错误。"

马仁礼回到家里，心中很是不平。这个牛有草，不光把乔月搞到手，原来"早请示晚汇报"是他专门为对付我凭空编造出的玩意儿。马仁礼越想越气，正准备去找牛有草论理，他忽然来了。

牛有草刚坐下，马仁礼就说："我正想找你呢，有件事儿不明白，请教一下。你说，假传圣旨该当何罪？"牛有草挺认真地说："在老年间是欺君之罪，要砍头！"

马仁礼盯着牛有草问："我是说新社会，假传上级的指示，该不该问罪？"牛有草很严肃地答道:"那也脱不了干系!"

马仁礼目不转睛地瞅着牛有草质问:"如今咱们村有个胆大包天的主儿,假传上级命令,让出身不好的人向他早请示晚汇报,这是什么性质的问题?"牛有草笑了:"你小子说我呢?你都知道了?耳朵挺灵的。"

马仁礼撇撇嘴:"我这还叫耳朵灵?让你玩好几年了。你让我花了多少工夫,费了多少心血!你让我心惊胆战、低头哈腰多少日月!"牛有草笑嘻嘻地说:"你看你这个人,狗咬吕洞宾,不识好人心,我不是怕你犯错误嘛!行了,既然你都知道了,以后就免了吧。"

马仁礼拉着牛有草说:"你想免了?我还不干呢,这么多年,我都养成习惯了,不请示汇报就吃不好饭,睡不好觉,我已经上瘾了!"牛有草甩脱马仁礼说:"那咱可说好了,这是你自愿的,别说我逼迫你。"

马仁礼问:"你来我这儿干什么?是不是来交代你那阴谋诡计?"牛有草笑着说:"屁话!我牛有草可没有你小子那么多诡计!就说当时你给我说了乔月那么多优点,就是没说缺点,原来你没娶她有原因。这是不是诡计?"

马仁礼又来气了:"那是你鬼迷心窍!我说她风花雪月,你说女人都喜欢花儿草的,那不是毛病。我说她好高骛远,你说站得高看得远,那是优点。我没骗你,是你听不明白。学点文化吧,你被窝里不是躺着个文化人儿吗?"

牛有草带着气说:"她现在都不愿意和我一个被窝睡了,嫌我脚臭,我打香胰子洗都不行,说我臭到骨子里去了。"马仁礼笑了:"这就是风花雪月。在外边呼风唤雨的牛社长,回到家里,治不了自己的婆娘,可悲呀,活该呀!"

牛有草一下站起来说:"谁说我治不了她?我今天就是来告诉你,一个月后你看,我让她来个脱胎换骨!别想看我的笑话!"

牛有草真的要"治"乔月了。

乔月对着镜子擦粉儿,牛有草划着了火柴点烟。乔月让把火柴棍儿给她描眉用。牛有草甩手把火柴棍儿扔到地上,乔月自己捡起火柴棍儿描眉。牛有草批评乔月不出门儿,成天对着镜子抹画,不像个庄户人。乔月反说牛有草没见识,老婆打扮得漂漂亮亮,一朵花儿似的,是给当社长的长脸。

牛有草说:"我的脸不用你长。你小嘴巴巴的,尿炕哗哗的,挑吃挑穿不说,天天看书熬灯油,早上鸡叫不起床,还要我做饭,真叫请了个奶奶来家。"乔月咯咯笑着说:"有我这么年轻美貌的奶奶吗?你偷着乐吧!"

牛有草说乔月一身剥削阶级的臭毛病得改改。乔月说她不是剥削阶级,正儿八经的城市贫民,嫁汉嫁汉,穿衣吃饭,娶了媳妇就得养活。牛有草说乔月要是搁在旧社会早该挨打了。乔月反问我细皮嫩肉的你舍得打吗?

太阳蹿到了树梢上，乔月还在炕上睡懒觉。牛有草进屋喊："日头晒着屁股了，起来到地里干活去！"乔月眼也不睁地说："你夜里把人家折腾得够呛，人家还没睡够呢！"

牛有草被噎了一下，只好哄着她说："乔月，你这时候还不起来，不怕人家笑话？赶快起来把饭吃了，到自己园子里去翻地，昨晚不都说好了吗？明天我带你去赶集。"乔月这才梳洗打扮，端碗吃饭。

饭后，两口子来到自留地里。牛有草教乔月扶犁，乔月扶了一趟就嫌累，坐在地上嘟囔："牛有草，你这个没良心的，没结婚的时候，你让我在地头亮亮嗓子就行，结了婚，成了你牛家的人，你就把我当牛使唤，我不干了！这都是老爷们儿的活儿，你叫新媳妇干，还算爷们儿吗？"

牛有草无奈道："那好吧，回家，你给我干老娘们儿活儿。"乔月嘻嘻笑着说："大白天的，是不是又想好事儿了？"

回到家里，牛有草要教乔月包饺子。乔月挺高兴："今天入伏，头伏饺子二伏面，你准备馅儿，我和面。"

牛有草在外屋调馅儿，乔月在里屋和面。乔月和稀了，牛有草让她再加点面。

面又硬了，牛有草让她掺点水，面又稀了。牛有草走进里屋，看见满满的一盆白面涨出了面盆，就怨乔月把面和多了。乔月怨牛有草瞎指挥。牛有草摇头无奈，只好说多就多吧，多出来的烙饼，让乔月擀饺子皮儿。乔月就擀个大大的面皮，然后拿茶杯在面皮上扣出一个个圆片儿。牛有草摇头笑了。

这时候，有人在院子里喊牛社长，说三疯子又犯病了，满街跑着叫着"入社、入社"乱打人呢，谁也不敢惹他。牛有草交代乔月先包饺子，包好等他回来下锅。

饺子包好了，牛有草还没有回来，乔月肚子饿了，就往锅里舀水，再把饺子下到锅里，盖好锅盖，这才点火烧柴。牛有草回来揭开锅盖一看，水还没烧开，饺子成了一锅糊涂汤！夫妻俩只能用勺子吃"汤饺"。

牛有草满脸苦笑："乔月，我算服了你了，头一回吃这样的饺子，这简直就是喝胡辣汤，想改造你不容易啊！"

乔月笑着说："你改造我？我还没改造你呢。你该改造的地方多了，你头一条，文明礼貌就不行，说话不讲究。你这个人又倔又土，没有格调。不过我相信，会把你改造成个人物的。你首先得学文化，打明天开始，你给我学识字。"

牛有草自告奋勇，很快去地里仙那里拿来一本《女儿经》说："二爷爷说了，以前女孩子都学这本书，你教我，自己也长见识。"乔月拿过来念："女儿经，仔细听；早早起，出闺门；烧茶汤，敬双亲；勤梳洗，爱干净；学针线，莫懒身；父母骂，莫作声；哥嫂前，请教训；火烛事，要小心；穿衣裳，旧如新；做茶饭，要洁净；凡笑语，莫高声；人传话，不要听；出嫁后，公姑敬；丈夫穷，莫生嗔……"
她把书扔了，"什么呀，老封建那一套，新社会不学这个，你听我的就是了。"

牛有草收工回家进屋，见屋子里贴着许多纸条儿。

乔月笑吟吟地说："回来了？屋里新鲜不？这都是教你识字用的，我念给你听听。这一条是，我叫牛有草，我的爱人叫乔月。这一条是，待人接物有礼貌，说话声音不要高。这一条是，睡前洗脸又洗脚，卫生习惯不能少。给你一天时间，这些字都得背下来、写下来。"

牛有草点头说很有意思，吃饭吧。乔月说饭还没做呢，一上午都忙着准备功课了。牛有草让乔月快做饭去。乔月说忙活了半天，头都累疼了，让牛有草做饭。牛有草只好乖乖地去做饭。

县委书记周老虎挺关心牛有草两口子的事，他了解到牛有草和乔月"相互改造"的趣事，说这是新生事物，要大力宣传。于是，县报的年轻记者就专程来到麦香村，要采访牛有草两口子。村长马仁廉把牛有草和乔月叫到村公所。

牛有草听说县报记者是来采访他两口子的事，觉得没有闲工夫，转身要走。

乔月一把拉住他："当家的，你要有礼貌。人家是带着政治任务来的，你一个党员，不配合工作说得过去吗？亲爱的，坐下。王记者，他就这么个人儿，别见笑。"牛有草只好坐下了。

听说县里的记者在村公所采访牛有草和乔月，好多人跟着马小转跑来，趴在窗外看热闹。

乔月兴致勃勃地讲了她和牛有草互相改造的事，热情洋溢地说："总而言之，我来到农村，没有什么后悔的，和他结婚以后，他改造我，我改造他，我们互相都有进步。我感到很幸福，能为建设社会主义新农村出把力，感到很自豪，真的。"

记者请牛有草同志也说说。牛有草挺不好意思："该说的她都说了，不该说的也都说了。要我说，改造她真不容易，比种地麻烦多了。"

乔月回嘴："你以为改造你就容易了？你属顺毛驴的，得摩挲着，戗着毛来不行。"牛有草也不弱："你好？属泥鳅的，抓一把溜滑。"屋里屋外的人都笑了。

没过几天，牛有草和乔月的事儿就上县报了。马小转拿着报纸满街宣扬。村民们围拢过来。三猴儿念报纸："文章题目叫《麦香村的新鲜事儿》。麦香岭有个麦香村，村里有个牛有草，人称牛大胆。这个牛有草可不简单，土改的时候是积极分子，麦香岭第一个互助组是他带头办起来的。牛有草解放前家里很穷，娶不起媳妇，后来城里来了个人，叫乔月，长得蛮漂亮，她不爱财，不攀富，爱上了一心一意搞生产的牛有草。两人结婚以后，约好互相改造，共同进步。牛有草教乔月搞生产，学会农家院的活，乔月呢，教牛有草学文化。这里有好多有趣的故事，听我慢慢道来。一、包饺子的风波……"

牛有草夫妇成了新闻里的人，乔月春风得意，牛有草却觉得挺无聊。两口子还是饭勺碰锅沿，叮叮当当饿个没完没了。这日，牛有草在院子里垒好猪圈，买来小猪崽让乔月喂。乔月嘟噜着脸说她不会，谁抓来的猪谁养。

这时候副区长王万春走进院子，乔月马上换了笑脸说："大胆说没工夫养猪，我说了，你农业社里的工作忙，交给我，他这才把猪崽抓回来。王区长怎么有工夫下来了？"

王万春告诉两口子，他俩的事登了报，整个县里都轰动了，县妇联来电话，请他们夫妻到县里作报告。牛有草说作报告不会，就会种地。乔月忙说："当家的，领导让咱作报告，是看得起咱们，这是政治任务，头拱地也得完成！"

两口子要去县里作报告了，乔月给牛有草换新衣服，嘴里嘟嘟囔囔，说新衣服要穿出样儿，领子一定要翻出来，第一个扣子上面的铜钩叫风纪扣，上台作报告时一定要扣好。见了领导握手有讲究，领导伸出手来，要赶紧去握，不要太紧，小心老虎爪子别把领导的手抓破。领导要是使劲握手，你也稍稍使点劲儿。领导接见，和你说话儿，问什么说什么，该说的说，不该说的把嘴闭紧了。站要有个站相，坐要有个坐相，千万别跷二郎腿。要是领导请吃饭，饭桌上别吧唧嘴，领导动筷子你再动，瞅准了，下筷子要稳准狠，盯住哪块大肥肉，一筷子下去，慢慢夹住，四下看看，没人盯着你，快点送进嘴里慢慢嚼。

牛有草皱着眉头，听得一愣一愣的。

牛有草和乔月坐在台子上作报告，台下的听众哈哈笑着。

牛有草说："刚才说的是包饺子的故事，我再说说擀面条的故事。那末伏天，我屋里的……我又说错了，我爱人说，大胆啊，头伏饺子末伏面，咱们擀面条吃吧。我说，我还要下地干活呢。我爱人说，你就干你的活吧，擀面条我会。我说，你咋擀？我爱人说，把面擀成一大片，切成条不就行了？我看她说的在谱，就放心走了。傍响，我琢磨面条做好了，就回家吃饭。回家一看，把我笑的啊，差点尿了裤子。都猜猜看，她是咋擀的面条？她把面团擀成一个片儿，用尺比着拿刀划，别说，一条一条的，还挺细，你说笑不笑死人？"大伙儿笑了起来。

乔月讲："他的笑话也不少。刚开始教他学文化，他说没有书，到他二爷爷家借一本八百辈子前的老古董《女儿经》，那本书叫老鼠啃的有皮没毛。我说，这不是宣传封建思想吗？给扔了。没有书怎么办？我就写了满屋子的纸条，每张纸条有一句话，都是鼓励他进步的。这个办法真不错，眼下我爱人认识不少字呢。"

一个听众站起来说："牛有草同志，听了你们夫妻的报告，觉得很有意思，感觉到土改后农民的幸福生活。我有个问题，你口口声声说要改造爱人的思想，乔月同志不接受你的改造怎么办？"

牛有草回答："她敢！我两个大耳刮子伺候着！"大伙儿笑了。那个听众问乔月是这样吗？乔月笑着："那可不，别看他在台上笑眯眯的，在家里可凶了。不过我从来没惹过他生气，他对我从来都是和和气气的。亲爱的，是不是啊？"

牛有草作完报告，周老虎请他到办公室谈话。周老虎夸牛有草的报告作得不错，表示他有时间一定回麦香村去看看大伙儿，和大家拉呱。他还特意提醒牛有草，以后还会有运动，让他注意对马仁礼的思想改造。马仁礼是个不简单的人物，农业要走科学化的道路，他将来必定能派上用场，别让他栽跟头。对他不要抱着整人的心思，他虽然是地主出身，本人的成分应当是职员，阶级要划清，但是得把他当自己的弟兄看待。

周老虎还透露个消息，最近要成立高级合作社，他跟王万春副区长商量过了，让牛有草带头，把村东的几个初级社合起来成立一个高级社，他做社长。让赵有田把村西的初级社整合起来，赵有田做社长。赵有田的能力弱了点，让马仁礼做副社长辅佐他。

牛有草怀疑剥削阶级的子弟马仁礼能当副社长？周老虎解释，过去是过去，现在是现在，党的阶级政策不是一棍子打死，只要马仁礼思想端正，能带头干事，能让老百姓吃饱，就能当副社长！周老虎还介绍了初级社和高级社有什么区别。高级社土地等主要生产资料实行集体所有，社员按劳分配。就是说，社员私有的耕畜、大中型农机具按合理价格由社里收买，成为集体财产。社员的零星树木、家畜、家禽、小农具，还有家庭副业用的工具仍然归社员私有，土地不是自己的了。

牛有草不由得说："啊，土改分地才几年，地就不是自己的了啊？政府不是还发了土地证嘛！盖着大红的官印！老百姓能想通吗？"周老虎耐心解释："首先，你这个共产党员要想通，眼光要往远处看。咱们是学苏联老大哥集体农庄的先进经验，走农业集体化的道路。我们共产党奋斗的最终目标就是实现共产主义，要消灭私有制，实现按需分配。高级社就是要向共产主义过渡啊！"

牛有草对周老虎的话完全是懵懂，但他还是不停地点头说："对对对，我是在党的人，一切听党的安排！"

两口子从县城回到家里，乔月关上门就叫喊："牛有草，会场上你好威风啊！咱俩在家里说得好好的，互相给对方脸上抹粉儿，你可倒好，上台就不是你了，把自己说成一朵花，把我说成豆腐渣，你这不是臭败我吗？你安的什么心？"牛有草不服地说："我说的都是事实，没有一句瞎话。"

乔月哭着问："就是事实也不能出去说，我丢了人，你脸上就光彩了？"牛有草坚持说："我不会说瞎话！你还能把我煮了？"

乔月气疯了，举起面盆喊："今天我就能耐一把给你看！"说着把面盆摔到地上，面盆破了。牛有草也火了："你这个败家的娘们儿，就是欠收拾！"乔月撒泼，把头拱到牛有草怀里喊："你有能耐了，敢打老婆了，打啊！"

牛有草抡起拳头要打乔月，地里仙进来问："两口子这是干啥啊？"乔月立刻笑容满面地说："二爷爷啊，您怎么来了？"地里仙说："我打门前路过，听到你们家里好像吵架了？"

乔月笑着说："我哪敢对爷们儿动粗嗓子？我们到县里开会，会后杂技团演节目，有个老爷们儿表演顶坛子，大胆说他也会，我不信，他就把面盆端起来顶在头上，本事不济，把盆摔破了。大胆直后悔呢，我说，没什么，别窝火，咱再买新的。当家的，别生气了。"

牛有草顺坡下驴："就是这么回事儿。叫乔月这么一说，我不生气了。"地里仙刚走，乔月关上门立刻怒目圆睁嚷道："牛有草，我今天和你没完！"

马仁礼又来给牛有草汇报思想。牛有草说："老马啊，你都是副社长了，今后不用再跟我早请示晚汇报了。"马仁礼连连摇手："那不行，我都汇报习惯了，来您这儿请示汇报一下我心里踏实，要是不来我心里可真就没底了。"

牛有草摇头说："你这不是贱皮子吗？"马仁礼讪笑："对了。再说，我当上副社长也是沾您的光啊！"

牛有草认真起来，训斥道："马仁礼，你小子记住了，啥根就是啥根，大树长得再高，叶再多，它也换不了根儿！"马仁礼翘着大拇哥说："金玉良言啊！"

马仁礼赶着牲口犁地，笨手笨脚。瞎老尹笑话他犁的地不如猪八戒拿鼻子拱的。老干棒说马仁礼不会庄稼活，当副社长没人服。这时候杨灯儿正好走过来，就教马仁礼犁地。马仁礼夸杨灯儿真行，地里的活儿样样精通。杨灯儿让马仁礼把心思多放到地里的活上，拿出本事来，这个副社长自然就让人服气。

杨灯儿教马仁礼犁地的事很快传到老杨头的耳朵里。老杨头提醒灯儿，不能和马仁礼近乎，这不得劲儿。他一个光棍儿，和他拉拉扯扯，怕人家扯闲篇。

杨灯儿冷笑："我怕啥？一个嫁不出去的老闺女，有人想跟我好，我还巴不得呢！"老杨头喊："你可别忘了，他家是地主！"

杨灯儿借机发火："他家是他家，他是他。人家不是当上副社长了吗？你说你一会儿嫌我嫁不出去，一会儿又嫌我跟别人好了，你秃噜翻张的，把我当面团揉啊？到底想叫我咋的？"说罢转身回自己屋里。

老杨头看着女儿的背影，嘴嘎悠着，寻思了一会儿，跟进屋子里说："闺女，别动不动就跟爹发火，有话好好说。这么说，你看上马仁礼了？"杨灯儿没好气："看上他了，咋了？咋了！"

老驴子当真了："你这是痴了还是傻了？那么多爷们儿你不看，非和马大头的儿子搅和在一起，他是啥人你不知道吗？剥削阶级！"杨灯儿回嘴："他爹是剥削阶级，他没剥削。"

老杨头喊："他爹剥削的东西给他吃了，他就是跟着剥削了！"杨灯儿讲理："他是他爹的儿子，能不吃他爹的？吃你的，你干吗？你要是剥削阶级，我不也得吃你的？再说了，马仁礼认真改造，政府都让他当副社长，你咋呼啥？显你的能事啊！"老驴子吹胡子瞪眼："你这死妮子，气死我了！我把话撂到这儿，你要是再和他来往，我打断你的腿！"说罢气哼哼地走了。

几个人端着饭碗来到马小转家院子里吃饭，有的蹲着，有的站着，听马小转传播新闻。马小转告诉大伙儿，马仁礼当上副社长，大小也是个人物，连杨灯儿都对马仁礼热乎了！

三猴儿看了一眼牛金花："还是当官好啊，当了官就有女人疼了。"吃不饱说顺口溜："当官好，当官妙，女人都热乎，男人都弯腰。成天支使嘴，有人给跑腿儿，你说美气儿不美气儿！"

马小转笑着说："吃不饱你不用眼气，你要是也能当上副社长，我就热乎你！"吃不饱挺高兴地说："行，你就看我的吧！"

眼看八月十五了，月饼是不敢想，各家蒸一锅白面饽饽就不错了。杨灯儿要到马仁礼家看看，去帮他蒸饽饽。老杨头堵着院门不让去。灯儿一膀子撞开老爹走出去。

杨灯儿来到马仁礼家，帮着拉风箱蒸饽饽，马仁礼受宠若惊，在一旁局促不安地看着。杨灯儿让他长点眼色，抱些柴火来。马仁礼放下柴火说："灯儿，你来给我蒸饽饽，叫我怎么说好？我心里不安啊！"杨灯儿眼盯着灶膛里红红的火苗："有啥不安？乡里乡亲的，帮个忙没啥，别多想。"风箱悠悠地响着，谁也没有话，可两人的心里翻腾得比风箱还快。

黄昏，马小转、牛金花等几个女人在麦香河边洗衣，正议论牛有草和乔月两口子的事，马仁礼来河边洗刷农具。

多嘴多舌的马小转问："马副社长，和灯儿对象搞得咋样了？啥时喝你们的喜酒啊？"马仁礼急忙摆手："可不敢胡说啊，没有的事儿！"

马小转穷追不舍："别遮遮掩掩的，大家都知道了。八月十五，灯儿是不是给你蒸饽饽了？"马仁礼只好承认："有这回事儿。她看我一个光棍儿，饽饽蒸不好，去帮了把手，这没什么。"

牛金花笑着说："村里的光棍多了，她咋不去帮他们？你俩还是有故事。"马仁礼无奈地说："就算我有意思，人家灯儿也不会干。"

马小转烧底火："灯儿不小了，再等几年就成了老倭瓜，你不急她急。"马仁礼说老实话："就算她愿意，我也不敢。我怕她爹，要是她爹不同意，一连枷还不把我打成煎饼啊！保命要紧。"

马小转好像恨铁不成钢，把皂角裹在一件衣服里，用棒槌狠砸几下："你呀你，胆大的骑老虎，胆小的骑猫屁股玩儿。你这么前怕狼后怕虎的，没出息！打一辈子光棍吧！"这真是皇帝不急太监急。

马仁礼觉得，既然上面看得起他，让他当这个副社长，那就得认真负责干好。老干棒等人按老规矩播种。马仁礼见了老大不痛快，态度很生硬，批评他没有按照他说的播密点。老干棒不服气，说是不听兔子叫！马仁礼放高了声音，说这叫科学种田，说老干棒没文化，二百五一个，不懂科学就闭嘴！

老干棒火了："你说谁是二百五？我打你个兔崽子！"说罢一头拱到马仁礼怀里，把马仁礼拱了个屁股蹲儿。大伙儿都笑了。

马仁礼坐在地上，说要到区里告老干棒。老干棒说告到区里也不怕，他是贫农，马仁礼是地主。杨灯儿闻声过来，说老干棒不对，有理讲理，不该动手，不科学下种就不对。

老干棒扭着脖子说："啥科学不科学的，这地我想咋种就咋种，谁也管不着！"

牛有草走过来批评说："老干棒，你这么说不对。现在地不是你自己的，是集体的，你说了不算！"

老干棒犟嘴："这块地原来是我的！"牛有草厉声道："嘿！你原来有地吗？不是土改分了地，你连闯要饭棍的地方都没有！"老干棒嘴嘎悠着没话了。

马仁礼坐在地上直哼哼。牛有草走过来说："你也就是跌了个屁股蹲儿，没事，起来吧。"马仁礼哭丧着脸说："我的尾巴根子断了，说不定这辈子就残废了，老干棒，我和你没完！"牛有草硬把马仁礼拽起来，让人把他架回去。

马仁礼躺在炕上哼呀哎呀的，杨灯儿来了问："老马，伤得厉害吗？"马仁礼哼唧着说："完了，我后半辈子算是残废了，老干棒得管我养老！"

杨灯儿挺热心："我给你看看，我小时候跟我爹练过把式，跌打损伤懂一些。"马仁礼忙摆手："伤在屁股上，女人看不得。"

杨灯儿坚持说："不用你脱裤子，我摸一摸就知道伤势咋样。"马仁礼慌了："那还了得？千万摸不得！"

杨灯儿只好说："那好，你趴着，我离你远远的，看一眼就知道了。"马仁礼翻身趴下。杨灯儿抄起擀面杖朝马仁礼的屁股砸去。马仁礼一个高蹦起来，杀猪似的呼叫："我的娘啊，杀人了！"

杨灯儿举着擀面杖："我叫你耍熊，叫你放赖，今天我给你好好治治浑身的毛病！"马仁礼满屋子乱躲避，一不小心跌了个狗啃屎。杨灯儿哈哈大笑，眼泪都笑出来了："你给我起来！"

马仁礼耍赖说："就不起来，你打死我算了！"杨灯儿温柔地笑："我知道你没吃饭，给你做点好吃的。"马仁礼坐起来说："还真的饿了，就馋一碗面条。"

杨灯儿让马仁礼炕上躺着，她在外屋擀着面条问："老马，面条要宽的要细的？"马仁礼在里屋喊："当然要细的，龙须面最好，估摸你手艺好不到哪儿，韭菜叶宽的就行啊。"

杨灯儿亮着嗓门问："浑汤的还是打卤的？"马仁礼得寸进尺："吃就吃打卤的，做个麻酱面也行，当年我在北平吃过，面要过水，蒜汁要黏，麻酱要鲜，再铺上黄瓜丝，揪两根香椿，杀成末儿，嗨！"

杨灯儿语重心长地说："老马啊，如今你也混得有个人样了，不容易啊，可得抓住机会努力进步。你是当领导的，咋能骂人呢？以后可要注意了。我知道，你是为了把生产搞上去，可也不能性子太急了。你原先是面筋脾气，可我发现，最近你的脾气见长啊！架子也有点大了，是不是骄傲了？有点吧？没说错你。这可不好，影响你进步。老话不是说了嘛，骡马架子大值钱，人架子大不值钱。你听见了吗？"

马仁礼听着杨灯儿的话，心里那个热乎啊，简直就没法说了！从北平回到麦香村，他这是头一回从一个大姑娘嘴里听到这么入心的话。杨灯儿的话，字字句句钻进他似乎早已经干涸了的心田里，像甘露一样温柔滋润，甜美解渴。

杨灯儿给马仁礼端来面条，马仁礼双手接过面条，深情地看着灯儿，心里说，灯儿，你是一盏八百瓦的电灯，不光照亮了我的心，还温暖了我的心啊！

杨灯儿看着马仁礼大口吃着面条，问对不对口味儿。马仁礼看着灯儿的脸说："这面条是我吃过的最好、最可口的面条了！一根根面条就像你说的每一句话一样，又香、又顺、又筋道、又滑溜，吃到肚里永远忘不了！"杨灯儿大大方方一笑："文化人就是会转词儿！好了，我还要去洗衣服，走了！"

马仁礼望着杨灯儿的背影，心里暖暖的，灯儿那条在腰间摆动的大辫子，强烈地拨动着马仁礼沸腾的心。

马仁礼吃过面条，余兴未尽，就来到麦香河边看杨灯儿洗衣服。他来到灯儿身边说："灯儿，这些日子没少得你的帮扶，也不知道怎么感谢你。"杨灯儿停下砸衣服的棒槌说："谢啥，我是冲你领着大伙儿科学种田，不容易，今后带领大家搞好生产，啥都有了。"

马仁礼走得离杨灯儿更近一些："不管怎么说，我也得答谢你一下，送你个小礼物，别嫌弃。不是什么贵重东西，就是一本书。"他从怀里掏出书来，"你看看，是《西厢记》唱本儿。"说着把书硬塞给杨灯儿。

杨灯儿甩甩手上的水，把书还给了马仁礼。二人撕扯着。远处的马小转走来，看到了这一幕。

马仁礼的书没有送出去，他沮丧地把书扔进河里说："真是的，送礼被打了脸，看来我真的是讨人嫌。"说罢走了。杨灯儿看着马仁礼的背影摇头："嘿，这人气性还挺大的。"

牛有草和社员们耕地，刚升任区长的王万春骑着自行车过来，他说牛有草被评上县里的劳动模范，改天要去县里戴大红花，接着问马仁礼最近的表现。牛有草说相当不错。王万春说："有的人反映马仁礼改造不好，他当了副社长，脾气大了，还打骂社员。""这可是胡说八道。"牛有草把马仁礼和老干棒的纠纷讲了。

王万春拿出一个信封说："这是马仁礼托人捎给我的信，发了不少牢骚，你把信退给他，就说我没收到。你把他看紧点，让他多干活，少说话。这些知识分子情绪容易冲动，小心胡说八道被人家揪了辫子。你给他透透风，别说是我说的。"

下午，牛有草找到马仁礼，推心置腹地和他说了不少，还把他给王万春区长的信交给他，说送信的人没找到王区长，退回来了。牛有草说："有人让我告诉你，说你得小心点了，要是再乱讲话……"

马仁礼出了一身冷汗，忙说："我以后一定不再乱讲话。"牛有草一拍马仁礼的肩膀，鼓励说："光想不行，得有实际行动，让大伙儿看看。走，帮我去我的自留地里拉犁，不管别人咋说，你只管拉。明白了？"马仁礼连连点头。

夕阳西下，半天红霞。马仁礼在牛有草的自留地里拉犁，牛有草扶犁。瞎老尹、老干棒等人来围观。牛有草看到大伙儿来了，像吆喝牲口一样喊着号子。

老干棒喊："这是啥事儿？拿咱社长当牲口使唤啊？马副社长，不能给咱们村西社丢人啊！"瞎老尹摇头："过分了，没有这么欺负人的！"

马仁礼扔了绳套不干了。牛有草对马仁礼使眼色，马仁礼会意，继续拉犁。

瞎老尹说："副社长，别听他的，老干棒说得对，你这是给咱们社丢人。"杨灯儿跑来看到这火了："牛有草，你这是干啥？没有你这么欺负人的！"

马仁礼喘着粗气："这是思想改造，我愿意！"他拼命拉犁，绳子断了，他一下趴在地上。杨灯儿赶快上前把他拉起来。

马仁礼回家躺在炕上哼呀哎呀地叫苦。杨灯儿走进屋说："老马，累坏了是不是？你是个软蛋，凭啥叫牛有草这么欺负？"马仁礼哭丧着脸："我这样的出身，就得好好劳动，改造思想。"

杨灯儿替马仁礼抱屈："你出身咋了？你爹是你爹，你是你，你在北平那么多年，又没剥削过，凭啥直不起腰来？"马仁礼言不由衷地说："我这叫间接剥削，因为我吃的穿的用的都是我爹剥削得来的，我得好好改造，改造一辈子。"

杨灯儿摇头："我算看清楚了，你是个完蛋货！不行，我找他说理去！"

杨灯儿气呼呼来到牛有草家，还没落座就像机关枪一样数落："你做的啥事儿啊！还县劳动模范？乡亲们都说你是欺负人的模范。"乔月也说："我才听说这件事儿，大胆，你就是不在理上。"

牛有草梗着脖子："你们爱咋说咋说，我就这么做了，犯法吗？"杨灯儿说："咋说他也是个人，你咋能把他当牲口使？"乔月接话："你这是侮辱人格！"

牛有草冷笑："嘿！你俩一起上了！告诉你们，就得让这些剥削阶级尝尝当牛做马的滋味，他爹欠下贫雇农的债，当儿子的就得还。这叫一报还一报！"

马仁礼在院子里甩着肩膀，杨灯儿进来问："老马，看样子你肩膀越来越厉害了，我给你瞧瞧。"马仁礼畏缩着说："我可不敢，你再给我一擀面杖，我这小命儿就吧嗒了。"

杨灯儿笑着说："你只要不是装病，我不会折腾你。进屋去，我带了我爹熬制的膏药，专门治疗跌打损伤的，可有效了。"灯儿用自制膏药为马仁礼敷伤。马仁礼心里又热乎起来，说道："灯儿，你对我真好。我说句话你别不爱听，咱俩都该成家了，一起搭伙过日子吧。"

杨灯儿倒是很大方开朗："老马，我知道你的心思，你人是不错。可实话告诉你吧，我心里装着另一个人。"马仁礼心中一凉："既然这么说，你就不要再来了，影响不好。"杨灯儿笑着说："我愿来就来，愿走就走，你别想歪了啊！"

牛有草等劳模胸前佩戴大红花，坐在县礼堂前排，听劳模代表韩美丽作报告。

韩美丽兴高采烈地讲着："小牛犊子牵回来，我给起名叫小花儿。大伙儿都说我有眼光。有人说小牛犊子是不错，可惜太小，干不了重活，耕地怕不行。我说没事儿，到时候我有办法。小牛犊子下地了，果然拉不动犁，我就把绳套套在我肩上，和牛一起拉犁。小牛犊子一看我和它一起干活，高兴了，对我哞哞叫着。我听出来它的意思了，它说，大姐呀，你够意思。我说，小花儿好好干，给大姐长长脸。小花儿还真争气，干的活儿又快又好。"大伙儿鼓掌。

韩美丽讲得更有劲头了："后来我们的小花儿长大了，该找对象了，远近不少的公牛看见我们小花儿就拉不动腿，一个个都不怀好意。小花儿呢，好像见一个爱一个。我一看不好，不能让它自由恋爱，我得给它包办婚姻。为啥？都说龙生龙，凤生凤，老鼠生儿会打洞，我可不能让它跟那些歪瓜裂枣对上了，生个不像样的东西。我就牵小花儿挨村子转，给它找婆家，可我都没相中。小花儿有些不乐意了，跟我耍脾气，我就做它的思想工作，我说，小花儿啊，不是大姐挑剔，咱找对象就要挑个好的，第一要出身好……"大伙儿笑了。

韩美丽越讲越有精神："大家别笑，我说的不是指家庭出身，是看对方的爹娘是什么品种。后来我在集贤村看好了一个，可人家说，配一次种要好多钱。集体的钱来得不容易，我哪儿舍得？就反复和人家商量，人家就是不开面儿。把我愁的啊，怎么办？哎，有办法了，我就牵着小花儿成天在那只公牛的眼前转。人家赶我走，我说，我牵着我的牛遛弯儿，关你们什么事儿？人家没话说了。那只公牛看见我们的小花儿就挪不动腿了，不听使唤了，也不吃不喝了，是害相思病了。人家一看没办法，主动牵着那公牛去找我们……"韩美丽讲得如同说书，还连带着表演，逗得牛有草和听报告的人笑喷了。

会后，牛有草请韩美丽在小饭馆吃饭，他说："离上回咱们分手好几年了吧？"韩美丽拍着牛有草的肩膀："你说的咋那么对，正经有几年。我记得那时候咱们说过，来年劳模会上见面，咋没见到你？"

牛有草一笑："不好意思，没评上。上边来了解情况，不会说呗。"韩美丽很认真地说："光能干不会说不行，还得跟形势，你这是吃了没文化的亏。我听说你们成立互助组的时候，五条半牛腿闹生产，有这回事儿？"牛有草点头。

韩美丽拿出一个本子递给牛有草："我这儿有一本上一回劳模会奖励的手册，送给你吧。你得学文化。"牛有草接过本子憨笑："我是想学，可一学脑瓜子生疼。"

韩美丽挺热心："牛有草同志，不学进步就慢，一定要学啊！哎，记得那时候你还没结婚，怎么样，还单身呢？"

牛有草说："结婚了。听你的报告，好像还没结婚？"韩美丽很开朗："我一直没结婚。我的未婚夫在朝鲜战场上牺牲了，后来一直没有称心的人。你放心，一旦有了，这个人跑到天边我也会追到手！"

第五章

　　日子过得真快，转眼就到了1957年。这一年的麦子长得特别好，一望无际的麦田随风翻起金黄的麦浪，麦穗压弯了腰。社员们都说今年一定大丰收。

　　有钱难买五月旱。可是，老天不作美，气象台预报，麦香岭地区麦收季节局部地区将有特大暴雨。区长王万春召集各村干部开会，要求各村提前收割小麦，这是关系到夏收的大事，一定要抓好，耽误这件大事的要问罪！

　　村干部们反映，今年的小麦长势太好了，提前收割会减产很多。王万春声色俱厉地要求："减产也比让雨水泡到地里强，上级的命令必须执行！"

　　牛有草回来立即召集社员开会，传达区里的指示。可是大伙儿思想上都通不过，在会上乱嚷嚷。牛有草也不会做什么思想工作，干脆让大伙儿赶快回去做收麦准备。

　　实际上，牛有草对提前收麦更是想不通，散了会他就去问地里仙，是不是真会有特大暴雨。地里仙说，以往麦收季节会有雨，不过连阴雨不多，可这特大暴雨不好说。谁能比气象台还有准儿！到底咋办，让牛有草自己拿主意。

　　牛有草刚回到家里，马仁礼就来给他汇报思想。汇报完了，牛有草看着马仁礼说："哎，你整天弄个百叶箱天天研究气象，研究出啥来了？""瞎研究，没有什么成果。"马仁礼就要走。

　　牛有草一把拉住他："你说这几天真的能有特大暴雨？"马仁礼眨眨眼："气象台不都说了吗？应该有吧。"说完抽身走了。

　　马仁礼当然也不想让麦子提前收割减产。他把百叶箱搬到麦地头上，蹲在地上，看着风速计，琢磨着。

　　杨灯儿过来问："老马，研究出啥来了？"马仁礼不想瞒杨灯儿："要我看，可能有雨，但是特大暴雨，怎么觉得不能有呢？"

杨灯儿怀疑："你比气象台厉害啊？"马仁礼对灯儿说实话："气象台说的是局部地区有特大暴雨，也没肯定麦香岭就会有。"

杨灯儿追问："那你的意思是说，局部地区不在咱们这儿？"马仁礼点头："我说有可能。"

天已经黑透了，马仁礼还在地里蹲着，直愣愣地盯着百叶箱。杨灯儿给马仁礼拿来两个馍馍。马仁礼接过馍馍，大口吃着。

杨灯儿盯着马仁礼："看把你饿的，慢点咽，别噎着。你到底看出啥门道了？"马仁礼把杨灯儿当成知心人："灯儿，按我的推算，最近会阴天，也可能打雷，可不一定会有大雨。保票我不敢打，气象台还经常预报不准呢，顶多是个差不多。"

杨灯儿皱眉："差不多不行，提前收麦虽说损失不少，也比被大雨浇了强。"

马仁礼扛着百叶箱往家走，迎面碰到地里仙。地里仙跟着他进屋说："仁礼啊，这场雨连着咱今年的小麦收成，一定要弄准啊。"他从怀里掏出一个本子交给马仁礼，"咱们老农民，每年到麦收季节，就像坐在烙铁上，就怕大雨来，大家烧香拜佛，祈求老天爷保丰收。我年轻时就想，要是能预报天气就好了，打那时候起，就坚持记每年这个时候的天气，想琢磨出点啥，终究没成气候。你看看吧，也许对你有帮助。"

马仁礼惊喜地翻看本子："太好了，有您这些资料，我心里就有底了。"

牛有草给社员开会，分配割麦任务，要求男女老少都要参加麦收，拼死也要把麦子抢收回家，谁也不许偷懒。吃不饱表示不偷懒，加油干！夏忙夏忙，绣女下床。懒出了名的马小转要成立个抢收队，大家选她当队长。可是，乔月说她来例假了，不能参加收麦。

回到家里，牛有草和乔月吵架："你脸皮真厚，咋能当众撒谎？就是为了不参加麦收？"乔月噘嘴："我就是不想参加麦收，每年的麦收，我就像过鬼门关，死的心都有了！"

牛有草训斥着："麦收谁不累？再累也得咬牙挺着。你哪年的麦收出过力？人家割十垄，你一垄也割不完，还说把腰累断了，干一天休三天，还有脸说！"乔月哭了："人家的男人都知道疼老婆、护老婆，哪有你这样的，拿老婆不当人！我真是瞎了眼，怎么就跟了你！"

牛有草揭乔月的短："你瞎了眼，我也没睁开。哪有像你这样的娘们儿，成天饭也不做，衣服也不洗，活也不干，除了领孩子们唱唱歌，写俩字，就东家串门子，西家弄舌头。"

乔月一句也不让："你胡说！我没做饭吗？做了你说不好吃，衣服洗了你说不干净。我串门子为什么？还不是为了给你创个好人缘儿！你成天瞪着眼珠子，训这个，呲那个，人都叫你得罪光了，不是我给你护拉着，你早就成了孤家寡人，别心里没数儿！"

正在这个时候，杨灯儿一步跨进门来说："两口子这是咋了？"乔月一反常态，冲杨灯儿发火："我两口子咋了，关你屁事儿，你来干什么？"

杨灯儿不和她计较："你不是社长，跟你说不着。"乔月斜眼看着灯儿："你和他不是一个社的，能有啥破事儿？除了那点事儿，还有什么？"

灯儿不愿意了："你狗嘴里吐不出象牙，我们有啥事儿？"乔月双手叉腰说："有啥事儿你心里清楚，别把我当傻子！你俩勾勾搭搭，谁不知道！"

灯儿气疯了，扑上前去拧乔月的嘴，二人厮打到一起。

乔月急喊："牛有草，你的胆子哪儿去了？老婆叫人家打了，还在一旁看光景，给我上啊！"牛有草抱着膀子站在一旁说："你就该挨打，看你敢不敢再胡说！"

乔月打不过杨灯儿，挣脱灯儿的扭打，跑到院子里喊："乡亲们都来看啊，奸夫淫妇拉起手来打正房老婆了，这日子没法过了！"牛有草气上心头，追到院子里撕扯乔月："你这败家的娘们儿，给我回去！"乔月跑了。

牛有草摇头："这娘们儿没治，日子没法过了！"杨灯儿看着牛有草："我真服你，咋和她过了这么多年？都是自找的！"

牛有草无奈道："摊上了，没办法。不说她了，你来有啥事儿？"杨灯儿这才说正事："我就是来告诉你，马仁礼说没雨。"

牛有草一听，急忙来找马仁礼，见面笑着："老马啊，忙活啥呢？今天早上咋没去我那儿请示啊？"马仁礼慌了："对不起，疏忽了，这就请示。"

牛有草正经说："免了吧，别给我来虚里冒套的。我就问你，咱这儿有没有特大暴雨？"马仁礼装糊涂："气象台都说得清清楚楚了，上级也下了命令，怎么还问我？你下的什么套？"

牛有草这才实心实意地说，他实在不想让就要丰收的麦子提前收割减产，他知道马仁礼也和他有一样的想法。马仁礼经常摆弄那百叶箱，研究天气。在这个节骨眼上，好钢要使在刀刃上，把研究的玩意儿亮出来，也算为大伙儿出力了。

马仁礼看着牛有草，心里好一阵翻腾，他觉得牛有草说得对，这才打开地里仙的记录说，根据他这几年观察，特别是参考了地里仙四十多年的记录，他认为，麦香岭的小气候和全省不一样，特大暴雨会有，但是，麦香岭不会有，要说有，也就是雷声大雨点小的雷阵雨。气象台说的是局部地区有雨，不是全部地区。

牛有草连连点头："有道理，继续说。"马仁礼说："再看咱这里的具体情况。

俗话说，烟筒不出烟，必定要阴天。水缸出汗大雨到。咱这里的烟筒都出烟，水缸外面干干的。能有大雨吗？还有，燕子高飞晴天报。晚起红云晒破土。日头落地火烧云，明天必定晒死人。你抬头看，那些燕子飞得多高！再往西看看，那火烧云都红了半边天！"

牛有草高兴地搡了马仁礼一把："你小子还留一手啊！为啥不早对我说？"马仁礼摇头："就我这身份，哪敢胡乱说，找死啊！"

牛有草问："你们社是咋打算的？"马仁礼说："这么大的事情，当然是赵社长决定，一切都听他的。"

牛有草还是不放心，就到地里仙家讨主意。地里仙告诉牛有草，马仁礼这个人委实有能耐，千万别小瞧了，他说咱这里没有大雨，估摸不会说错了，他念了这么多书，没有白念的。

牛有草皱眉："可这回是气象台说的，咱敢信他的吗？"地里仙瞅着牛有草："大胆啊，你的胆子哪儿去了？"牛有草一跺脚："豁上了，就信他一回！"他决定，自己社里先不抢收麦子！

区长王万春听说牛有草敢违抗上级命令，不抢收麦子，立即赶到麦香村，拍着桌子训斥牛有草："你想干什么？你比气象台还准吗？你是老天爷吗？"牛有草梗着脖子："我就是个老农民，想的是麦子能丰收。"

王万春说："我看你是二百五！麦子提前收的损失大，还是被雨水泡了损失大，你掰扯不清吗？"牛有草坚持着："我也不是胡来，这么干我有把握让麦子不受损失。我和老天爷打了招呼，暴雨来不到咱们这儿。"

王万春吼着："胡说八道，别跟我扯别的！"牛有草挺硬："土地是我们农民自己的，我们应该说了算！""你敢抗命吗？""今天我就抗命了！"

王万春又拍桌子："你疯了？知道抗命的后果是什么吗？我不能眼看着你胡来！"牛有草缓和地说："要不这样吧，我负责的村东社不提前收麦子，要是出了问题你撤我的职，就是判我的刑，我也认了！"

赵有田、马仁礼带领众社员抢收割麦子，牛有草跑来，拉住马仁礼："你不是说没雨吗？"马仁礼捶着累酸了的腰说："我是那么说了。"牛有草喊："那你们咋还抢收麦子？"马仁礼笑着："执行上级的命令，不对吗？"

牛有草追问："你没跟赵有田说不会下雨？"马仁礼凄然一笑："我是什么身份？我敢说吗？我找死啊！"

麦香村的麦地，除了牛有草村东社的地里还长着麦子，其他的全割完了。牛有草站在麦田边，仰头望着天，心神不定，回到家里也是坐卧不安。

马仁礼在家吃面条，杨灯儿过来焦急地问："别光寻思吃，到底能不能下雨?"马仁礼无奈道:"我是老天爷啊?我说可能不下雨,这是我个人的看法,愿意信就信。"

杨灯儿皱眉:"你这不是给牛有草挖个坑让他跳吗?万一下雨了,他得背多大的责任啊?"马仁礼摇头:"那是他愿意背,我可不敢逼他!""马仁礼,这从头到尾都是你下的圈套,我算看透你了!"杨灯儿一跺脚走了。

天空突然飘来一大块乌云,接着就是一连串的炸雷。牛有草从炕上蹦下来,鞋子没穿就跑到院里抬头看天。马仁礼也跑出来。大伙儿跑到麦地边,看着金黄的沉甸甸的麦穗被风吹得摇来摆去。每个人的心都绷紧了。然而,乌云很快被一阵风吹散,只留下一些漂亮的马尾云,老日头在头顶上高兴地笑着。

牛有草这一把赌赢了。别的社麦子减产不少,他的社实打实获得了丰收。区长王万春在全区麦收总结会上特别表扬了牛有草社长。当然牛有草同志也没有贪功,会后他把马仁礼说没有雨的事全盘告诉了王万春。王万春让他回去就叫马仁礼到区里来一趟。

牛有草回到家里,看到猪圈里的猪都瘦得放屁打晃儿,埋怨乔月是败家的娘们儿,除了吃喝玩乐,啥也不能干。乔月赌气地说:"你成天横挑鼻子竖挑眼,气儿没有顺溜的时候,我就这样,不想过了就说话!"

这时候,马仁礼和杨灯儿来了。马仁礼满脸喜气地告诉牛有草,他刚从区上回来,王区长表扬他了。杨灯儿也高兴地说,区长说了,马仁礼社长是乡村能人,知识分子改造的典型。

马仁礼客套着:"全凭着牛社长的教诲,感谢您啊。"牛有草笑道:"本来就是你的功劳,你就别跟我客套了。我还得感谢你,是你让我们社的麦子丰收了。"

杨灯儿看着牛有草:"牛社长,我还寻思你把功劳都揽了过去呢,原来你跟区长推举了我们马社长,我错怪了你。"乔月问:"我们大胆推举了仁礼?怎么回事儿?"

杨灯儿看着牛有草:"牛社长跟区长推举,让马仁礼接了有田社长的职位,把那个副字去掉了。"乔月笑望马仁礼:"仁礼,恭喜你啊!"

大雨哗哗下着,牛有草披着蓑衣赶马车过来。路上,一个头戴大草帽的女人被大雨浇得浑身湿透地跑着。那女人是韩美丽,她是专程来找牛有草学习的,没想遇到大雨。牛有草让韩美丽上车,还把蓑衣脱下来给她披上。

乔月在家看闲书,牛有草和韩美丽浑身精湿地跑进来。乔月上下打量着韩美丽,让介绍一下。牛有草抹一把脸上的水说:"这就是先前认识的韩美丽。家里的,找件衣服给她换上,别凉着。"

乔月推说："真不巧，我的衣服都洗了，没干呢。"韩美丽脱下蓑衣说："没事儿，牛社长，把你的衣服给我换上也行。"乔月也斜着眼说："嗨，又不巧，老牛的衣服都没洗呢。"

韩美丽说她不嫌弃。乔月只好找出牛有草的衣服给韩美丽换上了。

牛有草让乔月赶快做饭，别慢待了客人。乔月推说她头疼，不能做饭。韩美丽很爽快："嫂子身体不舒服，我来做吧，都是熟人，不用不好意思。"

外屋，牛有草拉风箱，韩美丽摊大饼，俩人不停地说着话。乔月在里屋警惕地听着。韩美丽说上级推广双轮双铧犁，他们社花不少钱置办了一套，老大的铁家伙，没有四五头牛根本拉不动，扔那儿没人管了。牛有草笑着告诉韩美丽，有时候上边的话不能全听，得拿脑子过一过，对的就听，没道理的就哼儿哈儿地应付过去就是了。韩美丽认为对上级不能阳奉阴违。牛有草说这叫灵活处理。韩美丽夸牛有草的媳妇长得挺好看。牛有草说光好看没用，过日子不行。乔月在里屋听到，气得故意不停地咳嗽。

韩美丽被雨水淋感冒了，发烧，浑身发冷，躺在厢房的炕上瑟瑟发抖。牛有草赶快给烧姜汤。天黑了，牛有草让韩美丽在家住一宿。韩美丽想了想，实在没有力气走路，就住下了。

牛有草走进里屋，乔月瞅着他不高兴地问："怎么？这人还黏上咱家了？"牛有草解释说："外边一直下着大雨，她还病着，你叫她到哪儿去啊？"

乔月冷笑："看你俩的热乎劲儿，就是没病不下雨，你也能留她十天半个月的。我看出来了，你对她有意思！"牛有草瞪着眼说："胡说八道！别没事找事！"

"找事怎么了？我就看不惯你那副热乎嘴脸！"乔月说着把手里的书摔到炕上。"你摔打谁呢？还翻天了！"牛有草说着上了炕，"我揍你！"

乔月一头拱进牛有草怀里，杀猪似的号叫："救命啊，牛有草要杀人了！"

韩美丽走出厢房，听着屋里牛有草夫妻的吵闹，知道是因为自己引起的，她干脆来个不辞而别。不一会儿，屋里传出打人的声音和乔月的哭喊声，乔月披头散发地跑出屋子，冲进雨夜，跑到小学的仓房里再也不回家。

黄昏时分，牛有草坐在炕上生闷气，杨灯儿抱着柴火走进来，生火拉风箱做饭。她拿着抹布擦桌子擦柜子，拿着笤帚扫地，她不停地在牛有草面前晃动着。忙乎了一阵子，杨灯儿拉把椅子坐在牛有草面前，用深情的大眼睛看着他说："打开窗户说亮话，她走了，我该来了。"

牛有草望着杨灯儿憋气不吭，好一阵子才说："我爹临走的时候，我把话都说绝了，收不回来，要是收回来，那不是辱没祖宗吗？我听我爹的，不想折腾了。"

灯儿问："那咱俩的事就没盼头了？"牛有草低着头："你别逼我了，就算我这儿行，你爹那儿也行不了。""行不行我让你看看，你等着。"杨灯儿站起身走了。

杨灯儿回到家告诉老爹："这回我不能听你们的了，我要和牛有草过日子，除非让我死。"老杨头听闺女忽然说得这么绝，也来了驴脾气："闺女，你不能死！可咱俩得有一个死，爹成全你！"

老杨头说罢走出屋子，灯儿娘急忙跟着走出去。灯儿怔怔地坐在那儿流泪。

牛有草听说老驴子喝土信子了，赶紧套上马车，把灯儿和昏迷的老驴子送到卫生院。牛有草要背昏迷的老驴子走进去。灯儿拦住："我来背，你躲得远远的，别再惹他了。"

老杨头躺在急救室床上，缓缓睁开眼睛，他看到杨灯儿，老泪纵横道："还救我干啥？我活够了……"杨灯儿跪在床前流着泪："爹，你这是何苦呢？你为啥死活要拦着你闺女的道啊！你不知道你闺女心里有多苦吗？"

老杨头吭吭哧哧地说："闺女，你光知道你心里苦，你知道你爹的心里有多苦吗？我的苦处跟谁说啊！你要是不收回那句话，我还要喝，不信你试试看！"

杨灯儿不甘心："爹，就因为当年的过节儿吗？这么多年了，你还记着？"老杨头驴性依旧："就算我不记得，牛有草能不记得吗？咱两家是杀父之仇，你跟了他，还有好日子过吗？我不能把我闺女往火坑里推啊！啥也别说了，你要是不答应断了那个念想，明年的今天就是我的周年！"

杨灯儿流着泪说："爹，我答应你，这辈子不想了！"

乔月自从搬进学校的那个破仓房，除了给孩子们上课，就大门不出，二门不迈，一个人的日子很不好过。夜里忽然下起大雨，破仓房漏雨了，乔月摆了满地瓶瓶罐罐接雨水，她躲在角落里，抱着肩膀瑟瑟发抖。房顶传来声响，乔月望着房顶，忽然走出仓房，朝房顶望去。马仁礼穿着蓑衣，正苫房顶。草不够了，马仁礼脱下蓑衣盖到了房顶上。乔月望着马仁礼，眼泪夺眶而出。

马仁礼从房顶下来，浑身精湿，瑟瑟发抖。乔月把马仁礼拉进屋里，赶紧给他擦脸，流着眼泪说："仁礼，还是你对我好啊！我对不住你，我打算和牛有草离了，你要是不嫌弃，咱俩复婚吧。"

马仁礼苦笑着："这话从哪儿讲起？咱俩根本就没结婚，何谈复婚？"乔月一脸凄惶："就算我说错了，你能不能接受我？""这怎么可能？不是我嫌弃你结过婚，是我配不上你。"马仁礼摇了摇头，说完转身走了。

乔月看着马仁礼的背影，泪水不停地流下来。

就在马仁礼给乔月苫房的时候，吃不饱牛有粮也给马小转苫好了房，下来敲门。马小转开门一看是吃不饱，就问："大半夜的，你来干啥？"吃不饱笑嘻嘻地说："给你苫了半天房，你不知道啊？"

马小转心想，下着大雨，三更半夜的，别人没想到，吃不饱倒是想到了我，这个男人不错啊！不过她还是故意说："雨水滴进碗盆里叮当响，挺好听的，让你给弄没了。""那我再去给你捅个窟窿出来。"吃不饱说着，一个劲儿地打喷嚏。

马小转关心着："凉着了吧？这可是你自找的。"吃不饱装着挺可怜的样子说："转儿，你这话说得多伤人心，人家好心好意帮你都病了，连句好话都没赚上。"

马小转笑着："死样儿吧，还挑起礼来了，好了，谢谢了，你回去吧。"吃不饱耍赖皮："外边雨这么大，你好意思撵我走啊？"

马小转装着发愁的样子："你不走咋办？孤男寡女的住在一起，也不是个事儿啊！"吃不饱嬉笑着："那我就在你家小厦子里待半宿吧。"马小转瞟了吃不饱一眼："不嫌委屈，那就随你便吧！"

雨停了，早上，老日头干干净净地出来。吃不饱在马小转家扫院子、喂鸡。

老干棒挑着水路过院门口，放下担子，探头看见院子里吃不饱在忙活，感到很奇怪。吃不饱笑嘻嘻地告诉老干棒，夜晚下雨打雷，他怕小转儿害怕，就搬来了。

老干棒笑问："过一起了？"吃不饱得意着："还用问吗！"老干棒一拍大腿："就这么地了？"吃不饱大嘴咧到耳门："跟你学的，找个日子请大家喝喜酒！"

老干棒走了。马小转跑出门来，举着擀面杖要打吃不饱："你这个不要脸的，我叫你胡说，谁跟你过一起了？你迎风放屁，想臭死人啊！我打死你这个不要脸的无赖。"吃不饱跳来蹦去躲闪着喊："转儿，转儿，你听我说，生米已经做成熟饭，你打死我也没用了，就答应我吧。"

马小转哭了："叫我跟你过日子？你又馋又懒，自己的那个窟窿还填不满呢！"吃不饱哄着："那是从前，现在我学好了，你要是嫁给我，我保证你隔三差五吃上肉蛋儿。"

小转儿放下手里的擀面杖问："吹牛吧，你咋让我吃上肉蛋儿？"吃不饱急忙哄着："我现在表现得可好了，经常受社长的表扬。你等着，我以后天天进步，当上副社长当社长，当上社长当区长，我就吃公家粮，你就是区长娘子了，咱们就猪羊成群粮满仓，到那时候咱雇上丫鬟婆子……"

马小转一下笑起来："呸！那是旧社会，新社会不兴这个。你是做梦去吧！"吃不饱一拍脑袋："忘这茬了。总之有人伺候，给你端尿盆、捶背……"

马小转脸上阴转晴："要是这么说，嫁给你也行，你得给我写个字据！你不会写字找个会写的。成亲那天，规矩我说了算。"吃不饱指天发誓："行，你让我做牛做马都可以！"

吃不饱牛有粮和马小转办喜事了。老干棒赶着马车，车上坐着吃不饱和马小转。吹鼓手跟行。吃不饱和围观的人打着招呼。马车停在马小转家门前。鞭炮响了。该新人下车，新郎背新娘了，吃不饱要背马小转。

马小转正经说："别急呀，你说只要我嫁给你，给我当牛做马都行，今天你给我当马。不按说好的来，我今天就不下车！"

吃不饱无奈跪在地上学马，马小转下车骑在吃不饱牛有粮身上。大伙儿都乐了。地里仙很生气，认为这是给老牛家丢脸，他转身走了。吃不饱驮着马小转进屋。

老干棒笑着："吃不饱你真行，没出啥力就把媳妇驮回家了。"吃不饱也逗乐："谁说没出力？没看见老婆把我当马骑吗？"老干棒大声说："要是有姑娘能嫁给我，我给她当磨刀石都行！"他这是说给谁听呢？

牛金花和三猴儿马仁义的好事早已经有九成熟了，问题是寡妇牛金花和她的婆婆要求三猴儿必须要"倒插门"，而三猴儿不想"倒插门"。这会儿，牛金花看着吃不饱背马小转的热乎场景，就很是羡慕，对三猴儿说："你看看人家，为了讨媳妇，啥事都能做出来，你就拉不下脸来？"三猴儿看着牛金花的圆盘大脸问："非倒插门不可？"牛金花说："没的商量！"

三猴儿挠头："等我再琢磨琢磨。"牛金花一扭身："慢慢琢磨去吧，等别的人倒插门进来，你想插也插不上了！"

三猴儿看着大奶细腰肥屁股的牛金花，真怕别人抢了去，那时候可没有卖后悔药的！他突然高声喊道："大伙儿都听着，我马仁义和牛金花过两天也要成亲，大家都去喝喜酒啊！"吃不饱问："你答应倒插门了？"三猴儿乜斜着眼笑："你都能给媳妇当马骑，我倒插门也不算丢人！"

牛有草要和乔月离婚，王万春知道后找牛有草谈话，劝他回去找乔月好好谈谈，能不离就不离，凑合着过。在组织的人不能说离就离，当社长的更得起表率作用。

牛有草听领导的话，来到小学校，要和乔月再谈谈。乔月不让牛有草再费口舌，她决心下定不回头。牛有草最后求乔月晚上回去吃顿散伙饭。乔月很干脆地答应了。牛有草走出来，正碰上邮递员骑自行车过来，说有他一封信。牛有草接过信塞进口袋里就往家走。晚上，乔月果然回来了，还亲手做了饭菜。牛有草拿出一瓶酒，二人喝酒吃饭。

牛有草倒满两杯酒说："乔月啊，就要分手了，我想说说掏心窝子的话。当初你追我的时候，我不是没动心，哪个男的不想搂着好看的媳妇睡觉？可过日子不是光睡觉，还有油盐酱醋，家里家外，也免不了放屁打牙。你说咱俩这几年过的还叫日子吗？你心里憋屈，我心里也焦得慌，我想就对付着过下去，可脾气不由人，咱俩都遭罪，还是分开好。"乔月和牛有草碰杯："对你这个人，我起先真的很佩服，也知道你有些不得意我的地方。那时候我想，结了婚我慢慢改造你，可是我错了，生就的脾气长就的肉，我改造不了你。"

牛有草干杯："我也想改造你，可是不成。有人劝我，打服的老婆揉到的面，天天大耳刮子伺候，不信打不好老婆。可我能那么做吗？我就打了你一回，鸡蛋打散黄儿，收拾不起来了。"乔月也干杯："你就是不打我这一回，我也不想和你过了。不说了，写个离婚申请吧，你不会写我写。"

乔月拿出纸笔。牛有草忽然想起还有一封信，就从兜里掏出信交给乔月。乔月打开信，里面掉出一张黑白照片。牛有草拿过照片，看到上面是一个老女人和一个年轻人。乔月很快看完信告诉牛有草，信是他娘写来的，说她在鞍山农村挺好，还向牛有草的爹问好，让爷俩别惦念她。照片上的年轻人是他同母异父弟弟。

牛有草愣愣地望着照片，好久叹了一口气才说："这事可咋跟我爹讲啊！"乔月催着："怎么讲你慢慢琢磨。咱们快办正事，写离婚申请。"

牛有草开始说了："农民牛有草，媳妇叫乔月。成亲这些年，吵闹度日月。小吵二四六，从来不断溜；大闹三六九，神仙躲着走。日子这么过，简直没法活。天上下雨地上流，媳妇要走没法留……"

牛有草一边说，乔月一边写。两人话聊透了，都觉得离婚是一种解脱。

第二天，牛有草和乔月就到区里办了离婚手续。乔月和村长马仁廉说好，调到村西社去。地里仙主持乔月和牛有草分家，衣服各归各的，粮食一家一半儿，锅碗瓢盆对等分配，各样家具互相商量，各种农具各取所需。可是，两口子只有一床被子，俩人互不相让。地里仙为难了，不知该咋分。乔月倒是干脆，她拿起被子，拖来铡刀，用铡刀把被子铡开。大伙儿都笑了。

牛有草重新过上光棍的生活，自己做饭洗衣。韩美丽听说，扛着行李来了："听说你和那口子离婚了，我来和你结婚啊！"牛有草笑了："你这不是开玩笑吗？我离婚了不假，没说和你结婚啊！"

韩美丽干脆利落："拉倒吧！我上回到你家，你媳妇又哭又闹的，还不是为了我？我知道你对我的印象不错，正好补这个缺，我把结婚介绍信都开好了。"

牛有草哭笑不得："你这人咋这么浑啊，我现在不考虑个人问题，你赶紧走！"

韩美丽一点也不觉得尴尬："你就是不愿意，也不能赶我走啊！我大老远来了，总该留下吃顿饭吧？我的嘴泼，有口吃的就行。"

牛有草和韩美丽吃饭，韩美丽饼子就大葱，吃得很欢实。

牛有草毫不客气："你这人真冒失，也不打声招呼，就要和人家结婚，跟假小子似的。"韩美丽拍着牛有草的肩膀："你说的咋这么对，我们村里的人都叫我假小子。我要跟你结婚，我就冲着你肯上进，将来能干一番大事业。"

牛有草无话可说，只是摇头。韩美丽打饱嗝打得很响："吃饱了，白跑一趟，走人！不用你送，这回道儿熟了，以后说来就来。牛有草同志你听着，我盯上你了，你早晚是我的人，除非你一辈子不结婚！"韩美丽走了。

牛有草喊她扛着她的行李走，韩美丽头也不回："不用，早晚都得铺在你的炕上，就不麻烦了。"

乔月是个耐不住寂寞的人，跟牛有草这一场婚姻让她清醒了，还是文化人马仁礼对她的胃口。乔月扛着篮子来找马仁礼，拿出热热的韭菜包子让他尝尝。马仁礼说不能无功受禄。乔月自有理由："现在我是你们社的社员了，慰劳劳苦功高的社长还不应该！"马仁礼还是让乔月拿回去。

乔月脸色阴沉下来："不吃我就喂狗。"马仁礼忙说："别，我吃还不行嘛！"

乔月妩媚地笑了，很亲热地让马仁礼把手擦干净进屋吃。马仁礼吃着包子说："牛社长跟我说过，当初你追他的时候也是用包子。"乔月脸红了："仁礼，别哪壶不开提哪壶，你就是不原谅我？"

马仁礼只顾吃包子："你没做错，我原谅你什么？"乔月发自内心地说："当年我伤害了你，不该在你最困难的时候离开你、揭发你，现在想来很难受。"

马仁礼重复乔月当年的话："那时候你没有必要飞蛾扑火啊！"乔月追问："咱俩真不能走到一起了吗？"马仁礼推脱说："乔月啊，我'地主羔子'的皮永远脱不掉，所以的确配不上你。"

乔月心里酸溜溜地回去，发了一会儿呆，起身到自留地里整地。她干了一会儿，长叹一口气，皱眉头看自己的手掌磨没磨破。牛有草扛着镢头过来，没吭气就帮乔月整地。乔月问是不是可怜她？牛有草告诉乔月，原来这块自留地是他俩人的，现在散伙了，地就不分了，交给他侍弄，乔月不用沾手，收的东西平分。乔月扑哧笑了。牛有草劝乔月赶快嫁人，马仁礼就合适。

乔月奇怪："你俩不是不对劲儿吗？怎么想起他了？"牛有草实话实说："我和他是不对劲儿，可这人过日子可靠，为人厚道。再说你俩本来应该是两口子，成个家吧。咱俩是一场误会，在一个槽子里吃食别扭。"

马仁礼在家做饭，乔月又扛着篮子来了，这回送的是芸豆馅儿的包子。马仁礼还是让乔月走。乔月站在那儿不动，泪水流出了眼眶，接着号啕大哭："我太无能了，除了唱戏，就会包包子。唱戏你不愿意听，包包子你不吃，叫我怎么办啊！我知道你心里还有我，也知道你心里有个疙瘩解不开，你难道非要我跪着给你认错吗？"

乔月的话说到了马仁礼的心坎上，这么多年来，他的心里确实有乔月啊！心里的疙瘩是该解开了。沉默良久，他终于说："把行李卷搬来吧。"乔月破涕为笑。

乔月和马仁礼到区政府领了结婚证出来，乔月想找个饭馆吃顿饭庆贺一下。马仁礼觉得还是不要张扬，婚礼不办了，晚上搬到一块儿就行。两人回到家里一看，见桌子上摆满了乡亲们的贺礼，还有一桌好饭菜。马仁礼十分感动，觉得乡亲们没抛弃他，冲这一点，他也要混出个样儿来！

夫妻二人准备睡觉，乔月突然呕吐起来。马仁礼怀疑她和牛有草离婚不到两个月，是不是和他有了？乔月说她一直不想要孩子，总是算着日子行房，只临分手那天晚上在一块儿了。马仁礼如五雷轰顶，呆坐在那儿。

乔月哭道："仁礼，怪我疏忽大意了，我对不起你。你说句话啊！"马仁礼突然冷笑起来，咬牙切齿地说："牛有草啊，牛有草，这辈子我记你三笔账，元宝、老婆、孩子！"乔月满脸懊悔地说："仁礼，原谅我吧，我不是故意的。孩子可以不要，我以后一心一意跟你过日子就是了。"

新婚之夜，马仁礼没有丝毫的欢乐，辗转反侧，一夜难眠。早晨天刚亮，他就来找牛有草。牛有草笑着："马社长，听说你和乔月悄悄把喜事办了？咋有点不高兴？"马仁礼阴沉着脸，阴阳怪气地说："能高兴吗？你剩的饼子我吃了，你剩的粥我喝了，你放的屁我闻了，你拉过的屎我擦了！乔月怀了你的种！"

牛有草大笑："真是大白天说梦话！我们俩结婚这么多年一直没有孩子，告诉你吧，乔月是个不会下蛋的母鸡！"马仁礼撇嘴："你懂个屁！乔月是不想要孩子，她有她的办法，你的种子都撒到沙子地里白忙活了！我问你，你们分手前一天是不是在一起了？"

牛有草瞪眼："是啊，那时候还没办手续，合理合法！"马仁礼咬着牙："这个臭娘们儿，就是那天昏了头，怀了你的孩子！牛有草，你这是害了我啊！"

牛有草摇头："这真是黄泥巴掉进裤筒里，不是屎也是屎。"马仁礼暴怒："你别装糊涂，你这是拉了屎往我脸上抹，你不是人揍的！我恨不得杀了你！"说罢，抄起身边的镢头要砍牛有草。

牛有草夺下镢头说："马仁礼，乔月跟我离婚是自愿的，你娶乔月也是自愿的，出了这事，你跑我这儿咋呼啥？咋说你也是地主阶级的孝子贤孙，你这是在我们贫下中农头上动刀枪，这事儿我要是捅到乡里，你非得蹲几年大牢不可！识数的赶紧给我滚！"

马仁礼咬牙切齿地走了，到天黑才回来。乔月靦着脸迎上来，给马仁礼掸身上的泥土:"仁礼,把脸洗了吃饭,我今天烙了葱花饼。"马仁礼不看乔月,只说不饿,走进里屋在炕上躺下。

乔月跟进屋子,伸手试马仁礼的额头:"是不是发烧了?"马仁礼拨拉开乔月的手:"别烦我!"

乔月悻悻地坐在马仁礼身边:"仁礼,你就是不肯原谅我?我知道都是我的错,你怎么惩罚我都行,就是别不理我,我害怕,别不要我,求求你了!你要是不要我,我真没有活路了!"她说到这儿哭泣起来。马仁礼看着乔月哭心软了:"你不用哭,我这是自找的。我累了,让我睡一会儿。"

冬天到了,天上飘着小雪。马仁礼一个人在麦地里拉碌碡压冬小麦,他疯狂地跑着,跑得浑身大汗。牛有草过来看着马仁礼说:"马社长,我拉一会儿吧。"马仁礼没好气儿:"我们社的地,凭什么要你拉?一边待着去!"

牛有草赔笑:"看你累的,我帮你也是好心,咋还不领情呢?"马仁礼连挖苦带讽刺地发泄怨气:"你的好心?你把老婆肚子睡大了送给人家,是不是啊?你这是无私奉献啊,应该登报表扬!你等着,闲下来我给你写篇稿子投到报社,你还能火一回。"

牛有草说着好话:"仁礼,别这么说,我要是知道乔月有身孕了,打死我也不能让她走,我们老牛家眼下还没有下一辈。你不知道,因为乔月不生育,二爷爷背地里早就给我过话了,说乔月再不生孩子,让我休了她。来吧,咱俩一起拉,说说话儿。"二人一起拉碌碡。牛有草说:"我知道你心里不好受,我心里也不好受,谁能想到出了这么个事啊!咱俩商量一下,这样吧,孩子生下来我养着,我不怕村里人搬弄舌头。"

马仁礼摇头:"呸!亏你放得出这么个屁来,生了孩子你养着,那全村人不都知道我戴了绿帽子吗?"牛有草笑了:"这咋叫绿帽子?我也没偷你老婆啊!那你说咋办?你养着?你能咽下这口气呀?"

马仁礼长出一口气:"我当然咽不下!孩子要是落地了,成天瞅着老婆抱着别人的孩子吃奶,我心里能不冒火吗!我恨不得……算了,不说了。"牛有草警告道:"老马,咱大人的事归大人的事,孩子在你那儿要是有个三长两短,我非扒了你的马皮不可!"

马仁礼提出孩子他养,只是有一条件,就是两家把房子换一下。他想的当然还是那十个金元宝。但是,牛有草说房子是土改的胜利果实,说啥也不能丢了!

没有事的冬天夜长,几个社员坐在吃不饱家的炕头上,盖着棉被,讲马仁礼和牛有草的事。讲来讲去,说到乔月结婚才几个月,肚子就这么大了,不能不叫人起疑，说不定孩子是牛社长的。

地里仙也听说了大家的议论，就把牛有草叫到家里，问乔月怀的孩子到底是谁的？牛有草承认可能是他的。

地里仙举起拐杖要打牛有草："我打死你这个畜生！你这不是把我的重孙子送人了吗？你想让老牛家绝后啊！"牛有草招架着叫屈："二爷爷您别发火，离婚以前我不知道她怀孕了，要是知道，打死我也不会离婚！"

地里仙问："我就奇了怪了，你和乔月成亲这么多年，一直没孩子，要离婚了就有了孩子，这是咋回事儿？"牛有草告诉地里仙，他也是才知道，原来乔月和他结婚后，根本就没打算和他过到底，不想要孩子，跟他同房都是掐着日子。

地里仙还是关心孩子，这个孩子是牛家的种，想办法一定要留下来！

乔月不想要这孩子，就找马婆子给想办法打胎。马婆子说她打胎的偏方用的都是虎狼药，有危险！乔月为了不让马仁礼为难，豁出去用了打胎的偏方。想不到那偏方真毒，乔月用了不久，肚子痛得在炕上打滚儿。马仁礼惊慌失措，不知道咋回事。乔月这才说她吃了打胎药，可能要出人命，得赶快去医院！马仁礼赶快套马车把乔月送到县城医院。还好，大人和孩子都保住了。

回到家里，乔月躺在炕上流泪。马仁礼埋怨乔月这么大的事儿应该和他商量。

乔月说她这辈子真的对不住马仁礼，为了他，就是死了也不后悔！马仁礼安慰乔月，这事不怨她，恨就恨牛有草！"孩子生下来了，这笔账咱和他慢慢算！"

牛有草听说乔月打胎差点送了命，赶紧找到马仁礼说："老马，我求求你还不行吗？你让她把孩子生下来，我养活，你要是心里不解气，打呀骂呀，怎么都成，我全受着。"马仁礼冷笑："孩子生下来我爱怎么处置就怎么处置，你管不着！"

乔月生了个胖小子，浑身无力地躺在炕上。马仁礼注视着婴儿："这熊玩意儿，怎么跟他长得一模一样！"乔月小心翼翼地看着马仁礼的脸色："仁礼，孩子既然扑咱家门儿来了，你看……"马仁礼叹气："我看干什么？还能立马扔了？先当个小狗养活着吧。"

乔月让给孩子起个名字，马仁礼不起名字，坚决不让他姓马。

牛有草听说乔月生了个小子，就到地里仙家讨主意。地里仙也没有啥办法，只说先看看情况。马仁礼要是待孩子好，也就罢了，反正是牛家的种，早晚会认祖归宗；要是待孩子不好，老牛家的人一起上，夺回来！

夜里，乔月抱着孩子，孩子在啼哭，马仁礼很不耐烦地出去了。乔月想了一会儿，觉得要赶紧把这孩子送出去，不然往后的日子没法过。于是，她找到杨灯儿，泪流满面地说："灯儿姐姐，我实在没办法了，你救救我儿子吧！"杨灯儿奇怪说：

"你儿子咋了？"

乔月把真实情况讲了。杨灯儿琢磨了半天说："我有个办法，只能你我知道，打死也不能对第三个人说。"她对乔月悄悄耳语。乔月听罢，哭着点头。

第二天上午，乔月抱着孩子，走出院子，人们都上工去了，只看到地里仙坐在树荫下打盹儿，街上没人，她迅疾拐进胡同，来到马婆子家。这时杨灯儿也在，灯儿接过孩子说，只要三个人的嘴都紧一点，能瞒得住。

乔月告诉杨灯儿，这孩子大名就让收留的人给起，小名就叫狗儿。然后哭着一步三回头地跑了。

杨灯儿告诉爹娘，她想小外甥了，要到姑姑家住几天。她到马婆子家抱着孩子匆匆走着，地里仙突然出现，迎面拦住杨灯儿问："你怀里抱的谁的孩子啊？"杨灯儿只好说是马仁礼的。地里仙说："应该说是牛有草的吧？村里啥事能瞒得过我的眼睛？说吧，你要干啥？"杨灯儿就把她的想法讲了。

地里仙高兴了："果然是灯儿！真亮堂！你做得对，赶快走。把孩子的小衣裳留下一件儿，我自有用处。"灯儿把一件小衣裳给地里仙，然后急忙走了。

乔月回到家，趴着窗户见马仁礼回来了，就放声大哭，她告诉马仁礼，刚才看孩子睡了，她出了趟门儿，回来孩子就没有了！

牛有草和社员们扛着锄头收工回来走到马仁礼家门口，听到乔月的哭声，以为两口子打架了，大家就进去看。原来是乔月哭着说孩子丢了。牛有草让人分头到村子里每家每户找，掘地三尺也要把孩子找回来！

马仁礼和牛有草四处寻找孩子，牛有草发现草丛里有一摊血迹。马仁礼发现还有一件小衣裳上也有血！

牛有草一屁股坐到地上："完了，孩子叫狼叼去了！"他突然蹦起来，"马仁礼！你把孩子看成眼中钉，肉中刺，这回你高兴了吧？你这个杀人犯，我和你没完！""你放屁！你下的种儿不假，可苗儿在我家地里出的，虽说长得歪瓜裂枣，毕竟是我的庄稼，孩子没了我就不心疼？我心里比你难受！"马仁礼说着流泪了。

乔月躺在炕上，头上盖着毛巾。她见马仁礼回来了，挣扎着要坐起来。马仁礼让她躺着，还在月子里，好好休息，他告诉乔月，孩子看来是叫狼叼了去，发现孩子的小衣裳，有血迹。乔月抹着眼泪，偷着瞅马仁礼。

马仁礼说："细想起来，这些日子我真不够爷们儿，不该那么对你和孩子，孩子这一走，我心里有种犯罪的感觉。别难过了，以后再生一个吧。"

杨灯儿在姑姑家每天带着狗儿，待了二十来天，她抱着狗儿回来了。马小转等人看到了，都过来搭讪，问这是谁的孩子？

杨灯儿很详细地告诉大家："别提了，我在火车站等车，一个女的抱着孩子说想去茅房，让我抱一会儿，我也没多寻思，就接过来了。谁知道这个女人一走就没有影了，火车就要开了，我也不能把孩子扔了，就抱着上了火车。我想，肯定是私生子，人家不要了。火车上，我打开小被子一看，里边有一封信。我也不识字啊，找了个戴眼镜的给念了念，果然就是那么回事儿。孩子还能扔了？先养活着吧。你们看，信在这儿呢！"杨灯儿拿出一张纸条晃着。

马小转问："你一个大姑娘，还没结婚呢，拖拉个孩子算咋回事儿？"杨灯儿笑着："我是没结婚，不是有爹娘吗？我爹早就说想要个小子养活，正好！"

老杨头正给铁树浇水，灯儿正大光明地抱着狗儿回来了，她一进家不等问，就把她在火车站捡孩子的事讲了一遍。灯儿娘看这孩子虎头虎脑的，稀罕得很。老杨头眉开眼笑："老天爷开眼了，给我送个儿子来，老杨家有后人了！"

灯儿喊："爹，你说啥！孩子这么小，给你当孙子才对。"老杨头问："我没儿子哪儿来的孙子？他娘呢？"

灯儿一笑："我给他当娘啊！"老杨头不同意："你没成亲，哪儿来的孩子？"

灯儿不管不顾："权当他爹死了，我守寡。"灯儿娘也不同意："你就随口胡说八道吧！那你以后就不嫁人了？"

灯儿说出她的打算："以后的事以后再说。现在孩子小名我都起好了，就叫狗儿，好养活。狗儿姓杨，以后我出门子，孩子随娘出嫁，他还是姓杨。"

老驴子拍着大腿满脸开花："好，就这么办！狗儿大名叫杨春来。她娘，掂弄几个菜，今天喝一壶！"

牛有草听说杨灯儿捡了个孩子，还是带把的，就找到杨灯儿询问。杨灯儿笑着说是的。牛有草不信，他要亲眼看看孩子。

老杨头在家里抱着狗儿逗弄着，狗儿一个劲儿地哭。灯儿说孩子是饿了。没娘的奶吃，能不哭吗？

灯儿娘想起来乔月的孩子没了，估摸还没回奶，求求她喂孩子不好吗？就让灯儿去求求乔月。灯儿故意说人家不一定答应，不过为了孩子，舍着脸也要去试一试。

杨灯儿刚走，牛有草来了，说想看看孩子。老杨头挺牛气："我的孙子，你想看就看啊？"牛有草直通通地说："狗儿就是我和乔月的孩子。""胡说八道，谁都知道，乔月的孩子叫狼吃了，我看你是想儿子想红了眼，来打我们的主意。做梦去吧！"老杨头说着，抱着孩子回屋了。

乔月在家发呆。马仁礼说："想孩子了吧？听说灯儿捡的孩子没奶吃，成天哭，挺可怜的。"乔月马上说，她现在还有奶，想帮着杨灯儿喂喂孩子，不知道行不行？马仁礼觉得这是好事，应该帮帮。正好杨灯儿来了，把请乔月帮着喂奶的事一说，马仁礼满口答应。乔月心里高兴，她看着马仁礼，也就答应下来。

牛有草心里不平，总想把那孩子要回来，他来到地里仙家讨主意。地里仙告诉他，没有证据不能乱说，要这么折腾下去，马仁礼两口子和老驴子家都不得安生。当社长的不能只顾自己，把事儿埋到心里。再说，他一个大男人也难把狗儿养好，这件事儿就不要再提了。

马婆子又要给杨灯儿说亲，男方就是赵有田。老杨头不同意，他觉得赵有田人不错，岁数也合适，就是身子板儿太弱，黄瓜秧子似的，瘦得狼见愁，怕过不住日子。

马婆子说："有田没啥大毛病，就是胃口不太好，要是有个媳妇，一天三顿好好给滋润着，不出半年，胖得能把炕压塌！"

灯儿娘觉得马婆子说得在理儿，再好的主儿也不好找了。老杨头害怕灯儿不同意。马婆子让他来个牛不喝水强按头，不信治不了一个丫头片子。

杨灯儿回家，老杨头把马婆子提亲赵有田的事讲了，灯儿死活不答应。老杨头喊着："闺女，你这是往死里逼你爹呀！"灯儿赌气道："是你把我往死里逼！"

"好，我没脸给你当爹了，今后这个家你做主吧。"老杨头说罢走出家门，来到井边，他看到马小转正过来挑水，就赶紧跳进井里。马小转看到老驴子跳井，就大喊起来。

很多人来到井边，牛有草、马仁礼急忙营救老驴子。可笑的是那井水不深，才到老杨头的胸脯。老杨头抱着膀子发抖。

牛有草对着井口喊："叔儿，天热也不能泡在井里啊！太凉，抓住绳子上来吧。再说，你这么干，井里的水大伙儿还能吃吗？又得掏一回井，这人工咋算？"

老驴子在井里瓮声瓮气地说："不要救我，我活得没脸没皮，闺女都不拿我当人待，我活够了。我死了，掏井的人工我家还掏得起！"

牛有草劝着："叔儿，乡亲们眼里你还是个人物，你不光是好庄稼把式，还说话算话，谁不佩服您啊！上来吧，我还打算聘请您给我们社当军师呢，到那时候，您啥活都不用干，摇着羽毛扇给我出主意就行了。"

杨灯儿忽然哭着跑来，她分开众人，对着井口喊："爹，你上来吧，我答应你就是了！"

回到家里杨灯儿告诉马婆子，她是答应了，得有个条件，要抱着狗儿嫁过去。狗儿这么小，留在家里俩老人能养活得了吗？老杨头不干，狗儿是他孙子，姓杨！

马婆子告诉老驴子，狗儿就让灯儿抱过去，不用担心孙子没了，狗儿还姓杨。她早就跟赵有田商量过了，人家不计较。老驴子决定六月初六就过门。

灯儿和母亲做针线活，娘交代闺女，明儿个你就是赵家的人了，你虽说是女儿身，可那年牛有草放了个臭屁，把你好一顿糟践，后来他当着乡亲的面认了错儿，可还是有人怀疑，你嫁过去，头一宿一定让赵有田看清楚了，你是个清白身子。

灯儿娘把做好的大红嫁衣让灯儿穿上试试。灯儿穿上嫁衣，要找乔月商量以后狗儿吃奶怎么办，衣服就不脱了，也让乔月看看。

其实，杨灯儿是找牛有草去了，她要让牛有草最后说句真心话。家里没人，杨灯儿就在牛有草家门口坐着等。

这会儿，牛有草正在爹的坟前喝着酒和爹说话呢，他告诉爹，这些年他一直把爹的话记在心上，可他心里不畅快，因为杨灯儿一直站在他的心尖上，搬不走，拿不掉，睁眼睛是她，闭眼睛也是她，身前身后都是她，真折磨人啊……

牛有草拿着酒瓶醉醺醺地回来看见杨灯儿，他就转身要走，杨灯儿拦住他笑道："原来你心里还有我！你是不是在躲着我？"

牛有草憋气不吭进了屋，灯儿跟着走进去。牛有草靠在炕上，举起酒瓶要喝酒。灯儿抢过酒瓶，把酒都喝了。牛有草躺在炕上，用被子蒙住头不说话。

杨灯儿含泪道："大胆哥，今天我就问你一句话，这辈子你到底能不能娶我？"
牛有草低声咕哝："我爹不让，我听我爹的。"

杨灯儿流着泪走了……

第六章

区长王万春召集全区村干部、各合作社的社长开紧急会议，他郑重宣布，县里做出决议，明天要成立人民公社，区的建制撤销，改成人民公社，麦香岭区今后就叫麦香岭人民公社。人民公社比高级社大，优越性也多。今天开会不是征求大家的意见，就是布置如何宣传造势。

会后，王万春让马仁礼领几个人写宣传标语，写得越多越好。县里已拟定好标语口号，照抄就行。写完各村领回去，挨家挨户给贴，一户不漏。马仁礼和几个人熬了大半夜，标语才算写好。牛有草摸黑回村，带着人挨家挨户贴标语。

早晨，火红的太阳照得村庄一片红彤彤的。三疯子尖叫着，跑着："过年啦！上天堂啦！"各家各户的人探出头，看到自家的门上都贴上了标语。社员们念着："共产主义是天堂，人民公社是桥梁！""人民公社好，工农商学兵！""人民公社万岁！""人民公社就是好，成立就能吃得饱！"吃不饱念了标语笑着说，"只要能吃得饱，啥社都好。"

喇叭里传来广播："社员同志们，今天是1958年8月1日，这是个值得纪念的日子，值得庆祝的日子，是我们麦香岭人民公社成立的日子，一个新生的农村社会组织呱呱落地了……"

公社成立，麦香村的两个高级社合一个大队，牛有草是大队长，马仁礼是副大队长。大伙儿在大队场院里干活，有的编席子，有的编筐子，有的搓绳子。

瞎老尹叹气："唉，这几年从互助组到初级社，又到高级社，现在又变成人民公社，变来变去，自打有高级社以来，地里的粮食打得越来越少了。"三猴儿说："都是庄稼人，谁心里都清楚，出工不出力呗。"

马小转告诉大家，前几天她到她姥爷家那个公社走亲戚，人家公社都成立大食堂了，各家不用做饭，吃饭不要钱。吃不饱说："咱这里啥都落后，快成立大食堂吧，那咱也能不花钱混个肚儿圆！"瞎老尹摇头："从来没听说过吃饭不要钱的好事。不花钱就有饭吃，谁还干活？天上能掉下来葱花饼吗？张嘴等着接天上掉下来的老鸹屎吧！"

马小转还告诉大家，她姥爷家那个公社把各家各户的鸡鸭鹅全都收起来送到大食堂里吃掉了。三猴儿不信："谁敢收我家的鸡？我又不是地主，抢啊？得讲理呀！"马小转对大家说："人家当然讲理，那叫大辩论！"老干棒笑了："变嫩？好啊，把我变嫩十岁，我就能娶上个年轻媳妇。"

马小转笑着："做梦去吧！你知道咋辩论？就是十几个年轻人站成圈儿，把你围在当中，这个人问你为啥反对大食堂？然后使劲推你一把；那个人接着问你为啥吃水忘了打井人？又可劲搡你一把。就这样来回推搡你，推倒了把你拉起来再搡，直到把你推搡得爬不起来，弄得你掉毛秃噜皮，那可是真把你'变嫩'了！人家说，这叫'撞蒜瓣儿'！"

大伙儿正在议论，牛有草来了，他宣布一个好消息，说公社书记王万春讲了，为了提高生产力，把妇女们从锅台边解放出来，公社要求每个大队大办食堂，从今往后，吃饭不要钱。三天以后，咱们大队也要办大食堂！人民公社好，公社是桥梁，共产主义是天堂，大伙儿等着过好日子吧。吃不饱高兴地跳起来鼓掌。其他人看着牛有草不吭气。收工了，大伙儿都像火烧屁股似的急忙往家里跑。

从第二天早晨开始，麦香村再也听不到鸡鸭鹅的叫声。

八月十五中秋节这天，全公社给社员发"工资"，男劳力每人三元，女劳力每人两元，老人小孩每人一元。按人头，一人一块四两重的月饼。劳力一人发一条白羊肚子毛巾，干活时一律像延安老区的人那样勒在头上。全村的人喜气洋洋，简直比过大年还高兴。

正好，麦香村大队的公共食堂也开伙了。杨灯儿领着几个年轻妇女忙活做饭。牛有草进来告诉大家，今天是食堂第一天开伙，公社王书记要来吃饭，大家一定要做出水平来。

马仁礼在大队部对要出征到麦香河水库工地的整壮男劳力做战前动员，他让大家到公共食堂去会餐，吃饱了就出发。

大队食堂的院子里摆了不少桌子，村里的老老少少坐满了院子。王万春等公社干部坐了一席。杨灯儿指挥炊事员上菜上饭。

王万春看着满桌的菜肴说："牛队长，虽说没有鸡鸭，能有肉蛋儿，不错啊！"

说着他站起来对社员同志们讲话，说马仁礼副大队长给县里水利局提出建议要修麦香河水库，还拿出初步设计方案。修这个水库意义很大，修好以后，麦香河下游几万亩土地都能浇上水，旱田改水田种大米，那时候，就能天天吃大米干饭肉浇头，再有楼上楼下，电灯电话，就实现共产主义了！

这顿会餐结束，马仁礼满脸忧虑地小声说："牛队长，这么吃能行吗？"牛有草也小声说："行个屁啊，用不了仨月，咱的家底就吃空了！不怕，车到山前必有路，孩子哭了抱给他娘，先吃着再说吧。"

上午，公社书记王万春领着各大队的队长在玉米地边开现场会，韩美丽也在场。王万春说："牛队长，你们这片玉米地，亩产达到五百斤没问题吧？看来要跨黄河了，不过还得过长江，明年要达到八百斤。"

牛有草挠着头："五百斤都拿出了吃奶的劲儿，八百斤想都不敢想。"

王万春皱眉说："思想保守了！不要像小脚女人走路，要敢想敢干，人有多大胆，地有多高产！你不是大胆吗？胆哪里去了？十五年超英国赶美国，一天等于二十年，跑步进入共产主义！"

韩美丽上前说："牛队长，你们不敢想，我们敢，我们大队向你们挑战，敢不敢应战啊？"牛有草一笑："和你们队比？嗨，有啥不敢的！"

下午，村口老槐树上的大钟响了。麦香村大队的社员们拎着农具，懒懒散散地走到地头坐下来。吃不饱坐在地头抽烟。几个妇女纳鞋底。

牛金花笑着说："上工慢似牛，收工一溜风，地头一坐一个坑，说的就是你吃不饱吧？"吃不饱也笑："你说的还不够，这叫村头等，地头站，队长不来我不干。敲钟上工，敲钟下工，干不干活，就那几个工分儿，一分儿工能值几个钱？费那么多力气干啥？"

牛金花站起来："走，到那边去，你媳妇又讲新鲜事了。""你去吧，我晚上回去猫被窝里听就行。"吃不饱说着躺在地头抽烟。

牛有草走过来喊："嘿，吃不饱你行啊，还躺下了！别磨洋工，起来干活！"

吃不饱躺着不挪窝："我抽袋'地头烟'咋啦？这是咱老辈子的规矩！你爹过去给马大头扛长工还抽'地头烟'呢，我现在翻身做主人，'地头烟'倒抽不得了？你就会欺负老实人，你看那边。"

牛有草转脸看去，只见社员们三三两两坐在地头上，抽着烟拉呱。

马小转又传播新消息了，说昨天她三姨奶奶家的表哥来告诉她，人家公社"钢铁元帅升帐"，公社社员也要大炼钢铁。树也砍了，锅也砸了。

老干棒不信："小转儿你是吃荆条屙笺筐，肚子里编吧？咱老农民人老八辈都是种地，谁会炼钢铁？这不是赶着老牛上树吗？"瞎老尹摇头："再说了，打铁放羊，各干一行。农民去大炼钢铁，地谁来种？没人种地哪来的粮食？老百姓吃啥？

这不是瞎胡闹吗?"

马小转喷着唾沫星子说:"你们爱信不信,现在是'大腰劲',啥奇事都能干出来。你听说过深翻土地吗? 人家公社喊了,地翻八尺深,黄土变成金,把生姜瓣土都翻出来了。你见过五条腿的耩地耧吗? 人家的耧三条腿都改成五条腿了,播种搞密植,竖着播了再横播,光种子就播下去二百斤! 咱队长到公社领任务去了,等着看吧,过不了多久,咱这也会呼隆起来!"

正在这时候,牛有草过来说:"还聊呢? 都啥时候了,快干活吧!"

大伙儿懒洋洋地起来了。马小转问:"牛队长,咱这里炼不炼钢铁啊?"牛有草说:"全国一盘棋,人家都炼,咱能不炼吗? 上级已经布置了,马上就炼。"

要炼钢铁了,牛有草在大队部看着土高炉的图纸,满脸愁容。马仁礼从水库工地风尘仆仆地赶回来。牛有草告诉马仁礼,上级要求整壮劳力全部去炼钢铁,土高炉的图纸都发下来了,要求按样子来。马仁礼看着图纸摇头。牛有草问咋办? 能顶着不干吗? 马仁礼认为,眼下这形势顶不是办法。

牛有草挠头:"不顶麻烦更大,地里的庄稼还没收,烂地里去啊?""顶也不行,不顶也不行,你是队长又是党员,自己拿主意吧。我得回家换衣服,摸黑还得赶回工地。"马仁礼说完转身走了。

马仁礼回到家里,找好换洗的衣服,提着包裹摸黑走出院门,被一柄锄头绊倒。他爬起来正要发火,牛有草从黑影里走出来:"我这绊马索管用吧? 我要你给我赶快拿主意,要不然你就别想走! 我属狗皮膏药,贴到身上想拔下来不容易。"

马仁礼只好对着牛有草的耳朵嘀咕半天。牛有草听了,捣了马仁礼一拳头,高兴地说:"你真有些鬼点子,这个办法好。你可以走了。"

远处,水库工地在搞夜战。电灯泡吊了一长串,像条火龙。小伙子和姑娘们高声喊着打夯歌。马仁礼走着望着,他突然停下脚步想,眼下这大跃进的形势谁能挡得住? 我给老牛出的主意,不是往自己脖子上套枷锁吗? 他赶紧返回牛有草家,叫醒已经睡觉的牛有草,说他仔细想了,领导要咱们政治挂帅,政治挂帅就是要听上边的话,上边不管要咱干什么,都是革命工作。为了大跃进,为了咱们群众能早点踩着人民公社的金桥,跨进共产主义的天堂,过幸福日子,还是按上边布置的干吧。他那是馊主意,不能用!

牛有草笑了:"老马啊,我知道你怕了。你怕我不怕,你不要担心,出了问题,我一个顶锅,砍了脑袋也不会连累你。我牛有草别的优点没有,就是说话算数!"马仁礼这才放心走了。

太阳暖洋洋地照着,社员在野地里建起好多一脚能踹倒的小高炉,大伙儿在小高炉前忙活着。

牛有草领着瞎老尹、老干棒等弱劳力要到各家砸锅炼铁。先从牛有草家开始。牛有草抡起铁锤自己把院子里煮猪食的大铁锅砸了，以后只能队里集体养猪，自家不用煮猪食了。队里有公共食堂，各家不用自己做饭，可以留一口烧水的铁锅。

这时候院子里聚满了人。牛有草大声说："社员同志们，要是咱不这么做，就得炼铁矿石，要把铁矿石炼出铁来，得毁多少林子烧木炭啊！锅砸了可以再买，可林子毁了那得多少年才能长起来？咱们不能断了子孙的后路。"

牛有草领着人来到吃不饱家。马小转迎出门来笑着说人炼钢铁她一百个支持，可家没有啥铁器。牛有草让大伙儿找找看。大伙儿在屋里屋外找了一遍，还真没啥铁器。大家刚出门，牛有草一回头，看到门上的门鼻儿和搭扣，笑道："这不是铁的吗？起下来！"

马小转喊着："起了门鼻儿和搭扣，我家咋锁门啊！"瞎老尹笑道："你家一颗粮食也没有，有啥可偷的？"老干棒牛有道眨巴着眼："可以偷人啊！"马小转笑骂："偷你娘的腿呀！"大家哄笑着走出院门。

田野里小高炉冒着烟。公社书记王万春带领一行人来检查大炼钢铁，看着小高炉说："牛队长，你们的小高炉尺寸太小了吧？为什么不按照统一的图纸建造？你们这叫小高炉？一脚能踹倒两个，这不是糊弄上级吗？"

牛有草信心十足："是我们把尺寸搞错了，可我们的土高炉争脸啊，炼出的铁一点也不少。马上就要开炉出铁，你们看吧！"他立即指挥开炉。小高炉流出了通红的铁水。王万春很高兴，让牛有草在公社给各大队干部介绍了经验。

大跃进走过了火红的一年，又是一个初夏。两位公社书记骑着马，披红挂绿地来到学校操场上。路两旁的大红条幅上面写着：人有多大胆，地有多高产；土地潜力无穷尽，亩产多少在人为；十五年超英，二十年赶美，跑步进入共产主义。前方不远处，彩旗招展，锣鼓喧天。两公社书记下马走进人群。

两张八仙桌在空地上搭起一个台子，台前坐着张德福副县长、王万春等人。

两公社书记也坐在台前的椅子上。锣声响了，张副县长站起来宣布，全县粮食产量比武大会开始，先请青田公社的常书记上台报产量！

常书记上台意气风发地高喊："同志们，红旗飘飘战鼓响，英雄好汉上战场。青田公社大丰收，亩产两千没说谎！"

台下一片掌声。先锋公社的徐书记蹦上台子，斗志昂扬地叫着："大地滚滚响春雷，朱仙镇上锤对锤，先锋亩产三千斤，这个成绩谁能追！"台下又是掌声。

常书记说："我说的是平均亩产，最高的我们亩产五千斤。"徐书记把衣服领口一扒喊："大跃进，拼命干。你有五千斤，我们是八千斤！你敢坐飞机，我们坐火箭，只要有胆量，卫星能上天！"台下掌声雷动。

张副县长转过脸问："万春书记，你们麦香岭公社亩产多少啊？"王万春嗫嚅着："张副县长，我们不行……"张副县长阴沉着脸："万春同志，自从我上来，你一直对我的工作不太配合啊，我主抓农业，产量上不去我怎么向上边交代？你看着办吧！"

王万春急忙上台，把凳子也拎到台上，然后站在凳子上，望着台下，突然摘掉帽子，甩着帽子大吼一声："我们麦香岭公社五千斤打底儿，八千斤不瞧，一万斤微微一笑！"张副县长站起来鼓掌："好！麦香岭公社的王书记今天放了一颗大卫星，咱们要向麦香岭公社学习！"

王万春放了卫星回来，心里惴惴不安。他想到了牛有草，马上让人叫他来公社办公室。牛有草一进来，王万春一把拉住他，热情得不得了，专门泡好一壶西湖龙井招待。王万春告诉牛有草，县里听说麦香岭公社今年麦子大丰收，要求各公社都派人来拉练，就是检查，开个生动的估产现场会。麦香村大队是公社的带头队，到时候让牛有草站出来带头大胆估报产量。

牛有草为了给王书记争光，表示就报亩产一千斤！王万春摇头，认为现在人们的胆子一个比一个大，不到一万说不过去。

牛有草瞪眼："天哪，亩产一万斤，那还是麦子吗？就是草也长不出一万斤！这不是胡扯吗？你还是找别人吧。"王万春拉住牛有草："大胆啊，只有你最可靠，我就指望你了，你可不能拆我的台啊！"

牛有草无奈，只好硬着头皮答应。他走后，王万春安排公社团委书记小崔，这些日子什么也别干，盯紧牛队长，协助他唱好这台戏。

牛有草心焦毛乱，一回到大队部就急三火四地打发人把马仁礼从水库工地叫回来。马仁礼满脸大汗地走进屋子，牛有草赶紧倒了一杯水递过去，接着就把王万春交代给他的任务讲了。

牛有草求着："老马你得救救我！你读的书多，心眼灵活，大炼钢铁你出的主意就不错，再给我支一着儿吧！"马仁礼连连摆手："你就饶了我吧！大炼钢铁那回跟你说过后，我后悔好几天，我再不敢乱惹事了。"

牛有草瞪眼："你能眼瞅着阶级弟兄扔在热锅里煮吗？你是想看我的笑话吧？别找不自在，说！"马仁礼这才说："眼下这形势，哪个不张大了嘴在吹牛？你见过吹牛的挨批判了吗？你把产量往高了说，人家就算不信，可领导高兴；要是往低了说，人家信了，可领导脸上没光。就势论事，你看着办吧。"

牛有草点头："我明白了，你走吧。现场会那天，你一定要回来给我壮壮胆子。你要是不回来，我派人把你绑来！"

牛有草还是不放心，就到地里仙家讨主意。地里仙告诉牛有草，没听说过吹牛掉脑袋的，背后有人托着你的屁股，不怕掉下来，掉下来有人接着，没事儿。

吹就要吹出水平来，不把人吹晕，那还叫吹牛吗？他给牛有草出了个主意……

牛有草依计而行，第二天他就让社员挑着连根拔起的麦子来到一块长得最好的麦地，把拔来的麦子埋进地里，和原有的麦子混在一起，这就是"样板田"。

一切准备好，王万春领着县里各公社的领导来了。一位社长问王万春一亩地最多能打多少麦子？王万春说："这得让我们的牛有草队长回答，他创造了麦香岭亩产的奇迹，他的话最有说服力。"

牛有草壮着胆说："也不太多，一亩也就打个一万来斤吧。"另一位社长有疑问："啊！会打这么多吗？不是吹……"

张副县长不悦道："同志啊，不要低估了人家的创造性啊！"牛队长一本正经地说："你对我们麦香岭的革命群众有怀疑吗？一万斤就是一万斤，不信到我们的'样板田'去看看。"

牛有草领着大家到那块经过特别处理的麦地看过，回到大队部说："各位领导，麦地大家都看了，还可以吧？"大伙儿都说不错，开眼了。

张副县长高兴地说："长得这么好的麦子，我是头一次看到，不愧是'样板田'。群众中的确隐藏着巨大的创造力啊！"

为了消除大家的怀疑，牛有草说："现在社员们在收割，我们一会儿到场院，现脱粒现过秤，耳听为虚，眼见为实。"

大家来到场院里，社员们正给小麦脱粒，脱好粒就装麻袋，过了秤就扛走。一个人报数，一个外大队的人记账，这边刚称完，被称完的麦子转一圈又被倒回来继续过秤。最后一袋麦子过秤完毕，记账的人噼里啪啦一通算后宣布："总共一万零六百一十二斤！"

大伙儿鼓掌。牛有草笑了。张副县长更是高兴地让牛有草队长给大家介绍经验。

牛队长头只好硬着头皮介绍，达到这个产量不难，只要掌握窍门就行了。第一步是先翻土，然后让伏天的太阳晒，晒好后深掘八尺，把地底下的红土黄土都翻上来，和黑土混合，然后下种。浇灌的水最好是雨水和河水混合着用，雨水是天上的，河水是地上的，这叫天地合一，上下贯通。种地不懂太极阴阳不行。还有要密植，多下种，种子越多越好。

一位社长问麦子株距是多少？牛有草支支吾吾答不上来，只好说："这个问题我们大队副队长马仁礼同志回答，他是专管技术的。"

马仁礼给大伙儿鞠躬："建议大家不要问株距问题，要问就问我们播了多少种子。一粒种子一棵苗，一株麦子打多少粒麦子，那都是有数的，乘法会不会？回去算算就知道了，然后把产量换算成麦粒数，用总数除以单株麦粒数就得知下了多少斤种子，再把种子由重量换算成数量，最后再用土地面积除以种子数，就会得知每平方米下了多少种子，这样，株距就出来了。"

有个人提出，产一万多斤粮食，这麦子的密度是问题。牛有草说："你说的意思我懂了，就是这麦子密到什么程度。那我告诉你，我经常躺在上面睡觉，躺在麦穗上睡觉可舒服了，软软的，给皇帝老子的龙床都不换！大家如果还不信，那就请我们最基层的社员同志站出来说两句。"

帮着牛有草演戏的小崔说："下面请麦香岭的革命群众念几首诗。"

马小转站过来喊："我打头一炮，说一首吧。"她朗诵，"麦田滚滚起波浪，天当被子麦当床。睁开眼睛看星星，嫦娥后悔去天堂！"吃不饱说："我也献献丑。有的人可能不认识我，我叫牛有粮，外号吃不饱，那是在旧社会，现在我天天吃得饱，给大伙儿献诗一首。天上有个老玉皇，地上有个麦香庄。队里粮仓高万丈，顶翻玉皇紫金床！"

来参观的人都走了。借调到公社搞妇女工作的韩美丽来到牛有草家兴奋地说："祝贺你牛队长！这才叫大跃进，你真给麦香岭公社长脸长到天上去了！你白话的时候，在场的人都抻脖子瞪眼张嘴听，有人哈喇子都流出来了！"

牛有草问："亩产一万斤，没看出来是咋回事？你也就是半拉人吧。"韩美丽拍着牛有草的肩膀咯咯笑着："能咋回事？都佩服你呗，县里领导都表扬你了。你说的咋那么对，我就是个半拉革命人儿，还要努力。告诉你吧，我在公社屁股都坐大了，我决定回生产队，和乡亲们一起战天斗地夺高产！"

晚上，牛有草闷闷不乐地对地里仙说："戏总算演完了，差点秃噜我一层皮。还得谢谢您，只是心里憋屈难受。"地里仙摇头："别谢我，我这是帮你做对不起祖宗的事！以后没金刚钻别揽瓷器活儿。你记住，咱土里刨食的人，不能干对不起土地的事儿！"

赤日炎炎，大地火热。公社广播员广播："麦香村大队的奇迹告诉我们，群众想移山，山走；群众想移地，地动！正是，只要革了思想的命，无雨大增产，大旱大丰收。铁锹驾火箭，驾起青龙上云端。三山五岳听我令，玉帝下马我上鞍！"

大队的家底眼看快吃空了，牛有草咬牙解散了公共食堂。他来到那片收割了麦子的"样板田"，低头耷拉脑，静静地听着广播。马仁礼扛着行李走来，他给水库心胸狭窄的总指挥提了几条施工建议，被"拔白旗"打发回来了。

牛有草笑道："你这回品出味来了吧？不和我请示汇报，就要犯错误。回来了正好，我有了帮手，咱把自家的事儿弄好就是。"

大跃进不光是产量放卫星，还有百花齐放的跃进诗歌满天飞。县里要求各公社搞诗歌大赛，歌颂三面红旗，歌颂除四害的成果。麦香岭公社诗歌大赛开始了，戏台子下面站满了社员。张副县长亲临指导。

　　王万春讲话："社员同志们，总路线、大跃进和人民公社这三面红旗，是我们搞社会主义建设的行动纲领，是引导我国社会主义建设走向胜利的法宝。可有的人反对它，我们贫下中农能容忍这些谬论泛滥吗？"会场上没人吭气。吃不饱捅了捅牛有草，牛有草喊："不能！"

　　王万春讲："我们要用人民群众的诗歌反击这股歪风，歌颂三面红旗！我们这个诗歌大赛，希望大家发挥出水平，让反对者看看，我们社员多么拥护三面红旗。我们除四害成绩很大，经过日夜奋战，麦香岭已经不见麻雀的踪迹，我们还扛回了流动红旗。一天，两只麻雀飞进麦香岭上空，一只从东南奔西北而去，久久不敢落地；一只从西北奔东北而去，两只麻雀盘旋了五秒钟，惨叫一声，口吐鲜血而逃，那是到阎王爷那儿报到去了。下面请我们舞台的主角儿亮相。"

　　一个社员登台朗诵："三面红旗就是好，社会主义离不了。总路线，指方向，心明眼亮往前跑。大跃进，得人心，亩产过万真热闹！"

　　一个妇女上台朗诵："大跃进，真叫好，黑土穿上金外套。麦秆长得指头粗，麦穗笑得弯了腰。大人进去刚露头，小孩进去找不着。"

　　王万春站起来说："怎么没有人歌颂除四害啊？这方面我们的成绩很大，都登了省报，谁来歌颂啊？马仁礼同志，你肚子里的墨水多，来一首。"

　　马仁礼说自己没做准备，一再推辞。大伙儿加油鼓掌。马仁礼无奈地走上台说："真的没准备。我就着万春书记刚才说的现场发挥吧。"他沉思片刻后朗诵："麦香岭的天空上，两只麻雀在飞翔，看着大地滚滚的麦浪，小两口儿在商量。丈夫说，多么好的麦子啊，我们飞下去品尝。妻子说，农民都不容易，再说他们布置了天罗地网。丈夫问我们吃什么？妻子说，草原有虫子，那儿是我们的天堂。丈夫说，其实人们误会了我们，我们的主食是虫子……"

　　张副县长忽然对王万春说："怎么搞的？这不是替四害之一的麻雀翻案吗？他是个什么人？现场批判！"

　　王万春的脸色变了。牛有草紧张地看着马仁礼，挥手示意他下台。马仁礼知道坏事儿了，想要下台。王万春站起来说："不用下来了！你用诗歌替四害之一的麻雀翻案，大家也用诗歌回击你，谁打头一炮？"

　　牛有草赶紧把自己大队的社员叫到一起安排着。大伙儿点头。

　　吃不饱站出来朗诵："马仁礼，不讲理，歪着脖子说歪理。麻雀不吃粮，肚子饿得慌，草原那么远，怎么飞到头？饿了怎么办？还得去偷粮，你不是真正的庄稼汉，别在这儿说瞎话，下去吧！"

马小转朗诵："马仁礼，要赖皮，胡说八道一贯的。谁说麻雀会说话？欺骗社员是有罪的，广大社员眼睛亮，恨不得扒了你的皮！"

杨灯儿朗诵："马仁礼，怪脾气，书都念到腿肚子里。你说麻雀吃虫子，那是它们打牙祭，没有虫子怎么办？偷点粮食可能的。别在这儿装能人，滚下台子凉快去！"

三猴儿、老干棒、牛金花、瞎老尹等纷纷跳上台要朗诵，现场乱了。张副县长指示王万春，马仁礼思想不行，典型的右倾，应该给他戴上帽子，撤了他的职。这种革命的绊脚石，不踢开是不行的。王万春表示尊重上级意见。

张副县长坐吉普车走了。人们纷纷散去。王万春对台子上呆若木鸡的马仁礼说："你还戳在那儿干什么？等着鼓掌啊？"

牛有草琢磨，现在这形势不得了，又是大炼钢铁，又是吹牛放卫星，又是诗歌大赛，这哪是庄稼人干的正经事！将来打不下粮食，倒霉的还是咱老农民！上头的事咱管不了，想要吃饱饭，那就得实打实种出高产粮食！现在地也深翻了，肥也施了，水也供上了，咋样才能多收点粮食呢？那就得买好种子，种好苗才壮。他听说河北有个地方有高产麦种，就想买点试验一下。

说干就干，牛有草带着买麦种的钱上路了。还没有出村，一直关心他的杨灯儿跑过来，递给牛有草一兜煎饼让他拿着路上吃。

牛有草推辞："现在粮食这么金贵，你留着和孩子吃吧，我带着干粮呢。"杨灯儿硬是把煎饼给牛有草："你带那几个菜饼子好干啥？不掂饥困，你这是给集体办事儿，拿着！"

牛有草坚持不要，两个人撕扯着。杨灯儿要把煎饼扔掉，牛有草只好拿着。这些让远处的赵有田看到了。

杨灯儿回到家里，赵有田故意说饿了，让杨灯儿拿煎饼来吃。灯儿说煎饼给爹送了几张，剩下的让狗儿都吃完了。

赵有田斜着眼看灯儿："真的给你爹我没话说，怕是给了比亲爹还亲的人吧？"杨灯儿不依："别胡说八道，谁比我亲爹还亲？你说清楚！"

赵有田干脆挑明："别把我当聋子瞎子，牛有草走，你给了他一包啥东西？"杨灯儿不承认："你看走眼了，没给他啥。"

赵有田发火："我亲眼看见的你都不认账，说不定你俩还有我没看见的呢！"

杨灯儿不愿意了："赵有田，我和牛有草是咋回事儿，全大队的人都知道，你要说我对他挺好，我承认；要是说我和他不清不浑，我可不能让你！"

赵有田瞪眼："我就说了，咋着？你做的事儿就是让人起疑心。眼下粮食这么金贵，为啥不给孩子吃，白送给他了？这里边没有道道儿？鬼才相信！"杨灯儿只好解释着："不错，我是把煎饼给了他一些，可我为啥给他不给别人？眼下家家户户都不够吃的，人家是当队长的，把自己的口粮压了又压，口攒肚挪帮了困难户，自己一天三顿喝稀的，吃菜团子，眼下又要为队里出去买麦种，他带的是菜饼子！咱忍心吗？"

赵有田泛着酸说："你就忍心我了？我成天病病恹恹的，你咋不管？"杨灯儿辩解着："没管你吗？你说句良心话，咱家做点好饭菜，到驴肚子里了？"

赵有出说不过杨灯儿，就脱下鞋撕扯着要打杨灯儿，不料反被灯儿制伏。灯儿把赵有田的鞋扔出院墙。

不一会儿，马小转提着赵有田的鞋进院子喊："这是谁呀，把鞋砸我头上了？多丧气！"赵有田一头拱回屋里不吭气。

杨灯儿呱呱笑着："我的亲娘，我们那口子闲着没事儿，脱了鞋往天上扔，想套蝙蝠呢，没想到套了个俊俏媳妇。有田你出来，看看把谁套来家了！"

牛有草刚到县城就下雨了，他猫在屋檐下避雨。路边，热气腾腾的驴肉火烧出炉了，牛有草望着，从包里掏出煎饼咬了一口又放回去，然后拿出一个菜饼子啃着，又张着嘴喝从房檐上滴下来的雨水。

天黑了，火车站候车室地上躺满了人。牛有草披着麻袋片子跑进来，深一脚浅一脚地走着，他找了个位置刚要躺下，旁边的人忽地坐起来，甩掉身上的麻袋片子笑着："牛有草，你不认识我了？我是韩美丽。"

原来韩美丽也是去买麦种的。她给牛有草挪出地儿让牛有草坐下，又拿出个玉米面饼子递给他。牛有草狼吞虎咽地吃着。二人都没有睡意了，韩美丽拉着牛有草走出候车室，站在廊檐下说话。外面小细雨正下得紧，微风吹着，颇有凉意。

韩美丽摆弄着又粗又长的大辫子说："早就说要去买优良麦种，忙着忙着就耽误了。"牛有草抱着膀子看天："可不是嘛，这几年，一个运动接一个运动，正经事儿都耽误了。你的辫子又粗又长，干活不碍事儿？咋不剪了？"

"人家还是大闺女呢，等嫁了人再说吧。"韩美丽说着扑哧笑了，"我想起第一次到你家，也是赶上下雨，把你弄得挺狼狈。"牛有草也笑："可不是嘛，就是那天晚上，乔月让我打跑了，后来离了婚。"

韩美丽看一眼牛有草："哎，这事你不怨我吧？我的铺盖卷还在你家放着哩！我这人做事就是萝卜地瓜，喊里咔嚓，急脾气，你愿意就愿意，不愿意拉倒，这就叫有枣没枣先打一竿子。牛队长，我早就盯上你了，我不是说过嘛，我看上的人，早晚会抓挠到手里。"牛有草一笑，岔开说："这雨下的，有半夜了吧？"

韩美丽掏出怀表看了一眼："啊，一点多了。这表是我那个牺牲的未婚夫在朝鲜战场缴获的战利品，上级奖励给他的，他牺牲后，作为烈士遗物到了我的手里。这是他留给我唯一的念想，平常不舍得用，这是出远门，有它就能掌握乘车时间。有人出一百块钱，我没舍得卖。""挺珍贵的，好好保存着。"牛有草打了一个喷嚏，"不早了，回候车室睡会儿。"

牛有草和韩美丽结伴来到河北一个县城的种子站买种子。韩美丽的钱够了，牛有草的钱差得多，买不成。牛有草急了，想赊账。人家说这是公家的买卖，不能赊账。牛有草身上除了补丁就是补丁，没有啥值钱的东西。

韩美丽掏出怀表："同志，我这儿有块怀表，瑞士货，把它抵押在你这儿，我们回去就把钱送来，行不行？"

种子站长接过表仔细看了一会儿，同意把表做抵押，随后就发货。韩美丽连连感谢，急忙拉着牛有草走了。

两人来到街上，韩美丽和牛有草都没坐车的钱了。韩美丽提议俩人一起步行。牛有草说："也只能这样了，你要是走累了，我背你。"二人顶着烈日开始步行。牛有草被雨淋感冒了，没走多久就蔫头耷脑地落后了。韩美丽摸着牛有草的前额喊："我的娘哎，烧成这样，地瓜都能烤熟！来，我背着你走。"牛有草哪能让一个大姑娘背着。韩美丽只好搀扶着牛有草往前走。

天越来越热，牛有草实在走不动了。正好路边有个瓜棚。二人走进瓜棚想歇息一会儿再走。坐在瓜棚里，牛有草嘴里干渴，不停地舔着干裂的嘴唇。韩美丽走出瓜棚，竟然不见看瓜的人。她想摘个西瓜，又没有钱买，不给钱吃瓜那不是偷吗？韩美丽可不干！她想了一会儿，捡起一个瓶子打碎，割下自己的两条辫子放到瓜地里，然后才摘了一个瓜，抱着走进瓜棚。

牛有草昏睡着，一块西瓜递到他的嘴边。他睁开眼睛，望着眼前的韩美丽。

韩美丽笑着告诉牛有草，瓜园里不见看瓜人，她两条大辫子换一个西瓜，种瓜的一点不亏。知道吗？妇女的碎头发都能卖钱，那两条辫子，十个瓜都不换。

牛有草被感动了："你的两条辫子多好看，剪了可惜！"韩美丽笑着："那东西剪了还能长，要是你喜欢，我再留起来。"

牛有草心想，这女人多能体贴人，比乔月强多了。他望着韩美丽说："美丽，我岁数不小了。"韩美丽大眼传情："大点好，稳重，会体贴老婆。"

牛有草苦笑："我哪会体贴啊，媳妇都让我打跑了。"韩美丽毫不在意："那是她自己找的，活该！"

牛有草又说："我这脾气改不了。"韩美丽一拍牛有草的肩膀："我就喜欢你这性子，有男人味儿。赶紧吃西瓜，回去咱俩就领证！"

牛有草回来，把煎饼还给杨灯儿："路上遇到好多好心人给我吃的，有人还请我吃了顿驴肉火烧呢。跟你说个事儿，我要和韩美丽成家了。"杨灯儿看着消瘦的牛有草沉默一会儿才说："成家好啊，成家就不缺人疼了……"

牛有草和韩美丽结婚了。闹房的人散去，两口子说话。韩美丽提出，她在娘家的大队当妇女主任，嫁过来可不能围着锅台猪圈转，让牛有草给她安排工作。

可是，大队干部没位置了，空缺只有治保主任。韩美丽很愿意当治保主任。

赵有田让杨灯儿去参加牛有草的婚礼，灯儿不去，就在家里喝闷酒。明月当空，银光铺地。杨灯儿喝醉了，她摇摇晃晃走到三棵老枣树前，望着枣树下牛三鞭的坟笑了，笑声越来越大，笑得都站不稳了，就背靠坟头坐下。杨灯儿喊着，牛大叔，还认得我吗？我是差点进您家门的灯儿啊！一晃十来年了，您在这儿过得舒坦吗？大枣树护着您，日头晒不着，雨淋不着，您保准过得挺舒坦！灯儿我也过得挺舒坦，找了个男人，那男人比不上您儿子壮实，可他对我好，把我捧在手里怕摔着，含在嘴里怕化了。我是张嘴有饭吃，伸手有衣穿，抬脚就能蹬上鞋，过的那日子，是真舒坦……

灯儿说着眼泪流了下来。她扭过身，拍着牛三鞭的坟头叫，牛大叔，要不您出来吧，隔着棺材板子，我怕您听不真亮……啥，您不出来？不想看见我？不出来也成，那我就大点声……对了，您儿子今儿个又娶媳妇了，您都看见了吧？您儿媳妇漂亮啊，那小脸长的皮儿薄肉厚，细腰大腔，一看就是生儿子的料，说不定过个一年半载，您大孙子就出来了。牛大叔，您满意了吧！您满意了吧！！

杨灯儿使劲拍着坟头，泪水流淌着。地里仙拄着拐杖走过来，望着灯儿说："孩子，哭吧，痛痛快快哭一场，哭透就舒坦了。把眼泪擦干，回去过自己的日子吧。"杨灯儿抹了一把眼泪："二爷爷，这日子过得有意思吗？"

地里仙说："有意思没意思都得过，这就是命啊……"杨灯儿望着地里仙说："我的命真就该这样吗？"她哈哈大笑，摇晃着走了。

这天，马仁礼在村街上走着，三猴儿让他赶紧回家，家里来了几个穿军装的等他。马仁礼一听，心想抓他蹲黑屋的人来了，吓得腿一软瘫在地上。三猴儿等几个人硬是把他架着回了家。他家院子里站满了人，乔月显得惊慌失措。家门口站着四个军人，院子里站着四个军人。脸色苍白的马仁礼被大伙儿架到屋里，一个将军模样的人站在那里。

将军一看到马仁礼，一把抓住他的手说："恩人，我找你找得好苦啊！你不认识我了？"马仁礼愣住了，只是摇头。将军说："北京的大学我找遍了，你踪影皆无。踏破铁鞋无觅处，谁想到你跑乡下来了，终于找到你了。我当年在北平搞地下工作，由于叛徒出卖，被敌人追捕，是你把我藏到图书馆，救了我一命。后来我听说，你还因为救我坐了牢。你是我的救命恩人啊！"

马仁礼这才从惊吓中缓过气来嗫嚅着："哦，我想起来了，您是常大哥？"

常将军笑着："认出来了？好，请接受我革命的敬礼！"

马仁礼赶紧阻拦："千万别这样，我是地主的子孙……"常将军正色道："地主的子孙也有英雄好汉，我就是地主的儿子，革命不分出身！"

马仁礼泪流满面："常将军，这么些年来，我是头一回听到这么暖心窝子的话！"常将军紧握着马仁礼的手说："看来这几年你受委屈了。"马仁礼这才释然道："受点委屈没什么，只要领导能理解我的心就好。"

常将军赠送给马仁礼一枚解放勋章留做纪念，他说："共和国的成立，有许多像你这样的人做出过贡献，你受之无愧。这是咱们北平分手后的第一次见面，以后还会有机会见面的。今天就到这儿，以后有困难找我，我尽力而为！"

将军走了。乔月捧着解放勋章号啕大哭："仁礼，你怎么不早说？早知道有今天，我们俩何必分手一回啊！咱们的日子有盼头了，你终于能挺起腰杆子做人了！"马仁礼感慨道："当时我哪知道他是干什么的，就觉得他勤奋好学，经常饿着肚子到图书馆看书，对他产生了好感，他有了麻烦，我能不出手相助吗？"

牛有草把马仁礼拖家来，摁到凳子上坐下，让韩美丽把一瓶酒、半斤酱驴肉拿出来，请马仁礼喝酒，恭喜他官复原职，还要看将军给的勋章。马仁礼说勋章乔月给锁到箱子里了，以后再看。

牛有草拍着马仁礼的肩膀："没想到你还为革命事业做出过贡献。"马仁礼倒是谦虚起来："牛队长，不管到什么时候，我都是地主的儿子，不敢乱说乱动，对了，今天我还没跟你请示汇报呢。"

牛有草不让请示汇报了。马仁礼还是说请示汇报习惯了，没监督怕再犯错误。

牛有草笑着："大实话，你诗歌大赛上犯错误，不是我赶着大伙儿上台，你还真不好下台。你现在不一样了，以后能有发展。"马仁礼喝下一口酒："在你面前，我一辈子也就是老鼠尾巴，发不粗长不大。"

"你记住，有人捧你，你是个玻璃杯子，松了手，你就是一堆玻璃碴子。从今以后，咱兄弟俩搂着膀子，干出大成绩！喝酒！"牛有草猛灌一口酒说。

马仁礼哼着小曲回家，乔月摆了一桌子好酒好菜，说马仁礼翻身了，是个喜儿，该庆贺，她陪着喝。她给马仁礼敬酒："仁礼啊，从今往后，我的腰杆子也挺直了，谢谢你！"马仁礼喝一口酒，眼泪掉了下来。

1960年春天，树上的嫩叶子还没有展开，就被人们捋下来吃掉了。只剩下光枝的大树上的广播喇叭响着："粮食少了怎么办？这难不倒中国人民，计划用粮、低标准都是可行的办法，农忙多吃，农闲少吃，闲时吃稀，忙时吃干，不忙不闲时，半干半稀，杂以红苕蔬菜之类，这比红军过雪山草地吃草根树皮好得多。瓜菜代也是个好办法，瓜菜不够怎么办？据专家研究，橡子仁、玉米芯，泡泡磨磨就能吃；玉米根、小麦根，洗净、磨碎，也可食用，这些东西都含有大量的淀粉和维生素……"

牛有草和韩美丽站在门口喝菜汤。韩美丽说："现在闹饥荒，大家饿得眼睛都绿了，咱这儿的秩序还很好，真不容易！不过现在虽然风平浪静，可树欲静风不止，阶级斗争要天天讲，月月讲！"牛有草皱眉："这些日子，你阶级斗争总是不离嘴，耳朵都磨出茧子了。人都快饿死了，斗个屁呀！"

天黑了，牛有草在地里转悠着，他挖田鼠洞挖出几把麦子。回到家里，韩美丽帮牛有草分析，田鼠从集体的地里盗粮食，你又从田鼠洞里掘出来，这可是间接占公家的便宜。怎么办？赶上灾年，饿得实在扛不住，顾不了那么多，再多找几个田鼠洞掏掏，多掏点粮食回来，等遇到好年景，咱再把粮食还给集体。

忽然有人敲门，牛有草赶紧把麦子藏了起来。韩美丽开门，门口站着一个中年男人，一个老女人。老女人就是牛有草的亲娘，中年人是他同母异父的弟弟。原来有草娘到东北又找了个老头，没几年老头死了，一直自己过，如今在那边实在活不下去了，这才回来找大儿子。

韩美丽熬了一锅面汤端到桌子上，有草娘和弟弟大口喝着面汤，喝完了面汤，有草娘躺在炕上哼哼。她在东北那边就有病，可一直抗着，一路上没少遭罪，寻思找到儿子就好了，儿子会养活。到家一看，撒气了，敢情这儿和东北那儿差不多，也在挨饿。

第二天一早，牛有草就背着娘去卫生院。老干棒迎面走来，说他揭不开锅，要饿死人了，当队长的不能不管。牛有草让他自己想办法。老干棒知道队里仓库还有点玉米和几麻袋荞麦，要分着吃了。牛有草说那都是种子，绝对不能吃。老干棒说："你就死抠吧，大伙儿都打仓库的主意呢，不如早点分了，活命要紧啊！"老干棒说完走了。

牛有草背娘来到公社卫生院，医生检查后说没病，就是饿的，回去吃几顿饱饭就好了。娘俩刚回到家，马小转就喊着跑来："大队长，不好了，开抢啦！"

牛有草急忙跑出去，看见几百个社员朝粮仓拥去。社员们砸开门锁，冲进仓库，扑到麻袋上，撕着，扯着，咬着。有的掏出玉米粒就往嘴里塞，有的边吃边往兜里装。牛有草赶来，大喊着让社员们手下留情，留的种子不能抢。可哪有人听？大伙儿继续哄抢。牛有草实在无奈，大喊民兵站出来！十几个民兵从人群中冒出来，挡在众社员面前。

牛有草喊："哄抢粮库是犯国法，谁再抢就抓谁！"众社员望着民兵，对峙好久，终于慢慢散去。

夜里，牛有草背冲仓库门坐在青石上，怀里抱着大铡刀。韩美丽跑来，牛有草厉声高喊着让她站住，离一丈外说话。韩美丽大声说："娘饿得不行，昏过去了，抓把粮食给娘做碗粥吧！"牛有草决绝地告诉她，天王老子也不行！为集体六亲不认了！他流着泪让韩美丽把马仁礼叫来。

马仁礼跑到牛有草面前，牛有草站起身，掏出裤兜和衣兜展了展，又把衣服裤子脱了抖了抖，最后把两只鞋脱下来一拍："都看到了吧？没藏一粒粮食。"马仁礼点头。牛有草把大铡刀交给马仁礼，跟着韩美丽回家。

牛有草一头拱进屋里，看到娘躺在炕上奄奄一息，他拉着娘的手呼喊。有草娘的嘴唇嚅动着，发出微弱的声音："饺子，吃了饺子我就去见你爹……"

牛有草来仓库接马仁礼的班。下半夜，马仁礼来换班。牛有草又按上次那样，掏出裤兜和衣兜展了展，抖了衣服和裤子，把大铡刀交给马仁礼，一声不吭跑了。

牛有草冲进家，跑到灶台前端起碗，张嘴吐出一口荞麦，又从鞋壳里倒出一些荞麦，急忙给荞麦粒去壳，擀碎和面。韩美丽剁野菜，两口子包了六个饺子。一个黑乎乎的荞麦皮饺子递到有草娘嘴边，老太太吃了一个饺子说真香啊，好几年没吃过饺子了。牛有草又喂了一个饺子给娘吃了。有草娘说："剩下那四个你们留着吃吧，娘知足了。"说完闭上了眼睛。

让娘入土为安以后，牛有草含着泪，通过广播向社员做检讨，承认他偷了队里的两把荞麦种子给娘包了六个饺子，送老人家上了路……

公社书记王万春给大队干部开会。他说："眼下大家都喊粮食不够吃的，县里的工作组最近在集贤村大队搞了个试点检查，不查不知道，一查吓一跳，在社员家里翻出了粮食。各大队差不多都有这种情况吧？"牛有草说："王书记，大队和大队不一样，有的大队家底儿厚，有的大队家底儿薄。我们大队，老百姓手里确实没有藏粮食。"

集贤村大队长老于说："牛队长，你们大队亩产一万斤，家底儿薄什么？"牛有草叫苦："我们吃了吹牛的亏，谁知道吹牛也要上税啊！上边按照谎报的产量征公粮、统购粮，我们就没剩多少。"

王万春不管这些："工作组要来检查是挡不住的，喊困难上级也不会调拨粮食来，我们不能被动。各大队回去搞个粮食展览，说粮食很充裕，应付过去就是。"牛有草问："没粮食咋展览？"王万春不耐烦："就你事多！我告诉你，这回的工作组是县委周老虎书记带队，第一站就到你们大队，回去做准备吧，随时把准备的情况向我汇报！"

牛有草闷闷不乐地回来，不知道该咋办，只好到地里仙那儿讨主意。地里仙又给牛有草出了个主意。事情重大，牛有草不敢擅自决定，就老老实实把这个办法讲给王万春听。王万春一拍桌子："好得很！你鬼点子是真多，就这么办！"

周老虎带着县领导来麦香村大队仓库检查，王万春陪同。检查开始，麻袋、布袋、缸，连成一片，上面铺满了粮食。县里一些领导看着这么多粮食，个个喜笑颜开。周老虎满脸的疑惑。牛有草对身旁的吃不饱递眼色。

吃不饱突然呼喊："不好，箩筐下钻进了老鼠！"他突然掀起箩筐，箩筐表面是粮食，下面全是糠。

领导们愣住了。周老虎没说话，掀起所有箩筐的表层，箩筐里都是麦糠、树叶子、茅草。周老虎转身走出粮仓，大家默默跟出来。

张德福副县长生气了："牛有草同志，你们这不是欺骗领导吗？"周老虎摆摆手："别说了，社员们给我上了一课，回去吧。"

回到县里，周老虎给县领导开会，与会的人紧张地看着周老虎。周老虎表情严肃："同志们，我跟工作组下乡实地检查了一回，老百姓给我这个当书记的上了生动的一课。社员们手里确实没有粮食，可他们叫苦了吗？没有，相反，他们还在粉饰现状。为什么？因为他们不愿意给人民公社的脸上抹黑，往大处说，不愿意给社会主义抹黑！"

张副县长不耐烦地用铅笔敲打桌子。周老虎不满地看了张副县长一眼，张副县长有些收敛。

周老虎继续说："麦香村大队的牛有草大伙儿都知道，这个同志大胆出名，没有他不敢干的事情。就是这个天不怕地不怕的人，眼睁睁看着自己的老娘要饿死了，硬是不动大队仓库的种子。他娘临死想吃个饺子去见他爹，牛有草同志犯了错误，从队里用口含了一点荞麦，包了几个饺子送娘上路。事后他通过广播向社员认罪，又请求组织处分。"周老虎流泪了，"万春，你们处分他了吗？"王万春摇头。

周老虎说："我们能处分他吗？该受处分的是我们这些当领导的！造成目前的困难局面是谁的责任？主要的责任在我们当领导的！这些年来，我们都干了些什么啊？我们成天站在上边对农民指手画脚，可请问一下，在座的有几个是农民出身？你们懂得怎么种地吗？所以说，不要这么搞下去了，再搞下去，把人心都搞丢了，粮食丢了可以来年补，人心丢了是很难收回来的……"

张副县长说："周书记，您的有些说法我不敢苟同，我觉得您的观点有些右倾，和中央的调调不一致，我认为……"

周老虎听着，气得嘴唇直哆嗦，突然晕厥过去，瘫倒在椅子下……

第七章

　　早春，饥荒越来越严重了。牛有草记得，去年秋天，整壮劳力都去大炼钢铁，秋收全靠一些老弱病残的人，地瓜基本上就没有收回来。现在，过了一个冬天，没有收净的地瓜不知道咋样了。他扛着镢头到去年的地瓜地里刨了一会儿，发现埋得浅的地瓜已经坏了，深处的地瓜还能吃。他挖了一些，累得实在挖不动了，就慢慢往回走。他掂着装了地瓜的口袋走到赵有田家院门口，想起杨灯儿和狗子，就敲了几下门，一屁股坐在院门口的石头上喘着。杨灯儿牵着狗儿的手打开门，看到了牛有草，就问他咋坐这儿？牛有草说累得实在走不动了，坐一会儿。

　　他把布口袋递给杨灯儿说，这地瓜是在地里刨的，还没有坏，能吃。

　　杨灯儿说："我家的事你管不着。现在这可是救命的东西，这么贵重的东西你给我了，让我家那口子知道了，这算啥事儿？赶快拿走！"

　　牛有草看了一眼杨灯儿，摇摇头说："告诉赵有田，西坡老秋沟地里能挖到地瓜，去碰碰运气吧。"说罢掂着口袋转身走了。

　　赵有田和杨灯儿扛着镢头急急忙忙去了西坡老秋沟。赵有田挖了半天也没有挖到一个地瓜，累得呼呼喘气。杨灯儿让赵有田别急，歇一会儿再挖。

　　赵有田直起腰说："不能歇，我非刨出地瓜不可！他牛有草能刨出来，我就能刨出来！"杨灯儿说："别做梦了，老秋沟让人翻了好几遍，不会有东西的。"

　　赵有田终于刨出一个地瓜惊喜地喊："你看，老天睁眼了，有了！"杨灯儿也来了精神，使劲地刨着，一个个地瓜冒出地面。

　　赵有田喊着："老天爷开眼啦，天上掉馅儿饼啦！"杨灯儿看着地瓜，把头扭到一边望着远处，泪水不由得盈满眼眶。

　　就在老干棒饿得快要走不动的时候，一个写着"牛有道收"的邮包寄到了大队部。老干棒奇怪了，他在外地无亲无故，谁能给他邮东西呢？他摇晃着来到大队部，马仁礼递给他一个面袋子说："这是河南登封的人给你寄来的，拿回去吧。"

老干棒拆开面袋子，里面是地瓜干和干菜。他继续掏面袋子，掏出了一个布包，里面是一袋子花生米，还有一张纸。老干棒惊讶地张大了嘴："我的亲娘，这里面还有花生米啊，吓死人了，这是谁给我的？是老天爷可怜我吗？"

老干棒让马仁礼念那纸上写的字：

> 有道大爷，恁好，我是姜红果的儿子，告诉恁一个不幸的消息，我娘得了急病，走了。娘临走前，嘱咐了我一件事儿，娘说，当年是恁救了她的一条命，娘一直念念不忘，娘说恁是个好人，感谢恁，也对不住恁。娘还说，眼下遭了饥荒，估摸恁的日子也不好过，让我无论如何也要给恁邮点好吃的。娘还惦记着恁娶没娶媳妇，娘说，恁这么好心，一定会有女人愿意跟恁过日子的。有道大爷，我娘说，她这辈子忘不了恁……

听着马仁礼念信，老干棒流泪了。马仁礼说："干棒大哥，这回有的吃了，省着点，花生米可别一顿造了，撑坏胃口。把信收好。"

老干棒回到家里，坐在三条腿的破凳子上发呆。他想起了果儿用她那轻柔的指头给他洗脸、洗头；想起了果儿把喷香的胡辣汤端到他的面前；想起了果儿在炕上搂着他说的那些暖心窝子的话语；想起了果儿离开他上船泪流满面泣不成声的情景……

老干棒实在控制不住自己，他用满是青筋暴露干裂的大手捂住眼睛，发出牛嚎般的哭声。哭了一阵子，老干棒找出了一些纸，裁成一块块，把花生米分成若干份儿，一包一包地包好。他想这花生米多金贵啊，好多小孩子就没有吃过这东西。他不能吃独食，他要把这花生米分送给麦香村有小孩子的人家……

牛有草在为社员饿肚子的事情发愁，他听说黑市上有卖粮食的，贵得很，要是有钱就好了。可是，哪里会有钱呢？

马仁礼也想到了同样的问题。半夜，他找到牛有草说："记得当年我给你修炕洞的事儿吗？知道我为什么给你修理炕洞吗？为了找金元宝！"牛有草睁大眼睛："炕洞里有金元宝？"

马仁礼一笑："实话说了吧，土改以前，我爹就觉得形势不好，卖了不少好地，换了金元宝，说是盛世藏宝，乱世藏金，我和我爹亲手把十个金元宝顺着烟囱藏到炕洞里了。"牛有草笑骂："怪不得这些年你三天两头折腾我家的炕，原来你是为这个！我这些年叫你当猴耍了！你要是找不到金元宝，这辈子就和我家的炕没完了是不是？"

马仁礼说："我今天来，一是向你赔罪，二是商量这金元宝的事。今天，有道大哥的一包花生米把我感动了，眼下乡亲们在挨饿，咱们得想办法带领大伙渡过难关，我想把金元宝找出来换钱，买些粮食分给乡亲们。"牛有草问："老马啊，你有这份心很好，这可是老地主抗拒土改，私藏浮财，说出去是杀头的罪，不怕我检举你？"

马仁礼摇头："怕我能跟你说吗？不过我心里还是有点担心，怕你把我出卖了，你得发个誓。"牛有草一拍胸脯："那好，我要是说出去，叫我断子绝孙！"

马仁礼捣了牛有草一拳："拉倒吧，你明明知道自己有儿子了，发这样的誓，不等于唬人嘛！"牛有草一跺脚："那好，我要是说出去，下雨叫雷劈了，出门叫车碾了，吃饭叫饭噎死，过河叫水淹死了！"

马仁礼笑着："这还差不多。扒炕找元宝越快越好，你老婆在家怎么办？这事儿知道的人越少越好。"牛有草高兴地说："好办，我想办法让她出门就是了。"

说干就干，牛有草和马仁礼把炕开膛破肚，两个人扒炕、翻炕土，脸像小鬼儿沾满炕洞灰。马仁礼只找出一个箱子的铜锁，忙活了半天，再无所获。他跳出炕洞，指着牛有草说："炕洞你扒过，装元宝的匣子也见了尸首，元宝肯定是你昧起来了，你交出元宝，什么事也没有，要是不交，我到上边告你去！你还是麦香村大队的带头人呢，呸！狗屁不是！你看没看见队里都要饿死人了！你当队长的，怎么觉悟还赶不上社员呢？你今天拿不出金元宝，咱俩手扯手去见周书记！"

牛有草抹一把脸上的灰，眯着眼睛说："马仁礼，你这个扳着驴腔亲嘴儿不知道香臭的东西，我看你剥削阶级的本性没改，你口口声声说为了救灾，谁知道金元宝到手了你会咋样？你想跑到台湾去？你就是跑过去也不会得好，老蒋收了你的金元宝，一脚能把你踹了！你这件事儿要是让公安知道了，小银镯子给你一戴，你找地方哭去吧！就有一件好处，省了你天天请示汇报。"

马仁礼笑道："好了，别再胡说八道了，咱们还是干正事。我记得这屋子地下有个洞，我老太爷曾经在那里藏过大烟土。"他指着一个破箱子，"就在这下边。"

二人搬开箱子，铲去浮土，露出石板，掀开石板，出现一个地洞。牛有草跳下去摸索着。一会儿，他忽然钻出来，举着一个金元宝！马仁礼说还有九个，再找找！牛有草又钻进去摸索半天，啥也没有了。

马仁礼感到奇怪，明明十个，怎么就剩一个了呢？他说："牛队长，是不是你从炕洞里找到十个，故意转移到这儿一个来应付我？"牛有草瞪眼："你再胡说八道我抽你！要是从炕洞里找出来的，这金元宝应该有烟熏的味道吧？那你伸过来狗鼻子闻闻，有没有烟熏味儿？这是一股发霉的味儿！"

牛有草和马仁礼要到省城去卖金元宝。省城珠宝店有个人马仁礼认识，他先进去打探一下情况。马仁礼进去对一个店员说："老苗，你还认识我吗？我是马仁礼啊。"老苗惊讶地说："我的天，你怎么老成这个样了？找我有事儿？"

马仁礼小声说："有个朋友手里有点黄货，想出手，你这儿收吗？"老苗很热心地告诉他，珠宝店只出不进，黄货要去银行换，不过得有介绍信。实在想出手，西城郊望富巷天傍黑的时候有个鬼市，有人专门收购金银，不过那可是违法的。黑市经常有公安的便衣出没，一定要小心，轻易不要出手，先找个地方住下来，要摸清情况，看准了，拿了钱就走人。

马仁礼带着牛有草住进一个便宜的大车店，他把打探到的情况告诉了牛有草，俩人商量着分工，到时候得一个人出面，一个人望风。马仁礼说，望风的人必须有一双飞毛腿，谁跑得快谁望风。牛有草和马仁礼比赛跑，牛有草赢了，该他望风。马仁礼又说错了，人家来抓人，是抓出面卖东西的，不是抓望风的，所以应该是跑得快的出面卖东西。

牛有草搡了马仁礼一把："马仁礼啊马仁礼，你小子太鬼了，一不小心就上了你的套儿！"马仁礼一本正经地说："真不是给你下套儿，我也是才回过味儿来。"最终牛有草同意他出面去卖。

天黑之后，二人来到望富巷。这里的人不少，人们三三两两地嘀咕着，显得鬼鬼祟祟。牛有草缓缓走着，东张西望。马仁礼在远处跟随。有几个人靠近牛有草小声问什么货，一听说是金元宝，都摇着头走了。

过了一会儿，一个穿皮夹克的小伙子来问："大叔，什么东西想出手？"牛有草瞅一眼左右小声说："金元宝，想要吗？"皮夹克神秘地说："是哪儿来的？你家老辈儿是地主吧？"牛有草摇头："我家八辈子贫农。我们大队修水利挖出来的，上级让我们自己处理。"

皮夹克问："怎么不卖给银行？"马仁礼走了过来："小伙子，还问什么？银行给的什么价儿，这儿什么价儿，谁心里不明镜儿似的？"

皮夹克又问："你们是哪儿的？"牛有草老实回答："我们是麦……"马仁礼暗暗踢了牛有草一脚说："小伙子，道上的规矩应该懂啊！"皮夹克笑了："看来是真卖家，看看货吧。"

牛有草刚要掏兜，马仁礼又暗暗踢了牛有草一脚说："这个嘛，哪能随便带在身上。你实在想要，明天早上在老城墙下看货。"

二人匆匆回到大车店，牛有草撸开裤管说："老马，谈得好好的，你给我的腿都踢青了，咋啦？"马仁礼笑着："对不起。我给你说过，鬼市有便衣，这个小伙子刨根问底儿的，我感觉不对头，怕钻进他的套子里去。别看小伙儿一副忠厚老实相，你以为便衣的脸上都贴着帖啊？我对他有点怀疑，明天和他会面再说。东西千万不能带，这回还是你出面，就说不卖了，探探他的口风。"

第二天一早，牛有草来到老城墙下，皮夹克早就等在那儿了。他见牛有草走来就问："货带来了？"牛有草说："没有。"

皮夹克不悦："你这是干什么？耍弄人啊？"牛有草盯着皮夹克："我是对你不放心。你要这东西干啥？不能吃不能穿的。你不会是便衣吧？"

皮夹克笑了："嘿！可真小心，你看我像便衣吗？这东西是不能吃不能穿，我也不留在手里，倒倒手赚个差价儿，要不我穿得起皮夹克啊？"

牛有草点头："真的想要？那好，今晚上还在这老城墙下见面。"皮夹克摇头："算了，我看你是没诚意。可我告诉你，鬼市有胆量有实力收这种东西的，除了我没有第二个人，不信你们就去试试。""你要是真想要，今晚上还在这老城墙下见面！"牛有草说完走了。

牛有草回到大车店，确定穿皮夹克的小伙子不会撒谎，说的也在理儿，还是出手。马仁礼害怕，他还是让牛有草出面，他望风。牛有草说马仁礼不够意思，他已经出面三次了，轮也该轮到马仁礼了。马仁礼连连摆手说东西不卖了，何苦为了乡亲们去冒险，打道回府！他突然捂着肚子痛苦地呻吟，说肚子绞劲儿地疼，要命了！牛有草笑着说巧了，扎咕肚子疼他真拿手，当年他爹肚子疼，几擀面杖就给擀好了。马仁礼急忙说这一阵过去不疼了，不过打死他也不去卖那东西。

牛有草无奈，提议抓阄。二人抓阄，马仁礼抓的是"出面卖"。他愣了一阵流泪道："哥啊，我要是还说熊话，就更让你瞧不起了。乡亲们等着咱们的粮食呢，我去卖就是了。哥啊，此行吉凶未卜，顺利了，怎么说都好，一旦落到蹲大狱的地步，我也认了。到那时候，我不求别的，每年清明，你给你爹上坟的时候，偷偷给我爹的坟头压点纸钱，不管怎么说，他是我爹。还有，你给乔月说说，让她改嫁，我不想带累她。进了大狱，我也不用吃的操心了，可是挂念乡亲们啊！一旦乔月走人，你把我的房子卖了，换点钱买点粮食给乡亲们救急吧……"

牛有草摇头笑着："看你这个尿样，还没上阵就拉稀屎！房子不能卖，倒卖黄金不是死罪，我还等你出来呢！说实话，没有你的请示汇报，我的日子也过得没滋没味儿。"

马仁礼抹着眼泪说："老哥哥，谢谢你说了句暖我心窝子的话。还有一样，要是年景好了，你去看我的时候，给我捎几个驴肉火烧，我吃过驴肉火烧，最得意那口儿啊！"牛有草感动了："老马啊，你能说出这样的话，我服你了，你是个爷们儿！就冲着这一点，今晚我去交货。本来我也没打算让你去，就是考验你一下，还行，经得住考验了，没错看你。"

马仁礼咧嘴笑道："那我就不和你争了，不过，咱得把危险考虑好了。你去交货一定要把耳朵竖起来，眼睛瞪大了，我给你望风，一旦有危险，我给你打个暗号，你拔腿就跑！我都侦察好了，老城墙东边有个豁口，你跑到那儿，翻过去就是大街。街上人多，混到人群里，他们是抓不到的，然后咱俩还在这里会面。记住了！暗号是我学夜猫子叫。"牛有草连连点头："嗯，还是你小子想得周到。"

夜幕降临，牛有草来到老城墙下的阴影里，皮夹克又等在那儿了。马仁礼在暗处望风。牛有草说一手交钱一手交货吧。皮夹克说不忙，先抽根烟。皮夹克拿出香烟，给了牛有草一支，然后按着了打火机，举起来晃了晃诡异地笑道："狐狸再狡猾，也逃不出好猎人的手！"

牛有草一愣："你说啥？"远处传来夜猫子的叫声。几个黑影摸过来。牛有草惊呼："好小子，你是便衣！"说罢撒腿就跑。他翻过老城墙的豁口，冲进大街的人流中脱险了。

二人气喘吁吁地跑回大车店，看来元宝卖不成了，决定明早儿就撤回家！

早晨，牛有草和马仁礼走到城郊一座小楼前，牛有草觉得这样回去有点不甘心，看样小楼住的这一家挺有钱的，不如进去碰碰运气。他让马仁礼在门口等着，他进去看看。保姆领着牛有草走进屋里，一位和蔼可亲的老爷子坐在那儿。

老爷子问："小老弟，找我有事儿吗？"牛有草挺不好意思："老人家，我是生产队进城办事儿的，饿得走不动了，想讨点吃的。"

老爷子让保姆拿来装着四个馒头的篮子。牛有草抓过一个馒头，一张嘴咬掉半个，他看了看剩下的半个馒头，把半个馒头塞进兜里。老爷子让他把另外三个馒头也拿走。牛有草连声感谢。

老爷子关心地问："农村的日子不好过吧？"牛有草实话实说："唉，闹饥荒，人都要饿死了！"老爷子很吃惊："哦，这么严重！你进城来干什么啊？"

牛有草看这位老人很和蔼，就把修梯田挖出了金元宝，想给乡亲们换点粮食救命的事如实讲了，还拿出金元宝。老爷子告诉牛有草，国家有法令，私卖黄金犯法，金元宝应该交给国家，银行会给钱。牛有草说银行给的钱太少，不合适。

这时候，穿皮夹克的青年人回来了，他一看到牛有草，二话不说，麻利地用手铐铐住了牛有草。老爷子忙问："建国，怎么回事儿？不得无礼！"皮夹克说："爸，这就是我要抓的那个倒卖黄金的，我得把他送公安局！"

牛有草看着老人说："老人家，您儿子说得不错，让我说两句好吗？说完送我到哪儿我都认了。眼下，乡下老百姓日子没法过了啊！粮食吃光了，能吃的树皮、草根也没有了，有的人饿得不行，把大雁屎打糊糊喝。别人家我不说，我就说说我娘是咋死的……"

老爷子满脸泪水地听完牛有草的倾诉问："你说的都是真的?"牛有草说："老人家，我知道这些话不该说，说了是给社会主义脸上抹黑，可不说不行，我说完了，带我走吧。"

老爷子流着泪说："小老弟，东西我要了，这五百块钱你拿着，无论如何也要带领乡亲们度过灾荒，日子不能总是这样，要相信我们的党!"

皮夹克说不能这样，这是纵容犯法!老爷子厉声地让他打开手铐，救人要紧!皮夹克不情愿地给牛有草打开手铐。老爷子动情地说："这位农民兄弟的话，石佛听了也要落泪，苍天听了也要哭泣!元宝我不留，交给国家!"

牛有草扑通一声跪下说："老人家，我一辈子只给我的爹娘跪过，今天，我给您跪下!俺爹说，除了父母祖宗，人世上有三种人可跪，一是救命恩人，无论年长年幼;二是英雄豪杰，为国为民洒热血，无论是男是女;三是指点迷津，领人走出苦海，无论是人还是神。我代表麦香岭麦香村的男女老少给您磕头了!"

牛有草咚咚磕了三个响头!

老爷子眼睛一亮，忽地站起来问："麦香村有个叫马仁礼的你认识吧?"他告诉牛有草，麦香村还有户姓马的，叫什么名不知道，就知道他家有个姑娘叫小转儿。当年他在麦香岭跟日本鬼子打游击，有一次他负了重伤，在麦香村的马小转家养伤，被日本鬼子知道了，堵到家里。小转儿爹一看不好，穿着他的军装把敌人引开，被日本鬼子打死了，他从后窗脱险。后来鬼子知道上当了，一把火烧了房子，小转儿和她妈被活活烧死……

牛有草告诉老爷子，马小转没死，被乡亲们救了，就是浑身烧得很厉害，现在都不敢穿短袖衣服。还有，马仁礼现在是生产大队的副大队长，干得不错。老爷子表示，马仁礼他已经见过一次，抽空还要去看看，更要看看马小转，给小转儿她爹娘坟上添把土……

夜晚，麦香村大队的社员们悄悄来到大队仓库，手里都拿着袋子，大家静静地听牛有草说话。牛有草告诉大家，半夜把大伙儿叫来，就是给大家分点救灾的粮食。

他当然不能说是去卖金元宝，一位老爷子给了五百元钱买的高价粮。只说前些日子他和马队长去了趟省城，向上级反映了麦香村大队的实际困难，上级认为大队的情况特殊，指示粮食部门调拨了一点粮食。

马仁礼补充说，上级特别嘱咐，国库的储备粮不多，不能全面照顾，这件事情千万不能让别的大队知道了，希望大家一定要保住这个秘密，一旦透了风，到手的粮食还得退回去！各家高兴地把粮食分到手，一个个发誓不让外人知道。

没过几天，老爷子领着儿子建国来到麦香村。老爷子其实就是常将军，他先是见了马仁礼，问了队里情况，鼓励一番。他们接着来到马小转父母的坟前献上鲜花。让儿子跪下给爸爸的恩人磕头，他三鞠躬后说："老哥哥，老嫂子，我来了，给你们鞠躬了，没有你们的鲜血，共和国的旗帜不会染得这么红！"

常将军送给马小转两口子标有"军用食品"字样的六包压缩饼干和四听红烧猪肉罐头。夜晚，吃不饱关上门，急不可待地打开一包压缩饼干，狼吞虎咽地大嚼起来，噎得他直翻白眼。马小转赶紧喂他几口水，他才缓过气来。吃了一包压缩饼干，吃不饱还要打开一听猪肉罐头，他说从来没有吃过这东西，馋得扛不住，嗓子眼里都伸出一只手了，能吃了这东西，就是今天死了也不亏！马小转也馋得不行，两口子急忙打开一听罐头，一眨眼就吃了个精光！

吃不饱看着另外三听罐头说："还没品出味道呢就没有了，要不再打开一罐？"马小转连忙把那三听罐头搂到怀里说："不行！老干棒把果儿她儿子邮来的花生米给全大队的小孩分着吃了，人家不吃独食！我的命是乡亲们给的，我得报答，我也想让全大队的人感动一把！"

吃不饱拉风箱烧一大锅开水，马小转打开三听罐头倒进锅里，她给全大队有老人的家里，每家送了一碗猪肉罐头熬的肉汤。马小转对老人们说："日子苦，大伙儿一块儿搀着扶着往前拱吧！"

最难的日子慢慢熬过去了，转眼就到了1962年的秋天。

这年秋庄稼不错，社员们在大队场院里给玉米扒皮子、码堆子。大伙儿议论着，总算缓过点劲儿来，日子有奔头了。这时候牛有草开会回来，他告诉大伙儿，现在政策松动了点，可以搞自由市场，各家自己产出的东西可以到市场上买卖。还要搞集市，恢复庙会，把城里人也吸引过来！

瞎老尹挺高兴，说他的铁匠炉可以点火，要把老瞎子刀剪的招牌打出去。老干棒觉得他也可以把没有大用处的木料做些小凳子、马扎子啥的赚钱。牛有草说他没别的特长，就是对旱烟有点研究，准备捣鼓黄烟儿。

马仁礼可没有这么高兴，他提醒牛有草，还是等等看，枪打出林鸟，出头的椽子先烂，这是千古不变的道理。牛有草认为马仁礼还是胆子太小，上面有了风，咱就得抓紧干，早干早赚钱，早赚钱早过好日子。马仁礼反驳，事情没那么简单，上边的号召经常变化，大跃进号召农民大炼钢铁，搞大食堂，还号召消灭麻雀呢，后来咋样了？牛有草说，马仁礼是吓破了胆儿，他带头干，出了事儿他顶着！

牛有草兴冲冲地回到家里告诉韩美丽，现在上面政策松动，可以开放自由市场，他想倒腾买卖。韩美丽批评他是走回头路，都去捣鼓买卖，谁还有心思种地？

牛有草解释，咱老农民吃饭靠的是土地，大家不会把地扔了不管。再说了，谁不出工就挣不了工分，没有工分就分不到口粮。牛有草反批评韩美丽思想保守，以前她响应上级号召最积极，现在为啥落后了？

韩美丽说："你不要听说风就是雨，上级只是号召，有红头文件吗？我在公社干过，我知道干啥事都得有红头文件，出了问题有红头文件顶着。再说了，你捣鼓买卖有钱吗？还是等等看吧，好饭不怕晚。"

牛有草一心要捣鼓买卖，开始找钱。这天晚上，他来到马仁礼家，把一瓶地瓜烧酒放到桌子上，又从兜里掏出一小把花生米。

马仁礼笑道："怎么着？带着糖衣炮弹来了？"牛有草一屁股坐下："我看你说话越来越没水平了，糖衣炮弹是阶级敌人用来对付贫下中农的，我拉拢你这个地主后代干啥？"

马仁礼也坐下："那好，有屁快放，有话快说！"牛有草打开酒瓶："不是办庙会开放自由市场了嘛，我也不能光说不干，想找你弄点钱捣鼓买卖。你有钱，十个金元宝才找出来一个，那九个元宝在哪儿呢？"

二人喝酒。马仁礼把一粒花生米撂进嘴里："这事你得问你自己啊，金元宝在你家炕洞里，你是藏起来故意给我装糊涂！"牛有草喝下一杯酒："我要是藏起来了还找你干啥？你搬家的时候带走了吧？你这是孩子藏到被窝里，哭哭咧咧找孩子。"

马仁礼摆手："别瞎扯了，咱还是书归正传。办庙会开自由市场不是小事儿，你不要一意孤行！你向领导请示了吗？你有批文吗？怎么也得有个手续吧？"牛有草喝一口酒："嗨！你要是办手续，得等到猴年马月，等到过年前也没戏。咱赚钱得趁早！再说，干这个也不犯法，怕啥？"

马仁礼告诉牛有草，就是要办，在幕后指挥就行，不要带头，免得惹一身麻烦。牛有草讥笑马仁礼是半夜点灯啃猪蹄、早晨下河洗裤裆的主儿，吃独食，拉稀屎，活遭罪！当领导的不能光说不干，应该给群众带头。

马仁礼说："你走你的阳关道，我过我的独木桥。上边不下红头文件，就是说破大天，倒买倒卖的事儿我是铁定不干！""这一瓶酒喝完了，咱俩还是尿不到一个壶里，我这酒白让你喝了。"牛有草说着站起来就走。

牛有草硬是要在八月十五开办庙会。他在村街上走着，不断和村里人打招呼，宣传他要办庙会。

瞎老尹的铁匠炉已经准备就绪，就等着庙会开炉了。老干棒已经做好一些马扎子和小凳子，准备庙会上卖了买油盐酱醋。老驴子家里有点养蜜蜂的糖，要做糖葫芦卖。三猴儿家做了布老虎、小孩老虎帽子啥的，那是巧媳妇牛金花的手艺。马小转用麦秸辫子编草帽、篮子，吃不饱在一旁伺候打下手。以前没有市场，掐了辫子靠人家来收，钱都叫别人赚去了，有自己的市场就好了。

马小转对牛有草说："别的村听说咱们办庙会开自由市场眼红了，都要来凑热闹呢！"牛有草笑着："那可不，城里的人也要来赶集！我早就打算了，请别的村会耍玩意的来助兴，到时候看热闹吧。"

牛有草来到赵有田家院门口往里望着，已经四岁的狗儿跑出来玩。牛有草一把抱起狗儿，从兜里掏出一把花生米给狗儿吃。杨灯儿走出来，牛有草告诉灯儿，现在上面政策松动，他打算倒腾买卖。杨灯儿倒是爽快，她说："我不懂啥政策不政策的，就知道你干啥都能成，别的忙帮不上，要是身前身后缺个人手，那你就叫我，我肯定去！"牛有草心里热乎乎的。

八月十五中秋节这天，麦香村的庙会好红火，街筒子上人头攒动，人们带着自己的土产品、手工品和旧货，摆了整整一条街。街面上有吹糖人的，有剪纸的，有耍把式卖艺的，有变戏法的，有拉洋片的，吆喝声不断。吃不饱和几个小青年踩高跷一路走来，给做生意的人贺喜、讨赏钱。戏台上有小戏班子唱吕剧《李二嫂改嫁》。韩美丽和几个戴红袖箍的人维持秩序。

牛有草吆喝卖黄烟，他看着这热闹景象，满脸堆笑。

马仁礼窝在家里看报纸。乔月也想找东西去庙会上卖点钱，她翻出一件破皮袄要拿去卖。马仁礼说："这皮袄我祖爷爷穿过，我爷爷穿过，我爹穿过，我也穿过，这可是我马家祖传的宝贝，千万别动它的心思！"

乔月放下皮袄，在杂物堆里翻出一个破碗，她看这碗好像是个古董，想出去讨个价。马仁礼又阻拦："这是我爷爷我爹喂狗用过的，你别打它的主意！"

乔月不高兴了："我看你就是条胆小狗。你瞅瞅人家牛有草，说干自由市场就干了，你整天窝在炕头上，要吃饭凑不上一碗，啃苞米都得拿舌头舔着粒儿数，还这不让卖那不让卖的，我跟你这辈子亏死了！"马仁礼劝解着："你看你，不是话赶话说出来的吗？牛有草我劝他不让他胡来，他就是不听，等着看吧，有他倒霉的那天！"

乔月突然恶心起来，她告诉马仁礼怕是要当爹了，想想给孩子起个名字吧。马仁礼高兴地蹦起来说，就盼着这一天了，名字早就在肚子里打好草稿，要是小子就叫马公社，要是丫头就叫马社花。

马仁礼心里一高兴，也满脸堆笑地来逛庙会了。牛有草笑问："咋的，你也想倒买倒卖？"马仁礼一笑："不敢，地主子孙不敢想天上的事儿。"

吃不饱和马小转在卖草编。吃不饱吆喝："卖草帽来，又大又好看的草帽，戴上不怕太阳晒，不怕雨水浇，愁死毒日头，气死老龙王，便宜了啊！"

乔月过来了，马小转悄悄问："听说你有了？"乔月大方地一笑："两个多月了，你呢？"马小转说："咱俩差不多。你说怪不，咱们村今年好几个都有了！"乔月点头："不奇怪，生活有了点起色，怀孩子的就多了。"

马小转嘻嘻笑着："有道理。肚子里有点油水就想鼓捣点事儿，鼓捣鼓捣就鼓捣出动静了！"乔月也笑："什么话到你的嘴就变了味儿，不光是这个原因，和不吃棉籽油也有关系。"

那边，牛有草吆喝着："卖黄烟，谁买黄烟啊，我的黄烟好啊，抽到嗓子里像流进了油儿，包你满意！"小崔过来说："牛队长，收摊儿吧，王书记让你火速去一趟。"

牛有草来到公社，先和正在建小学挖地基的建筑工人谝了一会儿，然后去见王万春。

王万春拍着桌子批评牛有草："牛有草同志，你的胆子也太大了！你经过谁的批准搞自由市场的？"牛有草说："上头不是有精神了吗？可以搞自由市场啊！"

王万春摇头："上边刚放了点风你就行动，县里还没下红头文件呢！"牛有草开始讲他的道理："这说明县里没紧跟，应该受批评。我刚才问了挖地基的工人，人家一天能挣两元钱，我们老农民和他干差不多一样的活，一天的工分才值八厘钱！这是啥道理？"

王万春说："你还是共产党员呢，就是不学习。这是工农差别啊！共产主义就是要消灭这差别，你懂不懂？"牛有草扭着脖子露青筋："大跃进不是要跑步进入共产主义吗？没有消灭这差别，反倒搞得大伙儿饿肚子！咱老农民不懂那么多，得想着先吃饱了再说！"

王万春瞪眼："先不讲别的，我问你，谁批准你办庙会的？庙会是旧社会的风俗，你这是宣传封建迷信！"牛有草不服："王书记，我这个人无论冬夏都不戴帽子，你这顶帽子扣我头上，我不戴！办庙会不是宣传封建迷信，是民俗活动。上边有红头文件说不让办庙会吗？我们是想通过办庙会扩大自由市场的影响，招来人气儿。社员们都说办庙会好，我们还要办。"

牛有草说罢，扭头走了。

赵有田在翻自留地，牛有草走过来让他别在自留地里下死力了，去倒卖点啥，他解放前干过饭馆，有炸油条的手艺，卖油条来钱快。赵有田说油不好弄。牛有草让他烙火烧，他家的杠子头火烧过去十里八村有名，包有钱赚。牛有草真心地说："有田啊，给你撂几句贴心的话儿。女人要打扮，自己的女人走在街上，脸上光光鲜鲜，身上穿得体体面面，那是给老爷们儿长脸，想叫老婆对你好，就得知道心疼老婆。"

晚上，赵有田炒了几盘菜放到桌子上，一家三口吃饭。赵有田夹起一块肉递到狗儿嘴里，又夹起一块肉递到灯儿嘴里。

杨灯儿看着赵有田："有啥事你就说吧。"赵有田说："我知道我这人心眼小，脾气不好，可我也不是没事发疯。你说狗儿和牛有草是咋回事儿？我看狗儿跟牛有草像是一个模子出来的。"

杨灯儿说："我儿子和人家有啥关系？世上长得像的人多了，还有人长得像你呢！"赵有田喝了一口酒："又是一推二六五，不提这事了。灯儿，我琢磨着不干白不干，咱烙杠子头卖，到时候你去出摊儿。"

下雨了，马小转在炕上遮盖草编制品。吃不饱站在地上仰头望着房顶上滴下来的雨水说："媳妇，漏雨了，你上房散把草苫一下吧，我腰疼。"马小转撇嘴："你真好意思说出口，我还有身孕呢！"

吃不饱说："你这做媳妇的咋这么懒呢？才有几个月，不用那么娇气儿，再说了，怀孕了更应当活动。"马小转说不过吃不饱，就拉件破衣服蒙头跑出屋子，到草垛子前抓一把草，走到房檐下往上一扔，也不知道扔没扔上去，转身就跑回屋里说苫好了。吃不饱看着房顶问咋还漏雨？小转儿干脆说这房子太破，没办法。

两口子正说着，牛有草赶着马车进了院子，车上装了一只猪崽和一堆石头。

牛有草告诉吃不饱，垒个猪圈养头猪，好好过日子。猪崽是公社拨给队里的，让农户代养，不是每户都有，王书记特别嘱咐，一定给牛有粮家一只，养大了留给自己一个肘子，剩下的交公。

雨停了，吃不饱和马小转垒猪圈。吃不饱没垒几块石头就嫌累坐在地上说："媳妇，这猪圈得啥时候能垒好啊？就算垒完了，猪啥时候能长大啊？"马小转也坐在地上说："我也是这么寻思的，那你说咋办？"

吃不饱眨巴眨巴眼笑着："媳妇，你这些日子是不是害口害得厉害？你最想吃啥？"马小转说："还用问吗？我啥都想吃。你想生个漂亮儿子吗？吃了鸡蛋白脸皮儿，吃了油饼双眼皮儿，吃了樱桃红嘴唇儿，吃肉蛋儿饺子大耳朵垂儿，吃了西瓜脑袋圆鼓轮儿，去给你媳妇弄来吧！"

吃不饱望着猪崽："别说那么多，我有办法让你吃上肉蛋儿饺子。咱把猪崽儿杀了，做成肉蛋儿饺子吃了吧。"小转儿吧嗒吧嗒嘴："不吃到嘴里长到身上，总不是自己的东西，馋死我了！"

吃不饱让小转儿拿来刀，他又不敢动手杀，怕牛有草收拾他。马小转说咱不好好喂，猪不长个儿，就说有病了，再杀就没事。吃不饱拍着大腿夸这是好主意！

没过几天，猪崽子饿得跳出猪圈跑了。吃不饱两口子满村追赶，到底把猪抓住了。老干棒看着猪崽子说："吃不饱啊，猪崽子让你两口子养的瘦得可怜人，你俩太懒了！"三猴儿说："从来没看见你俩打猪草，不给猪喂饱能长肉吗？"瞎老尹摇头："可倒好，你家的猪养的比狗都俏生。"

马小转拍着大腿喊冤："你们这么说不冤死大天了吗？我两口子对小猪崽可好了，自己舍不得吃舍不得喝，把猪崽子当爹伺候。说出来你们都不信，怕它睡猪圈受凉，我们那口子睡觉都搂着它，把我都晾到一边了！"吃不饱来个妇唱夫随："谁想到这熊玩意儿娇生惯养，挑嘴，不吃这个，不吃那个，可难伺候了！"

牛有草板着脸说："你们两口子的心事我清楚，是不是想把猪崽子折腾死了吃肉啊？我告诉你们，就是猪崽子死了也要上交！"

两口子傻了眼，只好抱着猪崽子回家。马小转发愁道："当家的，人家盯上咱了，这事儿咋办？"吃不饱想了半天忽然问："要是说咱的猪崽子让狼叼去了，大伙儿能不能信？"

马小转还在犹豫，吃不饱就干起来了，他把一包红颜料倒进盆子里搅拌着。马小转看太稀，不像猪血，就打点稀溜溜的糨糊掺上红颜色，和猪血差不多了。

早晨，马小转号啕大哭着："老天爷啊，我家的猪崽子给狼叼去了，心疼死我了！咋向牛队长交代啊，咋向公社交代啊，咋向广大社员交代啊！"吃不饱站在猪圈前抹眼泪。人们围着猪圈看着，猪圈里有一摊血迹。

牛有草问："吃不饱，这是啥时候的事儿？"吃不饱煞有介事道："天蒙蒙亮，我两口子睡得正香，就听见院子里猪崽子尖叫。我一个滚儿爬起来，跑到院子里一看，我的娘啊，只见一只狼咬着猪耳朵，拿尾巴当鞭子，赶着猪崽子一溜烟儿跑了。这是集体的财产啊，我哪顾得害怕，抓起镢头就追，到底没追上。"

牛有草追问："你家有院子，狼咋会进来呢？"马小转大声说："这有啥奇怪的？当年乔月的孩子还在家里呢，不是也叫狼叼了去？狼这东西可有能耐了！"

牛有草冷笑着："是啊，上秋了，狼该抓秋膘了，大伙儿都得小心了！"

马小转两口子把猪崽子抱到老秋沟宰了架起火来烤猪腿。小转儿啃着猪腿喊真香。吃不饱说这么吃可惜了，要是包肉蛋儿饺子吃多好。小转儿说在家里包猪肉饺子全村人都能闻到味儿，那是找死！吃不饱把剩下的肉撒盐腌上埋到地里，留到过年做肉饺子吃。

夜晚，马小转刚睡下不久就又馋肉了。两口子干脆爬起来跑到老秋沟去拿剩下的猪肉，回来做肉蛋儿丸子吃。他俩来到埋肉的地方，发现泥土翻了起来，猪肉没了。

马小转一屁股坐在地上哭着："亲娘啊，一个猪崽，才吃了两个肘子就没了，是谁这么缺德啊!"吃不饱摇头:"唉,这回真的叫狼叼走了!"

公社正式通知牛有草,集贸市场立即停办。牛有草跑到公社问王万春,市场办得好好的,为啥不让干了?王万春说这是上面的精神,下面执行就是了,别的他不知道。

牛有草脸红脖子粗地说:"我就奇怪了,老百姓都支持的事儿,你们咋总是拧着干?我们的市场办得红火,社员们的锅里有了米面,碗里漂了油星子,咋着?看我们老农民日子过好点了,你们不舒心?"

王万春厉声道:"牛有草,你怎么说话?你说领导和农民没坐在一条板凳上啊?我再说一遍,上面有精神,为什么不让干我不知道!""你啥都不知道,那就别来管我,让知道的来管!"牛有草转身就走。

牛有草回到家里坐在那儿闷闷不乐地抽烟,他把去公社见王书记的事对韩美丽讲了。韩美丽说王书记是个稳重的人,听领导的没错。牛有草说听兔子叫还不种豆了吗?他就不听那个邪!麦香村的自由市场还是要办。

马仁礼知道了牛有草去公社挨批评的事,劝牛有草见好就收,何必扛着!王书记那个人都知道,但凡睁一只眼闭一只眼能过去的,他不会难为人,别给书记上烂眼药了,他也不容易。

牛有草不甘心:"好不容易把市场办起来,说不让干就不让干了,我咽不下去这口气!不是冲着王书记,我就是想不通,这些年咱老农民喜欢的事儿,上边为啥不喜欢,老农民不喜欢的事儿,上边偏偏按着脖子让干,这是咋了?我就硬着头皮走到底了,看能把我咋样,大不了进监狱!"马仁礼站起来:"孺子不可教也。跟你讲不明白,不管你了!"

牛有草喊:"别走啊,今天你还没跟我请示汇报呢!"马仁礼摇头:"你就这么胡来,早晚有一天得跟我请示汇报!"牛有草自语:"跟你请示汇报?想得美,地主的儿子就是地主的儿子,一辈子也变不了!"

自由市场开得照样红火,牛有草在市场上溜达查看着。杨灯儿在吆喝卖火烧,她见牛有草走过来,就说:"咱们的市场越干越大,城里人都来了,来的时候空着手,回去一个个驴驮马担的,真喜兴!"牛有草挺开心:"有些城里人也来摆摊了,现在咱这个市场,给百货公司都不换!"

这时候,五六个警察来了。一个警察举着纸筒喇叭喊:"老乡们,我们是县公安局的,上级通知了,说你们的自由市场是违法的,必须立即取缔!统购统销物资不允许自由买卖,不听劝阻的一律没收,赶快散吧!"

牛有草走过来据理力争:"市场上是有统购统销物资,可那都是农民们的自留地里出产的，凭啥不允许自由买卖？上面没说不允许办自由市场，你们没权取缔！"
警察厉声道："自留地就不是国家的土地吗？这是知法犯法！你是干什么的？"

牛有草挺胸道："我是这个大队的队长，是我把自由市场办起来的。"

警察冷笑着："正到处找你呢，自己送上门来了，跟我们走一趟吧，有话跟我们领导讲。"几个警察推搡牛有草上了汽车，跟随的人把牛有草的一车黄烟叶儿没收装上汽车。

杨灯儿发疯似的跑来喊："你们凭啥抓人？不说清楚就不让你们走！"大伙儿也都围上来挡住汽车，吵闹着不让抓人。警察喊："抓人自有抓人的道理，奉劝大家不要阻止我们执法！"

警民对峙着。这时候，王万春跑来喊："乡亲们，你们的队长犯没犯法自有公论，不要冲动，都回去吧！"跟随来的公社干部也规劝村民，大伙儿终于让开一条道，让警车开走了。

牛有草眯缝着眼坐在公安局的椅子上。一位领导说："牛有草同志，把你的问题交代一下吧，坦白从宽，抗拒从严，这个道理你不会不懂。"牛有草睁开眼说："那是对阶级敌人，对我这雇农不管用！"

领导挺和气："同志啊，你说错了，雇农犯了法也要按法规办事。"牛有草一梗脖子："我没犯法！"

领导循循善诱："你说没犯法没用。作为生产队长，你不带领社员好好种地，却热衷于搞自由市场，还倒卖统购统销物资黄烟，这就是犯了走资本主义道路的法。"牛有草冷笑："那请问，资本主义是条啥道路？"

领导严肃地说："这好回答，资本主义道路是一条人剥削人的道路，你倒卖统购统销物资是投机倒把，就是剥削！"牛有草反问："那国家把我们老农民生产的粮食、棉花、油料低价收了去，高价卖给城里人，是不是投机倒把？是不是剥削？"

领导无言以对，发火了："你！你这是污蔑国家的经济政策，是反对社会主义！来啊，给我铐起来！"几个警察过来给牛有草戴上手铐。

就在这时，王万春给周书记打电话，汇报了牛有草的事儿。周书记电话指示公安局立刻放人，牛有草交公社自己处理。警察领导放下电话告诉牛有草没事了，回去听候组织处理。

牛有草坐着没动："你们把我抓来，说让我走就走啊？大老远的道儿，我咋回去？回去得不得坐车？坐车的钱呢？你们把我抓错了吧？承认抓错了，我这次来县里就应当算出差，回去的车钱凭啥让我自己出？"

警察领导无奈道："好吧，派车把你送回去。你呀，真是个农民！"牛有草笑了："这老半天，你才说了句没错的话，我就是个农民！"

牛有草被抓，韩美丽和杨灯儿都不放心地跑到公安局门口来了，二人愣愣地互相看着。韩美丽问杨灯儿来干啥？灯儿说赶巧路过。

韩美丽撇嘴道："骗谁呢，气喘吁吁跑到这儿，衣服扣都插错眼儿了，还说是路过！"杨灯儿赶紧重新系着衣扣："说实话，牛队长出事了，我不放心，他为乡亲们过好日子给抓起来，不能不管。"

韩美丽质问："我男人出事你急什么？你到底和牛有草什么关系？牛有草梦里不止一回喊你的名字，可从来不喊我，你说这是怎么回事儿？你俩那点事儿谁不知道啊！我看你就是破鞋！"

杨灯儿上前一步："你再胡说八道我撕你的嘴！"韩美丽也跨前一步："嗬，萝卜缨子掉尿罐里，把你拎挈起来了！你男人怕你，我可不怕，你打听打听，当年的铁姑娘韩美丽怕过谁？"

"好，我今天让你这个铁姑娘变成铁粑粑！"杨灯儿说着给了韩美丽一个嘴巴子。韩美丽冲上去还了一巴掌。二人厮打起来。

这时候，牛有草从公安局走出来，看到韩美丽和杨灯儿躺在地上喘着，俩人披头散发，衣服都扯破了。他上前刚要扶杨灯儿，韩美丽高声喊："哎！谁是你亲媳妇？"牛有草刚要上前扶韩美丽，杨灯儿喊："一家子就是一家子，连个理字都不讲了！"

牛有草叉着腰喊道："都给我起来，有事回去讲！"杨灯儿和韩美丽都不起来，牛有草一只胳膊夹着一个人走了。

回到家里，韩美丽盘腿坐在炕上教育牛有草："我平常是怎么说的？让你抻量着来，你就是不听，怎么样？这回喝到辣汤了？"牛有草说："人民警察不灌辣椒水。我饿了。"

韩美丽说："你不认识错误，不许吃饭！""不给吃拉倒，睡觉。"牛有草跳上炕，蒙着被子睡觉。

韩美丽继续聒噪："你还有心思睡觉，真的死猪不怕开水烫了？实指望你能干出点事业，可这几年你都干了些什么？处处跟上边顶着干，你在领导眼里成了刺儿头，我都没脸在公社露面了！我算瞎了眼，早知道有今天，我找你干什么？有多少好样的追我，我眼皮儿都没夹，扒拉来扒拉去，扒拉了你这么个潲儿头。怪不得老驴子说你不着调，今天那个灯儿……"

韩美丽没说完，被牛有草一脚踹下炕。韩美丽坐在地上，愣愣地看着牛有草。牛有草打起了呼噜。

寒冬又到了，雪花飘舞。

"四清"工作组组长、张副县长在麦香岭公社会议室主持会议，做四清运动的动员报告。他说四清运动就是在全国城乡开展社会主义教育运动，就是清政治、清经济、清组织、清思想，目的是要防修、反修。怎么搞？首先要让有问题的干部上楼下楼，洗手洗澡。上了楼，把经济上、政治上、思想上的问题洗干净、交代清楚才能下楼。自己洗不干净大家帮着洗。经研究决定，你们麦香岭公社第一个上楼的就是牛有草同志，现在大家开始帮助他洗手洗澡。

韩美丽首先发言，她说牛有草前一段表现很过分，他不听领导和革命群众的劝阻，大搞自由市场，还搞封建庙会，这就是走回头路，就是搞资本主义复辟，搞修正主义。强烈要求组织给予严肃处分！

王万春为了保护牛有草，特别点名让马仁礼发言。马仁礼说，牛队长搞自由市场的事儿他知道，牛队长的目的无非是响应上级号召，把经济搞活，用心是好的，但是方法有待商榷。搞活经济有好多办法，但是，根本原则不能背弃，就是不要忘了阶级斗争。前一段他看过电影《列宁在十月》，很受启发，列宁同志有一段话很说明问题，列宁说，以革命的名义想想过去，忘记了就意味着背叛。列宁同志说得多好啊，电影里有一个情节特别打动人心……

张副县长很不耐烦地打断了马仁礼的发言，说这不叫批判，是用热毛巾给擦屁股。这种隔靴搔痒的批评不利于牛队长认识错误，要上纲上线！还讥讽说马仁礼本来很有水平嘛，赛诗会上的诗歌写得好啊！

牛有草站起来说："我们马队长的诗歌写得确实好，麻雀的案子不是翻过来了吗？"张副县长一拍桌子："牛有草，不要忘了你现在是在楼上，能不能下楼，工作组说了算！"

牛有草不服气："在楼上咋了？不让我下来我跳楼！"张副县长冷笑："牛有草啊，牛有草！你的确胆子大啊！你无法无天了！我代表工作组宣布，撤了你大队长的职务！"

王万春皱着眉头："张副县长，撤了他的职好说，可是……"张副县长果断地一挥手："马仁礼不是有水平吗？让他代理啊！"

马仁礼急忙摆手："不行，我干不了。"张副县长严肃地说："叫你干你就干！别说了。对了，我听说过去你每天给牛有草请示汇报，这个规矩改了，以后他每天给你请示汇报！"

第章

银河经天，黄河行地。地球不停地转动。红色的大地上，一个运动接着一个运动，终日脸朝黄土背朝天修理地球的农民，理所当然也被运动着。

韩美丽在麦香村大队革委会广播室对着话筒热情洋溢地广播："无产阶级革命造反派最盛大的节日来到了，让我们高举起双手，热烈地欢呼，无产阶级革命造反派的大联合，夺资本主义道路当权派的权好得很！就是好得很！"

三疯子一边走着一边喊："革命……革命……文化大革命……"地里仙摇头："这个三疯子，才吃了几天饱饭，又犯病了！唉！"

牛有草抱着四岁的女儿麦花走进广播室。麦花望见韩美丽，一头扎进娘怀里哭了。韩美丽赶紧捂住话筒小声说："没看我忙正事吗？快把孩子抱走！"牛有草站着不动："孩子感冒了，非要找娘。"

韩美丽皱眉："孩子说要找我，你就带她来找我啊？你这个爹怎么当的？赶紧把孩子拉走，有事回家再说。"韩美丽说着推开麦花又要广播。麦花大声喊娘。韩美丽赶紧又捂上话筒说："麦花，让娘再讲一句，就讲一句，讲完娘就陪你。"她对着话筒快速说着："敌人不投降，就叫他灭亡！夺资本主义道路当权的派！不是，是当权派的权！"

麦花哇的一声哭了。韩美丽关掉话筒说："唉！有你爷俩搅和，这工作没法干好！老牛，我以后的事多着呢。过两天我要去大寨参观学习，你得学会带孩子。还有，你对文化大革命的态度要有一个彻底的改变，要在思想深处爆发革命。运动一开始你都干了些什么？带领社员把挨批斗的周老虎抢来，藏在地里仙家里，一待就是一个多月。不是我上下活动，你不光小队长当不成，早就挨批斗了！地里仙也老糊涂，葱花大饼把个走资派养得白白胖胖。"

牛有草说："不管他啥派，我就知道他是穷人的朋友，朋友有难我不能不管！"韩美丽大声说："你这叫和走资派同流合污，这么下去，早晚要栽大跟头！"牛有草瞪了韩美丽一眼："栽跟头我愿意，横竖就这一块，看着办吧。"他说完抱着麦花走了。

黄河封冻，滴水成冰。牛有草带领牛氏一族男人悄悄在地里仙牛忠贵家聚会。墙上挂着"老影"。地里仙让大伙儿都看看老影，认清自己的辈分。他说："这不是又搞运动了嘛，还以为折腾几天就完了，看来刚点上洋蜡。有一条，不管运动咋搞，咱自己家门里的人不许窝里斗，谁要是不遵族规，族人不容！"他看着牛有草，"有草，我要特别嘱咐你一句，管好你家里的，别让她起幺蛾子！"

牛有草点头道："二爷爷，我记下了。最近您可得注意点，风头紧，别像去年斗得最厉害的时候，为了藏周书记，您差点挨了打。"地里仙一笑："谁敢打我？敢动我一指头，我就地躺倒，就当找到养老的地方了！"

小喇叭里传来《无产阶级文化大革命就是好》的歌声。牛有草扛着麦花走到家门口，他看见参观大寨回来的韩美丽从拖拉机上跳下来，笑着上前打招呼。韩美丽没搭理牛有草就要进家门。

牛有草喊："哎，和你说话呢，没听见吗？"韩美丽头也不扭："没称没呼的，谁知道你叫谁呢？"牛有草只好喊着："麦花她娘，我……"

韩美丽这才扭回头很严肃地说："你跟领导这么说话吗？我没有革命职务吗？叫韩主任！"韩美丽进了院子，牛有草跟着进院门喊："老韩主任！咱俩的事儿咋说……"

韩美丽走进厨房，打开锅盖一看，把锅盖摔了："辛辛苦苦出差回来连口饭都没有，你成天都干吗了？"牛有草倒是平静："我个老爷们儿咋说也是队长，有我的活儿，还得伺候你啊？"韩美丽吼着："没我说话，你小队长都当不上！"

牛有草数落着："你个娘们儿家，不好好在家伺候男人、孩子过日子，撒开蹄子到处瞎跑，还怪我没准备吃喝，这是过日子道儿吗？"韩美丽怒视牛有草："我这叫瞎跑吗？我是麦香岭公社革委会副主任，还是麦香村大队革委会主任，你这么说是污蔑文化大革命，必须批判打倒！"

牛有草反而笑了："我这个人还就不怕批判打倒。不过，你打倒我之前，我要先把你打倒了！"韩美丽神气十足："小样儿吧，能打倒我的人还在娘腿肚子里转筋呢！我告诉你，咱们家我是腚坐锅台手把勺，给你一勺是一勺！什么事儿我说了算！"二人吵着，麦花吓哭了。

"文革"一开始，马仁礼就不是队长了，成了"黑五类"，监督改造的对象。闲着无聊，他就在院子里摆弄百叶箱。儿子马公社在一旁好奇地看着。

乔月对马仁礼发牢骚，说她倒了霉，成黑五类家属，不光老师当不成，就连她教过的学生都追着屁股骂她是地主婆。她还说，韩主任找她谈话了，让她在家里负责马仁礼的改造，要定期汇报改造的情况，马仁礼得好好劳动，以后洗衣服做饭看孩子的活儿全归马仁礼。

马仁礼挨整习惯了，打不还手，骂不还口。共产党靠打土豪分田地坐了江山，地主羔子怎能有好日子呢？他不吭不哈夹着尾巴做人。

夜里，韩美丽躺在炕上打呼噜。牛有草把韩美丽捅醒："喂，和你商量个事儿。"韩美丽睁开眼睛："讨厌！人家正梦见在天安门广场等着检阅呢，生叫你搅黄了！什么事儿？"

牛有草板着脸说："这事儿我想了好几天，我觉得我配不上你，咱离婚吧。"韩美丽教训道："革命正忙，没时间和你扯这个。牛有草啊，你别心里没数儿，知道你为什么提拔不上来吗？就是因为你只低头拉车，不抬头看路！"

牛有草问："还看啥路？咱走的就是社会主义的金光大道，还用看吗？"韩美丽严肃地说："否！你错就错在这儿。大道前面有好多三岔口，你是放着阳关道不走，专门走黑胡同。看看人家大寨，当家人领着老百姓三战狼窝掌，修梯田，还割资本主义尾巴，割得可彻底了！"

牛有草笑了："人家那边是山地，不修梯田行吗？资本主义是啥东西？还长尾巴了？"韩美丽摇头："你是不读书不看报，吃饭干活睡大觉，成天什么都不知道，早晚要走修正主义的道儿！经济作物就是资本主义尾巴，要一律砍掉！"

牛有草故意出怪调："噢，这么回事儿啊？了不得，这可是条粗尾巴！"韩美丽瞪眼："我警告你牛有草，不许放毒！现在报纸上都是怎么说的，不知道吗？宁要社会主义的草，不要资本主义的苗！阶级斗争不能放松的，一抓就灵！"

牛有草嘻嘻笑着："灵，特别灵！看看你现在，成天上蹿下跳，给活猴不换。"

韩美丽一脸正气："不用和我嬉皮笑脸，告诉你吧，阶级斗争是长期存在的！地富反坏右，包括马仁礼，都是冬天的大葱，叶黄根儿烂心不死！阶级敌人时刻在阴沟里伸腿撂胳膊练猴拳，我们切不可刀枪入库，马放南山，我们睡觉的时候也得睁着一只眼，竖起一只耳朵，时刻要听到阶级敌人的咬牙切齿声！"

牛有草装鬼脸："哎哟，吓死我了！睡觉还得睁一只眼，竖一只耳朵，这不成狗了吗？"韩美丽拿牛有草没办法，只好说："就你今晚说的这些放屁辣臊的话，句句都在纲上线上，哪一句都够批判的！我看在两口子的面子上不给你往外捅，要是捅出去，你哭都找不到坟头！"

韩美丽告诉牛有草，马仁礼是公社黑五类分子的典型，他必须老老实实接受无产阶级革命造反派的监督改造。公社革委会决定，今后他必须定期向她请示汇报，这可不像你们以前闹着玩似的，要认真严肃地对待！

第二天，马仁礼就开始向韩美丽请示汇报了。马仁礼极其认真地汇报完之后说："请韩主任指示，地主后代马仁礼洗耳恭听。"韩美丽"语重心长"地训斥："马仁礼啊，你现在被定为黑五类了，以后必须老老实实接受无产阶级革命造反派的监督改造，不许乱说乱动，听见了吗？"

马仁礼低着头："给我定什么是你们的权力，接受思想改造我没意见，可我不承认我是黑五类。家庭成分是地主我不否认，可我不是地主分子，不应当划到黑五类里，我是可以再教育好的子女。"

韩美丽讲不出更多的道理，一拍桌子喊："你不承认就不是黑五类了吗？你要不是，咱们麦香村大队不就没有阶级敌人了吗？你这是阶级斗争熄灭论！是和无产阶级专政的理论唱反调！你既然承认是地主的儿子，就得承认是黑五类。你没听说吗？老子英雄儿好汉，老子反动儿混蛋。龙生龙，凤生凤，老鼠生儿会打洞。你就是老鼠的儿子！"

马仁礼看一眼韩美丽："韩主任，您这说的是反动的血统论，报纸上早批判过了！您说这个，对不起，我不敢苟同。"韩美丽又拍桌子："闭嘴！"

马仁礼抬起头来："您得让人讲话，据我所知，有不少老一辈无产阶级革命家也是地主出身，这有据可查。远的不说，就说我救过的那位老将军吧，他就是地主出身，您敢说他是老鼠的儿子吗？"

韩美丽恼羞成怒地吼道："老一辈革命家是谁？你是谁？你能和他们比吗？真是胆大包天！你再敢胡说八道，我关你的牛棚！"马仁礼屈服了："好，我闭嘴，闭嘴。"

社员们拉碌碡压冬小麦。该休息了，马仁礼蹲在地头上抽烟。牛有草走过来说："挨训了？别往心里去，全当让狗屁呲了。"马仁礼摇头："唉！看来我这根儿是正不过来了，只要有运动，肯定落不下我，都要撸去一层皮。"

牛有草问："跟我汇报和跟我家那口子汇报，感觉不一样吧？"马仁礼对着牛有草出气："还是跟你汇报舒服点。你瞅你家那口子，脸像驴屎蛋子被霜打了，黑一块白一块；眼像在炼丹炉里炼了，通红通红；嘴像在粪坑里沤过，又臊又臭。她一上来鼻子不是鼻子脸不是脸的说个没完没了，好像我欠了她家几条人命似的，那架势，不杀我不解恨啊！"

牛有草拍着手："到底是有文化，讲得真好！就是那么回事儿。"马仁礼皱眉："我真服你了！你和这个母夜叉，怎么能一个被窝里滚了这么多年？比起你来，我在家里舒坦多了。"

牛有草笑着："赶上这个时候，没办法。人啊，没爬过火焰山，不知道啥叫风凉；没吃糠咽菜，不知道驴肉火烧是人间美味儿。哎，要不我去跟我家那口子商量商量，我代表她听你汇报？不过，你得告诉我你家那九个元宝在哪儿？"

马仁礼忽地跳起来喊："老牛，你这是落井下石敲诈啊！当年你倒霉的时候，还向我汇报过，我都没怎么为难你，你这是干什么？"牛有草拍屁股大笑："我咋落井下石？再说，我就算敲诈，敲诈的也是黑五类分子。你看着办吧。"

落霞横飞，残阳夕照。寒冬白天短，一眨眼就又到了黄昏时分。墙上的小喇叭正广播小评论，说的是有个贫农出身的青年被一个阶级敌人拉去吃吃喝喝。大家教育这个青年要和阶级敌人划清界限，他毫不在乎，认为吃吃喝喝是小事。错了！筷子头上有阶级斗争。阶级敌人是用糖衣炮弹进攻，妄图复辟资本主义。

牛有草做了两个菜放到桌子上说："韩副主任，您吃啊。"韩美丽说："就知道吃！你听，筷子头上有阶级斗争，说的就是你。你做了这么多好吃的，有什么目的？心里有鬼吧？"

牛有草摇头："我不做饭，你摔锅摔碗的；我做了饭，你又弄出个阶级斗争来，我看你干脆和阶级斗争过得了。"韩美丽正色道："你要是再敢说这种放屁辣臊的话，别怪我不顾夫妻情面！"

牛有草瞪眼："我就说了，咋了？我还不想过了呢！"韩美丽冷笑："别拿这个吓唬我，我韩美丽不是吓唬大的，枪林弹雨里，我给解放军送过粮，治山治水，我抡过大铁锤，见过世面！"

牛有草怒火中烧："你见的世面再多也是我老婆！老人说得对，老婆不能惯，越惯毛病越多。你啥都不缺，就欠揍，今天老子要革你的命！"牛有草把棉被往韩美丽头上一捂，骑在上面一顿胖揍，打得韩美丽杀猪似的号叫。麦花吓得哇哇哭喊。牛有草和韩美丽从炕上打到地上，从地上打到灶台，从灶台打到院子里。韩美丽抽出草叉子，照着牛有草叉去。牛有草一躲，叉子叉到墙上。

牛有草喊："好啊，看来你是真动杀心了！"韩美丽号着："你这个反革命！就是茅坑里的石头又臭又硬，不过了，散伙！"

牛有草和韩美丽坐在王万春面前要闹离婚。

牛有草先说理由，他说，首先我检讨自己，文化大革命一开始，我俩就不断吵架，县里姓张的把周老虎书记打成走资派，夺了权，乡亲们和我一起跑到县城把周书记接到村里躲难，后来又被抢走了。我被打成保皇派，打那儿开始，屋里的就和我彻底翻脸，天天训我。我觉得自己跟不上她的脚步，她脚下踩的是风火轮，嗖嗖的，我脱了鞋也跟不上。这娘们儿章程太大了，人家在太上老君的八卦炉里炼过，

124

得了一双火眼金睛，还会七十二变，就差筋斗入云了。

韩美丽接着话茬子说，你这是夸奖我还是讽刺？拿我当孙猴子啊？我为什么训你？因为你拖我的革命后腿，你四条牛腿跑不快，还不让我跑啊？你问问广大革命群众能答应吗？你说我是县革委会张主任的马前卒、急先锋，对了，我就是革命的马前卒、反潮流的急先锋！

牛有草有话接了，他立马插言，你不说那个姓张的我不来气，啥玩意儿，你以为我不知道他的底细啊？他爹是旧社会跳大神的，他娘是给人拉皮条的，他本人不学好，土改时候划成分差点划了二流子，凭着能说会道爬上去了，你偏偏跟着这样的人走，能有个好吗？

王万春皱眉摆手："好了，这儿不是吵架的地方。我看你们俩没有根本性的矛盾，就是对文化大革命的态度有点不一致。没有离婚的理由，我不同意你们离婚。你们要互相理解，团结一致，搞好文化大革命。"

韩美丽说："离婚是他提出来的，我听主任的。"王万春问："老牛，你呢？"牛有草淡然道："你既然反对，我也不好说啥了。"

王万春让牛有草先走，他和韩副主任还要谈工作。牛有草走后，王万春给韩美丽布置任务，他说张主任来电话，要求各公社都得出样板戏参加县里的调演。咱们公社数你们大队文艺人才多，你们要代表咱们公社参加调演，你一定得把这个担子挑起来。还有，破四旧、立四新，咱们麦香岭得带个头，得抓典型，千万不能走过场。

韩美丽站起来一拍胸脯："王主任放心，既然领导这么信任，就是孩子死了，日子不过了，我也要保质保量完成任务！"

关帝庙大变样，一片红海洋。韩美丽领着众人排演革命样板戏《红灯记》，她让大家讨论一下怎么安排角色。大家觉得乔月嗓子好，长相也好，又会唱戏，让她演李铁梅最合适。韩美丽认为不行，李铁梅能嫁给地主子弟吗？马小转是贫农的女儿，爹娘又为革命献身，本人也经过火与血的考验，她就是李铁梅。吃不饱自荐演李玉和。马小转说："那你不就是我爹了吗？不行！"韩美丽解释，这是演戏，李玉和与李铁梅也不是亲爷儿俩，没事儿。牛金花自荐演李奶奶。

正面人物有了，谁来演坏蛋鸠山和王连举呢？吃不饱说瞎老尹长得像王连举，他演最合适。瞎老尹不愿意演坏蛋。韩美丽说："都是革命工作，不能挑肥拣瘦，瞎老尹演最合适。"牛有草找碴儿："韩副主任，这么说不合适吧？王连举是干革命的吗？"

韩美丽摆手："演戏嘛，这是两码事儿。"牛有草较真儿："那你为啥说乔月演李铁梅是李铁梅嫁给了地主子弟？你是散布反革命言论，必须批判！大伙儿说对不

125

对啊？"牛有草暗笑着走了。

韩美丽只好说："算我说错了，收回。老尹，你不是干革命工作，也不能挑肥拣瘦。"瞎老尹喊："啊？我又不是干革命工作了？那就是干反革命啊？我不演！"韩美丽说："不演不行，扣你的工分！"瞎老尹闭嘴了。韩美丽让老干棒演鸠山。老干棒怕扣工分，不敢说不演，但是讨价还价，说干的是最埋汰的活儿，得给加工分。韩美丽答应可以加工分。

吃不饱听说给"坏蛋"加工分，提出他和小转儿演李玉和跟李铁梅，干的都是正儿八经的革命工作，挣的工分比鸠山和王连举还少，哪儿说理去？不干了！

韩美丽批评："你这个同志觉悟太低了，现在有工分挣，当年他俩谁给工分了？"

马小转讲理："话不能这么说，过去是过去，现在是现在，让革命同志吃亏，你心里过得去吗？"韩美丽被吵得头疼死了，只好答应演正面角色的也给补偿，不让吃亏。乔月没有分配到角色，擦着眼泪走了。

乔月不死心，夜晚在家里练习《红灯记》中李铁梅的唱段。四岁的马公社看娘唱戏，拍着小巴掌。马仁礼坐在小板凳上洗衣服。乔月边唱边走台步，碰到水盆上，水溅了一鞋。她一脚踢翻水盆，水溅了马仁礼一身。

马仁礼火了："我天天伺候你跟伺候奶奶似的，饭端上桌，菜喂进嘴，白天洗衣服，晚上焐被窝，半夜端尿壶，就差给你擦屁股了！你还不依不饶的，到底想干什么？"乔月满腹委屈："就因为你这个黑五类，我出门抬不起头，大队排演样板戏，我没资格参加。我瞎眼跟了你，一辈子都翻不过身来！我正考虑离婚的事，你早做准备吧。"

韩美丽排练一天戏，累得够呛，她晚上回家见到牛有草说："牛小队长，有件事要问你。"牛有草好笑地回敬："麦香岭公社革委会副主任、麦香村大队革委会主任韩美丽同志，您有啥事要问我呀？"

韩美丽说："破四旧要抓典型，麦香村大队谁是典型？谁看起来神神道道的？"牛有草一笑："这还用问，眼前摆着呢！你呀！睡觉的时候都睁着一只眼，竖起一只耳朵，时刻要听到阶级敌人咬牙切齿声，你说你神不神？"

韩美丽无奈道："我这是阶级斗争的需要，你根本不懂。死牛蹄子，你就和我对着干吧，有你倒霉的时候！"

韩美丽和民兵连长研究找找"典型"。民兵连长先提出三疯子，后提出马小转，再提出老干棒和马婆子，都被韩美丽否定了。民兵连长最后说到地里仙。韩美丽一拍大腿："对，就是地里仙！那老家伙整天眯着眼睛看人儿，动不动就拿拐杖在地上画圈。我家老牛有事就往他家跑，逢年过节还拿供品去他家拜祖宗，好像还有什么老影，那就是搞封建迷信，就拿他开刀！别看他可是我男人的亲二爷，要彻底革命，亲娘老子也不例外！走，看看去。"

韩美丽带着民兵走到地里仙家门口一挥手，民兵站住，她一个人走进去。地里仙坐在炕头闭着眼睛，身边放着油黑锃亮的拐杖。韩美丽进来打招呼，地里仙不说话。韩美丽看着地里仙家里破旧的陈设，摸摸这儿，摸摸那儿，摸到了地里仙的拐杖。

地里仙突然问："有草家里的，您找啥啊？"韩美丽一愣："你没睡啊？没睡怎么不说话？"地里仙挺威严："就是少觉（教）啊！嘴长在我身上，我想说就说，不想说就不说。你来干啥？"韩美丽警惕着："看看你啊。"

地里仙闭着眼："一把老骨头，有啥可看的？"韩美丽诱导着："我最近不顺心，我家老牛满嘴火药味儿，动不动就跟我发脾气，他是不是中邪了？我觉得不简单，就寻思到你这儿拜拜祖宗，看看是不是我冲撞了祖宗。"

地里仙眼看顶棚："我这哪儿有祖宗啊，祖宗都在天上看着呢！"韩美丽继续钓鱼："前些年逢年过节，我家老牛就拿着供品到你这儿来，说要拜拜，你拿出来，我也拜拜。你这儿还有没有祖宗留下的东西？"

地里仙一举手里的拐杖："这根拐杖就是祖宗留下的东西，传到我这有二百多年了。祖训说，这拐杖不打天，不打地，专打小人！你信不信？"韩美丽有点害怕："信，信，我走了。"

牛有草听说韩美丽跑到地里仙家里找麻烦，他气得不行，特地向地里仙道歉。地里仙告诉牛有草，他家里的就是欠揍，该收拾就得收拾。地里仙把他的拐杖递给牛有草，并且教他一个"将计就计"的办法。

这天晚上，韩美丽摸黑儿回来了，牛有草给她烙好油饼，烧好洗澡水，让她边洗澡边吃油饼。韩美丽看着牛有草："我怎么觉得有点不对劲儿呢？"牛有草说："冷也不行，热也不行，你说我该咋办？"

韩美丽洗着澡说："啊！忙了一天，洗个热水澡真舒服！"牛有草站在旁边说："您这么忙，以后马仁礼的请示汇报还是交给我吧。"韩美丽痛快地答应了，她温柔地望着牛有草："我太忙，好久没那个了，今晚早点睡吧。"

牛有草抱着麦花，麦花睡着了。韩美丽钻进了被窝。牛有草说："韩副主任，您可得注意身子，革命的路不是一天两天就能走完的。"韩美丽往牛有草身边靠了靠："那要看你用不用心，卖不卖力，一天等于二十年，大跨步前进就能走完！"

牛有草往后缩了缩："您说得对。哎，韩副主任，我这几天总做梦，梦见咱老祖宗来找我，说我不孝，说这么多年都没带媳妇去见见他，老祖宗很生气。"

韩美丽来了精神："你媳妇不就在这儿摆着吗？你可以带我去见他呀！"

牛有草忙说："这都怪我，咱们明天就去见老祖宗，到时候你跟着我走就是了。"韩美丽暗暗高兴："说好了，一言为定！"

第二天一早，韩美丽就对民兵连长说："多叫点人，都准备好，到时候听我的暗号，我喊，'你要干什么！'你们就冲过去抓人！"

一切安排妥当，韩美丽开始跟着牛有草去见祖宗，她身后隐蔽处跟着几个民兵。他们来到一片树林的空地上，一根油光锃亮的拐杖立着。

韩美丽奇怪："嗯？这不是地里仙的拐杖吗？怎么在这里？"牛有卓极为认真地说："韩副主任好记性啊，这根拐杖是我们牛家一族的传家宝，二百多年了，我太爷用过，我老太爷用过，我太太爷用过。咱们给老祖宗磕头吧！"

韩美丽瞪眼看着牛有草："给拐杖磕头，这算什么拜祖宗！最起码得弄个牌位，挂个老影什么的，点上香，像模像样地拜。地里仙那儿没有？全大队姓牛的家里都没有？你不说清楚我可不拜。"牛有草神秘地说："你不拜是吗？好，我给你说说老牛家的家史，知道了你会拜的。你知道我们牛家老辈儿的祖宗是谁吗？告诉你，牛魔王！"

韩美丽哈哈大笑："你骗谁呀，牛魔王是神话里的老牛精，不是人，叫你笑死人了！"牛有草一本正经道："我说的牛魔王不是铁扇公主的男人，是咱们牛家二百年前的老祖宗，人家给他起的外号叫牛魔王。他是响当当的贫农，因为穷得过不下去，带领大伙儿上山竖大旗，绝对的造反派！咱老祖宗牛魔王使用的兵器就是这根拐杖！"

韩美丽问："啊？就是这根拐杖？这东西能打死人吗？"牛有草煞有介事："老人家是大首领，打仗不用他动手，他拿着这根拐杖指挥就行了。老祖宗留下话，拐杖传给谁，谁在族里就有权对牛家不肖子孙处罚。老祖宗托梦给我，说了，有草啊，你的媳妇……就是说你，近来张狂得不行，太少教了！我给你下个指示，你用我的拐杖教训教训她，让她别吃两天饱饭就不知道姓啥了，今天运动这个，明天运动那个，早晚会叫人家把她运动了！你拿着我的拐杖，朝她腿上肉多的地方打，让她长点记性！"

韩美丽一下跳出老远："怎么，你想打我？"牛有草装出无可奈何的样子："你是我媳妇，咋舍得打？我不想打，可老祖宗的话不能不听啊！"他说着拔出拐杖，"你就当是老祖宗打你吧！"

韩美丽像被蝎子蜇住似的大叫："牛有草，你要干什么？"隐藏着的民兵听到暗号立即冲出来围住牛有草。牛有草笑了："韩副主任，当领导就是不一样，跟自家男人出门，都有这么多人护着啊！"

韩美丽带领民兵们垂头丧气地走了。

神州大地，革命号角正在震天响；黄河两岸，枯黄柳叶早已随风飘。这是"史无前例的大革命"深入开展的第三个秋天了。社员们被运动席卷，秋庄稼长得越发瘦削。吃不饱牛有粮又在叫喊吃不饱了。

王万春和韩美丽陪着县革委会张主任审查节目。关帝庙戏台上在演出吕剧版《红灯记》。"演员们"唱得跑调走板，笑话百出。张主任皱着眉头，大失所望。他只好让调演往后拖，先抓紧眼下的大事，就是割资本主义的尾巴。

秋风瑟瑟，落叶遍地。韩美丽有些疯疯癫癫地领着一群民兵气势汹汹地走着，他们手里扛着斧子，快马子（两个人拉的带锯），还有铁镐，要像秋风扫落叶那样开始割资本主义的尾巴。

一伙人来到马仁礼家的自留地边，马仁礼已经自己先动手拔地里的农作物。

他看着韩美丽说："我坚决拥护公社革委会的革命决定，坚决与资产阶级划清界限。"韩美丽走到鸡窝旁问："嗯？你家的鸡呢？"马仁礼回答很干脆："资本主义的鸡，坚决不能留，我今早一棒子打死，扔进河里了。"

韩美丽他们刚走没多远，听见一声鸡叫。韩美丽一扭头，见马仁礼从筐底下抱起一只老母鸡跑了。韩美丽命令众人追赶马仁礼。马仁礼跑着，遇到乔月。乔月说："好不容易把鸡养大，割了资本主义尾巴可惜了，你赶紧去找牛有草，韩主任不会连自己家人都割。"

韩美丽等人跑过来。乔月上前迎住韩美丽。韩美丽说马仁礼夹着尾巴逃跑了。

乔月装着不理解："我们家老马是狼吗？我和他过了这么多年，也没发现他有尾巴啊！"韩美丽跺脚："咳，不是用屁股夹的，胳膊夹的。"

乔月继续打哑谜："我越听越糊涂，胳膊夹尾巴，那得多长的尾巴啊？没听说过。"韩美丽摇头："你脑子怎么这么笨，是夹着资本主义尾巴！"

乔月问："韩主任，现在资本主义尾巴到处都是，我男人怎么还能夹着逃跑呢？"韩美丽说："马仁礼刚刚夹着你家的鸡跑了，你家的鸡就是资本主义尾巴！"

乔月眨巴着大眼："哦，明白了……哎，韩主任，你为什么要割我家鸡的尾巴？"韩美丽气糊涂了："不但要割你家鸡的尾巴，还要割你男人的尾巴！啊，我是说你男人藏起来的资本主义尾巴。不跟你啰唆了，你男人去哪儿了？"

乔月用手往相反的方向一指。韩美丽正色道："你男人是黑五类，你要是站在黑五类一边，那就是无产阶级革命的敌人！"乔月吓坏了："我坚决拥护割尾巴，不管什么尾巴都不是好尾巴，坚决剁掉！马仁礼去找牛有草了。"

牛有草在他家的老坟地摇晃着枣树，枣子掉下来，他往布袋里装枣。马仁礼抱着老母鸡跑到牛有草跟前："老牛啊，你家娘们儿要割我家老母鸡尾巴了！咋办？"

牛有草说："你赶紧去灯儿家，这娘们儿挺打怵灯儿的，去她那儿抓紧把老母鸡炖了，不管咋的也得吃肚子里才不亏。别忘了给我留只大腿！"

韩美丽带人追来。牛有草挡住韩美丽众人："韩副主任，你这是闹的啥子妖？"韩美丽让民兵们去追马仁礼，她对牛有草说："你成天不学习不看报，连广播都懒得听，割资本主义尾巴了，你不知道吗？"

牛有草笑着："倒是听说过，可尾巴在哪儿呢？没看见，你给我说说，也让我开开眼界。"韩美丽如数家珍："这是一套活儿，叫割尾巴，砍耳朵，摘眼镜。割尾巴，就是砍掉每家房后种的树；砍耳朵，就是房子两侧不能种菜和经济作物；摘眼镜，就是家门前不能留自留地。"

牛有草摇头："还一套一套的！这是谁吃饱了撑的不去蹲茅房，跑这儿放臭屁？社员们辛辛苦苦干一年，工分挣了不少，可一个工分才值八厘钱。好不容易打了点粮食，你们把收成说得那么高，交了公粮和统购粮就没剩啥口粮，饭都吃不饱，就靠在自留地弄点东西换点油盐酱醋，现在你们连这点东西都不放过？让不让人活了？""你脑子跟不上形势，跟你说不明白，我得去割尾巴了，晚上回家再给你补课。"韩美丽转身跑了。

老驴子在收拾蜂箱，割资本主义尾巴的民兵闯进来告诉他："我们是割资本主义尾巴突击队的，你家的蜜蜂采了集体庄稼地里的蜜，这是资本主义尾巴，我们要割尾巴，砸你的蜂箱！"

老驴子举起连枷说："我看你们是活腻歪了，谁敢动我的蜂箱，我一连枷拍碎他的脑瓜壳。今天谁敢动我家的东西，我先送他去见阎王，不信就试试看！"他挥动连枷把地砸了一个坑。

众民兵面面相觑。民兵连长一挥手："乡里乡亲的，抹不开面啊，走，去别的地方看看。"众民兵走了。

民兵来到老干棒家的一棵大树下。民兵连长说："树荫挡了集体地的光，这是资本主义尾巴，砍了！"民兵们正要砍树。老干棒顶着锅跑过来喊："小子们，砍我的树就是砸我的锅，就是不让我吃饭了！那好，先把我的锅砸了，然后咱们拼命！"民兵连长只好撤。

天上挂着一钩新月。乔月一家和牛有草在杨灯儿家一起吃鸡。灯儿说："老马，人家听到风都把鸡处理了，你咋还留着？胆子也太大了！"乔月接上："我家的鸡正是下蛋的时候，没舍得。再说，老马胆儿太小，不敢杀鸡。"

韩美丽在公社革委会汇报割资本主义尾巴的成绩，说麦香村大队基本上把资本主义尾巴剁掉了，耳朵割掉了，眼镜摘去了。只是眼下还有些死角，家家的祖坟上都有一些枣树啊什么的，我们不会放过，坚决不留情！王万春提醒她坟地上的树就不要动了，以免惹起民愤。韩美丽亢奋极了，誓言"宜将剩勇追穷寇，不可沽名学霸王"，要痛打落水狗！有些人对割资本主义尾巴有抵触情绪，散布奇谈怪论，准备抓住典型，开展革命大批判，让无产阶级革命派扬眉吐气！

夜晚，韩美丽劝牛有草带头割尾巴，把牛家祖坟上那三棵枣树砍了，做个榜样。牛有草说，那里埋着咱家的人，树砍了不阴凉，风吹日晒的老人家睡不安稳。这事不能干，对不住祖宗。

韩美丽直接告诉牛有草，原则问题上她不能让步，她要替他砍树。

第二天上午，韩美丽赶着马车，带着民兵，拎着各种砍树工具来到牛家三棵枣树下。牛有草把自己绑在树上喊着："孙子们，这儿是我老牛家的祖坟，我的先人都睡在这里，谁要敢动这树，就把我和树拦腰一块儿砍了！"韩美丽放眼四望，周围每个坟头的树上都捆着一个村民。民兵连长怕闹出人命，不敢动手。

牛有草喊："姓韩的你吃错药了？怎么别的地方不砍，就盯着人家的屁股找尾巴？你还有点人味儿吗？"韩美丽教训牛有草："今天我给你上一课，说说割资本主义尾巴的伟大意义。革命导师列宁教导我们，小生产无时无刻不在滋生资本主义。自留地、自留树，还有房前屋后的小园地，都是资本主义尾巴，尾巴不割，能进社会主义大门吗？大门一关，尾巴就得夹断，这么浅的道理你不懂吗？"

老干棒跑来劝架，让他们两口子回家吵架去，别在这儿丢人现眼。韩美丽说老干棒来得正好，让他给磨磨砍树的家伙。老干棒说他的磨刀石不争气，磨不动。韩美丽说老干棒存心想和革命过不去，他的磨刀石就是资本主义复辟的工具，成天磨刀霍霍，是在搞反革命串联！韩美丽夺过老干棒的磨刀石给砸断了。老干棒拿着断成两截的磨刀石，顿时呆住了。

牛有草火了："姓韩的，你怎么成疯狗了，见谁咬谁？今天我把话说明白，你今天敢动一个乡亲，我和你拼命！"

残阳西坠，乱云泛起。老干棒在家里翻箱倒柜，找出当年果儿的儿子寄花生米的袋子，默默地看着，禁不住老泪涌出。他翻着袋子，找出一粒干瘪的花生米塞进嘴里慢慢嚼着。他走出家门，挨家挨户收镰刀，收锄头，收了一筐。他用那半块磨刀石磨了一宿家什，直到天亮。他把磨好的家什摆得整整齐齐，然后蹒跚着来到黄河边。他向西望，那滔滔河水自天边无声无息地涌来；向东望，血染的朝阳正从漫无际涯的河面上飘浮着升腾。老黄河啊，老干棒一辈子生在你身边，长在你身边，却不知道你的首尾在哪里！几十年来，老干棒也不知道自己生命的首尾在哪里，他要去寻找他的归宿了！老干棒回头看了一眼身后的麦香村，然后扑进黄河的怀抱……

上午，韩美丽气势汹汹地来到公社革委会办公室，状告牛有草带头阻挠割资本主义尾巴的革命行动。民兵连长忽然跑进来报告，麦香村大队的老干棒牛有道跳黄河自杀了！王万春怒斥韩美丽："再怎么折腾，不能闹出人命来！你怎么收场？这个屁股你得给我擦干净了！"

老干棒的尸体躺在河边。社员们围着老干棒，有人替他净面。地里仙拄着拐杖，秋风刮乱了他的头发，他的眼里不断流着泪水。牛有草把那两块断了的磨刀石粘在一起，跟人一起埋了。他喊着："有道大哥，你走好啊，我知道，这块磨刀石就是你的指望，磨刀石我给你带上了，到了那边，你找个媳妇啊……"

韩美丽在大队广播室对着话筒广播，牛有草走进来坐下眯起眼睛听着，像是睡着了。韩美丽一边广播，一边偷看牛有草，她广播完关上麦克风。牛有草睁开眼走到麦克风前吹了吹，确信关上了，上去给韩美丽一个耳光。韩美丽捂着脸还没有说话，牛有草脱下鞋暴打韩美丽，边打边吼："你不给革命的男人做饭洗衣服，阴谋饿死革命男人，我打死你这个反革命！"

韩美丽跑出大队广播室呼喊："革命的社员同志们，资产阶级向无产阶级革命派反扑了，快来帮忙啊！"乡亲们抱着膀子看热闹。吃不饱说："韩副主任，汉子打老婆，天天吃饽饽；老婆打汉子，金银满罐子。打吧，越打日子越红火。"

韩美丽让民兵连长把牛有草抓起来。民兵连长想要拦阻牛有草。牛有草瞪眼："两口子打架，你掺和什么？一边待着去！"

民兵连长只好让韩副主任赶快往公社跑。韩美丽狼狈地跑着，鞋都跑掉了。社员们哈哈大笑。

韩美丽跑到公社向王万春哭诉，说她正在广播大批判文章，牛有草突然像饿狼一样扑来，抬手就是个耳光子，他这是完全代表资产阶级向无产阶级发起进攻！王万春说："别什么都往阶级斗争上扯，两口子打架，外人不好干涉。"

农业学大寨，冬闲变冬忙。社员们扛着镐头、铁锹修梯田，修海绵田，嘹亮的学大寨的歌声此起彼伏。

韩美丽拿着尺子到处量深浅，她来到吃不饱跟前量了一番，批评吃不饱和三猴儿弄虚作假，翻的地不够七尺，要扣他俩今天一半儿的工分。马小转气不过，就高喊："牛队长，你挖你家里的地够不够尺寸？也扣工分吗？"大伙儿都笑。

韩美丽陪着张德福和王万春来检查工作，她大声喊："社员们，县革委会张主任百忙中抽出工夫下来视察，大家热烈鼓掌欢迎！"

牛有草拄着铁镐说："张主任，修海绵田，把生土翻上来，把熟土翻下去，这不是祸害地吗？就是为学习大寨的梯田这么搞？这是不懂种地！"

张主任严肃地说："你懂种地，可是你懂政治吗？牛有草，你这身刺儿该收收了！"王万春忙说："全国都在修，咱不修能行吗？"

马仁礼拽了一下牛有草。众人走了。牛有草一把扔了铁镐，马仁礼接住铁镐说："牛队长，别耍性子，人家嘴大，你嘴小，人家要是较起真儿来，你就得跟我一道早请示晚汇报了。"

晚上，牛有草来到马仁礼家里。马仁礼说："牛队长，累了一天，我给你揉揉？"牛有草翻眼："那我不是占剥削阶级的便宜了？"马仁礼一笑："贫下中农占剥削阶级的便宜，没毛病。"

马仁礼给牛有草揉肩膀，牛有草很舒服地眯缝着眼说："老马，我给你点个赚钱的道儿，咱们学《龙江颂》，来个堤内损失堤外补。这两天我在老秋沟里转悠，看那个地方挺隐蔽的。开春咱找几个人秘密开几片地，种上黄烟。"马仁礼连忙摇头："那不是走资本主义道路吗？这叫顶烟儿上啊，杀的就是这个，你这是往枪口撞！"

牛有草说："不这么干咋办？家家穷得锅都掉底了，吃不上穿不上，我看这是条道。你到底想不想干？你跟我干事，不会吃亏！"马仁礼疑虑着："收了黄烟上哪儿卖？就算你有地儿卖，谁也不敢买啊！出了事怎么办？"

牛有草一拍胸脯："到时候我顶锅盖就是了！我是活猪，出了问题我担着；你是死猪，留着吧。可你后肘子肉不多，头不小，屁股太小，狼见了都掉泪。"

牛有草告诉马仁礼，到时候秘密开会就到场院屋去，那儿僻静，当年也有个躲避日本鬼子扫荡的地窖子。马仁礼终于同意跟牛有草干了。

乔月来到大队广播室，拿出她写的大批判稿请韩美丽"批评指正"。韩美丽问："最近听说牛有草他们好像在忙活什么事，你知道吗？"乔月说："你们两口子睡一个被窝，还来问我？"

韩美丽冷着脸："自从牛有草打了我，我们就在床上划清界限了。"乔月笑着："那你受得了？"韩美丽正色道："别嬉皮笑脸的。你好好打听一下，看他有什么见不得人的勾当。要是打听到重要情报，你就立了大功，我一定向领导反映。最近公社要成立通讯报道组，到时候我推荐你当通讯员。"

马仁礼一家三口吃饭，乔月给马仁礼烫了一壶酒端上炕桌说："我忽然想起咱俩这些年的日子，你上上下下里里外外的真不容易，做媳妇的我慢待你了。"马仁礼奇怪地看着乔月："你没事吧？"

乔月给马仁礼倒酒："你看你，人家说的都是真心话。"马仁礼喝了酒："乔月，有你这句话我就满足了。做男人嘛，都不容易，尤其是我这样的男人，更不容易，可再不容易也过来了。你知道我为什么能躲过一次次运动，没受大的伤害吗？因为我脖子后有观音菩萨给的三根救命毛。"

乔月摸马仁礼的脖子："在哪儿？没有啊？"马仁礼笑了："我这是个比喻，我是说我有三条对付运动的锦囊妙计。第一条，是我爹告诉我的，多看少说。第二条，话到嘴边留七分。第三条就是装孙子……"马仁礼说到这儿眼泪掉下来了。

乔月话锋一转："他爹，你天天跟牛有草请示汇报，知道他最近忙什么吗？"马仁礼摇头："那个人你还不知道，嘴紧心眼多，我哪知道他忙什么。"

乔月开始动员："你这辈子跟着牛有草干，肯定翻不了身。韩美丽是公社革委会副主任，还是麦香村大队革委会主任，你跟着她干，不但能翻身，搞得好还能弄个官当当。"马仁礼装蒜："可是她不搭理我这黑五类啊！"

乔月趁热打铁："那得看你能不能立功了。你打听打听，最近牛有草在忙什么？"马仁礼忙说："行，我这辈子就信你的话。"

社员们在修大寨田。牛有草对马仁礼说："得抓紧开个会了，通知的都是跟了我多年的乡亲。"马仁礼悄悄说："这事可得谨慎点，我家那口子让我打听你最近在忙活什么呢！她知道了，肯定给韩美丽汇报。"牛有草一笑："没事，你就跟她说，牛有草正忙着联络族人拜祖宗！"

冬夜，小风刮着，挺冷。吃不饱骑在树上悄悄瞭望着。场院屋外，三猴儿敲三下门说："土豆。"门开了，三猴儿和牛金花闪身进来。里面坐着牛有草和马仁礼等人。三猴儿夫妻刚坐定，又传来三下敲门声，外面说："茄子。"瞎老尹进来了。不断有人进来，报着各种蔬菜名。

昏暗的油灯下坐着十几个人。牛有草小声说："众位乡亲，去年咱们麦香岭地区又受了灾，家家的粮食都不够吃，工分也不值钱，咱们不能这么穷下去。我打算带领大家种黄烟卖钱，你们都是自愿加入的，一旦进了这个门，就是一条绳上的蚂蚱，都听明白了？"三猴儿说："队长放心，我们都下决心跟你走到底了。"瞎老尹说："我算穷怕了，再不抓挠点钱，日子没法过。"

外面传来吃不饱"平安无事哦"的声音。牛有草一摆手，油灯熄灭，众人默不出声。牛有草说："这是暗号，平安无事就是有事。"过了一会儿，一下敲门声传来。牛有草说："警报解除，点灯。"油灯亮起，继续开会。

牛有草接着说："别的少说，咱们不但要过日子，还要过好日子。眼下到处割尾巴，种黄烟是条又粗又长的尾巴，一不小心就露出来了，大家都得擎着点精神头，千万别露尾巴！"众人都表示，精神头足着呢，保证不会露尾巴！

牛有草掏出一张纸让大家签名，签上名谁也跑不了。不会写字摁手印。瞎老尹一听还得摁手印，不想干了。牛有草正色道："秘密你全知道了，现在想撤腿，没门儿！"三猴儿说："排样板戏他演王连举学坏了，说不定要当叛徒！"几个人强行让瞎老尹摁了手印。瞎老尹无奈道："你们这不是把我当杨白劳了吗？"

忽然，"平安无事哦"的吆喝声又传来，油灯熄灭。一会儿，油灯又亮起。就这么折腾了好几次。

牛金花说："我的亲娘，吓得我尿裤子了！"马小转笑道："我说咋这么臊，原来是你啊！"瞎老尹感叹着："有草，你胆子真大啊！"牛有草说："胆小就得饿肚子，舍不得孩子套不着狼。老马，你把纸上的字给大伙儿念一遍听听。"

马仁礼拿起大伙儿签了字的纸念道："红旗飘飘迎风扬，战天斗地人正忙。平原掘地七尺整，农民又要饿肚肠。学习龙江好精神，自力更生不慌忙。堤内损失堤外补，老秋沟里找口粮。黄烟种上一大片，这条尾巴有点长。对灯盟誓不反悔，出事大家一起当。下边是签字人。念完了。"

马小转夸赞道："老马，你真有水平！"马仁礼急忙摆手："不不不，这是牛队长编的，不信问问他。"牛有草看了一眼马仁礼："就是我编的。"

"平安无事哦"的喊声又传来了，油灯再次熄灭。马仁礼出去看看怎么回事。他走出场院屋，看到乔月正向这边窥探。马仁礼走过去，在乔月的后背拍了一下。

乔月吓了一跳，回头喊："哎呀，是你呀？吓死我了！"马仁礼问："这么黑的天，你跑这儿干什么？"

乔月掩饰着："你出门没和我打招呼，不放心，出来找你。你跑这儿干什么来了？"马仁礼说："我刚才回家，看儿子哭着找你，邻居家找不到你，出来看看，没想到你在这儿。"乔月说："我怎么听到场院屋里好像有动静？""场院屋里老鼠多，不奇怪，回家吧。"马仁礼拉着乔月走了。

第九章

外面下着小雪，韩美丽在督战社员修梯田。牛有阜想着头黄烟种子的事，就向韩美丽请假，说肚子疼，想回去歇歇。

韩美丽公事公办："小病请什么假？地主小姐啊？眼下轰轰烈烈学大寨，你当队长的应该带头，地头坐着歇一会儿吧。"马仁礼故意说："牛队长，韩副主任说得对啊，不能小病大养，轻伤不下火线，肚子疼也得坚持。董存瑞炸碉堡疼不疼？黄继光堵枪眼疼不疼？人家退缩了吗？坚持一下，回家韩副主任给你拿擀面杖擀一擀就好了。"

牛有草不理马仁礼，对韩美丽发火："你个臭娘们儿，男人肚子疼，你没有暖和话，还说了些放屁辣臊的，要你这么个媳妇有啥用！"

韩美丽训斥道："牛有草，你说话要分地点场合！现在是领导和下级说话，什么媳妇汉子的，别给我要死狗！在麦香村大队，我是腔坐锅台手把勺，给你一勺是一勺。不给假，干活去！"牛有草不依："姓韩的，你说出这么绝情的话，是盼着我死啊？就冲你这个态度，我还不干了呢！"他摔了镐头扭头就走。

马仁礼扯着牛有草的袖子演双簧："牛队长，别这样，韩副主任是为你好，在家里听老婆的，出门更得听，人家是领导嘛。""狗屁领导，也就是个跟屁虫！韩美丽你等着，看我回家咋收拾你！"牛有草说完气哼哼地走了。

下午牛有草就把黄烟种子买回来了，他让马仁礼通知大伙儿晚上到场院屋开会，商量育苗的事儿。马仁礼说场院已经引起乔月的怀疑，不能在那儿开会了。杨灯儿家的地瓜窖子最大，还僻静，是个好地方，再说韩美丽挺打怵灯儿。

牛有草摇头："不行，赵有田和我不对付，让他知道了不给捅出去才怪，不能让灯儿担风险。"马仁礼撇嘴："你胳膊肘往外拐，调炮往里搂！怎么就不怕我担

136

风险?"

牛有草笑:"你是我的狗头军师,你不担风险谁担风险?"马仁礼一推六二五:"可不能乱说,我什么都听你的,主意都是你拿的,别到时候出了事儿往我身上推。你腚后拖着的是又粗又长的尾巴,我拖着一条又细又短的玻璃管尾巴。关门了,你把尾巴扭摆几下就脱身了;我呢?门一关,咔嚓一声尾巴断了!"

牛有草点头:"嗯,打的比方还挺有道理。这几年,上边的门开了关,关了开,有几个来回,我这条尾巴,虽然撸了几层皮,好在骨头还没断,只要夹不断我就折腾。"

傍晚,马仁礼摇辘轳打水,杨灯儿挑着水桶来了。马仁礼悄悄告诉她,牛有草领几个人准备在老秋沟偷着种黄烟弄钱,没地方育苗,看好她家的地瓜窖子了。牛有草怕赵有田反对,更怕她担风险,就没让她知道。

杨灯儿怪牛有草瞒着她,气哼哼地挑着担子要找牛有草算账。路上恰好碰到牛有草,灯儿放下担子说:"你不怕的事儿我也不怕,你敢干我就敢干。不是看好了我家的地瓜窖子了吗?我可以帮你们育苗。"牛有草说:"这事太危险,一旦败露,说不定戴个什么帽子,你这脑瓜壳儿顶不动。我和你不一样,王万春说我是滚刀肉,多挨一刀也没事儿。"

杨灯儿大气地说:"你是滚刀肉,我就是砧板,让他们随便剁!出事我帮你担着。跟你干事儿,我不怕!老赵那边你就不用管了。"牛有草挺高兴:"那好,你回去把地瓜窖子整理一下,过了年就动手。"

河水激荡,滚滚流淌。老槐树冒出新芽,转眼就到了春天。三月三,倭瓜葫芦地下钻。烟籽儿该下种了。赵有田家的地瓜窖子像一孔小窑洞,牛有草和大伙儿忙活着育苗。赵有田在不远处悄悄望着。大伙儿忙活完走了,赵有田走进地瓜窖子,看着一片整好的畦子,不知道牛有草要干啥。

吃晚饭时赵有田问杨灯儿:"孩儿他娘,头晌你在地瓜窖子里忙活啥?也不叫着我,没干啥见不得人的事儿吧?"灯儿说:"又犯嘀咕了不是?你的心眼儿就不能拿粪叉子扩扩?告诉你吧,想用窖子干点赚钱的事,别问,等赚了钱,咱们过好日子!"

可是,赵有田心里还是犯嘀咕,第二天一早,他就到大队革委会,把他的疑虑告诉了韩美丽。

牛有草、马仁礼和杨灯儿在地瓜窖子里忧心忡忡地看着畦子,烟籽儿已经下种好几天,一点动静没有。杨灯儿说想找个明白人问问。仨人走出窖子,韩美丽快步走来。牛有草和马仁礼赶紧拐弯躲开。

杨灯儿朝前走拦住韩美丽："韩副主任，啥风把你吹到这儿来了？"韩美丽笑着："是歪风啊！哟，你家的地瓜窖子真大，收拾收拾能住人。我进去看看。"

杨灯儿阻拦："我家的地瓜窖子，你凭啥进去？"韩美丽底气很足："就凭我是公社革委会副主任，这个身份不行吗？"

杨灯儿撇嘴："你这身份，在我眼里狗屁不是！""算了，知道你是泼妇，不和你一般见识，我今天非进去不可！"韩美丽说着往门里挤。

杨灯儿拦着不让进。韩美丽推开灯儿冲进去，她看着空荡荡的地瓜窖，整齐的畦子，来回走着，查看着，脚踩在松软的土上，感到奇怪。这儿种东西了吗？把这里整得这么松软干什么？韩美丽闹不明白，只好出去。

杨灯儿喊："这就走啊？再待一会儿呗，不收你房钱。"韩美丽黑丧着脸："你不用跟我阴阳怪气的，别让我揪着尾巴，揪着了咱老账新账一块儿算，我整不出你屎尿来跟你姓！"杨灯儿嬉笑着："求求你了，千万别跟我姓，你这闺女不好调教，气死人不偿命！"

韩美丽走后，牛有草和马仁礼走出隐蔽处，跑进地瓜窖。牛有草觉得这个地方暴露了，得转移。马仁礼认为，最危险的地方最安全，他提议就在牛有草家最安全，韩美丽怎么也想不到，资本主义尾巴在自己家摇晃，就算她发现了，也不敢把这事全抖出去。他对牛有草眨巴眨巴眼说："你忘了，你家厢房，找到那个的地方……就在那儿干。"牛有草笑着："对了，就按你说的办！"

马仁礼汇报："乔月疑心越来越大，一个劲儿逼问我，你搞什么名堂，我再说不知道她不信，就撒了个谎，说你忙着清明节拜祖宗。我这是被逼的，总比说种黄烟强。还有，你那口子已经盯上咱们，她肯定不能放过。牛队长，在下有一妙计，叫'明修栈道，暗度陈仓'。"他对着牛有草的耳朵嘀咕了一阵子。牛有草笑着用指头一戳马仁礼的脑门："鬼东西，有你的！好，就这么干！"

杨灯儿知道一定是赵有田向韩美丽透露了消息，她回到家里，对赵有田旁敲侧击："他爹，你没做啥对不起我的事吧？没事最好。我把话讲前头，这个家是咱俩撑着，我要是倒下了，这个家可就撑不住了，别一不小心砸到孩子身上！"赵有田闷着头憋气不吭。

杨灯儿找到菜包子马仁廉说："老村长，我们穷怕了，想抓挠几个钱，偷着在老秋沟种黄烟。可眼下烟苗就是不出土，想请您看看。"菜包子吃惊道："这可是顶风上的事，你们胆子真大，是牛有草带的头吧？黄烟这东西我不在行。我有个亲戚种过黄烟，给你打听一下再说。"

马仁廉真热心，第二天他就告诉杨灯儿，那亲戚说，问题是温度不稳定，烟种子比草种子都细小，很难伺候，可以把烟种子用绒布包好，泡温水，焐在热炕头的棉被下；或者绑到小肚子上，生芽温度正好，不会忽冷忽热，水分蒸干了还能及时发现，是生烟种子最好的法子。

牛有草听了杨灯儿的转述，立刻照此办理。于是，村街上就出现了少有的景致。吃不饱、三猴儿、马小转、牛金花等人坐在墙根晒太阳，每个人的小肚子上都暗藏着烟种子，他们在若无其事地拉呱。麦花、小娥子、小东子、小肉包、马公社等孩子们在附近玩耍。

瞎老尹笑眯眯地走来悄声说："都带上崽子了？"三猴儿笑："我有动静了，觉得一拱一拱的，有点痒痒缕缕的。"

牛金花接茬："那你的月份不小了。"马小转说："金花嫂，你当家的比你强，你生不出孩子来，你男人急了。"

吃不饱挺得劲："灯儿的这个办法真好，就是睡觉碍事儿。"三猴儿笑嘻嘻地说："碍啥事儿，仰脸躺着就是了。"

马小转咯咯笑着："我家那口子有个习惯，睡觉喜欢趴着。"瞎老尹一拍屁股："那好办，解下来绑到腚上。"大伙儿那个乐啊！

晚上，乔月可劲儿给马仁礼灌酒："公社他爹，今天的菜不错，再喝点酒。"马仁礼喝着酒："跟你说多少回了，以后就叫我孩儿他爹，千万别叫公社他爹，让公社的领导听见了我还能活吗?!"

乔月忙点头："对，听你的。怎么样？牛有草他们最近没动静？"马仁礼装醉："这就要行动了。明天一大早在地里仙家呗。"马仁礼说完倒在炕上。

乔月看马仁礼睡着了，赶紧跑到大队革委会，把这个重要情报告诉韩美丽。

韩美丽回到家，看到牛有草把十个菜团子放在灶台大圆盘里，然后去睡觉了。韩美丽听到牛有草的呼噜声，就偷偷爬起来走到灶台前，掀开大圆盘上的布看，就剩四个菜团子了，怎么少六个啊？她盖上圆盘上的布，发现橱柜底层放着六个菜团子。韩美丽笑了。

早晨，牛有草走到厨房，拿出橱柜底层的六个菜团子，用布包起来转身出门。韩美丽悄悄集合民兵，远远跟在牛有草后面，看着牛有草拎布包走进地里仙家。韩美丽和民兵连长悄悄望着。不断有人走进地里仙家。过了一会儿，地里仙探出头四下看看，然后把门关了。

韩美丽一挥手："时机已到，把牛窝给我端了！"几个民兵冒出来拥向地里仙家，韩美丽带民兵破门而入，威严地大喊："把香案上的东西都给我收起来！把人全部带走！"牛有草高声说："你们为啥抓人？"民兵连长说："对不起牛队长，这是韩主任的命令。"

地里仙装出败兴的样子："有草啊，做事不周密啊，认了吧。韩主任，不关大家的事儿，要抓就抓我吧。"韩美丽下令："把主犯牛有草和地里仙带走，其他的人回去等候处分！"

地里仙和牛有草被带到公社革委会。

韩美丽对王万春说："王主任，您看看，这就是四旧的典型，集众拜祖宗，搞迷信，闹宗派。这种风不刹，还说什么破四旧、立四新！地里仙，牛有草，你们说，破旧立新的事儿广播里都说清楚了，宣传材料人手一份，你们为什么还顶着风上？"牛有草争辩："我们求求好日子还不行吗？有地不让种，天天练样板戏，能当饭吃吗？"

韩美丽严肃地说："牛有草！不要信口雌黄，你的思想完全被资本主义腐蚀了！王主任，你看这事怎么办？"

王万春说："韩副主任，说他们闹宗派得有证据，证据呢？"民兵连长把六个菜团子和包裹拿上来。

韩美丽很得意："他们的供品菜团子就是证据。"王万春摇头："唉，拿菜团子当供品，闻所未闻，看来老百姓的日子过得不滋润啊！还有吗？"

韩美丽说："有啊，看看这里面是什么？"她说着打开包裹，里面竟然是毛主席半身石膏像。韩美丽慌了，一失手毛主席石膏像掉在地上，差点摔碎。她赶紧把石膏像捡起来用袖子擦着，脸吓得苍白，额头冒出冷汗。

王万春训斥道："韩副主任，你搞了些什么！这是搞迷信吗？是闹宗派吗？主席像要是出了问题，你就成了现行反革命！把人放了，你的问题以后处理！"

牛有草不愿了："王主任，说抓就抓，说放就放，这样合适吗？总得对乡亲们有个交代吧？再说了，韩副主任这问题很严重吧？你能不能帮我们分析分析？"王万春说："韩副主任，解铃还须系铃人，你看怎么办吧！"

韩美丽低着头默不出声，冷汗一个劲儿地往外冒。

地里仙和牛有草凯旋而归。马仁礼到地里仙家打探消息，地里仙拍着他的肩膀说："孩子，我没看错你。你面上善模堆儿的，肚子里长牙，这才叫咬人的狗不露齿，人被你卖了还帮着你数钱，说的就是你。"牛有草高兴地说："老马啊，这招亏你想得出来！这下好了，韩美丽跌了个大跟头，从今往后，估计她不会盯着咱们种黄烟了，一箭双雕啊！"

马仁礼微笑着："错了，是一箭四雕。乔月也老实了，是不？从今往后，你们再拜什么没人敢管了，是不？"牛有草拍手："对呀，一箭四雕，这药下的真狠啊！"

马仁礼很吃亏的样子："你舒服，我可惨了，我家那口子脸都绿了，恨不得要把我吃了。"牛有草逗乐："你是马脸，那么长，她吃不了。"

牛有草带着几个人在老秋沟栽黄烟苗，吃不饱坐树杈上放哨。牛有草叮嘱大伙儿："都别说话，别抽烟，落锄轻点。""平安无事哦"的声音传来。牛有草带领大伙儿逃进附近的土沟里。拖拉机的声音由远及近，又由近及远。牛有草冒出头看着拖拉机走远，又带大伙儿回来栽烟苗。大伙儿像做贼似的总算把烟苗栽好了。烟苗很争气，全部成活，而且长势喜人，一天一个样。牛有草派吃不饱专门看着烟地，有情况随时报告。

乔月被叫到公社政工组。小崔说："要大规模清理阶级队伍了，你必须跟组织说实话。你是不是有个舅舅？"乔月紧张地回答："我娘活着的时候跟我说过，舅舅被国民党抓壮丁，修工事，后来组织人逃跑，被打死扔到一个大坑里埋了，找不到尸首。"

小崔说："我们还要内查外调。如果你说的情况属实，你的家庭出身就算搞清楚了，但不等于没有问题。你出身可以划为城市贫民，但你脱离不了生身父亲是大财主的关系。清白必须是出身好，家庭没有问题。尤其是你又嫁给了地主子弟，你得和马仁礼划清阶级阵线。"

乔月回到家里，坐在炕上垂泪。马仁礼关心地问怎么了？乔月嘟囔着："跟着你倒霉了，忙活这么多年，清理阶级队伍才混了个历史清楚。不是因为你，我也能落个清白。我要和你划清阶级阵线。"

马仁礼摇着头："怎么划清？打离婚？行，我不拖累你，只要你把公社给我留下就行。"乔月抹着眼泪："眼下还没那个打算。分居吧，咱俩东西屋住着，各过各的。孩子当然跟我。"

韩美丽有县里的张主任撑腰，又神气了。她去外地参观，踌躇满志地回来，她见面就问牛有草："你最近忙什么呢？没有搞什么歪门邪道吧？"牛有草笑着："瞧你说的，我除了干革命工作还能忙个啥？"

韩美丽情绪很好："这回去外地参观，收获太大了……"牛有草不想听韩美丽唠叨，他担心那片黄烟，怕韩美丽一回来又要找麻烦，于是说了声"出去转转"，就赶快出去了。

牛有草来到老秋沟的烟地，看着茂盛的黄烟喜不自禁。吃不饱冒了出来。牛有草嘱咐着："我那口子回来了，最近风声又要紧起来，要有个风吹草动，你就赶紧跑，千万别被抓到，要是被抓到，我怕你受不过大刑，李玉和变成王连举，全抖出来了。"吃不饱笑着："瞧你说的，我就那么草包吗？"

牛有草在烟地转了几圈，觉得黄烟长得差不多了，夜长梦多，为了稳妥，决定赶紧收了。他早就计划好，烟叶收了，就地建炉烤烟。他请来烤烟的师傅，领着大伙儿建烤烟炉。师傅示范着，把从地里掰回来的新鲜绿烟叶绑到烟杆上，然后把杆子架到横梁上，师傅指导着点火开始烤烟。接着，白天黑夜都不能断人，守夜不能睡觉，按时打开密封门，查看温度和湿度。一切安排妥当，师傅走了。

夏夜，满天的星星眨着眼睛。微风轻拂，甚是惬意。牛有草和马仁礼在烟炉前守夜拉呱。马仁礼说："哎，你出来守夜，你那口子不怀疑？"牛有草笑着："我撒谎说小队的仓库老鼠成灾，要半夜去灭老鼠。你呢？乔月不怀疑？"马仁礼叹气："清理阶级队伍，她和我划清界限，我们分开睡了。"他岔开话头，"唉，这些年过来了，想想咱老农民过得真不容易，政策变来变去，运动一个接着一个，人心都散了，想过好日子，还得偷偷摸摸的，当农民难啊！"

牛有草说："是啊，我看像周老虎这样的干部也着急，可也没办法。上边到底想干啥，咱农民摸不透，只能硬着头皮往前拱，不知道能不能拱出个头来？"

烟炉前摆着一垛烤好的黄烟，下一步就是怎么卖出去的事。卖黄烟是违法的，能到城里悄悄卖吗？再说了，做买卖得有秤，哪儿找那么多秤？牛有草让马仁礼这个有文化见过大世面的人说说该咋办。

马仁礼出点子，事先把烟在家里称好，半斤一包，统一定好最低价钱，有能耐你就卖高价，多得的归自己。要是被抓到了怎么办？马仁礼说当年他在北平为了救革命者，就是后来的那位将军，坐过国民党的大牢，对付审讯他有经验，最好办法就是，你要死盯着对方的眼睛，就算你害怕，你的眼睛里也不能显露出来，就是一双眼睛，空洞而无辜地死死盯着。

吃不饱说："这不是狗儿瞅见骨头了吗？"大伙儿忍不住都笑了。

晚饭后，乔月来到牛有草家找韩美丽，她见韩美丽不在家，就对牛有草汇报情况："我们家老马今天挺反常的，在家什么活都不干，还唱《翻身农奴把歌唱》，唱起来没完，一边唱一边笑，是不是什么精神下来，他要翻身了？"

牛有草笑着："孙猴子被如来佛压在五行山下五百年，就等唐僧搭救他。唐僧总也不来，压迫那么久了，让他活动活动肩膀吧。"

韩美丽回来了。乔月又把刚才跟牛有草说的，对韩美丽重复汇报一遍。韩美丽一听来了精神："嗯，这是阶级斗争的新动向，一定要坚决打压！"

老驴子的老毛病又犯了，躺在炕上大口喘气，赤脚医生给了几片麻黄碱吃下不管用，说得住医院。可哪儿来的钱？杨灯儿发愁了。她找到牛有草说："我爹的哮喘病越来越厉害，没钱治病，我想去城里做点买卖，挣钱给爹看病。"牛有草说："你别忙活了，等咱们把黄烟卖了，不差你的钱。"灯儿等不及卖黄烟的钱，她要自己卖点瓜果梨枣啥的挣钱去。牛有草只好同意灯儿先去闯闯，要是遇到难事吭一声。

杨灯儿说干就干，第二天一早，她就背着包进城去。她正急忙忙走着，牛有草拎着包，挑着一杆秤从后面赶上来。牛有草说："你进城捣鼓那些东西都是要论斤称的，拿着这杆秤。这包里的枣先拿去卖，要是好卖，我家三棵树上的枣子都给你卖吧，能卖多少卖多少。"灯儿拿了秤和枣，心里热乎乎地走了。

杨灯儿来到县城，她的枣子和梨子都新鲜，到半下午就卖掉一大半。她怕药店关门，赶紧去药店给爹买药。她从药店出来，一个戴袖箍的中年妇女领着几个民兵来了。中年妇女指着杨灯儿："她投机倒把，我盯她半天了！"

民兵们一拥而上，把杨灯儿送到民兵指挥部。民兵队长说："你卖的都是经济作物，自己吃可以，拿出来卖就是投机倒把。"杨灯儿说："我爹得了哮喘病，没钱抓药，拿自己家的东西换钱抓药有啥错？你也有爹娘，你爹娘要是有病了，能不想办法吗？"

民兵队长觉得杨灯儿说话挺实在，只要她答应以后不卖了，就放了她。灯儿只好当面保证不再来卖。

上头怎么折腾都有道理，老百姓倒腾点儿东西谋生就是投机倒把，跟谁说理去？杨灯儿满腹委屈地回了家。

东方刚泛鱼肚白，牛有草就和三猴儿、吃不饱把黄烟叶子堆到马车上，在上面苫了秫秸秆，赶着马车出发了。

修大寨田的社员正在忙着，韩美丽过来。瞎老尹故意说："今天领导下基层，难得呀！听说你以前是劳模，抡锤打钎不歇气儿，不知道是真是假？""泰山不是堆的，罗锅不是煨的，可以让你们开开眼。"韩美丽很豪气地拿起大铁锤打钢钎，小转儿报数，韩美丽一口气打了一百二十锤。她摞下铁锤说："这算什么？再打一百二十锤也不在话下！今天没工夫。"

韩美丽放眼四顾："牛队长不在工地，黑五类也不在，都干什么去了？"马小转说："你们睡一个被窝，问谁呀？干脆，回去给队长坐老虎凳，不怕他不招供。"乔月跑过来对韩美丽耳语。韩美丽急匆匆走了。

牛有草赶着马车前行。一台拖拉机驶来，牛有草甩动马鞭，马车加速前进。

拖拉机追上了牛有草的马车。牛有草停住马车。拖拉机停住，韩美丽跳下拖拉机问："牛队长，你们这是去哪儿？车上拉的什么？"她说着走到马车跟前，刚要伸手摸车上的秫秸秆子，有人大叫着韩主任跑过来。

韩美丽循声音望去，马仁礼气喘吁吁地跑来说："韩主任，我追你追得好苦啊！"韩美丽皱眉："腿儿还真够快的，有事一会儿说！"

马仁礼急忙摆手："不能等了，再等一会儿就怕忘了！韩主任，我昨天晚上一

143

宿没睡着，突然想明白一个道理，我得跟您汇报一下。牛队长的思想水平不行，他听不懂，必须跟您汇报。"韩美丽高兴了："不一样就是不一样，感觉出来了吧？什么道理？说说看。"

马仁礼口若悬河地开始汇报："关于割尾巴的道理，以前我虽然也被割了尾巴，说实话心里有点想不通。为什么呢？以前我认为人是猴子变的，老祖宗是有尾巴的，老祖宗为什么有尾巴？用处大啊，您想啊，猴子是在树上生活的，有了尾巴，跳来跳去可以保持平衡，还可以把自己挂在树上，猴子就是这么捞月亮的。我就琢磨，割了尾巴怎么求生啊？昨晚我想啊想啊，扑哧一声笑了，您猜为什么？我忽儿巴地想起来了，那是猴子啊，咱们现在是人，站立行走，还生活在平地上，留着尾巴干什么？"牛有草趁这个机会偷偷把拖拉机弄坏了。

韩美丽听得心花怒放，她拍着马仁礼的肩膀说："老马啊，你说的怎么那么对……咦，牛有草呢？"牛有草的马车已经跑远了。韩美丽让开拖拉机的小伙子赶快追，糟糕，机器趴窝了！

牛有草赶着马车来到县城，他们仨人把烟叶子捆在腰上，分散开卖烟叶。牛有草兜售烟叶如同地下党接头，他拦住一个中年人小声说："兄弟，要烟叶吗？"说着摸出一根卷好了的烟卷儿让对方尝尝。那人点火吸了几口，点点头问多少钱一斤。牛有草说："乡下人不会做买卖，包好了，一块钱一捆。"二人走到胡同里，牛有草敞开怀，拿出一捆烟叶说："抽好了给宣传一下，我就在这一块转悠。"

马仁礼过来问："好卖吗？我教的办法好吧？"牛有草挺高兴："不错。对了，老韩追我们的时候，你咋冒出来了？"

马仁礼得意地表功："咱们是一根绳上的蚂蚱，我就怕你们出事啊！为这事昨晚一宿没睡着，天没亮我就出来在前面等你们，谁想正赶到节骨眼上。卖得差不多就赶快回去，家里那头也得应付。"牛有草说："跑出来一趟不容易，再想出来就更难了。一不做二不休，扳倒葫芦洒了油，不全部出手不回去。你要是害怕就走吧。"马仁礼挺胸道："你们不回去我也不走，天塌下来有大胆子顶着，我怕什么？"

夜幕降临，暑气渐消。牛有草和马仁礼、吃不饱、三猴儿围坐在马车旁，吃着玉米面饼子。牛有草从怀里掏出钱点着。大伙儿的眼睛都盯着钱。

吃不饱说："这么好的赚钱道，可惜不让明着干！"三猴儿向往着："有了钱我给媳妇买个棉猴，媳妇想棉猴都快想疯了，金花跟了我这么多年，没穿几件新衣服，对不起贤惠的媳妇。"

吃不饱说："穿得再好是给旁人看的，吃进自己肚子最实惠。我要有了钱还是包肉蛋儿饺子，油水大一点，咬一口拉拉汤儿，落到桌子上凝成大油，那才过瘾！"

马仁礼说："我想给儿子买一套《十万个为什么》，让他多长知识。大胆，你呢？"

牛有草沉默着，好久才说："我当队长就要领大家奔富日子，如今偷偷摸摸领着几个人干，多数人没捞到好处，心里难受。我的钱给二爷爷，他这个五保户没保好，这几年受苦了。"

马仁礼说："我总感觉这事不稳妥，见好就收吧，一早就回去。"牛有草说："不行，还有大半车没卖呢。我有个长远打算，想今年叫大家过个好年。你想撤我不拦着，我是坚决不撤！"

旭日东升。牛有草几个人整理车上的烟叶。一伙儿民兵跑来包围了马车，四个人被带到了民兵指挥部。民兵队长拍着桌子："你们这是犯投机倒把罪，知不知道？"牛有草问："啥叫投机倒把？能不能给解释一下？"民兵队长说："低价收，高价卖，就是投机倒把！"牛有草笑了："这么说，我们还真没投机倒把，烟叶是自己地里种的。"

民兵队长板着脸："没空跟你们掰扯，你们的烟叶没收了！说，谁带的队？"几个人都不说话，望着马仁礼。马仁礼一使眼色，大家会意，一起昂起头，用眼睛盯着民兵队长。民兵队长很奇怪，看看这个，看看那个，不解其意。

民兵队长走到马仁礼跟前，久久看着马仁礼。马仁礼大义凛然，目不转睛。民兵队长说："看来，我要请你到小黑屋单独谈一谈了！走吧！"马仁礼赶紧一指牛有草："慢，我说，他是我们的队长。"

牛有草回到家里，坐在炕头生闷气。韩美丽在镜子前收拾着头发说："我治不了你，有人治得了，这回你服不服？没有我在电话里给你们讲好话，你们一个都回不来！你以为就我割尾巴啊？全国都在割！"牛有草满不在乎："我长的是蝎虎子尾巴，今天割了，明天还会长出来，你就紧盯着吧。""我两只眼睛一直睁着呢，公社开会去喽！"韩美丽说着朝外走。

牛有草靠在被垛上琢磨着，已经十一岁的狗儿跑进来。牛有草高兴地说："孩子，赶紧上炕，咱爷俩拉拉呱。"狗儿朝窗外望了望，从裤腰里掏出一瓶酒低声说："我娘让我给你的，她还说谢谢你。"

牛有草接过酒瓶笑了："你小子这机灵劲儿随我啊！"狗儿要走，牛有草拉住他，"急啥，明年你该考中学了吧？能考上？"狗儿底气十足："我要是考不上，咱们村就没有人能念中学了。"

牛有草把狗儿拉到身边："好孩子，来，庆贺你学习好，喝口酒。"狗儿说他不会喝酒。牛有草哄着："不会学嘛，老爷们儿不会喝酒叫人家笑话，喝点儿。"

狗儿喝了一小口，喊着："辣！"牛有草开心地笑："开始喝都辣。我小的时候，刚满月，你爷爷就用筷子蘸着酒让我舔，我会说话了，就和你爷爷经常来一壶，我像你这么大的时候，就经常把他灌醉耍酒疯。"

狗儿声明："你爹不是我爷爷。"牛有草说："哦，按辈分算，应该也是你爷爷。你爹对你挺好的？"狗儿老实说："赶不上对小娥子好。"

牛有草硬给狗儿灌了一口酒。狗儿杀猪似的号叫，牛有草乐得哈哈大笑。

狗儿步履蹒跚地回来了。赵有田闻到狗儿满嘴的酒味儿，就问怎么了？狗儿说："大胆叔硬让我喝酒……"赵有田一听，气不打一处来，脱了鞋要打狗儿。五岁的小娥子护着狗儿不让打。

杨灯儿跑出屋子，一把将狗儿拉进怀里喊："他爹，打孩子干什么？"赵有田涨红着脸说："你问他是咋回事吧！"说着，气哼哼地走出院子。

黄河两岸的树叶黄了，又到了秋天。马小转给小东子找衣服，发现箱子里放的一张纸，她看着那纸对吃不饱说："这是你娶我的时候摁了手印的字据，你说娶了我让我逢年过节吃上肉蛋儿饺子，现在连饭都吃不饱，你还算个男人吗？"吃不饱讪笑着："现在不是都吃不上肉蛋儿饺子吗？你放心，早晚我能让你吃够。"

马小转撇嘴："又吹牛，我看我到死那天也吃不上！你看人家都小开荒，你就不能开点荒地，种点金贵的东西？"吃不饱赔笑脸："这容易，不过多出点力，我明天就去开荒。"

吃不饱赶着牛耕地。牛有草喊着收工了，都回去吃饭，过晌还干这块地。大家都走了，吃不饱还在那儿耕地。牛有草说："还干啊？走吧。听好了，不给你加工分啊！"吃不饱笑着："咱是啥觉悟？能为了工分干活吗？"人走光了，吃不饱四下看看，赶着耕牛走了。

瞎老尹敲响上工的钟声。社员们陆陆续续来到地里，就是不见吃不饱。其实，吃不饱中午就没有回去吃饭，他正赶着队里的牛给自己开荒，累得满头大汗。韩美丽走来，站在吃不饱身后喊："吃不饱，你这是给谁耕地啊？"吃不饱慌了："我，我耕……"

韩美丽冷笑："你个吃不饱，和牛有草一起投机倒把的事儿还没处分你，现在你又用集体的耕牛小开荒！你的胆子是越来越大了，看来不给你点厉害看看，你能上天！"

吃不饱腿都吓软了："韩主任，我错了，我做深刻检讨，愿意接受批评，扣我的工分吧！"韩美丽厉声道："对你这号人，检讨、批评全当吃碟小菜，批评管用吗？扣工分是你们小队的事儿，我不管。你今天占了集体耕牛的便宜，吃了的要拉出来，让耕牛歇着，你拉套当牲口，耕集体的地！"

吃不饱拉犁耕集体的地，韩美丽鞭打吃不饱当牛使唤。上工的社员们走来围观。牛金花愤愤地说："把人当牲口使唤，太不像话！这哪是个女人啊，简直是母老虎!"瞎老尹说:"别糟蹋母老虎了,是母夜叉!"三猴儿问:"牛队长,你老婆真厉害,驯牲口有一套,她在家也这么驯你吗?"

牛有草走到韩美丽面前,一把抓住她手里的犁把吼道:"韩美丽,你真要找死吗?"韩美丽显出大义凛然的样子:"为革命而死,死得光荣!"

牛有草抬起胳膊给韩美丽一个响亮的耳光。韩美丽被打倒在地,大喊着:"牛有草,你敢打我,我和你拼了!"她爬起来,发疯似的和牛有草撕扯起来。

马仁礼过来分开两人:"牛队长,你这就不对了,有理讲理,韩副主任就是有缺点,也不能这么对待。"牛有草怒气冲冲:"这个疯婆娘,再不打就要上天了,别拉我,今天我要叫她知道啥是妇道!"

马仁礼继续"劝架":"谁也不反对你调教老婆,可你犯了大忌,俗话说,当面教子,背后劝妻。你摊了这么个革命的好老婆,应该知足,我要能有这样的女人做老婆,天天进步。你太大男子主义了,这叫封建家长意识。"

杨灯儿走过来说:"马仁礼,有你这么劝人的吗?你不能光说牛队长,牛队长这些年风里来雨里去,一门心思带领大伙儿奔好日子,够辛苦的,谁心里没有一本账?大胆犀里的,我看你做得就是不对,你把社员当牲口使唤,能不惹起民愤吗?吃不饱就是犯了错误,有国法管,你算干啥的?你想一手遮天啊?社员们能答应吗?你说你还有女人的样子吗?"

韩美丽趁机把气出到杨灯儿身上:"你给我闭嘴,杨灯儿!有别人说的没有你说的,你凭什么护着牛有草?他是你什么人?别忘了我是他老婆,你算干什么的!你还有脸说我,你的屁股擦干净了吗?你成天不种革命的田,得空就去走资本主义道路,谁给你的胆儿?心里没数吗?"

杨灯儿毫不示弱:"我爹我娘给我的胆儿,我是有娘养有爹教的,不像你,少教到家了!也就是牛有草能惯你,要是落到我手里,一天打你三遍是少的!"

韩美丽一下蹦过去:"你以为我打不过你呀?今天我就和你过过手,来吧!"杨灯儿一步上前:"好,今天我就让你见识见识你姑奶奶的本事!"

两个女人谁都不服谁,往一起凑着。牛有草一把搂着韩美丽,扯得她跟跟跄跄地走了。

回到家里,吃不饱躺在炕上痛苦地呻吟着。马小转抹着眼泪:"他爹,都怨我,不该鼓动你去小开荒,后悔死了!"吃不饱说:"东子他娘,不怨你,怨我没章程,只要能让你吃上肉蛋儿饺子,就是给韩美丽做驴做马都行。"马小转抱着吃不饱号啕大哭:"他爹,啥都别说了,从今以后,我再也不提肉蛋儿饺子了……"

一进家门,牛有草指着韩美丽训斥:"韩美丽,你闻闻自己身上还有点人味吗?你不如个畜生!"韩美丽反驳:"你才不叫人!人家男人都是护着自己的老婆,你不但不护着，还打老婆。"

牛有草一屁股坐在炕沿上："灯儿说对了，你就是该打！"韩美丽来劲了："提起她我更有气，你以为我不知道你们俩偷偷摸摸干了些什么啊？咱家枣树的枣子呢？你是不是都给灯儿卖钱了？怪不得你有酒喝，你们俩长了一模一样的尾巴，我早晚要给你们俩齐根剁了去！"

牛有草坦然道："我是把枣子给了她，她爹病得要死要活，没钱治病，我当队长的能不管吗？乡亲们没吃没穿，还挺着腰杆子干革命，你就没替乡亲们想想吗？我是拖着条尾巴东一头西一头的，就是想让乡亲们过得舒坦点，让你、让咱家麦花过得舒坦点。可你放着好人不当，让吃不饱当牲口，你还不如牲口呢！我不能和牲口一起过日子，这回谁说也不行，坚决离婚！"

"好，我跟你也没什么可说的，这个婚是离定了！"韩美丽收拾好东西，拎着包裹走了，走到门口，又回过头来说，"牛有草，你走的是一条危险的路，再不回头，后果不堪设想，别埋怨我没警告你！"

冬天到了，大雪纷纷扬扬地下着。

牛有草走进吃不饱家的院子，在里屋门口站住了。里面，吃不饱一家三口在吃饭。吃不饱叹气："唉，今年年景不好，分的粮食不够吃的，和那三年饥荒年差不多。都说生产队今年不分红，今年的这个年不好过，过年又吃不上肉蛋儿饺子了。"马小转说："别提那个，提起来我心里像猫爪子挠的一样难受。"

吃不饱说："不提更难受，一年三大节，大人孩子盼的啥？不就是吃顿饺子吗？"马小转对东子说："儿子，爹娘没本事，亏待你了。"

牛有草听到这里，鼻子一酸赶快走了。

牛有草站在黄河边上，默默地看雪花漫天飘舞。雪落黄河静无声，牛有草心里的话只能对着黄河诉说！黄河啊！你都看到了吧？解放多少年了，咱老农民经过了土改，组织过互助组，成立过初级社高级社，接着就是成立了共产主义桥梁的人民公社。这一步步走来，咱老农民总是老老实实听政府的，可咋就是填不饱肚子呢？我真的不明白，难道说是咱老农民没有出力干吗？天地良心，老黄河啊！你可以为咱做证，咱老农民哪一天不是脸朝黄土背朝天，出大力流大汗地在土里刨食啊！可咋就过个年连肉蛋儿饺子都吃不上呢？我刚听了吃不饱两口子的话，心里像刀扎一样难受啊！我牛有草不怨天，不怨地，只能怨我这个队长没有本事，对不起社员们！行了，今年过年，不管再困难，我也要让社员们吃上肉蛋儿饺子！

大年三十了，牛有草把本队的社员集合起来，他拿出工分册子说："乡亲们，今天大年三十，干了一年，我牛有草今天光着屁股推磨，也不怕丢人，会计把账列出来了。每人工分挣得倒是不少，可劳日值少得可怜，队里的现金收入，刚够买一箱火柴，一家分一包吧，好赖这也是火种啊！老话说，留得青山在，不怕没柴烧。我当队长的对不起大家，在这里给大家请罪了！"牛有草给大伙儿鞠躬后说，"队里有点小体己，过年一家分一块豆腐，我早就准备好了，这叫年年有福，是好兆头。另外记住，今天晚上十点，每户来一个人，拿盆到小队仓库集合，千万不准走漏风声！"马仁礼补充："别多问，让你拿就拿，亏不了。"

天还没有黑，三猴儿就擎着酒瓶喝开酒了。牛金花说："还没到晚上呢，咋就喝上了？"三猴儿眯缝着眼："一块豆腐过大年，早喝晚喝都一样！"

牛金花问："对了，晚上咱俩谁去队里仓库？"三猴儿拿着酒瓶指了指牛金花。牛金花说，"我去就我去，看看牛有草能弄出个啥光景来。"

天终于黑下来了，整个麦香村难寻麦香味，本来该红红火火的除夕之夜，显得冷冷清清。这时候，一个黑影接着一个黑影朝队仓库走来，社员们鱼贯而入，每人手里都端着各式各样的盆子。

马仁礼点了点人头说到齐了。牛有草让关门。仓库里一片漆黑。牛有草说："点灯！吃不饱，赶紧出去看门！"牛有草拿出花名册念过名字，然后巡视四周，突然宣布："众位乡亲，今年过年我早准备好了，吃顿肉蛋儿饺子！"众人愣住了，屋里鸦雀无声。牛有草接着说："吃完以后，每户再按人头拿饺子，大人二十个，小孩十五个，拿回去给家里人尝尝鲜，算是过年了。"

众人轻声地欢呼。牛有草摆手："都小点声，我提前说好，这事儿谁也不能传出去，明儿初一拜年走亲戚，千万不能带饺子出村，被外人知道我就完了。"

瞎老尹奇怪："大胆，你真神，哪儿来的面粉和猪肉？"牛有草狡狯地笑着："交公粮的时候，我不让你们往仓库里倒麻袋里的粮食，都是我扛进去倒的，记得吧？这里自有门道，我抓住麻袋的两只角，一麻袋小麦最少留下半斤。"他有些得意地挥着手，"至于猪肉嘛，年前好多部队杀猪，我悄悄带几个胆子大、嘴巴牢靠的社员去帮忙，人家没有杀猪这笔费用，都是给猪肉，我们全拿回来了。"

马仁礼领着几个人把热气腾腾的饺子端来，大家都低着头铆劲儿吃。吃不饱忽然跑进来低声喊："平安无事哦！"众人赶快把饺子藏起来。

门开了，王万春走进来说："费了好大的劲儿才听说你们在这儿会餐，给大家拜个年。"大伙儿都说，书记过年好！"大家一块儿走社会主义道路，我们的明天会更美好！"王万春说着坐下了，他抽着鼻子，"味儿不错啊，会餐吃什么？"

大家吓得面面相觑。牛有草赶紧说："也没什么好吃的，就是煮了一锅面汤。"王万春笑着："不对吧？我怎么闻着是肉蛋儿饺子味啊？"

牛有草极力掩饰："哪儿来的面啊？哪儿来的肉啊？书记，你也馋饺子了？"

"过年谁不馋饺子啊！"王万春说着站起来背着手挨屋转了转。地上有一个饺子露出头，有人拿脚往里踢。王万春斜了一眼笑道："不打扰了，祝大家明年更好！"

王万春刚走，吃不饱赶紧捡起地上的那个饺子擦了擦塞进嘴里。

马仁礼给吃完的人分饺子。牛有草说："老马，我的那份儿给灯儿。"杨灯儿说："一人一份儿，我咋能要你的？不要！"牛有草说："有田身体不好，你带俩孩子，拿上。"灯儿接了饺子，眼睛湿润了。

乔月和孩子都睡着了。马仁礼回来把盆放到桌子上，盖上笼屉布，叫醒乔月。乔月皱眉问："大年三十的，你跑哪儿去了？"马仁礼一脸神秘："先别问我到哪儿去了，我问你，一边是跟着韩美丽跑，一边是咬一口拉拉油的肉蛋儿饺子，你选哪一边？"乔月寻思了一会儿："还是肉蛋儿饺子吧。"

马仁礼掀开笼屉布："看，这是什么？"乔月惊喜地喊："饺子！哪儿来的？"马仁礼说："快把孩子叫起来吃饺子，慢慢跟你说。"

牛金花把一小盆饺子放在炕沿上。三猴儿盯着饺子，以为是在做梦，又以为看花了眼。牛金花说："我让你留点酒晚上喝，你就是不听，下酒的饺子来了，看啥啊，吃吧，肉馅的。你不吃我可吃了，我还没吃够呢！"

三猴儿一把抱住饺子盆狼吞虎咽起来，他咽下最后一个饺子，咂吧着嘴喊："过年喽！"

大年初一天刚亮，牛有草早已经布置几个女青年把守路口。一个女社员背着包走到村口被拦住。女青年问："大婶儿，去哪儿啊？"女社员说："给青杨村的老娘拜年。"女青年说："牛队长有吩咐，今天凡是出村的，都要搜身。不是不让走亲戚，是怕有人把没舍得吃的饺子带出去。"

女社员求着："我娘八十多了，说今年过年吃不上饺子了，我全家没舍得吃，寻思把饺子带给老人家，高抬贵手，放了我吧。"女青年坚持："不行，这事要传出去，那不把咱队长毁了吗？理解一下，回去吧。"女社员哭了："娘啊，大年初一您吃不上饺子了……"

早晨，韩美丽来到大队革委会广播室，拿凉饼子就咸菜吃着。她吃完就打开喇叭开始广播："广大社员们，过年好！红旗招展舞东风，革命浪潮向前涌。眼下革命形势一片大好，不是小好！经过一年的团结奋斗，咱们大队获得了革命生产双丰收，大家都沉浸在过年的喜悦里。我代表大队领导给大家拜年了！下面请听歌曲《社员都是向阳花》。"

民兵连长推门进来给韩美丽拜年。韩美丽斥责道："怎么才来？过年也得把眼睛瞪大，耳朵竖直，时刻警惕阶级敌人的咬牙切齿声！听到什么新动静了？"民兵连长迟疑了一下，说出了他发现的怪事儿。

韩美丽惊讶地说："真的？这事得查，你说查谁好？"民兵连长说："我也不知道查谁好，韩主任，大过年的，查谁都不好。您说查谁就查谁，我照着办。"韩美丽决定就查吃不饱，他胆儿最小，软柿子好捏。

事情也凑巧。吃不饱昨夜回来晚了，小转儿和小东子已经睡着，他就没有叫醒娘俩，想大年初一给他们一个惊喜。早上，一家人正欢天喜地吃着饺子，民兵连长推门而入，喊着："吃不饱啊，韩主任叫你去咱们大队革委会一趟。"

马小转说："大过年的，啥事啊？""不知道，我就负责传达韩主任的指示。晌午饭前去，别晚了。"民兵连长说完走了。

马小转吓坏了："他们保准知道了，要拿你开刀，要不你就招了吧。"

吃不饱说："招了容易，可我不能让大胆遭罪啊！"

两口子坐在炕头上发呆，不知道该咋办。快到晌午，马小转说："当家的，到点了，你不去该抓你了。"吃不饱哭丧着脸："去了我就得说啊，我这嘴不行，大胆让咱们吃上肉蛋儿饺子，我不能害了大胆啊！"

马小转掉眼泪："他爹，肉蛋儿饺子吃着香，可往下咽的难受啊，堵得慌！"

吃不饱掐着手指头算："媳妇，你跟我这么多年了，我算算，你吃了几顿肉蛋儿饺子啊？一个巴掌够数了，媳妇，我亏着你了！"

马小转抓着吃不饱的手："别说了，吃上也好，吃不上也好，有你这句话，我就知足了，要是吃得这么堵心，咱们宁可不吃。"吃不饱感动地说："转儿，要是有下辈子，我还娶你，我一定让你天天吃上肉蛋儿饺子！"

敲门声传来，马小转哆嗦着打开门，韩美丽和民兵连长走进院子。马小转挤出一副笑脸："韩主任，大年初一，该给您拜年，没想到您来了。"韩美丽没说话，径直朝屋里走去。小转儿拦住韩美丽："韩主任，您大人大量，就饶我家男人一回吧！"韩美丽一把推开小转儿，继续往屋里走。小转儿拉扯着韩美丽。

门被推开，横梁上，吃不饱上吊了！韩美丽一看大惊，她一把抱住吃不饱，把吃不饱放躺在地上，用手探了探吃不饱的鼻孔，脸都吓黄了。马小转跑进来，看到眼前的情景，一屁股坐到地上号啕大哭："我的天啊，这个家要塌了……"

韩美丽赶紧拉起马小转："别哭了，快搞人工呼吸，人还有救！"马小转瞪眼："啥人啥吸？"

韩美丽着急道："就是你嘴对嘴往他嘴里吹气！"马小转问："你咋不吹？""你是他媳妇，你不吹我吹什么？"韩美丽说着，强按小转儿的头。小转儿给吃不饱做人工呼吸。韩美丽挤压吃不饱的胸口。

过了一会儿，吃不饱一口气喘了上来，他睁开眼睛看着小转儿："媳妇，你也跟着来了？败家娘们儿，你来了，咱儿子仰仗谁啊？"他转头看见韩美丽，又看看四周，这才说："原来我没死啊！"说着哭了。

牛有草听说吃不饱的事，赶快过来看望。吃不饱看着牛有草说："我上吊，就是怕嘴不严漏了风，害了你啊！"牛有草感动地说："有粮好兄弟，你这片心我领了，你要是有个三长两短，你这一家仰仗谁？这个担子我背不动啊，好兄弟，你可得留着命，等来能吃饱的日子！"吃不饱叹气："唉！啥时候能吃饱啊？我们卖力气了啊，咋就是过不上好日子呢？"

牛有草被叫到公社革委会站着。王万春坐着训斥："牛有草，你胆子可真大啊！你们的事我都知道了，县里也知道了，估计过不了几天，市里省里全国都知道了，没有不透风的墙，交代吧！"

牛有草说："既然您说到这儿了，我就说实话吧。社员们太苦，大伙儿干了一年，一家分了一包火柴，这日子咋过？"于是，他老老实实地讲了麦子和猪肉的来历。至于磨豆腐的豆子，那是农闲的时候，派人给粮库干活，算账时没有要钱，要了几麻袋豆子。

王万春指点着牛有草："好个牛有草，你真是神通广大啊！别人想都不敢想的事你都敢干！交公粮做手脚，你这叫盗窃国库罪！给部队杀猪要肉，你这叫侵吞集体财产罪！给粮库干活换豆子，你这叫不干社会主义、不务种田罪！更为严重的是，你们还差一点死了人，这事要传到县上，连我也脱不了干系。牛有草啊！等候处置吧！"

牛有草毫无表情："要抓要判我一个人的事，反正乡亲们乐和，他们过上年了，我这一百多斤，全豁上了，你们看着办吧。"王万春摇头："牛有草啊，听我一句，你就不能胆小一点吗？"牛有草说："爹妈给的胆儿，小不了。"

王万春缓和了语气："你真好意思，昨晚我去视察，你就不能端一盘饺子给我吃吗？"牛有草说："王主任，要不我再给您包点饺子送来？"

王万春摆手："你拉倒吧，别叫我犯错误。我刚才是吓唬你，这事县里不知道，一反映到公社我就给压下来，你以后可不能再这么干了！"

牛有草这才面带笑容："王主任，我谢谢您，我代表乡亲们谢谢您的大恩大德！"王万春很严肃地说："你别高兴，事情得公事公办。你们的事韩美丽都知道了，包也包不住，我不处理也不行。我看你这队长别当了，歇歇吧……"

第十章

满头白发的三疯子面黄肌瘦，已经跑不动了，他穿着破鞋，晃晃悠悠地走在村街上，有气无力地哼哼着："批，屁呀批，贩鸡！贩鸡油轻……"

村头的老槐树抖动着发黄的树叶，不时有黄叶在秋风中飘飘落下。

老驴子杨连地的哮喘病又犯了，他跪在炕上，撅着屁股憋得难受。杨灯儿安慰爹："您别着急，蜂蜜都卖光了，咱家虽说没钱，可咱有手有脚有力气，还能让钱憋死？我会想办法。"老驴子摇头："不用管爹，爹活够了，你娘走了两年，在那边太孤单，爹要去找你娘了。"

灯儿给爹抚摸着脊背说："爹，我记得您养蜜蜂存了点白糖。姑姑家有个做棉花糖的家什，我去拿来进城卖棉花糖。"老驴子叹气："唉，你别再为爹折腾，爹记着你这片孝心。我孙子不小了，你得攒钱给他娶媳妇。"

杨灯儿不能看着老爹这样遭罪，咬咬牙到县里偷偷卖棉花糖。刚卖了一会儿，就被民兵抓住送到指挥部。民兵队长说："大嫂，你不好好在家种地，出来投机倒把，这是走资本主义道路，上边不允许，你不是不知道。"杨灯儿诉苦："这位大兄弟，你没当过农民，不知道当老农民的苦处，我要是在家过得舒舒服服的，还出来受这个苦干啥？"

民兵队长训斥："人家都能受得了，你怎么就受不了？折腾什么啊？安生点不好吗？"灯儿摇头："受不了还要受的日子过得窝心啊，一个人来到世上，一辈子窝窝囊囊地活着，那活得有啥意思？不如死了。我不想死，就得折腾！"

民兵队长问："你就不怕受处分？"灯儿说："处分就处分吧，只要我两条腿能动，两只手能抓挠，我就折腾，不把日子过好死也不甘心！"民兵队长只好给麦香岭公社革委会挂电话，让公社派拖拉机来把人领回去教育。

拖拉机来了，杨灯儿坐在拖拉机的拖斗上刚出县城，忽然想起她做棉花糖的机子没有拿回来，就从拖斗上跳下去钻进苞米地。拖拉机跑远了，杨灯儿一头闯进民兵指挥部，身上的衣服破了，脸上也有血绺子。

民兵队长惊讶地问："杨灯儿，你怎么又回来了？"灯儿说："你们不让我干，我就不干了，可做棉花糖的机子得还给我。"民办队长摇头："不行，你屡教不改，我们信不过你，你的机子已经销毁了。"

杨灯儿大喊："凭啥销毁我的机子？那是我的私有财产！"民兵队长教训道："同志啊，你的思想怎么还停留在旧社会？私有财产？这个词儿多么扎耳朵！看来你是不读书不看报，现在要消灭资产阶级法权！"

"我不管啥子拳，白白拿走我的东西就是不行！销毁了给我赔偿，不赔偿就不算完，不走了！"杨灯儿说完，一屁股坐到地上。民兵队长大喊："来人啊，把这个泼妇赶走！"几个民兵硬把杨灯儿架出门去。

杨灯儿坐在道牙子上哭着，围观的人越来越多。她忽然站起身说："你们慢慢看吧，我下馆子去！"说着推开众人，唱着小曲儿走了。

杨灯儿从城里带回来肉包子，一家人吃着。赵有田说："城里的包子就是好吃，看这肉蛋蛋，一咬一口油。要是能天天吃上这个，杀了我都行！"灯儿喝着酒说："不让卖棉花糖不怕，山楂下来了，明天我进城卖山楂糕。打不断我的腿，捆不住我的手，我就折腾！"

赵有田劝着："还喝啊？你都醉了，不喝了。"灯儿高声说："不行，今天非喝够不行。我不管啥道儿，肚子让我往哪儿跑，我就往哪儿跑！等我赚大钱了，买几头猪回来，咱们天天搂着肉吃！"她又喝一口酒，"我还不服了，我就敢拿肉包子上街吆喝一圈，你信不信？"她说着站起身，拿两个肉包子出去了。

杨灯儿一身醉态，拿着包子走着，她时而傻笑，时而高唱，时而手舞足蹈。灯儿遇见瞎老尹："老尹叔，吃饭了吗？"她举起肉包子，在瞎老尹鼻子前一晃，"鼻子不瞎，吃一个？"瞎老尹问："哪儿来的肉包子啊？"灯儿笑："有的是办法，来，吃一个吧。"瞎老尹舔舔嘴唇，接过肉包子飞快跑了。

灯儿往前走遇到马婆子："婶子，吃了吗？"马婆子说："没呢，啥东西这么香啊？"灯儿笑："肉包子！一咬流汤儿啊，吃一个？"马婆子左右望望无人，一把抢过肉包子几口就吃下去，抹一下嘴说："咽的太快了，没尝出味来。"

喝醉酒的杨灯儿被民兵送到大队革委会，她坐在椅子上迷糊着，酒还没醒。一杯子凉水泼在她脸上，她猛然惊醒，站起来问面前的韩美丽："你干啥？"

韩美丽冷笑："杨灯儿，我这两天忙，没时间管你那乌七八糟的事，你可倒好，还蹬鼻子上脸了！你去城里卖棉花糖，被人家抓了，不知道你使了什么鬼招，人家把你放了。可你不要脸啊，还偷着干，被人家抓了放，放了抓，最后人家把电话打到我这儿来了。我是热脸贴人家冷屁股，好说歹说才把事压下来。你可倒好，还满街显摆上了，怎么，你眼里没人了是不？"

杨灯儿酒醒了："我眼里谁都有，就没有你！"韩美丽挖苦着："没有我是你眼有毛病！前些年你死皮赖脸缠牛有草，人家不要。后来牛有草跟乔月处上了，你想着招儿拆散人家，还跟人家拼酒。怎么样，人家到底还是没要你！"

杨灯儿抡起巴掌朝韩美丽打来。韩美丽闪身躲过，继续腌臜着："我算看明白了，眼下牛有草就一个人，你眼巴巴瞅着，就等你家那口子死了，你好抱着行李卷儿搬过去！"

杨灯儿朝韩美丽扑来，韩美丽转身就跑，两个人绕着桌子跑。韩美丽高喊："快来人哪！"门开了，牛有草和民兵连长跑进来。牛有草拉住杨灯儿，民兵连长挡在韩美丽面前。

韩美丽喊："这个人疯了，赶紧把她捆起来！"民兵连长愣愣地望着。牛有草问："韩主任，你凭啥捆人？"韩美丽一指杨灯儿："你没看见吗？她要揍我！"

杨灯儿高声说："韩美丽，我杨灯儿这辈子干干净净，你别用你那张臭嘴脏了我的名声！"韩美丽撇嘴："谁不知道你那点破事儿，还装什么干净人儿！"杨灯儿喊："今儿个我非撕烂你的臭嘴不可！"说着又要往上冲。

牛有草拉着灯儿，和颜悦色地说："韩主任，杨灯儿喝醉了，要是说了不该说的话，你当领导的担待点。杨灯儿是我小队的人，我代她跟你赔个不是，把她领回去好好教育，要是教育不好，再把她交给你，你看行不？"

韩美丽望着牛有草，好一阵子才说："牛队长，我头一回听你嘴里冒出软和话。杨灯儿，你真有两下子。话都说到这份儿上了，我也不能一点人情不讲，走吧。"

杨灯儿在前面走，牛有草在后面跟着。灯儿突然转过身，望着牛有草问："你说我是不是个干净人？"牛有草说："不光干净，还亮堂！"

"那韩美丽凭啥说我不干净？"灯儿的眼泪流下来，"不行，我还得找她算账去！"杨灯儿朝牛有草走来，她一个趔趄，牛有草赶紧扶住她说："看你喝的，腿脚都不稳了，还找人算啥账啊！咱农民吃上一顿好的不容易，你要吃要喝偷着来啊，到处显摆个啥！"

杨灯儿深情地说："大胆哥，哪怕碰上再难的事，有你这把手搀着，我这腿就硬实了，劲儿就来了，心就稳当了。"牛有草劝着："别出去折腾了，这年头，做事得讲个政策，万一你下次捅了大娄子，我也没招儿了。"

杨灯儿倾心道："大胆哥，其实我也怕啊，可我一想起你说的那句话，有事找大胆哥，我这胆子就壮了。"牛有草搀着灯儿："行了，赶紧回家睡吧，看你都醉成啥样了。"灯儿面若桃花："我没醉，我说的都是心里话！"

马仁礼一家三口该吃饭了，乔月不动筷。她上午找韩美丽问进公社报道组的事，韩美丽告诉她，因为她舅舅的事情没搞清楚，所以还进不了报道组。她为这事闹心。马仁礼好言相劝："他娘，再闹心也得吃饭，不吃不喝，就没精神头了，没了精神头，那就什么事都干不成。"

马公社嫌饭不好，喊着："娘，我想吃肉蛋儿饺子。"乔月没好气："就你嘴馋，没过年呢，吃什么肉蛋儿饺子？"马公社不吃饭，跳下炕跑了出去。

马仁礼望着儿子的背影摇头："日子太苦了，你看咱儿子，瘦了吧唧的，不长个儿，瞅着心疼，得想办法补点营养！我想偷偷养只下蛋鸡，让儿子隔三差五能吃上鸡蛋。"乔月没兴趣："养也白养，早晚得被那个疯婆子割了尾巴。"

马仁礼在村外山沟里做好鸡窝，把一只母鸡放进去，用绳子拴住鸡腿，用电胶布缠住母鸡的嘴。他不怕麻烦，每天黄昏悄悄去喂鸡。母鸡终于下蛋了，马仁礼把第一个鸡蛋拿回来让马公社和乔月看，一家三口欢天喜地。

乔月说这就去把鸡蛋煮了。马仁礼提议最好做蛋汤，切点小葱撒上，一家人都能喝上。两口子正在讨论这一个鸡蛋的吃法，马公社已经抢先把鸡蛋生吃了，鸡蛋黄糊满了嘴巴。全家人笑得眼泪都出来了。

这天，马仁礼又到鸡窝旁伸手掏鸡蛋，没掏出来。他把头伸进鸡窝，又缩回头，沾了满头鸡毛。他纳闷了，算着日子鸡今天该下蛋，怎么没有呢？昨天临走的时候，他摸了鸡屁股，还梆梆硬呢。难道被人偷走了？

乔月说："看来是暴露了，完了，我这几年是白积极了。"马仁礼摇头："要是暴露，韩美丽早就带人来兴师问罪了。螳螂捕蝉，黄雀在后，说不定有一只馋猫盯上了。我心里有个谱，可没有证据，不好下结论。"

乔月担心："千万别出事儿，要是出了事儿，我进报道组就彻底没戏了。"马仁礼分析着："你就那么在意进报道组？我看进去未必是好事儿。耍笔杆子不容易，你马屁拍得要恰到好处，拍得痒痒缕缕，舒筋活血，提神解乏，清痰化瘀。这手法很难掌握，一旦拍错地方，小帽子给你一扣，就像孙悟空戴上了紧箍咒。""只要让我进去，写什么你给我把关不就行了？你这个人公理公道地讲，有水平，就是出身不好，这些年跟你遭老罪了。这我认了，就是因为怕影响儿子以后的前程，我才一个劲儿地往前拱。"乔月说着眼圈红了。

两天以后，马仁礼又到鸡窝里掏鸡蛋，掏了半天不见鸡蛋，倒是有一个纸团。他打开纸团看："马仁礼你好大的胆子啊，光天化日之下偷着养鸡，如果我检举你，你就是走资本主义道路的典型！看在乡里乡亲的分上，我不忍下手，鸡你留着，蛋我自有用处。记住，此事不可声张，声张我就揭发！"

马仁礼看笔迹是孩子写的，冷笑一下自语："混蛋！我知道这是谁干的，这鸡不能养了，我这回让他蛋鸡两空！"马仁礼把鸡揣回家就要杀。夜晚，乔月把门窗都关好，马仁礼把鸡嘴缠上电胶布，把刀递给乔月。两口子都不敢杀鸡。

乔月埋怨："你是个爷们儿，连只鸡都不会杀，要你有什么用？没杀过鸡，还没看过？"马仁礼一咬牙，手握着刀，颤抖着把刀按在鸡脖子上闭眼使劲抹过去，然后一松手，鸡在屋里无声地扑棱。马仁礼握着刀，呆呆地看着地上的鸡。马公社站在院门口，警惕地看着大街。

炕桌上放着一盆炖好的鸡，马仁礼、乔月、马公社围坐在桌前刚要吃鸡，忽然门外有人喊："这是炖鸡的味道啊，好香！"乔月很害怕："这风要是漏出去，官司就摊身上了！马仁礼，鸡是你养的，也是你杀的，添柴烧火炖鸡肉，都是你干的，到时候你可别不认账！我的意思就是你别连累了我跟儿子！"

马仁礼一听，顿时火冒三丈，甩手把装鸡的盆子打翻了，鸡汤溅了乔月一身。他低声说："烫死你这个没人味儿的东西！"

乔月扑拉着身上的鸡汤跳下炕，她收拾了一个包裹，背起包裹就朝外走。马仁礼说："乔月啊，我送你一句话，你是一辈子算计，早晚得把自己算计进去！"

乔月头也不回："我把自己算计进去活该倒霉，可也比被你算计进去强！"

老驴子的哮喘病又犯了，他靠在被垛旁，剧烈地咳嗽着。杨灯儿拍打着老驴子的后背，抚摸着他的胸口。老驴子喘着："闺女啊，爹不行了，爹这辈子对不住你啊！"灯儿说："爹，事情都过去这么多年，不提了。"

老驴子喘着说着："我知道，你嫁给赵有田，虽说有儿有女，可你心里委屈，爹一想起这些，心里堵得慌。爹也没啥留给你的，咱家这盆铁树是你爷爷那辈传下来的，你爷爷说，咱家的运势不好，那年来了个大仙，说等这盆铁树开花，咱家就转运了，你可要看好这盆铁树！闺女，爹给你留下最后一句话，你这辈子要想过得不憋屈，就得把牛有草从你心头剜出去。爹知道这难，可不这么做不行，要不然，你的心一辈子安稳不了啊！爹要走了，到那边去找牛三鞭拉呱去，不衄了，和他拉拉手，一起……"老驴子咽气了。杨灯儿眼泪流下来。

野地里新添一座坟。

杨灯儿、赵有田、狗儿、小娥子在坟前烧过纸，灯儿说："你们回去吧，我再待一会儿，陪陪我爹。"她坐在坟前，眼泪止不住地往下流。

牛有草拎着酒走来说："老爷子走了，没赶上他咽气，来念叨念叨。"杨灯儿抹着泪："牛有草，你要是想说不好听的，别在这儿说，咱回去说。"

牛有草把酒洒在地上："叔儿，您走好啊，您活着的时候，咱爷俩不能坐在一个炕头上喝两盅，您走了，做晚辈的敬您一口。别的话不多说了，就一句，您放心，有我在，灯儿这辈子吃不了亏！"

牛有草抬起头，望着远处的田野。灯儿望着牛有草，眼泪又淌下来。

麦香岭公社革委会召开干部会，王万春传达文件："县革委会通知，要求各公社都要学习哈尔套经验，赶社会主义大集。最近辽宁出现一个批资本主义、干社会主义的新生事物，叫'哈尔套大集'，就是在指定的时间、地点，由国家的商业部门与生产队集体和农民个体按国家定价交换商品。生产队集体的农副产品按派购数量交售，社员每户都有交售任务，不论集体个人，多交有奖，可以按比例购买需凭票证的商品。"

韩美丽布置具体任务："赶这个社会主义大集的目的，就是要展示社会主义条件下，市场是多么的繁荣，人民是多么的富裕。这是政治任务，要宣传到各家各户，人人皆知，党员、团员、社队干部要发挥模范作用，带头超额交售。每个生产队准备几大马车统购统销物资，统一赶到大集。这是上边领导的指示，咱们得照办。规定一下，每个农户出五斤蔬菜，一斤鸡蛋，小队出一头猪或者一只羊。另外，那一天都要穿戴得漂漂亮亮的，这是给文化大革命脸上搽粉，不得马虎！"

散了会，牛有草发愁了，生产队穷得叮当响，哪有那么多东西赶大集？他找马仁礼想办法。马仁礼对着牛有草的耳朵嘀咕了几句，牛有草立刻眉开眼笑。

赶哈尔套大集这天，数十辆马车在奔跑，车上装着猪、羊、鸡、蔬菜等。黄河滩大集上，红旗飘飘，高音喇叭播放着歌曲。到处挂着大标语："大干社会主义，大批资本主义！""限制资产阶级法权！""多交售农副产品支援国家建设！"喧天的锣鼓声中，秧歌队、高跷队拥进集市，许多马车停在那里，等候入场式，每辆车上都有蔬菜、鸡蛋、猪、鱼等货物。社员们穿着整洁的服装，三三两两挑着、背着、提着各式各样的农副产品来到集市。

张德福、王万春等领导端坐在主席台上。韩美丽对着话筒高声喊："社员同志们，我宣布，麦香岭公社哈尔套大集现在开市了！集贤村大队三小队的社员们正雄赳赳气昂昂地朝我们走来！他们带来蔬菜三百五十斤，鸡蛋四十五斤，生猪八头，羊十只，鸡三十只，土篮子八十个，笤帚一百把。大伙儿热烈欢迎！下面，请麦香村大队出场。"牛有草赶着马车进场。

韩美丽对着话筒念："现在，麦香村大队一小队入场了，他们带来了蔬菜五百斤，鸡蛋一百斤，生猪十五头，鸡五十只，从数字看来，麦香村大队一小队超过了集贤村大队三小队，我们为麦香村大队一小队鼓掌！"

牛金花朝主席台挥舞着手里的绣花鞋高声喊："我这儿还有一双绣花鞋！"牛有

草的队伍在喝彩声中走过主席台，他赶车来到广场外刚把车停住，麦香村大队三小队的队长赶着牛车带着社员跑过来。三小队的社员们把牛有草他们车上的货搬到自己车上，三小队队长说："都是阶级兄弟，互相帮忙呗，要谢我们得谢谢你想出来的好法子。"整个会场的货就像走马灯一样，来回倒换着……

韩美丽激情洋溢地喊着："社员同志们，刚才的一双绣花鞋，勾起了我们怎样沉重的回忆呢？请听吧。"乔月走上主席台唱起来："天上布满星，月牙亮晶晶。生产队里开大会，诉苦把冤申。万恶的旧社会，穷人的血泪仇，千头万绪涌上了我心头，止不住的辛酸泪挂在胸……"

入场式完毕，韩美丽宣布下一项是诉苦和吃忆苦饭。一位旧社会走过来的老人上台说："社员同志们，想当年，我给地主家做牛做马，吃的是牛食，住的是牛圈，白天干活吃的是野草根凉拌野草叶，那滋味，苦了吧唧不说，还拉肚子。地主老财说要拉也得拉在他家的地里。社员同志们，地主老财没人味，从吃到拉他都掐着指头算啊！夏天蚊虫叮了我满身包，冬天我抱着老牛睡。记得有一次我正睡着，脸上凉飕飕的，我寻思下雨了，一睁眼睛，原来是老牛尿尿了，溅了我一脸。"下面的人都笑开了。

赵有田悄悄对瞎老尹说："这人遇到的地主一定是傻子，要不，他就是傻子。给长工吃野草根凉拌野草叶，长工能给他好好干活吗？牛吃不好还不拉套呢！我给马大头当过长工，不能瞪着眼说瞎话。"瞎老尹笑着："小点声，演戏就得像才行。我演过王连举，知道咋回事。"

韩美丽在台上高声喊："大家不要笑！这是地主阶级的罪恶剥削，是万恶旧社会留给我们的苦难！我起个头，大家一起唱《不忘阶级苦》。"韩美丽指挥，会场上的人开始唱："天上布满星，月牙亮晶晶……"

唱完歌，民兵连长提着一个大桶，几个民兵捧着碗，挨个舀忆苦饭。牛有草端着黄绿相间的忆苦饭，咂了一口。旁边的马仁礼端着忆苦饭吃。

牛有草说："仁礼呀，没有你那招儿，我还真交不了差。"马仁礼笑："招儿都是逼出来的，不逼着我也琢磨不出来。"

牛有草问："你这忆苦饭也是逼着吃进去的吧？""这饭旁人不吃我也得吃，吃了就稳当了。"马仁礼说着，把忆苦饭全吃了。

牛有草诡笑："老马，我看你好像没吃饱，我这碗你吃了吧。"马仁礼摆手："我是黑五类，哪能抢贫下中农的饭碗！万一你检举，我就不用活了。"

牛有草看着台上突然大喊："吃了忆苦饭，不忘阶级仇！请领导同志们也尝尝，大家说好吗？"一个民兵刚要给韩美丽盛饭，饭勺被牛有草抢过来换个大碗，给韩美丽盛了满满一碗。韩美丽端起忆苦饭，刚要吃就呕了一下，但还是咬牙硬把一碗忆苦饭吞下去。

　　大集结束了，韩美丽和王万春走着，路边不断有蹲在地上呕吐的人。韩美丽说："没吃过旧社会的苦，怎么能体会新社会的甜？看来这忆苦饭没白吃。以后我们要经常吃忆苦饭。"王万春皱眉："韩副主任，我还有事，先走了。"韩美丽看王万春走远了，四处望望没人，跑到一棵树旁边呕吐……

　　起风了，老槐树哗哗作响。滔滔黄河水奔涌着。大喇叭里传来常香玉的歌声："大快人心事，揪出四人帮……"

　　韩美丽站在张德福面前喊："张主任……"

　　张德福说："我现在是县委书记！"韩美丽改口："张书记，我一直把您作为我的榜样，您说的话就是我的指路明灯，我可是一片红心为革命啊！"张德福训斥道："你的意思是说你做的事都是我让你干的？韩美丽，'四人帮'已经粉碎了，群众的眼睛是雪亮的，你做了什么事，大家看得清清楚楚，你抵赖不了！"

　　韩美丽委屈着说："张书记，我确实按您的指示做的，我一心拥护您，绝没有二心！"张德福义正辞严："什么一心二心的，我问你，那个叫老干棒的，怎么死的？我让你割尾巴，让你割死人了吗？那个叫吃不饱的是不是差点也被你逼死？！韩美丽，人是你杀的，你的问题很严重，你就等着群众监督改造吧！"

　　韩美丽辩解着说："我……我都是按您的指示做的。"张德福怒指韩美丽："放屁！韩美丽，我告诉你，人就是你杀的！就是你杀的！"

　　韩美丽愣愣地望着张德福，她突然转身跑出去高声喊："我没杀人！我没杀人！"韩美丽走在街头上，神情有些恍惚，不停地念叨着："我没杀人……我没杀人……"

　　韩美丽回到家，收拾好简单的行李走出家门。麦花一头扎进韩美丽怀里哭喊着："娘，你别走！"韩美丽搂着麦花，眼泪流下来，她亲了亲麦花，抚摸着麦花的头。麦花喊："娘，爹也不想让你走！"

　　韩美丽抬起头，看见牛有草就站在不远处。她抹着眼泪说："孩子，找你爹去，娘不在家，你要听你爹的话。"麦花扑进牛有草怀里哭着："爹，你别让娘走！"韩美丽朝牛有草笑笑，招了招手。牛有草也朝韩美丽招招手。

　　韩美丽走了……

　　历史翻开了新的一页。

　　牛有草和马仁礼坐在炕上，饭桌上摆了两只空碗。马仁礼从衣服里掏出一瓶酒。牛有草一笑，从裤腰里拽出一瓶酒。

　　马仁礼举碗："牛大队长，恭喜你春风擦地皮儿，老苗节节高。"说着一口把酒喝了。牛有草一拍脑门："对，得恭喜你不用到我这儿早请示晚汇报了。"

马仁礼一拍炕桌："你这嘴到什么时候都戗毛戗刺儿的，怎么就冒不出一句舒坦话来？"牛有草举碗："好，今儿个就让你舒坦舒坦，恭喜马大队长推开屋门见日头，尥着蹄子满精神头。"他一口把酒喝了。

马仁礼神清气爽："大胆啊，如今村西村东又分开了，你是麦香东村大队的大队长，我是麦香西村大队的大队长，咱俩可是扁担两头一样沉，今后老哥俩得搂着膀子一块儿干。"牛有草笑着："你那小细胳膊跟面条似的，能搂得住我？我看你还是自个儿小心点，别甩了膀子。"

马仁礼扬眉："面条怎么了？软和，能屈能伸；镢头把子硬实，可弯了就直不了！"牛有草点头："说句老实话，仁礼啊，你算熬出头了。"

马仁礼满面春风："乔月也这么说。公社刚把消息放出来，她就听到信儿了，一阵风就搬了回来，这两天那小曲儿唱的，一个接一个，家里终于有动静了。怎么说都在一个炕头睡了那么多年，就算感情没了还有热乎气儿呢。再说了，不能让公社没妈呀。"他叹了口气，"说老实话，我这段日子思来想去，心里就是不落底！大胆啊，你说这风向还能变不？说不定什么时候又吹回头风啊！"

牛有草喝下一口酒："仁礼啊，你就把心放在肚子里，稳稳当当戴上你的大队长帽子，要是把乡亲们都忙活乐和了，你就是想摘这帽子都摘不掉。"马仁礼也闷下一口酒："大胆啊，你说你这些年要是不上上下下折腾，说不定现在都当上公社书记了呢！"

牛有草摇头："镢头翻地皮，镰刀割苞米，我是哪块料自己清楚。只要咱乡亲们能吃上鱼肉，啃上白面大馒头，过上好日子，我就是当个镢头把子天天被人家摸索都没话说。"

杨灯儿、赵有田和众社员在给苞米地除草。赵有田直起腰，拍着腰杆叹气："你说咱狗儿，挺大个小伙子，没事就猫屋里捧书本，地里冒出的苗，不搭理地里的活儿，这是啥理儿？"杨灯儿擦一把汗："大枣长树上，地瓜窝土里，种儿不一样，讲啥理儿不理儿的。"

已经十九岁的狗儿在家里读书。十四岁的麦花跑进来说："狗儿哥，我有几道数学题不会做，寻思来问问你。"她看着狗儿身边的书问："哥，《钢铁是怎样炼成的》这书哪儿弄的？内容咋样？"狗儿说："仁礼叔借给我的。内容可好了，讲一个叫保尔·柯察金的人，他在绝望的命运中坚强不屈，向命运不断地发起挑战。他有一句话，人的一生应当这样度过，当回忆往事的时候，他不会因为虚度年华而悔恨，也不会因为碌碌无为而羞愧，在临死的时候，他能够说……"

麦花痴迷地望着狗儿。狗儿说："妹子，这一说就扯远了，来，哥给你讲讲这道题。这道题是个公式套公式的题……"麦花说："哥，我知道，你念书就是为了能走出咱们麦香岭。"

狗儿有些向往，又有些迷茫："我不想一辈子做个农民，不想一辈子面朝黄土背朝天，我做梦都想走出去。我也不知道，可能一辈子哪儿也去不了……"

乔月在家里唱吕剧《王小赶脚》："我槽头喂上了小黑驴儿，小黑驴儿，它可真爱人儿，黑眼圈儿，粉鼻子儿，滚圆的脊梁白肚皮儿，它跷跷伶俐那四条腿儿，它紧衬着四条雪里站的粉白蹄儿……"

马仁礼坐在炕头翻书。十四岁的马公社靠在马仁礼身边说："爹，您都是大队长了，还看书啊？"马仁礼说："活到老学到老，官长了，学问得跟着长。"

乔月笑着："儿子，要说念书这事，你得多跟你爹学学。"

马公社讨好着："爹，自从您当上麦香西村大队的大队长，人家看咱家的眼神都变了，说话都顺声顺气的。"马仁礼得意着："这叫一人得道，鸡犬升天。小子，你就借光吧！"

马公社说："爹，您就不想趁着机会找点赚钱的道儿？弄点东西卖了，赚点钱呗。"马仁礼看着儿子："小子，你这是想往死里整你爹啊，现在什么形势还看不清楚。想当年，你大胆叔就折腾，被整得想上吊都找不到绳，你可千万别动歪歪心思。你多学学你狗儿哥，人家一门心思啃书本，那才是正道。"

马公社摇晃着爹的肩膀："狗儿哥是念书的料，我这脑袋不行，肯定念不过他，可在赚钱上，那可说不定了。您就放手让我干吧，总不能看着儿子给您丢脸吧？"马仁礼拍着儿子的脸："孩子，有志气是好事，可这志气得长对地方，露头挨枪子儿的事咱不能干！"

马公社还是不死心，他靠在黄河岸边小树林的树干上，看着脚下坐着的几个年轻人说："你们都活动活动脑袋，看看什么来钱快。"几个年轻人都说马公社是头儿，大家全听他的。马公社笑道："要不咱们去县里遛遛？"

县城街头拐角处，有一个鱼贩子在四处张望着。马公社几个人走过来。鱼贩子低声问："小兄弟，你们要鱼吗？"马公社说："你是卖鱼的？我要是有鱼，你收不？"

鱼贩子打量着马公社等人："只要你们能弄来鱼，我就收。"马公社问："万一被抓怎么办？"鱼贩子说："你摸鱼被抓是你的事，我卖鱼被抓是我的事，俩事分清楚，出了事，谁也怨不着谁。"

从县城回来，马公社几个年轻人又来到黄河边的小树林里。几个人议论着，都觉得这卖鱼是好买卖，不用掏本钱，黄河里的鱼多了，随便捞点就能卖钱，可就是怕被抓。

马公社一拍胸脯:"舍不得孩子套不着狼,胆大吃肉,胆小喝粥,谁怕被抓就别干。这样吧,我回去跟我爹说说,他老人家要是同意了,咱们就放手干,就算出了事,有他老人家顶着,咱们怕什么? 快,给我摸条鱼,先让老人家尝尝鲜。"

马公社做了一大碗鱼汤端上来。马仁礼问:"哪儿来的鱼?"马公社老实说:"河里摸的。爹,我想捕鱼到县里卖。我都打听好了,只要咱们有鱼,就有人收。"

马仁礼认真地说:"孩子,国家现在以粮为纲,不准随便搞副业,尤其严禁捕鱼。咱爷们儿不能顶着风上。你赶紧把心收了,出了事我兜不住你!"

马公社还是不死心,他和几个年轻人商量,决定摸几条鱼卖卖试试,先尝点甜头再说。

马公社和几个年轻人来到县城,坐在道边抱着胳膊四处张望。鱼贩子出现了,马公社带着人走到鱼贩子面前,鱼贩子装作不认识他们,转身就走。马公社带人跟着。鱼贩子走到街头僻静处站住,望望四周说:"小崽子,想找死啊? 这事能在大街上说吗? 有事快说!"马公社有点紧张地说:"大哥,我们弄了几条鱼。"他一使眼色,众人敞开衣服,每人的胸前都挂着两条鱼。鱼贩子立刻付钱收了。

手里有了钱,几个年轻人立刻买了冰棍吃,高兴地走在街上。马公社嘱咐:"想吃好的,回家就都把嘴堵严实了,要是漏了风,就全凉快了!"

乔月端着饭菜进屋,把饭菜放到饭桌上。马公社走进来,抓起一个饼子就吃。

乔月喊:"哪儿来的腥味?"马仁礼伸手把马公社抓进怀里闻着。马公社挣扎着喊:"娘,快救我!"马仁礼抄起鸡毛掸子,照着马公社的屁股就打。

乔月拽着马仁礼:"他爹,你打他干什么?"马仁礼边打边吼:"我让他不听话! 我让他嘴馋! 我让他耍心眼子! 我让他不走正道!"

马公社又把几个小青年召集到河边树林里,他告诉大家,既然各家都知道了这事,再捂着也没用,干脆,都回家跟各自的爹娘说,就说马大队长要打鱼卖鱼。

晚上,好多社员来到马仁礼家里,吵嚷着要求去打鱼卖钱。马仁礼高声说:"你们这是逼我犯错误吗?"有社员喊,"你当队长的不能只忙活自己家,大伙儿的眼睛可都看着呢!"另有社员说:"你儿子去打鱼卖了,你不答应,他敢做这事吗?"还有社员说:"马大队长,咱西村大队的乡亲可都指望你呢,你要能领着大伙儿吃饱穿暖,我们年年去你家祖坟上香磕头都行!"

马仁礼掏心窝子说:"我马仁礼能当上麦香西村大队的大队长,得多谢各位成全,我何尝不想让大伙儿吃饱穿暖过上好日子啊,可见不得天的事,咱不能干哪,你们真忍心再把我推下去吗?"

一个社员高喊:"完了,看来谁当队长都是一个味儿! 看人家东村大队的队长牛有草，捅破天了都不怕！再看看咱们大队，倒霉透了！唉，散了吧。"众社员刚要离去，马仁礼忽然大喊："都站住！谁说牛有草胆子大？我马仁礼比他的胆子更大！他能捅破天，我就能压塌地！众位乡亲，准备渔船，黄河滩上见！我把丑话说前头，谁漏了风，我找谁算账！"

大伙儿走了，马仁礼呆呆地坐在炕上。乔月提醒："你脑瓜一热说出大话，这不是小事，你可得小心点儿！"马仁礼一拍脑门："唉，这就叫踩着门槛碰头，好了伤疤忘了疼。可话又说回来，我这辈子夹着尾巴做人，净窝火憋气，这回我要是能带着乡亲们过两天好日子，乡亲们能给我叫几声好，那我马仁礼的名声不但能翻过来，还得盖过牛有草，弄不好乡亲们还能给我送个响亮的名头，马太大胆！"

月光笼罩着黄河滩。马仁礼和马公社来到黄河边。马公社一声呼哨，从树林里陆陆续续走出不少社员，大伙儿围住马仁礼。马仁礼又嘱咐着："我再说一遍，咱爷们儿今儿个干的可是见不得天的买卖，要是有个风吹草动，大家千万别一个方向跑，就是打鱼的时候，也要东南西北分散开，千万不能让人家一窝端了。还有，打鱼的时候船桨下水深点，撒网轻点，尽量别搞出动静。就是打了满网的鱼，也别声张，想说眯着，想笑憋着，等回家关上门，爱说爱笑，我管不着。"

大伙儿早等不及了，各自从树林里拽出小船，推进黄河里。马仁礼让马公社带着他那几个兄弟在树林里放哨，有事就喊，喊完赶紧跑，千万别被逮住！

第二天上午，马公社领着鱼贩子来到河边树林里。马公社和几个年轻人掀开地上铺着的杂草，一地坑的鱼露了出来。

鱼贩子点头："个头真不小，能卖上好价钱。"马仁礼说："一手交钱一手交货吧。"鱼贩子说钱不是事儿，但是要求帮他把鱼运到县里去。

马公社不干了："咱们不是提前都讲好了，我们负责打鱼，你负责收吗？也没说还得运鱼啊！"鱼贩子说："给你们加俩钱，帮忙运一趟。"

马仁礼问："要是半道被查了怎么办？"鱼贩子坚持："我说过，你摸鱼被抓是你的事，我卖鱼被抓是我的事。运鱼咱们一起走，一条绳上的蚂蚱，谁也跑不了。"马仁礼琢磨一会儿，决定不能白忙活，先干一回再说。

虽然担心害怕，但是马仁礼他们总算安全地把鱼送到地方，第一次顺利地拿到了卖鱼的钱。马仁礼沾着唾沫当着众人的面数着钱，然后说，都别着急，钱他先保管，等过几天没动静了再分。

麦花正在家做作业，蛐蛐声传来，她朝窗户外张望着。窗台下，马公社露出头低声说："麦花，去捉蛐蛐啊？"麦花朝身后望了一眼，摇摇头。马公社说："那我去捉回来送给你。"

马公社走着遇到小娥子。小娥子问他去哪儿？他说去捉蛐蛐。小娥子在后面跟着。马公社问："你跟着我干什么？"小娥子笑："你来捉蛐蛐，我也来捉蛐蛐，怎么说我跟着你呢？"马公社说："那你捉你的，我捉我的。"

夏夜的草丛中，蛐蛐的叫声不断传来。马公社蹑手蹑脚地走着，小娥子在后面跟着。马公社刚要捉蛐蛐，小娥子就高声喊蛐蛐快跑！马公社继续捉蛐蛐，小娥子不断高声喊着捣乱。马公社生气地抓住小娥子，抢起拳头要打。小娥子不怕："你要是敢打我，我就告诉你爹，你给麦花姐捉蛐蛐，我都看见你找麦花姐了。"

马公社只好哄着："妹子，哥对你好吧？哥去找麦花的事，你不准乱说，你要不说，哥给你捉蛐蛐。"小娥子点头："行，你给我捉蛐蛐，我就不说。"

马公社听着蛐蛐叫声，走到一处草丛前，他轻轻翻开草丛，一只田鼠蹿出来跑了。马公社大叫一声，一屁股坐在地上。他站起身说："吓死人了，我还以为蛐蛐成精了呢！"

小娥子走过来说："公社哥，你身上咋这么臭呢？"马公社一摸屁股，摸了一手牛粪，叫苦道："完了，蛐蛐没捉成，回家还得挨顿板子。"小娥子笑道："有牛粪垫底，板子打不疼。"她抓起一把草，给马公社的屁股擦牛粪。

俩人往回走着。小娥子说："公社哥，总不能带着这身臭味儿回家吧？你脱下裤子，我给你洗洗。"马公社问："就在这儿脱？脱了就光了。"小娥子羞臊地说："那你去树林脱，脱完挂树杈上。"

马公社走进小树林，一眨眼，裤子已经挂在树杈上，随风摆动。小娥子摘下裤子，走到黄河边洗着。树林中，马公社望着小娥子……

又一天晚上，马公社跳进麦花家院里，走到窗下学蛐蛐叫。麦花探出头说："一听就知道是你。"马公社轻声问："你爹在家吗？"麦花高声说："在家！"马公社转身就跑。麦花喊："看给你吓的，没在家。"

"吓死我了，你爹那牛眼一瞪，我腿就哆嗦。"马公社说着，从兜里掏出几块纸包糖递给麦花。麦花接过糖说："呀，真好看！"马公社讨好着："你要是喜欢，我天天给你买。"

麦花问："你说，到底哪儿来的钱？不说我不理你了。"马公社只好说："我说了你可千万不能告诉别人，尤其是你爹。我跟我爹领着社员们打鱼赚的钱。"

院门响了，牛有草走进来。马公社赶紧溜了。麦花把糖藏起来。

牛有草板着脸："拿出来吧，你还能瞒过你爹这双老眼？哪儿来的？"麦花说："马公社说他赚钱了，送我几块糖，这有啥？"

牛有草奇怪："马公社赚钱了？他能赚啥钱？闺女啊，长大了是不？有背着爹的事儿了是不？"麦花不敢隐瞒："我说了你可不能跟别人说。马公社说他和他爹领着社员们打鱼赚的钱。"

夏夜，小风掠着黄河的河面，暑气尽消。马仁礼又带领众社员打鱼，他站在船上拽着网绳，注视着水面。该收网了，他使劲拽着网绳，没拽动。一个社员帮着他拽，渔网出水，牛有草露出头高声喊："真风凉啊！"马仁礼大叫："快撒！"众社员纷纷摇船散去。牛有草使劲一拽网，把马仁礼拽进水里。马仁礼急忙游到岸边，上岸就跑。牛有草紧紧追赶。

马仁礼边跑边回头喊："牛有草，你追我干什么？算了吧，牛能追上马吗？"

他实在跑不动了，一屁股坐在地上喘着。牛有草跑过来，倒在马仁礼旁边也喘着。他推着马仁礼："来，接着跑，我看你能不能跑到天上去！"马仁礼说："我顶着风跑，你跟着我屁股后，没风没挡的，当然不累了。要不你在前面，我追你，不把你追拉稀我今晚不回去。"

牛有草一个骨碌爬起来："再来跑，我看你咋把我追拉稀了！"马仁礼系了系裤腰带。牛有草喊："三，二，一，跑！"他拔腿就跑。马仁礼追牛有草，他没追几步，转身朝反方向跑去。牛有草加油跑一阵子转头一看，也转身追上来。

马仁礼跑到自家院门口，扶着门框喘气。接着，牛有草跑过来，他也扶着另一边门框喘气。马仁礼走进院子，牛有草也要进院。

马仁礼做鬼脸："大半夜的还想进屋吗？进屋还想上炕吗？用不用我跟乔月说一声，我搬出来给你让地儿啊？"牛有草站住："让地儿好啊，三十年前，我牛家和你马家换了房子住，今儿个你再把我的房子还给我，上哪儿找这么好的事去。"

马仁礼不理牛有草，径直朝屋门口走。牛有草这才一本正经地说："马仁礼，跑也跑了，闹也闹了，我一句话搁这儿，你要是一心想让乡亲们赚俩钱，过两天好日子，那你掉井里我都不拦着，还竖起大拇指擎着你。可你要是想着法子从乡亲们嘴里赚吃喝，要彩头，想翻俩筋斗赚个脸面，我劝你赶紧收手，要不然等你掉进井里，我还要扔石头砸你。"说完转身走了。

马仁礼进屋，一屁股坐在椅子上。马公社端来一杯水："爹，您喝口水。"马仁礼质问："小兔崽子，我让你放哨，你哪儿去了？"马公社叫屈："爹，我眼睛瞪得比鸡蛋还大，没看见有人啊！眼下大胆叔都看见了，万一他把这事儿抖了出去，那咱家就完了。"

马仁礼摇头："你大胆叔不是那样的人。小子，知道害怕了？你当初要是不折腾，现在能有这糟心事吗？算了，睡觉！"乔月笑着："他爹，我倒有个主意，你去找灯儿说说，要是能把她拉过来跟你干，牛有草肯定不会把事儿捅出去。"

第二天上午，马仁礼来到杨灯儿家，趁赵有田不在，他对杨灯儿说："我知道你是个直性子，话也就直说了。我想打鱼卖鱼，你干不？"杨灯儿寻思了一下，笑着说："这可是干副业，上面不让干。马大队长，按往常，你哪有这个胆，咋突然胆子变大了？"

马仁礼大气地说："我现在是麦香西村大队的大队长，得做出个大队长的样来，领着乡亲们过好日子。灯儿啊，以前我没权，想干也干不了。眼下咱有权了，就得为乡亲们多想想，你说是不？"杨灯儿点头："倒也是个理儿，可我一个女人，上船打鱼不在行啊！"

马仁礼说："不用你打鱼，你跑市场有经验，给我跑市场。"他看灯儿还在犹豫，就烧底火，"你别怕跑市场难，我是见识了，老黄河的鱼可好卖了，上回我们就倒腾过一次，试试水深水浅，那几筐鱼，一眨眼的工夫就卖没了。"

杨灯儿问："那你咋不早跟我说？"马仁礼忙解释："咱爷们儿做事得有准头，哪能轻易把你拉下水啊！干吧，高抬腿，轻落脚，长点精神头，出不了事。"

杨灯儿说："马大队长，我就一句话，牛有草干，我就干，我这辈子就信牛有草的。"马仁礼愣愣地望着灯儿，摇头叹气起身要走。灯儿说："马大队长，还有一句话，你要是有个马高镫短，我肯定不能抄着袖看。"马仁礼有些感动："有你这句话，我有底了！"

武装部长拿着一封从美国寄给乔月的信递给王万春。王万春拿着信走到窗前，举起信透着阳光看，信还挺厚实。他觉得这可是牵扯着国际关系的事，也是牵扯着阶级斗争的事，他不敢做主，就立刻打电话向县里请示。县里也不敢决定，让他再等一会儿。不久，电话铃声响起，王万春接着电话点着头。

通话结束，王万春把信给武装部长说："这事都惊动地区革委会了，说自打1972年美国总统尼克松来咱们中国，中美在上海签订了《联合公报》后，这几年咱们国家和美国的关系热乎了，地区革委会建议还是把信交给本人。信可以给她，不过，和美国热乎不热乎咱芝麻官儿管不着，只是阶级斗争的弦儿还不能放松。你找个空跟马仁礼说一声，就说乔月是他的人，他得看住了，要是看不住，那是他的事儿！"

武装部长办事利索，很快就把乔月的美国来信交给了马仁礼，还把王万春的警告原原本本地转告马仁礼。

晚上，马仁礼看马公社睡着了，才把美国来信交给乔月。乔月看着信，眼泪止不住地流下来。她看过信，把信递给马仁礼说："仁礼，你看看吧……"说罢，抚摸着马公社的头，擦着眼泪……

马仁礼一目十行地看完信，半天无语，他拉过一件衣服缝补着。乔月一把抢过马仁礼手里的衣服。马仁礼又把衣服抢过来说："我自己缝吧，正好练练，省得往后没人给缝了。"他缝着衣服说，"你舅舅被国民党拉去当兵，后来到了台湾，又去了美国，这顿折腾，不容易啊！现在人家在美国有了农场，洋房大院，牛马成群，好日子过上，比咱家强多了。人往高处走，水往低处流，你的心思我明白。你舅舅不是说有机会就过来探亲吗？我不能给你丢脸，你说吧，酒啊菜啊怎么个备法，八荤六素都上什么，冷热拼盘怎么摆放，这房子用不用重新盖，这院子用不用好好收拾收拾，我用不用到乡亲们家借点牛，借点猪，再弄一大窝老母鸡撑场面……"

乔月听着眼泪又哗哗流淌下来……

社员们聚集在大队仓库里，围着马仁礼等着分卖鱼的钱。马仁礼让儿子东西南北都安排人放哨，然后他清了清嗓子说："这段日子，咱们为了打鱼，三更半夜的忙活，没睡多少觉不说，还得提心吊胆过日子，不容易。眼下，钱到手了……"

马公社忽然跑进来说："有车来了！"马仁礼赶紧让大家撒！

马仁礼往家里走，一辆车停在他身边。武装部长下车说："马大队长，公社王书记叫你去一趟。"马仁礼说："哦，那我换身衣服就去。"武装部长拽住马仁礼："书记等着呢，去晚了菜该凉了。"

马仁礼蹑手蹑脚地走进书记办公室，王万春没抬头，看着报纸说："这胆子是真大呀，什么事都敢干，这号人，非抓起来砍头不可！"马仁礼吓坏了："王……王书记，乔月的信我看了，是她舅舅给她写的，没别的，就说了点思乡心切的话。您放心，这事包我身上，她要敢有个风吹草动，我打折她的腿！"

王万春一把推开报纸，抬起头，望着马仁礼，指着面前的椅子："坐。"马仁礼刚坐下又站了起来："王书记，您还是先说吧，您不说，我坐不稳当。"

王万春板着脸："坐不稳当就是心里有鬼。"马仁礼赶紧坐在椅子上："这话让您说的，我坐也不是站也不是，还是坐吧。"

王万春故意绕弯子敲打："现在有些人哪，就是看不清形势，给点春风就冒出头来，给点雨点就急着翻跟头，给点阳光就灿烂！你看这报纸上写的，投机倒把，占国家的便宜，多气人哪！"马仁礼松了一口气："原来您说报纸上的事啊，我还以为说咱麦香岭的事呢。"

王万春目光直视马仁礼："咱麦香岭有这样的事吗？有敢干这样事的人吗？现在没有，不代表以后没有！你能当上麦香西村大队的大队长不容易，可千万得竖起耳朵，睁大眼睛，把社员看好了，像乱搞副业、投机倒把、违反政策的事，可千万不能发生！我现在是书记主任一肩挑，担子重啊，你们可别给我添乱子，这要是被逮到了，别说是你，就是我这位子也不稳当啊！"

马仁礼知道王万春是在敲打他，忙表示决心："王书记，您就放心吧，谁要是敢动这心思，我马仁礼肯定第一个站出来挡着！"王万春点头："这我就放心了，仁礼啊，时候不早了，在社里吃点饭？"马仁礼急忙起身告辞。

武装部长走进来，建议再去调查马仁礼他们打鱼卖鱼的事。王万春摇头："这不是什么好事，要是被上面知道了，弄得鸡飞狗跳，都不好过。不如来个敲山震虎，让他们知难而退，悄悄收手，大家相安无事。"

马仁礼回到家里对儿子说："小子，你听着，这事不能再干了！"马公社不甘心："爹，甜头刚到舌尖上，口水都流出来了，哪能说不干就不干了！"

马仁礼认真地说："说不干就不干，小子，你别坑你爹了，真出了事我可担不起！"乔月劝着："儿子，娘知道你心高，总想做出点带动静的事来，可这事咱家担不起，你爹担不起，娘也担不起，你把心收回来，好好念书吧！"

第十一章

麦花来到杨灯儿家找狗儿，借故说有几道数学题不明白，想让他帮着看看。杨灯儿说狗儿去城里还书没回来，麦花有些失望地走了。

马公社气喘吁吁地跑过来问："妹子，你去哪儿了？"麦花说："去哪儿用你管？"马公社笑着："这话说的，妹子，给你看一样好东西。"说着从兜里掏出一个发卡，在麦花面前晃动着。

麦花接过发卡，仔细端详着："太好看了，我还没戴过这东西呢！"她把发卡戴到头上。马公社拍手："呀，真好看！"麦花羞涩地笑了，可她还是拿下发卡递给马公社说："你的东西，我爹不让要。"马公社推着麦花的手："妹子，拿上，你偷偷戴。"麦花望着发卡爱不释手，她把发卡戴在头上了。

两个年轻人情窦初开，马公社暗暗喜欢麦花，可麦花却心有所属。

牛有草穿上自己缝补完的衣裳，发现衣扣缝错位了，他摇头自语："人老了，眼神不行喽。"麦花进来望着牛有草，笑得直不起腰来："爹，我给你缝吧。"说着，蹲在牛有草身边给缝扣子。

牛有草抚摸着麦花的头："闺女长大了，能照看爹了，爹这辈子不愁没人儿管喽。"牛有草一把摸到麦花头上的发卡，就问："闺女，这是啥东西？"麦花躲闪着："是发卡。"牛有草问："谁给你的？"麦花憋了一会儿只好说："公社哥送我的。"

牛有草放下脸子："又是那小子，你和他到底是咋回事？没事他老是送你东西干啥？"麦花噘嘴："他送完就跑了，我也追不上他啊。"

牛有草吼着："那你就戴上了？我跟你说过，不能要人家东西，你就是不长记性！"麦花流泪了："爹，我娘不在家，我这么大，从来没人给我买过发卡！同学们都有，就我没有，他们说我是没娘的孩子，不该叫麦花，该叫麦草。"牛有草愣住了，好一阵子，他才轻声说："闺女，爹委屈你了。"

马公社跟他爹的性格一点儿都不像，倒是很像牛大胆年轻时候，啥都不怕，敢想敢干。这不，他又带着几个社员偷偷贩鱼。他们用小推车把几筐鱼推进一个院子，鱼贩子刚掏出钱，人保组的工作人员闯进来。马公社没能跑掉，被带到县革委会。他低着头坐在走廊的长条椅上不说话。马仁礼接到通知，火急火燎地赶到县革委会，他阴沉着脸走过来坐在马公社身边。马公社偷眼望着马仁礼说："爹，您有气别憋着，打我骂我都成，我不吭声。"

马仁礼教训儿子："我倒是想打你骂你，可到了这个地步，我打你骂你又能咋样？该说的话我早都跟你说了，听进去是你的福分，听不进去你就得受罪。孩子，你不小了，该懂的应该懂了，就算不懂，遭点罪就懂了。"马公社掉了眼泪："爹，我错了。"马仁礼摇头："晚了，孩子，别指望爹，爹帮不上忙啊！"

马仁礼走进办公室，站在工作人员面前自我介绍："我是马公社的爹，叫马仁礼。我不是来求情，是想把这事说清楚。领导，你想一想，一个孩子能干这么大的事吗？射人先射马，擒贼得擒王啊！这一切都是我组织的，是我让他干的，如今出了事，所有的罪应该我担着。"工作人员说："我还纳闷呢，一个孩子哪敢干这么大的事？你是干什么的？"

马仁礼说："我是麦香岭公社麦香西村大队的大队长。"工作人员皱眉："嘿！你还是大队长？你作为大队长，带头倒买倒卖搞副业，投机倒把，这是重蹈资本主义的覆辙，政策绝对不允许，你不懂吗？"

马仁礼借机诉苦："领导，不就为了让乡亲们过两天好日子嘛。您可能不知道，乡亲们的日子苦啊，整天闲着半条肠子。我作为大队长，不带着他们搞点副业赚俩钱，那我当这个大队长又有什么意思呢？可话又说回来，犯了法就得认罪，这事我明白，我今儿个来就没想着回去，要抓就抓我吧。"

工作人员叹了口气："马大队长，你的一番话，说得我心里不是滋味。可我这是执法部门，你带着那么多人，造成了这么大的影响，我不管就是失职。我答应你，孩子可以走了。至于你嘛，作为一个生产大队的主要领导，知法犯法，如何处理，我们需要请示上级，对不起，还得把你暂时留下来。"

马公社走出大门，急忙跑了。他回到家看到爹没回来，顿时着了急。乔月猜准是老马换小马，顶包儿了。她想，应该去找杨灯儿，让她去求牛有草。

乔月来到赵有田家，进来一把拉住杨灯儿的手，把马仁礼因为卖鱼被扣在县里的事说了一遍，她最后求着："姐，我听我家仁礼说，他前两天找你来了，你放了句话给他，说他要是有个马高蹬短，你肯定不能抄着袖看着。这话仁礼一直记着呢。"灯儿叹口气："我这辈子再难都没求过他，这次就求他一回。"

牛有草在地里查看苞米长势，杨灯儿走过来。牛有草问："灯儿啊，你们地里的苞米长得咋样？"杨灯儿说："老猫不在家，耗子上碗架；大队长不在，苞米秆子反天了，都伸着脖子拉呱呢。"

牛有草知道灯儿来的意思，就说："灯儿啊，马仁礼犯了事，那是他自找的。当初我劝过他，他就是不听，还说要来个大翻身，要弄出点响动让乡亲们瞧瞧，还说起了个新名，叫马太大胆，这不明摆着要跟我顶一顶、碰一碰，分个上下高低吗？"灯儿笑道："咋的，你还不让人家比你胆子大了？"

牛有草也笑："让啊，他想弄多大就弄多大。眼下出了事，我管不着，怪就怪他没把心思放准地方，这样也好，吃点亏醒醒脑子。"灯儿把话说明了："大胆哥呀，再怎么说，你兄弟俩处了半辈子，这么多年，黑脸对白脸，吵也吵了，闹也闹了，可一遇到难事，你兄弟俩总能不拆帮地搂着膀子拉着手往前走。眼下你兄弟掉井里了，你就干瞪眼瞅着？马仁礼动的啥心思咱先不管，可他到底是让乡亲们摸到了实惠，望见了口了，那他就没白当这个大队长。"

本来，上级领导说，让马仁礼承认错误，就放他回去，可他就是不认错。县人保组只好暂时把他送到拘留所。

牛有草来到拘留所，很诚恳地对所长说："我和那个马仁礼是一个村的，是村东的大队长，我俩是父一辈子一辈的老熟人，我想找马仁礼拉呱拉呱。"所长点头说："拉呱好，你那个老熟人铁嘴钢牙，犯了罪不承认。你好好开导开导他，坦白从宽嘛，他只要承认错误，就可以回去了。"

牛有草一见马仁礼就说："看来这地儿不错啊，小脸儿都待白净了。"马仁礼挤出一副笑脸："这地方可好了，上顿肉下顿酒，你看我这牙缝还塞着肉丝儿呢。看来你是想陪我说说风凉话，拉拉呱？"

牛有草撇嘴："倒是想了，可你把事儿都掖着藏着，也不给我机会啊！马太大胆啊，你老了老了，咋还添毛病了？打鱼卖鱼，不管你安的是啥心，也算是为乡亲们做了件好事……"马仁礼喊着："牛有草，你给我闭嘴！士可杀不可辱！这事我是抖搂不清了，爱怎么办就怎么办吧。"

牛有草望着马仁礼一本正经地说："这话说的硬气，这么多年都没看出来，你还有扛着铁头撞金钟的劲儿。不管咋讲，咱俩是处了几十年的兄弟，就冲这几十年的热乎劲儿，我得劝劝你。仁礼啊，这些年，咱们遇到多少坎儿，哪个不跟头把式地过来了！如今这日子越过越亮堂，你还挺不过这一回吗？黑的白不了，白的黑不了，咱的罪咱不怕认！就算被撸个精光，扒掉一层皮，剩下一块肉，咱吃饱了再说。你这几天就忙着打鱼卖鱼了，你们队里的苞米都长成啥样了，你知道吗？咱老农民是干啥的？你得赶紧回去管理你大队的庄稼！"马仁礼一拍牛有草的肩膀："到底是处了几十年的兄弟，我是得赶紧回去了！"

马仁礼终于站在所长面前承认了错误，交代了带社员打鱼卖鱼的事实。所长说："我们和人保组那边商量好了，谅你是第一次干这事，对你应该以批评教育为主，你回去好好反思，不能再犯。"

牛有草在一旁说："他要是敢再犯，所长，你就拿我开刀！"所长笑着："你俩整得挺热乎，不会是亲兄弟吧？"牛有草也笑："我姓牛，他姓马，不能同槽。所长啊，谁能不犯错呢，马仁礼认了错，这事儿就别捅到我们公社了，我回去保证把他教育好，不会再犯错误。"所长点头："就这一次，下不为例！"

黄河岸边的老槐树抖动着金色的树叶，又是一个秋天。

乔月看完信，眼泪流了下来。她对马仁礼说："我舅舅的信说龙卷风袭击了美国，他老婆和孩子在灾难中去世，现在就剩下我一个亲人了，他想让咱们全家到美国去，帮着他打理家业。老马呀，咱们都去吧，去了你就不用再受气了。"马仁礼说："我受什么气了？"

乔月指着马仁礼："你是好了伤疤忘了疼啊！这些年来，你头上的帽子掉几回了？戴上摘，摘了戴，你还嫌没受够啊？"马仁礼说："可我到底戴回来一顶大帽子。眼下，咱们国家和美国的关系是热乎了点，可咱老百姓是说去就能让你去的吗？别白日做梦了！"

乔月向往着："眼下去不了，以后说不定就能去了，得早做准备。"马仁礼扇动着眉毛："我马仁礼虽然这辈子窝囊点儿，但也讲究三军可夺帅，匹夫不可夺志！我去美国干什么？看人家过好了就去蹭日子？吃人家喝人家，认人家当爹娘？那是你舅舅，不是我舅舅，我没脸待人屋檐下！这事打死我也不干！"

乔月问："你这辈子就认了过苦日子？"马仁礼深情地说："这片老土地，生了我，这片老黄河，养了我，再苦也是爹，再穷也是娘。我这叫黄沙百战穿金甲，不破楼兰终不还。不过上好日子，我这辈子认不了！"

马仁礼和马公社坐在高坡上望着黄河。马公社问："爹，美国真像娘说的那么好吗？"马仁礼说："好啊，比你娘说的还好！你去不？想去就去，爹不拦着你。"马公社发愁："我舍不得爹，也舍不得娘，咋办？"

马仁礼心里有事，不知不觉就来到牛有草家，他和牛有草俩人抻晒干了的被单。牛有草问："听说乔月想去美国？美国好啊，咱没去过，可听说过，天天吃啥？牛肉！顿顿喝啥？洋酒！打个嗝都是肉味，放个屁都能迸出油腥子来。这么好的机会，不去可惜喽。"马仁礼揶揄着："后悔了吧？你当年要是不跟乔月离婚，如今这好事不就落到你头上了？"

牛有草做鬼脸："后悔了，肠子都悔青了。"马仁礼乜斜着眼："现在也不晚哪，你到乔月面前，腿打个软，脊梁骨打个弯，耷拉着脑袋去苦苦哀求，弄不好人家心头一软，就把你带出去了。要不我帮你吹吹风？"

牛有草大笑："那多谢了，等事儿成了，我拎着菜抱着酒，到你家祖坟前烧香磕头，谢你八辈儿祖宗。"马仁礼一松手，牛有草坐在了地上。马仁礼笑着说："人老了，手都没准头了。"

牛有草和马仁礼坐在炕上缝着被子。牛有草说："老实话，乔月背后找过我，她把去美国的好儿都跟我讲了。一是让我劝你将来跟着去，二是她最放心不下狗儿，让我多花点心思照看好狗儿。这是屁话，狗儿是我儿子，我能不照看好他吗？"

马仁礼摇头："她以为出国就那么容易啊？躺炕头上做梦吧！"牛有草点头："我也这么说的，可人家说眼下去不了，早晚都得去，我看她是铁心了。"

马仁礼咬着腮帮子："我也铁心了，一句话，在这老土地里刨了半辈子，我就不信刨不饱肚子，不信撑不满肠子，不信啃不卜白花花的大馒头！"牛有草捣了马仁礼一拳："仁礼啊，平日里没看出你长了硬骨头，临到这个事上，你是一根铁条插到底，直着老腰不打弯，是个爷们儿！"

乔月在家唱吕剧《李二嫂改嫁》。狗儿一头闯进来，他望着声情并茂、手舞足蹈的乔月愣住了。乔月快步走到狗儿面前，无限深情地望着狗儿喊："这是哪儿冒出来的小蹄子啊！快坐下凉快凉快。"狗儿站着没动："姨，仁礼叔呢？我找仁礼叔有急事。"

乔月不说话，眼睛盯着狗儿，上上下下不停地打量着。她的目光落到狗儿的鞋上，那鞋开线了。狗儿看了看自己脚上那双开线的鞋往后退着。乔月低身去脱狗儿的鞋。狗儿拦着乔月问："姨，你脱我的鞋干什么？"乔月抢狗儿的鞋："你把鞋给……姨，姨给你补补。"狗儿转身跑了。

狗儿拿着半导体收音机跑到牛有草家，马仁礼和牛有草正在拉呱。狗儿喊："仁礼叔，赶紧听广播！"马仁礼调整波段，广播里传来全国恢复高考的消息："下面是人民日报社论《搞好大学招生是全国人民的希望》……"牛有草、马仁礼、狗儿静静地听着。

听完广播，狗儿拿起桌上的一瓶酒，对着嘴喝起来。牛有草愣愣地望着狗儿。马仁礼说："看把孩子乐的！狗儿啊，还有一个多月就高考了，你回去抓紧准备，咱爷们儿要干的事，一张嘴就得有音儿，一出手就得有响儿！"狗儿满脸通红："仁礼叔，您就放心吧，我这就准备去。"说着急忙走了。

马仁礼倒了两碗酒："大雨洗了一身汗，这才叫痛快！整点？大胆啊，咱们得为狗儿能有机会考大学喝一口，儿子要变金凤凰，当爹的不乐和？"牛有草来了精神："这事你咋不早跟我说一声？还有一个多月高考了，狗儿能行吗？"

马仁礼真心实意地说："前段时间我就听到风了，当时就叫狗儿赶紧准备。大胆啊，我儿子公社和你闺女麦花念书都没有天分，唯独狗儿这孩子，脑瓜灵性，捧本书就不撒手，这几年一直没断学习，应该没问题。"牛有草高兴地举碗："来，喝了！"

狗儿在家看书，牛有草和马仁礼结伴而来。马仁礼笑着："狗儿，有看不懂的吗？不懂就问你大胆叔。"牛有草也笑："这话听着顺耳。"狗儿笑着拿起书："大胆叔，这道题怎么做？"牛有草斜一眼马仁礼："这么简单的事儿，问你仁礼叔就行了。"

杨灯儿满脸欢喜道："你俩又来动员狗儿考大学了？为考大学的事儿，狗儿这几天没少跟他爹吵。"马仁礼说："你家那口子懂什么？狗儿要是不念大学，白瞎了好苗子。"

赵有田走进来说："谁不懂了？狗儿是我儿子，他这辈子是吃肉还是喝汤，都得我做主！你俩来得正好，这事咱得说道说道。"

三人坐下来，都默不作声。好一阵子，赵有田开口："你俩谁先讲？"马仁礼拿胳膊肘捅了捅牛有草，牛有草不说话。马仁礼又拿胳膊肘捅了捅牛有草，牛有草抄着袖，闭上了眼睛。

赵有田说："两位大队长平常不是挺能讲的吗，今儿个咋成闷葫芦了？"马仁礼顺了顺嗓子说："老赵啊，那我就说两句。狗儿这孩子是个念书的好苗子，平日子咱不说，看当下，断了十年的高考恢复了，这可是难得的机会……"

赵有田打断："我就知道一个理儿，农民这一辈子，能从土里刨出吃的喝的就是本事。"狗儿插言："爹，咱家穷了一辈子，就是因为没文化，等我学成了，再赚钱孝顺您还不行？"

赵有田摇头："别说那没边的事儿，咱就说你眼前这俩人。你大胆叔念书不行，照样当大队长；你仁礼叔上过大学，可这辈子净惹事了。"

马仁礼不服："话不能这么说。我是惹了不少事，可也做过不少贡献。当年互助组的时候，水车是我设计的吧，天气预报是我测出来的吧，种黄烟搞培训，是我的功劳吧，总不能一棒子全打死吧？"

赵有田一根筋："我和狗儿他娘都这么个岁数了，家里就狗儿一个壮劳力，指望他挣工分呢，少一个人都玩不转，你们总不能让我全家喝小风过日子吧？"马仁礼说："你这就叫只会低头拉车，不会抬头看路。"

赵有田不高兴了："马仁礼，你别给我转词儿，我儿子的事我说了算！"马仁礼脱口而出："你儿子？你……"牛有草睁开眼睛，一推马仁礼，马仁礼被推了个趔趔。牛有草笑着："老赵啊，从今儿个开始，你家有啥难处，我帮你，狗儿的学费我包了。"马仁礼接上："也算我一份。"

赵有田愣愣地望着牛有草："自家的事，用不着外人伸手！"

牛有草和马仁礼在村街走着。牛有草埋怨："你嘴上站岗的呢，放假了？"马仁礼摇头："嘿，我一听赵有田的话，就被气忘了。"

牛有草掏心窝子："仁礼啊，今儿个我跟你说清楚，狗儿的事，咱这辈子都不能说。一晃憋藏了这么多年，就接着憋藏吧，露出来不见得是好事，弄不好伤了孩子的心！"马仁礼问："你打算把这事儿带棺材里去？你不憋屈？"牛有草深深叹了口气："憋屈的事多了，带就带吧，不差这一件事。"

赵有田坐在地头抽着大烟袋不说话。杨灯儿说："他爹，我知道你心里不痛快，该回去吃饭了。"赵有田伤感地说："小家雀膀子长硬了，扑棱扑棱就要飞走喽，飞走了就回不来喽。"

灯儿说："不回来好啊，真能在城里找个工作，他这辈子就亮堂了。"赵有田叹气："唉，到头来白养了个儿子。"灯儿安慰着："咋白养了，他就是走到天边还是你儿子，还得管你叫爹。"

赵有田挠着脑袋："倒是这个理儿，可咱闺女咋办？你不觉得狗儿跟咱闺女挺般配吗？"灯儿笑了："原来你动的是这个心思。他爹，咱先不说以后，就说眼前的，小娥子还小，谈婚论嫁还早着呢。再说了，都啥年代了，孩子的事得孩子做主。俩人要是看对眼了，咋掰也掰不开；要是看不对眼，你就是粘也粘不上。我可告诉你，你动别的心思我不管，眼下，你可得把着性子，千万不能一痛快，把狗儿的身世挑出来，就是挑也得挑个准时候。"

狗儿坐在地头看书，一只烤地瓜在眼前摇晃着。狗儿抬头，树杈上顺着一根绳，绳上拴着烤地瓜。狗儿笑了："妹子，出来吧。"麦花从狗儿的身后冒出来，她坐在狗儿身边，一把抢过狗儿的书看。狗儿说："长大你就能看懂了。"

狗儿掰一半地瓜分给麦花，两个人吃起来。麦花说："哥，我听爹说你要考大学了？"狗儿点点头："我爹没文化，我娘没文化，我可不想一辈子扣个没文化的帽子，不想一辈子当农民，我要走出去。"

麦花说："等念完书回来，你就是咱们麦香岭的学问人了。"狗儿眼睛望着远方："走出去谁还想着回来啊，我毕业了，在城里找到了工作，就把我娘和我爹接到城里住。"

麦花一听难受了，抹着眼泪说："那你就不能陪我玩了。"狗儿哄着："那好办，我也把你接到城里。"麦花拍着手笑："太好了，那咱就能天天在一起玩。还有我爹呢？"

狗儿说："你爹满身子的精神头儿全在这片老土地上，他能舍得这片地？"麦花低着头："那我不去城里了，我不能把我爹扔在这儿不管啊。"

狗儿说："我还没考呢，要是考不上，就得麦秆插在土窝里，顶着麦穗过日子了。"麦花安慰着："哥，好好学，你一定能考上！"

狗儿挑灯夜读。牛有草搬着一把椅子进来说："老赵，找你拉拉呱。"赵有田问："拉呱搬把椅子干啥？"

牛有草把椅子放到狗儿身边说："孩子腚底下的这把椅子多少年了？一脚就能踹散架子，还没扶手，坐久了累腚，嘎吱嘎吱的闹耳朵，孩子能念好书吗？"他说着给狗儿换了椅子。狗儿笑着："还是大胆叔的椅子坐着舒服。大胆叔，过两天就要报志愿了，我该报哪个大学呢？"

牛有草领着狗儿来到马仁礼家咨询报志愿的事。马仁礼毫不犹豫地说："考外语学院。狗儿考上外语学院，就能看懂外国的书，能说外国话，咱们就能跟人家多学习。最好学英语，英语是世界通用语，到哪儿都憋不住嘴。"牛有草说："琢磨这事我不行，狗儿，你就听你仁礼叔的吧。"

麦花刚走出家门，马公社就从背地里蹿出来。麦花往前走，马公社紧跟着。麦花问："你跟着我干啥？"马公社笑着："你往前走，我也往前走，怎么能说我跟着你呢？"

麦花往东走，马公社也往东走。麦花往西走，马公社也往西走。麦花站住了："你到底要去哪儿？""走累了吧，我这儿有水。"马公社掏出军用水壶，"喝一口，甜的，可好喝了。"

麦花不喝。马公社把水壶带挂在麦花身上："喝完别忘了把水壶还我。"马公社走了，麦花拧开水壶盖子喝一口笑了。

狗儿坐在老槐树下看书。小娥子来了，她掏出煎饼卷大葱递给狗儿说："哥，饿了吧，吃点。"这时候麦花来了，小娥子问："麦花姐，你找我？"麦花不好意思地笑了笑："没事溜达，溜达到这儿了。"

狗儿吃煎饼卷大葱，伸着脖子咽，有点干。小娥子说："哥，你等着，我给你拿水去。"麦花看小娥子跑远了，拿下水壶递给狗儿。狗儿接过水壶喝了一口："真甜哪。"麦花笑着："放糖了。"

马仁礼翻箱倒柜找水壶，想用军用水壶带水去地里干活喝，可就是找不到。他问马公社军用水壶哪儿去了，马公社含糊着说不知道。

马仁礼望着儿子说："你小子眼珠子一转，我就知道你寻思什么，脱了裤子，我就知道你拉什么屎，说，水壶哪儿去了？"他抄起鸡毛掸子要打马公社，马公社急忙跑出去。

夜晚，蛐蛐声传来。麦花朝窗外望去，马公社露出头。麦花没搭理马公社，马公社向麦花要水壶。可是，水壶在狗儿那里，麦花只好答应明天肯定还。马公社说："现在就得还。我爹今晚就和我要水壶，要不我的屁股就得开花啊！"麦花喊："我爹回来了！"

马公社一听，撒腿就跑，竟然一头撞在牛有草身上，摔了个腚蹲儿。牛有草奇怪："这不是公社吗？黑灯瞎火的，跑我家来干啥？"马公社爬起来跑了。

马仁礼带领马公社以及众社员给冬小麦浇水。牛有草走过来，抱着膀子望着马仁礼："昨晚黑灯瞎火的，你让你儿子去我家找我闺女干啥？"马仁礼愣住了，他转身找马公社，马公社没了影儿。

牛有草说："马仁礼啊，你可千万别动歪歪心思，就算动了歪歪心思，那就亮堂堂地来，八抬大轿备着，十个大元宝端着，诚心诚意说句好听的，我也不是不开面的人，你说是不？怕就怕干黑灯瞎火的事儿呀！"

马仁礼不高兴了："牛有草，你这是什么话，我动谁的心思也不敢动你牛有草家的心思啊！再说，孩子大了，他们的事咱们管不着，你要想管，管住你家闺女就行了。"

牛有草摇晃着脑袋："行，这话可是你说的，别到时候张着马嘴说回头话。"马仁礼说："老马驹儿一头跑到黑，不啃回头草！"

马仁礼回到家里，拿着鸡毛掸子，逼问站在墙角低头不语的马公社："小兔崽子，昨天晚上你到你大胆叔家干什么去了？"他说着抢起鸡毛掸子要打。乔月一把抢过鸡毛掸子扔在炕上："就知道打，还文化人儿呢，有话不能好好说呀！"她拉过儿子哄着，"跟娘说，你昨晚去大胆叔家干什么了？"

马公社老实承认："去要水壶。我给麦花冲了一壶白糖水。"乔月嘴角暗自微翘："你为什么给麦花冲白糖水呢？"马公社红着脸嘟囔："我也不知道为什么，总之我一看见麦花，脸就发烧，心就不停地跳，腿就像两根面条，打软，一有好吃的，我就想让麦花吃。"

马仁礼扭头暗笑了一下，转脸一本正经地训斥："完蛋货，你是小毛驴子不怕惊啊！麦花是谁？她是牛有草的闺女；你是谁？你是你爹马仁礼的儿子。你爹和牛有草是怎么回事，你不知道吗？牛马不同槽，小牛犊子和小马驹能吃到一块儿去吗？你多学学你狗儿哥，你看人家，净长正经精神头，眼瞅着要考大学了，你再看看你，真给我丢脸！"

马公社嘟囔："你让我跟狗儿哥学，你也没给我生出那个脑袋啊！"马仁礼一下子从炕上蹦起来，抄起鸡毛掸子又要打。马公社赶紧跑了。乔月把马仁礼按坐在炕上说："你气性怎么这么大呢，孩子才多大呀，猫一天狗一天，懂什么呀，犯得着发这么大的火吗？"马仁礼喘着粗气："老话说，龙生龙，凤生凤，老鼠崽子会打洞，这话到我身上，怎么就反了呢？你让他赶紧把那歪歪心思收了，要不然我打折他的马腿！"

就要参加高考了，杨灯儿给狗儿穿着新鞋："这双鞋娘早给你纳好了，就等着今儿个穿。穿新鞋走大运，拿起笔来就能写个满堂红，这是讲究啊。"

狗儿站起来蹦两下说："正正好好，还热乎着呢！"灯儿说："能不热乎吗？娘用肚皮给你焐了一宿啊！"狗儿望着娘，更热乎了。

赵有田端着一碗热气腾腾的面条进来："赶紧吃饭吧。"杨灯儿接过碗，拿筷子翻了翻说："没卧个鸡蛋？老赵啊，今儿个儿子要考大学，营养跟不上哪儿成啊，你赶紧把鸡蛋都煮了！"

雪花飘舞。考场门口人头攒动，有人窃窃私语，有人嬉笑聊天，有人拿着书看。牛有草、马仁礼、杨灯儿、赵有田、狗儿站在人群中。

马仁礼问："狗儿，你的书呢？临阵磨枪，不快也光。""仁礼叔，我的书都翻烂了，拿不出手，书上的东西我全塞这里了。"狗儿说着指了指自己的头。马仁礼一竖大拇指："这才是爷们儿说的话，好小子，有样！"

铃声响了。狗儿说："爹，娘，大胆叔，仁礼叔，我得进考场了。"马仁礼再次嘱咐："别紧张，先挑会的写。"

赵有田说："考不上不怕，咱回家种地。"杨灯儿白眼道："闭死你的嘴巴！净说丧气话！"

狗儿朝考场走去。马仁礼高声喊："实在不会，前后扫两眼！"牛有草跑到狗儿面前，搂着狗儿的肩膀，从怀里掏出两个鸡蛋塞给狗儿："孩子，半道儿饿了吃。"狗儿笑："哪能在考场吃东西啊！"牛有草说："饿了还不让吃吗？你就吃，出了事大胆叔给你顶着。"狗儿笑着接过鸡蛋进了考场。

考场的大门关了。马仁礼高声说："都听着，今天是大考的日子，从今天开始，谁也不许再叫狗儿，叫学名——杨春来！多好的名字！"牛有草笑着："好，我们全都听你的。"灯儿也说："对，到底是文化人！"赵有田冷着脸："敢情不是我赵家的人！"

马仁礼在家里看报纸，牛有草一大早就跑过来，背手围着马仁礼转圈。马仁礼说："坐会儿吧，天黑发榜，还早着呢。这么多年了，我是头一回看你火燎屁股坐不住。"牛有草突然站住问："今儿黑看榜，你去不？"马仁礼说："你儿子上榜，我去干什么？"

牛有草说："你不去也行，给我写三个字：杨春来。我要对着字看榜。"马仁礼喊着："牛有草，你别跟我装糊涂，你这是找我显摆来了！"

牛有草笑了："仁礼啊，这事上哪儿讲理去。我学问不行，可我儿子行啊，你学问行，可你儿子……"马仁礼反讽道："没事回家歇着去，少在我这儿显摆！你儿子并不姓牛，我儿子可是姓马！"

县教育局的院子里，红色的榜单贴满了围墙。榜单上，无数把手电筒的光亮闪动着，跳跃着。牛有草、杨灯儿、杨春来挤在人群中。有人欢呼跳跃，有人号啕大哭。杨春来拿着手电筒照着榜单。

牛有草瞪眼看着，突然高声喊："杨春来！"他一把抱住杨春来，照着孩子的脸亲了两口。杨春来挣脱牛有草，对照准考证仔细看着榜单说："大胆叔，这不是我，和我准考证的编号不一样。"

牛有草说："啥编号不编号，这名字就是你的。"杨春来解释："大胆叔，遇到重名的了。"牛有草摇头："要紧口儿上，出来搅局的了，赶快再看。"

牛有草和杨春来继续看榜。杨春来喊："大胆叔，又一个杨春来！"他仔细对照考号，朝着牛有草笑着轻声说："没跑了。"牛有草一把搂住杨春来："好小子，像他爹！"二人来到门口，杨春来对坐在石墩上等候的灯儿说："娘，我考上了！"

黄河解冻，柳树冒芽，明媚的春天来了。

杨春来要去上学了，麦花一早就赶过来帮杨春来收拾行李，她掉着眼泪说："哥，你考上大学了，我打心眼儿里高兴。"春来说："等我到了学校就给你写信，你也可以去看我。"

麦花低着头说："我不认得路。"春来说："我在信里给你写清楚了，保准你能找到。"麦花又说："我没钱。"春来说："我省着吃，给你攒路费。"麦花摇头："那不行，你饿着，我心里难受。"春来说不出话来。

麦花抬头看着春来问："哥，你念完大学，真不回来了？"春来望着麦花说："回来不回来，我都忘不了你。"

杨灯儿走进来。麦花背过身抹着眼泪。灯儿问："这是咋了？吵架了？"麦花说："眼里进小虫了。"灯儿要给麦花吹吹，麦花转身跑了。灯儿望着麦花的背影，叹了口气："凉飕飕的天儿，哪有小虫啊！"

牛有草炒着菜，杨灯儿走进来说："今儿个是啥日子，咋有油腥子味儿了？"牛有草笑着："明儿个春来要去学校了，我心里痛快，炒个菜喝一口。"

灯儿说："吃了你也是白吃。没看出来，自从春来考上了大学后，麦花一直憋屈着心思吗？天生的一对儿，一个要走了，另一个能不憋屈？"牛有草并没有多想："亲兄妹本来就是天生的一对嘛，兄妹有情有谊，这是好事。"

灯儿警告着："怕就怕不是兄妹的情谊啊！我看你这些年的饭白吃了。"牛有草这才警觉："你说春来和麦花他俩……咳，我说孩子这两天咋一会儿哭一会儿笑的，这还了得！麦花呢？你赶紧把她给我找回来！"

灯儿提醒着："找回来干啥，你还能当着她的面说道说道？大胆啊，闺女大了，没事多跟闺女拉呱拉呱。闺女没娘，你这个当爹的，不能只当爹！"牛有草自己宽慰自己："我这个人粗手笨脚的，当爹行，当娘我不会。眼下麦花还小，男女的事半懂不懂，等春来上了大学，两个孩子分开久了，一杯热水就凉了。"

早晨的太阳漂浮在黄河上，染得河面一片金黄。牛有草、赵有田、杨灯儿送杨春来到黄河岸边。

杨春来问："大胆叔，麦花妹子呢？"牛有草说："猫被窝睡觉呢。"

杨灯儿拉着春来的手不放。赵有田说："他娘，松手吧，你胳膊长，还能长过老黄河吗？你不松手，孩子走不了。"灯儿这才松开春来的手。

杨春来登上船，回头望着众人。牛有草喊着："孩子，你是这块老土地上冒出来的小苗苗，头顶着天，根儿连着地，就算根儿出了土，也粘着土腥子味儿，一辈子甩不掉。学成本事，你得回来啊！"杨灯儿哽咽着："孩子，你到学校得赶四天的路，包里有十二个馍馍，一天三个，千万别多吃，也别少吃。"

船离了岸。赵有田大喊一声："狗儿！"只见杨春来挥了挥手。赵有田拉长了脸："净你俩说了，我都插不上话！"灯儿白了他一眼："你说啊，谁也没堵着你的嘴。"赵有田嘟囔："该说的你们都说了，我还说啥？"

高坡上，麦花流着眼泪，挥着手，望着远去的小船。另一个高坡上，乔月望着远去的小船，心里说不出是什么滋味。

公社开会了，王万春说政策有变化，自留地适当扩大，各家可以搞点养殖。牛个人不能养，羊啊、猪啊、鸡啊，都能养。养羊不能超过三只，养猪只能养公猪，不能养母猪，养母猪就是走资本主义道路。

散会回来，牛有草对马仁礼说："我听说，不能养母猪就是那个张德福定下的规矩，咱王书记腰杆子软，挺不起事来，其实他心里明白。养母猪下崽子，这是个来钱的道儿，那个张德福不让咱们养母猪，就是不想让乡亲们富裕！仁礼啊，你敢跟我一起养母猪吗？"马仁礼做恐惧状："哎呀吓死我了！你可别拉我下水，我这顶帽子刚戴稳当，可不想再被摘了去。"

牛有草拧着脖子："你说，上面不让养母猪，是对还是错？挡着乡亲们的财路，你敢说是对的？"马仁礼一笑："大胆啊，这事对错咱先不讲，挡不挡财路也不讲，咱们就说公母的事。比方说鸡，养鸡不让养母鸡，那没了母鸡就没了鸡蛋，没了鸡蛋还哪儿来的鸡？这不合乎生存规律啊。"

牛有草一操马仁礼："好伙计，有你的！"

牛有草回到村里，就给本大队的社员开会，传达公社开会的精神。他最后说："上面要求了，养猪不让养母猪，没有母猪哪来的猪崽子？没有猪崽子又哪来的猪？这事本身就没道理。再说了，上面不让咱们养母猪，就是怕母猪生了猪崽子，咱们得实惠。我想了，养母猪来钱快，咱们就舍了脑袋撞金钟，养母猪下崽子，放手干他一场，弄好了过年家家都能啃上肥肘子！我再讲一句，养母猪得偷着养，千万别漏出风去。万一漏了风，上面查下来，我老牛顶着！"

大家伙儿听了，一起叫好，都憋着一股子劲儿要大干一场。

赵有田乐呵呵地抱着一头公猪崽回来了，他把公猪崽放到炕上，仔细打量着。杨灯儿说："他爹，明儿个再抱头母的来家，公猪母猪一对儿，明年就是一窝崽，用不了几年，满院大肥猪，喜庆死人了。上面说是上面说，咱们先养着，要是不让养，咱再交上去，也就亏个猪崽子，万一没人说，那咱就赚了。"

赵有田摇头："不对，你又要跟着牛有草干了！灯儿，这些年来，牛有草不管干啥你都跟着腚忙活，你说，你和牛有草……"灯儿来气了："赵有田，你给我闭嘴！我灯儿这辈子虽然没折腾出大名堂，但也是干干净净，亮亮堂堂，轮不到你伸手指点！"

赵有田心里气不过，就悄悄跑到公社，把牛有草让社员偷养母猪的事告诉了王万春书记。王万春暗自叫苦："牛有草呀，你这是顶着风上啊，你胆子大我不管，可你拿着牛犄角朝我使劲儿，这是不想让我消停啊！让社员养猪，又不让养母猪，这是没道理，可张书记定的规矩，人家嘴大，咱们嘴小，只有听着的份啊。算了，先查查再说吧。"

马小转和吃不饱在猪圈喂猪食，两头小猪吃得正欢，公社的两个检查人员走进院子。马小转一眼望见检查人员，忙让吃不饱抱起母猪崽朝屋里跑去，她拦住检查人员说："大晌午的贵客登门，好兆头啊。"

检查人员问："小转儿嫂子，有粮大哥怎么把猪抱屋里去了？"小转儿笑着："人吃饱犯困，猪吃饱了也犯困，睡午觉去了。"

检查人员朝屋里走。一只小猪崽躺在炕上哼哼着，身上盖着半截被子。吃不饱拍着小猪崽哼哼着："小乖乖，快快睡，睡了就能长个子，今儿个一尺三，明儿个一尺五，眨眼变得圆滚滚……"

检查人员走到炕边刚要掀被子，吃不饱抱起猪崽子跳下炕说："吃完就拉，都让开，别拉你们一身！"他抱着猪崽子跑出去。检查人员刚要追，马小转拦住："来了哪能说走就走，怎么也得喝口水啊！你们瞧不起我马小转吗？我家是穷了点，可进门倒水，上炕敬烟，这规矩我没落下，你们来了二话不说，就要看猪腚，啥意思？看猪腚也得有看猪腚的规矩，你们看啥呢？"

检查人员说："嫂子，我们是公事公办，你别无理取闹！"小转儿加大嗓门："谁无理取闹了？不说清楚，你们出不了这个门！"

吃不饱抱着猪崽子，掰着猪崽子的两条腿跑回来喊："一泡臭屎，熏死人了！"检查人员看着猪，是公的，急忙夺门而出。猪圈里空荡荡的。检查人员问："那头猪呢？"吃不饱说："吃饱遛弯去了。"检查人员摇着头走了。

三猴儿和牛金花在喂猪，检查人员来了，他们望着猪圈里的公猪崽和母猪崽说："马仁义，上面规定不能养母猪，你怎么养了呢？"三猴儿说："我们队长牛有草说公母都可以养，还说公猪肥了吃肉，母猪下了崽子卖钱。我们就听牛队长的。"

检查人员点头："说得好，指名点姓，这就是证据，你们不会改口吧？"牛金花说："改啥口呢，牛队长说了，有事你们找他去。"

检查人员把情况汇报给王万春书记，王万春又汇报给张德福书记。张书记指示，现在不抓他们，让他们折腾去，等眼瞅着就要尝到甜头了，再把他们一窝端了，让他们竹篮打水空折腾一场！

这次公社下来人检查社员养猪的事，他们挨家挨户走，偏偏到赵有田家门口绕过去了。杨灯儿感到蹊跷，就问赵有田："牛有草让养母猪的事，是不是你揭发的？"赵有田说："上面不让养，咱们就不养，保准错不了。牛有草仗着胆子大，净做捅娄子的事，咱们不能跟他学。"

杨灯儿逼问："赵有田，你要是个爷们儿，就别拐着弯说话，到底是不是你揭发的？"赵有田知道事情瞒不住，只好说："是我揭发的，咋了？"

杨灯儿责备道："过了半辈子没看出来，你还有这两下子！背后捅刀子，暗中下绊子，你这手跟谁学的？"赵有田不服："牛有草让他们大队的社员养母猪我不管，可他折腾到咱家，你还使着性子非跟他干不可，我不能眯眼看着。"他索性把一直窝在心里的气放出来，"灯儿，话都说到这儿，我也不掖着藏了，我就是和牛有草过不去，年轻的时候过不去，岁数大了还是过不去。就因为你和狗儿。你说狗儿是你捡来的孩子，那牛有草咋对狗儿掏心挖肝的呢？远的咱不说，就说近的，狗儿要上大学，他说出钱，咱家少劳力，他说出力，弄得比我这个当爹的还热乎！再说你和牛有草，这些年，牛有草折腾得不轻，上上下下好几个来回，一到节骨眼儿上，你就抓心挠肝地手脚不听使唤。灯儿，我也问你一句话，狗儿是不是你和牛有草的种儿？"

杨灯儿望着赵有田笑了："赵有田，没想到我这辈子嫁了个蠢蛋，嫁了个四五六不懂的男人。咱俩结婚的时候，我是不是黄花大闺女你不知道吗？"赵有田噎了一下："那狗儿和牛有草是咋回事？"

杨灯儿说："我不告诉你，这辈子都不告诉你，要把这事带进棺材里去！有能耐到时候你趴在我耳边，说两句好听的，兴许我心里一敞亮，托个梦给你讲讲。"赵有田赌气道："灯儿啊，这些年，咱们为这事打也打了，骂也骂了，今儿个话都说到这儿了，咱俩这日子算过到头了，你看这个家咋分吧？"

灯儿扬眉道："好分哪，闺女我带走，剩下的全归你。"小娥子跑进来喊着："娘，爹，你们不能分！"灯儿站起身，拉着小娥子头也不回地走了。

夕阳西下，杨灯儿搂着小娥子，坐在黄河边的土坡上。她从兜里掏出一个饼子递给小娥子。小娥子问："娘，咱们不回家了？"灯儿说："出了那个门，就回不去了。天上能睡，地上能睡，河面上也能睡。"

夜幕笼罩着黄河滩，风吹着河水哗哗地响。土坡上，杨灯儿搂着小娥子静静地坐着。小娥子说："娘，这儿又黑又冷，咱们回家吧。"灯儿说："闺女，你还小，说这话娘不怪你。等你长大成个人了，千万不能软了骨头。人手软腿软都不怕，就是骨头不能软！"

太阳升起，暖暖的阳光迎面扑来。杨灯儿醒了，她发现身上披着一件旧棉袄，眼前放着一个布包。她打开布包，里面是几个金黄的饼子。

事情到了这个地步，牛有草觉得是揭谜底的时候了。晚上，他来到赵有田家。赵有田没脱鞋，直接上炕，坐在饭桌旁，从被垛里抽出一把镰刀放在身边。牛有草走到炕边脱鞋上炕。两个人隔饭桌坐着。牛有草望着赵有田。赵有田望着牛有草。牛有草的手伸进裤腰掏着。赵有田握着镰刀把，盯着牛有草。牛有草从裤腰里抽出一瓶酒。

赵有田说："借酒壮胆？""这叫酒后讲真话。"牛有草说着，打开酒瓶，嘴对嘴一口气喝了半瓶酒，然后把酒瓶递给赵有田。赵有田接过酒瓶，一仰头把酒全喝了，一甩手把酒瓶扔到地上，酒瓶滚到了墙角。

牛有草盯着赵有田："你问，我答。"赵有田说："那就捞干的，狗儿到底是谁的种儿？"牛有草一挺胸："我的！"赵有田点头："好，痛快！灯儿跟狗儿是咋回事？"牛有草说："灯儿是狗儿的娘。"赵有田步步逼问："你跟灯儿是咋回事？"牛有草说话掷地有声："我跟灯儿清清白白，干干净净！"

赵有田不满意："你这说的是转圈话。灯儿是狗儿的娘，你不就是狗儿的爹吗？你跟灯儿咋会没事呢？"牛有草说："狗儿这孩子有福气，他有两个娘，灯儿是一个，还有一个是乔月。"

赵有田望着牛有草震惊了："你说狗儿是你跟乔月的孩子？"牛有草点头："乔月是狗儿的亲娘，灯儿是狗儿的后娘，可后娘比亲娘还亲！当年乔月跟我离婚，嫁给马仁礼，没想到她怀了我的孩子，就是狗儿。灯儿为了成全乔月，成全我，成全马仁礼，才主动收养了孩子。"

好一会儿，赵有田问："我再问你，你跟灯儿那个……啥过没？"牛有草一口唾沫吐在赵有田脸上："赵有田，你小子面儿上看老实巴交，肚子里装的全是乌七八糟的东西。我再跟你讲一遍，我牛有草和灯儿清清白白，干干净净！你羞臊我，我没话说；可你不能羞臊灯儿，你要是再敢说这样的话，我牛有草的脖子可不认得你的镰刀！"

赵有田不服气："你生了孩子往我家扔，洗完脚把洗脚水往我家泼，还有脸说我？"牛有草诚恳地说："有田兄弟，我牛有草这辈子对不住你，对不住灯儿，对不住狗儿，对不住马仁礼。可事儿到了今天，说对不住没用。我今儿个把鞋脱了，就没打算再穿上，你要是心里过不去这个坎，就只管冲着我来，脖子给你搓干净了，就看你的镰刀快不快！"

赵有田望着牛有草："你还打算把狗儿要回去吗？"牛有草说："咋说我也是他亲爹，你是他后爹。"

赵有田瞪眼："后爹咋了？后爹把屎把尿养了他二十年！"牛有草诚心诚意地说："就冲这二十年，狗儿归你了，你就是他亲爹，他就是你亲儿子，只要你不撒口，我就把这事烂死在棺材里。"赵有田望着牛有草，老泪流了下来……

赵有田来到灯儿和小娥子旁边站着，他望着黄河高声喊："老黄河啊，我眼瞎了，咱家的灯儿一直亮着，亮了二十年，我眼瞎没看见哪！"灯儿拉着小娥子要走。赵有田追上去一把扛起灯儿，拉着小娥子就走，他边走边喊："我媳妇是个好心人儿，我媳妇是个敞亮人儿，我媳妇是个干净人儿，我……我不是个人！"

灯儿听着眼泪流了下来……

第十二章

　　麦花跑来找小娥子玩，见家里就小娥子一个人，她笑着问狗儿哥走了以后来信没有。小娥子说来信了。麦花说："狗儿哥来的信给我看看。"小娥子故意说："我哥写的信，不给你看。"麦花装着要走的样子，小娥子把麦花按坐在椅子上："还是当姐的呢，说走就走啊？"她从抽屉里拿出信递给麦花。麦花笑着赶紧看信。

　　麦花回到家里，立即给杨春来写信：

　　　　狗儿哥，你好，一晃你走211天了，这大半年，家里都好，我经常能看到灯儿姨和有田叔，灯儿姨跟你走的时候一样，只是有田叔的腰有点弯了。你留给我的书，我没事就看，看着看着就想起了你。你在家的时候多好啊，没事就陪我和小娥子玩，现在你走了，我干什么都没意思。哥，你临走的时候，我问你，你毕业了还能回来吗？你没说话，那就是说你也不知道能不能回来。对了，我在悄悄地攒钱呢，等攒够路费我就去看你……

　　马公社跑进来，走到麦花身后悄悄看着问："给谁写信呢？"麦花一下用手捂住信说："你啥时候来的？进屋也没个动静！不怕我爹在家？"

　　马公社笑着："你爹在地头呢。你写的信前俩字我看见了，是春来哥。怎么，想他了？"

　　麦花把信夹在书里说："马公社我告诉你，你别在外面乱说！"马公社赔笑："好妹子，我不说。大好的天，在屋里待着多闷哪，哥带你出去溜达溜达，回来再写呗，也不差一会儿半会儿的。"

麦花不想跟马公社纠缠："公社哥，你赶紧走吧，一会儿我爹就回来了。"马公社望着麦花说："我知道你喜欢春来哥。他有什么好？不就是多念几年书吗？我书念得少，可我能干他干不了的事。"麦花看着书不说话，马公社待着无趣，只好讪讪地转身走了。

晚上，麦花趴在书桌上睡着了，桌上放着课本。牛有草回来，心疼地拿起椅子背上的衣裳给麦花披上，一封信从衣服里掉出来。牛有草捡起信，打开看上面写着"狗儿哥"，心里"咯噔"一下，赶紧拿着信去找马仁礼。他看马公社和乔月都不在，就拿出麦花给杨春来写的信，让马仁礼给念念。

马仁礼摆手："这事我不能干，偷看别人的信犯法。"牛有草瞪眼："我闺女的信，我看了还犯法吗？我拿闺女的信给你看，这明摆着咱俩不外道。你跟我外道，那咱俩今后就一条大河走两头，都外道外道。你不给我念，我就不信找不着给我念的人！"他转身要走。

马仁礼一把拉住牛有草："你这个人，火暴的脾气急性子。要看信也行，你得答应我不说出去。"马仁礼翻开信看，看完了才说，"这信写得好啊！"他偷眼望牛有草，"我可念了，你竖起耳朵听着：'人这辈子最金贵的东西是什么？是生命。人的生命只有一次，人这辈子应该这样过，等他老得走不动了，躺在炕头上，往回寻思的时候，他不会因为白活了一辈子后悔，也不会因为一辈子没干成带响动的事闹心上火，这样，他在临闭眼的时候就能够说……'"

门口忽然传来麦花的声音："仁礼叔，我爹来了吗？"马仁礼赶紧把信交给牛有草，牛有草顺手把信揣进兜里。紧接着麦花就走了进来。牛有草问："闺女，你咋找这儿来了？"麦花说："爹，我看你这么晚没回家，估计你能在仁礼叔这儿，我就找来了。"

牛有草吊着脸子："黑灯瞎火的，一个姑娘家跑出来，碰到不三不四的人咋办？赶紧跟爹回去。"说着带上麦花朝门口走。看着牛有草和麦花走出去，马仁礼关上房门，靠在门板上捂着嘴笑了。

老日头晒着，牛有草带众社员犁地。马仁礼走过来。牛有草说："马大队长，你不在你们地里领社员干活，跑我这儿看啥风凉？"马仁礼点头笑："是没什么好看的，那我走了。"

马仁礼刚要走，牛有草喊："等等，你昨晚临死的时候，要说啥？"马仁礼说："谁要死了？你才要死了呢。"牛有草笑着："你急啥，我是说信上写的，临死的时候说啥？"马仁礼做鬼脸："临死的时候，他说，我就是死了，也得拉着你牛有草一块儿走。"

晚上，牛有草和马仁礼一人抱着一捆麦秸走进三猴儿家。三猴儿眉开眼笑："来家咋还带上礼了？"牛有草说："外甥女怀孕生崽子，身子弱，可不能亏着嘴。"说着走到猪圈旁朝里望，"这不是我外甥'小光'吗，我外甥女'小花'呢？"三猴儿说："屋里伺候呢。"

"小花"（身上长着黑白花的猪）躺在炕上哼哼着，身上盖着被子。牛有草坐在"小花"身边，从兜里掏出一穗苞米，搓下苞米粒喂"小花"："让我大外甥女尝尝鲜，'小花'呀，你要是能下十头八头崽子，大舅给你熬一大锅苞米粥，让你喝个够。"可是"小花"不吃。

马仁礼摸摸炕："天也不冷，你们烧炕干什么？"三猴儿说："不是怕'小花'肚里的崽子冷吗，鸡孵蛋都得焐着，猪生崽不焐热乎哪行？"

马仁礼摇头："没文化真可怕，你们把猪热得都上火了！去端盆水来。"牛金花让三猴儿赶紧把火撤了，她揭掉"小花"身上的被子，很快端来一盆水。马仁礼把水盆放在"小花"面前，"小花"使劲地喝水。牛金花笑着拍手："真想不到马大队长还懂得喂猪！"

母猪"小花"躺在炕上，肚子越来越大了。三猴儿在给"小花"做着按摩，嘴里叨念着："小花小花大胖子，挺着一个大肚子，大肚子，生崽子，生了崽子小肚子，小肚子，大肚子，来来回回生崽子！"牛金花进来一屁股坐在炕上揉着肩膀："干一天活膀子酸的，你也不给我捏捏。自从'小花'怀了崽，你又是按摩又是唱歌，就差没搂着它睡了。"

三猴儿笑着："我倒是想搂着它睡，你在中间横着，我搂不着啊！"牛金花白眼道："那今晚你就搂它睡吧。"三猴儿说："搂它睡不白搂，不管咋的还能下崽子。"

牛金花一下站了起来生气了："三猴儿，怀不上孩子又怪我身上了？人家大夫可是说你那东西死的多，活的少！"三猴儿强辩："有活的就行了呗，我看就是你的事！"

金花吵着："这些年，我去卫生所多少次，去县医院多少次，人家可没说我有毛病！"三猴儿耍赖嘟囔："那可说不好，弄不好没检查明白呢。唉，炕头上忙活这么多年，老腰都累弯了，也没忙活出一个动静来。"

牛金花一把拉住三猴儿："走，咱俩现在就去大夫那儿，看到底是谁的毛病？！"三猴儿说："小点声，别把'小花'吓着了。"牛金花趴在炕上哭起来。

马仁礼带领社员犁地，牛有草走过来说："马大队长，你这心都死了，脑袋都木了，就不能琢磨点别的？老老实实干活能吃饱肚子吗？仁礼呀，我琢磨出个道道儿，要是弄成了，社员们就能不愁吃不愁喝。"马仁礼问："母猪的事儿你还没弄利索，又琢磨出什么道道儿了？"

牛有草两眼放光："政策越来越松了，我想分点儿地出来单干。"马仁礼望了望周围低声说："这事你都敢琢磨，还要脑袋不了！"

牛有草说："要脑袋吃不饱，不要脑袋弄不好就吃饱了。"马仁礼皱着眉头："脑袋没了还吃什么！再说了，你能说动王书记？"

牛有草摇头："那人胆子小，担不了事，跟他说没用。"马仁礼认真地说："你打算悄不声地干？这可是大事，要是给你戴个走回头路的帽子，大胆哪，你这辈子就全完了！"

牛有草说："咱农民的日子总不能就这么个过法！实在不行，就找周老虎。地委书记周老虎是个有情有义的汉子，二十年前，咱们和周老虎打过交道，等我找他说说，如果周书记同意，这事就能成。"马仁礼感叹着："牛有草，你的胆子是真大呀，净琢磨天上的事儿！"

牛有草推心置腹道："仁礼呀，咱眼前就你一个文化人，还是咱爷们儿能拉上话的文化人。平日子咱们吵归吵，闹归闹，可到了节骨眼儿上，哪回不是你伸手扶我一把！没有你马仁礼，我牛有草当不上这个大队长；没有你马仁礼，我牛有草折腾不到今天；没有你马仁礼，我哪有胆子琢磨这条回不了头的路啊！"

马仁礼真的感动了，他一拽牛有草："走，阴凉地说话。"俩人来到小树林里，面对面蹲在地上。马仁礼直视牛有草："大胆啊，你刚才的话真是肺腑之言！我觉得，咱俩就得肝胆相照！说老实话，你的想法我一百个赞成，可就是没有你那么大的胆。既然你提出来了，我就得帮你出点主意。我想，要说分点儿地出来单干，太刺耳朵，绝对不行！不过咱不能一头撞到南墙上死不拐弯，换个说法行不行？咱不说分地，就说借地种，应该不犯毛病。"牛有草一下子站起来："仁礼啊，你这书真不白念！管他分还是借，把地弄到手就成。"

马仁礼说："你别乐和早了，周老虎跟咱打交道是二十年前的事，人家现在是地委书记，官大了。老话说，官不打送礼的，你要是准备点像样的东西给人家送过去，不怕他不开面儿。"牛有草发愁了："咱们老农民脸朝土背朝天，能有啥好东西呢？"

俩人说干就干，带着干粮和盘缠坐车赶往地委，来找周老虎。

牛有草和马仁礼来到地委大院门口的路边，门口有守卫站岗，俩人朝地委大院里望着。马仁礼坐在道边等，牛有草走到守卫面前问："大兄弟，你站乏了吧，不歇会儿？"守卫沉着脸："用不着拉近乎，有事说事。"

牛有草说："大兄弟，我想找周书记。"守卫说："到旁边登记去。"

牛有草求着："登记的人太多，我就算登了记，得啥时候能见到周书记啊？大兄弟，你就让我进去呗，我这辈子忘不了你。"守卫说："这可是地委门口！我要是让你进去，那我这辈子也忘不了你了！"牛有草高声喊："地委门口就不让说话了吗？今儿个你不让我进我也得进去！"他说着就往里闯。门卫跟牛有草撕扯起来，马仁礼赶紧跑过来把牛有草拉走了。

这时，一辆小车停在地委门口。牛有草和马仁礼跑过来朝车里望着，真巧，车里竟然坐着周书记！牛有草高兴地叫着："你是周书记吗？周书记，我是麦香岭的牛有草！想见你不容易啊！"周书记立即请他俩进他的办公室。

牛有草和马仁礼坐在椅子上。周老虎拉过一把椅子，坐在牛有草和马仁礼对面说："咱爷们儿一晃快二十年没见，都老了。老了就老了，咱不怕老，就怕没了精神头。"马仁礼说："周书记，您真是高屋建瓴，一语道破呀。"

周老虎笑着："当年北平府的文化人就是文化人，说话用词，张嘴就来。时辰不早了，咱们开门见山，说事。"牛有草说："周书记，现在政策越来越好，扩大了自留地，还允许社员养点家畜，大伙儿的口了越来越有盼头了……"

周老虎摆手："好事不说了，说糟心的事。"牛有草这才说正题："周书记，我寻思能不能再放松点政策，把集体的地分给个人，只要能自己干，我保证一亩地比集体三亩地打的粮食还多！"

周老虎沉默了。马仁礼朝牛有草使眼色。牛有草从衣服里拿出一个布包："周书记，一拉话就忘事，这不，我和马仁礼给您带了点东西。"说着把布包放到桌子上。周老虎打开布包，里面是两条大前门烟。周老虎拿出一盒，抽一支点上说："我知道这是条出路，可是地都是集体的，怎么能说分就分呢？分了违反政策啊！"

马仁礼踩一下牛有草的脚，牛有草忙说："啊，不是说分，是借。有些集体种不了的地，还有一些荒地，借给个人种行不行？"周老虎问："怎么借法？"

马仁礼解释："社员从集体借地种，谁种谁收，等收了粮食，保证国家的，留足集体的，剩下的就是自己的。"周老虎眼睛一亮："这个'借'字好，太好了！你们是怎么琢磨出来的？"

牛有草抢先说："我没事就坐在地头，掰着脚指头瞎琢磨呗。"马仁礼争辩："你怎么把功劳全揽自己身上了，这个'借'字不是我琢磨出来的吗？"

周老虎认真地说："我觉得这是件好事，也是件大事，可违反政策，恐怕其他干部有反对意见。最好是大家都同意，就好开展了。这样吧，你们先跟王万春书记说说，看看他的态度，我这边再做做其他干部的工作。"

牛有草和马仁礼起身告辞。周老虎拿起烟，用布包上递给牛有草："别人的烟我不抽，你们的烟我得抽，因为咱们曾经是一个战壕的战友。刚才那根烟，闻着香，抽着酸，咽下去苦啊！买这两条烟，得耕多少地，撒多少种，割多少麦子，掉多少汗滴子啊！这么重的礼，我周老虎扛不起。"周老虎把布包塞进牛有草怀里，"想当年还乡团来的时候，你牛有草问过我周老虎，说跟共产党走，老百姓肯定能吃饱饭吗？我说跟着党走，全国人民都能吃饱饭。三十年过去了，这话像钉子一样插进我骨头里，疼得我睡不着觉！大胆哪，仁礼呀，我惭愧啊！"周老虎给写了个条子，让他俩随时可以进来。

有了周书记的口谕，牛有草胆子壮了很多，他走进公社革委会来找王万春。王万春一见牛有草，满脸笑容地起身一把拉住他说："你们大队今年的秋播干得不错，提前完成了任务，很好！"他热情地把牛有草按坐在椅子上，坐在牛有草对面。

牛有草说："王书记，我这段日子琢磨点事，寻思向您汇报汇报。"王万春说："要是有什么困难尽管张嘴，只要你别琢磨不着边的事儿，能帮一定帮。"

牛有草说："我们大队提前干完了活，大家闲不住，想再找点活干。正好大队有几块荒地，闲着也是闲着，我寻思把这几块荒地从集体地里借出来，重新收拾收拾种上庄稼，明年夏天也让大家多收点粮。"王万春警觉了："借是什么意思？怎么个借法？"

牛有草重复着马仁礼对周老虎说的话："就是借集体不用的地种点庄稼，谁种谁收，等收了粮食，保证国家的，留足集体的，剩下的就是自己的。"

王万春一下子站起来望着牛有草："大胆哪，你是大队长，政策你都明白，这话从你嘴里说出来，不对呀！什么叫荒地，再荒的地也是集体的！什么叫不用的地，不用的地闲着也得闲着！你说什么借地，这借字好听，可追根到底就是要分地。集体的地分给个人种？这不是走回头路了吗？"

牛有草争辩说："王书记，只要大家热情劲上来，能多种点庄稼，多收点粮食，能多吃点干饭，走回头路也有走回头路的道理。"王万春指着牛有草训斥："你给我闭嘴！这些年你没事就胡琢磨，你在前面拉屎，我在后面给你擦屁股，你说擦多少回了？你也不寻思寻思，你拉的累不累，我擦的难不难！"

牛有草知道在这里没戏，就站起身说："王书记，您消消火，就当我胡乱寻思一通，不算数。"王万春埋怨着："牛有草啊牛有草，你是不把我折腾下去不消停？唉，摊上你这号人，我这官可怎么当啊？"

牛有草拿着周老虎给写的条子又找上门来，他对周老虎说："王万春不是担事的人，不跟他说还好，说了还把我训了一顿。周书记，您看这事咋办？"周老虎说："不是我怕事，这事放到谁身上，都不是一拍脑袋就能决定的。咱们地区多少公社，多少大队，多少小队，多少人，一个人干了，别人就会跟着干。谁都知道，分地到户，包产到户，这是条好道，是乡亲们都竖大拇指的道，可又有谁能开出这条道，又有谁能扛起这个担子啊?"

牛有草认死理:"周书记,道儿是走出来的,早走也是走,晚走也是走,早走早吃饱,早走早富裕啊!"周老虎商量着:"大胆哪,你给我点时间,我再好好想想,行吗?"

牛有草回到家里就躺在炕上生闷气,马仁礼进来说:"准是到公社碰钉子了,憋屈着呢。"牛有草一骨碌爬起来:"我憋屈啥了,我畅快得很哪,王书记都表扬我了,说我们秋播任务完成的好!"

马仁礼笑了:"行了,还是说正事。咱们能找的人就是周书记,他心里有咱爷们儿,有这片土地,有咱们这些老农民。可周书记也不是如来佛,想干什么就能干什么。大胆,这事你真要干到底?"牛有草咬牙道:"来这世上一回,不干成这事,死了也闭不上眼!"

马仁礼一拍胸脯:"好,兵法云,陷之死地而后生,置之亡地而后存。咱爷们儿就来他个背水一战! 背靠老黄河,断后路,拼命朝前拱!"牛有草问:"咋拱?"马仁礼食指靠嘴:"暗拱!"牛有草一下抱紧马仁礼:"好兄弟,这些年我低看你了!"

油灯的火苗晃动着,十几个人聚集在场院地窖子里,其中有牛有草、马仁礼、牛有粮、马小转、马仁义、牛金花、赵有田、杨灯儿、尹世贵等人。还是吃不饱牛有粮在外望风。

牛有草说会议开始,马仁礼掏出名单点名,点完后杨灯儿问:"咋没我的名?"牛有草说:"灯儿啊,你的事一会儿再说。仁礼呀,把'生死状'拿出来,念给大家听听。"

马仁礼拿出一张纸,清了清嗓子低声念:

生 死 状

麦香岭公社麦香东村大队和麦香西村大队经过商量决定,要搞借地种粮。借地种粮,就是从集体的土地里借出集体不用的地种庄稼,谁种谁收,等收了粮食,保证国家的,留足集体的,剩下的就是自己的。借地种粮,参与的社员都是自愿的,出了事,参与的社员一起承担。

牛有草说:"各位乡亲,这是马仁礼写的'生死状',大家有啥意见?"马仁礼赶紧说明:"等一下,这'生死状'是牛大队长说,我马仁礼写的。我补充一下,这样大家听得清楚明白。"

牛有草说:"大家有啥意见可以讲,要是怕了我不拦着,现在就可以走!"众人默不作声。牛有草决定，"不讲话就是没意见，按手印吧。"

马仁礼拿出绱鞋的锥子递给三猴儿马仁义。三猴儿望着牛有草问："这是啥意思？"牛有草说："按血手印啊！"

三猴儿把锥子和"生死状"递给马小转："我不急，你们先来吧。"马小转摆手："我见血就迷糊，金花先来吧。"

牛金花摇头："这见血的事，哪有女人赶到男人前头的？"三猴儿说："金贵东西还送不出去了，有田，要不你先来？"赵有田犹豫着。

牛有草缓缓站起身望着众人："我知道，大家心里没底，都害怕。可我牛有草一张嘴，大家都来了，坐着也好，站着也好，热乎气没散。我明白，这是大家给我牛有草面子，面子这东西，比啥都金贵，冲这金贵劲儿，我谢谢大家！"

他抱拳行礼，"眼下这地方大家都没忘吧？十年前，咱们在这儿种黄烟，弄了个鸡飞狗跳，就是为了吃饱饭！十年后，咱们又闷在这儿，还是为了吃饱饭！吃不饱讲了，年年耕，年年种，忙来忙去半辈子，半辈子，到头填不饱破肚子。这话听着酸心哪！下辈子我管不了，就这辈子，我得让大家吃上干的，嚼上香的，过上好日子。要是有那一天，咱们能吃饱喝足了，挺着肚子倒在炕头上，打个饱嗝，放个响屁，哼两声小曲儿，喊一声舒坦，那我牛有草这辈子就没白折腾，就没白翻腾这片老土地！"

牛有草说着，拿过锥子扎破中指，在"生死状"上按上了手印："我明白，这条道难走，弄不好就得把天捅塌了，可我偏要走到底！手印我按上了，脑袋别在裤腰上了，要是出了事，我第一个把脑袋扔在地上摔八瓣，要抓要杀我一个人担着！你们看行吗？"

马仁礼站出来："大胆哪，天太大，捅塌了你一个人擎不住，算我一个，我得扶着你的老腰杆子啊！"牛有草说："好！有你陪着，小话，小酒，小风凉，黄泉路上不闷了。"马仁礼刺破中指，按上了手印。

瞎老尹感动了："我瞎老尹这辈子眼瞎心不瞎，大胆不就是图让咱们过上好日子吗？能不能过上先不讲，就冲他掏心窝子的话，我瞎老尹也要陪着走一趟！"他也刺破中指按手印。

杨灯儿一把抢过"生死状"，刺破中指血流了出来。牛有草抓住灯儿的手腕子说："这个手印旁人能按，就你不能按。这买卖是咱们这辈人的事，跟下辈人扯不上，要是出了事，孩子们得有人照看。灯儿，我全指望你了！"

三猴儿一拍胸脯："这些年跟着大胆走没吃过亏，这次不管吃亏还是占便宜，也不差这一回。豁上了！"

众人纷纷按上手印。牛有草拿着"生死状"动情地说："我的亲兄弟，亲姊妹，这半辈子咱们没白处啊！等把地借下来，咱们就互相托着、擎着、搀着，在这条回不了头的路上走他一趟！"

牛有草又来见周老虎，从怀里掏出"生死状"递给他，周老虎接过来看了看，长叹一声："真压手啊！大胆哪，你们借地种粮，集体的地怎么办？"牛有草说："周书记，借的地我们种好，集体的地我们也种好，保证全年上交的公粮，不再向国家伸手要钱要粮！乡亲们饿着肚子盼这事儿不是一天两天，劲儿都憋到脑瓜顶了！"

周老虎一拍"生死状"："好，就冲你这句话，我这儿过了！"牛有草一把拉住周老虎的手，双膝一软，就要下跪："周书记，您是我们的老亲人哪，我要替乡亲们谢谢您。"

周老虎扶着牛有草坐下说："还有一句话，政策就是政策，咱爷们儿干违反政策的事，就得暗着干，就当搞试验。要是没人发现又好了收成，都好说。真要是出了事，被人发现了，你也不用怕，尽管往我身上推！"牛有草掏心掏肺道："周书记，您能赞成我们借地种粮，就是我们的主心骨！'生死状'上流了这十几个人的血，抹不掉，出了事我们十几个人担着，我保证扯不到您身上！"

周老虎咬破中指，在"生死状"上按了血印："也算我一个！"牛有草呆住了，眼泪顺着他满是皱纹的脸淌下来。

牛有草、马仁礼领着众社员在场院地窖子里开会。牛有草说："周老虎书记那儿我已经打好招呼，周书记能擎着咱们，咱们不能给周书记丢脸。这回要是出了事，谁也不准把周书记抖出来，要不然我牛有草第一个把他的小命咔吧了！"马仁礼说："谁要是做那事，谁就不是人！"

牛有草嘱咐："借地种粮是违反政策的事，上面除了周书记，别人都不知道，咱们先悄不声地干，等干好了才能摆到明面上。我早瞄好了，西坡山梁子后面有点能种的地。为了防备万一，还是要设岗安哨。"吃不饱说："牛队长，每回你们忙活，我都在边上放哨，这回打死我也不当哨兵，我要跟你们干！"

牛有草说："你放哨最有经验，你不干谁干？"吃不饱说："咱们不是要打仗嘛，我要冲在最前头！亲手把地犁出来，亲手把种子撒上，要看着麦苗从地里钻出来一点点长个头，我要把这些年的劲儿都使出来，等割了麦子，我要使劲儿吃一顿，我要把肚子撑破了！"马小转笑着："当家的，这么多年没看出来，你还有这么硬气的话！"

马仁礼叹口气："兵马未动，先起内讧，开局不利呀，要不我兼个职？借地种

194

粮的事，牛大队长是司令，我是副司令，以大局为重挑起哨兵的重担。"牛有草同意马仁礼当哨兵。马仁礼献计，哨岗就设在山梁上，在那里竖一棵"消息树"，"消息树"倒了就是有险情，大伙儿赶紧到集体地里去干活，"消息树"一竖起来，就是没事了，再回到西坡地干活。这就叫敌进我退，敌退我进。

牛有草开始带着人秘密在西坡犁地了，不能用队里的耕牛，大伙儿就人拉犁。马仁礼坐在山梁上的"消息树"下望着远方。

夜晚，三猴儿在炕上给母猪"小花"喂食。牛金花说："不早了，累了一天，赶紧洗洗睡。"三猴儿说："睡不了啊，咱闺女还等着我给捏捏呢！"

"这哪是闺女呀，是你娘啊！"牛金花说着上炕躺下。三猴儿关灯躺下，伸手摸了摸牛金花。牛金花有点烦："脚打后脑勺干一天活，骨头架子都散了，赶紧睡觉！"

三猴儿求着："不还没散嘛，一会儿忙活散了再睡，更舒坦。"牛金花故意说："公鸡不打鸣，母鸡不下蛋，忙也是白忙活！"

三猴儿翻身黏糊着："咋能白忙活！这地没事就得犁，闲久了就怕犁不动。"牛金花只好依了三猴儿。俩人正在被窝里忙活，牛金花突然高声喊："谁？"三猴儿吓了一跳："咋啦？"原来是母猪"小花"正用嘴拱着被子。

三猴儿叹了口气："净捣乱！这是捏上瘾了，不给它捏捏它得折腾一宿。"他说着坐起来给"小花"做按摩。牛金花已经打起呼噜。

同一个夜晚，吃不饱和马小转躺在炕上。吃不饱翻来覆去睡不着，还吧唧着嘴。马小转说："他爹，要不你再吃个饼子垫垫？""吃着呢，还是精面的大馒头，真香啊！"吃不饱说着坐起来，"他娘，你说借地这事儿能成吗？要是成了，等收了麦子，你给我蒸一锅精面儿大馒头成吗？一锅不成，得蒸三锅。"

马小转笑着："他爹，等收了麦子，我第一个事就是先把你喂饱了！"吃不饱一把搂住小转儿："我的亲媳妇啊！"

牛有草带人偷偷在西坡犁地。马仁礼正在"消息树"旁端着水壶喝水，他看见远处一辆汽车朝这边驶来，一下站起来放倒了"消息树"。牛有草看"消息树"倒了，马上让大伙儿朝集体地里跑去。眼看汽车驶远了，马仁礼又竖起"消息树"。牛有草带着大伙儿还没跑到集体的地里，"消息树"又竖起来了！

牛有草望着"消息树"皱眉道："咋一会儿倒一会儿竖？这个马仁礼折腾啥？"三猴儿说："是马队长没留神把树靠倒了吧？"牛有草说："回去接着干！"

干了半晌，牛有草让男社员坐成一排，他站在他们身后，让他们都把肩膀头子露出来。男社员互相望望，纷纷掀开衣领子，他们的肩头上都鼓起了血泡。牛有草捡起一根细树枝折断，用尖端给众社员挨个挑血泡，他边挑着血泡边说："咱们年轻那阵，家里没有牛马，把肩膀头子可劲造。这么多年过去了，咱们有了牛马，可眼下我又把犁绳套到你们肩上，让大伙儿遭这罪，我牛有草亏欠你们的呀！"吃不饱说："要是能吃饱，磨掉膀子也值当！"

大伙儿又咬牙开始拉犁。马仁礼望着远方，又看到一辆汽车朝这边驶来，就急忙放倒"消息树"。汽车停在山梁下，武装部长从车里走出来。马仁礼趴在半坡上紧张地望着。武装部长登上山梁望着远处，牛有草和众社员正在山梁东坡集体地里忙活着。武装部长在西坡地走着，他俯下身，奇怪地翻弄着泥土。

武装部长把他发现的重要情况汇报给王万春后问道："王书记，咱们怎么办？"王万春说："兵分两路，我抓紧跟张书记透透风，你得给我盯住。还有，你这一去，估计他们会有防范，下次再去藏着点，白天黑天都不能放松警惕。"

马仁礼看武装部长上车走了，及时向牛有草通报了这个紧急情况。夜晚，大伙儿又在场院地窖了里厾会。牛有草说："看来到底是漏风了。不管咋讲，今儿个没被逮着，得感谢放哨放的好。看来白天不能干了，得摸黑儿干。"

马仁礼提出："白天在集体地里忙，黑了在咱们自家地里忙，一天满时辰干，大家能受得了？"三猴儿疑惑："上面都知道了，咱们这事还能成？"

赵有田动摇了："眼下他们还没抓到把柄，咱们现在收手还赶趟。"牛金花发愁："我家'小花'怀了崽子，整天没人照看，不是个事啊。"

吃不饱说："咱们累死累活把地都整好了，眼瞅着就下种，种子进了土，就有指望了。不睡觉算啥，摸黑儿干我赞成！"牛有草说："这不是我一个人的事，等收了粮是大家分，等吃进肚子里是大家舒坦，出了事也是大家一起担着。大伙儿说咋办就咋办。"

马仁礼说："想干的举手！"牛有草说："不想干的举手。"马仁礼改口："对，不想干的举手！"众人互相望着没人举手。牛有草说："那就是说都赞成了。咱们今晚就好好睡一觉，明晚上工。金花不用来了，在家照看'小花'。"

牛金花不好意思："也不差一天半天的，把活干完回家喂猪也安心。"牛有草看着众人："金花这话说得好，咱们一个人都不能少，铆着劲儿把活干出来！"

散了会，牛有草走进自家院子，马仁礼也跟着走进院子。牛有草问："你咋还跟家来了？要睡我这儿？"马仁礼说："将就睡一宿。""你不会还想扒炕吧？""扒炕也是白扒，进屋吧。"

牛有草和马仁礼躺在炕上，盖着一床被。牛有草一扯被子，马仁礼光不出溜地露了出来。马仁礼一扯被子，牛有草光不出溜地露了出来。俩人睡着了，半截被子下面，马仁礼的腿压在牛有草的腿上，两个人的呼噜声此起彼伏。乔月的一声尖叫传来。牛有草一骨碌爬起来，看见了乔月，他急忙抓起被子挡在身前。马仁礼也爬起来抢牛有草的被子。

牛有草揶揄："藏个啥，你们天天一个炕头，不是没看过。"乔月红着脸："马仁礼，你人老了还添毛病了？有本事一辈子别回家！"说完走了。

马仁礼跟着乔月回到家里，乔月没好气："怎么，嫌弃我了？跟年轻时比我是老了丑了，可怎么丑也比牛有草好看吧？你怎么睡到人家炕头去了？"马仁礼嗫嚅着："这不是……大队研究事，没顾得回家嘛！"

乔月撇嘴："你撒谎也得沉稳点啊，慌手慌脚的。你到底要干什么想瞒着我，我也懒得打听。可你和牛有草刚才的那一出戏，瞎了我的眼吧！"马仁礼低着头不说话。

夜晚，牛有草悄悄带领大伙儿播种，他不断催促大家抓点紧，再加一把劲儿，今晚必须播完。

马小转一屁股坐在地上："队长啊，不差一天半天，大伙儿总得喘口气，喝口水吧。"牛有草着急道："就差这一天半天，上面都闻到味儿了，咱要是拖着干不完，他们突然查下来，大家不就白忙活了？"

牛金花说："还有马队长呢，他不是放哨哩？"吃不饱说："这事一开张，就是牛队长说的算，到这个时候，还得是牛队长说的算，他让咱咋干咱就咋干，吃不了亏。"瞎老尹说："夜长梦多，眼瞅着就播完了，大家抓紧干吧，早干完早了心思。"众人又干了起来。

马仁礼坐在"消息树"下打着哈欠，他从身边拿过水壶喝起来，喝一口咂吧咂吧嘴又喝一口，不一会儿就坐在"消息树"下睡着了。原来马公社看爹整天忙得脚打后脑勺，就把水壶里兑了酒，好让他解解乏，想不到坏了事。

这时候，几个人影闪出来，绕过马仁礼，爬上山梁朝西坡地跑去。刚好播完种的那些人被武装部长带的人一窝端了。

这伙社员被带到公社革委会的走廊里，他们有的坐在长条凳上，有的蜷在墙角，有的打着哈欠，有的低头不语。牛有草靠在墙上抱着膀子闭着眼睛。

马小转说："放哨的马队长哪儿去了？"三猴儿怀疑："难道是他告的密？"

工作人员喊："马仁义！"三猴儿站起身："来……来了。"牛金花扯住三猴儿的袖子不撒手。牛有草轻声说："不就是进去拉呱拉呱吗？多听人家说，自己少吭声，实在把不住嘴，就多提我。"

三猴儿走进办公室，坐在凳子上低着头。武装部长一拍桌子："困了？马仁义，用不用我给你提提神儿？"三猴儿一晃脑袋："不用，精神头来了！"

武装部长说："讲讲吧，别跟我装糊涂，讲什么你该知道。"三猴儿故意胡扯："这个……我家的猪粮不够吃，那天我路过大队的麦秸垛子，顺手拿了一捆，领导，我错了，等割了麦子，我马上就把麦秸还上，保证拿一捆还两捆。"

武装部长吼着："不许胡扯！"三猴儿拍拍脑门："呀，我想起来了，是不是孩子的事？我跟我家那口子不是不想生，可就是生不出来啊，为这事我俩没少吵，我保证，回去我和我家那口子再使使劲儿，争取盐碱地也能长出壮苗苗！"

武装部长单刀直入："别再东扯西拉！你说，你们三更半夜在地头上忙活什么呢？"三猴儿装笑："原来是这事啊，还能忙活啥，干活呗。"

武装部长质问："秋播前段日子就完事了，你们还有什么可干的？"三猴儿说："麦子这东西金贵啊，上肥，浇水，查麦苗，哪样都疏忽不得。"

武装部长揶揄着："大白天不够你们干的，还非得晚上忙活？我说你家那口子怎么怀不上孩子，白天不干白天的事，晚上不干晚上的事，能生出孩子吗？"三猴儿点头："领导说得对，我今晚就回家使劲儿去。"

三猴儿走出来，工作人员喊牛有粮。吃不饱走进去，坐在椅子上打哈欠。武装部长说："牛有粮，你在咱们公社也算名人，就因为你吃不饱的事，周老虎书记使过劲，王万春书记也使过劲，怎么说王书记都让你吃饱过一回，这个情你可不能忘了。"

吃不饱迷瞪着眼："这辈子就吃饱过一回，哪能忘了，脏东西都拉出去了，干净东西都记在心里呢！"武装部长点头："记在心里就好。你跟我讲，你们半夜在西坡地干什么呢？"

吃不饱装呆："干活呗。半夜不干活，在炕头闲着干啥？生崽子？家里就那么点粮，大人都不够吃，万一再弄出几个崽子来，你养活呀？"

武装部长问："上炕就为生崽子？"吃不饱反问："你上炕不生崽子吗？"

武装部长脸上挂不住了："这说的是什么话，无理取闹！"吃不饱说："我说的是大实话呀，上炕憋着不敢生崽子，你找我们风凉来了？"

武装部长生气道："牛有粮，你给我出去！"吃不饱笑着："部长您别火呀，您上炕不生崽子也行，也没说非让生。"

吃不饱走出来，工作人员喊牛金花。牛金花抖着："唉呀妈呀，到我了，你们快教教我咋讲？"三猴儿说："就讲不下崽子的事。"牛有草打气："金花别怕，不管问啥你就说对，实在不行就往我身上推。"

牛金花进办公室站着，武装部长让她坐，她摸了摸椅子问："坐这儿？"这武装部长高声说："坐呀！"牛金花打了个激灵："啊，坐坐坐……您别这么大声，我害怕。"她这才半个屁股坐在椅子上。

武装部长说："怕就是心里有鬼!"牛金花点头："您说得对。"武装部长问："真有鬼?"牛金花点头："您说得对。"武装部长追问："什么鬼呀?"牛金花点头："您说得对。"武装部长皱眉："对什么对呀!我问你心里有什么鬼?"牛金花推迷糊："鬼?啥鬼?没鬼呀?"武装部长不耐烦了："没鬼你怎么害怕呢?"牛金花点头："您说得对。"

三猴儿站在走廊里着急道："牛队长,我家金花咋还不出来?不会出事吧?"牛有草说："我进去看看。"牛有草进办公室一看,牛金花倒在地上,武装部长和工作人员正给她掐人中。牛有草高声喊："三猴子,你媳妇出事了!"

众人都跑进来,三猴儿一把抓住武装部长的衣领子喊："你……你赔我媳妇!"武装部长慌了："她自己说倒就倒了,跟我有什么关系?"

三猴儿大叫："你不叫她进来,她能倒了吗?我马仁义熬多少年才娶了个媳妇,我俩这日子,除了没生个地上跑的,剩下的哪儿都好!我媳妇舍不得吃,舍不得穿,上顿给我做干的,下顿给我熬稀的,我不吃完她不上桌,半夜我要是空肚子,她下地就给我弄吃的,从来没半句埋怨。眼下,是你把我媳妇弄躺下了,你赔我媳妇!"

三猴儿和武装部长撕扯着,牛金花躺着轻声说："当家的,你说的都是真的吗?"三猴儿松开武装部长,一把抱住牛金花叫着："媳妇,你可心疼死我了!"牛金花感动得流下眼泪。

审不下去了,武装部长只好让他们回去"等候处理"。王万春听了武装部长的汇报,感到事关重大,就电话向张德福书记请示如何处理。

一伙人回来,都到牛有草家里议论着,有的害怕,有的埋怨,有的丧气,有的后悔。赵有田说："眼下,咱们这些人里就缺马仁礼,这毛病弄不好在他身上。"吃不饱发狠："要是姓马的告密,我一镢头刨了他,把他家祖坟也刨了!"

牛有草说："各位兄弟姊妹,眼下事儿见天了,摊上这么大官司,谁都安稳不了,谁都得惊起一身鸡皮疙瘩,掉一身冷汗。事到临头,总得有人出来担着,乡亲们,锃亮的大铡刀在天上悬着,说不定啥时候就掉下来砍了脖子。大家把心放安稳,就算掉了脑袋也是我牛有草的脑袋!"他说着从怀里掏出"生死状","当初让大家往这张'生死状'上按手印,没别的意思,就是想让大家拧成一股绳,把借地种粮的事干到底。眼下这事干不下去了,这张'生死状'就没什么用了。"牛有草把"生死状"撕了,一扬手碎纸片纷纷下落……

马仁礼正在家吃饼子,乔月跑进来,她愣愣地望着马仁礼说："你还掖着藏着,我是你媳妇,出了这么大的事你怎么也得跟我说一声啊!我听说,昨天半夜你们的人被一窝端了，带到公社审了一宿啊!"马仁礼咽着饼子，一口气没上来，噎着了。

"马仁礼在家吗?"吃不饱的声音传来。马仁礼大惊，一头钻进炕柜里。

县委书记张德福很快来到麦香岭公社革委会。牛有草一五一十地把"罪行"全部向张德福书记交代了。

张德福醉翁之意不在酒："牛有草，我知道你胆子大，天大的事都能干出来。可我听说你背后有人呀，这事不知道是真是假?"牛有草挺胸道："这事就是我琢磨出来的，是我带头干的，出了事责任全在我身上，扯不到旁人!"

张德福阴阳怪气地说："我不指望你牛有草嘴里能冒出软和话来。我就纳闷了，到底是谁敢在背后给你挺这个腰，仗这个胆呢? 马仁礼吗? 他不敢。你麦香东村大队的社员? 他们也不敢。难道是上面的人儿?"牛有草坚称："没别人，就我一个人的事。"

张德福冷笑着："不对，有人儿! 牛有草啊，你能把住自己的嘴，可你把不住别人的嘴，你背后那个人我心里有数。你给我听好了，咱们国家的政策你都懂，谁也不能也不敢干违背政策的事，谁干了谁倒霉，谁干了谁掉脑袋! 你自己和稀泥我不管，要杀要剐是你一个人的事，可你要是把别人也折腾进去，那你就不是个爷们儿!"

牛有草说："本来就是我一个人的事。张书记，我回家收拾收拾，顺便洗洗脖子，备好一腔子血，等着您召唤。"王万春吼着："牛有草，你怎么跟张书记说话呢?!"

牛有草走了。张德福望着牛有草的背影说："这就叫折腾到头了!"王万春说："张书记，您都听清楚了，这事跟我可没关系，是他们自己偷着干的。"张德福吊着脸子："跟你有没有关系，得看你的表现。"

牛有草回到家里，拿着扫帚打扫院子，一起借地的那帮人全来了。吃不饱夺过牛有草的扫帚，扫起来。牛有草转身归整农具，三猴儿抢过农具，归整起来。牛有草进屋拿着笤帚扫炕，马小转一把抢过笤帚扫起来。牛有草一回身，牛金花拿抹布擦着家居摆设。牛有草走出里屋，灶台前，瞎老尹抓起一把麦秸递给赵有田生火。杨灯儿就着水盆搓洗衣裳。牛有草望着这帮人，眼睛禁不住涌出热泪⋯⋯

出了事情，马仁礼心里十分内疚，他觉得应该对牛有草解释一下。夜晚，马仁礼蹑手蹑脚地来到牛有草家门外，隔着院围栏朝屋里望。

牛有草翻看着面缸说："闺女啊，这点儿粮你省着点吃，能吃到明年夏天麦子落地，就接上了。"麦花奇怪："爹，怎么叫我省着点吃，你不吃了?"牛有草摸了摸被子："够厚实，天冷冻不着了。"牛有草来到院里，开始磨镰刀，他磨啊磨，磨一阵子用拇指试试刀刃，然后做一个砍杀的姿势。

马仁礼害怕了，赶紧悄悄跑回家去。

其实，牛有草已经发现了马仁礼，他磨镰刀不过是吓唬一下马仁礼。从内心讲，这次出事，他并不怨恨马仁礼。他早就知道，麦子播进地里，将来要出苗，这么大一片麦子，上有天，天上有老日头，能瞒得住吗？他只是觉得不该露馅这么早。

牛有草看马仁礼跑了，就来到地里仙家，望着祖宗灵位俯身跪倒，磕了三个头，然后走到地里仙面前，抓住地里仙的手动情地说："二爷爷，我爹娘死得早，您就是我的老亲人。这些年，我让您操了不少心。您都九十岁了，我还没让您吃饱饭，睡好觉，过上好日子，我对不住您；等您百年之后，我不能给您穿鞋穿衣了，不能给您披麻戴孝了，也不能给您烧纸送钱了，我对不住您哪！"牛有草说着，跪在了地上。

地里仙拄着拐杖，直挺挺地站着，嘴唇颤抖着说："我老了，腿脚慢了，可还能走。孩子，你只管朝前走，走一步是一步，我在你后面跟着。你要是走到头了，那我也走到头了。等咱爷俩见到祖宗们，我要把你的事跟祖宗们好好讲讲，我要把祖宗们讲哭了，讲笑了，让祖宗们知道，老牛家的后人是个啥样，干了啥事，长没长老牛家的脸！"牛有草望着地里仙，眼泪流了下来。

马仁礼跑到家，马公社就告诉他："刚才有粮叔手里拿着一把镰头找您来了，样子怪吓人的！"马仁礼说："好，你再去门口瞅着点。"

马公社出去不久，杨灯儿的声音传来："屋里有人吗？"马仁礼一头钻进炕柜关上炕柜门。乔月急忙下炕要迎着，杨灯儿已经进来喊着："妹子，忙哪。"

乔月慌乱道："看这炕上乱哄哄的，我收拾收拾。""我帮你收拾。"杨灯儿说着帮乔月收拾被褥，她叠起一床被子，抱着被子上炕，爬到炕柜前，刚要掀开炕柜的门，乔月一把拦住："被子放这儿就行，等都叠好，再一起放进去。"

"还是叠一个放一个好。"杨灯儿说着又要开炕柜门。乔月按着炕柜门："姐，就放这儿吧，我家的被褥不放炕柜里，就这么堆着。"

杨灯儿笑："有柜不放柜里，堆着多难看。"乔月说："姐，炕上乱哄哄的，你下地，咱姐妹俩喝点水，拉呱拉呱。"杨灯儿一屁股坐在炕柜上："咱就在这儿拉呱吧，这大柜坐着多舒坦。"

灯儿坐在炕柜上，身边是高高的被垛。乔月坐在炕沿抹着眼泪说："一想起春来啊，我这当亲娘的心里就酸得慌，孩子长这么大了我还是不能认哪！姐呀，这辈子真苦了你了，妹子我下辈子做牛做马也得报答你呀！"

杨灯儿拍着乔月的肩膀："别说外道话，你是春来的亲娘，我是后娘，可我把春来当亲儿子看。这二十年，他没亏着嘴，没冻着身子，没受过屈儿。要是有一天他知道了这事，转个身扑棱扑棱膀子飞到你怀里，我替你高兴。"

乔月抹了一把眼泪："一说这事啊，就没个完，不说了。一晃到了晌午，该吃饭了。"杨灯儿一笑："你这一说我还真饿了，不回了，就在你这儿吃吧。"

乔月慌了："你在我这儿吃，那你家有田和孩子怎么办？"杨灯儿一拍大腿："嗨！都有手有脚的，还弄不了一口饭吃？不管他们。咋的，你不想让我在这儿吃啊？""姐，你这说的是什么话！"乔月说着，只好走出去准备做饭。

杨灯儿站起身对着炕柜门说："出来吧，也不嫌憋得慌，藏个啥呀！"炕柜门开了，马仁礼爬出来，大口喘着气说："憋死我了！"接着，他把喝了儿子掺酒的水以致误事的经过讲了一遍。

杨灯儿点头："大家都以为是你告的密，原来是这么回事！"马仁礼委屈着："我的手印都按在'生死状'上了，能告密吗？"

杨灯儿说："那你也不能在柜里藏一辈子啊！"马仁礼长叹一声："一下得罪这么多人，我马仁礼还有脸活着吗？死了算了！"

杨灯儿劝着："人这辈子，活着得亮着，死了也得亮着。要是你死了能把事儿解了，你死得不冤枉，死得亮堂，我备着好酒好菜给你端到坟头上去，恭敬你。可眼下你连累这多人，死了也是灯下黑，你自己的坟得让人家给掘了，你家的祖坟也得让人家给掘了，马仁礼，你死不起呀！"马仁礼沉默不语。杨灯儿说："马仁礼，认了吧，认了管咋的还是个人！"

第十三章

县委书记张德福和麦香岭公社书记王万春专程到地委见周老虎。张德福向周书记汇报了牛有草违反政策私自借地种的事之后说："最可气的是他们还仗着您的名惹事，这不是造谣生事吗？"

周老虎扬眉道："还提到我了？好啊！这说明农民跟咱们不外道，他们要是没事就能提起咱们的名儿来，那咱们心里也暖和不是？"张德福和王万春愣住了。周老虎说，"同志啊，咱们领着农民走了这么多年，农民到底想的是什么，要的是什么，咱们心里都清楚。别的不说，人活一辈子，连饭都吃不饱，换成你我能甘心吗？要是不甘心，咱们是不是得想条路子，换个活法？"

王万春问："周书记您赞成这事？"周老虎说："有几个人出来搞点试验也未尝不是好事，试验失败了，咱们总结教训，问问错在哪里；试验成功了，咱们也得总结教训，问问自己为什么没早一点成功。要是农民哪天乐和了，能给咱们拍巴掌叫好，咱们的工作就没白干。"

张德福提示："周书记，这么个干法，可是跟中央政策对着来呀！"周老虎摇头："几个人搞个小试验，没那么严重。这些年咱们搞农村工作还没弄明白吗？农业的事儿，咱们不比农民高明，可总是替农民当家做主，出力不讨好，净挨骂了。我知道你们害怕，这事就放我身上，要是上面有了意见，大不了我向省委检讨，我的检讨书收拾起来有一麻袋，不差多几张。"

张德福只好说："周书记，那我们就听您的。"周老虎笑着："也别光听我的，最近抽空咱们下去做个调研，听听农民的意见。万春啊，既然你来了，那就选你们麦香岭公社了。"

张德福和王万春走出地委大院。不远处，牛有草悄悄张望着。王万春说："周书记把话都讲清楚了，我这心也放下了。"张德福挑拨："周书记让你跟着他一起掉脑袋，你也跟着吗？他吃了官司，咱们也跑不了。你这个人别一根筋，得学着拐拐弯儿。听我的话，跟着我好好干吧，不光脑袋保得住，等我当上了地委书记，你可就是……对了，周书记说要到你那儿去调研，这事你得上心。"

王万春说："您就放心吧，我有数。"张德福摇头："不行，我回去安排安排工作，然后就去你那儿蹲点儿，这事我得亲自抓。"

看见张德福和王万春离开了地委大院，牛有草有些惴惴不安地来找周老虎，一见面就检讨："周书记，我没把住社员的嘴，把您抖了出来，我对不住您。可您放心，'生死状'我当着大家的面撕了，他们无凭无据，找不到您和乡亲们的麻烦。"周老虎拍了拍牛有草的肩膀问："肩膀头儿还硬实不？腰杆子还能挺起来不？气儿还能提上来不？"

牛有草一笑："一腔子血都备好，就等着倒了！"周老虎点头："大胆哪，我就喜欢你这硬气劲儿。三十年前，我没看错你；三十年后，我还是没看错你。'生死状'算什么，按个血手印又算什么，这事你不用管，我给你擎着。"

牛有草再次表白："周书记，这事是我挑的头，要杀要剐都是我的事，掉脑袋也是我掉脑袋。"周老虎笑了："人活一辈子不容易，脑袋哪能说掉就掉，还差得远呢，这事没那么严重，你别多想。大胆哪，最近我想带地区各级领导下去做调研，听听农民的意见，这事就选在你们大队。你回去准备准备，得让所有人看到，让所有人知道，咱农民想的是什么，要的是什么，你明白吗？"

牛有草听着这掏心窝子的话，感动之余，沉思良久。

秋夜，繁星满天。牛有草坐在山梁上望着麦田。西坡地上，一个人影忽隐忽现。牛有草站起身，朝人影走去。

马仁礼摇摇晃晃地拖着碌碡压麦地，他拖不动了，一屁股坐在地上，闭着眼睛嘟囔："你看什么看？眼气了？这是我的地，我爱干什么就干什么，你管不着！你不让犁地，不让播种，我就犁了，我就播了，你能把我怎么样？！等长出麦子，我还要割麦子，打麦子，攒足麦粒磨成粉，蒸一锅精面大馒头，我就在你眼前吃，我气死你！我还要让乡亲们吃上精面大馒头，我让你们看看，我马仁礼也能做出带响动的事儿来！"

他摇摇晃晃站起身："你还要打我？你打我试试，你打我一巴掌，我就踹你一脚；你打我一拳，我就回你个冲天炮！我打，我打死你……"他晃晃悠悠，笑着，哭着，说着，一下倒在地上……

牛有草走过来，把满嘴酒气的马仁礼背起来送回家。

马仁礼在炕上睡一宿一天才醒。乔月告诉他，昨天夜里牛有草把他背回来扔到炕上，留下一把镰刀，没说话就走了。

天黑以后，"借地"的那伙人除了马仁礼，都在牛有草屋里商量事。牛有草说："上面说要来咱们大队做调研，这可是难得的机会，周书记说了，要让他们看看，咱农民都过的啥日子？都吃啥喝啥？躺炕头都梦点啥?"

吃不饱说："我梦见满炕的大馒头，我就坐在馒头堆儿里，吃啊……"马小转笑着："我梦见一只小猪走进锅里，转眼就变成一大锅红烧肉，那肉香的，嫩的，还没嚼就化了!"

三猴儿咂吧咂吧嘴："小转儿，你咋梦到红烧肉的？教教我呗，我回去也梦一回。"小转儿说："你要是让我家'小肉蛋'跟你家'小光'睡两宿，我就给你讲讲。"三猴儿说："你先讲，我梦一回试试，要是梦到了，我带着我家'小光'去你家倒插门。"小转儿说："梦那东西就你自己知道，我才不上当呢。"

牛有草喊："都别东扯西拉的，说正事，大家看怎么办？要扯皮一个顶俩，要见章程全瘪犊子了。"

瞎老尹说："我们都是庄稼脑袋，能琢磨出个啥道道儿来？还是你说吧，你指哪儿我们打哪儿。"牛有草挠头："这得琢磨琢磨再说，哪能一拍脑袋就出来。时辰不早了，散会。"

众人走出来。牛金花突然站住低声说："那儿有个人儿!"众人朝院门口望，夜幕中，果然有个人背冲着众人站在院门口。马小转悄声说："完了，准是上面派来的探子!"

杨灯儿抓起镰头朝院门口走，她到跟前一看，原来是马仁礼直挺挺地站在门口，手里握着一把磨得锃亮的镰刀。马仁礼看到杨灯儿，突然来个立正敬礼："前方哨兵报告，经过仔细侦察，没有敌情，请领导放心!"灯儿愣了一下，转脸哈哈大笑，她喊："是马仁礼大队长!"

吃不饱跑过来，一把夺过灯儿手里的镰头抡起："我要你这个'王连举'的命!"众人跑过来拉开吃不饱。吃不饱高喊："姓马的，咱们这账没完，你就是进了棺材里，我也得把你刨出来!"众人拽着吃不饱走了。

马仁礼望着众人的背影，摸着脑门擦着汗。他寻思片刻，朝屋里走去。

牛有草闭着眼睛盘腿坐在炕头上。马仁礼喊："屋里有人吗?"喊着就走进来坐在炕沿上，两人隔着饭桌。马仁礼低头偷眼望着牛有草："大胆哪，我……我没当好哨兵，喝酒误事，连累了乡亲们，我错了，我……我不是人！我知道你憋着气，你有话就说出来，有气就撒出来，有火就放出来，憋久了伤身子。要是不解气，镰刀不是磨好了吗，你是砍哪，是割呀，还是剐哪，我这一身肉不多，连带着骨头，你一招收了吧!"

牛有草长叹口气："这软和话说的我心头肉都揪揪着。可话说得再多再好听顶个屁用啊！你这一身老皮老肉老骨头不值钱，我收了卖不出去，放屋里还嫌闹眼睛。"马仁礼连连点头："说的是，那就给我留着吧。这事让我一辈子糟心，自己拉的屎自己擦腚，不擦干净我一辈子抬不起头，活着什么劲儿啊！我明白，你给我留把镰刀，是想让我自己了断，大胆哪，这事还是你来吧，我自己下不去手啊！"

牛有草掏心窝子说："马仁礼，你聪明一辈子，咋说糊涂就糊涂了？刚出事的时候，我一刀宰了你都不解恨，我还想把你马家的祖坟刨了，让你死了都没地方去！后来灯儿来了，讲了你的事，讲了你一箩筐好话。她说人这辈子深一脚浅一脚，谁能不犯个错，你喝酒误事有错，可错不要命啊！后来在西坡地你喝醉大吵大闹讲一通胡话，我听着是实心话。这事就算忘了，回去吧。"

马仁礼摆手："算了不行！我今儿个来就得把事儿弄明白。大胆哪，自打出事后，他们满身拼命的架势，嚷着要找我出气，你怎么没动静呢？"

牛有草沉默了一会儿说："咱是半辈了的兄弟，泡了几十年的老酒，我怕脑袋一热打翻了坛子，酒洒了，味儿跑了，心凉了。仁礼啊，咱爷们儿遇到坎儿，就当拐个弯，摔了个跟头，不能趴着不起来。回手来一下，弄不好就能站起来，把这事给解了，你说是这个理儿不？"马仁礼感动得热泪盈眶："大胆哪，我这条命是你的，你说怎么干咱爷们儿就怎么干！"

牛有草把上面要来人调研的事讲了，他强调："这事特别重要，咱一定要让上头来的人看到真实情况，仁礼啊，你一定得想出个好点子！"马仁礼在屋里转悠几圈问："上面什么时候来人？"

牛有草说："周书记讲，咱们准备好他们就下来。"马仁礼拍拍脑门子："你给我两天空日子，这事得好好琢磨琢磨，我一定将功补过！"

西坡地的麦苗露出了头，一片郁郁葱葱，长势喜人，牛有草抚摸着麦苗，心中五味俱全。一地麦苗，一地心血，全呈现在光天化日之下，谁知道会是个啥结果呢！？

武装部长发现麦苗露头了，急匆匆向王万春书记报告，还说："牛有草私下借地种粮的事社员们都知道了，他们说咱们吃软怕硬，见到软面条就横眉瞪眼，见到杠子头就低眉顺气。"王万春望着坐在椅子上看着报纸的张德福。张德福看着报纸说："还讲这些干什么，赶紧派人去把麦苗铲了！"

王万春犹豫着："张书记，周书记说搞点试验是好事，咱们这么做，是不是得罪周书记？"张德福把报纸甩到桌子上："我让你铲你就铲，这事就得往大了闹，闹得越大越有意思！"王万春望着武装部长："还愣着干什么，去铲呀！"

牛有草走着，马小转跑过来喊："牛队长，不好了！我看见武装部长带着两车人拿着锄头、镢头朝西坡地去了！"

两台拖拉机拉着两拖斗人开到西坡地头，拖斗上下来十几个人，他们手里拎着锄头、镢头、铁锹拥向地里。武装部长催促着："抓点紧，把麦苗都铲了！"牛有草冲过来挡在众人面前，他紧握镰刀，喘着粗气，眼睛都红了。众人望着牛有草，不由得都停下来。牛有草望着被毁坏的麦苗，把镰刀插在地上，蹲下身捡起被铲出来的麦苗，一根一根插进土里。

武装部长说："牛有草，你带人偷种麦子，本来就违反了政策，眼下你还拎着镰刀想在这儿耍横吗？"牛有草只管插麦苗不说话。

武装部长继续说："你现在认识到错误还不晚，要是非支棱牛犄角顶着来，那你是自找苦吃！大伙儿快动手，全铲了！"

牛有草一下站起身，握着镰刀眼睛死死盯着众人大吼："我看你们哪个敢动！一粒种子一根苗，没露头，它叫种子，露出头它叫麦苗，长大了它叫麦子，熟透了它就叫粮食！粮食是吃的东西，是活命的东西，是乡亲们指着、盼着、望着的东西！你们把乡亲们的麦苗毁了，就是把乡亲们仰仗活命的家伙事儿毁了，毁了要命的东西，我不让，乡亲们更不让！谁要敢再抢一下锄头，我这把镰刀可不长眼睛！谁要是敢再挥一下镢头，我这一腔子血就泼在谁身上！谁要是敢再铲一根麦苗，我就用谁的血浇这片老土地！"

众人呆呆望着牛有草，都不敢动手。武装部长说："牛有草，你别用话吓唬我，我不吃你那一套！"牛有草瞪着血红的眼睛喊："你吃不吃我不管，你要把我吃的东西毁了，我就把你吃饭的家伙事儿拨掉，不信你就试试看！"

武装部长盯着牛有草。牛有草瞪着武装部长。这时候，吃不饱、三猴儿、马小转、牛金花、杨灯儿、赵有田、瞎老尹等众人纷纷赶来，他们手里都拿着各式各样的农具。

吃不饱大喊："谁挡着我牛有粮吃饱饭，我就跟谁拼命！"三猴儿叫着："我也拼了！"其他几个人都跟着喊叫："豁上了！"

杨灯儿尖着嗓门叫："你们要是敢把麦苗铲了，那就把我们一起全铲了！"

她说着躺在麦苗地上。一起来的人也都纷纷躺在麦苗地上。

武装部长一看这阵势，知道麦苗是铲不成了，只好就坡下驴说："好啊，一转眼都成梁山好汉了，行，你们有种，咱们走着瞧！撤！"武装部长带着众人上拖拉机走了。

风中，牛有草直挺挺地伫立着，他身后，众社员横七竖八地躺在麦苗地上。牛金花的哭声传来，紧接着，响起了一地的哭声……

武装部长败兴而归，向两位书记汇报了情况。王万春问："张书记，您看这事怎么办？"张德福靠在椅子上轻声说："光脚的是真不怕穿鞋的呀！"

夜幕笼罩，小风轻拂。马仁礼走在村街上，马小转迎面过来问："马队长，今儿个大家舍命护麦苗，你咋没去？"马仁礼说："你们也没人通知我，等我听到信儿赶到地方，人影都没看着一个。"马小转撇嘴："说得好听，你去没去谁知道？去了也就是个把边放哨的。"

马仁礼摇摇头不和马小转争辩，大步来到牛有草家。牛有草问："有喜事儿？"马仁礼说："大胆哪，你劳苦功高啊，可我这几天难受得睡不着，翻来覆去折腾啊！"

牛有草着急道："都到这节骨眼儿上了，啥功劳苦劳的，琢磨出好法子就是功劳。你要是能想出好法子，把咱们的事办成了，我当着大家的面儿，递你烟，敬你酒，再给你烧一大锅洗澡水。我要让你皮儿泡软了，肉泡透了，骨头泡松了，再把你身上的灰都搓下来，让你干干净净地出门儿，亮亮堂堂地见人儿，你看这样行不？""想都不敢想的事啊，能轮到我头上？"马仁礼神秘地低声说，"牛队长，在下有一计！"他对着牛有草的耳朵嘀咕了一阵子。

牛有草听了，笑着杵了马仁礼一拳说："好个马仁礼，有你的！地里仙老人家说得好，你是背着鸡毛掸子走干道，不留脚印，不把你逼到份上，不把你脑门上那个放哨的、嘴上那个站岗的赶走，你是不玩活啊！"

周老虎带领调研组来到麦香村。于是，两个小品开始上演，一个是王万春编剧，武装部长导演；一个是马仁礼编剧，牛有草导演。两个小品当然都是演给周老虎带领的调研组看的。

调研组来到麦田查看。张德福说："今年他们秋播干得不错，提前完成了任务。"王万春接上："都是领导指挥得好。"周老虎一言不发，领着众人往前走。

一个黑瘦的社员端着饭碗在地头吃着，周老虎率着众人走来。张德福问："老乡，吃饭都不回家呀？"黑瘦社员说："不回去了，瞅着麦苗吃饭香。"

王万春问："这吃的是什么哪？"黑瘦社员说："馒头夹肉片。"

王万春很和气地说："地委周书记来看望大家，有什么话就跟周书记讲，不用怕。"黑瘦社员说："还讲什么哪，日子过得这么好，上顿有干粮，下顿有肉吃，晚上还能喝壶小酒，我谢谢领导啊！"

周老虎笑了笑领着众人往前走，苍白脸皮社员迎面匆匆走来。王万春问："老乡，急急忙忙地去哪儿呀？"苍白脸皮社员说："眼瞅着就冒冬脖子了，到城里扯点布，弹点棉花，做新被子，怎么也得做个三床五床的。"

周老虎问："做那么多床被子干什么？"苍白脸皮社员说："这个……兜里钱多，

没地方花，多做几床被子，一人盖一个，不挤。"

武装部长带人把着街口。瞎老尹拿木棍探路走着，他走到武装部长面前，拿木棍在武装部长身上点着念叨："树桩子？不对，这条道没有树桩子啊。猪？高了点。骡子？嗯，是头骡子。"武装部长喊："你才是骡子呢！尹世贵，你眼睛是真瞎呀？这么大个人竖在这儿你都看不见！"

瞎老尹念叨着："原来是人哪，咋像头骡子呢？"他继续往前走。武装部长高声喊："这道现在不能走，过一会儿就能走了。"瞎老尹说："这条道我走了一辈子，你说不让走就不让走啊？我偏走不可！"

武装部长大喊："尹世贵，你别仗着年岁大想来横的！今儿个你就是躺地上打滚，我都不让你过去！"瞎老尹笑着："你这嗓门比骡子声还大，不让过就不过呗，叫唤个啥呢？"

周老虎带人在村街走，街两边的房门都闭着，街上稀稀拉拉走着几个人。周老虎问："秋播都完了，街上的人这么少，都干什么去了？"王万春回答："这个……都猫在家里老婆孩子热炕头呗，舒坦着呢！"

周老虎率众人继续走，他们路过一个麦秸垛，牛有草突然从麦秸垛里钻出来，迷瞪着眼说："这一觉睡得真香，呀，这不是王书记吗？呀呀，这不是张书记吗？呀呀呀，这不是周书记吗？你们咋都来了？"王万春吃惊道："牛有草，你怎么跑这儿睡来了？"

牛有草打着哈欠："昨晚喝点酒，也没喝多，谁知道咋跑这儿来了？我正做梦呢，刚出锅的肥肘子，还没啃上，眼前刷刷闪了几道光，我睁眼一看，原来是领导们来了。"王万春说："周书记，别听他穷白话，咱们去前面看看。"

牛有草笑着："去看啥？这地儿我熟，我牛有草带你们去。"张德福板着脸问："牛有草，你知道眼前站的是谁吗？"

牛有草装呆："知道啊，都是人哪！"张德福赔笑道："周书记，老农民不会讲话，别搭理他，咱们继续往前看。"

周老虎说："牛有草我认识，三十年前打过交道，二十年前也打过交道。牛有草，这里你熟，你就带我们走吧。"牛有草高兴了："周书记就是周书记，记性好，念旧情，认得老熟人。有些人处了一辈子都不认得人哪！各位领导跟我走吧，我领着大家溜达溜达。"

街上的村民越来越多，大家望着牛有草和周老虎等人。周老虎走着望着，他看到村民们有的穿着破烂的衣裳，有的光着脚，有的小孩淌着鼻涕喊着饿……王万春说："周书记，该吃晌午饭了。"周老虎没说话。

马小转站在门口拿个饼子啃着，周老虎等人走来。牛有草问："小转儿呀，吃啥呢？给我尝尝。"马小转把饼子递给牛有草。牛有草闻了闻把饼子递给王万春："王书记，尝尝，好东西。"王万春一摆手说："我不饿。"

"我尝尝。"周老虎接过饼子，咬了一口没咬动，掰饼子没掰动，他把饼子揣进兜里。牛有草说："小转儿啊，你家饼子咋这么硬啊？领导们来了，就没有软和点的吗？"

马小转说："在桌上呢，我去拿来。"周老虎和气地说："不用拿，老乡，介意我们到你家看看吗？"马小转笑着："屋里刚收拾完，来吧。"

牛有草带着周老虎等人走进院，猪圈里传来猪的哼哼声。周老虎走到猪圈前望着。马小转挺乐和："以前不敢养猪，现在政策好，放开了让养，我们乐和，猪也跟着乐和，它吃得多，睡得香，肥膘噌噌地长啊！"周老虎笑了："长肥膘好，一年的油水就断不了，这是好事！等怀了崽子，再生它个十头八头的，那可就亮堂了。"

马小转眨眨眼说："怀不上崽子，不是说不让养母……"牛有草赶紧打断："小转儿，你家猪怀不上崽子能怪谁？张书记，王书记，你们说是不？"王万春尴尬着："对对对！周书记，眼瞅着要过晌午了，您工作再忙也不能不吃饭，要不咱们先回去吃饭？"

周老虎没说话，朝屋里走去。炕上铺着草，吃不饱躺在炕头上，盖着露棉花的破被子睡觉。儿子小东子坐在饭桌前啃着饼子。

牛有草带着周老虎等人走进来喊："吃不饱，你看谁来了？"吃不饱没动地方："谁来都一样，谁来都吃不饱。"

牛有草高声说："这是啥话？你赶紧给我起来。"吃不饱闭着眼说："起来干啥？活动多了就饿，躺着还能省点粮食。"

牛有草拽着吃不饱："周书记来了！"吃不饱一翻身起来，急忙下炕，揉揉眼睛仔细打量着周老虎："真是周书记！我吃不饱这辈子忘不了您哪！当年土改刚完事，您来看我，我一口气吃了您六个小钵大的馒头。六个馒头进了肚，才垫了底儿，可我知足了。周书记，我这辈子欠您六个馒头啊！"

周老虎激动了："吃不饱啊，记得当时我放了话，说我得让你吃饱，你要是吃不饱，那我这个官就不当了。眼下，咱们都这么大年纪，半截身子进土的人了，你还没吃饱，那我这个官真不能当了！"牛有草说："小转儿，赶紧拿点软和的给领导们尝尝。"

马小转一指："软和的都在桌上，是留着给孩子吃的。"周老虎拿起饭桌上的饼子咬了一口，然后把饼子递给身后众人说："大家都该饿了吧？那就先吃点垫垫肚子，地瓜面儿混着地瓜叶的味儿，好吃得很。"

张德福、王万春接过饼子吃。张德福咬一口，一皱眉勉强咽下去。王万春使劲儿嚼着："好吃，真好吃。"其他领导有的嚼着嚼着悄悄吐了。

马小转突然高声喊："社会主义好！人民公社好！"小东子也用他的童子声喊叫："社会主义好！人民公社好！"牛有草、吃不饱也跟着喊。

周老虎转身走出去，他来到麦田边，望着麦苗沉默，心中如海潮翻滚。良久，他指着麦田声音颤抖着说："眼下农民们过得怎么样，是甜，是苦，是心满意足，还是糟心难受，我们每个干部看得都清清楚楚。为什么是这种状况，大家心里也都明明白白。三年困难时期，证明了包产到户是有效的，可到了今天，大家就是不敢干！多少年来，我们就是一阵子东风一阵子西风，瞎折腾。到头来受苦的是农民，遭罪的是农民，吃不饱的是农民！眼下，关键就是敢与不敢的问题。今天我们站在刀刃上，没有别的路可走，就得走大包干这条路！我为官一任，别的不管，就得让农民吃饱饭，否则我就不干这个地委书记！现在，胆大的人搞了点试验，那就让他们搞。试验怕什么？成功了失败了都是试验。如果将来事实证明我搞错了，我一个人承担责任，你们不用害怕，就是到北京打官司，也是我一个人去！德福同志啊，你怎么看哪？"

张德福涨红着脸说："周书记，您就是我们的主心骨，您说怎么干就怎么干。"周老虎问："万春同志，你呢？"王万春说："都听领导的。"周老虎说："既然大家都赞成，那就没什么好讲的了，走，回去。"

回到办公室，王万春急忙笑脸辩解："张书记，您也看到了，在您的指导下，我花心思安排了好几天，本来是严丝合缝的，谁能想到麦秸垛里冒出个牛犄角来！"张德福奇怪："千算万算，就没算着那个牛有草，牛有草到底有什么本事，能把周书记哄住了？"

王万春说："什么本事不知道，就知道周书记挺欣赏他。张书记，下一步怎么办？"张德福训斥："你自己没脑袋吗？人活一辈子，脑袋就一个，掉了就弄不回来了，别人想掉咱管不着，咱爷们儿的不能掉。你不明白吗？"

牛有草来到马仁礼家，从裤腰里拽出一瓶酒放在饭桌上。马仁礼一笑："光这个不行。"他把手指放在嘴上做吸烟状。牛有草摆手："想得美啊，那东西可金贵，动不得。"

马仁礼说："牛大队长，你可有话在先，说事成了就让我可劲儿尝那金贵东西，不会忘了吧？"牛有草说："甜头刚到嘴边，还没咬进嘴里咽到肚子里，别乐和早了。"

马仁礼瞪眼："周书记当着这么多人的面，话讲得清清楚楚，明明白白，掉地上都能砸出坑来，你心里还没底啊？""啥时候我咬着麦粒了，嚼出麦子味儿了，撑饱肚皮了，心才能落底儿。不管咋说，你这法子真灵，我得谢谢你！"牛有草说着，打开酒瓶倒了两碗，"仁礼你好好讲讲，这法子是咋想出来的？"

马仁礼仰脖子干了一碗酒，十分得意地说："这是'木马计'套'请君入瓮'的招式，最后来个激将法。你藏在麦秸垛里叫'木马计'，特洛伊木马计懂吗？一说这话就多了，喝三瓶酒也讲不完，知道'木马计'就行了。你带着周书记他们进小转儿家，这叫'请君入瓮'，懂吗？最后那招叫激将法，懂吗？"

牛有草点头："激将法我懂，就是气人的招。原来你早就料到王书记他们要把道封了，周书记来了咱们也见不到。我说你咋让我在麦秸垛里待了一宿呢，这一宿苍蝇哄哄的，小虫直往耳朵里钻，我遭这个罪太值了！没你这一招，咱还真见不到周书记，见不到周书记，你那个啥入瓮法就用不上。"

马仁礼微笑着："连环套路，上了套就下不来。"牛有草皱眉："眼下这事消停了，不知还能不能再出乱子？"马仁礼底气十足："兵来将挡，水来土屯。"

说话间，口了就从指缝间溜走了，雪花纷纷扬扬飘落下米，又到了冬天。

借地的那伙人在西坡地拖着碌碡压麦苗。三猴儿家的"小花"下了一窝崽，他一边干活一边唱："我家的兄弟数不清，没有大事不登门，一登门就带来一群小崽子，那真是比兄弟还要亲……"吃不饱说："我好心好意给你家'小光'多送个媳妇，你还推三阻四的，这好事上哪儿找去？"

三猴儿诡笑："你给我再送个媳妇还差不多。"马小转喊："三猴儿，这话你敢咬准了？就怕当着金花的面你腿肚子打软！"三猴儿眨巴眼："腿肚子打软不怕，就怕不该打软的地方打软！"众人大笑。

突然，牛金花从山梁上跑下来高喊："不好了，抓猪的来啦！"牛有草领着三猴儿、牛金花众人快步往回走。一辆拖拉机停在三猴儿家门口。牛有草问："三猴儿，我跟你说的都记下了？你和金花跟我进去，其他人都回去吧。"

牛有草带着三猴儿、牛金花走进屋里，武装部长坐在椅子上，身后站着几个人。牛有草装着惊奇："满屋子热乎气，真热闹啊！"武装部长冷笑："家里添丁儿，母猪下崽子，这是喜事儿，能不热闹吗？马仁义，母猪呢？"

三猴儿一摊双手："哪有母猪啊？"武装部长翻开本子："就知道你不认账，好，我给你念念白纸黑字写的，马仁义家，养公猪、母猪各一只。问，你为什么养母猪啊？答，我们大队长牛有草说可以养猪，公母都可以养，公猪肥了吃肉，母猪下崽子卖钱，我们就听牛大队长的。问，你们不会改口吧。答，改什么口呢，牛大队长说了，有事你们找他去。马仁义，有这么回事吗？"

三猴儿只好说："啊，你说那头母猪啊，我早放跑了。"武装部长冷着脸："前两天你家谁下崽子了？"三猴儿推迷糊："下崽子了吗？我忘了。"

武装部长声色俱厉："马仁义，你别跟我胡搅蛮缠，赶紧把母猪交出来，猪崽子也得交出来！"三猴儿说："母猪都跑了，上哪儿弄崽子去？"

这时，炕柜门被顶得上下颤动，里面传出猪崽叫的声音。

武装部长一笑："这回亮堂了。牛大队长，上面的政策你知道，个人只能养公猪，不能养母猪，养母猪就是走资本主义道路。你的社员养了母猪，还下了崽子，你这个当头的不能不管吧？"

牛有草点头："这事得管。盐从哪儿咸的，醋从哪儿酸的，不管啥事，得从根儿说。要弄清楚这事，得问问猪崽子们的爹'小光'。"武装部长说："问猪有什么用？猪会讲话吗？"

牛有草说："猪不会讲话，可它会听啊，要不咱们审审'小光'？"武装部长撇嘴："这事真新鲜，我倒要看看猪怎么个审法！"

张德福和王万春走进来。武装部长赶紧站起身。张德福一把拉住牛有草的手："牛大队长哪，你这段日子上蹿下跳地忙活，辛苦啦。"牛有草针锋相对："张书记，您东跑西颠的，更辛苦。"

武装部长请张德福坐下，牛金花给牛有草搬了把椅子让他坐下。王万春说他出去把门，让武装部长留下陪张书记。炕柜里不断传来猪崽子的叫声。

张德福抽出两支烟，递给牛有草一支。牛有草说："张书记，您这烟抽着没劲儿。"张德福说："劲儿大了上头，迷糊！"

牛有草说："劲儿小了没底气，发慌！"张德福抽了一口烟："谁说没劲儿？这劲儿是顺着脑瓜门往外冒，顶得慌。"牛有草接茬儿："顶得慌好啊，等顶不住一股气儿冒了就舒坦了。"

院门口，吃不饱、马小转、杨灯儿、赵有田、瞎老尹等人朝屋里望着。马仁礼匆匆跑来。杨灯儿埋怨："你咋才来？赶紧想想法子！"马仁礼愁苦着脸："一到节骨眼儿上就让我想法子，我上哪儿弄法子去？"

屋里，一只猪崽子从炕柜里爬出来，滚落到炕上。张德福一抬手："请过来。"武装部长把猪崽子递给张德福。张德福抚摸着猪崽子："小东西真待亲，看这脸盘、这眉眼，爹娘保准也是俊样子。牛大队长啊，娘不在，就把爹请过来吧，给大家介绍介绍。"

牛有草喊："三猴儿，把'小光'请来，跟张书记见个礼。"三猴儿、牛金花带着武装部长等人来到猪圈，三猴儿打开猪圈门，把"小光"赶进屋来。张德福一本正经："牛大队长，审吧！"牛有草说："三猴儿，讲讲咋回事。"

三猴儿坐在炕沿上："话说那天晚上下大雨，那雨下得都冒烟了，我和金花在炕头猫着，突然听见猪圈里传来猪叫声。我趴窗台一望，猪圈里多了一头猪，那头猪猫在'小光'怀里亲着蹭着。我刚要出去，金花说管他哪儿来的猪，大雨天的，两头猪搂着抱着不冷。雨停我进猪圈一看，来的是头母猪，浑身黑白色衬着，我给它起名叫'小花'。当时我就寻思，上面不让养母猪，我不能背着政策干，不能走资本主义道路啊，就抄起扁担打'小花'。小花一炮蹄子跑了。为这事'小光'火上的一嘴大泡，饭都吃不了，我和金花还拿着勺子喂。"

张德福一下没拿住烟，烟头落到猪崽子身上，猪崽子被烫得叫着从张德福怀里跳到地上跑了。张德福掏出烟，牛有卓给张德福点烟。

三猴儿接着讲："过三天'小花'又来了，它一头钻进'小光'怀里连亲带啃。我又抄着扁担打'小花'，'小花'又跑了。"

牛金花递给三猴儿一碗水，三猴儿接过碗放一边，继续说："可'小花'隔三差五的还来，半夜来，弄得我睡不好，吃不消停，浑身骨头架子都快散了。为了保住我这条老命，后来我就不管了。一转眼就到了冬天，那天我在屋里睡得正香，恍恍惚惚听到窗外有吱吱声。我赶紧爬起来摸到猪圈前，一看，好家伙，一群白乎乎的猪崽子正围着'小花'吃奶呢。我当时就蒙了，上面不让养母猪，我这好，还弄了一群猪崽子，这不是顶着风上吗？我说'小花'呀，孩子你带不走，我替你养几天，几天过后，等孩子们能走了，你再带它们走。孩子们还没能走利索呢，你们就来了。"

张德福叼着烟没说话，烟快烧到烟屁股了张德福猛抽一口，被烫得一咧嘴。他阴阳怪气地说："嗬，马仁义你挺会编故事啊，把猪崽子都抓走！"

武装部长抓猪崽子，猪崽子尖锐地叫着。院里小仓房的门裂开了，一头黑白色的猪从里面探出头使劲儿地叫着。

张德福站起身："把马仁义带到公社交代问题，母猪和猪崽子全拉走！"说完走出去。武装部长一使眼色，他身后的人上来就抓三猴儿。牛有草一下站起身高声喊："社员养母猪是我放的话，你们要抓就抓我！"张德福在外面说："谁养母猪就抓谁！牛有草，你别不知道自己几斤几两，你的事多了，等攒够一朝收拾你！"

牛有草跑出来对张德福说："张书记，您听我说一句话！"张德福怒火中烧："牛有草，你在谁面前伸胳膊撂腿儿我不管，可你在我的一亩三分地练猴拳，我可不能闭着眼睛。牛有草，你要是把胆子改小点咱还能说上话；你要是顶着牛犄角跟我较劲儿，那咱们就看谁能把谁的胆子顶破了！"

王万春劝着："大胆啊，张书记是通情理的人，你讲句软和话，满天乌云就都散了。"牛有草说："张书记，你让我把胆子改小点，我乐意改呀，小胆子不惹事，安安稳稳、消消停停过日子，我也想。可我们头上顶着个穷字，我改了就得受穷。一句话，乡亲们吃饱饭了，我改；乡亲们过好日子了，我改；乡亲们富裕了，我改！您要是能应了这三条中的一条，我立马就收了胆子，猫在炕上，夹着脑袋窝着脖子过日子！"

张德福不理会牛有草，下令把人和猪都带走。武装部长等人押着三猴儿抱着猪崽子走出来。牛有草朝院门口跑去，他一把关上院门，横上插门棍，抄起扁担站在张德福等人面前。

王万春忙喊："牛有草你要干什么？赶紧把扁担放下！"张德福冷笑："牛有草，你还敢动手吗？"

牛有草喊叫："你们放人不？"张德福怒气冲天："反天了！把牛有草给我抓起来，一起带走！"几个人冲上来。牛有草抡起扁担打倒了好几个人。王万春拦着牛有草，被牛有草一扁担打在胳膊上。院外，马仁礼众人推着门，推不开。马仁礼喊："大胆哪，别打了，留着青山在，不愁没柴烧！"牛有草疯了一样，和众人扭打在一起，最终还是被抓走了。

马仁礼阴沉着脸回到家，坐在椅子上沉默着。马公社急吼吼地跑进来说："爹，你赶紧想法子把大胆叔弄出来呀，麦花都哭得不行了。"马仁礼苦愁着脸："你满心思就是麦花，不想想你爹有多难！他牛有草当着张书记的面打人，那就是打了张书记的脸，张书记能善罢甘休吗？唉，舞弄不了了！"

杨灯儿把麦花叫到自己家，麦花坐在炕沿抹眼泪，小娥子给麦花擦眼泪。灯儿铺着被褥说："麦花呀，你爹没犯大错，过几天就回来了，他要是不回来，灯儿姨就去把他揪回来。你跟你妹子睡一块儿，俩人拉呱拉呱心就顺畅了。"

灯儿走出去。小娥子把狗儿哥的来信给麦花看，麦花不哭了。

马仁礼坐在椅子上看《孙子兵法》。杨灯儿来了说："牛有草是为了乡亲们栽的跟头。马仁礼，你栽跟头的时候牛有草可没瞪眼瞅着。这回反过来了，你可得上心，大家可都瞪眼瞅着呢！"马仁礼也很发愁，不知道该咋办，不过他说一定想想办法。

三猴儿蹲在猪圈旁念叨着："一群猪到头来剩老哥一个了，还把大胆给搭进去。今儿个要不是大胆挡着，走的人就是我。"牛金花说："要不咱们明天赶着'小光'去找马仁礼，送他一头猪，让他帮着想想招？"

三猴儿猛地站起身，抓起镢头要去拼命。牛金花拦着："这不是要命的事儿，牛有草咋说都是大队长，顶多摘了帽子还能剩个脑袋；你要是逞能来硬的，要摘就摘你的脑袋啦！"

牛有草被关进了公社革委会，他耷拉着脑袋没精打采坐在椅子上，武装部长问："牛大队长想通了没有？想通了就交代问题，先交代猪的问题，再交代打人的问题。"问了半天，牛有草就是不搭腔，他气呼呼走到牛有草面前低头一看，牛有草竟然打着呼噜睡着了。

王万春亲自出马，他拉一把椅子坐在牛有草对面喊："牛有草，想睡觉用不用我给你铺床被子啊?"牛有草睁开眼说："最好再垫三层新褥子躺着才舒坦。"

王万春耐心诱导："大胆哪，我知道你是犟脾气，可张书记也是犟脾气，你俩犟到一块儿去了。我到头来弄了个里外不是人，你看我这胳膊，都被你打成这样了。还好，你没打到张书记，你要是把他打了，事可就大了。你打我，我不怪你，谁让咱们是处了几十年的亲兄热弟呢，扯着手搂着脖子有说不完的话! 眼下我都不敢来看你，一看心里就疼。你要是能服个软，说两句软和话，交代完问题你就走，张书记那儿你别担心，我给你讲好话。从今往后你老老实实还当你的大队长，咱们还手拉着手处，你看这样行不?"

牛有草说："王书记这话说得敞亮，听着顺耳，拿纸拿笔!"王万春拍了拍牛有草的肩膀："这才是我的好兄弟! 等交代完问题，炒俩菜，烫壶酒，给我大胆兄弟去去晦气。"

王万春走了，武装部长拿着纸笔坐在牛有草面前。

牛有草说："我说你写，写完了给王书记。咱先讲公母的事，就讲鸡吧。养鸡不让养母鸡，那没了母鸡就没了鸡蛋，没了鸡蛋还哪来的鸡……"

武装部长把牛有草的交代全记在纸上交给王万春看，王万春看着眉头皱起来："什么有鸡有蛋没蛋没鸡的……"

正说着，马仁礼夹着个布包来找王书记。王万春告诉武装部长让他进来。马仁礼刚进来，王万春就站起身从办公桌后走出来，一把握住马仁礼的手："仁礼呀，快过来坐。"他把马仁礼按坐在椅子上，自己拉把椅子坐在马仁礼面前说，"仁礼啊，你来肯定有事，有事就说，我给你做主。"

马仁礼望了望武装部长，武装部长是聪明人，立马出去了。王万春问："是不是你家那口子又有新动向? 没信来? 这事你可得把住，你是大队长，公社的中流砥柱啊!"马仁礼诚恳地说："王书记您说得对，两国关系的事可不是开玩笑的，我肯定把好关，报好信儿! 王书记，我想说说牛有草的事。"

王万春的脸沉下来："你别说了，牛有草敢打张书记，他还有什么事不敢干哪? 张书记火大了，我是连捂再盖，好话说了一箩筐才把他送走。我还有几年就退休了，牛有草要再这么折腾，弄不好我都得提前被他折腾下去!"

马仁礼说："王书记，您的一片热心我替牛有草领了，这些年，要不是您护着，我们哪能有今天哪!"马仁礼把夹着的布包放到桌子上，"王书记，您这段日子操了那么多的心，劳了那么多的神，得补补啊，这点心意您得收下。"王万春点了点头：

"是得补补了，仁礼呀，还是你惦记我。"

马仁礼说："王书记，我再说两句就走。养猪和养鸡是一个道理，养鸡不让养母鸡，那没了母鸡就没了鸡蛋，没了鸡蛋哪来的鸡？鸡都没了，哪来的公鸡啊……"王万春摆摆手冷笑："牛有草说鸡，你也说鸡，马仁礼呀，你跟牛有草是怎么回事我都清楚，一狼一狈呀！牛有草的事多，你的事也不少，你趁早收了尾巴，要是不小心让上面抓到，你也消停不了！"

马仁礼连连点头："是是是，王书记，您是一句话点醒梦中人。那，牛有草的事……""得看张书记的意思，我是舞弄不了。"王万春说着走到办公桌前坐下拿起了报纸。

马仁礼望着王万春，站起身望了望那个布包走了。王万春打开布包看，里面是一条大前门烟。

三猴儿、吃不饱、杨灯儿、牛金花等一伙人围坐在马仁礼家的炕上搓苞米。马仁礼把他去找王书记的经过对大伙儿绘声绘色地讲了一遍。他还说："王书记说我和牛有草是一狼一狈，这明摆着就是骂我俩。狼跑得快，狈爬得高，两个东西一起勾搭着做坏事呗。不过牛有草只是犯错没犯罪，没准哪天灵光一现，他就站在门口了，大家放心吧。"

杨灯儿、三猴儿、牛金花从马仁礼家出来走在村街上。杨灯儿和三猴儿两口子商量去地委找周书记。三猴儿说："大胆是为了我家才被抓走的，掉了脑袋我也要去地委喊冤！"

杨灯儿、三猴儿、牛金花简单收拾了一下，先坐拖拉机到县里，然后坐公交车赶奔地委。来到地委大院门口，三猴儿说："我这腿肚子不知道咋的直抽筋，金花呀，你跟着灯儿过去，两个女人家好拉话，我在后面给你俩巡风放哨。"

门卫一脸严肃地站岗。杨灯儿和牛金花走到门卫面前，灯儿望着门卫问："小兄弟，周书记在吗？我们是麦香岭来的，想找周书记说点事。"门卫说："最近总有人找周书记，周书记是说见就能见的吗？"

杨灯儿求着："我们有冤情呀，小兄弟，你帮帮忙，让我们进去吧。"门卫说："有冤情去信访室反映。"

杨灯儿问："周书记啥时候能看到我们的事呢？"门卫摇头："那我就不知道了，早晚会给你们答复。"

杨灯儿说："早晚是啥话啊？要是晚上半年，麦子都黄了。不行，我现在就要见周书记。"她说着往里面闯。门卫拦住喊："这位大嫂，你要再捣乱我们可要抓人了。"

牛金花一拽灯儿："好汉不吃眼前亏，咱们走吧。"灯儿突然使劲喊："周书记！周书记！"门岗里跑出几个人阻止她。灯儿说："不让我进还不让我喊啊！"她继续高声喊着。门卫拉扯杨灯儿，灯儿照门卫的脸挠一把。门卫一摸脸出了血，几个人就把杨灯儿抓进去了。灯儿使劲喊："周书记，我冤枉啊！"

三猴儿和牛金花看到杨灯儿被抓，吓得赶紧跑了。两人马不停蹄地赶回村子，把灯儿被抓的事儿告诉马仁礼。马仁礼埋怨他们不该去地委，起码去之前也该打个招呼。他告诉三猴儿和牛金花，牛有草和杨灯儿的事他一定管，只是得让他琢磨琢磨想想辙。

赵有田知道灯儿被抓，心急如焚，他一刻也不能等，不管天已经黑了，也不管大雪正纷纷扬扬地下着，他决心去看杨灯儿。他蒸了一锅饼子放在桌子上，看麦花和小娥子都睡着了，就轻轻关上里屋门，出来往猪圈里扔了两穗苞米，坐在猪圈外的石墩上抽着大烟袋。雪越下越大，大雪把赵有田堆成了雪人。最后，他站起来抖掉身上的雪，大步走出家门。

杨灯儿被抓，地委的警卫班长觉得不妥，她一个农村妇女，又没犯罪，就是和门卫撕扯几下，抓她怎么处理？好抓不好放。没有正当手续，拘留所不会收。把她关在哪里？而且还得管她吃住。本来想让她认个错就放她回去，可她就是不认错，还非要见周书记不行。周书记去省里开会了，她哪能见上？只好电话通知公社来领人。当天就把她关在三楼一间放杂物的屋子里。

赵有田像是个雪人似的，出现在地委大院门口，说是来看杨灯儿，门卫不敢再造次，立即放行，有人领他去见杨灯儿。赵有田望着灯儿，嘴唇哆嗦着说不出话来。

杨灯儿说："他爹，孩子们好吗？你给她们备好吃喝了吗？赶紧回去，回家就说我没事，在这儿吃得好睡得好，过两天就回去了，省得孩子们着急。"

赵有田说："这地方哪能比家好啊！他娘，刚才那个门卫说，只要你认个错就能回家。"灯儿摇头："我没错认啥错？不能认！"

赵有田说："好，不认就不认，走，咱们回家。刚才我瞄了一圈，他们要下班了，人少。他娘啊，我来了就没想回去。我都寻思好了，你进来了，我也得进来，他们要是不让我进，我撂倒两个人就进来了。咱俩就在这儿过日子，一块儿吃一块儿睡，闷了还能拉个话，他们要是敢动你一根汗毛，我就拼上这条老命！我赵有田窝囊一辈子，不能让我媳妇也窝囊着！眼下你说没犯错，那咱们就没犯错，凭啥抓咱们？我得领你回家！"他一扛起灯儿就朝外面走，来到露天楼梯口。一楼的楼梯口上来一个门卫喊："你们干什么？"赵有田扛着灯儿跑上三楼平台望着楼下。

杨灯儿着急道："他爹，放下我你快跑！"这时，一个门卫跑上来。赵有田一

218

急，闭上眼抱住灯儿就从三楼平台跳了下去。赵有田摔在厚厚的雪地上，灯儿摔在赵有田身上。灯儿一声尖叫，她的脚崴伤了。赵有田扛起灯儿就跑。

门卫急忙向班长报告，班长摇头："真是老农民！行了，她有姓名地址，不怕她跑，打电话通知他们公社处理！"

赵有田背着灯儿走着。灯儿问："他爹，你没摔坏吧？"赵有田说："摔坏了还能背得动你？老骨头扛摔打。他娘，你脚脖子好点没有？"

灯儿说："崴了一下，没大事，放我下来，我能走。"赵有田说："能走也不行，他娘啊，你软乎乎贴在我背上，趴在我肩上，我满身子都热乎！"

灯儿对着赵有田的耳朵吹风："他爹，你从哪儿冒出来的这股劲儿呀？万一摔坏了可咋办哪？"赵有田说："摔死都值了。咱老农民没权没势，惹不起人家，可咱们还跑得起！我媳妇就是不能让外人欺负！谁欺负我就抢着镢头跟他干！"

赵有田顶风冒雪、气喘吁吁背着灯儿终于回到家里，得到消息的村人都跑来探望。灯儿说："老赵把我抢回来了。"马仁礼大惊："这可是捅大娄子了！"赵有田不在乎："我不管啥娄子，我家灯儿说没犯错就是没犯错，凭啥抓人？"

马仁礼让大伙儿都回去，让这老两口好好休息。赵有田趴在炕上，灯儿给他抓捏着。赵有田喘着气说："他娘，这些年来，家里大小事都是你忙里忙外张罗。我没事还跟你吵闹，心思往歪处想，把你想脏了想臭了。说到底，你是咱家的亮堂人啊，亮了二十来年，我眼瞎，早没看透啊！"灯儿安慰着："他爹，我不怪你，怪就怪我把事憋着藏着，让你琢磨这么多年，累这么多的心思。"

赵有田的气越来越短，脸色苍白："他娘，牛有草是个硬气人，牛性人；你是个干净人，亮堂人。你两本来该是一家人，可你到头来跟了我这个苞米瓢子。我是个窝囊人，日子过得穷，挺不起腰杆子，你这辈子跟了我，亏了。"灯儿抓着赵有田的手："他爹，我不管你是啥人，你能把我托在手心儿里，把我擎在心尖儿上，节骨眼儿，能横着膀子护我，我这辈子不亏！"

赵有田含泪看着灯儿："要是有下辈子，我还能吃上你蒸的干粮，踩上你纳的千层底儿吗？"灯儿眼闪泪花说："这辈子都没过完呢……"

赵有田嘴唇翕动，说话有气无力："是……这辈子还没过完……我想咱儿子了……"

杨灯儿见他这样，知道情况不好，赶紧找马仁礼套马车送赵有田去公社卫生院。赵有田陷入昏迷，气息奄奄，还没有赶到地方，就永远闭上了眼睛。医生检查之后说，他肋骨摔折，把脾扎破，失血过多，来晚了。

雪纷纷扬扬地下着，天地间全被白色包裹住了。

张德福知道了杨灯儿和赵有田从地委逃跑的事，心中窃喜，立即打电话给王万春做指示。王万春表示："请领导放心，我一定把犯事的人捉拿归案！"他放下电话望着武装部长："去把杨灯儿和赵有田抓起来！现在十一届三中全会都召开了，赶到这个节骨眼儿上折腾，他们这是往我脸上抹屎！"

武装部长带人赶到麦香村，却是空手而归。王万春闻讯，沉吟着说："也不知是谁写了匿名举报信，把牛有草的事和杨灯儿的事捅到周书记那里。周书记有话，他正在省里开会，人先不能动，等他回来再说。行，不管了，杨灯儿和赵有田的事就先放着。"

武装部长说："不放着也得放着，赵有田死了。"

第十四章

公社大喇叭广播《中国共产党第十一届中央委员会第三次全体会议公报》，马仁礼静静地听着。街上、墙头、房顶、麦垛上、苞米垛上，或坐或站的数不清的社员们都在静静地听着。

乔月抹了一把眼泪下炕。马仁礼说："喜极而泣了？中美关系正常化，《人民日报》发表了《中美建交公报》，你可以扛着铺盖卷到美国吹洋风儿，喘洋气儿，看洋景儿，全是乐和事儿。"乔月说："你就那么盼着我走？"

马仁礼无奈道："盼不盼都得走，还不如敲锣打鼓乐乐呵呵地欢送你走。"乔月柔情道："他爹，你和儿子跟我走吧，要不这个家就散了。"

马仁礼装着乐和："十一届三中全会上讲了，要集中主要精力把农业尽快搞上去，有这股劲儿顶着，眼瞅着好日子就要来了，我不得躺炕上跷着腿儿，等着享福啊！你该走就走吧，等我和儿子吃香喝辣穿好的，我俩找空去你那儿照个面儿，逛个景儿。你想回来就回来，可这炕头上估计没你的地儿喽！"

乔月是个心气很高的女人，在这个小村里忍辱偷生，早就过够了，她的确动了去美国的心思。可是，丈夫和儿子都不愿背井离乡，她还得慢慢做工作，成个家不易啊。

上头有了政策，农民吃了定心丸，劳作起来就劲头十足。

麦香东村大队是周老虎的试验点，他从省里开会回来就来蹲点调研。牛有草已经放回来了，周老虎和他走在麦田边上。周老虎说："有人写匿名信投到我这儿，信上都是说你的好。你真能折腾，你为养母猪的事打了公社的人，有人为你又打了地委的人。行，你犯事能有人给你出头，这就说你的人缘不错。"

牛有草不好意思地说："周书记，我一个事接着一个事折腾您，对不住您哪。"

周老虎笑着："折腾我不怕，只要能折腾出模样来就不白折腾。大胆哪，我知道你胆子大，性子耿，不怕事，可你是党员，是干部，做事不能脑袋一热就豁上。解决不了的事慢慢琢磨，总能琢磨出个道来。"

牛有草挠着头："我都琢磨大半辈子了，您还让我慢慢琢磨？土改，互助组，初级社，高级社，人民公社，这些咱都不讲，本来寻思粉碎了'四人帮'，农民该见日头了，可咋还看不到光儿呢？几十年了，政策总在变，咋拿不掉农民头上顶的穷帽子呢？"周老虎静静地听着。牛有草接着说："眼下公社扩大了自留地，可以搞养殖，可是个人不准养牛，这是啥理儿？养羊不能超过三只，养猪不能养母猪，养母猪就是走资本主义道路，这是啥理儿？我不明白。我这些年憋屈死了！"他仰头大喊："老天爷，你让我心里敞开条缝儿吧！"

周老虎回到地委召集主要干部开会，他把牛有草对他讲的话在会上讲了一遍后，感情激动地说："这就是一位六十多岁的老农民跟我讲的话，人家讲的这些话听着不顺耳，可都是真话实话；人家提的这些问题，我周老虎回答不出来，在座的各位能回答出来吗？回答不出来就是有问题。举个例子，就说养猪的事，让社员个人养猪不让养母猪，说养母猪就是走资本主义道路。请问，没母猪哪儿来的猪崽，没猪崽还有猪吗？这个简单的道理难道不懂吗？十一届三中全会公报上写得清楚，任何人不要乱加干涉家庭副业。同志们，农民不容易啊，能放一马就放一马吧，政策能宽松点就宽松点吧。上头说大河有水小河满，我说小河有水大河满，农民穷得叮当的，集体还有什么？集体没有什么，国家还有什么？所以我说，不合理的政策就得改……"

王万春心里纠结着，憋闷着，工作到底咋干？他这个公社书记一点儿谱都没有。他实在想不明白，就来到县革委会对着张德福诉委屈："这工作没法干了，中央要那么干，周书记要这么干，咱们到底该怎么干？猪的事不说了，就说地的事，周书记的借地政策就是想搞包产到户，要是搞成了，社员都一门心思忙活自家的地，集体地还有人管吗？我们这些当干部的还有什么事可做？"张德福说："万春哪，光发牢骚没用，有本事就实打实干。三中全会开完了，政策咱们都清楚，是时候了。神不知鬼不觉的，怕什么，只要你横着一条心跟我干，就没你的亏吃。人家会写匿名信，你不会呀？"

麦花告诉她爹，仁礼叔为救他拿走一条烟。牛有草找到马仁礼要烟，马仁礼叫着："嗬！为你的事我操了多少心，费了多少劲，头发都白了好几根，你连句感谢话都不说，还管我要烟？"牛有草逗笑说："这话得两说，烟是烟的事儿，白头发是白头发的事儿。白头发在哪儿呢？你让我瞅瞅。"说着就要抓马仁礼的头发。

马仁礼急忙闪开："被乔月揪没了，你要看早说，我给你留个一根半根的。碰上吃肉不吐骨头的主，烟送王万春白送了。都是被你逼的，你要是没闹出事儿来，我犯得着拿好东西孝敬他吗？"牛有草说："我找他要烟去！"

马仁礼摆手："牛有草，这烟可是为你送的，人家没开面儿也不能拿回来，拿回来就是撕破脸皮。人家既然收了，就记得咱的情，说不定什么时候就能帮咱一把。"牛有草问："那匿名信是谁写的？"马仁礼一笑："你说呢？"

牛有草拍着马仁礼的肩膀："还是老兄弟啊！够意思！"马仁礼对牛有草眨眼笑着："有田说走就走了，留个女人撑门面，日子不好过。听灯儿讲，有田临走那晚说想春来了。人走得急，想看儿子都没看上，可怜人儿啊。大胆哪，我知道你憋着一肚子话，就是卡在嗓子眼儿倒不出来。眼下灯儿一个人，你也是一个人，要不两只老鸳鸯凑一块儿拉拉话？"

牛有草恼了："马仁礼啊，这屁你也能放出来，有田要是听到了，得多糟心！"马仁礼点头："行行，屁放一半，收回来了。"

牛有草到地里仙家给祖宗磕过头，走到地里仙面前站着。地里仙说："天晴了好啊，大胆哪，咱爷俩出去走走，就去你的西坡地，再不走就走不动了。"牛有草搀着地里仙来到麦田边。地里仙望着麦田不说话。

牛有草说："二爷爷，您看这麦子，长得多壮实。"地里仙点头："劲儿用得不一样，麦子也长得不一样啊。"

牛有草说："老人家，您好好养身子，等收了麦子，我给您蒸精面大馒头，烙葱油大饼吃。"地里仙说："大胆哪，我明白这块地是啥来头，也清楚你这道儿上不太平，磕磕碰碰，沟沟洼洼，二爷爷瞅着，心里是又酸又疼啊。可不酸不楚没滋味，不疼不痒不是日子！能吃饱饭，苦点累点折腾点，值当啊！"

老槐树返青了，黄河水奔涌着。牛有草、马仁礼带领三猴儿、吃不饱、马小转、牛金花、瞎老尹等社员给西坡麦地浇返青水。

一辆吉普车停在地头，武装部长下车摸着麦子说："长得不错，可喜可贺！牛大队长，别忙了，回家去一趟，有人等你。"

两人上了车，武装部长问："你们那块地今年能好收成？"牛有草实话实说："不出乱子，一亩地比三亩地收得多。"

武装部长笑着："你的那帮人不得乐掉了下巴？"牛有草说："掉不掉下巴不知道，管咋的肚子能撑爆了。"武装部长连讽带刺："好事啊，牛大队长就是有能耐，谁跟着牛大队长干谁吃香啊！"

武装部长的车停在牛有草家门口，门口还停着另外一辆车。牛有草邀请武装部长进去坐坐。武装部长怪笑："这屋我可不敢进，我在外面给你把风。"

牛有草走进屋里，看到屋里站着两个干部模样的人，麦花坐在炕头。瘦高干部说："你是牛有草同志吗？我们是省里的，省里派我们来了解点情况。"牛有草说："麦花，爹有事儿，你出去溜达溜达。"

两位干部坐在椅子上，牛有草坐在炕沿。调查开始，矮胖干部做记录。牛有草老老实实地把借地种的经过讲了，他最后说："这都是我一个人的事儿。我是大队长，我说在哪儿干社员就在哪儿干，我说咋干社员就咋干。"

高瘦干部问："牛有草同志，你的意思是说，除了你没有其他人知道借地的事了？"牛有草说："县委书记张德福和我们公社王万春书记知道这个事，可他们都不支持。"

高瘦干部问："他们不支持，你怎么还敢这么干？你不知道这违背国家有关政策吗？"牛有草说："我都知道，可肚子逼人哪。农民种地脸朝土背朝天，夏天顶着日头，冬天背着雪，热的时候大汗滴子掉地上能摔八瓣，冷的时候衣服脱下来能站着。可到头来一年收那么点粮食，交了公粮和统购粮，剩下的自己都吃不饱。几十年了，农民吃不饱饭，过着穷日子，我当这个大队长，别的干不了，总得让他们吃饱饭吧。"

省调查组人员静静地听着。良久，高瘦干部问："你们借地种粮，收了粮食怎么分配？"牛有草很干脆："保证国家的，留足集体的，剩下就是自己的。"

高瘦干部追问："牛有草同志，我们接到匿名信，说地委有干部支持你们借地种粮的事。是这样吗？"牛有草说："这事哪敢惊动地委领导，都是我一个人干的，你们要查就查我一个人，打官司也是我一个人去，跟别人扯不上！"

马仁礼见牛有草被车子带走，心里实在不踏实，思来想去，向牛有草家走去，探探风声。武装部长在牛有草院门口站着，看到马仁礼走过来，就说："马大队长，还没调查到你头上，等急了？"马仁礼笑着："我来学习学习，这里面的学问可大了，上堂受审，严刑逼供，一步一个脚印，走错哪步都不成。"武装部长冷笑："有你学的时候，等着吧，一个一个慢慢来。"

可是，省调查组的干部并没有调查他，他们出来上车走了。马仁礼看车开走了，急忙进来打问情况。牛有草坐在炕头上问："你不在地里领着大家干活，跑来干啥？"马仁礼说："怕你把不住牛犄角，钻云彩缝里卡住下不来。黄河水上刮大风喽，一浪高过一浪，咱们这条小舢板能禁得住？"

牛有草故意试探："要不咱们说两句软和话，撤梯子散伙？这么大的事，得跟副司令你商量商量嘛。"马仁礼说："早撤总比晚撤强。眼下咱们是上了半截梯子，跳下来摔个腔蹄，站起身扑拉扑拉没事；要是爬到顶上，掉下来摔个腿断胳膊折就站不起来了。"

牛有草点了点头："马仁礼，原来你小子的心思早就活动了。眼下省里派人来了，这事越闹越大，你要是害怕想撒手不管，我不拦着，就求你把住嘴，该讲的讲，不该讲的不讲。你要是讲了不该讲的……"马仁礼打断道："别说了，再说就伤人了，大胆哪，你保重吧。"

省调查组到马小转家，这两口子东拉西扯，净说肚子饿的事。省调查组到三猴儿家，这两口子怎么也引不上道，一会儿说不怀孩子的事，一会儿又说喂猪的事。

省调查组来到瞎老尹家，瞎老尹拿木棍在调查组干部身上点着念叨："是人，还俩人，不熟。"他的木棍又点着俩干部的鞋，"硬面的，是管事的。"瘦高干部很客气："大叔，我们是省里的，想了解点情况。牛有草同志搞借地种粮你听说了吗？参与了吗？"瞎老尹摇头："没听说，没参与。"

瘦高干部问："听说你参与了，西坡地的麦子是你种的吗？"瞎老尹眨巴眼："啥东坡西坡，我是个瞎子，大伙儿去哪儿我去哪儿，去了就干活，干完活就等着收粮食吃口饭，你们说的那些我不懂。"

瘦高干部严肃起来："老尹大叔，你不要借眼睛有毛病一推二六五，牛有草承认是他挑的头，听说你们都跟着干了，还听说地委也有人支持你们干，是不是啊？"瞎老尹说："地委是大衙门口，我能知道地委的事吗？牛有草是我们大队长，这些年，他泼了命领我们奔好日子，我们谁也不听，就听他的，他说咋干我们就咋干。要是有人敢埋怨他半句，我这小棍可不认人！"

瘦高干部不高兴："怎么，话还不让说了？"瞎老尹脖子涨出青筋叫道："说别的行，说我们牛大队长就不行！谁再说道牛大队长，我就打谁！"说着举起木棍。

武装部长跑进来说："走走，别跟瞎子斗气。"

省调查组干部来到杨灯儿家，和灯儿对面坐着，杨灯儿就是不说话。

瘦高干部耐心启发诱导："没有撬不开的嘴，没有掰不开的牙，早晚都得说，早说早利索。大嫂，不用怕，你不是带头的，只要把事儿说清，跟你没多大关系。"杨灯儿终于开口："我都饿好几天了，油盐没进，没力气说话。"

瘦高干部说："我看你家灶台上不放着饼子吗？"灯儿说："那个不好吃，天天吃都吃恶心了，一闻就想吐。多少年没啃过猪蹄了，要是有猪蹄就着小酒，要我说啥我就说啥。"瘦高干部笑问："你这话有准？"灯儿说："吃饱了喝足了，话能没准吗？"

矮胖干部就让武装部长去照办。四个猪蹄和一瓶酒摆在饭桌上，灯儿啃着猪蹄喝着酒。省调查组的干部催灯儿快说。

灯儿点着头说："要讲这事啊，话就多了。有一天半夜，我不知道吃啥东西坏了肚子，肚子疼得要命，我就赶紧上茅房。我刚进茅房，就听见脚步声，我透过板障子顺声音一瞧，见牛有草从我家门口走过，他手里还拎着一把镢头……"灯儿啃着猪蹄，喝着酒，"一转眼，牛有草没了，我就纳闷了，大半夜的，牛有草干啥呢？我赶紧收拾收拾从茅房里出来，悄悄跟着牛有草，走啊，走啊，也不知道走多远，我看到牛有草在地上刨着坑儿！我纳闷，大半夜的刨坑干啥？我就悄悄望着……"

灯儿只顾啃猪蹄，喝酒，不再言语。

瘦高干部急了："你别光吃喝啊，接着说呀！"杨灯儿说："我这不是悄悄望着吗？牛有草刨好坑，他四外瞅瞅，接着就蹲下身……不行了，我的头咋这么晕哪，我歇会儿。"她说着躺在炕上，很快打起了呼噜。

省调查组干部和武装部长只好走了。杨灯儿一骨碌身爬起来喊："闺女！桌子上还有俩猪蹄，赶紧吃，可香了。"

小娥子拿一个猪蹄舍不得吃，跑去给马公社吃。马公社说："你娘真行，还能从他们手里抠出这好东西。"小娥子得意着："我娘是在哪儿都能亮的人，她吃了猪蹄，还喝两瓶好酒，一骨碌身就起来了，跟没事一样。公社哥，你吃啊！"

马公社嘻嘻笑着说："留着回家猫被窝慢慢吃。"小娥子问："你不会给麦花姐送去吧？你满心思都是麦花姐，可麦花姐满心思都是春来哥。"马公社听了有点儿泄气，索性啃起猪蹄。

天黑下来了，牛有草坐在炕头发呆。借地种的几个人都来到牛有草家，告诉他说，对省委调查组他们啥都没讲，更没讲周书记，让牛有草放心。牛有草心里一热说："谢谢大家。我把实底儿都交给他们，讲完就松快了，不管了，说到底就是一身肉的事儿。他们接到匿名信在调查周书记，周书记是啥人，他准得把事情都揽在自己身上，我带头干的事不能让周书记担着！"

大伙儿都喊着也要担一头！牛有草说："有你们这句话就够了。我是大队长，我说的算。你们都能老老实实、安安稳稳过日子，我就算先走一步也放心。"

众人走了，牛有草来到西坡地，他看到九十岁的地里仙在麦地边用镢头吃力刨地，他的身子颤抖着，白胡子摆动着，满脸如沟壑的皱纹里夹着闪灵灵的汗水。牛有草过来说："二爷爷，您这是干啥?"说着，要夺地里仙手里的镢头。地里仙不松手："自己的坑自己挖，自己的身子自己埋。"

牛有草说："老人家，您别总说这样的话，就您这精神头，最少再活十年。"地里仙说："话好听，不实在。二爷爷老了，帮不上忙了。人家都叫我地里仙，我死了总该回地里去吧。大胆哪，二爷爷要是走了，哪也不想去，就想在你这西坡地，躺着，睡着，望着。我要望着麦子熟了，望着麦粒掉地上，望着你们吃饱了。你们要是过好了，不用给你二爷爷蒸啥精面大馒头，烙啥葱油大饼，你就空着手来，到这儿亮堂堂吆喝一声，二爷爷听着就舒坦了……"

地里仙要找省调查组的人，牛有草陪他来到地委。地里仙拄着拐杖走进办公室。省调查组瘦高干部说："老人家，您坐。"地里仙拄着拐杖直挺挺站着说："人老了，能多站一会儿就多站一会儿，等躺下想站都站不起来了。"

瘦高干部说："老人家，听说您要汇报周老虎同志的事？"地里仙提着精神讲："要讲周老虎，得从土改讲起。土改时我六十岁，不认得周老虎，就知道他是共产党，他代表共产党给我们分地。分了地，我站在自家的地头里抓一把老土嚼着，才尝出共产党是啥滋味。还乡团来的时候，周老虎把脑袋别在裤腰上，带头打走还乡团，保住了我们的地；抗美援朝打美国鬼子，他上了前线，回来少了一条胳膊。一转眼三十年过去，我都九十岁了。公社扩大了自留地，让社员养猪，可不让养母猪。周老虎说农民不容易，能放一马就放一马吧。周老虎说不合理的政策就得改，不能和农民顶着干！这话说得从头热乎到乡亲们的脚底板！我活了一辈子，临到死了没吃过饱饭，可我听到这话，腰杆子就挺起来，死了都不窝囊了！小兄弟，你能不能让我见见周老虎？见一面就成。"

瘦高干部有些为难："现在恐怕不行。""我一辈子没出过远门，回去的道也不认识，你不让我见我就等着。"地里仙说着走到墙角，拄着拐杖靠墙站着闭上了眼睛。瘦高干部走了一会儿，一个工作人员进来说："老人家，您回去吧，我们要下班了，您不走我不能锁门哪。"地里仙说："不见到周老虎我死都不走！"

调查组的人也不想把事情闹大了，商量过后，决定让周老虎跟地里仙见一面。周老虎百感交集，看着地里仙说："老人家，您受累了。"地里仙缓缓睁开眼睛望着面容憔悴的周老虎，从怀里掏出一个布包，颤颤巍巍地递给他。

周老虎接过布包打开看，是两张油饼。地里仙轻声地："家里烙的饼，干净。"周老虎揪一块油饼吃着。地里仙笑着说："上次你来我家吃葱花饼是二十年前的事了。你是好人哪！"他笑眯眯地望着周老虎吃油饼，油饼还没吃完，地里仙的头垂了下来，他拄着老拐杖一动不动地站着……

他去了另一个世界，那是一个麦浪翻滚一地金黄的极乐世界……

奇怪呀，省委调查组把与借地相关的人全都问了一遍，为啥没找我马仁礼呢？马仁礼心焦忙乱地在屋里转悠着说："我是副司令啊，他们找完总司令就该找我，怎么没动静了？"乔月说："你没在西坡地里干活，他们找你干啥？"马仁礼点头："对呀，还是哨兵好，事成了跟着大伙儿占便宜，出事了不用担责任。"马仁礼坐在椅子上闭着眼睛摇头："不对，周书记都被调查了，牛有草不能善罢甘休，他弄不好又得折腾，出了乱子我能不管吗？省委调查组的人回地委了，看来我得主动送上门去……"

马仁礼来到地委，主动找省调查组交代了问题。矮胖干部问："这么说是你带的头？"马仁礼说："不光是我带的头，整个计划的设计和实施都是我。牛有草跟着我干，那个人胆大但没主心骨，脚底板不稳，让我三两句就说活了。"

矮胖干部问："他怎么说是他带的头？"马仁礼笑着："他没文化，还一根筋，以为这是什么大甜头，想多占多得呗。"

矮胖干部追问："周老虎呢，他支持你这么干吗？"马仁礼说："周书记是什么人？他能支持这事吗？我悄悄说通了几个人跟着我干。眼下我看这事捂不住了，早晚得把我揪出来，寻思被揪出来还不如自己出来呢。我来投案自首，就希望组织能对我宽大处理。"

矮胖干部毫无表情："你对自己的交代要负责任，签字吧。"马仁礼要签字，牛有草刚好从门外走过，他一下闯进来喊："好小子，胳膊肘往外拐，调炮往里揍，这可让我逮着了！"

矮胖干部喝道："牛有草，你要干什么！？"牛有草双眼通红："干什么？我要他的命！"说着朝马仁礼奔来。马仁礼撒腿就跑。

矮胖干部说："牛有草，你既然来了，那就有事说事！"牛有草高声喊："马仁礼，你搓干净脖子给我等着！"他走在椅子前喘着粗气坐下。

马仁礼回到家里趴在炕上拔火罐，他对乔月说："你没看到牛有草那火大的，扔进炮筒子都能打出二里地！"乔月说："你没事去凑什么热闹？这个家眼瞅着要被你闹腾黄摊了！"

两人正说着话，牛有草忽然闯进来。马仁礼吓得一翻身，把火罐压在了身下，疼得又翻了过来，他高声喊："好汉饶命！"牛有草笑了："马大队长，真没料到你还能干出这么亮堂的事来！"

马仁礼这才把心放进肚子里："大胆哪，我这辈子也就亮堂这一回，欠你的人情算还清了。"牛有草说："兄弟，我错怪你了。往回咱不讲，就说这事，你是站着的人儿，是爷们儿！我牛有草佩服。可这事你不能揽着，也不该你揽着，你有心讲这话，我这辈子就没白交你这个兄弟！"

马仁礼说："那不行，咱俩是一根绳上的蚂蚱，谁也逃不了，一百斤的担子，咱俩得各挑五十。就算蹲大牢，总司令和副司令兼哨兵也得一起去蹲，没事拉拉呱，扯个皮，小话小酒小风凉，就不闷了，就算蹲个十年二十年的，也不冷清。真要是砍了头，脑袋碰不上了，咱俩的手也得拉着……"

这两人还在提心吊胆呢，省里面对他们的做法也有了明确的态度。省委调查组把调查结果向省委领导如实汇报，省委主要领导研究后认为牛有草他们借地种是一种可贵的探索，符合三中全会精神，周老虎能大胆支持他们没有错。省委领导决定，先在麦香岭公社搞大包干试点。

　　黄河水波光嶙峋，岸边的老槐树沙沙作响。

　　麦收季节到了，西坡地里麦浪滚滚，一片金黄。牛有草、马仁礼带领众社员割麦子。懒出了名的吃不饱挥舞着镰刀割在最前面。三猴儿直起身，捶着腰高喊让吃不饱慢点割，别把老胳膊老腿抻着。

　　吃不饱低头割着："抻着也不怕，赶紧割完搬回家就妥实了。我嘴里正嚼着麦粒呢，可香了！"三猴儿笑道："怪不得满身神头儿，边吃边干，弄不好还得吃完就拉，明年都省着上肥了。"

　　牛有草和马仁礼站在地里仙的坟前。牛有草从手中的麦穗上撸了一把麦粒慢慢撒在地里仙的坟上："二爷爷，您的小孙孙牛有草来了，您跟我交代过，有好事儿就到您这儿吆喝一声。您可听好了，我这就给您吆喝一声，不成，得亮堂堂地吆喝一声。二爷爷……"马仁礼高喊："老人家，麦子熟啦！"俩人哽咽着喊："您尝尝……"

　　金灿灿的麦子铺满场院。借地种的一伙人欢天喜地打麦子。吃不饱挥舞着连枷念叨着："小麦粒儿，圆又圆儿，滚着个地练猴拳儿；上一拳儿，下一拳儿，打的小鸟不照面儿；东一拳儿，西一拳儿，扯了云彩见了天儿……"

　　马仁礼在旁边压腿抻膀子。牛有草说："马仁礼，你伸胳膊撵腿要练猴拳儿？"马仁礼笑："一把年纪了，骨头酥了筋硬了，活干久了得抻抻。"

　　牛有草说："是得抻抻，一根老面条放锅里，火小了咬不动，火大了稀烂，真是不软不硬，没滋没味。"马仁礼逗着："要想有滋味，扔两片老牛肉进去！"牛有草回应："大伙儿好好干，就算吃不上牛肉，能吃上马肉也过瘾。"

　　三猴儿问："牛大队长，这麦子打完了放哪儿啊？"牛有草说："放大队粮库呗。"三猴儿提醒："不对呀，这西坡地是咱们自己种的，收了粮食也是大伙儿的，咋能放大队粮库呢？"吃不饱说："这么多年，三猴儿就这句话讲到点儿上了。"牛金花说："我看这粮咱们分了吧。"

　　三猴儿接上："对，先分了再说，等上面催了再交。"吃不饱和马小转高喊着赞成。瞎老尹说："还是放自家里踏实。"

　　杨灯儿说："我听大伙儿的。"马仁礼说："我也想放自己家里，就怕到嘴里吐不出来了！"

　　牛有草高声说："地是大伙儿一起种的，甜头也得大伙儿一起尝，商量商量没毛病。大家讲得有道理，这麦子是咱们自己种的，不能进大队粮库。就按大伙儿说的，打完麦子按工分分了，大家先把麦子放自己家里，等交粮的时候再把该交的那份拿出来。话说前头，这些麦子有自己的，也有国家和集体的，自己的那份我不管，该上交的都痛快点，别到时候要赖！"

西坡地打的麦子分到各家了。

杨灯儿不停地揉面，她要把第一锅白面大馒头先给赵有田送去，让他尝尝新麦馒头的味儿。

一屉白面馒头摆在饭桌上。吃不饱盯着馒头咽唾沫。马小转说："瞅能瞅饱？吃啊！"吃不饱说："不敢吃，怕张开嘴就合不上了。"他拿起一个馒头捏了捏，撕了一片馒头皮放嘴里嚼着："二十多年，总算吃上白面馒头了……"

除了瞎老尹和吃不饱，大伙儿都把该交的粮交了。牛有草来到瞎老尹家，瞎老尹躺在躺柜上打鼾，下巴上沾着饼子末儿，胸前放着半个饼子，怀里抱着木棍。牛有草走到瞎老尹面前一拍，瞎老尹一把抓住木棍朝牛有草打来。牛有草闪身躲过。

瞎老尹坐起身说："是大胆哪，我还以为谁呢！"牛有草说："老尹叔，大亮天的睡得真踏实，您要睡也得睡炕上，这柜子多硬啊！"

瞎老尹眨巴眼："不硬，大热天躺柜子上凉快。"牛有草坐在炕沿上，望着瞎老尹说："老尹叔，我明白，咱们忙活大半年，又是集体地，又是自家地，添多少累不说，一会儿公社，一会儿地委，一会儿省委，上上下下折腾，不容易。眼下粮食攥到拳头里了，谁也舍不得拿出来。不想拿出来咋办？那就藏。当年日本鬼子来的时候，咱们把粮藏得好，起场不扬场，把麦粒和麦糠堆在一起，让日本鬼子看不清楚。"

瞎老尹得意着："当年我把麦秆芯掏空塞进麦粒，一捆一捆的，明晃晃杵在那儿，鬼子瞅都不瞅一眼。"牛有草就势诱导："老尹叔，还是您高明。现在咱们都当家做主了，这么大个国家，有多少张嘴，得吃多少粮！眼下咱们有粮了，可还有多少人没粮，就得跟咱们一样饿肚子。这个节骨眼儿上，咱要是拿对付日本鬼子的招占不住理儿啊！老尹叔，您要是实在舍不得交，那就算了。"

瞎老尹高声说："我老糊涂喽！"他站起身挪着躺柜。牛有草帮瞎老尹挪开躺柜，底下挖了一个大坑，里面是成麻袋的麦子。牛有草说："老尹叔，您不是瞎了吗？咋还能挖出尺寸这么整好的洞来？"

瞎老尹说："我是瞎了，可这两年不知道咋了，能看到点光亮了。"牛有草说："老尹叔，您保重身子，还能看到更大的光亮呢。"瞎老尹点头："那是后话了，今晚能睡个稳当觉喽！"

王万春给坐在椅子上的张德福沏茶。张德福说："万春哪，你们麦香岭公社是名声在外，事事都得走在前头，交粮也得给其他公社打个样啊！"王万春说："张书记您放心，我麦香岭公社的公粮一粒少不了。"

武装部长走进来汇报，牛有草他们借地种的粮还有牛有粮没交，催几次他就是不交。张德福拍着巴掌："好事啊，这可是打脸的事，谁出面儿了打谁脸，打谁的脸谁都得挺着。"王万春朝武装部长一摆手："再去催！想点办法！"

武装部长带着拖拉机停在吃不饱家门口，拖拉机上拴着绳子，绳子的另一头拴着吃不饱家的门楼子。马小转握镢头靠着门楼子，三猴儿、牛金花、瞎老尹等社员望着。

武装部长喊："马小转，你到底交不交？"马小转说："都吃了，没的交。"

武装部长再喊："你要是不交可要拖了！"马小转说："拖吧，拖倒砸死我算了！"牛金花上去要拉小转儿，小转儿把镢头横在胸前："你们上来试试！"

武装部长气道："一个个都长本事了，都是跟你们牛大队长学的！"牛有草跑过来说："跟我学的咋了？"

武装部长笑着："来得好，牛有草，你的人不交粮，你看怎么办？"牛有草说："我是大队长，你有事跟我讲，拖人家门楼子干啥？门脸门脸，门就是脸，有句老话，宁可饿死，也不能倒了门楼子，再穷也得弄个门楼子戳着，你们拖人家门楼子，就是要扒人家的脸皮呀！"

牛有草走到小转儿面前，一把抓住镢头扔了："小转儿啊，有事进屋说，有我在，谁也动不了你家的门楼子！"牛有草进了屋，小转儿、小东子跟着进去，后面是三猴儿、金花嫂、瞎老尹。

吃不饱坐在炕上，脖子上挂着一串杠子头，他狼吞虎咽地吃着。马小转说："他爹，别吃了，牛队长来了。"牛有草说："有粮啊，你这名不白叫，到底是有粮了。"

吃不饱说："吃肚里才叫粮，不吃肚里不叫粮。"牛有草问："那你脖子上挂的是啥？"

吃不饱说："这叫杠子头，不叫粮！牛队长，他们不是要拽门楼子吗？让他们拽吧，要粮没有，要命一条！"牛有草劝着："有粮啊，我明白，这些年咱农民穷怕了，饿怕了，有点粮舍不得交。可你没想想，咱国家现在是百废待兴，知道什么意思吗？修桥铺路搞建设，得要多少人，得要多少粮啊，咱农民干不了别的，就能种地收粮，能给国家建设尽点力，这也是咱们的责任！"

马小转说："他爹，牛队长这话在理儿，咱们就交了吧。"三猴儿也劝："你吃不饱性子再拧能拧过他们吗？门楼子倒了家就漏风了。"

吃不饱说："牛队长，你这话我都懂，可几十年了，头一回摸到这么多粮，我舍不得拿出来，要不我剁块肉顶上行不？"牛有草进一步劝："粮食这东西，今年种，明年收，眼下政策好了，肯卖力气年年都有。有粮啊，你要是实在舍不得，那你少交点，剩下的从我家给你匀。"吃不饱愣住了，他张着嘴，嘴里塞满了杠子头。窗外拖拉机发动机的声音传来。吃不饱突然捂着胸口剧烈地咳嗽，小转儿拍打着吃不饱的后背。三猴儿拍打着吃不饱的前胸。吃不饱张着嘴喘着，咳嗽着。小东子拿来水壶，吃不饱抱着水壶喝。

窗外拖拉机发动机的声音不断传来。吃不饱高声说："吃饱了一回，值当了，我交！"吃不饱、马小转带牛有草众人走着。吃不饱边走边揉着肚子："估摸是老肠子老肚子冷不丁撑饱，还没缓过劲儿来。"小转儿埋怨："你再能吃，也不可能把粮食全吃了呀，这是遭的哪门子罪！"吃不饱说："不塞进肚子里不叫粮，撑多了是不舒坦，可心里踏实。"

众人来到树林里的废井旁，吃不饱慢慢摇着辘轳念叨："杠子头，硬邦邦，它叫干粮不叫粮；辘轳转，抻心肠，出了井沿儿见太阳；杠子头，见太阳，热乎了人家我拔凉……"一串串的杠子头不断露出来，吃不饱突然倒地。

吃不饱躺在炕头上张嘴喘着，小转儿和小东子掉眼泪。牛有草握着吃不饱的手。吃不饱轻声说："这回真吃饱了，吃不动了。这么些年，数这回吃得最饱，死了都做个撑死鬼，不亏了……"牛有草说："有粮啊，好日子在后头呢，你还得吃。"

吃不饱喘着："牛队长，今儿个就是今儿个了，我要走了，可我走得畅快，走得舒坦，这都是你给的，我得谢谢你。"牛有草说："别说这话，你就是撑着了，歇一会儿顺顺气就好了。"

吃不饱越喘气越短："牛队长啊，你得答应我，我死了，你得把我这个外号改了。这个外号跟了我一辈子，要是不改我这个外号，我的后人直不起腰来呀，媳妇娶不进门，闺女嫁不出去，我看着难受啊。你一定得给我改了……"吃不饱说着闭上了眼睛。小转儿、小东子扑到吃不饱身上号啕大哭……

这是1982年的夏天。

马仁礼家各忙各的，真是热闹，乔月拿着本英语书学口语，马仁礼背着手在屋里踱着步念日语，马公社趴在炕头想心事。乔月这边刚念一句英语，马仁礼的日语就脱口而出，弄得乔月心烦意乱，让他一边儿待着去，少跟这儿捣乱。

马公社说："爹，娘，你俩说的是什么呀，我怎么听不懂呢？"马仁礼说："你娘讲的是洋话。"

乔月说："儿子，你也学学，学好了跟娘走。"马公社说："娘，我脑子笨，学不会。"乔月说："学不会不怕，去了就会了。"

马仁礼说："小子，想去就去，没人拴着你的腿儿。"马公社翻过身，跷起二郎腿："我慢慢琢磨琢磨再说。"

马仁礼笑着说，慢慢琢磨吧，琢磨透了心就稳了。他出门去找牛有草。

老哥俩结伴来到地头，吸着烟拉呱。牛有草说："仁礼啊，粮多了是好事儿，可乡亲们肩上的担子还是沉。头税轻，二税重，三税是个无底洞。提留，集资，摊派，全是掏钱的招牌，这是乡亲们头上的紧箍咒啊，观世音菩萨要是能显灵，把这个紧箍咒揭去就好了。"马仁礼摇头："你可是太天真了！几千年来农民就得交皇粮，这是老规矩。"

牛有草说："走一步看一步吧。对了，你家那口子去美国的事儿，忙活的咋样了？"马仁礼说："看样子差不多了。"

乔月在家里收拾行李，马上要走了，她却一点儿高兴不起来。

马仁礼回到家中，看乔月已经将东西收拾妥当，张嘴想说点儿啥，却不知如何开口，就愣愣地瞅着她。乔月说："他爹，手续都办好了，我明儿个就动身。儿子不跟我走，就跟着你吧，再过几年他要是想找我，就让他去。我知道你心里难受。"

马仁礼假装地笑道："我一点都不难受，心里畅快得很。不信我给你唱一段？"他站起身，模仿沙家浜胡传魁的唱段唱起来，"想当年，老子混在北平府，钱儿不多，也喝得辣，吃得香，有个女人追得我，晕了头转了向，我本想把她带家来，把这日子好好过，没成想她看我遭难变了心，嫁了别人坏了心肠……"

乔月一听瞪起了眼睛，抓起衣裳朝马仁礼扔去："说话得有根儿，当年土改划成分，你家是地主，别说是我，哪个姑娘敢嫁到你家去？"

马仁礼自嘲道："行了，你说你的理，我说我的理，讲不明白。眼下你占着地方别人来不了，你倒出地方了，说不定谁就来了，弄不好我找个年轻漂亮的大闺女，重打鼓另开张，再生他几个，你说这不是好事吗？"乔月撇嘴："还说风凉话，就你这岁数，还能找个大闺女？"

马仁礼撒怨气："想当年，我也是北平府的文化人，英俊潇洒、风流倜傥不说，身边的姑娘也不少。我是领回来了，可领回来一个白眼狼啊！"乔月说："你心里不痛快就骂吧，赶紧痛痛快快地骂，我走了你想骂都骂不着了。"

夜晚，马仁礼躺在炕上。乔月坐着给马公社盖了盖被子，抚摸着熟睡的儿子说："他爹，老话讲，一日夫妻百日恩，怎么说咱们都是一家人，如果你和公社过不下去了就告诉我，我回来接你们。"马仁礼说："笑话，过不下去的日子早过去了，现在眼前全是光亮，就怕你没日子享受。"

乔月心事重重："我这辈子有两个儿子，春来如今上了大学，前途错不了，我不挂念；要挂念就挂念公社，这个孩子念书不行，满心思调皮捣蛋，你可得把他看住了。"马仁礼说："你放心，我儿子输不了牛有草的儿子。"他说着从炕柜底下抽出一本书递给乔月，"去了那边，话听不明白也说不明白，闷了连个拉呱的都没有。

这本书上面全是戏，老戏唱够了，你就唱这上面的新戏，闷了就唱，唱唱就不闷了。"乔月望着马仁礼，眼泪流了下来。

马仁礼一觉醒来，天光大亮，他环顾了一圈，像是在发癔症。

马公社呆呆地望着饭桌上的饭菜，一声不吭。

马仁礼长叹一声："你娘一辈子没做过饭，临走给咱爷俩做了一顿饭。"他拆开放在饭桌上的信看：

> 他爹啊，我走了。临走前本想跟你掏掏心里话，可当着你的面，我掏不出来……我这辈子对不住你啊。你难的时候，我没搀扶着你，你好的时候，我又要走了……这段日子，我半夜睡不着，躺在炕上想想这些年，你洗衣做饭倒尿盆拉扯孩子，这个家都是你擎着，你顶着，我没帮上什么忙，想着想着，心里不是个滋味啊……

> 他爹，我这一走，咱们一家三口不知道什么时候才能见面，我这边你不用挂念，我肯定能干出个样来。你这边我也放心，儿子跟着你肯定错不了……他爹，说一千道一万，我还是不放心哪，要是哪天你想开了就来找我吧，我等着你们……

马仁礼问："儿子，你不后悔吗？"马公社说："我舍不得爹。"马仁礼突然大声咳嗽起来，眼泪都咳嗽出来了。

王万春坐在椅子上，书桌上堆着小山一样的书，他拿起一本书翻着。他媳妇走进来说："吃饭吧，你自打进了家门就一声不吭，憋在屋里多闷哪，要不咱们出去走走？我明白，干部退休回家，冷不丁不管人不管事了，心里空落落的，你要是想管，就管我跟咱儿子，两个兵，也够你管一阵的。"

王万春长叹一口气："我这一辈子白活呀！事儿都烂明白，可不敢说，也不敢做，老老实实一心听张德福的话，到头来他犯了错误，人都不知道去哪儿了。当了二十多年的公社书记，也没给农民说过多少公道话；管了一辈子农业，也没犁过一垄地，没撒过一粒种，没割过一次麦子。现在回想起来，我真不如他周老虎活得有劲儿，不如他牛有草活得畅快啊……"

金色的麦浪随风起伏。牛有草挥舞着镰刀收割麦子。有人喊："大胆叔，您都这么大岁数了，还下地干活啊？"牛有草高声说："人到中年哪，结实着呢！"另一个社员说："您这岁数还说中年，我们不成孩子了？"牛有草说："孩子好啊，我要有你们这个岁数，一顿饭能吃八个大馒头，还能啃两穗苞米。"

马仁礼急慌慌快步来找牛有草，见面就说："大胆哪，周书记不行了。"牛有草停住镰刀，直起身扫视着麦田，挑选几株麦子割下带着，跟着马仁礼就走。

牛有草擎着几株麦子和马仁礼走进医院要进周老虎的病房。护士拦住，低声说周书记刚睡着，不能会客。牛有草求着："我不讲话，望一眼就成。"

两人走进来，看见面容憔悴的周老虎躺在病床上，床头柜上放着鲜花。牛有草把手里的几株麦子插进花瓶里，他们俩转身刚要走，周老虎闭着眼睛说："新下来的麦子，就是这个味儿啊！"

牛有草走近病床："周书记，我是牛有草。"周老虎慢慢睁开眼睛，望着牛有草和马仁礼笑了。他要起身，牛有草扶着他坐起来。周老虎说："我看报纸上说，今年麦子不错。"牛有草点头："可好了，大家那热情劲儿，那乐和劲儿，就不用说了，周书记您放心吧，一年比一年好了。"

周老虎说："大胆哪，仁礼呀，你俩既然来了，还给我送了礼，我也不能让你俩空手回去。"他说着伸手拽开床头柜的抽屉，拿出里面的一个布包说，"仁礼你拿着，这里是什么东西你知道。张德福同志拿这东西到我这儿参了你一本。仁礼啊，这不是正道儿，你以后可不能这么干了。"

马仁礼挺尴尬："我知道，当时也是被逼的没法子了。"周老虎说："没法子可以找我，也可以给我写信，写匿名信也行。"

马仁礼不好意思："周书记，原来你早都知道了。"周老虎说："大胆哪，你这好兄弟对你不薄啊，你可不能看轻了，我这辈子要是有你这样的兄弟就知足了。"周老虎说着，手伸进枕头下面掏出个小布包，他颤颤巍巍打开布包，里面是一个饼子。周老虎说，"大胆哪，这块饼子你还记得吗？1978年秋天，我去你们麦香东村大队搞调研，这是小转儿家的饼子。一转眼四年过去了，饼子没坏，可这哪叫粮食啊！这几年，我一看到这饼子心里就咯噔一下，难受，再不能让农民吃这样的饼子了。我躺在这儿没事就琢磨，今天这条路是我们用多少代价换来的，无论如何也不能走回头路。如果真有那么一天，我就从地下顶着棺材板子拱出来，喊一声天理不容！"周老虎咳嗽着，喘着。护士跑进来，给周老虎扣上呼吸面罩。雾气朦胧了周老虎的脸，艰难沉重的喘息声传来……

杨春来大学毕业回来了。杨灯儿家、牛有草家、马仁礼家，都像过大年一样喜庆。灯儿揉面，小娥子切肉，娘俩忙着包猪肉包子。杨春来走到娘身后望着娘，他把手放在娘的肩膀上，慢慢地、紧紧地搂住娘。灯儿的身子颤抖着，她摸着杨春来的手轻声说："这老虎爪子，真厚实……"眼泪已经涌出眼眶。

饭桌上放着热气腾腾的包子。杨春来拿包子吃着说："真香，娘，你怎么不吃？"灯儿说："娘不饿。"杨春来问："娘，我爹呢？"灯儿说："先吃吧，吃饱了再说。"灯儿的脸扭向黑影里，眼泪无声地掉下来。

饭后，灯儿把赵有田的事对杨春来讲了。杨春来沉默不语。灯儿说："你爹临走那晚，说想儿子了。这事来得急，告诉你，你也赶不回来，还闹心思。你出那么远的门不容易，孩子，你要是怨恨娘，那娘受着。"狗儿的眼睛湿润了。

夏夜十分燥热，牛有草在马仁礼家屋里转来转去。马仁礼说："儿子不回来你想得慌；儿子回来了，你成热锅上的蚂蚁。眼下有田走了，乔月也走了，这个儿子你能认了。"牛有草一脸迷茫："我真能认了？这么多年都不敢认，冷不丁要是认了，孩子能缓过劲儿来？不伤孩子的心？"

马仁礼说："你还能一辈子不认哪？杨春来这孩子都回来好几天了，怎么没个动静呢？他可是十年后的第一批大学毕业生，国家得抢着要啊，他怎么跑家猫着了？"牛有草说："我也正纳闷呢！"

杨灯儿心事重重地走进来："人胆哪，杨春来这孩子回到家蒙头就睡，一睡就是三天不吃不喝，难不成是病了？"马仁礼接上："我刚才还说不对劲嘛，肯定有心事。"

牛有草说："大小伙子有啥心事，天塌了也不能躺在炕头上，我去把他揪起来！"说着就走。马仁礼喊："大胆你压着点，别火腔火气吓着孩子！"

杨春来蒙着头睡，牛有草、马仁礼、灯儿走进来。牛有草轻声喊："杨春来，你大胆叔看你来了。"杨春来没说话。牛有草再轻声说："杨春来，你有心思跟大胆叔说，大胆叔给你撑腰。"说着掀开了被子。

灯儿问："你要干啥？"牛有草说："大热天的，捂着多难受，凉快凉快。"

杨春来坐起来说："是大胆叔啊，仁礼叔您也来了，都坐吧。"牛有草说："白净了，瓷实了，小狗儿崽子，一晃四年没逮着你，可把大胆叔想死了！"

杨春来说："大胆叔，我也想您。"牛有草说："想我你咋不给我来信？狗崽子的脸，狼崽子的心。大胆叔不怪你，你好好的，大胆叔就比啥事都高兴。"

马仁礼说："春来啊，有什么憋屈事就跟仁礼叔说，仁礼叔可在北平待过，见过大世面。"杨春来愁苦着脸："我毕业后本来有个适合自己专业的工作，可是被别人利用关系抢了。"

灯儿说："抢了就抢了，咱是大学生，有文化，还愁找不到工作？"马仁礼也说："金七七，银七八，咱春来是金子，金子还怕没人要吗？"

杨春来说："倒是有几个单位要我，可我咽不下这口气。"灯儿劝道："咱是农民，没关系没门路，吃点亏不算啥；再说了，现在农村政策越来越好，只要是好种子，在哪儿长不出好庄稼？"牛有草撑腰打气："这话在理儿，春来啊，别气坏了身子，天塌下来有大胆叔给你擎着！"

第十五章

　　杨春来和麦花坐在黄河边的小树林里，麦花让杨春来讲讲在大学念书的事。杨春来说："大学可好了，我都没念够。"麦花问："大学里有没有女孩子喜欢你？"杨春来老实说："倒是有个女同学喜欢我，可是她父母说我是从农村出来的，坚决反对。"

　　麦花追问："你喜欢她吗？"杨春来摇摇头："娇声娇气一身毛病，我才不稀罕呢！妹子，你也考大学吧。只要用心学，就能考上。"麦花故意说："我要是考不上大学，是不是就没人要了？"

　　"怎么没人要，我要！"马公社说着从杨春来和麦花的身后冒出来。"你背后偷听人家说话，真不礼貌。春来哥，咱们走。"麦花拉着杨春来就走，马公社死皮赖脸在后面跟着。

　　小娥子迎面走来问："你们三个干啥去？也不叫我一声！"杨春来和麦花笑着只管走。落花有情，流水无意，马公社赌气地一拉小娥子："咱们走！"

　　小娥子早就看出来了，马公社喜欢麦花，她心里酸溜溜的。哥哥能和麦花好，她又是欢喜的，这样公社哥就会把她放在心上。马公社用眼睛的余光见杨春来和麦花走远，顿觉无聊，就找了个借口离开。

　　小娥子神情怏怏地回了家，母亲杨灯儿恰好蒸了一锅大馒头，让小娥子拿到集市卖。小娥子嘟囔："每回都是我去，哥不在家我没啥说的，眼下我哥都回来半个月了，怎么不叫他去？我看你就是偏心眼儿！"灯儿说："就是让你哥去，你哥也不会卖呀。"

　　小娥子撇嘴说："大学生连馒头都不会卖，不是白念那么多书了吗？"杨春来听见，走进来说："娘，我去！"

杨春来拎馒头篮子出来，看到麦花站在门口，就让她进屋找小娥子玩。麦花要跟杨春来一起去集上，杨春来说："不用，你找小娥子玩吧。"

杨春来到集上找个地方放下篮子，不知道该咋卖，好一会儿也没有人过问。他看别人卖东西都吆喝，这才低声咕哝："卖馒头了，卖馒头了。"旁边卖鸡毛掸子的说："挺大个小伙子，蚊子声。"

杨春来说："你管我多大声呢，你卖你的，我卖我的！"一个高中同学走过来大惊小怪："哟，这不是杨春来吗？你大学毕业怎么卖起馒头来了？"杨春来笑着："你没上大学不知道，这是老师让我们体验生活！"

杨春来清了清嗓子，深吸一口气刚要张嘴喊，麦花跑过来大声吆喝起来："卖馒头啦，大白面的馒头，不好吃不要钱啦！"几个人围过来买馒头。

卖鸡毛掸子的说："爷们儿不如娘们儿，大学白念了。"杨春来恼羞成怒，迈步上前要和卖鸡毛掸子的动手，麦花照杨春来的脊背搡了一下，把杨春来搡了个趔趄。麦花说："我当家的是大学生，他怕我一个人儿卖馒头孤单得慌，委屈着陪我来了，怎么，眼气啊！"杨春来吃惊地望着麦花。

卖鸡毛掸子的笑着："太眼气人了，小伙子，你这媳妇好啊，能找这样的媳妇一辈子亏不着！"麦花接着喊："卖馒头啦！"杨春来突然跟着喊："大白面的馒头！不好吃不要钱啦！"

两人的叫卖声此起彼伏，馒头很快就卖完了。

俩人坐在街边数钱，杨春来问："妹子，你怎么来了？哥谢谢你。"麦花好高兴："这话说的，哥，以后卖馒头叫我一声，就是再有个三篮子五篮子的也能卖光。你要是乐意，我给你磨面和面蒸馒头，然后咱俩一起来集上卖，保准赚钱。"

杨春来问："活你一个人干，不累得慌？"麦花低头笑："累也乐意。"

夕阳下，黄河水波光粼粼。两人卖馒头回来坐在河边土坡上休息。杨春来声情并茂地朗诵《再别康桥》："轻轻的，我走了，正如我轻轻的来；我轻轻的招手，作别西天的云彩。那河畔的金柳，是夕阳中的新娘；波光里的艳影，在我的心头荡漾……"

麦花听着有些沉醉了。

马公社不争气，心里还是放不下麦花，他远远地瞄着杨春来和麦花在黄河边拉呱，顿时醋酸起来，故意摇头晃脑地背着古诗走过来："少小离家老大回，乡音无改鬓毛衰。儿童相见不相识，笑问客从何处来？"杨春来不示弱："离别家乡岁月多，近来人事半消磨。唯有门前镜湖水，春风不改旧时波。"

马公社虽没上过大学，又不爱读书，但家里的爹妈好歹是北平回来的文化人，耳濡目染也背些唐诗，他脱口而出："离离原上草，一岁一枯荣。野火烧不尽，春风吹又生。"杨春来不甘示弱，接下面的诗句："远芳侵古道，晴翠接荒城。又送王孙去，萋萋满别情。"

马公社愣了一下，改念农谚："白露早，寒露迟，秋分种麦正当时；一寸浅，两寸深……"杨春来傻了，接不上了。

麦花笑了，接下句："一寸半，要认真!"

马公社说："麦花，也没问你，你答什么?"麦花说："你说这些，不是难为春来哥吗?"

马公社损着："我说的这些能吃能喝，他说的那些吃不上喝不上，顶个屁用。"麦花说："春来哥，你别理他，接着给我背《再别康桥》吧，我喜欢听。"马公社颇感失落地走了。

牛有草挥汗如雨在地里割苞米，马小转走过来朝四周望了望，有点神秘地低声说："大队长，有点事儿我得跟你汇报汇报，我刚才看到麦花和杨春来走着好亲热!"牛有草说："兄妹俩热乎呗，你是不是想多了?"

马小转挺认真："咱都是过来人，那俩孩子你看我我看你的眼神，勾搭人哪!他俩是啥关系咱们心里都明白，千万别乱了套。"

牛有草这下留心在意了，他来到正在割苞米的杨灯儿跟前问："杨春来哪儿去了，咋不帮你干活?"灯儿说："一大早就出去了，问也不说，谁知道去哪里了!"

牛有草沉吟半晌，还是说出了自己的担心："麦花也一大早就出去了，我问她去哪里，她也没说。灯儿啊，是不是这俩孩子一块儿出去了?"杨灯儿捶着腰说："春来没去上大学前，我就跟你说过，这俩孩子有问题。你还说亲兄妹有情有谊，是好事，还说等春来去上大学，两个孩子分开久了，一杯热水就凉了。四年过去，这水没凉，还快烧开了!"

牛有草皱着眉头，下决心说："看来不撒火不行了。"灯儿点头："你就把底揭了吧。"

牛有草挠着头说："灯儿啊，我笨嘴笨舌的，怕讲不利索。"灯儿说："你还笨嘴笨舌的? 你跟马仁礼吵闹的时候小嘴噼里啪啦口条不打软，临到长精神头的节骨眼儿上，你想躲呀?"

牛有草摇头说："不是想躲，我讲不如你讲顺理。你把屎把尿连吃带喂养他二十多年，当娘的跟儿子啥话不能讲?"灯儿笑道："这话还中听，麦花咋办?"

牛有草说："你先跟春来讲，讲完我再跟麦花讲，一个一个来。这事儿全指望你了，话绕着点说，别伤了孩子的心。这样，你歇着琢磨着，我一个人割苞米。"灯儿摆手："算了，你老胳膊老腿儿的，抻坏了我还得养活着你。"

夜晚，杨春来在自己屋里看书，杨灯儿走进来，在他身边坐下。杨春来放下书，望着杨灯儿问："娘，您找我有事儿？"杨灯儿感叹说："咱娘俩好久没唠唠嗑儿了，耽误你一点儿时间，咱唠唠贴己的话儿吧。"杨春来点点头。

杨灯儿说："孩子啊，你念了这多年书，不容易，学的东西不能就着干粮吃了，能用上就得用上，不能白学了。"

杨春来皱起眉头问："娘，您到底想说啥？"

杨灯儿自顾自地说："娘不用你惦记，家也不用你惦记，没人牵着你的腿儿，就算有人牵着，你也不能让她牵住了。男子汉大丈夫，不能说个个顶天立地，可也得活出个爷们儿样来，你好了，娘就舒心了。"

杨春来这下子明白了，娘是话有所指，话里有话，便问道："娘，你是不是说我和麦花呢？你不喜欢麦花？"灯儿说："麦花是个好闺女，可不管她是金子是银子，也进不了咱家的门儿啊。"

杨春来一脸不高兴，出于尊重娘，他捺着性子没有发作。杨灯儿长叹一声，将春来的身世一五一十说透了。杨春来听了像是做梦，呆呆地望着灯儿不说话。

灯儿说："孩子，就是这么个事，娘该跟你说的都说了，你要是怨恨娘，娘认了。你别怨恨你亲爹，他不敢认你是怕你后爹心里过不去，也不想伤了你的心。这些年，你亲爹不能屋里屋外、炕上炕下地照看你，可他眼里盯的、心头挂的全是你，他是想认，可认不了啊！眼下你跟麦花走得太近，这事不能再捂着了，娘对不住你啊！"

杨春来沉默着，他紧咬牙关，双眼通红，双拳紧攥，肌肉颤抖。

灯儿劝道："孩子，你要是难受，迈不过这个坎别憋着，吵也成，闹也成，娘不怪你。"杨春来压低声音充满怨气地说："吵什么闹什么，多好的事啊，这辈子又多了一个爹，一个娘，俩爹俩娘，我是真有福气呀！"

灯儿说："孩子，你亲娘去了美国，你亲爹就在眼前，你得认，必须认！"杨春来点点头说："您就是我亲娘，您说话我听，明儿个我就认亲爹去！"

牛有草犯了一夜的嘀咕，怎么都睡不着。翌日，天光放亮，他一骨碌爬起来在村里溜达。走到马仁礼家门口时，他四处踅摸，嘿嘿一笑，总算有事情干了。他在墙边找了一根铁叉，把马仁礼家的苞米秆垛子给掀了下来。马仁礼出来见了，满脸诧异地过来问："你这是要干什么？"牛有草说："你看看这垛子垒得多难看，我给你再垒垒。"

马仁礼纳闷地问："你这不是吃饱了撑的吗？"牛有草说："就是撑的，哎，你说春来知道了这事能咋样？"

马仁礼说:"乐呗,天上掉下个亲爹来,真是捡了个大便宜!"牛有草问:"那换成你,你能乐和?"

马仁礼笑着:"你这话问的缺德!不乐还能哭啊?就是哭也是乐哭的。你就等着他来认亲爹吧!"牛有草点头:"有这话,我就踏实了。"

牛有草拎着一袋酱猪头肉和一瓶酒回家,看到杨春来站在院门口,他愣愣地望着杨春来,一时不知道该说什么好。杨春来也不知道该说什么,尴尬了一阵子才问:"麦花呢?"牛有草说:"去集上买点家用,进屋吧。"

杨春来进屋坐在饭桌旁,牛有草把猪头肉和酒放到饭桌上说:"孩子,你来得巧啊,赶上好吃好喝,咱爷俩吃点喝点。"说着打开装猪头肉的袋子,倒了两杯酒。杨春来端起酒杯一口干了。

牛有草笑道:"说干就干,这酒量像我呀!"说着给杨春来倒酒,他端起杯又干了,牛有草又倒酒:"爷们儿,真是爷们儿,像我!别喝了,吃肉。"

杨春来伸手抓起猪头肉就吃。牛有草望着春来,越看越喜欢:"这虎势劲儿,像我!"杨春来拎起一块猪头肉递给牛有草,牛有草刚要伸手接,杨春来摇摇手。牛有草张嘴叼住猪头肉慢慢嚼着:"真香啊!"

杨春来说:"我怎么吃着不香呢?"牛有草笑着:"咋不香?刚出锅的,还热乎呢,一咬直流油。""是吗,我再尝尝。"杨春来慢慢地吃肉,神情平静。

牛有草借酒壮胆说:"你娘都跟你讲了?我明白,你恨我。"杨春来吃着肉不说话。牛有草咕哝道:"儿子,爹这辈子就做了一件对不住人的事……"

杨春来冷着脸,盯着牛有草问:"你叫我什么?"牛有草小声说:"儿子……"

杨春来气呼呼地拿起酒瓶一口气全喝了:"这声儿子叫得真轻巧!"他一甩手把酒瓶摔了,一抬胳膊把饭桌掀了,他见什么砸什么。牛有草坐在炕头上望着一言不发。杨春来出里屋,屋外传来砸锅的声音。杨春来大喊:"我姓杨,不姓牛,这辈子就一个娘,叫杨灯儿!"牛有草呆呆地坐着,老泪在眼圈里打转……

杨春来在牛家留下一片狼藉,头也不回地走了。牛有草蹲在院里埋着头,屋里传来麦花的哭声。

马仁礼走进来蹲在牛有草身边说:"没想到孩子这么烈性,再怎么说你都是他亲爹,哪有儿子这么对待爹的?"牛有草抬头望天:"像我,孩子憋屈就让他闹,不把憋屈心思闹出来该憋出病了。"

马仁礼质问:"你不叫牛大胆吗?胆子哪儿去了?怎么让孩子欺负?"牛有草摇头:"谁知道哪儿去了,我这胆子一碰上他的胆子立马就缩没影了。"

杨灯儿走进院子,她没看牛有草,径直朝屋里走去。

马仁礼劝着："这事挑开也好，两个孩子一时别不过劲儿来，等日子久了，该是亲爹还是亲爹，跑不了。说句老实话，几年前，有一回你拿麦花的信给我看，我就看出毛病了，信上写的都是麦花想杨春来。"

牛有草埋怨："你咋不早说？"马仁礼解释："我当时寻思，要是照实念，你还不得急出个好歹来，万一你没把住嘴交了底，杨春来受不了，麦花受不了，有田受不了，就乱套了。当时我想得好，杨春来毕业回不来，我再劝劝麦花，让她别白费心思。谁想鸳鸯棒打不散，这又凑一块儿去了。"

牛有草乱撒气："马仁礼呀，整了半天我是傻小子啊，一下被你骗了好几年，你还有啥事背着我？要是让我逮着饶不了你！"马仁礼瞪眼："我还饶不了你呢，赶紧去把我家的苞米秆垛子给我垒上！"

牛有草觉得这事得给赵有田一个交代，就和杨灯儿到赵有田坟前烧纸。牛有草念叨着："有田我对不住你，我跟你讲过，只要你不讲，我就把这事烂死在棺材里，可我没做到。眼下，孩子啥都知道了，我伤了孩子的心哪……这大半辈子，我就做这么一件亏心事，我欠孩子的，欠你的，欠灯儿的！可欠了咋办？我还不起呀……有田啊，啥都不讲了，你要怨恨我，托梦过来，咱俩坐一块儿，喝点酒接着讲，镰刀我给你备好了，你就可着性子来吧……"

杨灯儿突然抢起拨拉火纸的木棍朝牛有草打来，她哭喊着："冤有头债有主，牛有草呀，这一辈子的账我都给你攒着！三十年了，从头到尾都是你造的孽啊，你不是说欠账吗？那你现在就给我还回来！"灯儿挥着木棍打，牛有草低头闭眼承受着……

麦花坐在土坡上，望着黄河掉眼泪。马公社走来坐在麦花身边说："妹子，走，跟哥去城里溜达溜达。"麦花抹着眼泪不说话。马公社劝着："妹子，事都见天儿了，哭也没用，不管怎么的，你还赚了个亲哥哥。好枣子有的是，还非得盯着一棵树使劲儿吗？"

麦花站起身要走，马公社一把拉住麦花的袖子，麦花使劲甩着袖子，马公社就是不撒手。麦花说："公社哥，我知道你对我好，可我只把你当哥哥，强扭的瓜不甜，你要是还认我这个妹妹，就别为难我了。"马公社松开手，看着麦花走了……

马公社彻底寒了心，一肚子委屈没处发泄，他就拿起镰刀，到地里拼命割苞米。马仁礼说："镰刀刃都挨着土了，你这么割法镰刀容易老。"马公社故意说："我从生下来就摸着镰刀把子，年年这么割，哪次把镰刀割坏了？镰刀老了我去磨。"说着拎着镰刀走了。

小娥子跑过来找马公社，马仁礼告诉她，公社回家磨镰刀去了。小娥子一溜小跑来到马家，见马公社正虎着脸磨镰刀，一不小心划伤了手，鲜血直流。小娥子尖叫一声，她赶紧从衣服上撕下一条布，要给马公社缠住伤口。马公社成心想作践自己，赌气一扭身差点撞倒小娥子，小娥子伤心地望着马公社，眼泪禁不住滚落了下来。马公社心里一软，不再斗气，任由小娥子给他包扎伤口。

小娥子说："我知道你生气了。"

马公社噘着嘴："我没生气。"

小娥子说心里话："你头上都冒烟了，还说没生气！这些年，麦花心里装的都是春来哥，不是你，你明知道还非顶着牛角尖往里钻，到头来自己讨苦吃。"

马公社说狠话撒气："我苦什么了，我心里甜得很，比吃蜜还甜，麦花是仙女吗？我稀罕她干什么？躲都躲不及！"小娥子笑问："那我呢？"马公社一笑："全麦香岭顶数妹子你最俊！"小娥子笑得嘴都合不上。

天转眼就暗了。杨灯儿背着一大捆苞米秆慢慢走着，夕阳把她的身影拉得好长好长，晚霞把她通体染成金黄。

天擦黑她才走进家里，把苞米秆堆在墙边，然后直一直身，揉着肩膀捶着腰朝屋里走。她推开屋门，一股气浪迎面扑来。屋里蒸气腾腾，隐隐约约中，杨春来拉着风箱烧着水。灯儿看到屋里摆个大木桶，里面装着半桶水。杨春来端一盆热水倒进桶里，然后伸手试着水温喊："娘，您先进去泡泡。"说着走出去。

杨灯儿坐在木桶里闭着眼睛，杨春来给娘捏肩膀。灯儿说："这辈子头一回享了不敢想的福，真舒坦。孩子，你有心事骗不了娘，娘闭着眼睛也看得清楚。"杨春来说："我老师来信说黑龙江黑河海关缺翻译，叫我过去。"

灯儿睁开眼："好事啊，学了能用上，书就没白念。"杨春来说："我不想去。您这么大岁数还得泼了命地下地干活，我要是留下来，您就能歇着。"

灯儿说："这话我不爱听！大枣挂树上，地瓜窝土里。你有出息娘跟着高兴；你没出息娘跟着窝心。孩子，你要是不去娘都看不起你。去，赶紧收拾收拾，明儿个就走！"

杨春来恋恋不舍地说："娘，我舍不得您！"灯儿很开心地说："孩子，有你这句话娘就知足了，走吧。"

旭日东升，朝霞艳丽。

杨春来拎着行李走到门口，杨灯儿和小娥子默默送行。灯儿让小娥子送哥上船，她说："孩子，你都多大了，还用娘送啊！娘送不了你一辈子，快走吧。"杨春来望着娘，娘把春来和小娥子推出屋门，然后一把关上屋门。杨春来望着屋门，良久才转身走了；灯儿扒门缝望着，眼泪模糊了眼睛……

牛有草坐在河边的土坡上，望着杨春来登船远去……

麦花急匆匆跑到河边，呆望着孤舟远影隐碧空……

牛有草满腹愁肠地回到村里，帮马仁礼拖碌碡压麦苗，他叹了口气："唉，跑的跑，哭的哭，全冲着我来了。"马仁礼说："都怪你呀！当年你要是娶了杨灯儿，能轮到乔月吗？没有乔月，能有杨春来吗？没有杨春来，能有这么多糟心的事儿吗？自己有相好的不要，非抢人家相好的，抢了也成，你倒是过到底呀，半道黄摊了不说，生了孩子还得让自己相好的养着，这不都是你折腾的吗？"

牛有草顺着说："你这么一讲，是真乱套啊。你说，当年乔月要不跟我就能跟你吗？"马仁礼赌气道："跟不跟我是后话，可怎么的也弄不出杨春来！"

牛有草摇头："行，我认了，你就别给我添堵了。"马仁礼说："你这头老牛能服软真不容易。"

牛有草叹息道："也就这事挺不起腰来。杨春来走了，麦花连着几天不声不响，要不你帮我劝劝她？"马仁礼摆手："这事我哪成啊！你得找灯儿，女人家在一起好说话儿。"

牛有草点点头，抬腿往家走，就见小娥子气喘吁吁地跑来喊："大胆叔，麦花姐走啦！这是她留的信！"

牛有草和小娥子跑到黄河边，黄河上，一条船若隐若现，渐行渐远……

麦花在信中写道：

> 爹，我走了，去南方闯闯，等闯出门道了再回来，您不用挂念我。我都想通了，一点也不怪您，您年岁大了，保重身子啊……

牛有草回到家里，坐在炕头大半天，晚饭也懒得做。马仁礼端着饭菜走进来，把饭菜放到桌子上："吃吧，活着就得吃饭，不吃饭就活不成了。"牛有草有气无力："一根老木头桩子撑门面，吃了也没奔头。"

马仁礼劝："怎么没奔头？孩子也没说不回来，你要死不活地干什么？吃！"牛有草摇着头："话说得轻巧，赶上你有儿子热乎炕头了。"

马仁礼说好听的："这话说的，你儿女双全，我眼气都来不及呢。"牛有草逗笑说："那你再娶一个，生个闺女。"马仁礼凑趣："这话说我心坎里了，要不你给我拉呱拉呱？"牛有草心里畅快些，大口吃起饭来。

老一辈沟沟坎坎的路走多了，啥事都见过，啥苦都吃过，没啥解不开的疙瘩。小一辈鲁莽，一股子血气顶着，不折腾个一时半会儿，消停不下来。

太阳落入河水中，秋天的河水已经有些凉。马公社在河里游着，小娥子站在岸边喊："公社哥，水多凉啊，赶紧上来！我知道你闷得慌，也不能可着身子造啊，快上来！你听没听到我说话啊？"马公社故意潜入水中没了影。小娥子着急地大喊："公社哥，你哪儿去了？快出来啊！"

河面激荡着水花，小娥子呆呆地望着，她突然朝河里跑去，河水很快没过她的腿、腰、胸口。马公社冒出头来，看到小娥子没站稳倒在水里扑腾，他赶紧游向小娥子，推着她朝岸边游。小娥子在岸边吐着水颤抖着，马公社把衣服披在小娥子身上。

小娥子嘴唇哆嗦着说："公社哥，我不冷，你赶紧穿衣裳，别冻着。"马公社心里一热责备道："傻子，你不会游跑进河里干什么？"

小娥子还在后怕："你转眼就没影了，我以为你……"马公社感动了："那你也不能下河里，找死啊！"

小娥子神情坚定地说："不，你要是有个三长两短的，我不能看着不管！"马公社用胳膊揽过小娥子，一腔柔情："你怎么这么傻呀！"

小娥子眨着眼睛问："公社哥，那天你说咱们村数我最好看，这话是真的假的？"马公社望着小娥子说："哥不骗你。"

小娥子追问："你不是喜欢麦花姐吗？"马公社表真心："妹子，从今儿个起，我马公社心里就装着你一个人！"小娥子望着马公社，幸福的眼泪流下来。

马公社奇怪道："怎么还哭了？"

小娥子一抹眼泪笑开一朵花："乐的呗！"

斗转星移，日月轮替。农民这几年的日子是芝麻开花节节高。牛有草和马仁礼俩人的白头发添了不少，马公社和小东子的嘴唇上都冒出了黑胡楂子。在神州大地上生存了二十多年的人民公社消失了，牛有草摇身一变成了麦香东村村民委员会的村长。马仁礼也变成了麦香西村村民委员会的村长。

西天飘洒着晚霞，牛有草从村委会回家，见一群小孩围着门口伸脖子朝里望。他走进屋里，看到一个穿牛仔服的人正做饭，就高声喊："什么人？"烫爆炸头戴墨镜的人一转身，原来是麦花。

牛有草惊奇道："这是哪里来的山猫野兽？"麦花摘掉墨镜望着牛有草："爹，是我，麦花。"牛有草望着麦花好一会儿才说："闺女，你可吓死爹了！"

麦花把饭菜放到桌上说："爹，吃饭吧。"牛有草盘腿坐下望着麦花："闺女，你这头发能不能收一收，支棱八翘的，一个脑袋赶上人家两个脑袋大，看着难受。"

麦花笑着："爹，您不懂，这叫爆炸头，在南方可时髦了！"牛有草摇头："啥爆炸头？难不成你把炮仗扔里面炸的？还有，你这裤子都露肉了，能不能缝好了再穿？"

245

"爹，说了您也不懂，这是牛仔裤，露了才时髦，我还给您捎回来两件。"麦花说着从拉杆箱里拿出一套牛仔服，"爹，先穿上试试。"

牛有草摸着牛仔服："这是啥东西？硬邦邦，我不穿。"麦花解释着："这衣裳大名叫牛仔服，小名叫劳动布服，是给劳动人民穿的，咱们农民穿劳动布，展扬啊！"

第二天上午，牛有草戴着墨镜，穿一身牛仔服在村街上走着，正好和马仁礼相遇，马仁礼望着牛有草，笑得直不起腰来："哎哟我的妈呀，老苞米粒钻花生壳里，不搭调啊！"牛有草说："劳动人儿穿劳动布，咋不搭调？正对味儿！"

牛有草出外招摇一阵回到家里，麦花问："爹，怎么样，展扬不？"牛有草说："展扬透了，他们一个个都张着嘴，口水都滴答下来了。"

麦花说："那就好。爹，我去南方待了几年，可真开眼了。南方形势真好，大到乡镇，小到各家各户，大凡心眼活泛的，有点能耐的，都做起了买卖。"牛有草问："做啥买卖？"

麦花说："很多村子都搞了乡镇企业，生意做得可大了。爹，您是村委会主任，小名也叫村长，不琢磨琢磨干点什么？"牛有草摇头："眼下，乡亲们能吃饱穿暖，日子过得算不错，还忙活啥？"

麦花启发着说："爹，您这叫吃饱穿暖了吗？您没看您吃的是什么？穿的是什么？人家吃的是什么？穿的是什么？档次不一样啊！"牛有草心里有点活泛了："你说得也对，光能吃上穿上不行，还得让大伙儿吃好穿好。"

麦花赶紧打气："爹，我知道您在咱们这儿是大能人，您要是牵头干点什么，大家保准都能跟着。"牛有草得意洋洋地说："大实话，想当年，你爹我没少折腾，哪回不是一招手就招来一堆人，大伙儿都泼了命地挺着我擎着我，到底是吃上饱饭了。可你说这乡镇企业咱老农民没干过，能成？"

麦花说："爹，只要您有这心思，我帮您干。"牛有草挺高兴："闺女呀，你是真没白出去，要是剃了这爆炸头，人样子没变，胆子长了不少。这事我得跟二能人商量商量，他不赞成，我心里没底。"

马仁礼正吃饭，牛有草夹着个布包走进来。马仁礼故意损着："怎么我一吃饭你就来，你一来准是添堵的事儿。"牛有草笑了："咋还骂送礼的？那我走。"

马仁礼一把拉住牛有草："等等，送什么礼来了？牛脾气，说火就火，来，坐下慢慢讲。"牛有草把布包放在炕头上："穿上试试吧。"

马仁礼打开布包，里面是一条牛仔裤，他笑道："怎么，你穿够转手给我了？"牛有草说："屁话，我闺女没忘她仁礼叔，她专门给你买的。"

马仁礼高兴了，故意拿牛仔裤闻了闻："是新的，没牛膻味。"说着拿上裤子进里屋把门关上。牛有草喊："还怕看哪，你身上几两肉我还不清楚？真是脱裤子放屁！"马仁礼穿上牛仔裤在镜子前扭前扭后照着说："腚鼓得跟蒜瓣似的，有失文雅。"

牛有草笑着逗道："好看，真好看。你这屁股本来松得快掉地上了，穿上这裤子绷得多紧，抬得多翘，要是穿这裤子出去走一圈，大闺女小媳妇还不得瞅花了眼哪！"马仁礼说："得了吧，这老不正经的东西还是留给你没事换着穿。"

牛有草撇嘴："还北平出来的人儿呢，咋这么封建？""我封建？你别时髦一回就把自己当城里人儿！来来来，我叫你见识见识时髦人儿是个什么样！"马仁礼说着，抬胳膊扭臀跳起了交谊舞。牛有草哈哈大笑。

俩老伙计笑够了开始喝着酒说正经事。牛有草说起想搞乡镇企业，马仁礼直摇头："南方是南方，咱们这儿是咱们这儿，你这出头鸟还没被打够啊？"牛有草来个激将法："你这人满身都是剥削阶级的脆弱性，挨了棒子就趴下，这辈子你算白活了。"马仁礼不吃那一套："白活也认了，我白头发一把，折腾不动了。"

牛有草问："你就说这事能不能成？"马仁礼说："我觉得这事能成，可不好成！这几年形势是好了，可到底能好到什么样，能好到什么时候，咱不敢说。就算一直好下去，你个老农民，除了种地收粮食，再顺便喂喂牲口，还能干什么呢？大胆哪，这两年你开个小磨坊，还包一片山林，日子不错，就别折腾了。再折腾真就折腾到土里去了。"

牛有草不死心："我一个人过好了不成，乡亲们离好日子差远了，要是乡亲们都能过上当年你爹那样的日子，就是好日子。"马仁礼拉下脸说："怎么扯到我爹身上了，再讲这话我可跟你翻脸！"

牛有草点头："成，不说你爹。你说咱们一把白头发了，可还没全白，扒拉扒拉也能找出一撮黑的，有这撮黑的咱就得干下去，不把这撮黑的折腾白了咱们不能歇着。"马仁礼说："大胆哪，你别劝我，我是真怕了，你要是我的好兄弟，想让我多活几年，那你就饶了我吧。"牛有草长叹气："算了，喝酒。"

牛有草听了马仁礼的话，好像一盆冷水浇头，心里又犹豫了。可是，麦花告诉他干企业能赚大钱，一个村只要有一个企业全村人就都能富，牛有草的心又活泛起来，他招呼原来和他借地种的"铁杆"乡亲商量。

这天，地头树荫下，坐着三猴儿、马小转、牛金花、杨灯儿、瞎老尹等人。牛有草说："今儿个想跟大家商量个事，我就直说了。麦花从南方回来，她说南方有些村子干企业做起了买卖，全村人摇身一变都成公司员工了，买卖做得好，各家各户都能赚不少钱。我寻思咱们麦香东村能不能也成立公司，做点买卖，大家一起赚钱。"

一说能赚钱，几个人都赞成，可是谁也说不上该干点啥好。牛有草说："麦子磨成面，面再压成面条，卖面条总比卖粮好卖多吧！先干面粉厂，再干面条厂！咋样？"可是，建厂钱从哪里来呢？众人都没主意了。

牛有草又到马仁礼家讨主意。马仁礼低头琢磨着："光面粉面条不成，要用麦子，就得抓住可劲儿用，叫一颗麦子做文章。麦秸能造纸，纸能做包装箱。麦麸子可以做饲料，饲料可以养猪，养了猪得杀猪，杀了猪得卖肉，要是跟肉联厂挂上钩……天哪，这要是干成了，那你就是大大的能人哪！"

牛有草愣愣地听着，突然哈哈大笑："好个一颗麦子做文章，你可给我开窍了！仁礼啊，你脑子灵，我胆子大，咱俩联起手来啥事干不成！要不你跟我一块儿干得了，我给你封个大官当！"

马仁礼摆手："不干，你是村长，我也是村长，咱俩平级，我不跟你腔后忙活。"牛有草走了。马公社从里屋走出来说："爹，你和大胆叔说的话我都听见了，这么好的事，您怎么不干呢？"

马仁礼教育儿子："事情都是说着容易做着难，建厂子得用多少人力花多少钱？没边的事咱爷们儿不干。等一等看，枪打出头鸟，等他躲过这一枪再说。"

牛有草一旦开窍，就高兴得回家喝酒，他乘兴把马仁礼说的"一颗麦子做文章"的话对麦花讲了。麦花说："文化人就是文化人，仁礼叔这脑子是真够用。面粉厂要是干好赚钱了，后面的好事不就都跟着来了！南方那边不管弄个什么东西都起个名，只要这名起好了，再想办法把名喊出去，不愁卖不好。"

牛有草把麦香东村的村民和他的那些"铁杆"群众召集起来鼓吹"一颗麦子做文章"："乡亲们，现在咱们家家户户的麦子吃不完，要想赚钱就得打麦子的主意，就是一颗麦子做文章。咱先成立面粉厂，有了面粉厂，再干面条厂，造纸厂，饲料厂，养猪场，屠宰场……在咱们麦香岭，还没人动过这个心思，也没人敢动这个心思，你们说说，咱们有没有这个胆哪？"

杨灯儿首先响应："我敢！这也不是掉脑袋的事，没啥可怕的。"三猴儿接上："跟大胆干这么多年，没吃过亏，我也敢！"牛有草的几个"铁杆"纷纷响应，个个表态。其他的村民有的赞成，有的犹豫。

牛有草趁热打铁："地，咱们有，不用花钱；人，咱们村有的是；至于厂房、设备，还有粮食，那都是花钱的事。有钱能使鬼推磨，一分钱钞一分货，大家要是想干，那就每家每户出钱入股，等赚了钱，本钱给你，还给你利息，再按股分红。进的钱多，分的钱也多。全村这么多户，一家拿一点，小河有水大河满，就算大河不满，也差不太多，要是不够，我再想法子。"

杨灯儿喊："牛村长都说这话了，咱还有啥担心的，干吧！"牛有草高举双臂说："好了，既然大家没意见，那就回去凑钱，要干咱就抓紧干，早干早收钱，早干早富裕！"

杨灯儿、三猴儿、牛金花、瞎老尹等人在"小广播"马小转家院里吃着饭。几个人在会上为了支持牛村长，一个个都表示坚决跟着干，可这会儿心中没底，都在犹豫。

杨灯儿说："原来你们心里早都打好了算盘，那咋不早说？牛有草给咱们开会的时候，你们一个个拔着脖子挺着胸脯，那话讲得脆生，真要动真格的了，你们又缩头缩脑的。三猴儿，没有牛有草，你家能养得了母猪吗？能有眼下的一圈子猪崽吗？小转儿，没有牛有草，你家那口子临走前，能吃饱饭走得舒坦吗？前些年，牛有草泼了命地折腾，为了咱们能吃饱饭。眼下咱们都吃饱了，牛有草本来可以歇歇，可他又折腾，不就是为了咱们能过上好日子，能走上富裕的道儿吗？临到节骨眼儿上，咱们这些跟着他走了几十年的人不挺着他，不帮衬着他，那还有点人味儿了吗？"

三猴儿说："灯儿，你这话说得真轻巧，好，那你能拿多少钱出来？"灯儿站起身走了。

王万春退休了。牛有草带着三疯子牛有金来找新任乡长，他要把三疯子送到新成立的敬老院里来。牛有草告诉乡长，牛有金疯了几十年，队里一直没有钱给他治病。现在村里有点钱给他治病，他基本上不疯了，他家里没啥人，所以送他来敬老院。乡长满口答应。

牛有草说："有金啊，来这里，你就进福窝里了。"牛有金说："大胆哥，谢谢你啊！"牛有金被人领走，牛有草心里踏实了，向乡长讲了他要集资办厂的事儿。

乡长背着手转了几圈说："牛有草同志，这可是牵着大家生计的事，全村的人都集资进来，赚钱了行，万一有个闪失，您怎么跟大家交代？"牛有草表态："乡长，我觉得这是条好道，是富裕的道，南方都走这一步了，咱们咋就不敢走呢？我跟乡亲们说了，赚钱了大家分，赔了我砸锅卖铁，扒皮熬油也不能让大家亏着。"

乡长点着头："我知道您想让乡里拿点钱出来，可乡里没钱给你们呀，这事得慎重，要是赔了，您就算扒皮熬油了也赔不起。"牛有草想说服乡长："乡长啊，这么多年我深一脚浅一脚，不能说走得平稳，但也没崴了脚脖子。邓小平都讲了，中央没有钱，你们自己去搞，要杀出一条血路来！这话讲得多响亮，有这话放着，咱们还有啥不敢干的？眼下乡亲们的日子也就是能吃饱饭，还没富裕。乡长啊，咱们是不是还得想点法子朝前走啊？"

乡长反过来要说服牛有草："您这胆子是出了名的大，周老虎书记见识过，张德福书记见识过，王万春书记也见识过。眼下您为了乡亲们干乡镇企业，我不能挡着您，可您别忘了，这些年，您带着乡亲们吃饱了饭，乡亲们感谢您，信任您，您可不能伤了他们的心！"牛有草一拍胸脯："乡长，有你这话我就踏实了，你就放心吧。"

夏夜的小风送来阵阵凉意，十分清爽。

马仁礼在院子里的绒花树下喝着小酒。马公社在一旁伺候，听老爹白话："你大胆叔是雷声大雨点小，我还以为他有呼风唤雨的本事，没想到费劲巴力地招呼了一阵子，人去了不少，实心儿的不多，没凑上几个钱。你爹看了一辈子，听了一辈子，琢磨了一辈子，什么事都想明白了，做事宁可少迈一步，也别多迈一步，见好就收。"马仁礼忽然转变话题问马公社，"你别忽悠我，说正事，你跟小娥子处得怎么样？"

马公社一笑："就那么回事儿呗，她对我挺好的。"马仁礼喝下一杯酒："那就抓紧办了吧。你都二十好几了，怎么不急？"

马公社说："爹，人家春来哥都去大城市工作了，您儿子我去不了那地方，那也不能比人家矮半截，等我干出点名堂来再结婚也不晚。"马仁礼点头："这话也有道理，只要是个好爷们儿，还愁找不着好姑娘吗？儿子，你打算干点什么？琢磨好了跟爹说，爹给你撑腰。"

马公社点点头。麦花回来了，带着新点子、新想法儿，他马公社总要干点儿靠谱的事儿，不能让麦花把自己看扁了。

女儿是娘的心头肉，杨灯儿想小娥子的感情也该有着落了，她这一辈人婚姻上做不了主，而今一定要让女儿找到幸福。

杨灯儿坐在炕头，缝补着衣裳问小娥子："你跟马公社处得咋样了？公社是个好孩子，差不多就办了吧。"小娥子说："处得不错，我的事您就别管了，我有数。那个面粉厂干不干跟咱们家有什么关系？不干咱家也不缺吃喝。我知道您一门心思帮衬大胆叔，大胆叔说干什么，您保准不说二话，闷头就干。"

灯儿说："闺女，不是娘帮衬你大胆叔，是你大胆叔指的这条道是条能让咱们都富裕的道儿。眼下大伙儿不敢掏钱不怨大伙儿，娘心里有底，你大胆叔就是你娘的底，跟他干这么多年没吃过亏。"小娥子说："娘，咱家那点钱也拿出去了，有用吗？凑不够数啊！"

灯儿说："你先别管凑不凑够数的事，差不多就把婚结了吧，结了婚，娘就少了一个心思。"小娥子有点神秘地笑着："公社哥说这事不急，等他干出点名堂再说。我听他的。"

牛有草为了凑钱办厂，卖了自己开的磨坊，又要卖他承包的一片树林，他对买树人说："树伐了再种，种了再长。我才七十岁冒头，还有好几个十年呢，怕啥？你看好了就准备钱吧。"小娥子跑过来："大胆叔，我娘要卖房子了！她说要给村里投钱建面粉厂。"

牛有草和小娥子走着，正好遇见买房人迎面走来。小娥子说："大胆叔，就是他买我家房子，刚签了字据。"牛有草向买房人要字据，说房子不卖了。

买房人说："不卖你早说呀，都签完字画完押了。再说了，你是什么人，你管得了这房子的事吗？"小娥子顺嘴就说："那是我娘，这是我爹，我娘在家说的不算，大事都得我爹做主！"

买房人只好退还字据。牛有草接过字据递给小娥子："是这个东西不？"

小娥子看着字据："就是，我娘签了字，她不会写字，画了个灯泡。"牛有草笑了。"灯泡不算字，签了也是白签。"

杨灯儿正准备做饭，牛有草和小娥子走进来。牛有草把卖房字据放到灯儿面前说："字据上得写名，画个图不好使。"说着把字据撕了。灯儿生气了："我的房子想卖就卖，你管不着。"

牛有草有点横："你要为自己卖房我管不着；你要是为建厂卖房那我就得管。厂子我宁可不建，你也不能卖这房子！灯儿啊，你这人情我心领了。"

牛有草折腾了几个月，建厂的钱也没凑够，一转眼就到了秋末。这天黄昏，杨灯儿急忙忙跑到牛有草家说："我刚从我姑家回来，他们那儿棉花丰收了，还听说湖北收购棉花的价格比咱们这儿高，要不倒腾点棉花？"牛有草眼睛一亮："倒腾棉花？好事啊，咱赶紧去你姑家那边看看，找找门道。"

拖拉机奔驰着，牛有草和杨灯儿坐在拖拉机上，牛有草穿着一身牛仔装，戴着墨镜。灯儿说："你给我戴戴试试。"她接过墨镜戴上说，"就是不一样啊，真舒坦。"牛有草说："咱们都不是能享福的人，这么大岁数了，还得东跑西颠地折腾。"

杨灯儿说："人活着不就得折腾吗？折腾没奔头的事是白折腾，折腾有奔头的事就是好折腾。"牛有草夸着："灯儿，没你帮我想法子我是真没招了。"

来到棉区，小山一样的棉花堆在地头上。村长领着一身牛仔装戴墨镜的牛有草和杨灯儿走着望着。村长说："牛老板，您这么大岁数了，还能跑这么远的道儿来倒腾棉花，精神头真足，棉花有的是，你们想要多少？"

牛有草含糊着："这怎么说呢，倒腾得越多，钱不越多嘛。"村长点头："一听这口气，就财大气粗啊。"牛有草笑道："那是，别的没有，钱有的是。"村长高兴道："碰上爽快人了，你们好好看看，要多少直说，我保准不皱眉头。"

夜幕降临，牛有草和杨灯儿路过羊肉汤馆门口，牛有草主张进去瞅瞅吃点，灯儿说："花那钱干啥，咱也不是没带吃的，回去吃。"

俩人回到小旅馆，坐在床头啃杠子头，喝白开水。杨灯儿说："你今儿个咋满嘴冒胡话，这牛让你吹的，把人家都吹蒙了。明儿个人家问你要多少，你咋说？"牛有草倒干脆："有多少钱买多少呗。"

杨灯儿说："买了棉花还得弄到湖北去卖，又是车又是马的，来来回回可不少钱，这都得算到里面。"牛有草皱眉道："也是啊，把那些钱刨出去，剩下的钱就买不了多少棉花。要不我回去再凑凑钱？"

杨灯儿思索着："咱琢磨琢磨，眼下是两份钱，买棉花的钱和运费的钱，运费的钱咱们必须花，买棉花的钱能不能不花呢？要是能先赊着就好了。"

牛有草开了窍："赊棉花卖，卖了钱再还给人家，这不是借鸡下蛋吗？太好了，就来个借鸡下蛋！"灯儿笑着："你别乐和早了，借鸡下蛋，有鸡了，蛋好下，可咋借到鸡呢？"

牛有草和杨灯儿请村长来到羊肉汤馆吃饭。

牛有草对村长说："兄弟，想吃啥尽管讲，今儿个我请客，随便点，别客气。"

村长笑着："那我不客气了，这样吧，冷切羊腿肉，手撕羊排，葱爆羊肉、爆羊肚、炒羊肝、焖羊脸，三碗羊汤，三屉包子，再来一瓶酒。这菜不多吧？"牛有草望着村长，愣了一下说："不多，一点不多。"

饭桌上摆满了菜，村长拿起筷子望着："你们怎么不动筷呢？"牛有草推说："兄弟，我们吃饱了。"村长说："那不行。你们不吃，我也不吃。"牛有草和杨灯儿只好拿起筷子陪吃。牛有草和村长碰杯说："你们这儿的棉花是真多，白花花的，一片片的，我都看花眼了。"

村长说："今年大丰收，要是棉花紧俏的话，我也不能说你们要多少就给你们多少。"牛有草放口风："我们没想到你们有这么多棉花，要早知道多带点钱出来好了。"

村长很痛快："钱没带够不怕，回去拿，货的事你们放心，你们要多少我给你们留多少。"牛有草试探着说："这个……来一趟不容易，回去拿钱耽搁时间，我们能不能少交点钱，你多赊给我们点，等我们赚钱了再还你。"

村长故意说："赊？也行啊。可你总得在我这儿押点什么吧？"牛有草愣住了："我们两个人说出来就出来了，也没带值当的东西。"

村长摇头："那不成，你们要是拿着棉花跑了，我找谁去？"杨灯儿冷不丁说："村长，把我押这儿行吗？你看能值多少棉花？"

村长诡秘地一笑："那得看你俩是什么关系了。"杨灯儿顺嘴就说："我是他媳妇，你看这个关系，值不值当赊一车皮棉花？"

牛有草愣愣地望着灯儿，只好跟着演戏："他娘，你押在这儿，我舍不得呀！"

村长拍着手笑了："这出戏唱得好啊，我也不跟你们绕圈子了，牛老板，你可不是老板哪。一握手，你那手掌的老茧都硌得慌。"

牛有草只好承认："既然你都看出来了，我也打开天窗说亮话，我不是啥老板，也没有那么多钱，我是麦香岭麦香东村的村长，咱俩平级。"村长笑着："我知道你是村长，我还知道你叫牛有草，借地种粮是你带头干的吧？"

牛有草奇怪："这你都知道？"村长说："大胆哥，你可是名人儿啊！没有你，我们到现在也包不了产，到不了户，吃不上精面大馒头，填不饱肚子。我得谢谢你呀！"

牛有草摆着手："这话说的，我们是求你来了，你咋还谢我呢？"村长好意地说："我知道你没钱，昨晚你俩进了这个馆子，没舍得吃又出来了。后来进了小旅馆，你俩人啃着杠子头将就一顿。还有，你俩根本不是夫妻，为了省钱，你就花一间屋的钱，你让你这个假媳妇在屋里睡，你在外面坐了一宿。"

牛有草感慨道："真没想到，从头到尾你这双眼睛跟着我们呢。这本事是跟谁学的？"村长说："打小鬼子的时候，我当过侦察兵。大胆哥，我问一句不该问的，你倒腾棉花干什么？"

牛有草说："我想建个面粉厂，可兜里没钱，我寻思倒腾点棉花，赚点钱好建厂。"村长推心置腹道："大胆哥，你是真行啊！别人不敢想不敢干的事都让你干了。我今儿个就把话放这儿，你建厂我帮不上什么忙，我这里就有棉花，还是那句话，你要多少我给你多少，等你赚了钱再给我。"

杨灯儿说："我在这儿押着，不怕他不还你钱。"村长笑道："有牛有草这个招牌，我还押什么人呢？说句老实话，不看人，就看你们这实诚劲儿，我也得赊给你们。服务员，算账。"

牛有草刚要掏钱。村长一把按住牛有草："我不说了嘛，我得谢谢你，这顿饭得我请你。"牛有草说："不成，我请客得我花钱，要不你就是看不起我。"

村长说："要不这样，等你赚钱了再请我，行不？"牛有草只好说："那成！还有一句，咋的我也得在你这儿押点钱，要不我心里过意不去。"

两人坐在奔驰着的拖拉机上。牛有草说："这回妥实了，两车皮棉花呀！"灯儿问："你咋不戴黑眼镜了？"

牛有草一高兴就跑题："见着亮了呗。对了，灯儿啊，你在酒桌上讲的那些话，啥媳妇爷们儿押那儿的，都是真心话？"灯儿仰脸看天："你左耳朵进右耳朵出，就当我胡嘞嘞，你还当真了？"

牛有草贼笑着："我就当真心话听的。"灯儿问："你还想有真事儿吗？"

牛有草看着灯儿："好事谁不想啊！"灯儿阴阳怪气地学牛有草："爹，你听好了，你儿子这辈子不娶灯儿！"俩人都哈哈大笑，笑得眼泪都出来了……

牛有草兴冲冲来到马仁礼家，一屁股坐在炕沿上。马仁礼说："看样子你跟灯儿一块儿去倒腾棉花赚钱了？拉了不少热乎话吧？"牛有草挺得意："不错，赚钱了。我和灯儿说的全是热乎话，我跟她讲，等钱到了，就买砖买钢材建厂，建好厂就进设备，进了设备就生产面粉赚大钱，眼气死那个马仁礼！"

马仁礼问："你倒腾棉花的钱从哪儿来的？"牛有草吹着："这还用钱吗？我人到了地方，还没讲完三句话，人家就说要多少给多少，先拿去卖，等卖完赚钱了再还账。"

马仁礼又问："那你讲了什么话？""不行，怕有蹲墙根的，来，我跟你讲讲。"牛有草对着马仁礼的耳朵打了个喷嚏站起身，"猫炕头仰歪着就想学本事，天下哪有那么便宜的事？你要是想学得擎着三炷香，沏好一壶茶，到我这儿磕三个响头拜师，弄不好我一乐和就教你两手。"

棉花运到湖北销售，牛有草派麦花去收货款，都快二十天了麦花还没回来，牛有草真是度日如年。这天晚上，他实在担心，忍不住就到杨灯儿家门口转悠着。灯儿走出屋隔着板障子说："在屋里就闻着你一身的牛膻味了，有事进屋讲。"牛有草把他的担心讲了："要不我去湖北看看？"

灯儿说："再等两天，要是麦花还不回来，咱俩一块儿去。我怕你认不准路，找不准门。再说了，你也是村长啊，出门在外，身前身后不得有个人照看着。"牛有草开个小玩笑减压："你是说秘书？就算找个秘书，也得找年轻点的，你不成。"灯儿撇嘴："我还没嫌弃你呢，你倒嫌弃我来了，赶紧回去吧！"

一轮明月悬在空中。牛有草坐在院门口的石蹾上低着头似乎睡着了。麦花拎着一个旅行包风尘仆仆地过来喊了一声爹，牛有草一下站起来接过旅行包："闺女，你可回来了！"赶紧拉着麦花进屋。麦花进屋就直挺挺地戳在那里。

牛有草心跳着："闺女，跑了那么远的道儿累坏了吧？坐下歇歇，有啥坐不下的，不成就不成，咱们再想别的法子。"麦花绷着脸："爹，我真坐不下。"

牛有草简直就像一盆冷水浇头。麦花慢慢解开外衣，展现身上绑着的成排的一沓一沓钱。她笑着说："爹，您再看看。"她翻开裤腿，脱了鞋，腿上、鞋里都是钱。"我怕小偷惦记，全绑身上了。"牛有草笑得眼泪都出来了。

炕上铺着一摞一摞的钱，牛有草坐在炕沿，麦花躺在旁边说："爹，您先睡会儿，咱俩轮换着守。"牛有草说："不用，爹不困，你安心睡。"

麦花说："您要是闲着难受，就抽两口。"牛有草忙说："不能抽啊，万一火星子粘上这金贵东西，可就全完蛋了！闺女呀，你赶紧睡吧，天快亮了。"他坐在炕沿靠着墙，不眨眼地望着窗外……

红太阳出来了，照得村庄亮堂堂。牛有草一早就把村民召集到村公所。一个大旅行包放在桌子上，众村民围着大包望着。牛有草拉开包的拉链，里面露出一沓一沓的钱。众村民望着，有的瞪着眼睛，有的张着嘴，有的呷吧着嘴，有的口水都流出来了。瞎老尹伸着手，慢慢地摸着钱。

牛有草满脸喜气："大家都看见了吧，这就是咱们建面粉厂的钱，我数了数，钱不少，可还是不够。收棉花的节气过了，倒腾不出钱了。我这回和灯儿去倒腾棉花，不光赚了钱，还琢磨出一个大道理。靠这么一点一点地赚钱太慢，眼下，咱们就得借鸡下蛋，把人家的母鸡抱到咱们这儿下蛋，下完蛋再还给人家，给点租金，咱们赚大头。讲到底，就是先赊着用，用完赚钱了再还。咱们手里也不是一点钱没有，少交点钱，再讲讲好听的话，咱们是实诚人，干的是实诚事，人家就能赊给咱们。眼下地有了，人有了，砖瓦土石、机器设备咱们出去赊，都不是问题了。今儿个我把大家招呼过来，一个是让大家看看这一大袋子钱，心里都垫个底儿。再就是商量商量粮的事，巧媳妇没米不下锅，咱们没粮干不了事，大家看看咋办？"

杨灯儿说："咱就来个借粮下锅，既然大家有粮，那就都拿出来，全交到厂子里，等赚钱了再结账。"牛有草说："借粮下锅讲得好，大伙儿要是能把粮交上来，我也不能让你们白交，钱先少给点，等赚钱了再补上。粮就放厂子仓库里，谁家缺了就来领，跟自己家一样。就按结账时候的粮价算，亏不着，弄不好还赚了。"

牛有草和灯儿走着。牛有草："看来不管多大的坎，只要抬抬腿，小坎抬低点，大坎抬高点，早晚都能迈过去。灯儿啊，我得谢谢你。"灯儿故意说："别谢我，我是冲着乡亲们，不冲你，你要是忙活自己的事，我才懒得搭理呢。"

牛有草说："冲谁都一样。对了，等咱们这厂子建起来得起个名。灯儿亮堂啊，要不叫亮灯面粉厂？"灯儿说："去！少风凉我。"

马仁礼的声音传来："起名的事得问我呀！"牛有草一回头，马仁礼在后面跟着呢。牛有草问："那你说起个啥名？"马仁礼逗乐："这还不好起，就叫仁礼面粉厂，儒家五常，仁义礼智信，你占了俩，多响亮！"牛有草凑趣："马仁礼，你这是想空手套白狼啊，还不如叫牛有草面粉厂。"

马仁礼说："牛有草面粉厂不行，牛有草养牛场还差不多。"牛有草刺儿着："马仁礼，你要是眼气了就赶紧说，我这儿还有空位子，你掏了钱交了粮，我一乐和弄不好让你入一股，你要是没事扯风凉话，那你赶紧走！"

马仁礼喊："别说了，我走了，临走送你一个名，麦香面粉厂。"牛有草高兴道："麦香面粉厂？这个名好！马仁礼，就为你起的这个名，等厂子盖起来，我也得叫你过来瞅瞅！"

第十六章

　　村头的老槐树发了新芽。麦香东村的空地上，面粉厂拔地而起。两大长串挂鞭顺着面粉厂屋顶垂下来，空地上、山坡上、树梢上站满了村民，牛有草揭开牌匾，"麦香面粉厂"的大字显现出来。鞭炮炸响，锣鼓喧天。

　　酒席摆满了场院，牛有草挨桌敬酒。乡长和牛有草碰杯："大胆叔，这厂子您说干就干起来了，恭喜啊！"牛有草高兴地咧着嘴："都是乡亲们擎着我，帮衬我，要不然，我一个老头子就是砸骨头熬油也没这个能耐！"

　　乡长夸着："机器一响，黄金万两，您就等着收钱吧。"牛有草满脸喜气："我还欠一屁股的债呢，赚钱还清债就舒坦了。来，喝酒！"

　　马仁礼只管大口吃菜喝酒。牛有草端着酒杯走过来："仁礼我得敬你酒啊，你帮我们厂起了个好名。"马仁礼连忙端起酒杯："怎么是你敬我呢，我得敬你，牛厂长，恭喜恭喜！"

　　牛有草开心地笑着："实心儿话？不眼气？"马仁礼有点酸："眼气也没招，孙悟空舞弄不过如来佛，那怪谁？没人家能耐大呀！"

　　牛有草说："咱哥俩拉话得捞干的，你要想干就说话，我这儿给你留着地方。"马仁礼一口把酒喝了："我真不想折腾了，你干好了我跟着乐，你为难了我帮你出主意，这还不行吗？"

　　麦香西村的人看到人家麦香东村干起面粉厂了，都很眼热，埋怨村长马仁礼太胆小，啥将带啥兵，只能干瞪眼瞅着人家过热乎日子。

　　马仁礼回家来一屁股坐在炕头上沉默着。马公社埋怨爹胆子越来越小了，凭学问，只要放开胆子，肯定比牛村长干得好。马仁礼不为所动，反而教育儿子："你心气高，满心思琢磨干点响亮的事，撑撑咱家的门面，你爹我何尝不是呢？咱不能瞎忙活，干活就得干巧活，你大胆叔那叫扛着铁头撞金钟，你爹我这叫拿着筐箩收金块。"

牛有草的面粉厂开始生产了，可是再过一个月就收麦子，生产的面粉卖不出去，谈了几家都没谈成，压了一仓库的货。更要命的是讨账的上门了，牛有草好话说了几箩筐，又是请吃饭，又是送面粉，总算暂时把人家打发回去。牛厂长急得嘴上起了一溜一溜的大泡。面粉卖不出去，村民们同样着急，三猴儿、牛金花、马小转等人站在面粉厂门口议论纷纷。

牛有草走进仓库，看着堆得小山一样的面粉。他捏起一撮面粉，闻着，尝着，生怕霉了或生虫子，然后坐在石礅上，满面愁容地望着面粉发呆。

马仁礼进来说："欠的账啥时候还哪？"牛有草一下站起来："马上就还！你没事给我添堵来了？上一边儿待着去！"

马仁礼笑着走到离牛有草不远处坐下来："大夏天本来就热，你身上又冒着火，挨近了烤得慌。白花花的面粉，眼瞅着卖不出去真愁人，做兄弟的不得跟你愁到一块儿去啊！"

牛有草瞪眼："这话热乎，你别光嘴上说，有钱出钱，有力出力，那才叫真兄弟。"马仁礼故意问："我买，你卖不？"牛有草撇嘴："卖谁也不卖给你。"

马仁礼从仓库出来，走不远就碰到杨灯儿急匆匆走来，他问："你这是要去哪儿呀？他在厂子仓库里烧香念佛呢！"灯儿打个招呼继续走。马仁礼喊："灯儿你等等，我有话跟你讲。"他来到灯儿面前咕哝了几句，灯儿眉开眼笑地走了。

牛有草坐在石礅上脸上愁云密布地沉默着。杨灯儿进来说："闷着有啥用？回家吃饭吧。饿肚子能想出法子吗？"牛有草摇头说："我不是不吃，我一看这些面粉就撑得慌啊！"

杨灯儿笑着："你别着急了，我给你想了一个法子。咱不是有面粉吗？面粉不是钱可它能当钱使，咱欠了谁的账就拿面粉抵账。他要是不同意，咱就多给他点，占便宜的事，谁不干呢？咱们没钱有面粉，他爱要不要，要了不吃亏，不要吃大亏。他要是有能耐就拿面粉去卖，卖出去不就是钱了？"

牛有草问："这不是变着法儿让人家帮咱卖面粉吗？"灯儿点头："这是没招的招，咱要是有钱也不能用这招。再说，债主都是买卖人，见得多听得广，万一吃好咱们的面粉，弄不好生意就来了。"

牛有草高兴地站起来："你这招真高，我咋没想到呢？太好了！走，我请你喝酒！"灯儿抿嘴笑："风一阵雨一阵，孩子一样的脾气。"

回到家里，牛有草倒酒敬灯儿："这杯酒我得敬你，你这一顿大锤把我心里堵的石头砸了个稀碎，我心里太舒坦了。"灯儿喝一口酒："你不用敬我，要敬得敬你那个兄弟，马仁礼要是不讲，我可想不出这么好的法子来。"

牛有草猛灌一杯酒："这个老东西，我还了别人的账，反倒欠他的了，成，改天我去敬他酒。"

灯儿趁机把她和小娥子去县城市场调查面食行情，想去县里农贸市场做面食生意的事讲了。牛有草说："就在我这儿干，赚钱少不了你的，还折腾啥？"

杨灯儿盯着牛有草："我叫灯儿，灯儿就得亮着，不亮着还叫灯儿吗？我想好了，你这不是有面嘛，借给我点，我赚了钱再还你。我用不用押个人在你这儿呀？"牛有草笑出满脸褶子："面粉你要多少我给多少，当然得把你押我这儿了，要不面粉没了我找谁去？"灯儿喝酒："这话在理，押。"

杨灯儿说干就干，她搞了一辆板车和小娥子在县城农贸市场卖馒头。灯儿的馒头又大又白又好吃又便宜，很快就卖完了。可是，旁边几个馒头摊的摊主不愿意，说杨灯儿压价卖不地道，要把她们轰走，差点打起来。事后灯儿觉得自个儿做得欠妥当，决定变个法子，露露手艺。

第二天，杨灯儿果然变了花样。小娥子高声吆喝着："千层大馒头，撕一层吃一层，一层一个味儿，不好吃不要钱啦！"路人围着面食摊争相购买。有路人问："大姐，你这馒头真有咬头，面肯定错不了，哪儿进的面呀？"

杨灯儿大声说："我这面是麦香牌的，麦香岭乡麦香东村的麦香面粉厂产的。想买就去那儿找一个叫牛有草的人，你就说是一个叫灯儿的大姐介绍的，他保准给你便宜。"

灯儿卖着馒头，工商检查人员来到她的面食摊前，检查经营许可证和卫生许可证。灯儿问："那东西是干啥用的？我没有。"工商检查人员告诉灯儿，没有就得办证，不办证生意就不能做了。

灯儿拿出一个热馒头让工商检查人员吃，推让中馒头掉在地上。灯儿不高兴了："你不吃就不吃呗，咋还扔了？我要过饭，吃过馊干粮，也没得啥病。这馒头是我蒸的，干不干净我清楚，还用办啥卫生证吗？我看你们就是欺负我们是农村来的，想占我们农村人的便宜。"

工商检查人员没收了灯儿的面食摊板车。小娥子丧气道："娘，不行咱们就回家吧！也比在这儿受气强。"灯儿说："受点气算啥？就这么回去还不得叫乡亲们笑话死！咱娘俩既然出来就得干出个名堂，干出个彩头，要回去也得风风光光、亮亮堂堂地回去。不就是办个证的事嘛，就按他们的规矩办，明儿个咱们办证去。"

灯儿和小娥子推着板车又来到县农贸市场，板车上挂着经营许可证和卫生许可证，还挂了个大招牌，上面写着"麦香牌面粉"。

旁边的面食摊主喊："千层大馒头，撕一层吃一层，一层一个味儿，不好吃不要钱啦!"小娥子撇嘴:"娘,他学咱们吆喝。"

灯儿笑着:"嘴长在他们头上,让他们学呗,娘弄点他们学不会的不就得了。"灯儿高声照《学习雷锋好榜样》的调子,有板有眼地吆喝起来,"我的馒头,真叫棒,看着好看吃着香,撕了一层又一层,吃了你就不会忘,不会忘——"小娥子接着喊:"再来买!"面食摊主们也跟着学着吆喝。

灯儿一挥手:"哎,你们吆喝你们的,我们吆喝我们的,跟我们学干啥?"面食摊主说:"哪里写着不能学了?你要怕学就别说呀!"

灯儿赌气:"那就比嗓门,看谁吆喝得响亮!闺女,跟娘一起吆喝。"灯儿和小娥子一起吆喝起来。此起彼伏的吆喝声中,灯儿和小娥子的声音最响亮。

夏天的黄昏,酷热稍退。灯儿和小娥子推着板车在街道上走着,小娥子哑着嗓子:"娘,咱们就俩人,人家一帮人,咱们跟人家比嗓门吃亏呀。要不咱再换点花样?"灯儿说:"换面食花样,他们跟着换,换吆喝法,他们跟着学,咱们还能换啥?走一步看一步吧。"

小娥子问:"今晚咱们还睡街边啊?"灯儿说:"天这么好,睡街边凉快。"

小娥子不乐意:"天天睡街边,人家还以为咱们是要饭的呢。"灯儿不在乎:"咱自己知道不是要饭的就得了。趁天好抓紧干活,多攒点钱,等天冷了咱就找个暖和地儿猫着去。"

母女俩推着板车路过县百货商店,商店橱窗里摆着各种各样的面食点心,有馒头、花卷、寿桃。灯儿站住望着橱窗琢磨道:"闺女,咱们要是能到这儿卖面食就好了。"小娥子说:"那就不用可着嗓子吆喝了,人家能让咱在这儿卖吗?"

灯儿心气高:"有啥不让的,他们做啥面食咱就做啥面食,咱只要做的比他们好,不信他们不收。"小娥子笑着:"娘,您这胆子是越来越大呀。"灯儿说:"都是你大胆叔给练出来的。"

积压的面粉有了去处,牛有草心里敞亮,靠在炕头跷着二郎腿哼小曲,麦花走进来说:"爹,看给您舒坦的,这回了心思了?再告诉您个好消息,来订单了。"牛有草坐起来:"要多少?"

麦花说:"厂子仓库里那些存货不够啊。"牛有草问:"哪儿来的订单?"麦花说:"你把面粉抵给人家,没想到人家吃好了还想要!"

牛有草一高兴,就让麦花给马仁礼家送一板车面粉去,让他尝尝麦香牌面粉的味儿。可是马仁礼把面粉退回来了。牛有草摇头:"这个老东西,还蹬鼻子上脸了,不要拉倒,省下了。"

马仁礼坐在椅子上扇着扇子看着书,牛有草走进来坐在炕沿上。马仁礼说:"满脸老褶子都抻开了,生意不错?得恭喜你啊。""来讲两句感谢话呗,亏得有神仙帮忙，我得敬敬神仙。"牛有草说着从怀里掏出三炷香。

马仁礼一下从椅子上站起来："你要干什么？"牛有草说："敬敬神仙哪！"

马仁礼摆手："你别乱比画，这可不是闹着玩的！"牛有草一本正经道："我敬神仙，你一惊一乍的干啥？"

马仁礼挺认真："牛有草，你赶紧把那东西收起来，你要敬回家敬去，别在我眼前比画。"牛有草收起香："这可是你说的，别事后怪我没实心实意恭敬你。仁礼啊，你不就想听我讲两句好话吗？好话不多说，就一句，啥时候你要是有个马高蹬短，我牛有草不能抄着手看笑话！"

麦香面粉厂的生意一直不错，三猴儿、马小转、牛麦花、小东子等众人忙着把一板车一板车的面粉运出仓库。牛有草拿着小红旗吹着哨指挥着，他不时用脖子上的汗巾擦汗，身上沾满了面粉，帽子都戴歪了。木桌前，会计拿账本记着，不时有人过来结账，桌上，大钱袋子里的钱都冒了出来。

杨灯儿的胆一天比一天大，她趔摸上百货商店的食品供应部。这天，她扛着一篮子面食来找百货商店食品供应部经理，把篮子放在经理桌上，掀开上面的布盖，各种花色的面食展现出来，她拿起一个面食说："经理，你尝尝味儿咋样？""你们要在我这儿卖？"经理咬了一口尝着说，"你这面点手艺不错。"

灯儿十分自信地说："我从生下来就围着磨盘转，七岁和面，十岁揉面，十三岁会烙饼，十五岁会轧面条卷花卷，十八岁琢磨出千层大馒头，我一辈子种麦子收麦子磨麦子，别的不讲，面的事，一般人舞弄不过我。"经理点头："要这么说，你是面点专家呀！你要是愿意，就到我们的面点加工部试用几天，如果试用合格，我们就请你做面点师傅。"

灯儿满脸堆笑："经理呀，我先谢谢你。话说回来，我自己有买卖做咋能到你这儿干呢？你要是觉得我这面食不错，能进你们的店，那我就给你们供货，要是觉得还差点火候，你直说，我回去再琢磨琢磨。"经理说："我们店里的面食也该换换样了，要不你看看还能弄点什么花样出来，要是弄得不错，我就让你们的面点进来卖。"

娘俩出来，小娥子说："娘，人家要请你做面点师傅，多好的活儿呀，你怎么不干呢？你要是当上商店里的面点师傅，那不就留在城里了？"灯儿摇头："跟着他们干也就是个打杂的，娘这辈子没大能耐，但也不能被人小瞧了，自己干自在，弄不好也能成了当头的。人家能干的事，咱咋就不能干？咱不但要干，还得干大了。"

小娥子乐和着："等有了公司，您是总经理，我不就是副总经理？"灯儿笑道："那可不是。咱们得琢磨点新花样出来，先过了商店经理这道坎儿。"

小娥子说："娘，咱们出来好一阵子，我都想家了，要不回家琢磨吧。"灯儿逗着："你是想家还是想人儿啊？那就回去，该种麦子喽！"

灯儿和小娥子推着板车回来，迎面碰到牛有草和麦花，小娥子和麦花俩拉呱去了。牛有草推着板车，灯儿扶着板车上的杂物，两人来到灯儿家。

牛有草卸着货不时偷眼瞅灯儿。灯儿嗔怪："要瞅就正眼瞅，别东一眼西一眼的！"牛有草说："买卖做的咋样？小打小闹就当遛遛腿儿，抻抻膀子。我这儿有的是事儿，想干就来，不想干就在家歇着，不缺你的钱花。"

"就怕想在家歇都歇不住喽。"灯儿说着从怀里掏出一个钱袋子，"我的面食要进县百货商店了，我回来收拾收拾，种过麦子就回县里。估摸一时半会儿回不来，你厂子里要是实在掰不开人手就去找我，可估摸我也没空啊。"说着朝屋里走，到屋门口站住说，"对了，等面食进商店打开了门面，要的货可多了，你的面粉可得给我供上，别断了溜儿！"

杨灯儿领着小娥子到自家地播麦子，看到马小转、牛金花几个人在地里播麦种，急忙问："你们这是……"牛金花说："牛村长说你给咱们厂推销面粉去了，一时半会儿回不来，就让我们顺手把你的地也收拾了。"灯儿高兴道："那得谢谢大伙儿！我这就回家蒸馒头去，晌午饭我请了。"

夜深了，灯儿还拿着馒头捏着琢磨着。小娥子打着哈欠："娘，您要是琢磨不出来就别琢磨了，面粉厂明儿个就分钱，咱家就有了钱，也不用费那个心思受那个累。"灯儿说："闺女，商店经理说要出新花样，咱们弄个十二属相咋样？把十二个动物摆在一起多好看，多喜庆。等弄出来了，看看到底能是个啥成色，快来干。"

小娥子揉着眼睛："怎么说干就干？我都困死了，明天再说吧。你比地主老财还狠心哪！原来地主老财就是这样富起来的呀！"

麦香面粉厂还清了债务，备好了给大伙儿分的钱。牛有草坐在石蹾上摇着扇子，麦花走过来说："钱都备好了，明天就能给大伙儿分。"牛有草又想建养猪场："粮食有了，要是再有肉，大伙儿可就享福了。"

麦花提醒道："建养猪场得花不少钱，面粉厂刚见效益，咱们哪有钱再建养猪场？要不咱们慢慢来，等攒够了钱再干。"牛有草呼打着扇子："爹这年岁，晚上脱了鞋和袜，不知明早穿不穿了，一颗麦子做文章刚开头，后面跟着一长串呢，得抓紧干。我得看着大伙儿过上好日子，要是看不到那一天，我就是死了眼睛也闭不上啊！"

麦花问："要不先不分？"牛有草说："明儿个跟大伙儿商量商量吧。厂子是大伙儿拿钱建的，大伙儿是主人，厂子的事大伙儿说的算，咱爷们儿做不了主。"

第二天上午，艳阳高空照，喜鹊枝头叫。一摞一摞的钱摆在桌子上。牛有草坐在桌前望着众村民说："各位乡亲们，恭喜呀！桌子上摆的是咱麦香面粉厂赚的钱，是乡亲们的血汗钱，一年了，咱们点灯熬油，忙里忙外，还清了外债，赚了这么多的钱，不容易啊！建厂的时候我说过，不能让大家亏，眼下咱们有钱了，我心里是真亮堂啊！"

　　村民们一个个喜气洋洋，眼盯着那些钱。牛有草继续说："眼下面粉厂越来越赚钱，我这心也越来越大，人嘛，吃得越多，胃口就越大，这也是常理儿。乡亲们，我没事就琢磨，咱们能不能再建个养猪场，粮食有了，再弄点肉吃，这不是好上加好吗？"

　　三猴儿问："建养猪场好啊，那要是建起来，不是天天能吃上肉了？"牛有草站起来大声说："是呀，保你天天吃得满嘴流油。建养猪场得花不少钱，我今儿个就想跟大伙儿商量商量，看是一口吃饱了，还是细水长流。一口吃饱就是把桌上这些钱立马分了，大伙儿回去该吃吃，该喝喝，舒坦一下就得了。要是这钱不分，权当大伙儿的钱存我这儿，我拿这些钱建养猪场，等把养猪场建起来，瞅着肉了，再连本带利分红，大伙儿又有粮吃，又有肉吃，这就是细水长流，慢慢吃成胖子。"众村民沉默了。

　　牛有草眨眨眼坐下了："我就是说一嘴，这是大伙儿的事，你们说的算，你们要是信得过我，乐意干咱们就干；要是信不过我，不乐意干咱们就分钱，权当我啥都没讲。"众村民望着桌子上的钱议论纷纷。

　　杨灯儿敲边鼓："想吃肉就得掏钱，掏小钱吃大肉，多好的买卖，这钱我不赞成分。""这样吧，桌上的钱本来就是大伙儿的，谁想拿钱就过来拿，拿了我乐和，不拿我也乐和，只要大家心里舒坦就成。"牛有草说完闭上了眼睛。

　　过了一会儿，有几个村民站起身走到桌前。会计对照着账单数钱。有村民拿到厚厚一沓钱，沾着吐沫数着。牛金花捅了捅三猴儿，三猴儿犹豫着，牛金花站起身朝桌前走去。

　　马小转低声让儿子去领钱，小东子起身就去领。菜包子刚要站起身，儿子小肉包一把拉住他："领了就吃不上肉包子了。爹，咱不能光盯着眼前，你管我叫小肉包，让我吃一回肉包子不行，得让我顿顿吃上肉包子。建了养猪场，就能顿顿满嘴流油。"

　　马仁礼听说牛有草分钱的事，叹息着："多好的事啊，这帮庄稼脑袋怎么就想不明白呢？这是丢了西瓜捡芝麻啊！"马公社说："估摸大胆叔也没想到能有人撤梯子。"

　　马仁礼担心了："这头老牛都热得冒气了，平日子挺个胸脯，拔着脖子，以为自己是一呼百应。这样也好，让他冲个冷水澡，凉快凉快。不管了又怕他满嘴大泡，寻绳上吊，这样，晚上你去请你大胆叔，就说我请他喝酒。"

牛有草坐在饭桌前，狼吞虎咽地吃晚饭。马公社走进来："大胆叔，我爹请您过去喝点酒，拉拉呱。"牛有草放下筷子笑道："好事啊，正馋酒呢，有人请，哪能不给面子？"

牛有草来马仁礼家喝酒，见桌上摆着一个酒瓶，就说："请人家喝酒，就备一瓶，你这叫请喝酒吗？这叫请尝酒。哎，你叫我过来，不光是喝酒吧？"

马仁礼来个弯弯绕："大胆哪，你干面粉厂的时候，我记得你说过，我要是想干，就拿钱入股，是不是有这话呀？那我现在拿钱出来，还能入股吗？"

牛有草点头："能啊，你想啥时候入就啥时候入，谁让咱们是好兄弟呢。"马仁礼试探："那我就淘弄点钱，进你的养猪场。"

牛有草摆手："养猪场没你的位子。面粉厂不景气时候你能进，景气了你也能进，就是不能进我的养猪场。仁礼啊，你就别跟我绕圈子了，眼下我这人心不齐，各顾各家，各找各妈，建养猪场的钱凑不上数，可你也用不着拿这事风凉我。我牛有草今儿个就把话放这儿，养猪场我非建不可，没人我找人，没钱我找钱，砸锅卖房子我也得干！我这辈子磕磕绊绊的事多了，也不差这一回！"

马仁礼笑道："行了，你别高一声低一声的了，我也就是说说，你让我拿钱，还拿不出来呢。"

牛有草回到家，背着手站在院里发呆，月光洒在他满是皱纹的脸上，那纹如刀刻般清晰。麦花走出屋说："爹，早点睡吧。钱也没都分下去，您就别上火了。咱有面粉厂顶着还怕啥，有钱就干，没钱等有钱了再干。那些人也是，有便宜占了，一个个恨不得再多长两条腿儿，奔着命地来；看不到便宜了，恨不得再多长两条腿，奔着命地跑。几十年白忙活他们了。"

牛有草长叹一口气："这事怪不得旁人，怪就怪你爹没能耐……"

秋雨哗哗地下着，牛有草在屋里转悠。麦花说："爹，不差一天半天的，您就安心在家歇着吧。"牛有草说："在家憋着能憋出钱来也行啊！"麦花说："等雨停了，我陪您去找门路。"她突然指着窗外喊，"爹，您看！"

秋雨中，院门口挤满了人，有三猴儿、牛金花、马小转、小东子等村民，他们有的打伞，有的穿雨衣，有的直接被雨水淋。牛有草站在屋门口问："你们这是要干啥？有话进屋讲！别让大雨淋病了！"

众村民纷纷掏出钱袋子。三猴儿说："大胆哪，这是我拿回来的钱，我对不住你啊！"牛有草从屋里走出来，雨水顺着他的头上脸上流下来。麦花要给牛有草打伞，牛有草一把推开雨伞走到众人面前："乡亲们，这本来就是你们的钱，你们拿走我就不欠你们的账了，我松快啊。我要建养猪场，这事咱没干过，你们可以信不过我。我就是自己憋得慌，我咋就非得让你们拿出自己都舍不得用的血汗钱？我不怪你们，要怪就怪我牛有草没本事啊！"

三猴儿说："大胆哪，你别说了，再说我就抬不起头了。当年你要借地种粮，我害怕，可硬着头皮跟你走了一圈，还真填饱了肚子。去年建面粉厂，我是老没记性，怕赔钱，后来看大伙儿有人卖房子、有人卖棺材板子的热情劲儿，我就寻思，这有啥怕的，结果面粉厂又赚钱了。眼下你说要建养猪场，我就是养猪的，自己家养猪，养多了养不起，养少了一年费劲巴力，省吃俭用，到头来自己都舍不得吃肉，白忙活。讲了这么多就一句话，我赞成建养猪场，这钱我还回来，我还要把我家的猪送给场里养！"

众人都赞成建养猪场，让牛厂长领着大伙儿干。雨淋着，牛有草的全身都是热的："乡亲们，没你们托着我、擎着我、帮衬着我，我牛有草干啥都没劲儿。今儿个淋了一场雨，身上冰凉可心不凉，我这精神头又来了，既然大家都赞成，那咱们就把'天蓬乐园'养猪场建起来！"

牛有草要建养猪场了，马仁礼不免心急眼热，对马公社说："这牛有草是真行，到底把这局棋扳回来了，还给猪场起个'天蓬乐园'的名，天蓬元帅猪八戒待的地方，真有意思。"马公社笑着："咱搞个悟空乐园，专门对付猪八戒。"

马仁礼带着酸味说："面粉厂刚支把起来又要养猪，又想吃素又想吃荤，麦香岭还真就折腾不开他了。"马公社献计："爹，要不咱们干养鸡场，养鸡又能吃肉又能卖鸡蛋，一个厂顶他两个厂，您看怎么样？都一年了，你老是说等一等，稳一稳，沉住气，别着急，咱到底什么时候能打鼓开张啊？"

马仁礼说："火候差不多了，我这锅包子该揭盖了。钱是得凑，肯定凑不够，你们先凑着，不够我再想办法。"

消息很快传过来。麦花告诉牛有草："爹，仁礼叔那边有动静了。我听小娥子讲，马公社前两天当着小娥子的面，说他爹的一锅包子要揭盖了。锅要揭盖，那肯定里面装着包子呗。"牛有草点头："你仁礼叔满身子猴精八怪，这一年多来，咱们上上下下折腾，他偏偏按兵不动，劝他也不好使。原来他蒸着包子呢，就是不知道是啥馅的包子！"

牛有草背着包要去肉联厂探探路，他站在黄河边等船。马仁礼背着包走过来。两个人异口同声说："去哪儿呀？"然后又不约而同地背过身去，各自朝远方望着。马仁礼咳嗽了两声，牛有草吹起了口哨。渡船来了，牛有草和马仁礼一起上船，两人面对面坐在船上，各自望着光景。牛有草看着河水说："一锅包子要揭盖了，啥馅啊？"马仁礼看着蓝天说："'天蓬乐园'好啊，在高老庄吗？"

过了河，两人一起下船。牛有草一指："我去这边儿。"马仁礼反方向一指："我走那边儿。"两人挥手而别。

杨灯儿掀开锅盖，十二生肖馒头显露出来。但是，都不太像，捏的时候一个样，蒸出来又是一个样，看来还不好弄。墙上贴着十二生肖的图案，桌子上放着各式各样的生肖面点。灯儿搓着面团，照图案捏生肖面点，拿笔画着，经过多次实验，十二生肖馒头终于成功。

灯儿挎着篮子和小娥子再进县城，她们来到百货商店，发现商店橱窗里已经摆上了十二生肖面点。灯儿愣了一会说："小娥子，回家。咱的十二生肖馒头再好看也不是新东西，拿出来弄不好人家还说咱是学他们的，咱要弄就得弄出让别人想不到的新花样来！"

杨灯儿和小娥子路过录像厅，一个小伙子走过来喊："看录像吗？美国的，港台的，不好看不要钱。"灯儿犹豫着，小伙子说，"你俩是头一回来吧？俩人算一人，进去感受感受。"小娥子说："娘，省一半的钱，合算。进去看看？"

录像厅里漆黑一片，前面一个小电视闪烁着。灯儿和小娥子找两个位子，坐下来，看电视上正放的香港武打片。录像厅里烟雾缭绕，有人跷着腿，有人光着脚，有人打着鼾声。灯儿和小娥子聚精会神地看电影，两人边看边吃生肖馒头。旁边坐着的赵老六用胳膊肘碰了灯儿："大姐，你这馒头的味儿真香，都把我勾搭饿了，能不能给我一个馒头吃？""想吃馒头啊？吃呗，有的是。"灯儿说着给赵老六拿了一个生肖馒头。

录像厅是连续播放，想看多久都行。灯儿和小娥子看过一个片子不想再看，就走出来。赵老六跟出来问："大姐，你这馒头不是从百货商店买的吧？不是一个味儿。"小娥子说："我娘自己蒸的，能一个味儿吗？"

赵老六夸着："好手艺啊！大姐，我是做面点生意的，我想请你去我的面点店给我做面点师，工钱我多给。"灯儿说："不去，要想干，我自己开店得了。"

马公社有几日没见小娥子，心里怪想的，就到她家来找，在窗外喊了几嗓子，没人搭言。他刚要走，麦花走过来说："公社哥，小娥子不在家？估摸又跟她娘卖馒头去了。"马公社故意说："妹子，我和小娥子挺好的，你没找个人儿？"麦花一笑："还能不找？等喝喜酒的时候你就知道了。"

灯儿和小娥子回到麦香岭村街上，马公社迎面走来。小娥子忙说："娘，我一会儿就回去。"灯儿笑着："不急，年轻人，有话只管讲。"

小娥子和马公社并肩边走边聊，马公社问："你娘的馒头卖的怎么样？"小娥子喜形于色："马上就要进商店了！"

马公社夸赞："你娘真有本事。"小娥子扛了马公社一肩膀："我跟我娘一块儿干，怎么都是我娘的本事了？"

马公社一拽小娥子的手："小娥子最有本事！"小娥子笑道："这还差不多。公社哥……没事，算了，我回家了，该说的你也不说！"

马公社会意："你别急，等我干出点名堂来，咱俩就成亲。"小娥子仰脸看着天说："我才不急呢，小肉包、小东子，村里好多小伙子赶着跟我拉话，还给我好吃的，我得擦亮眼睛好好瞅瞅，看到底谁对我好！"

火车上挤满了人，这是夜间行车。牛有草一身牛仔服，戴着墨镜站在过道里，他靠着椅背拄着胳膊打瞌睡。牛有草身后的吕为民很奇怪地活动着，牛有草惊醒，回头望了望身后的吕为民问："你干啥呢？"吕为民朝牛有草一笑悄声道："小点声，我尿都快憋冒泡了。"

牛有草皱眉："你尿尿去厕所啊！"吕为民尴尬着："厕所里都是人，下脚的地都没有。老哥，你就当不知道，让我尿一泡得了。有袋子接着呢，要不我尿完借你尿一泡？"

牛有草朝周围望着，接过塑料袋，学吕为民干同样的事。火车到一个站停下了，有人下车。牛有草朝空座位挤去，他身后的吕为民先一步挤到空座位前刚要坐，牛有草把布包一下塞进吕为民的屁股底下，急忙挤过来。

吕为民望着牛有草："你眼睛好使啊？我还以为你是盲人呢。"牛有草坐下后往里凑了凑对吕为民说："来搭个边儿，也比站着舒坦。"

吕为民一坐下就犯困，他闭着眼似乎睡着了，摇晃着不时撞牛有草。牛有草翕动鼻子闻，闻到吕为民身上。吕为民睁开眼睛："你看我干什么？我身上有怪味儿？"牛有草笑着说："不是怪味儿，是猪肉的香味儿。我多少年也吃不上猪肉，一闻这个味儿就亲。"

吕为民戏谑道："老哥，你不会想啃我两口吧？"牛有草不由得打开了话匣子："你要是块猪肉，我还真把不住嘴啃你两口。要说起猪肉，事可就多了。那些年，一年都吃不上一回肉，有一回快过年了，我寻思怎么也得让大伙儿沾点油腥子，就想带人去帮人家杀猪，咋的人家也能给点猪下水吧。这杀猪说起来容易，临到眼前就下不去手喽。那猪瞪着小眼睛看你，小拱嘴还一扇乎一扇乎的，它都明白啊，等你真要动刀了，弄不好它还能掉儿滴眼泪呢！我一看见这场面心就软了，可一想社员还等着吃肉蛋儿饺子过年呢，就把心一横，权当这猪是阶级敌人，是日本小鬼子……杀了猪，领了点猪下水，回队里剁了馅，包了饺子，大年三十大家吃上了饺子，肉蛋蛋的饺子，你知道那饺子是啥味吗？嚼在嘴里舍不得咽下去啊，抓完饺子的手都不舍得洗，晚上躺炕头上闻闻再睡，弄不好就能把饺子带进梦里，还能再吃一顿。有个社员做梦做了一半，饺子刚上桌，就被媳妇吵醒了，为这事两口子差点动家伙。不瞒你说，我老了，干不动大事了，可临死前有个事得办妥了，那就是得让乡亲们吃上肉。老弟呀，你不用瞒着我，你是做猪肉生意的，还是一个好干部。"

吕为民笑问："这怎么看出来的？"牛有草说："做猪肉生意没把你吃成胖子，你不是好干部吗？你常下车间，身上带着猪肉味，你不是好干部吗？"

"老哥，你真是个有心人哪，看来咱俩能讲到一块儿去。"吕为民掏出名片，递给牛有草。牛有草拿着名片说："年岁大，眼花了。"

吕为民自我介绍："我是江苏好日子肉联厂的负责人，叫吕为民。"牛有草拍巴掌："这名好啊，你为民，我也为民，咱俩为一块儿去了。"吕为民笑着："尿也尿一块儿去了。"

牛有草拉着吕为民走进餐车："该吃饭的时候就得吃饭，今儿个我请客。"他看着菜单，"火车上的饭菜咋这么贵？那就来个醋熘白菜。不吃主食，我看这车上也没啥好吃的，我包里揣的东西比他的好吃。"牛有草说着从包里掏出杠子头递给吕为民。

吕为民问："这是什么东西？咋这么硬啊？"牛有草笑容可掬："杠子头，摸着硬，吃着香，越嚼越有嚼头。"说着张嘴就啃。

吕为民嚼着杠子头说："头回吃这东西，我的嘴还不认识它。"牛有草说："慢慢嚼，一会儿就认识了，弄不好还能成兄弟呢。"

服务员端着一盘醋熘白菜走过来说："餐车上有规定，不能吃自己带的食物。"牛有草瞪眼："我自己的东西想吃就吃，还分哪儿能吃哪儿不能吃吗？"

服务员坚持道："你去别的地儿吃我不管，在这儿就不能吃，要吃你得花钱在我们这儿买。"牛有草辩理："这是啥规矩？我这么大岁数还头一回听说。我吃的这东西你有吗？你没有我买啥？我吃别的咬不动，就能吃这个。"

服务员毫不退让："你吃这就不行！"牛有草说："不行你能把我咋着？"

吕为民摆手："行了，我们要点主食。""不用要，不让吃就不吃。"牛有草收起杠子头，他看服务员走了，就低声说："老弟，吃吧。"

吕为民笑着："怎么还弄得跟搞地下工作似的。"两个人边吃菜边啃杠子头。牛有草开始进攻："老弟呀，你是肉联厂的头，我正想干养猪场，咱哥俩能不能搭着膀子干呢？你到我们那儿去挖地道，攻堡垒。你们江苏企业到我们这儿来就是挖地道。你把我们的堡垒攻破了，就可以占领我们这块市场，我做内应。"

吕为民以实相告："我的肉联厂有固定的进货渠道，不能说进谁家的肉就进谁家的肉。再说了，你的养猪场还没建起来，到底能干个什么样我心里没底。"牛有草锲而不舍："老弟呀，咱俩能尿一个袋子里，坐车能挤一个位子上，吃饭能吃到一个桌上，咱俩是不是交情不浅呢？你要是看重这份交情，也信得着你这个老哥我，你就去我那一亩三分地走一趟，老哥不求你肉联厂能进我的肉，就是希望能给我撑撑腰，长长脸面，让乡亲们都明白，我干养猪场不是讲着玩的，那我就感谢你啊！"

话已至此，吕为民只好说："这倒可以，我就跟你去看看。"牛有草笑着端起开水杯："这句话就是定心丸啊，来，干了！"

马公社坐在炕上给小娥子剥瓜子，他剥一个小娥子吃一个。马公社笑着："你慢点吃吧，我都剥不过来了。"小娥子像公主似的坐着说："怪就怪你剥得不溜到。你就偷着乐吧，别人想给我剥我还不吃呢！人多排成队都数不过来，不信我让你看看？"

正说着，马仁礼回来了。小娥子和马仁礼打个招呼走了，马公社忙着给马仁礼倒水："爹，事办成了？"马仁礼喜气洋洋："老将出马，一个顶俩，你爹出马有办不成的事吗？"

马公社给老爹剥着瓜子问："您遇到那个老将军的孙子了？"马仁礼神采飞扬："踏破铁鞋无觅处，得来全不费工夫。人家正好在银行管事，我本来寻思问问贷款的事，刚一报名，人家就认出我来了，那个热情劲儿就不用讲了，连请我吃了两天饭，还一口答应贷款的事。人家说，其实银行有任务，可以给敢干事的农民贷款，但是必须有好项目。你爹我一听还有这好事，凭着三寸不烂之舌，三句两句就把他心思说活了，真是熟人好办事啊！"

马公社也高兴："爹，看来那个老将军真是厚道啊，连他孙子都记得您的名。"马仁礼情绪高昂："你爹不厚道吗？想当年在北平，你爹为了救他舍生忘死，还替他坐了牢，这恩情不浅吧？也算生死之交啊！儿子，咱爷们儿要打大仗了，架好枪，支好炮，辽沈战役，淮海战役，平津战役，咱们再来个麦香岭战役！猪八戒玩乐了玩饿了，得上咱们这儿来吃！"

马公社拍手："爹，我才弄明白，您要干猪食场啊！"马仁礼正色道："那叫饲料厂！编筐编篓，全靠收口，这事千万别声张出去，对小娥子也不能说。咱们有了钱，就差技术的事。我在北平农学院待过，知道饲料看着简单，里面的学问可大了，猪能不能出栏，什么时候出栏，全靠吃的是什么食儿。等我写封信，你拿着去北京找专家！"

马仁礼旗开得胜，牛有草也有收获，好歹他把吕为民说动了。吕为民坐在渡船上，看着沿途的风光大发感慨："黄河好光景啊！"牛有草挥舞着手说："那还说啥了，我们这儿山好水好人更好，你不来可亏喽！"

牛有草领着吕为民来到地头上望着麦田。吕为民感慨道："老哥，你的一颗麦子做文章讲得真好，我这趟没白来，开窍了。"牛有草精神头十足："老弟啊，眼下我这面粉厂干起来了，也就是刚刚挺起龙头，后面跟着一串龙脖龙身龙爪龙尾巴，就看咋干了。我这个岁数还能折腾几年哪？要是能碰上贵人帮忙，我还真想看看这一整条龙到底是个啥模样，要是看着了，我就是躺在棺材里也能闭上眼。"

吕为民称赞道："老哥你不是平常人儿，心比我大，不管咱们日后搭不搭着膀子干，你这个老哥我认定了。"牛有草说："那我这趟门就算没白出，走，再到前面瞧瞧。"

牛有草领着吕为民转了半天，晌午进家就对麦花说："快把你灯儿姨找来，她炒菜有一手，你俩炒几个菜，弄壶酒，我跟我这个老弟喝两杯。你就说有重要的事，缺了她不成！"

杨灯儿和小娥子在家琢磨做花样馒头，有麦穗馒头、苞米馒头、高粱馒头、地瓜馒头、花生馒头、葫芦馒头、大枣馒头，凡是地里长的，树上挂的，能做出来哪样就做哪样。

麦花急匆匆走进来说："灯儿姨，我爹说让您过去一趟，说是重要的事，没您不成。"灯儿笑着："天底下还有没我不成的事？"麦花着急道："真的，您赶紧跟我走吧，我爹都急死了，就等着您呢！"

家里就剩下小娥子一个人，好没意思，她就去找马公社，把麦花急急忙忙跑来找她娘，说是没她娘就办不成的事对马公社讲了。"对了，我还得回去看看他们干什么！"小娥子说完就走。

马仁礼奇怪："难不成他俩要联手？"马公社问："爹，您是说大胆叔和灯儿姨要搭伙过日子？"

马仁礼摇头："就是想过，也早了点儿。我琢磨是你大胆叔看你灯儿姨卖馒头卖得不景气，要帮她卖馒头。"马公社关心未来的丈母娘："我就不明白，大胆叔那么看重灯儿姨，灯儿姨放着舒坦日子不过，非得折腾什么呢？"

马仁礼说："你灯儿姨年轻时没事就往外面跑，倒腾点这个，倒腾点那个，让人家抓了放，放了抓，总也没消停过。这就应了她的名，灯儿就得亮着，不亮着还叫灯儿吗？这段日子没事，你赶紧去北京找人，抓紧把新配方弄出来。"

几盘菜摆在饭桌上，旁边摆着四个空酒瓶。牛有草、吕为民、杨灯儿喝着酒，似乎都有了醉意。灯儿端起一杯酒和吕为民碰："叫吕总外道，叫老弟吧，不对，你老还是我老啊？你老，那我得叫你老哥。老哥呀，你能来我们麦香岭我真高兴，因为你来麦香岭哪儿都不去，直接就到我们麦香东村，还是悄悄进来的，我佩服你。这杯酒我干了。"吕为民碰杯："妹子，我今儿个是太高兴了，你这菜炒得真好，我敬你！"

牛有草摇晃着酒杯："老弟，你也得敬我。要没我，你今儿个吃不上这么好的菜。几年前，这都是我们在梦里才能吃上的菜啊！你老哥我就为了能吃上这口菜，折腾了大半辈子。"吕为民眯瞪着眼问："怎么折腾的？讲讲。"

牛有草摇摇晃晃地站起身，提了提裤子，伸手比画着，颇有节奏地像说快板似的开了腔："为了吃上这口菜，我地窖子里把会开。老秋沟里种黄烟，收了黄烟街头卖，小钱不断进包来……"吕为民和灯儿敲着筷子打拍子。牛有草越说越有精神，"说时迟，那时快，飞身跳出几人来。小衣襟，短打扮，立眉瞪眼好厉害！谁呀？"灯儿大声接上："民兵小分队！"

牛有草脑袋一点一点地继续说："我一看大事不太妙，让步闪身扭头跑。一个箭步没走好，民兵把我抓住了。我守口如瓶不交代，神仙拿我也没招。可气有人骨头软，全把秘密往外倒！谁呀？"灯儿大声接上："马仁礼！"

牛有草顺嘴快溜："为了吃上这口菜，我借地种粮起五更。消息树下设哨兵，日夜防守不消停。白天领人干集体，黑天自己地里行。十二时辰轮着转，脑袋别在裤腰中。眼瞅麦种进了土，哨兵贪酒误事情！谁呀？"灯儿大声接上："马仁礼！"

牛有草站起来在屋里转悠着说："有人诬告到省厅，地委书记遭邪风。眼瞅好事要泡汤，一人飞身向前冲。他细高挑，脸白净，声音不大呼隆隆。一人扛起千斤顶，危难之中见真情！谁呀？"灯儿大声接上："马仁礼！"

吕为民问："这个马仁礼到底是什么人啊？一会儿好一会儿坏的！"牛有草不说了，他坐下来喝了一口酒，好半天才感情激动地说："老弟啊，就为了吃上这口菜，几十年了，我领着乡亲们东一头西一头，瞎折腾，胡折腾，可折腾到底，没白折腾，包产到户以后，乡亲们总算能填饱肚子。可光填饱肚子不行，得吃好喝好啊！老弟呀，你也看了，我们这儿山好水好人实诚，你就不能伸伸手，帮扶我们一把吗?!"

吕为民连连点头："老哥，您的心思我明白，我回去研究研究再给您个准信，行不？"牛有草继续进攻："看来这酒没喝到位呀，我都掏心窝子了，你还留了一手，灯儿，倒酒！"

吕为民急忙摆手："老哥，我不行了，实在喝不动了。"牛有草攻势不减："老弟啊，我那面粉厂你也看了，订单是一批接一批，钱是长着腿往这儿跑，你还担心我撑不起一个养猪场吗？还担心我养不出几头好猪吗？你就给我开个小缝儿，让老哥塞几头猪进去，也算帮老哥撑个场面，让老哥在乡亲们面前长长脸面、挺挺腰板啊！"

吕为民感动了："老哥，您都说这话了，我还能说什么？这样吧，你办你的养猪场，我收你的猪，这话今儿个就放这儿了，你看着办，你有多少猪，我收多少不就完了嘛！"牛有草眉开眼笑："这话讲得好，干了！"二人干杯。

吕为民喝完酒倒在炕上。牛有草倒在炕上，揣着明白装糊涂地说："老弟呀，话讲来讲去，就是我的猪养肥了进你的厂，对吧？等于我的养猪场是为你的肉联厂建的，对吧？那为你建的养猪场，我出地出人出设备，还得建场养猪，咋都我一个人忙活，你干啥去了？"吕为民嘟囔："我？收猪啊！"

牛有草暗度陈仓："不对呀，你这是空手套白狼啊！老弟，你不仗义啊！这样吧，你掏俩钱入股，算是你们好日子肉联厂占领了我们麦香岭养猪场，往后我的养猪场就是你的养猪场，我的猪就是你的猪！"吕为民闭着眼睛："不行了，我喝多了，迷糊啊！"

牛有草酒醉心不迷："你不用担心这钱有来无回，我那面粉厂也值俩钱，真要是有个风吹草动，我也能压得住，保准不让你亏着！"

吕为民闭着眼睛不讲话。杨灯儿烧底火："天大的好事砸头上了，我就是没钱，我要是有钱没你的份儿！"吕为民只好说："编筐编篓，重在收口，这口收的叫人上不去下不来啊！老哥，我那肉联厂也不是什么猪都收的，这样吧，我给你供应猪崽子，算我入股，你养好了我收。"

牛有草一骨碌坐起来："这话当真？"吕为民也坐起来："老哥，你看我是不着边的人吗？"

杨灯儿喝多了，摇摇晃晃进了家。小娥子说："娘，您喝了不少？腿都软了！"灯儿面色潮红地说："碰上好事了，这就叫酒不醉人人自醉啊！"说着倒在炕上。

第二天早上，旭日从河面上冉冉升起。牛有草、吕为民、杨灯儿走到黄河边等渡船。吕为民说："老哥，你这麦香岭真好，我都没待够。"牛有草喜气洋洋："咱们都搭上亲戚了，我这一亩三分地就是你的一亩三分地，想来就来，跟家里一样。你是'天蓬乐园'的半个总经理，你不来我不是占便宜了！"

吕为民爽朗地笑着："老哥，下回我来能不能让我见见马仁礼呀？那个人挺有意思。"牛有草说："不光让你见，还得让他请你喝酒！"

第十七章

日子过得真快，不知不觉又迎来一个小雪纷纷的冬日。

杨春来从东北回来了，他身穿翻毛大衣，头戴硕大的獭兔皮帽子，背着个大包，在村街上摇摇晃晃地走着，活像只大狗熊。他走进院里，杨灯儿问："你是哪儿来的？找谁啊？"杨春来往上扶了扶帽子高声喊："娘，我是春来啊！您儿子回来了！"

灯儿愣了一下，突然走上前拍打着杨春来身上的雪，眼泪汪汪地说："这哪是杨春来，明明是个大狗熊啊……闺女，赶紧给你哥倒杯热水暖暖身子！"

杨春来脱了外衣坐在炕头上，他看到炕上铺满各式各样的面点，有麦穗，有高粱，有苞米，有地瓜，有倭瓜，有桃子，有大枣，有花生，就说："娘，您做的面点真好，活灵活现的，您想五谷丰登、六畜兴旺、招财进宝啊！"灯儿一听，眉开眼笑道："儿子，你这一说给娘开窍了，我瞅着这些东西，总觉得差点啥，原来差着起名呢。太好了！就叫'五谷丰登、六畜兴旺、招财进宝'！"

饭好了，灯儿夹了一块猪头肉放到杨春来碗里问："儿子，你是回来看娘还是回来办事啊？"杨春来把一块肉送到娘嘴里说："娘，我辞职了，想自己出去闯闯，去黑河对岸的布拉戈维申斯克。自打黑河的农民用一船西瓜换回苏联的几百吨化肥后，边境贸易一下就红火了，我想去那边做买卖。那边像咱们这儿的牛仔裤、运动服、旅游鞋、罐头、泡泡糖、小孩衣服，什么都行，到那儿就能翻好几倍的价钱。"

灯儿沉默了一会儿说："孩子，你不小了，该给娘领个媳妇回来了，这又要折腾到国外去，啥时候能安个家呀？"杨春来笑着："那事不着急。娘，您想天天坐小轿车吗？那您就让我出去闯闯，听说要是弄好了，一个礼拜就能买台高级小轿车，一车西瓜就能换辆坦克！总之，去那边做生意肯定能赚钱。"

灯儿抓着春来的手："孩子，你都这么大了，腿长在你身上，娘拴不住你。你想自己闯出一条路娘支持你。可说句老实话，娘不求你能赚钱，只求你个安稳。"杨春来一把搂住娘的脖子说："娘，您就放心吧，我自己能照顾自己，回来一趟不容易，我寻思多陪陪您，等开了春再走。"

儿子回来了，牛有草第一时间得到信儿，他面上沉着镇定，心里却是欢喜得不行。他坐在炕头上搓苞米想，得把这事儿告诉麦花，兄妹俩应该有个了断。麦花走进来拍打着身上的雪说："今年天不冷，厂子挖土动工没问题。仁礼叔那边也动工了，看模样也是个厂子。爹，您别犯愁，好兄弟也不是非得绑一棵树上，仁礼叔自己能支起一摊也是好事，弄不好咱们两家还能互相帮衬着。"

牛有草低头搓着苞米轻声说："闺女，你春来哥回来了。"他偷看麦花的反应。麦花使劲跺着鞋上的雪，费力脱去外套，半天才说："回来就回来呗，等哪天把他叫来吃顿饭。"

牛有草喥嚅着："就怕他不来啊……"麦花提高了嗓门，声音有点变调："你是他亲爹，他为什么不来？他要是不来，我就去把他揪来！"

牛有草痴心地等着儿子来看他，等来的却是杨灯儿。灯儿送来的獭兔皮帽子是杨春来给他买的，他高兴地戴上帽子在镜子前照着："咋像杨子荣呢！孩子说给我买的？这孩子有心哪，嘴上不讲，心里还是装着他爹我呀！"灯儿笑着："那是，你是他亲爹，他心里能没你吗？孩子要出国做买卖，你这个当亲爹的是不是得伸把手，帮一把？"

牛有草笑着逗趣："你娘俩这是挖个坑让我往里跳啊，讲来讲去是让我拿钱。是得伸把手，谁让我是他亲爹呢，你让孩子过来吧。"灯儿说："你自己过去讲，这可是爷俩和好的机会，不去可别后悔！"

牛有草疑虑重重地说："我去了，他能不能再把你家砸了？"灯儿笑着："瞧你说的啥话，几年过去，孩子早就想明白了。"

牛有草在屋里转着圈子琢磨着，好半天才下决心从柜里找出墨镜戴上说："老啦，我怕他说几句暖和话，我擎不住泪珠子。"然后跟在杨灯儿屁股后头去看儿子。

灯儿一进家就高声喊："孩子，你大胆叔来看你了。"杨春来刚站起身，牛有草头戴獭兔皮帽子眼戴墨镜走进来。杨春来很客气："牛厂长，快过来坐。"说着给牛有草搬了把椅子，"牛厂长，帽子合适不？"

牛有草连忙点头："不大不小，正合适。春来啊，这几年干得挺好？"杨春来笑着："托您的福，挺好的。"

牛有草咧一下嘴："这嘴是真甜哪！听说你放着好好的工作不干，要出国折腾折腾？好，这精神头像我！"杨春来说边境贸易越来越热，干一个礼拜就能买台奔驰车，一车西瓜就能换一辆坦克，凡是有胆子的去了谁也没亏着。

牛有草说起来就禁不住带了情绪："太好了，天下还有这么好的事，我咋才知道呢？一车西瓜能换辆坦克，估计用不了几车西瓜就能换架飞机，等你换了飞机，我就开飞机在天上飞，你开坦克在地上跑，你要是饿了，仰脖喊一声，我就扔个饼子给你。"杨春来也不含糊："我才不喊呢，我支起炮筒放两炮打您的飞机，就看您躲不躲得开。"

灯儿一听爷俩的话不对味儿，赶紧阻拦："你俩讲的都是啥话呀？能讲就讲，不能讲就都闭嘴！"

牛有草本来想说几句好听的，可一张嘴就忍不住带出教训的口气："年轻人满嘴跑火车，讲大话不腰疼，钱要是那么好赚，那不都去捡钱了？孩子，你要心大想折腾，不用跑那么远的道，就在我这儿干，干好了，你接我的班。"杨春来一脸不屑："我凭什么在你这儿干？凭什么接你的班？"

牛有草脸上有点挂不住："就凭我是你……算了，要说钱，我这儿倒是有点，可这钱是大伙儿的，我说的不算。你要用钱，自己想法子吧。"杨春来针锋相对："牛厂长，我说管你要钱了吗？钱多，我干大点，钱少，我干小点，花自己的钱心里踏实！"

牛有草只好说："这话讲得好，像我！"灯儿着急了："牛有草，你来之前咋讲的，临到事上咋就不对味了呢？"

牛有草站起身："我就看不得年轻人张狂！孩子，我得谢谢你，你没忘了你大胆叔，这帽子称心！"杨春来实话实说："这算什么，帽子仁礼叔也有。"

牛有草转身走了，灯儿跟着走出去说："牛有草，你到底要干啥？有你这么当爹的吗？"牛有草拉长了脸："他张嘴闭嘴牛厂长，认我这个爹了吗？不过，他认不认我当爹，我该讲的也得讲。他想往外跑，我赞成，咱们年轻的时候，不也天天拴不住腿往外跑吗？可咱们管谁要过钱？谁又能给咱们钱？大老爷们儿，有本事就空手闯，没本事就猫在家里。"

灯儿紧跟几步："我看你就是不想让孩子出去。"牛有草停下脚步："我这一摊子事，不够他忙活的吗？你看人家马公社，帮他爹跑前跑后张罗，我身边就没个能挺事的爷们儿！我再怎么能折腾，一到这事上，就比他马仁礼矮半截！让他去闯去吧，等出去磕碰磕碰就知道几车西瓜能买架飞机了！"

春风吹绿杨柳岸，杨春来要走了，杨灯儿和小娥子送走到河边。灯儿从怀里掏出一个纸包递给杨春来说："这些钱是你爹给你的，他那人刀子嘴豆腐心，他说那些话是舍不得你走，别怪他。"

杨春来心里有疙瘩，摇头不要。灯儿说："你这是出国，钱多点心里踏实。要不这钱你先用着，等你赚了钱再连本带利还你爹。"杨春来还是不要那钱。船开了，他大声喊："娘，您儿子有手有脚，不会给您丢脸！"

杨灯儿和小娥子提着三个篮子又来到城里商店经理办公室，把篮子摆在桌子上。灯儿挨个掀开篮子说："这叫五谷丰登篮，这叫六畜兴旺篮，这叫招财进宝篮。"商店经理高兴了："大姐，你是下功夫了，这面点做得真精细漂亮。今儿个这事就定死了，我同意你们进来，咱们这就签合同。"

签合同时，商店经理知道灯儿她们既没有公司也没有厂子，就摇头道："大姐，我们这是正规商店，签的也是正式合同，不能卖来路不明的东西。咱们要合作，你得有公司，有品牌，要不然就合作不成了。"

灯儿和小娥子只好提着篮子出来。小娥子问："娘，开公司得花多少钱啊？"灯儿说："得租房子，还得开门市，除了给商店供货，咱们自己也得卖，就靠咱俩忙不过来，还得雇人。"

小娥子发愁了："咱们哪有那么多钱啊？"灯儿说："娘也在琢磨呢，闺女，咱们要是在城里干了，家里的房子空着也是空着，要不就卖了？房子那东西，卖了再买，等娘赚钱了，再给你买一套好的！"

小娥子心没娘大，全听娘的。娘俩商量好了，马上就干。

灯儿和小娥子走在街上要租房子，瞅了好几家都不满意，最后，看中了"老六面食店"斜对面的门面房，临街又敞亮，立即拍板定下来。

娘俩像是上足了发条，说干就干。

门头上挂了"麦香坊"牌匾，就算开张了。赵老六从老六面食店里走出来，他看着杨灯儿说："我怎么瞅你眼熟呢，想起来了，那天在录像厅我还吃了你一个属相猪的馒头呢。大姐啊，弄了半天是你在这儿开店啊！咱们算是有缘分，以后得互相关照啊。"灯儿说："邻里邻居的，不讲外道话。"

杨灯儿的五谷丰登、六畜兴旺、招财进宝等各色面食终于摆进了商店的橱窗。灯儿和小娥子望着笑着。小娥子说："娘，这回可见着亮了。"灯儿说："不管咋折腾，到头来就是为了赚钱，也不知道咱们这东西好卖不好卖。走一步看一步吧，是骡子是马，拉出来遛遛就知道了。"

牛有草的养猪场也拔地而起了。他背着手走着望着，马仁礼的厂子建得也差不多了，可他那锅包子捂得真严实，一点味儿都不露。

养猪场门楼子上挂着一块"天蓬乐园"大匾。牛有草走进来，打量着崭新的养猪场对麦花说："比我住的地儿好，闺女，要不我就吃在这儿睡在这儿。"麦花笑着："爹，您净开玩笑，等今后赚钱了，我给您盖个气派点的房子，您说几层就几层。"

牛有草一脸向往地说："要盖就盖高高的，我坐在顶上抽着烟喝着茶水，朝这儿瞅一眼，养猪场，朝那儿瞅一眼，面粉厂。爹要是能过上那样的日子，这辈子就知足喽！"

牛有草听说杨灯儿在城里的面点坊开张了，因为钱周转不开，回来卖房子，就急忙来到灯儿家，一进门就咋呼着："恭喜恭喜啊！你在城里干公司开张了，这是大喜事啊！"正拉风箱的灯儿说："那就备点酒吧。"

牛有草坐在小凳子上拐着弯儿说："酒，两个我绑一块儿也喝不过你，不喝。灯儿啊，我算看明白了，你这买卖保准能赚钱！看在老熟人儿分上，能不能让我在你的公司里投点钱，入个股呢？"

灯儿知道牛有草的意思："成啊，等公司赚钱了，你想投多少就投多少，眼下你投不进来啊，钱都够了。"牛有草挺动感情："你不缺钱卖房干啥？灯儿啊，你想干啥我管不了，眼下养猪场盖起来了，我这儿有点闲钱，你拿去用吧。房子是有田留下的，他一辈子就攒下这点家业，你说卖了就卖了？有田看着得多难受啊！话说回来，万一你生意赔了，连落脚地儿都没，你甘心躺地头上，让孩子也躺地头上吗？有田要是看着不得急死啊！我跟你讲，你为你的事卖房子，我管不着，可这房子你卖给谁我就找谁，我宁可不养猪也得把这房子给你买回来。你要是不想用我的钱，你就用厂子的钱，就算厂子借你的，到时候连本带利你一块儿还清，还不行吗？"

灯儿心里暖暖，拉着风箱沉默不语，她怕自己一开口就会哭出来。锅快烧煳了，她赶紧舀水倒进锅里，一股白烟升起。

一艘艘摆渡船拉着大货车在黑龙江江面上漂移着，岸边，黑压压的人群拥挤着，"倒爷"们等候着客船，喧哗声不绝于耳。杨春来坐在大布包上吃着面包，旁边的张富贵也吃着面包，喝着格瓦斯。汽笛声响起，客船停在了岸边码头上。"倒爷"们纷纷站起身，拎起大包小裹蜂拥上船。杨春来扛着大布包朝客船跑去，费了好大劲才上了船，他抱着大布包拼命在人群中挤来挤去，找了个空位，坐在大布包上喘着。

张富贵扛着个大包挤过来找空地。杨春来站起身："兄弟，没地儿了，放我这儿吧。"张富贵把大包摞在杨春来的包上抹着汗说："哎哟我的妈呀，这船早不来晚不来，我一撒尿它就来，刚尿一半愣憋回去了。"

渡船开了。二人靠着大包，望着对岸的布拉戈维申斯克。张富贵问："最近生意怎么样？"杨春来说："我头回干。"

张富贵笑着："原来是雏鸟啊，你会讲老毛子话吗？"杨春来随意说："会几句吧。"张富贵点头："行，会几句就吃不了亏。要是再能吃得了苦，卢布是挡不住往兜里钻啊！"

杨春来和张富贵随好多的"倒爷"挤在布拉戈维申斯克关口排队等着入关，眼看快到关口了，杨春来摸着兜，护照不见了，他急得浑身上下翻着。张富贵递过杨春来的护照说："你慌里慌张的，能不丢吗？出门得小心点，这东西可要命啊，你在这儿丢了，顶多是过不去，你要是在那边丢了，老毛子可不讲情面，要是被当成偷渡的抓起来，塞进小黑屋，就麻烦大了！"杨春来接过护照连声道谢。张富贵说："咱们是一根绳上的蚂蚱，能帮一把就帮一把。"

杨春来和张富贵来到布拉戈维申斯克的市场摆摊，杨春来卖旅游鞋，张富贵卖运动服。杨春来用俄语喊着："卖旅游鞋啦，最新款的旅游鞋，踩着舒服走得稳，买两双送一双啦！"很多俄罗斯人围在他的地摊前选购。

张富贵问："哥们儿，吆喝什么呢？你老毛子话讲得真溜啊！赶紧帮我喊喊。"杨春来用俄语喊着："最新款的运动服，最新款的旅游鞋，穿上运动服配上旅游鞋，最少年轻二十岁！"很多俄罗斯人围过来，挑选运动服和旅游鞋。

张富贵高兴极了："哥们儿，你吆喝什么？来这么多人！"杨春来说："先别问，赶紧收钱。"

黄昏，杨春来和张富贵收了摊走在街上。张富贵满面红光："嗨，三天的货一天全卖完了，是你吆喝得好，早知道我多带点货。给我讲讲都吆喝什么了？"杨春来故意说："这是商业秘密，不能告诉你。"

这时，几个俄罗斯女孩迎面走来，其中一个女孩望着杨春来笑，她突然张开双臂要拥抱杨春来。杨春来吓得一弯腰从那女孩的腋下钻了过去。众女孩哈哈大笑着走了。杨春来愣愣地望着女孩们。

张富贵皱眉道："多好的机会，你怎么不抱一下？是人家抱你，抱抱更友好。"杨春来微笑着摇头："冷不丁没反应过来。对了，咱们什么时候回去？"

张富贵说："这个点儿口岸都关了，要回去也得明天。我倒是有个地方，就是远点。不折腾了，等吃完饭，咱找个地儿将就一宿得了。"杨春来看看昏暗的路灯说："成，今儿个我请你吃饭，没有你我过不了关。"

杨春来和张富贵走进一家俄式餐厅。服务员拿着菜牌走过来，杨春来接过菜牌说俄语，服务员一会儿皱着眉头一会儿笑。张富贵问："你俩讲什么呢？"杨春来说："都是饭菜的事。服务员说他们这儿就土豆多，我一想，他们最拿手的肯定是土豆菜，就要了土豆丝、土豆片、土豆泥、土豆饼，全是家乡菜。"

张富贵点头："在俄式餐厅吃家乡菜，头一回。兄弟，能不能给我讲讲，你到底怎么吆喝的？"杨春来笑着："我就说穿上你的运动服配上我的旅游鞋，一下能年轻二十岁。"

张富贵摆手："不行，喊年轻二十岁少了，下回再卖你说年轻三十岁。你得可劲儿吹，能吹多大吹多大。这地方，不怕大就怕小，你要能把天吹漏算你本事大。老毛子当着咱们的面也是吹，今儿个说能联系大炮，明儿个说能弄辆坦克，后天就说能弄架战斗机，说完混点酒喝，喝完拍拍脑门全忘了。"

杨春来嚼着土豆丝说："那我下回得可劲儿吹。"张富贵有点神秘地说："再告诉你一个好事，这里的姑娘可喜欢咱们了，她们都以为咱们有钱，你要没有媳妇就在这儿找，想找什么样的就找什么样的，这儿的大姑娘一个比一个好看。"

杨春来和张富贵从餐厅出来，天已经黑了。俩人在街上走着，两个警察走过来。"有警察，往回走！"张富贵说着转身就溜了。杨春来愣了一下，还没反应过来，警察已经来到跟前打量着他问："先生，这么晚了，你要去哪儿？做生意的吧？你很有钱了？"

杨春来忙说："我第一次做生意，哪有钱？"警察笑了："你的俄语讲得这么好，还说是第一次？你们这些做生意的，狡猾得很，我们要检查护照。"杨春来掏出护照递给警察。不远处的树后，张富贵悄悄地望着。

一个警察一把抓住杨春来，另一个警察搜身。警察掏住杨春来裤腰里的钱袋子说："我们怀疑你的钱来路不明，没收了！"

杨春来拽住警察喊："把钱还我！"警察掏出警棍，盯着杨春来。张富贵急忙跑过来，一把拉住杨春来喊："你跑哪儿去了大半夜不回家，看我回家怎么收拾你！"他对警察笑着比画着，拉着杨春来走了。

杨春来不服气："他们凭什么抢我的钱？"张富贵开导他："什么也不凭，咱们在人家的地头上混，就得听人家的，还得好脸好钱儿伺候着。他们都缺钱，瞅着咱们赚钱能不眼气吗？咱们赚了钱给他们分点，他们拿小的，咱们拿大的，不就完了吗？你要和他们叫板，弄不好把你抓进警察局，关进小黑屋，你想上吊都找不着绳！在这地方，不管咱赚了多少钱，只要钱没带回家就不是咱的。行了，你没钱我这儿有，从我这儿拿吧。在家靠爹娘，出门靠朋友，钱你先拿着，等你赚了再还我。"杨春来心里一热，觉得张富贵够朋友。

马公社给牛有草送来一张大红请帖，牛有草让麦花打开看看。麦花念着请帖："麦香东村村委会主任兼面粉厂兼养猪场厂长牛有草亲启！爹，人家说您得亲启。"牛有草问："我的亲戚？他马仁礼跟我攀啥亲戚？"

麦花解释："不是亲戚，就是让你自己打开。"牛有草摇头："这事用不着我伸手，你给我打开念。"

麦花打开请帖念道："尊敬的牛厂长您好，兹定于明日上午九时三刻在麦香西村举行厂房揭匾典礼，请您务必光临指导。麦香西村村委会主任兼厂长马仁礼恭迎。"

牛有草点头："好事儿能不去吗？你仁礼叔挑着灯笼见了亮，他还不得可着嗓子喊两声，不把麦香岭喊出个动静他能消停得了？大炮仗响着，大酒席摆着，我得去给你仁礼叔捧捧场。"

第二天早饭后，马仁礼和马公社站在麦香西村街口朝远处望着，从八点半等到九点四十了，还不见牛有草来，爷俩转身走了。忽然背后有牛叫声传来，马仁礼和马公社闪到街边。一辆牛车奔过来，车上摞着高高的面袋子垛，没人。牛车从两人身边经过，马仁礼和马公社愣愣地望着。

牛有草从面袋子垛中露出头喊："牛就是不如马，走得真慢，还没到地方啊！一车大礼都送来了，还愣着干啥？赶紧走。驾！"

马仁礼的厂房门楼子前支着一块大匾，上面蒙着红布。牛有草朝四周望着，一个人都没有，就问："人都哪儿去了？"马仁礼诡笑："你不是人还是我不是人啊？就咱俩，一个不多，一个不少，请吧！"

牛有草跟着马仁礼朝门楼子走去。二人走到大匾面前。马仁礼问："大胆哪，我这个匾大不？知道这匾上是什么字吗？"牛有草说："匾比我的大一号。早就想知道你这锅包子到底是啥馅儿了。"

马仁礼笑着："那就请你揭匾吧，不过你得先讲两句。"牛有草大声说："好！你建厂我也建厂，那就祝咱们兄弟好事成双，双喜临门！"说着一下掀开大红布，匾上"天蓬食府"四个大字露出来。俩老伙计看着匾哈哈大笑，笑得都直不起腰了。

杨春来和张富贵在布拉戈维申斯克街上走着，肩上扛着大布包，胳膊肘夹着小布包，他们不去市场了，来到一个广场上。这里很热闹，有人拉巴扬，有人吹口琴，有人唱歌，有人跳舞，很多俄罗斯人围观。

杨春来和赵富贵走过来。音乐声中，漂亮的金发女孩卡佳独自跳芭蕾舞，她时而像燕子一样轻盈，时而像旋风一样旋转。杨春来望着卡佳说："跳得真好。"张富贵在杨春来面前挥着手："喂喂，别看了！你要是看好她就过去跟她讲。在这儿支摊吧。"

二人支起地摊。杨春来拿着个大喇叭叫卖："最新款的运动服，最新款的旅游鞋，穿上运动服配上旅游鞋，最少年轻三十岁！"很多俄罗斯人围在地摊前试穿，人越来越多。

生意不错，大半天过去，卖了好多货。眼看广场上的人差不多走光了，俩人开始收拾地摊。张富贵一抬眼，望见有警察朝这边走来，忙说："风紧，扯呼！"俩人赶紧把货装进大布包，扛起来就跑。警察一见叫喊着追过来。张富贵说："这么个跑法不行，赶紧脱裤子放屁，兵分两路！"

杨春来慌不择路，一拐弯跑到一户人家门前，门敞着，他一头钻进屋里。屋子摆设很温馨，床头摆放着洋娃娃，是女孩子的闺房。外面的脚步声越来越急，杨春来顾不了许多，一头钻进衣柜里。

不一会儿，卡佳走进来，关上屋门走到床边，拿起床头的洋娃娃，又从兜里掏出钱塞进洋娃娃的裙子里。她脱了鞋，打开播放机，《天鹅湖》的音乐声响起，她跳起了芭蕾舞。杨春来透过衣柜缝儿望着。

卡佳的父亲瓦列里拎着空酒瓶醉醺醺地走进来，他关闭了播放机吼着："我没钱喝酒了，你这个自私的家伙只管自己快活！"卡佳说："爸爸，我的钱都给你买酒了，你喝得太多，我没钱给你买酒了。"

瓦列里晕乎着喊："你是我女儿，我花钱把你养大，你就得给我买酒喝，你没钱快去赚！"卡佳委屈着："爸爸，你就不能让我攒点钱买一套芭蕾舞服吗？你知道，我是多么喜欢芭蕾舞啊，它是我的生命。"

瓦列里吼着："你爸爸还喜欢酒呢，酒也是你爸爸的生命，你就不能用你买芭蕾舞服的钱给你爸爸买酒喝吗？"他到处乱翻，终于在卡佳的洋娃娃裙子里找到了钱，笑着朝外走去。卡佳喊："爸爸，你是抢劫犯！"跟着跑出去。

杨春来赶紧从衣柜里钻出来，打开窗户，把大包放在窗台上朝窗外爬，身子刚爬出窗户，卡佳回来了。卡佳满脸泪水，呆呆地望着杨春来。杨春来一着急滚到了窗外，他回身拿布包，卡佳一把拽住布包，二人撕扯着，包散开了，旅游鞋散落了一地。

杨春来忙不迭地捡拾旅游鞋，卡佳走过来一边帮忙一边问："你在屋里多长时间了？"杨春来说："对不起，警察追得我没地方躲，就跑到你家来了。这样吧，这些鞋你试试，哪双合适就送给你。"

卡佳穿上一双旅游鞋，觉得很合脚，但她还是脱了鞋说："谢谢，我不能接受陌生人的礼物。"

杨春来点点头，觉得这位俄罗斯女孩真是不错。与卡佳道别后，杨春来背着帆布包去找张富贵。

天逐渐黑了，杨春来在街上转了几圈也没找到张富贵。正在他焦急万分之际，张富贵啥事儿没有一样出现了，这家伙儿贼精，稍有风吹草动就开溜。张富贵在俄罗斯有个相好叫玛利亚，他领着杨春来来到玛利亚的家里。丰满热情的俄罗斯女人玛利亚亲吻着张富贵，张富贵回吻玛利亚。玛利亚要拥抱杨春来，杨春来连忙摆手。张富贵说："我这兄弟初来乍到，还受不了你这个热情劲儿，等我训练训练他就好了。"玛利亚笑着说："我喜欢羞涩的男人。"

玛利亚去弄晚饭。张富贵坐在椅子上说："你可别小看玛利亚，她是这里的万事通，能经常帮我联系上生意。"杨春来问："咱们下一步怎么办？"

张富贵说："接着卖呗，敌进我退，敌退我进，在这儿做生意，想赚钱就得冒点风险，下回你卖我放哨，保准没事。"

以后几天，张富贵和杨春来老到那个广场上支摊，生意倒也不错。杨春来摆着地摊，吆喝着，张富贵在不远处放哨。卡佳跳着芭蕾舞，见杨春来盯着她看，嫣然一笑，美极了。

杨春来有了点钱，就想给卡佳买一件芭蕾舞服。他来到商店，看着挂的各式各样的芭蕾舞服，不知道该买什么样式的好，只好对营业员说："就要白色的，最好的。"营业员掏出钥匙，从柜子里拿出一件芭蕾舞服展开，这是用白色羽毛装饰的白色芭蕾舞服："这件舞服是我们店里最好的一件，纯手工制作，这些羽毛都是真正的天鹅毛。"杨春来一问价钱，吓了一跳。他口袋里钱不够。

吃晚饭的时候，杨春来对张富贵说："我的钱都压在货上了，你借给我点钱，等货出手我就还给你。"张富贵提醒道："兄弟，你连她叫什么名儿都不知道，就敢花这么多钱给她买衣服，你是不是疯了？这些钱够娶几个媳妇的。你可想好了，别到时候鸡飞蛋打，后悔来不及。"

杨春来哪里听得进去，他想方设法凑够钱，还是买下了那件芭蕾舞服，他一连几天在广场上转悠。广场上依旧人来人往，不断传来乐器声、歌声，唯独没有卡佳的身影。他来到卡佳的门口转悠，卡佳家的门关着。这时，一个老妇人开门出来，杨春来忙上前打听卡佳的消息。老妇人说，酒鬼瓦列里租不起房子已经搬走，上帝才知道搬哪儿去了。

杨春来愣住了，怅然若失。

谁都没想到，麦花和小肉包好上了，她经常叫小肉包来猪场给猪做健康检查。这天，小肉包来检查完走后，牛有草对麦花说："养猪就怕得病，你可得把小肉包给我看住了。闺女，你看小肉包这人儿咋样？"麦花一笑："挺好的人儿啊，懂得多，又不怎么爱讲话，闷着头干活。"

牛有草说："我瞅着也不错，咱们这养猪场要是能有这样的人儿，那就省心思了。要是瞅着人不错，差不多就行了，啊？"麦花笑而不语。

牛有草他们猪场的猪养了几个月，突然不爱吃食了。麦花把小肉包叫来，小肉包拿着听诊器给猪挨个听，他一会儿摸摸猪的脑门，一会儿看看猪嘴，一会儿在本上记着。最后他说："大胆叔，该记的都记下了，我这就拿点猪粪、猪饲料回去给我爹看看，等出了结果再跟您讲。"

马仁礼背着手，望着满仓库的饲料有点发愁。马公社说："爹，您别着急，我正联系买家呢。"马仁礼问："你大胆叔那儿的猪养的怎么样？"

马公社说："原来挺能吃的，听说最近不怎么爱吃食，不知道咋回事。"马仁礼摇头："猪这东西不在乎吃多少，能吃胖了就是好猪，光吃不胖就是白吃饱，不爱吃食那就得瘦。我觉得你大胆叔他们的饲料有问题。咱们这饲料叫'胖得快'，配方是咱们求人花了大价钱从北京弄回来的。你大胆叔要是想要，那他得求咱们来，话讲得顺耳了，把咱们讲乐和了，咱们就给他尝尝，要是不乐和，就让他干瞪眼瞅着！在这个节骨眼儿上，就得憋住劲儿，看谁憋得久，就怕心急气短，手忙脚乱。咱就一个字，等！"

麦花给小肉包送肉包子，小肉包吃着肉包子告诉麦花："问题就出在饲料上。我爹看过仁礼叔那儿的饲料，说他的'胖得快'是花大价钱从北京弄来的新配方，里面含有大量微量元素，味道也比咱们这儿的饲料好，要不试试？"麦花摇头："不成，我爹要是知道保准得发火。"

小肉包挠头说："那你说咋办？眼前摆着好东西不用，非到远地方淘弄去？就算费劲巴力淘弄回来，咱的猪也不一定喜欢吃。"麦花寻思一会儿说："这样，你是兽医，道理讲得明白，你跟我爹讲讲，看看他什么意思。"

小肉包赶紧摇头："我可不敢讲，你爹眼睛一瞪，我腿就发软，想跑都来不及。""你讲不讲？"麦花一把夺过肉包子，"不讲以后没肉包子吃！"

小肉包望着麦花说："我讲也行，但是你得在场。"麦花笑着："你放心，万一我爹火了，你赶紧跑，我在后面掩护你。"

牛有草拿着猪食勺子喂猪，猪还是不吃食。麦花带着小肉包走进来，小肉包说："大胆叔，问题就出在饲料身上，光有好料不行，您的饲料缺少微量元素，要不换个样试试？"牛有草说："前段日子不吃的挺好吗？"

小肉包试着解释："也就尝尝鲜呗，就像咱们这儿的人喜欢吃面食，咱们大米也能吃，可吃久了不就咽不下去了。我觉得还是换换味儿吧。"麦花连忙烧底火："爹，这事咱不懂，您得听行家的。人家为了咱们的事翻多少书不说，愁得这段日子都没睡好觉。"

牛有草皱眉："那上哪儿弄你说的那种饲料去？"小肉包趁热打铁："远的咱不讲，要说近的也有，麦香西村饲料厂产的饲料估计就能成，可以试试。"

牛有草盯着小肉包，小肉包吓得后退两步。牛有草笑了："好啊小肉包，就近总比就远好，我再琢磨琢磨。这段日子你为了我们猪的事没少了费心思，早点回去歇着吧。"

小肉包刚走，牛有草就说："弄来弄去，你仁礼叔的奸细打入咱们内部了！闺女，小肉包这孩子看着憨厚老实，不可靠啊！"麦花连忙解释："爹，您想错了，小肉包不是那样的人。他一心想和我好，干吗当奸细啊？"

牛有草带着气说："我就是要让你仁礼叔瞪眼看着，我天蓬乐园的猪不吃他的饲料照样能出栏！麦花，你赶紧去联系饲料，不管多远，不管多少钱，都给我弄回来。"

杨灯儿的生意风生水起，她越干越来劲儿，每天都在麦香坊门口大声吆喝："麦香岭，麦子香，麦子进了麦香坊，麦香坊，做干粮，做出的干粮麦子香！"麦香坊门口蒸气腾腾，灯儿忙着吆喝，小娥子忙着卖面食，身后几个工人有的揉面，有的添火，都忙得不亦乐乎，很多人围着灯儿的面食店购买食品。

老六面食店门口冷冷清清。夜晚，赵老六喝着闷酒。媳妇一把抢过酒瓶："光喝有什么用，有能耐你就想个法子把钱搂回来！"赵老六说："人家做正当生意，没毛病，咱能挑出什么来？好饭不怕晚，走着瞧呗。再说了，靠店面赚点小钱儿算什么，咱家有大头撑着呢！"

夜深了，灯儿和小娥子在床上数着钱。小娥子满脸喜庆："娘，我头一回见这么多钱。"灯儿坦然地说："这钱也不都是咱们的，有厂里的面粉钱，有咱们借的钱，有工人们的工资钱，还有房租钱、水钱、电钱。刚开个头，能赚不赔就不错了，心急吃不了热豆腐，要想赚大钱，就得耐着性子慢慢干。"

小娥子向往着："啥时候咱能开个大店面就好了。"灯儿说："闺女，要有那么一天，咱娘俩在城里溜达，大街到处都是麦香坊，那娘这辈子就没白活！"

杨灯儿尽管忙得不可开交，心里还是惦记着牛有草。牛有草呢，这会儿正烦着，圈里的猪不好好吃食，日渐消瘦，他也跟着茶饭不思。

牛有草在养猪场里搭个小凉棚，凉棚里有床、小桌和椅子。他坐在椅子上摇着扇子，麦花给爹的大茶缸里添水："您一天到晚在这儿盯着，睡不好，吃不香，这样下去不是个事，身子要紧哪！最近南方饲料奇缺，价钱抬得很高，加上运费，得花不少钱。再说了，不知根底儿的饲料咱们也不敢买啊。"

牛有草着急上火，加上着了凉，躺倒在炕上折腾了一个多星期，也没见好。麦花忙前忙后伺候他，端来药他嫌苦，就是不喝，其实就是心烦想找碴儿。杨灯儿听说牛有草病了，就赶回来探视，见他对麦花挑挑拣拣，毫不客气地接过麦花手里的药碗，捏住牛有草的鼻子，把药汤硬是给他灌了下去。牛有草哼哼唧唧，麦花递过水杯，灯儿又捏着牛有草的鼻子灌水。牛有草被呛得坐起身咳嗽。

灯儿板着脸说："一身老牛皮，不熟熟皮子怕你皮太硬！"牛有草像是回过味儿来，愣愣地望着灯儿问："你咋回来了？麦花叫你回来的？"

灯儿往炕头一坐，气呼呼说："你别管是谁叫我回来的，你耍啥牛脾气？你气头再大，性子再拧，也得分个轻重缓急。养猪场是大伙儿凑钱盖起来的，出了毛病，你为了自己这口气，就啥都不管不顾了吗？你要是放不下这个脸，马仁礼那边我给你讲。"牛有草嘴硬："不用你多嘴，我的事天塌下来我扛着！"

灯儿劝道："这话讲得轻巧！大伙儿的那点儿家底都在养猪场里押着呢，你肩膀头再硬，能扛得起吗？行了，好好养病吧，该吃饭吃饭，该吃药吃药，你要再使性子耍横，别怪我灌你！"

杨灯儿来到马仁礼的"天蓬食府"，开门见山道："我听说你这'胖得快'不好卖？咋存这么多货？"马仁礼解释："人家要的多，得多存点，万一断溜了，怕影响生意。"

灯儿笑着："别瞪着眼讲胡话了。牛有草那儿的事你都知道，你这儿的事儿牛有草也知道。他的猪不爱吃食，他着急；你的饲料卖不出去，你着急。一根绳上系着个疙瘩，两边都绷得溜直，能解开吗？要是有一头松了点，这疙瘩不就解了吗？"马仁礼看着灯儿笑："这话讲得太有理了，可是谁松一头呢？"

灯儿推心置腹道："仁礼啊，牛有草的脾气你也知道，他一辈子就这样，死也改不了。你是他好兄弟，别看这些年你俩你一拳我一脚的，可说到底你俩的交情最厚，你就不能为了你兄弟松松绳？"马仁礼诉说自己的苦衷："灯儿啊，你的话都讲到这份上了，这绳我能不松吗？可怎么讲我也是一村之长，也是这饲料厂的带头人，我要是做了上赶着的买卖，乡亲们怎么看我，不得说我马仁礼软骨头啊？不得说我马仁礼不靠牛有草就做不成生意啊？再说了，天底下这么大，牛有草这一棵树能吊死我吗？这样，只要牛有草能给我讲一句软和话，我就把饲料给他搬过去，他有钱就给，没钱算我送他的，你看这样行吗？"

灯儿进一步劝说："仁礼呀，你这话讲得真敞亮，可你也不想想他是啥人，他能给你讲软和话吗？你把货卖出去，把钱赚回来不就行了嘛！"马仁礼坚持道："灯儿，人为一口气，佛为一炷香，人连气都没了还能活吗？"

灯儿摇头叹气："算了，你俩爱咋着咋着，我不管了。"

灯儿要回城里去，麦花送她："灯儿姨，您回去了，我爹和仁礼叔的事怎么办哪？"灯儿说："他俩的性子我都清楚，这么些年顶来顶去，谁劝都不好使，可顶到最后，谁也不会看谁的笑话，还得搂着膀子一块儿走。你赶紧把好日子肉联厂的吕为民找来，他是养猪场的股东，能使上劲儿。你就跟他实话实讲，千万别绕圈子，他要是能来，估计这事就解决了。"

马仁礼翻着书忽然来了点子，他决定主动出击，演一出戏。这天，马公社在饲料厂门前的高台上拿着大喇叭喊："大家一个一个来，货有的是，别着急！"高台下，人们拥挤着喊着，我要三吨，我要五吨。记者忙着拍照。

牛有草躺在炕上听麦花说"天蓬食府"那边买饲料的人多得挤破头，连记者都来照相，就说："闺女，你带我过去看看热闹，我倒要见识见识挤破头是个啥样。"麦花挽着牛有草来到"天蓬食府"门口，站在人群边望着。马仁礼看见牛有草，愣了一下。牛有草朝马仁礼笑了笑，立刻看出了破绽。他让麦花和几个人拉着一板车猪过来，猪群被赶下车。

牛有草大声说："各位朋友，我是麦香东村养猪场的厂长牛有草，我兄弟马仁礼的饲料厂能这么红火，多亏了有你们这些人来捧场啊，我替我兄弟谢谢你们！瞅着眼前这红火劲儿，我打心眼里高兴，我得给这锅热水再添把火。饲料好不好，光凭咱们叫好不顶用，得让猪说，猪说好吃那才成。马厂长，猪我都给你备好了，准备吃的吧。"马仁礼心里一惊又一喜，挥手道："备饭！"

几个人拎着饲料走过来，把饲料倒进猪食槽子。猪群走到食槽边，闻着吃着，立即疯抢起来。牛有草说："这才叫货真价实的好饲料啊！"

散场回到家里，马公社感慨道："爹，台子是咱搭的，村民是咱们组织过来糊弄记者的，本来寻思弄个场面上报纸宣传宣传，再眼气大胆叔，没成想大胆叔还帮了咱们的忙。看来他跟您还是一条心的兄弟。"马仁礼另有看法："真没想到你大胆叔能来这一手，他是怕咱们作假骗人。要是猪吃好了，那就是添柴助火；要是吃不好，那就是往火上泼凉水啊！"

马公社试探着说："不管怎么讲，大胆叔到底帮了咱们的大忙。记者说，这样的报道才真实有力度。我看您就别跟大胆叔顶牛了，这人情咱们得还上。"

马仁礼沉默好一阵子才说："儿子，是牛有草跟爹顶牛，你爹就求他一句软和话。想当年老牛家的人是咱马家的长工，给咱们干活，吃咱们的，听咱们的。到了你爹这辈，前些年挺不起腰杆子，咱爷们儿惹不起啊。可到了今天，谁也管不着谁，就不能再让他牛家说上句，咱们听下句了。你爹进棺材前，非得把咱马家的脸面赚回来不可！要不见到你爷爷，见到祖宗，爹交代不下去。讲句公道话，咱这出戏能瞒过记者，瞒不过牛有草，咱组织的那帮人他都认识，瞅一眼就露馅了，可他没跟记者讲，这是他给咱们留着情面呢。"

马仁礼叫人把满满一板车猪饲料推进牛有草的猪场，算是答谢。

麦花说："爹，仁礼叔叫人送饲料来了。他说一是感谢您添柴助火，再就是感谢您手下留情。"牛有草说："闺女，这是马仁礼耍的把戏，他嘴上说感谢我，给我送礼，其实是想让咱们的猪吃他的饲料，要是吃上瘾，他的饲料不就有的卖了？赶紧还回去，再给我捎个话，就说我当时没把他演的那出戏捅漏，不是为他马仁礼，是为麦香西村的乡亲们！"

杨春来和张富贵转了一圈，又回到布拉戈维申斯克广场上摆地摊，杨春来吆喝，张富贵站在不远处放哨，很多俄罗斯人围着地摊选购。

这时，一辆公交车从地摊前驶过，杨春来下意识地看了一眼，居然发现卡佳临车窗坐着，他忙跳起来追赶公交车，边跑边喊："停车，停车！"公交车在一个站口停下来。

卡佳看见杨春来，诧异地跑下公交车问："你一直在找我？"杨春来喘着粗气说："这段日子没看到你，挺奇怪的，看到你我心里就踏实了。"

卡佳问："最近生意好吗？"杨春来笑着："自从遇见你，生意越来越好；你突然失踪，生意就不怎么好了。"

卡佳甜蜜地笑了："你真会说话，难道我是你生意的保护神？"杨春来连连点头："是啊，是啊，如果你不介意，能跟我一起干吗？你在一边站着就行。"

卡佳忽闪着大眼："站着也给工钱？"杨春来很真诚地说："当然给呀，保护神是需要付出劳动的！"

卡佳晃动着肩膀笑道："我要成为一名芭蕾舞演员，这是我一生的梦想。即使能做一天真正的芭蕾舞演员，我这一生都满足了。亲爱的朋友，我还有事，再见吧。"杨春来忙问："你还会去广场跳舞吗？明天下午，广场上见？"他呆呆地望着卡佳的背影。卡佳突然转回身高声说："好啊！"

卡佳走后，杨春来的心像是被带走了，难道爱情不请自来？他觉得时间过得好慢，慢得他没心思干事儿。

第二天，布拉戈维申斯克广场上依旧热闹，人来人往，音乐声、歌声嘈杂在一起。杨春来像是什么也听不见，眼睛不停地四处张望，卡佳会来吗？旁边的立式衣架上挂着那件白色的芭蕾舞服，上面的天鹅毛在风中舞动。杨春来坐在衣架旁望着远方，心等得已经焦糊了。

晚霞满天，夕阳眼见着就要消失了。卡佳沐浴着霞光跑来，美得让人窒息。她边跑边旋转着芭蕾舞步，跑到杨春来面前笑道："对不起，我来晚了。"

杨春来急忙站起来说："你能来永远都不晚。"卡佳由衷地夸道："你真是个绅士。这件舞服真好看，再丑的女孩子穿上它都会变成白天鹅。"

杨春来赶紧说："我希望你就是那只白天鹅，我想把这件舞服送给你。在我心中，只有你穿它最合适最美丽！"卡佳说："它太贵重，我不能要。"

杨春来把舞服从衣架上取下来说："请你不要拒绝一个朋友的诚意，不然他会伤心的！"卡佳伸开双臂紧紧地拥抱着杨春来，亲吻着他的脸颊，眼泪禁不住流下来……

夜总会门口霓虹灯闪烁着，杨春来和张富贵走进来，到一处卡座前坐下。两个浓妆艳抹的俄罗斯女孩走到杨春来和张富贵面前，朝他俩比画着，像是要提供特殊服务。张富贵一摆手，两个俄罗斯女孩走了。服务员端着酒走过来，杨春来和张富贵喝着酒望着舞台。一群俄罗斯女孩穿着民族服装跑上台跳舞，她们跳完一支舞曲下台。紧接着，卡佳穿着那套天鹅绒的芭蕾舞服上台了，她跳着独舞，赢来一片掌声。杨春来望着卡佳，意醉神迷。

卡佳跳完一曲跑下台挨桌谢幕，一个俄罗斯男人站起身一把搂住卡佳，卡佳笑着婉拒。杨春来气呼呼快步上前，猛地在俄罗斯男人胸前推了一把，拉起卡佳的手扭头跑出夜总会，身后传来一阵大呼小叫。

昏黄的路灯下，杨春来拉着卡佳一路奔跑，离开霓虹灯闪烁的街道，俩人才站住身，喘着粗气。

卡佳涨红着脸说："杨，你没经过我的同意，为什么这么做？你这样做我会失去工作的。"杨春来急急地说："那是什么工作？卡佳，那不是好地方，不要去那里上班了。"

卡佳说："那里有什么不好？在那里，我能跳我最喜欢的芭蕾舞，能得到掌声，还能赚到钱给我爸爸买酒喝。为了梦想，受一点委屈又算什么呢？"杨春来问："你难道为了芭蕾舞，什么都可以放弃吗？"

卡佳说："杨，每个人都有自己的舞台，这就是我的舞台，只有在这个舞台上，我才能感觉到自己的存在，而这些东西你给不了我！没有人能夺走我的舞台，你接受不了我的工作，我们就不能在一起。这件芭蕾舞服是你送给我的最珍贵的礼物，可是如果你想要把它拿走，我会还给你。"

杨春来轻声说："你走吧。"

卡佳的眼泪流了下来，她亲了一下杨春来的脸颊，转身走了……

杨春来又一次为情所伤，他和张富贵在玛利亚家喝得酩酊大醉，还逞强要喝。张富贵说："兄弟，别喝了，借酒消愁愁更愁。俄罗斯好姑娘有的是。"杨春来痛苦地喊着："大哥，不瞒你说，我有爹有娘，可我爹娘不养活我，打小把我送到旁人家，后娘比我亲娘还亲。我长大了，喜欢上一个姑娘，她也喜欢我，我俩处得正热乎呢，谁成想她是我亲妹子！那滋味都讲不出来，酸甜苦辣咸，都不对味儿。过了好几年，一只小天鹅飞到我眼前，我这把火又烧起来了，可正烧着呢，谁成想，小天鹅就是小天鹅，人家是天上飞的，我是地上跑的，癞蛤蟆想吃天鹅肉，它吃不着啊……"杨春来哭喊着醉倒在地。

吕为民来了，他一到就要去看"天蓬乐园"。牛有草说："先吃饭，要不饭菜该凉了。"吕为民只好客随主便。

一桌饭菜摆上来。吕为民问："老哥，猪长到多少斤了？"牛有草搪塞："先别讲猪的事，赶紧吃菜。你是股东，我能跟你保密吗？猪可肥了，膘长得都走不动道了。"

吕为民吃着说："走不动道好啊，猪这东西就怕能走动道，越溜达越瘦，越懒越肥啊。"牛有草让吕为民喝酒，吕为民摆手："不喝了，一喝酒就迷糊，喝多就看不成猪了。听说猪长得挺好，就过来看看。"

牛有草说："老弟呀，大伙儿一听你来都乐坏了，非要过来看看你。他们说，没有吕厂长帮忙，这养猪场扑棱不起来，得好好敬敬吕厂长。"于是，牛有草叫来的几个村民轮番敬酒，吕为民喝醉了，躺在炕上打呼噜。

麦花担心："爹，喝一顿睡一天，还能天天喝天天睡呀？人家来了就是要看猪，看不到猪能走吗？丑媳妇早晚得见公婆，就算眼下捂住了，以后不也得见着面吗？"牛有草只好说："也就这一阵子的事，等南方饲料充裕，咱们就有招了。"

牛有草让人赶来一头膘肥体壮的大母猪，这头猪站在地中间哼哼着。牛有草扶吕为民坐起来说："老弟，快睁眼看看，它代表'天蓬乐园'的全体猪民向你汇报。"吕为民眯缝着眼说："好家伙，真肥呀，老哥，您是怎么喂的呀？"

牛有草顺嘴溜："饲料好，猪爱吃，一吃上就不停嘴，能不肥吗？"吕为民下了炕："老哥，觉睡足了，咱去'天蓬乐园'溜达溜达？"

牛有草拦着说："猪代表都来了，还去那儿干啥，臭烘烘的，别去了。"吕为民酒醉心不迷："品种不一样，长相就不一样。老哥，这头猪可不是我给你拉来的猪啊！"

牛有草没辙只好陪吕为民去猪场。吕为民望着猪圈里的猪说："养了好几个月了，还没狗儿肥呢！"牛有草解释："老弟，前段日子还肥得走不动道呢，也就这两天掉了点秤。老弟，你放心，老哥就是不吃不喝，也得把猪养肥了，实在不行，我用面粉顶你的猪钱。你要是还不放心，我把面粉厂押给你！"

吕为民趁机连说带劝："老哥，我知道你遇到难事了，你要是不遇到难事，我也不会来。最近南方饲料紧缺这我知道，我听说你们这儿有个饲料厂，那里的'胖得快'是新配方，我想过去看看。买卖人，眼睛得好使，耳朵得灵便，心眼得活

288

泛，要不怎么做买卖呀?"

吕为民说得在理，牛有草也不好驳人家的面子，就让麦花陪着他去马仁礼的饲料厂看看。

路上，麦花将牛马两家的纠结告诉了吕为民，请他帮着拿主意，这个扣由他来解开最合适。吕为民满口答应。

麦花把吕为民介绍给马仁礼："仁礼叔，江苏好日子肉联厂的吕厂长来拜访您!"马仁礼笑呵呵说："我说今早一推门喜鹊枝头叫呢，原来有贵客登门哪!吕厂长，你好啊!"

吕为民客气道："马厂长你好!你这门口一车接一车往外跑货，赚大钱了吧?"马仁礼说："赚没赚大钱不知道，就知道机器转的没出货快，眼瞅着钱进不来呀。吕厂长，你找我有事吧?"

吕为民说了要买饲料的事。马仁礼领着吕为民到库房里看："你看看，哪还有货?不是我不给你，是真没有啊。"马仁礼掏出订货单，"你看，订货单一摞子，钱都打过来了，我还欠着人家的货呢。"

吕为民说："可你兄弟那边……"马仁礼摆手："别讲了，前段日子，我三番五次地找他，货都送到他眼前了，他瞪着牛眼绷着牛脸把我的货退回来。我对我那个兄弟可是仁至义尽了。"

吕为民这才实话实说："马厂长，你和牛厂长到底是怎么回事我清清楚楚，跟你俩比起来，我这辈子没一个像你们这样的兄弟，真羡慕你们!马厂长，我知道你们兄弟俩都憋着一口气，这样吧，我是养猪场的股东，养猪场也是我的买卖，我说话不能说是一锤子定音，也能出点响动。我今儿个就替牛厂长来求你，不对，我谁也不替，就是我来求你，求你给我匀点救命粮出来，价钱你随便说，我不讲二话。"

马仁礼抓住吕为民的手真诚地说："吕厂长，你话都说到这个份上了，我还能再掖着藏着?其实，我早给他备好了!"他领吕为民来到厂院子的一角里，伸手掀开大苫布，小山一样成麻袋的饲料显露出来。

"胖得快"饲料运到"天蓬乐园"，猪群疯抢着吃。牛有草、吕为民、麦花望着，谁都不说话。牛有草好奇地拿着猪食勺子，舀起一点饲料闻着问："这饲料是哪儿来的?"麦花打马虎眼："都是咱家的饲料啊。"

牛有草瞪眼："放屁!你爹我老了，眼睛不中用了，可鼻子还好使，说，哪儿来的?"吕为民说："是'胖得快'。"

牛有草一脚掀翻猪食槽子，抄起扁担要打麦花。吕为民赶紧拦着说："老哥，这事跟你闺女没关系，是我做的主!"牛有草继续发飙："你不用护着她。养猪场饲料她负责，有人换了饲料她都不知道，该打!她要是瞒着我，悄不声地换了饲料，那就是没把我放在眼里，更该打!"

吕为民放下脸子："老哥，你这一扁担要是下来，别说我看低了你! 人家马厂长手里攥着一摞子订单，有多少货都不愁卖，可人家有钱不赚，还是给你留了一批货，是多少钱都不卖的货! 你俩是大半辈子的兄弟，专门给你留的!"

牛有草只好自己给自己台阶下，请马仁礼和吕为民在家吃饭。

马仁礼问："牛厂长叫我来有什么事啊?"牛有草说："问你的罪!"

马仁礼笑问："我何罪之有?"牛有草瞪着牛眼："勾搭罪，勾搭我家的猪! 你先让我的猪吃你家的饲料，等吃上瘾再把饲料卖给我，这不是犯了勾搭罪吗?"

马仁礼瞪马眼："猪爱吃我的饲料，说明我的饲料好吃，你想拿你家的饲料勾搭还勾搭不成呢!"牛有草说："马厂长，我办养猪场，你办饲料厂，我叫'天蓬乐园'，你叫'天蓬食府'，你说，你是不是跟着我的腚赚钱?"

马仁礼说理："我的饲料你爱用不用，我也没说非要卖给你，再说了，我没偷没抢，做的都是正当生意，赚的也是良心钱!""都少讲两句，喝酒喝酒。"吕为民给二人倒酒。

牛有草说："马厂长，我明白，你这辈子就想听我讲句软和话。软和话金贵，我讲不起。"马仁礼笑道："嘴上不讲不要紧，心里服就行了。"

吕为民摆着双手："你俩别光顾着说呀，来，碰杯，干了! 行了，两位老哥，看来这酒还没喝到位，咱们得继续喝。"

牛有草问："老弟，你到底是哪伙的?"吕为民说："我是养猪场的股东，我当然是你这伙的。"马仁礼说："那你还用我的饲料了呢!"吕为民说："对呀，那我也算你这伙的。"

牛有草说："弄了半天，你是和稀泥的啊!"吕为民说："和稀泥也不是轻巧活呀，累呀。"

牛有草和马仁礼轮番给吕为民敬酒，吕为民像是打拳左推右挡的。牛有草蛮干了，抱着吕为民的头，马仁礼给吕为民灌酒。吕为民喝醉了，站在炕上手舞足蹈……

第十八章

　　杨灯儿的"麦香坊"生意越来越红火，赵老六的面食店却是冷冷清清，喊着买两个送一个也很少有人来买。更糟糕的是赵老六放在商店的生肖馒头卖不动，被商店经理全退回来了，顾客都喜欢杨灯儿的"五谷丰登"、"六畜兴旺"和"招财进宝"。

　　赵老六在家里生闷气："这口气不能忍！我真想拿擀面杖砸烂她家的锅！"老六媳妇说："看你这点本事，白瞎了你这城里人的脑袋，跟土包子打架，还用动手吗？"她对着男人的耳朵嘀咕了一阵子，男人连连点头。

　　这天，小娥子正卖面食，孙大贵穿着破棉袄走过来说："大妹子，你能不能送我个馒头吃啊？我一天没吃饭了。"小娥子递给孙大贵一个馒头。孙大贵吃着馒头说，"大妹子，我不能白吃你的馒头，要不我给你干点活？"

　　小娥子挺大方："你馒头不够吃我再给你拿一个，我这儿不招人。"孙大贵可怜巴巴地说："大妹子，要不这样，我给你们干活，不要工钱，能管我一天三顿饭就行。"

　　小娥子让孙大贵等等，她去跟娘商量一下，孙大贵立即忙乎着扫地擦锅洗面盆。小娥子低声把孙大贵的事对娘说了，灯儿说："干活就得管饭给工钱，这是规矩。他家是哪儿的？为啥出来讨饭？都得明明白白。行了，不能闪了我闺女的面子，就先让他干着吧。"

　　孙大贵干了几天，又勤快又老实。这天，很多人围在"麦香坊"门口买面食，几个卫生检查人员走过来要进店例行检查。其中一个说："我们接到举报，说你这里的卫生条件不合格。"孙大贵过来大声喊："谁这么欠嘴，背后捅刀子！我们东家是好人，给我吃给我喝还给我工钱，凭啥有人讲她坏话？"

检查人员说："我们就进去看看，有事说事，没事我们就走。"孙大贵挺横："你说进来就进来呀？得看我们东家的脸色，她要是不让你们进，你们就进不来。"说着，抄起擀面杖，"东家，我就在这儿守着，要是有人敢跟你支棱毛，我就揍他！"

卫生人员进来检查，竟然在面袋子里和灶台下发现蟑螂！灶坑里还有一只死耗子！灯儿和小娥子都很奇怪。检查人员说："大姐，事儿摆在眼前，有话跟我们回去讲，你这个店得停业整顿。"

灯儿只好说："门都开这么久了，关一会儿顺便攒点热乎气儿，等把理讲明白了，气儿攒足了，门开得更有底气！大家收拾收拾，关门大吉！"

门口围很多人，大家议论纷纷。灯儿和店里的人走出来，卫生检查人员贴封条。有人喊："馒头我们不要了，赔钱！"还有人说："光赔钱不行，我们吃你家馒头吃这么久，得没得病不知道，得领我们去医院检查，吃出病得给看病！"

杨灯儿高声说："各位街坊邻居，我先给大家道个歉。这事出在我的店里我担着，你们要赔钱要看病我没话可讲，等把事弄清我保证还大家一个公道！跑得了和尚跑不了庙，我叫杨灯儿，住在麦香岭麦香东村，那儿有我的房子有我的地，你们要是不信就去打听，讲半句假话我姓倒着写！"检查人员说："这家店主的姓名和住址都登记了，大家就放心吧。"众人这才散去。

赵老六哼着小曲在屋里转着说："舒坦！土包子想跟咱斗，小蚂蚁摇大树，不知道自己多大本事。她们停业整顿还得罚款。"媳妇说："她们要是再开张呢？"赵老六撇嘴："谁还敢买她家的东西？开张也是赔钱买卖。"

灯儿和小娥子走出卫生局，站在门口的几个工人要工钱。小娥子嘟囔着："钱都压在货上，罚款还没交，哪有工钱发？"有俩工人嚷着家里等钱用，孙大贵说："节骨眼儿上要工钱，这不是火上浇油吗？再急也不能逼东家上吊啊！"

灯儿忙说："几位兄弟，事摆在这儿，眼下真没钱，硬要我也拿不出来。你们先回家，让我想想法子，三天后咱们店里见，我保证亏不着你们。"

孙大贵一摆手："都回家吧。"小娥子望着孙大贵："你咋不走？"

孙大贵说："我没地方去啊，东家，做牛做马，一天管三顿饭就成。"小娥子摇头："我们一天三顿饭都没人管了，还管得上你吗？"

孙大贵说得漂亮："不管饭我也得跟着，谁让你们是我的恩人呢！"灯儿叹了口气："好的时候全是人，难的时候才知道啥叫人儿，大贵啊，我谢谢你。商店里还压着咱的货，跟经理商量商量，看能不能先把货钱提出来。"

灯儿、小娥子、孙大贵走到商店外，商店已经关门了，橱窗里空荡荡。他们来到食品部经理家门口，经理沉着脸走出来说："我正想找你们呢，你们倒找上门来了！你们是真傻呀还是装傻？你们的作坊出了事，能捂住盖住吗？就因为你们这事，我被领导劈头盖脸骂了一顿，检查材料还没写完呢，你们还追到门上要货款来了！"

灯儿辩解："经理，脏东西是刚冒出来的，以前的货干净啊。""干净人家封你的店干什么？我跟你讲，你们的货全下架了，货款没了！"经理说完关上门。

昏黄的路灯下，小雪飘落下来。灯儿、小娥子、孙大贵坐在道边。灯儿说："大贵啊，你要是冷就找个暖和地儿歇着去，我娘俩你不用管，有地儿去。""东家，我一个老爷们儿，跟着你们也不方便，我就到咱们店附近找个地儿猫着去，有事你们就去那儿喊两声，我能听见。"孙大贵说完站起身走了。

小娥子拉着娘的手说："娘，我想回家，我心里憋屈。"灯儿宽慰着："早晚得回去，可不能就这么回去。娘带你出来的时候，那话讲得响亮，要是不明不白地回去了，娘丢不起人。闺女，钻娘怀里待着，娘搂着你，热乎。"

小娥子趴在灯儿的怀里，眼泪流下来。灯儿抚摸着小娥子的头："哭管啥用，咱们既然来了，就要享得了福，遭得起罪，娘要是动不动就像你这样，咱们还出来干啥？回家猫炕头得了！闺女，坐久了累腚，娘给你来一段。"她站起身，唱起了吕剧《王小赶脚》，"我槽头喂上了小黑驴儿，小黑驴儿，可真爱人儿，黑眼圈儿，粉鼻子儿，滚圆的脊梁白肚皮儿，它跷跷伶俐那四条腿儿，紧衬着四条雪里站的粉白蹄儿。它吃的饱饱的儿，随我大道驮客人儿……"小娥子也站起身接唱："小黑驴嘚哦嘚地往前跑，王小背包袱紧跟在后边。抬头看一轮红日当头照，万里无云好晴天。满坡庄稼无风不摆动，行路人浑身热汗湿衣衫……"二人你一句我一句地唱着，哪管大雪纷纷扬扬落一身。

早晨，经理媳妇开门，拎着脏水桶来道边刚要倒水，看见灯儿搂着小娥子坐在道边，两人身上盖着厚厚一层雪，像大雪人。经理媳妇很是感动，就让她俩进屋暖和一下。经理知道娘俩宁愿在外冻一夜也不走，觉得她们可信可贵，就把以前的货款给了，让她们去交罚款。经理还说，等她们的花色面食出来了，商店还要。

牛有草不知道杨灯儿在城里开店的情况，放心不下，就和马仁礼商量去城里看一下。小娥子是马仁礼未来的儿媳妇，灯儿就是准亲家，马仁礼也挺关心的。于是，俩老伙计就结伴进城。他俩来到"麦香坊"门口，看着门上的封条，就知道准是出事了！

孙大贵穿着破棉袄从老六面食店里出来，从二人身边走过。马仁礼问："小兄弟，这家店怎么了？人呢？"孙大贵抬起醉醺醺的眼说："这家店让卫生局给封了！土豆搬家，人也滚球了！"说着摇摇晃晃地走了。

马仁礼说："弄不好她娘俩回家凑钱去了，要不咱们回去？"牛有草摆手："灯儿是啥人你还不知道？她要是赶这个节骨眼儿回家就不叫灯儿了！她宁可弄根绳挂树上也不会回去！少说废话，咱们去找。"

灯儿和小娥子交了罚款出来议论着。小娥子怀疑："那脏东西到底是哪儿来的？咱天天在店里忙活，咋就没看见呢？"灯儿肯定道："那脏东西是后放进来的！谁干的不要紧，要紧的是谁让他干的。是不是咱们得罪人了？"

小娥子提醒："自打咱们的店开了，对面老六面食店的买卖差了不少，他们没事就拿眼斜楞咱们。"灯儿点头："这事先别乱猜，以后注意点。罚款也交了，等揭了封条咱娘俩重打鼓再开张。"

卫生局检查人员揭了封条对灯儿说："大姐，你们可以开张了。以后做生意可得小心，尤其是卫生问题，大意不得。"灯儿和小娥子走进来，赶紧收拾屋里的锅碗瓢盆。

孙大贵走进来说："东家，你们可回来了，都想死我了。"灯儿关心道："大贵啊，赶紧进屋暖和暖和。闺女，把炉子点上，再蒸一锅大馒头，让你大贵兄弟吃个饱，好好热乎热乎。"

牛有草和马仁礼转了一大圈，再来到"麦香坊"门口，看到封条揭了，门开着，就大步走进来。孙大贵望了一眼二人，赶忙跑到灶台前拉风箱。马仁礼审视着孙大贵，孙大贵躲避着马仁礼的目光。

马仁礼笑对灯儿说："牛村长兼厂长说过来慰问慰问你。"牛有草问："灯儿啊，刚才你去哪儿了？"

灯儿掩饰着："没去哪儿，出去办点事。"牛有草逼问："你不用瞒我，白纸黑字我都看见了，到底出了啥事儿？"

小娥子说："也不知道是哪个王八蛋，把蟑螂和死老鼠弄进来，害得我们又关门又交罚款！要是让我揪出来，我煮了他！日久见人心，是狐狸早晚会露出尾巴来！"

灯儿在里屋对牛有草和马仁礼讲了事情的经过后说："也没啥大不了的，一转眼都过去了。"牛有草担心："灯儿啊，出了这档子事，还有人敢买你的东西吗？你这买卖还能做下去吗？要不就别干了，你都多大岁数了，还受这个气？你要是跟我们回去，仁礼那儿我不敢讲，我这儿你想干啥就干啥。"

马仁礼立马插言："怎么我那儿你又不敢讲了？平日子你张嘴闭嘴少讲了？我堵都堵不住！灯儿啊，我那儿也一样，你要是想干啥随便挑！"

灯儿对俩老伙计表心迹："你们能讲出这话来，我灯儿这辈子就没白活！眼下店又要开张了，到底买卖是好是坏，我不能瞪着眼讲狂话。可有一条，我不信神，不信鬼，半饥半饱过了大半辈子，我得靠自己的本事，要是过不上好日子，我就算累死在这个店里也不回去丢人现眼！"

马仁礼提醒："灯儿啊，自己想干啥谁也拦不住，可是，你这买卖想开张大吉得看准一个人。我在北平府国民党大牢里待过，什么没见过？人影从我眼前一晃，我就能看个八九不离十。我看那个姓孙的，你得小心点。"

牛有草点头："仁礼讲得在理，灯儿你得好好琢磨琢磨。"灯儿挺自信："你们放心吧，我心里有数。"

马仁礼笑看小娥子："讲了半天，水都没喝上。"小娥子赶紧倒了一杯水递给马仁礼："仁礼叔，要是烫嘴，我给您添点凉的。"马仁礼喜笑颜开："这丫头是越来越会疼人儿了！"

灯儿送走俩老爷们儿回到屋里，发现椅子上放着一个布包，打开布包，里面是厚厚一沓钱。灯儿知道是牛有草留下的，转身跑出去，她站在街头望着。远处，牛有草和马仁礼互相搀扶着，一步一滑地走，他们步履蹒跚，越走越远。夕阳洒在灯儿的脸上，风摆动着她花白的头发，她的眼眶充满了泪水。

大雪包裹着整个布拉戈维申斯克。杨春来和张富贵穿着厚棉衣，戴着厚帽子，脸上围着围巾，手上戴着手套，跟大狗熊一样，顶风冒雪走着。俩人来到一个仓库里，张富贵指着摞得小山似的成麻袋的货说："兄弟，这些货是我一个朋友的，他着急用钱，降价出售。二成的价，咱们就算五成倒出去，也能赚三成，能按六成七成八成倒出去就赚大了。"杨春来问："你这朋友可靠？"

张富贵底气十足："比认识你还早半年，人不错，踏实。兄弟，也就是你，换成旁人，这好事我才不讲呢。"杨春来有点怀疑："你那个朋友要是按二成价卖给咱们，他不赔了吗？"

张富贵笑了："你管人家赔不赔！这地方急用钱的人多了，真要钱逼到份上，死的心都有，还讲赔不赔吗？"杨春来点头："好，你说咋干就咋干！"

两人来到玛利亚家。杨春来从怀里掏出一个布包放在桌子上："我就这些钱，全拿出来了。大哥，这事保准能成？""你要是信不着哥哥，现在就把钱拿回去！"张富贵说着把布包扔给杨春来。

杨春来急忙说："你这是干什么，我还信不过哥哥你吗？"张富贵十分得意："兄弟，这回要是倒腾好了，哥哥保你能买台小轿车。你要是开着小轿车回家，那得多风光！你娘要是看见了，还不得乐得合不上嘴？要让你爹看见了，你爹的肠子都得悔青了，当年送出去一块石头，哪成想是一块金子！"

天上哪有掉馅饼的好事儿，即便是有，馅饼也裹着毒药。杨春来一是想发财，二是社会经验不足，轻易就相信了张富贵，没想到钱一交给他，这人就玩起了人间蒸发。

俄罗斯的冬天真冷，雪花漫天飞舞，寒风呼啸。杨春来从电话亭里出来，急匆匆来到玛利亚家敲门。敲了好久门才开，玛利亚披着衣服探出头。杨春来一头钻进屋里，他打开一扇扇门，朝里面张望着问："张富贵呢？"玛利亚双手一摊："我怎么知道他去哪儿了？我俩临时搭伴过日子，现在散伙了。杨，如果不介意，你可成为我这儿新的男主人。"

杨春来乞求着说："这么晚了我没地方去，借你这儿睡一宿明天就走。好吗？"玛利亚笑了："我喜欢高傲的男人，想喝点酒吗？"杨春来点点头。

玛利亚拿出一瓶伏特加和杯子，杨春来一把夺过伏特加仰着头喝着。"卧室里暖和，你可以进去慢慢喝。"玛利亚说着，走进卧室。

杨春来喝完酒躺在沙发上渐渐闭上了眼睛，他正打着鼾，玛利亚从屋里走出来，悄悄地走到杨春来身边，摸摸他的衣兜，没有钱。

天大亮了，杨春来狼吞虎咽地吃着早餐。玛利亚坐在餐桌前望着他。杨春来吃饱抹了一把嘴："玛利亚，谢谢你，我得走了。"玛利亚站起来说："等一下，昨天晚上你喝了一瓶酒，又在这儿睡了一宿，今早吃了一份丰盛的早餐，我想你应该付完钱再走。"

杨春来愣住了："我的钱全让张富贵拿走了，等我找到他咱们一块儿算账。"玛利亚摇头："你找不找张富贵跟我没关系，你不付钱也可以，我只能报警了！"杨春来望着玛利亚，无奈地脱下身上的皮袄挂在椅子背上，转身走了。

风雪中，杨春来穿着棉毛衫衣衫走在街头，他冻得受不了，只好在垃圾箱里捡了件破棉袄穿上，像叫花子一样，步履蹒跚地盲目走着。大雪纷纷的冬夜，昏黄的路灯照着街道，杨春来蜷缩在屋檐下，他啃着垃圾箱捡来的干面包。杨春来万念俱灰，他走到黑龙江江边，望着江水，一头扎了进去……

暖洋洋的阳光照在杨春来脸上，杨春来慢慢睁开眼睛，恍恍惚惚中，一个女人背对着他在准备饭菜。杨春来轻声问："我是活着还是死了？"女人没回头说："你已经死了。"

杨春来问："那你是上帝了？"女人说："我要是上帝，我就不会让自己遇到你这么懦弱的男人！"

杨春来一下坐起来高声说："我懦弱就不来这鬼地方了！都是骗子，骗到最后连皮袄都不给我留下！"他望见了窗口挂着的白色天鹅毛的芭蕾舞服，看着女人的背影问："你是……卡佳？"

女人转过身，真是卡佳！她端着一盘面包和香肠递给杨春来。杨春来愣愣地望着卡佳："我怎么到你这里来了？"卡佳说："你要感谢救你的人，还要感谢你兜里的电话本。"

杨春来问："你父亲呢？"卡佳说："死了。是酒害死了他。都是过去的事了，你赶紧吃吧。"

杨春来接过盘子："你还在夜总会跳舞吗？"卡佳点头："当然，那是我的舞台，没有人能让我离开那个舞台。"

杨春来拿起面包说："我没钱。"卡佳点了点头。杨春来默默地吃着面包。卡佳从柜子里拿出钱给杨春来："杨，忘了我吧，我不是好女人，可能以前是，但现在不是了。"杨春来低着头，使劲儿地咽着面包。

杨灯儿的"五谷丰登"、"六畜兴旺"、"招财进宝"等各色面食又摆进商店的橱窗。"麦香坊"门口蒸气腾腾，一个横幅悬在门前："吃馒头不花钱，仅限三天，欢迎光临！"人们拥挤着争相拿馒头。

赵老六面食店门口冷冷清清，一个人也没有。赵老六和媳妇隔窗户望着"麦香坊"，媳妇说："这招真狠，看来她们娘俩是豁出去了。"赵老六闷闷地哼了一声："先胖不算胖，后胖压塌炕，就让她们做三天赔本买卖！"

早上，店里要进面粉了，灯儿让孙大贵去麦香面粉厂拉一车回来，直接找牛厂长就行。

下午，灯儿站在街头朝远处望着，不断有车从她面前驶过。远处一辆拖拉机驶来，拖斗里装满面粉，孙大贵坐在面粉袋子上。灯儿赶紧走到僻静处，悄悄地望着。孙大贵把面粉拉回来放进小仓房里，然后对小娥子说他出去办点事，过两天回来。

夜晚，灯儿走进仓库，她把摞得整整齐齐的成袋的面粉一袋一袋挨个检查，发现有好几袋不是正经麦香牌面粉，她把冒牌货全部挑出来另作处理。

第二天店铺刚开门，工商局的两个检查人员走过来说，他们接到举报，"麦香坊"店里的面粉有问题。

小娥子解释："我们店里用的面粉都是麦香面粉厂的麦香牌面粉，正经货，咋会有问题？"灯儿笑着："人家是执行公务，检查吧。"

检查人员检查半天，没有发现任何问题，很客气地说："大姐，不好意思，打扰了。"检查人员走后，小娥子问："娘，咱家怎么总有事呢？您知道是谁举报的？"灯儿笑道："有事好啊，有事尾巴就露出来了。娘想回家一趟，店里的事你多上点心。特别注意姓孙的。"

灯儿背着布包走出来，她路过老六面食店。赵老六媳妇问："大姐，你这是去哪儿呀？"灯儿说："回家看看麦苗，一年的口粮啊，可不能大意，用不了几天就回来。"

天黑了，街头静悄悄的，"麦香坊"里透出昏黄的灯光。孙大贵从老六面食店里闪出来，他朝四周望望，走到"麦香坊"敲敲窗户说："我回来了，孙大贵。"小娥子打开门，孙大贵穿着破棉袄钻进来说："事办完就赶紧回来了。"

小娥子说："锅里有馒头，赶紧吃吧。"孙大贵念叨："上回着急，面袋子摞得东倒西歪，我去再码码。"他打开小仓房门走进去，关好门拉亮灯，刚一转身就吓得一屁股坐在地上。原来灯儿坐在仓房里正望着孙大贵。孙大贵惊恐地望着灯儿。

灯儿走到孙大贵面前叹了口气说："老爷们儿一个人过日子就是不行，你看看这棉袄大窟窿小眼子都露棉花了，挡不住风啊，你脱下来我给补补。"灯儿坐在椅子上，给孙大贵缝补着棉袄。孙大贵坐在对面低着头。

灯儿开导着："衣裳不怕破不怕露，就怕不收拾。破了露了补补就好了。人也是这么回事，只要心眼正，犯点错不算啥，缝缝补补认个错还是好人。怕就怕明知道犯错还咬着死理儿，那可就不是好人了。大贵啊，你一个人过日子不容易，以后有针线活就吭一声，大姐不光会蒸馒头，针线活也拿手。"孙大贵知道栽赃陷害的事情露馅了，一下子跪在灯儿面前："大姐，事情都是我干的……"

翌日，杨灯儿拎着篮子走进老六面食店，她把篮子放在桌子上，掀开篮子盖，拿出一道道菜，有炝土豆丝，有炒白萝卜，有炖白菜，有小葱拌豆腐，有炸麻团，还有两瓶酒。

赵老六问："大姐，你这是啥意思？"灯儿笑道："邻里邻居地处了这么久，眼瞅着快过年了，请你们吃顿饭。"

赵老六客气着："请客请到家里来了，这顿饭得吃，请坐。"灯儿稳稳当当坐在饭桌前。赵老六也坐了。老六媳妇刚要坐，被男人支走了。灯儿打开酒瓶，倒了两杯酒，举杯说："老弟，大姐敬你。"赵老六也举杯："哪能你敬我，你比我年岁长，我得敬你呀！"

灯儿问："这杯酒怎么讲？"赵老六直说："就为了咱们门对门，顶着牛做生意的缘分！"

"讲得好，干了！"灯儿又倒两杯酒，"这回得大姐敬你了吧？"赵老六摆手："不行，还得我敬你，就为了咱们一个商店抢地方摆柜台的缘分！十二属相馒头就是我的。"

灯儿又倒了两杯酒。赵老六端杯："大姐，我还得敬你。为了你的'麦香坊'别总出乱子，平平安安发大财。"灯儿接上："这酒得喝，也为了你的面食店生意红火赚大钱！老弟，别光喝酒，吃点菜吧。"

赵老六拿起筷子，刚要夹小葱拌豆腐，灯儿拿筷子挡住赵老六的筷子，指着醋炝土豆丝："先吃这道。我做的菜有讲究，先吃哪个后吃哪个乱不得。这醋炝土豆丝吃了开胃。"赵老六夹起土豆丝吃着:"不错,又酸又脆,好吃!"

灯儿说:"再尝尝这炒白萝卜条,顺气。还有这小葱拌豆腐,一清二白,接着再吃这道清炖白菜。"

赵老六伸着筷子望着菜:"怎么讲?"灯儿解释:"白菜白菜,菜就是财,吃了这道菜,就是发明明白白的财,赚明明白白的钱!"

赵老六放下筷子:"大姐,有话直说吧。"灯儿不再绕弯子:"老弟,一锅馒头该锅了吧?你姐姐我叫杨灯儿,是灯儿就得亮着,就看不得灯下黑。你姐姐我六十多岁,活了大半辈子,不容易,啥罪都遭过,啥苦都受过,啥鸟都见过!大姐要是哪里得罪了你,有话当面讲,背后捅刀子不是爷们儿干的事!"

赵老六问:"谁背后捅你刀子了?"灯儿直言:"我让孙大贵去买面粉,你跟孙大贵咋接的头,到哪儿换的面粉,我都摸得清清楚楚。我能让那些不合格的面粉留在我店里,等你叫人来查吗?老弟啊,这事儿你清楚,我也清楚,就不多讲了。我今儿个来,就想求个和字。出门做生意不容易,想赚钱得拿出真本事。大姐我就求你抬抬胳膊,让过一阵风去,好不好?"

赵老六乜斜着眼:"我要是不抬这个胳膊呢?"灯儿不再客气:"你要是想一条道走到黑,我陪着你!你要是敢撒泼,你卸胳膊,我敢卸腿,你豁上死,我豁上埋!今儿个咱俩要是非躺下一个,你就亏大了。老娘没人孝敬了吧?媳妇没人疼了吧?孩子没人管了吧?可我不怕!这辈子的酸甜苦辣我都尝过,看见的风景比你多,吃的咸盐豆子撅起来比你高!"

赵老六哈哈大笑:"你不用吓唬我,我赵老六不吃这一套!既然你讲到这了,我就明明白白告诉你,人是我的人,事儿是我琢磨的事儿,我这么干都是你逼的!城里这么大的地方,你非得在我家对面开店吗?你抢了我店面的生意,还抢了我商店的生意,你让我不好过,我就让你过不好。这些话你都听清楚了吧?可你听清楚也没用,告我得有证据,你有吗?别指望孙大贵能给你作证,我早把他打发走了。"

灯儿还想争取:"桌上还剩一道主食炸麻团,这道主食叫一团和气。老弟,大姐再求一回和,你要是能把这道主食吃了,那咱们从今往后搭着膀子做邻居,和和气气做买卖,你看行吗?"赵老六梗着脖子:"我今儿个就把话放这儿,有能耐你就拿出来,我陪到底!不把你'麦香坊'挤出这条街我不叫赵老六!"

灯儿站起来:"你把自己看高了,好,你不是非要把我挤出这条街吗?那我就睁眼看看你咋个折腾法!"

这时,孙大贵走进来说:"今儿个我得把话讲明白,要不我吃不香睡不着,净做噩梦。我把老底儿都跟她们交代了,她们要是真告咱们,人证物证一个都不少。"跟着进来的老六媳妇望着孙大贵:"大贵啊,你这是胳膊肘往外拐,调炮往里搋啊!

咱们是亲戚，你咋能把亲戚卖了呢?!"说着抢起巴掌。

孙大贵上前一步："堂姐，你要打就打吧，打我我心里也舒坦。往人家面袋子里塞蟑螂，灶台边投死老鼠，进不合格的面粉，把人家逼得又被贴封条，又交罚款，大冷天儿的，晚上连个睡觉的地儿都没有。人家发现这事是我干的，没说去告我。她们是好人，咱们不能亏着良心祸害她们啊!"

赵老六夫妻望着孙大贵沉默。灯儿趁热打铁："老弟，大姐还是那句话，求个和字，你吃了这麻团咱们就是一团和气。"赵老六问："还能和气得了吗?"

灯儿挺大度："老弟啊，大姐抢你们的生意在先，你们怨恨大姐在后。说到底，是大姐先对不住你们，大姐今儿个就给你们道个错。"赵老六怯怯地说："大姐，你不告我了?"

灯儿笑着："邻里邻居的，撕破脸皮好看吗? 不让大伙儿笑话吗? 老弟，大姐不想打官司啊，要是能讲个和字，大家拉拉手，满天乌云就都散了。"

赵老六满脸羞愧："大姐，我不是人!"灯儿拿起麻团递给赵老六："老弟呀，做生意赚钱得靠真本事，本事不够就学。你要是觉得大姐的面食做的还行，大姐就教你，保证你做的跟大姐做的一个味儿。"

赵老六抬起头："大姐，我错了，这笔账就记在我身上，你要是哪天遇到难事，只要你动动嘴，我就是跑断腿也得帮衬你。"灯儿笑着一拍手："这话真烫心哪! 行了，一条街上两个店，你卖你的，我卖我的，我这儿卖一个馒头，你那儿卖两个，有钱咱一块儿赚，有甜头咱一块儿尝!"

快过年了，到处都是喜气洋洋。一个大布包摆在"天蓬乐园"前空地的大桌子上，旁边站着牛有草和麦花。牛有草戴着獭兔皮帽子和墨镜，旁边的小桌前坐着会计。三猴儿、牛金花、马小转、尹世贵等众村民望着牛有草。

牛有草清清嗓子问："老尹叔，闻着啥味儿了?"瞎老尹说："钱味儿!"

牛有草一把拉开布袋口，一捆捆钱露出来。他说："乡亲们，云彩扯开了，见着亮了。话不多讲，发钱!"众人欢呼起来，他们排队领钱。牛有草默默地望着众人，眼泪从墨镜底下流出来。

与此同时，"天蓬食府"门前同样热闹非凡。马仁礼喊："大家别着急，排好队一个个来，该拿的都有份!"领到钱的有人闻着钱，有人沾着唾沫数着。

杨灯儿和小娥子从城里回来了。小娥子拎着两个寿篮，后面跟着牛有草、马仁礼、马公社。小娥子满脸喜庆："大胆叔，仁礼叔，明儿个就大年三十了，我娘给你们一人做了一个寿篮。"

牛有草逗趣："还喊啥仁礼叔，叫爹多热乎!"小娥子不好意思地低下头。灯儿笑着："别放下牛橛子你就把不住嘴。"

"就这么点事儿，早叫晚叫都一个样，我家小肉包早就管我叫爹了。"牛有草说着打开自己的寿篮，里面有六个大寿桃，还有个牛属相馒头。牛有草又打开马仁礼的寿篮，里面也有六个大寿桃，还有个马属相馒头。

马仁礼说："小心眼病又犯了，少你的没有？"牛有草说："少了一匹马。"马仁礼说："那我这还少了一头牛呢。"

灯儿乐和着："你俩要是嫌少，我把牛马都收回来，你俩就一样了。大胆哪，你儿子年前来信儿了，说在那边干得挺好，过年就不回来了。"

牛有草摇头："干得再好也得回家过年，外面再热乎能有家里炕头热乎？"灯儿说："孩子都那么大，别操心了，你要实在惦记就给他打个电话。"

牛有草挠头："我……灯儿，要打你打。我这辈子就舞弄不住俩人，一个是那牛犊子，一个是你……"

都说铁汉柔情，大过节的，牛有草想起儿子，心里一阵难过。他不知道，杨春来在俄罗斯遭了罪，险些将命搭上。杨春来要啥没啥，穿着破棉袄像个叫花子，他实在混不下去了，听着耳边的鞭炮，看着美丽的烟花，钻心地想起了娘。他在黑河市街头的一个电话亭往村委会打电话。

杨灯儿和牛有草得到信儿，一溜小跑着来到村委会，接听儿子的电话。杨春来心情激动："娘，我是春来，狗儿！"灯儿高声喊："儿子，鞭炮声太响了，娘听不真亮啊！"

杨春来大喊："我……我在国外呢。"

灯儿问："你那儿有饺子吃吗？"

杨春来信口胡说："有，一帮人有擀皮的，有剁馅的，有包饺子的，一大锅水都烧开了，就等着下饺子。还是牛肉馅，都是大肉蛋蛋，可香了！"

牛有草贴着电话听着，灯儿把电话递给牛有草，他忙摆手。灯儿说："孩子，国际长途贵，不多说了，有空回来，娘想你！"电话断线了。牛有草还贴着电话听。灯儿说："还听啥？让你讲你不讲。"牛有草纳闷地问："国外过年也放炮？"

杨春来站在电话亭里，望着窗外的大雪搓手又跺脚。这时，张富贵穿着羽绒服缩着脖子出现了，他拉开电话亭的门说："兄弟，让让地方，我打个电话。"

真是踏破铁鞋无觅处，得来全不费工夫。杨春来打死都不敢想，能在电话亭这儿遇见张富贵，他双眼喷火，牙根儿磨得咯吱咯吱直响，恨不能生吞活剥了这个骗子。张富贵感觉不对，抬头见是杨春来，吓得魂飞魄散，转身就跑。杨春来追了出去。

经过一番追逐，张富贵跑不动了，他躺在地上大口喘气。杨春来呼哧带喘盯着他，把帽子扔在地上，把破棉袄也脱了，挥拳要好好教训一下张富贵。张富贵抱拳求饶："兄弟饶我一命，日后报答。""还日后？今儿个报答正好！"杨春来说着扑上去狠揍张富贵，他拼命反抗。两人在雪地上扭打起来，一时半会儿难分高下，累得筋疲力尽，躺倒在地上喘气。

杨春来恶狠狠地问："我的钱呢？"张富贵委屈地说："没了。那个不是人的家伙儿把我骗了，咱们买的那些货都是次品，不但卖不出去，还让警察没收了。兄弟，我这儿还有俩钱，请你吃顿饭吧。"杨春来恨恨地说："大过年的，要吃就吃点好的！"

两人爬起来，来到一个小饭馆，要了一桌饭菜。杨春来饥肠辘辘，根本就不跟张富贵客气，拿起烧鸡就啃，一副狼吞虎咽的没出息样儿。张富贵感慨地说："兄弟，看着你这样，我心里难受啊。"杨春来吃着说："你不用难受，吃了这顿饭咱俩的账就清了。"

张富贵问："你不恨我？"杨春来啃着鸡腿说："这顿饭以前，我恨不得像啃这烧鸡一样把你啃了，眼下你拿烧鸡堵了我的嘴，我就不啃你了。"

张富贵给杨春来倒酒，杨春来端着酒杯说："大哥，咱俩头回碰面，是不是在一条船上？就为这一条船，干杯！我第一次入关护照丢你手了，我说谢谢，你说咱们是一条绳上的蚂蚱，说不定啥时候谁能帮谁一把。就为这一根绳，干杯！"

两人一仰脖子，把酒干了。杨春来继续说："大哥，刚来时我的钱被警察抢走了，你跟我讲在家靠爹娘，出门靠朋友。那就为朋友俩字干杯！大哥，我喜欢上一只小天鹅，你帮我凑钱给她买了件很贵的天鹅服，这事永远过不去，就为情义两个字，干了！"

张富贵静静地听着，就是不言语。

杨春来叹了一口气："我没来的时候，当着村里人的面夸下海口，说一个礼拜能买一台奔驰，一车西瓜能换辆坦克，现在想起来，都笑死人了！"他说着哈哈大笑。

张富贵也笑："我没来的时候，还听说一车西瓜能换架战斗机呢！那多弄几车西瓜，就能打仗了。要打仗，你是总司令，我是副司令，咱们飞机坦克全都有，谁不服打谁！"杨春来摇着头说："可一来才知道，这买卖不好干，飞机坦克没弄着，连饭都吃不上了。"

张富贵发泄着说："他妈的，风里来雨里去，铆着劲儿地忙活，一步棋走错，什么都没了。"杨春来一拍桌子叫嚷："不怕，钱没了还能赚，兄弟情义不能没，没了就没味儿了。你请我吃烧鸡，你就是烧鸡味儿。就为这味儿，干了！"

杨春来和张富贵你一杯我一杯地喝得微醉。大雪纷纷，昏黄的路灯下，杨春来和张富贵搭着膀子，摇摇晃晃地走着。街上除了稀稀落落的鞭炮声，没有行人。他俩边走边大声唱歌。张富贵唱《冬天里的一把火》，杨春来唱《三套车》。大雪把他们包裹得像雪人。

饭吃好了，酒喝足了，杨春来和张富贵挥手说再见。杨春来思前想后，他真没地方可去，到了山穷水尽、走投无路的境地，好在他还有家，有疼爱他的娘等着他。

杨春来感慨良多地来到黄河边等渡船，异国山水虽好，可还是血脉相连的家乡最亲。浪里张和儿子开着机器船过来，吆喝杨春来上船。杨春来穿着破棉袄在船的一角坐下，低头看着滔滔奔流的黄河水，心事随着波浪和旋涡起起伏伏……

浪里张的船在岸边停稳，杨春来背着包从船上走下来交完钱，扭头就走。浪里张叹了一口气，叫住杨春来，让他等一下。浪里张从船舱里拿出一件半新的衣裳递给杨春来，他愣了一下，眼眶微红，接过衣裳哽咽地道谢。

杨春来换上半新的干净衣裳，大踏步向麦香村走去。

黄河岸边，一群农民正在镇压麦苗。小转儿眼尖，远远地看见杨春来，便热情地扯着嗓子喊："狗儿，狗儿回来啦！"杨春来像是没听见，不做片刻停留，继续大步走。小转儿等人一脸困惑，七嘴八舌议论说，看样子狗儿混得不咋地，否则早就张扬了。

杨春来走着走着，突然停住脚步，从包里拿出破棉袄穿上。都说人靠衣裳马靠鞍，他认栽了，让别人笑话去吧。

狗儿回来了，混得像个叫花子，这消息跑得比电波都快，瞬间麦香村的人都知道了。马公社以前暗地里与杨春来较劲儿，现在见到他这副狼狈相，一点儿也不开心。马公社打电话告诉小娥子，她哥回来了，混得很不好，像是遇见了啥事儿。

小娥子把消息告诉了娘，杨灯儿正在捡馒头，顿时变了脸色，连围裙都来不及摘，转身就往外跑。

杨灯儿家的饭桌上摆着一屉馒头和两盘菜，狗儿穿着破棉袄坐在炕头上，狼吞虎咽地吃着。马仁礼心疼地说："春来，慢点吃，锅里还有。"

杨春来埋着头只管吃，一言不发。牛有草端着水杯走了过来，他把水杯重重地蹾放在狗儿的面前。狗儿就像没听见一样，继续吃饭。

小转儿说，孩子像是好几天没吃东西了，真是亏着了。马仁礼问，春来，出啥事儿了，跟仁礼叔讲讲？

杨春来腮帮子蠕动着，咀嚼着饭菜，谁都不理。

牛有草关切地说："春来啊，在外面咋样咱不讲，眼下来家了，那就把心放稳当。别的咱不敢讲，馒头管够，就是厂里的面粉不卖了，也得叫你吃饱。"

马仁礼狠狠一捅牛有草说："净讲不靠边的话，用得着全厂的面粉养他吗？"牛有草瞪眼说："老马头，你没事跟我抬啥杠，要抬杠咱出去抬，看谁能杠过谁！当年要不是你叫他学鸟话，他能去那鸟地方吗？能遭这个罪吗？"

马仁礼摇头："嘿！我让他念大学还念错了？""你们别吵吵了，我要睡觉。"杨春来说着躺在炕上，用被子蒙上头。

牛有草和马仁礼听了面面相觑，知趣地悄悄走了。

杨春来在被窝里听见众人离去的脚步声，关门声，再也忍不住，呜呜地痛哭起来。

牛有草舍不得离去，在院外像陀螺一样转来转去。儿子受了委屈，受了欺负，不愿意跟他这个爹说，他心里疼得直抽抽，却无能为力。

日头落山，起风了，小风像刀子一样割着牛有草黝黑而苍老的脸颊。牛有草坐在院门口的石蹾上，一动不动，像是一座雕塑。

杨灯儿和小娥子赶回麦香村时，已是深夜。杨春来蒙着头呼呼大睡，娘俩没叫醒他，在厨房噼里啪啦做饭。

杨春来听见风箱声，闻见饭菜香，眼睛湿润了。有娘的日子真好！

杨灯儿和小娥子端着饭菜进来，杨春来坐起身看着娘说："菜味儿真香啊。"

灯儿笑着说："那就放开肚子，可劲儿吃。"

杨春来望着娘："娘，你可想死我了。"

灯儿说："你是想吃娘炒的菜了吧？"

杨春来笑了，心里暖暖的。

心情好了，话就多。一家三口围坐饭桌，边吃边聊，杨春来绘声绘色地讲在俄罗斯发生的可笑事情，逗得杨灯儿和小娥子咯咯笑。

杨春来说："娘，不怕您笑话，我现在是光脚的不怕穿鞋的，除了这件破棉袄，什么都没有了，三个字，穷光蛋！"

灯儿宽慰着说："儿子，人一辈子谁没个马高镫短，骨瘦毛长，穷算啥？娘没穷过？你大胆叔没穷过？你仁礼叔没穷过？只要两条腿还能撑着就不怕穷，怕就怕俩腿一软人倒了，那就真穷到底了！"

杨春来说出他的打算："娘，您儿子的腿打过弯儿，可又撑起来了，还能跺跺脚弄出大动静来。老毛子那边地大得一眼望不到边，可地大人少，靠本地人根本种不过来，粮食蔬菜水果都缺，到冬天就更缺了，我在那儿吃一盘炒白菜都得几十块钱。要是碰上蔬菜紧缺的时候，花钱都买不到。我想到那里种地。"

灯儿有些疑虑地问："到国外种地，咱人生地不熟的，能行吗？"杨春来有了精神："我都问清楚了，已经有中国人去那边租地种。那边的地便宜，咱们花点钱租下来，想种什么种什么，什么赚钱种什么，弄好了就成农场主。娘，这可是难得的好买卖，比面食店赚钱快，您要是不想干我去干，有钱没钱都干！"

灯儿一竖大拇指说："好小子，这是句爷们儿话，就凭这句话，娘擎着你！"

儿子对自己不理不睬，女儿麦花又出嫁了，牛有草这日子过得怪冷清，没滋没味的。身边没个女人照顾，他只能自己丰衣足食，晚饭将就凑合吧。麦花心里挂念着爹，做好饭菜送过来。牛有草说："闺女，你是嫁出去的人了，别总往爹这儿跑。"

麦花笑着说："嫁出去也不能不管爹呀，我可不能让您一个人撑日子，您就跟我们一起过吧，省得我惦记。"牛有草故意说："好容易把你弄出去了，我得过两天清闲日子。"

麦花把饭菜放到桌子上劝道："马公社和小娥子也成家了，仁礼叔也是一个人儿，要不你跟仁礼叔搭伴过得了，还能拉拉呱。"

牛有草站起来说："我呸，牛马能同槽吗？一身马骚味不讲，就是那马嘴也受不了，几天见一面还龇龇呢，要是一起过，还不得把房盖都给掀了！"

他正说得痛快，不想马仁礼找他有事儿，将这话听在耳朵里，张口就骂："你嫌我马骚味，我还嫌你一身牛虱子呢！"

牛有草和马仁礼围着饭桌吃麦花送来的饭菜，边吃边唠嗑。马仁礼听亲家母杨灯儿说，春来要去国外种地，想探探牛有草的口风。

牛有草吧唧着嘴说："仁礼啊，你就别绕圈子了，我都明白。我儿子就是我儿子，他认不认都是我儿子。这小牛犊子满精神头的时候，昂着膀子，支棱着毛，小蹄子紧着倒腾，我想拴住他的腿拴不住。眼下小牛犊子膀子收了，毛倒了，估摸腿也能消停了。他要能安下心帮我把这一摊子事支撑起来，我可就享福了。你说他能安下心来帮我的忙吗？"

马仁礼摇头："什么牛爹生什么牛犊子，换成你，你能安心吗？"

牛有草摇摇头，哪里摔倒就哪里爬起来，他们老牛家的人都是这操行。想了半夜，牛有草决定向儿子妥协。翌日一大早，他拎着两条猪肉往杨灯儿家走，迎面正遇见灯儿，他笑着说："你这是去哪儿呀？我买了二斤肉，寻思给孩子补补身子。"灯儿站住说："你有这心早点来呀，孩子走了，还补个啥？人家是去那边考察，准备租地种。"

牛有草吃惊地说："租地？咱们麦香岭有的是地，不用租，随便他种，他跑人家地头花钱租地干啥？""讲多了你也不明白，等孩子回来给你上课吧。"灯儿说着一把抢过牛有草手里的肉，"行了，这两条肉归我了。"

对儿子的不辞而别，牛有草颇为感伤。他们爷俩之间这道深不见底的鸿沟啥时才能填平呢？

杨春来认定的事儿，九头牛都拽不回来，非干不可。他又回到俄罗斯的布拉戈维申斯克，并把自己的想法告诉了张富贵。张富贵说，你要租地种，可以去伊万农庄试试。

早晨，日头刚刚冒出来，杨春来就来到伊万农庄外。忽然马蹄声传来，一个女孩喊着："闪开！快闪开！"杨春来猛地躲开，一匹白马从他身边疾驰而过，上面坐着漂亮的尼娜。尼娜转身笑着高声说："吓着你了吧！"

杨春来也笑："你这样不礼貌。""胆小的男人，对不起！"尼娜骑马远去，金色的阳光照着尼娜金黄的美发，一串笑声传来。

杨春来走进伊万农庄的院子里，看到一个中年人正在铡干草，他上前问："您好，请问您是伊万先生吗？"中年人站起来说："能这样称呼我的应该是我的朋友，可我不认识你。"

杨春来自我介绍："您认识张富贵吗？他说你们喝过酒，做过生意，是他让我来找您的。我和他是好朋友。"伊万脸色很难看地说："我不想认识骗子的朋友，赶紧走！否则我对你不客气！"

"你不听我解释我就不走！"杨春来说着铡起干草来。伊万板着脸说："干活没工钱！"

杨春来边干边说："没工钱我也干。"伊万说："顽固的人，有本事你把这些干草全铡了！"

杨春来问："我要是全铡完，你可以听我说吗？"伊万摇着头进了屋。杨春来卖力气地铡着干草，尼娜牵马走进来，她望着杨春来，拴好马进屋问道："爸爸，外面的那个人是谁？你请他过来给我们干活？"

伊万气呼呼说："骗子的朋友，他自己找上门的，说不要工钱。"尼娜奇怪地问："他为什么给我们干活不要工钱？他一定是傻子了。"

大半天过去，杨春来一直铡着干草，他旁边已经起了小山似的干草堆。伊万和尼娜透过窗户望着。黄昏，伊万走出来，围干草堆转着说："这么粗糙的草羊能吃吗？"说着推开杨春来，一把握住铡刀把刚要铡，忽然看到杨春来的手上沾着黑红色的血，他心有所动："顽固的年轻人，为了你的劳动，我可以免费供应你一顿晚餐。"

伊万把一盘面包放在饭桌上。杨春来坐在饭桌前，拿纱布缠着手说："伊万先生，我有话要跟您说。"伊万点头："我愿意听，你想跟我说什么？"

杨春来诚恳地说："伊万先生，我想替我的朋友张富贵给您道歉。"伊万摇头：

"道歉有什么用？你的朋友差点害得我倾家荡产。去年冬天，他通过一个叫玛利亚的女人找到我，说有一批货着急卖掉，价钱非常便宜，后来商定，我用六台拖拉机换他的那些货。我用全部积蓄买了六台拖拉机，可没想到交易的时候警察来了，没收了他的货。你的朋友想卖假货给我，他是个大骗子！"

杨春来解释："伊万先生，您是被骗了，可您还保住了您的拖拉机，而我和我的朋友被骗得一无所有。伊万先生，我的朋友是好人，请您原谅他。"

伊万问："你找我只是为了替你朋友道歉吗？"杨春来忙说："伊万先生，我朋友说您是从乌克兰来的，到这儿好多年了，他说您是个慷慨的大农场主。我想租您的地。"

伊万睁大了眼睛，这倒是一个不错的事情，他很乐意把地租出去。

夕阳西下，伊万领着杨春来在金色的田野上边走边说："杨，你知道我的地有多大吗？"他朝远方一指，"这样说吧，凡是你眼睛能看到的地方，都是我的地。你要租多少地？"杨春来高声说："我想全租下来！"

伊万站住身回过头说："好大的口气，看来你很有钱了？"杨春来笑着说："我是说将来总有一天，我能把你的地全租下来。"

伊万点头："年轻人，我欣赏你的胆量，可我更欣赏能拿出卢布的人。"

杨灯儿在县城长了见识，心大了，也野了。她听说头发能卖钱，就挎着篮子在麦香东村走街串巷收起头发，她边走边喊着："针头线脑换头发啦！"马小转迎面走来问："灯儿啊，你在城里买卖做得挺好，咋又收起头发来了？"

灯儿说："回来一趟就顺便收点，这东西能卖钱。城里废品收购站要，咱们瞅着没用的东西，人家眼里可是宝。"

牛有草和麦花走过来凑热闹，牛有草笑嘻嘻问："用不用我拔两根给你啊？""我倒是想让你拔两根，可人家只收黑头发，掺点白的就没人要啊。"灯儿一本正经道，"对了，你要是闲着没事帮我收点，等卖了钱对半分。"

牛有草大笑："那我真得帮你收点儿，要是能靠头发赚大钱，我就不干厂子喽。"灯儿说："我跟你说正事呢，你别小看这东西，一撮两撮是头发，等攒起来就是一头假发！"

牛有草问："一头假发有一头猪值钱吗？"灯儿认真道："那我不知道，可人家说了，好好的一张脸，有头发谁愿意当秃子啊！这话就是说假发保准不愁卖，弄不好还是赚大钱的道儿。"

牛有草一本正经地劝道："你这辈子就是不安分，见缝就钻，心比天大。都这么大岁数，差不多就行了，歇歇吧。早晚有你折腾不动的时候！"

杨灯儿撇撇嘴，嘲笑牛有草越活胆儿越小，越活越抽抽。

牛有草一肚子不痛快地和麦花回了家。麦花做好饭菜端上来，女婿小肉包和牛有草端坐炕头吃饭。牛有草吃了一个馒头又抓起一个馒头。"爹，您今儿个好胃口，只要您身子骨硬硬实实的，我们干什么都有劲儿。"麦花说着，给牛有草夹菜，"爹，灯儿姨说做假发是个来钱的道儿，您觉得怎么样？要真是能赚大钱的道儿，那咱们不得琢磨琢磨？"

牛有草把剩下的半个馒头扔进盘子里说："不吃了，噎得慌！麦花，咱们的根在哪儿？咱们不明白啥事能不能干，你可得弄清楚了！怕就怕脑瓜热了，小腔儿飘了，小腿儿踢打歪了，一头钻进钱眼儿里，到头来出力又赔钱，白忙活一场。咱亏了不算啥，要是把乡亲们亏着，咱可就活不起了！"

麦花赶紧熄火："爹，您看您这一箩筐的话，我就是随便说说，也没说真干。"牛有草吊着脸说："往后不着边的事儿别说，说了我还上火！"

夜晚，麦花躺在炕上望着天棚。小肉包搂住麦花："被窝里冰凉，搂搂热乎热乎。"麦花一把甩开小肉包的胳膊："要热乎你自己热乎去！"

小肉包觍着脸："咋了？我招惹你了？"麦花问："你到底是哪头儿的？"

小肉包嘴贴麦花的耳朵："当然是你这头儿的。"麦花揪小肉包的耳朵："当着咱爹的面，你咋不让我讲话？"

小肉包搂住麦花说："咱爹是啥性子？你跟他讲能占着便宜？要把他惹火了，他能把桌子掀了。要是再把他老人家气个好歹，你能收拾得了摊子吗？"麦花抓着小肉包的手："你这话也有理，肉包啊，咱爹老了老了，胆子怎么越来越小？"

小肉包笑着说："不是咱爹的胆子小，是你的胆子比咱爹都大了。"麦花说："他们那代人一辈子围着地头转，做买卖也都是做地头的买卖。小肉包，你说咱们就不能破破这规矩，就不能干点离了地头的事儿吗？"

小肉包问："怎么，你铁了心要做假发？"麦花说："做不做还没想好，可我倒是想琢磨琢磨。"

小肉包提醒说："咱爹不赞成的事，你琢磨也是白琢磨。"麦花不服气地说："谁说白琢磨？只要把事干成，把钱摆在他眼前，不怕他不赞成。"

小肉包逗趣道："媳妇，我看你别叫牛麦花了，叫牛大大胆！"麦花一扭头威胁说："你再说一遍我听听！"小肉包使劲搂住麦花，嬉皮笑脸地说："被窝里慢慢说。"

麦花也是说干就干的脾性，她第一步是先到城里打探消息。她来到县里废品收购站门口，看到有人抱着一包包的头发从仓库里走出来，把头发装到车上。收头发的人掏出厚厚一沓钱，递给废品收购站的工作人员。收头发的人刚要上车，麦花走上前打问。原来头发是发往青岛的一个假发厂，假发很好卖，也很值钱。

麦花从城里考察回来，对假发动心了，她对小肉包说："你想想，咱们要是生产出假发，那我以后想换什么发型就换什么发型，都是自己说的算。说句老实话，这几年咱爹带着咱们做买卖，是赚了不少钱，可不管怎么讲，那都是咱爹赚的。咱们都这么大了，不能总靠着爹养活咱们，咱们得自己支起一摊，让咱爹、让乡亲们看看，咱们不是吃干饭的，也能干点事儿出来。"

小肉包信心不足地说："咱爹的一颗麦子做文章刚起了个头儿，后面的事多着呢，你想干就跟着干呗，还非得自己挑出一摊来？"麦花说："把着麦子做文章，那是咱爹的能耐。咱们要干就得干出个新花样，那才是咱们自己的能耐。不瞒你说，我早就琢磨道道了，可就是没碰上对脾气的买卖。我看假发这东西不错，我想去青岛假发厂考察考察，能行咱们就干，不行就算了。"

小肉包说："媳妇，说句心里话，我也觉得假发这东西挺有意思，可咱们道儿不熟，门儿不通啊。我看这事你先跟仁礼叔说一声，仁礼叔有学问，眼界宽，他要是觉得这买卖能成，那咱们就有底气了。"

麦花一听，穿上外衣说："对，去找仁礼叔，我心里冒火，等不及了！"小肉包悄声说："什么爹什么闺女，一个性子。"

第十九章

麦花来到马仁礼家，把她想搞假发并准备去青岛考察的事讲了。

马仁礼思考了一阵子认真地说："麦花，这买卖可不好舞弄，先不说赚不赚钱，就这里面的道道也不是简单的事儿。"麦花很干脆地说："不懂就学呗，天下还有学不明白的学问吗？仁礼叔，只要您觉得这事能干我就干！"

马仁礼鼓励说："能不能干得自己亲眼去看，去青岛考察你叫着我，仁礼叔得扶你一把。"麦花高兴地走了。

马公社担心道："爹，麦花背着大胆叔做事，要是做砸了，您不得跟着吃挂落？"马仁礼挺大度地说："吃挂落怕什么？做事不能前怕狼后怕虎，要干就得一个猛子扎进去。年轻人自己有股子闯劲儿，这是喜人的事。"

马公社心也活了，想往前跨一步，思忖道："爹，他们要干成假发厂就有三个厂了，咱不能指望一个厂撑门面。"马仁礼点头："好！你要不服气就自己琢磨出道儿来！"

麦花要去青岛假发厂考察，却对牛有草说她想出去做麦香牌面粉的市场调查。牛有草很高兴，夸麦花想得周到。

马仁礼和麦花风尘仆仆赶到青岛，又费尽周折打听到青岛假发厂。他俩来到工厂门口，却见假发厂的大铁门关着，门口静悄悄的，有人坐道边吃饭，有人聊天，有人打扑克。马仁礼有点儿心凉。

这时，假发厂里走出一个人拿着喇叭喊："都把订单交上来，按顺序发货！"话音刚落，从四面八方拥出许多人朝厂门口冲来。人们手里举着订单呼喊着。马仁礼惊叹："真是好买卖啊！"

马仁礼和麦花走进门卫室要求见厂长，门卫说："想走后门是吧？要订货就排队，不开后门。"麦花说："我们不订货，就想找厂长……"门卫连连摆手。

马仁礼板着脸说："小兄弟，你知道我是谁吗？我是厂长他老舅，他连老舅都不见吗？"门卫望着马仁礼问："你真是厂长的老舅？你说厂长姓什么？"

马仁礼装着生气的样子："开国际玩笑！我大外甥我还不知道姓什么？赶紧把他给我叫来，耽误了大事你可担不起！"门卫慌了，赶紧去通报。麦花望着马仁礼憋着笑。虽然是冒充，他俩毕竟进了厂长办公室。

马仁礼和麦花坐在椅子上，厂长说："大叔，玩笑可不能这么开！"马仁礼一脸诚恳："不讲那话见不着你啊，老弟，不好意思，别见怪。叫大叔隔着辈分，还是叫老弟亲近。"

厂长无奈地说："好吧，我就叫您老哥，你们找我什么事啊？"马仁礼赶忙说："我们想跟你学怎么做假发。"

厂长再问："老哥，你们是干什么的？"马仁礼老实说："农民，种地的。"

厂长不客气地说："农民学做假发干什么？当然，我不是看不起农民，我是说隔行如隔山，假发这东西看着简单，里面的学问可大了，哪是说学就能学明白的。"马仁礼请求道："老弟，你能不能带我们看看你的车间？"

厂长摇头说："这可不行，车间外人去不得。"马仁礼厚着脸皮说："都老哥老弟的叫热乎了，怎么还是外人哪？唉，看来这感情白处了。"

厂长只好说："老哥，您这么大岁数来一回不容易，我也不能让你白跑一趟。"马仁礼眉开眼笑："这才是我的好老弟，热乎！"

马仁礼和麦花跟着厂长来到假发样品陈列室，他俩边走边看着满墙的假发样品惊羡不已。马仁礼说："老弟啊，这假发的买卖我就不能伸一手吗？"厂长有点不耐烦地说："老哥，这不是你们农民做的事，回家好好种地吧！"

马仁礼脸色不悦，不由得说话气粗："老弟，我们农民一辈子脸朝土背朝天从地里刨食吃，扶得住犁，抡得起镰刀，舞得动镐把子，磨一手老茧，手指头棒槌粗，脚底板厚得扎不进钉子！你这活儿是细了点，可也没什么大不了的，我们要是看好了照样能拎起来，你可不能看轻了我们农民！"

厂长忙解释："老哥别急，我不是那意思。"马仁礼说："你就是那意思！不瞒你讲，我自己也有厂子，门口大车小车不断溜地跑。乡亲们有吃有穿，那日子过的不一定比你这差！"

厂长笑道："老哥，您生意做的那么好，怎么想起做假发来了？"马仁礼说："不是我想干，是我这侄女想干，麦花呀，你说说吧。"

麦花说："厂长，只要是赚钱的买卖，谁不想干哪！日子要想越过越好，就得不停脚地朝前走，不能歇着。厂长，这事我干定了，你给我指条道吧。"厂长被打动了："眼前这些假发需要好几十道工序才能做出来，你要是想干就做点简单的，做档发吧。就是把头发收上来理顺好，分好颜色，再裁剪成不同的长度，按长度分档次扎把儿。你们弄好了我收。"

麦花一回来，为了糊弄她爹，就主动汇报："调查结果是咱们的面粉质量好，价钱公道，客户们都挺看好的。"牛有草挺满意："这就好！做买卖得保质保量。麦花呀，爹年岁大了，眼花耳朵背手脚不灵便了，手里的权得一点一点交给你。你可得长足精神头，千万别一脚踩空了！"

杨春来看了伊万的农庄，心里有底了。他给杨灯儿打电话说，这边的情况都摸清了，现在有钱就能租地，春天季节赛黄金，要租就得抓紧。刚巧牛有草心里牵挂着儿子，专门跑到杨灯儿这里问情况，听小娥子说春来打电话了，就对灯儿说："你赶紧讲，孩子在那边咋样？"灯儿说："你儿子把道行都摸清了，说那边的土地政策好，收成也能好。还说要是干好了，能给你盖洋房，买小轿车，还能雇几个人伺候你。你想住洋房吗？想坐小轿车吗？想有几个人伺候你吗？"

牛有草逗趣说："想，可最好别是你这样的老太婆子。"灯儿撇嘴说："你也不照镜子瞅瞅，一脸老褶子，眉毛耷拉了，牙掉了，你求我伺候我都不伺候！"

牛有草觍着脸说："灯儿啊，年轻的时候我说不过你，到这个岁数我还是说不过你，跟你说话我净说下句了。"灯儿笑道："那你得掏点银子出来，你掏了银子我就让你讲上句，你看行不？"

牛有草逗乐说："我算弄明白了，闹了半天，你娘俩唱一台戏忽悠我呢。"灯儿说："孩子干的是正事，做爹娘的就得擎着、托着，有多少能耐都得使出来。你当亲爹的要是心疼钱，就一边儿凉快去，孩子的事儿我一个人管！"

牛有草用商量的语气说："灯儿啊，年轻人下巴没毛，小腔飘轻，靠不住，要不再等等看，说不定明天他就打退堂鼓了呢。"灯儿说："不等了，孩子在那边眼巴巴望着我呢，我得赶紧过去。"

牛有草劝说："灯儿啊，咱们厂的生意这么好，你到老都有钱花，还折腾啥？"灯儿说："你做的买卖我不能做，我不能靠你过日子。你穷的时候，我想管你，你不答应。眼下你有钱了，让我管你，让我靠着你，我也不答应，我成啥了？你的心意我全领了。"

牛有草沉默半天才说："我也不劝你了，劝也没用。咱这样行不行，我开个会，委托你代表咱们厂子去考察租地的事儿，如果行，我就拿一笔钱，你去干，算咱们的企业。"灯儿说："这钱别算在我身上，要拿也是给你儿子拿！"

灯儿和小娥子要去国外了，她们来到雾蒙蒙的黄河岸边，上了小舢板子。"艄公"戴着遮脸的大檐草帽摇着橹,船慢慢离岸。

灯儿望着远离的村庄,叹了口气:"走喽,不赚着钱不回来!"小娥子说:"娘啊,这些年,您风里来雨里去,该成个家了。"

灯儿感慨道:"娘这辈子,啥时候能跟你大胆叔扯平了再讲那事。别的劲儿可以不较,这个劲儿必须较!""胡扯!等你扯平我都入土了!""艄公"摘掉草帽说,原来是牛有草,"灯儿啊,孩子在眼前,我再留一句话,你岁数不小了,折腾不动了,回去吧,咱安安稳稳过日子,行吗?"

灯儿喊:"摇船!"牛有草摇摇头:"不摇!"灯儿抢橹自己去摇,二人较着劲儿。灯儿使劲掰着牛有草的手,眼泪流下来。牛有草望着灯儿,他跟灯儿一起摇起来。灯儿使劲儿地摇着船,满脸泪水。牛有草使劲儿地摇着船念叨着:"灯儿啊,你一头白发,走路都不稳当啦!"说着眼泪滚落下来……

马仁礼身体不爽趴在炕上,马公社给爹抓捏着说:"爹,您出去这两天,我没事乱翻书,发现咱们省平阴那地方产玫瑰,我又查了资料,知道玫瑰是好东西,不光好看,还能做玫瑰酱,能酿玫瑰酒,能榨玫瑰油,当茶泡也行。大胆叔是一颗麦子做文章,咱们来个一株玫瑰做文章。大胆叔两个厂子,等麦花把假发厂干成,人家就三个厂子了,咱们还是一个。大胆叔又叫灯儿姨代表厂子去国外谈判,要谈成了,人家可是一个筋斗云十万八千里了!"

马仁礼叹了口气说:"跟那头老牛比着干是真累。儿子,玫瑰的事你放心大胆去干,爹给你大砣压秤!你先去打听打听,看看玫瑰的销路怎么样,咱们不能打无把握之仗。"

说干就干。马公社来到平阴县玫瑰镇,拦住一个行人问玫瑰园怎么走?行人告诉他没有什么玫瑰园,都是各村自己种玫瑰。马公社来到一个村庄,见一个老汉在小玫瑰园里锄草,就有点唐突地问:"大叔,这片玫瑰都是您种的?您这儿的玫瑰好卖吗?"老汉不大高兴:"这话怎么讲呢,有人要就卖点儿,没人要留着自己吃,总之是亏不着。"

马公社自我介绍:"大叔,我是麦香岭来的,也想种玫瑰,想跟您了解玫瑰种植的事。"老汉倒也不保守:"种玫瑰得分地儿啊,不是哪儿都能种。你要想在你们那儿种玫瑰,得找我们这儿的大能人刁老三打听,他是玫瑰专家。"他说着还给指了去刁老三家的道。

马公社来到刁老三家院外拍打着院门,没人搭言。这时刁老三叼着烟袋锅走过来,马公社问:"大叔,请问这是刁大叔家吗?"

刁老三反问:"你找他啥事啊?"马公社说:"我想找他打听打听关于玫瑰种植

的事。"刁老三说："你来得不巧，刁老三去亲戚家串门了。那老头儿一个人过日子，说不定啥时候回来，三天五天不一定。"

天黑透了，马公社还坐在门口等着。刁老三叼着烟袋锅走过来问："还等呢?"马公社说："大老远的，总不能白跑一趟。"

刁老三摇头："来的不是时候，神仙也没招。"马公社只好站起身走了。

杨灯儿和小娥子平安到达伊万农庄。杨春来带着她们去看地，他一挥手："娘，只要您能看见的，全都可以租。"灯儿说："这地也太大了，就算咱能租得起也种不起啊!"杨春来说："怎么种不起? 这里人工比咱们那儿便宜，另外，肥料、水、销路等问题我都摸清了。租金还没讲好，就等您来谈。"

灯儿说："娘是代表咱们村的厂子来的，你爹说这事要是谈成了，厂子拿钱租地，等这里干起来了，就算村里的企业。要拿钱也是厂子拿钱，跟你爹没关系。"杨春来说："我出力，他出钱，就算他入股，干起来他只能算个股东。"

灯儿、杨春来、小娥子走进了农庄客厅，伊万伸开双臂说着中文："欢迎从远方来的朋友!"他刚要拥抱灯儿，灯儿一闪身说："你要干啥?"杨春来解释："娘，他要拥抱您，这是人家对您表示欢迎。"

灯儿摆手："他抱我干啥? 用不着!"伊万客气道："那就进屋里坐吧。"

灯儿说问："你还会讲中国话?"伊万笑着："我可是中国通。"

大家进来后落座。伊万问："尊敬的女士，你是代表你们公司来谈租地事宜的?"杨灯儿从包里掏出名片，春来把名片递给伊万。伊万仔细看了名片问杨灯儿："你是公司的法人吗?"

杨春来介绍："伊万先生，法人没来，我娘代表公司谈判，说话管用。"伊万摇着头说："我只跟你们公司的法人谈判。代表不可以，法人必须亲自来。"灯儿立刻说："电话在哪儿呢? 我把法人叫来!"

牛有草接到灯儿打来的电话，不去是不行了，人家灯儿为了自己的儿子啥都豁出去了，他这个当爹的不能再伤孩子的心。

牛有草告诉马仁礼，他要出趟国，想请老马给当回秘书。马仁礼很痛快地答应了。两人一到布拉戈维申斯克，杨灯儿、杨春来、小娥子赶来迎接。几个人坐着大巴去伊万庄园。

大巴在公路上疾驶，悠扬的俄罗斯乐曲在车里回荡。马仁礼朝窗外望着，俄罗斯妇女朝大巴招手。马仁礼挥着手，用俄语说："你好!"牛有草学着马仁礼的发音也说："你好!"灯儿笑着："大胆哪，你都多大岁数了，咋还没个正经的。"

牛有草说："人家跟咱打招呼，咱不跟人家打招呼多不好啊!"灯儿嘲笑说：

"那也用不着那么热乎啊，你看你，嘴都快咧到耳根子了。"

牛有草故意说："咋的，你不乐意了？"灯儿没搭理牛有草，冲着一个俄罗斯小伙喊："你好！"俄罗斯小伙热情地回应。

车停在路边，杨春来领大伙儿走在田野里。牛有草抬眼望去，忍不住喊着："地面真大呀，走一圈得几天啊！"他说着抓了一把土搓着、闻着，"真肥啊，就这土，种小麦，种高粱，还得长疯了！"

马仁礼感慨道："这地方的中文名叫海兰泡，本是咱们中国的地盘，一百多年前，沙俄强迫清政府签订不平等的《中俄瑷珲条约》，硬是把这片地儿夺走了！多大的地盘，多好的地，不看着也就罢了，一看真气人哪！"

牛有草来气了："咱们自己的地盘，还得花钱租地种，更气人！不租了，回家！"灯儿倒还理智："哪能说撂挑子就撂挑子啊，地早就是人家的了，讲那些陈芝麻烂谷子有啥用？咱们既然来了，就得铆着劲儿把地租下来，种出好庄稼，让他们瞅瞅咱们中国人是个啥样！"牛有草点头："这话还有点劲儿，就为这股劲儿，咱们闯它一回！"

开始正式谈租金了。农庄客厅里一个长方形桌子前对面坐着伊万和牛有草。伊万问："牛先生，你是公司的法人吗？"牛有草朝马仁礼一点头，马仁礼从包里掏出营业执照放在伊万面前。伊万看看执照点头说："很好。"

牛有草说："伊万先生，两个厂都是我牵头建起来的，生意可好了，有机会我请你去我们那儿旅游，我会好吃好喝地款待你。"伊万笑着："好，非常荣幸。"

牛有草朝马仁礼一点头，马仁礼说："伊万先生，请你旅游没问题，前提是我们得先把租地的事友好地解决。"

双方经过几轮讨价还价。伊万说："租金我已经压得很低，你们再压下去我就是做赔本生意了。"牛有草说："伊万先生，我钱有的是，就怕你的地儿不够大。"伊万说："太好了，咱们该看看我的地了。"众人起身走出去。

伊万带着牛有草等人在田野里走着。伊万抬手一挥："只要你能看见的地方都是我的土地，你想租多少呢？"牛有草掰着手指头："你看，租地要花钱，雇人要花钱，吃喝拉撒睡要花钱，买种子施肥浇水都要花钱，十个手指头都掰不过来了。这样，你能不能先把地给我们种着，等丰收赚了钱我再交租金。"

伊万摆手："那你们不是租地，是赊地！算了，我不想浪费我的时间！"说完转身就走。牛有草说："老毛子就是老毛子，一点情面不讲。"马仁礼说："没钱讲什么情面？走，回家！"

牛有草商量着说："怎么没钱！这价不得慢慢谈嘛，能省点不得省点？秘书啊，你得想法子。"马仁礼说："感情有没有，全看喝多少，老毛子就这样。咱拿酒把山头攻下来，成了朋友就好说话了。"

牛有草问："你看这酒怎么个喝法？"马仁礼说："兵法云，一鼓作气，再而衰，三而竭……"

牛有草摆手："行了，你讲那些我听不懂，照直讲，咋喝？"马仁礼说："头阵最重要，得够气势，气足把对方压住，后面的事就好办了。你气最足，头阵非你不可，第二阵是春来，我打最后一阵。"

牛有草笑道："我算看明白了，你把最轻巧的活放自己身上，伊万就一个人，最多头两阵就把他放趴下，你抱着小膀坐底，最后功劳全在你身上！"马仁礼说："你看，你让我分兵派将，到头来又埋怨我，行，我不管了。"牛有草说："好，就听你的，我怕你坐不住底。"

杨春来抱着几瓶白酒走进来说："都是七十度，度数高点省酒！"

餐桌上放着几瓶酒和小酒盅，周围坐着伊万、牛有草、马仁礼、杨春来、杨灯儿、小娥子。

牛有草笑着对伊万说："伊万先生，自打我们来到你这儿，你又供吃又供喝又供住地，我们非常感谢！今儿个我请你喝酒，大家一醉方休！"伊万说："太好了，我就喜欢爽快的人。"

牛有草打开酒瓶，望着桌上的小酒盅："酒盅太小不过瘾，我喜欢用大杯子。"伊万竖起大拇指："牛先生，我也喜欢大杯子喝酒。"

伊万拿着大酒杯来了。牛有草倒酒举杯："伊万先生，谢谢你，干杯！"伊万和牛有草碰杯喝酒。

伊万一下全干了，牛有草喝了一口。伊万说："牛先生，你要是不喝光就是看不起我。"牛有草也一口干了。他和伊万一杯接一杯地喝着，喝得趴在了桌子上。杨春来和伊万一杯接一杯地喝着，杨春来也趴在了桌子上。伊万拄着头，闭着眼睛……

灯儿一捣马仁礼说："差不多，该你出手了。"马仁礼端杯豪迈地说："这点小酒算什么，来，伊万先生，我敬你！"

伊万摇头："我喝多了，不能再喝了。"马仁礼趁机问："伊万先生，这酒喝好了没？"

伊万迷糊着："喝得非常好，我很高兴。"马仁礼趁热打铁："高兴就好，伊万先生，咱们是朋友吗？咱们都是好朋友了，那租金的事……"

伊万哼唧着："没问题，好朋友，什么都好说！"马仁礼紧追不放："那你的意思是说租金……"

尼娜边走边吵着进来："渴死我了！"伊万说："尼娜，你来得正好，你得敬爸爸的好朋友一杯。"尼娜举起酒杯笑对马仁礼："你好，可以喝一杯吗?"

马仁礼只好和尼娜喝酒，尼娜一杯接一杯地敬马仁礼，马仁礼也醉倒了。

早晨，牛有草和马仁礼互相搀扶着，摇摇晃晃地走出来。牛有草说："白喝了一顿酒，啥事都没干成。"马仁礼说："怎么是白喝呢? 不管怎么的成朋友了。别着急，一计不成，还有下一计。"

伊万走过来说："老朋友，昨天的酒喝得非常好，谢谢你们。可是我还没喝够，咱们再喝点?"牛有草摆手："哪能一大早就喝酒? 谈正事。"

三人来到田野上，马仁礼一挥手："这片地全包了，得多少钱?"伊万拿计算器算了算，然后递给马仁礼。马仁礼看了看问："要是把那片地也包了?"

伊万又拿计算器算着，马仁礼看着再问："要是把这三片地全包了呢? 总得便宜点?"伊万点了点头，又在计算器上按一个数字。马仁礼一看马上说："妥了，就这个数!"

伊万催着："咱们可以签合同了?"马仁礼说："等一下。伊万先生，既然这三块地都是我们的了，那我们先租三分之一，然后再租整片的，可以吗?"

伊万糊涂了："这是什么道理?"马仁礼解释："就像吃面包，你买一个面包，不会一下全吃了吧? 你得先尝一口，好吃了才会吃下一口，最后全部吃光。还琢磨什么? 你要是答应了，签了合同，好酒就来了。"

伊万报出底线："看不着钱，都是白说，你们回去准备钱吧。"马仁礼催促道："那咱们先把合同签了吧。"伊万坚持着："不看到钱不能签合同。"

牛有草众人在农庄餐厅吃饭。杨春来说："仁礼叔，你和伊万那样谈不是骗人吗?"马仁礼笑道："怎么是骗人呢，这叫谈判计谋!"

牛有草说："灯儿呀，你不跟我们回去?"灯儿说："我得在这帮孩子把摊子支起来。"

牛有草说："孩子都多大了，还用得着你这副老骨头架子撑着吗?"杨春来也劝："娘，在这儿吃不好睡不好，您还是回去吧。"

灯儿说："孩子，我知道你惦记娘，可娘也惦记你啊! 出国做生意不容易，你身边得有个人儿。你们都不用讲了，我想在哪儿就在哪儿! 闺女，你回去吧，嫁出去的人，哪能总跟着娘呢! 再说，咱的面食店也不能离人，你得帮娘照看。"

老婆太能干，家务活儿老公就得主动挑起来。小肉包在家是贤内助，麦花在外面闯事业。这天，小肉包正做饭，麦花哼着歌走进来说："真是想什么来什么，我有个在南方打工的姐妹的哥哥就在那个假发厂当技术员，他说假发利润可大了，产品除了供应国内市场，还有一大部分是销往国外。他说外国有钱的女人，一个人有十几个假发，在不同场合穿不同的衣服配不同的假发，有人定制假发，贵的能上万块钱一个。"

小肉包惊奇道："一万多块钱一个？天哪，那得磨多少麦子，养多少猪啊！"麦花细说着："我还听说了，咱们要做的档发是假发制作过程中最简单的环节，跟假发比起来利润少多了。听说档发收上来以后，有一道工序叫排发，就是把发丝做到一条线上，这需要一种机器，叫三连机，简单点说就是三台缝纫机连在一起，可不是简单连在一起，必须通过专业的机修师傅改装过才能使用。这机器在市面上没有现成的，假发厂都是自己改装。"

小肉包说："咱们弄缝纫机自己改装呗。"麦花说："哪是说改装就能改装出来的，那东西是机密，咱们摸不着门。三连机的好坏直接影响到排发的质量，假发是否容易脱落，三连机起着决定性的作用。谁家的三连机造得好，谁家的假发质量就好，质量好卖的就好。我联系的那个人是负责其他工序的，三连机接触不多，但也明白点。咱们就盯住他，让他把三连机的图给咱们画出来。有了图咱们自己琢磨。"

小肉包笑着说："媳妇，你就分兵派将吧，我全听你的。"麦花说："别的事你不用管，就看住咱爹。这事背着他老人家干，没成以前千万不能漏风。"

假发厂技术人员李国庆真不错，他果然把图纸画好交给了麦花，临别他特别交代："我能记住的都画在上面了，技术问题得靠你们自己研究。这东西可是机密，要是透漏出去我的饭碗就砸了。"

麦花回来看着图纸说："看这图上画的，就是把三台缝纫机连在一块儿，有什么难的？"小肉包说："咱们先干干试试，不过家里地儿小，支巴不开。"

麦花想了想说："厂里有个放杂物的仓库，平日没人进去，是稳妥的地方，就是在老爷子眼皮底下，老爷子的耳朵尖，动静大了他保准能听见。"

小肉包也担心："打更的鲁大叔可是明眼人，要是被他看见怎么办？"麦花说："非得从门口进去啊？不是有窗户吗？"

小两口深夜把三台缝纫机运进仓库，把窗户和门都挡严实，小肉包去把门，麦花拿着图纸对照着缝纫机开始琢磨。

牛有草人虽然回来了，心却留在了伊万农庄，灯儿和春来非要甩开膀子大干一场，就由着他们去吧，家里一摊子事儿他还要操着心呢。

这天一早，牛有草来找麦花，敲了半天门没人搭理。他一生气就使劲"啪啪啪"地拍打院门，小肉包慌里慌张地打开门，牛有草一头闯进去问："麦花在哪儿？"小肉包说："在屋里呢。"牛有草朝屋里走，小肉包拦着说："爹，她还没起来呢。"

麦花系着衣裳扣从屋里出来说："爹，您这么快就从国外回来了，有事进屋讲。""都晌午了，咋才起来？我一不在家你们就翻天了，厂子没人管了吗？"牛有草说完气哼哼地走了。

小肉包说："白天忙活厂子的事，晚上忙活假发的事，谁能扛得了？这回叫咱爹抓着了。"麦花说："别讲没用的，想想三连机的事下一步咋办。从表面上看三台缝纫机连一块儿了，也能排出头发，可牢固程度不行，轻轻一拽就掉。"

小肉包提议："假发的事咱们都是外行，要是三五天能弄明白，那不成神人了？最好能把李国庆请到咱们这儿来。"

麦花点头："人家肯定比咱强。可人家不敢来，要是露了馅，就把人家的饭碗砸了。不过，我还想试试。"

黄昏，牛有草在家拿着小皮锤子敲后背，麦花拎着包走进来说："爹，您累坏了吧？来，喝点酒解解乏。"说着从包里掏出一瓶白酒，"您趴下，我给您抓捏抓捏。"牛有草趴在炕上，麦花给爹抓捏着。

牛有草问："我出国这几天你忙啥呢？咋连炕都起不来了？"麦花谎称："我这两天也不知道咋了，腰酸腿疼，浑身没劲，犯困，不想吃饭。"

牛有草一下翻过身，望着麦花问："不会是怀上了吧？"麦花一笑："爹，您赶紧趴下，我再给您抓捏抓捏。"

牛有草坐起来说："行了行了，保准是怀上了！你得小心，千万别抻着。明儿个让肉包带你去医院看看。"麦花说："这事您就别操心了。地的事谈的咋样？"

牛有草皱眉说："差不多吧，那里地不少，可都得钱哪。"麦花说："爹，到国外租地种，租金只是一部分，开那么大的地，得租多少农具，得多少人，得投多少钱，您心里有底？"牛有草说："我哪儿有底啊，可那是你灯儿姨和你哥的事，爹就得伸手托着！"

夜深了，小两口躺在炕上，肉包说："我摸摸，看怀上了没有？"麦花护痒笑着说："一边儿待着去。"

小肉包说："那就讲正经的。媳妇，咱爹要是把钱都投在租地上，咱哪还有钱干假发？"麦花说："假发的事不能停，先研究着。爹以为我怀孕了，那咱就假戏真做，你可别说漏嘴了。""还假戏真做干什么，来个真戏真做得了。"小肉包说着搂住麦花。麦花一把推开小肉包："假发的事没着落，我心思就消停不了，还不能要孩子！"

马仁礼从俄罗斯回来，问儿子考察的怎么样。马公社说："跑了一圈，没见着明白人，倒是把人名儿打听到了，那个刁老三说不定什么时候回来，我不能一直在那儿等着。"马仁礼摇头："小子，你还嫩哪！当年刘玄德三顾茅庐才请出诸葛亮，你去一趟溜达一圈就回来，能行吗？这回爹跟你一起去，我倒要看看那个刁老三是个什么样的人儿！"

爷俩来到刁老三家门口，马公社敲门没人搭言。马仁礼朝院里望着，摸了摸门环，又四处看了看。刁老三赶着牛车过来。马公社说："爹，我上回就是跟他打听的。"他走上前问，"请问刁大叔回来了吗？"刁老三说："你这回又白来了，老刁头一直没回来。"

马仁礼摸着牛问："这是你家的牛吗？"刁老三说："这话问的，不是我家的牛还是你家的呀！"

马仁礼一笑："兄弟，请问刁师傅去哪儿了？"刁老三说："去亲戚家了，有一个月了吧。"

马仁礼又问："他亲戚家在哪儿啊？"刁老三答："不远，也就二三百里吧。"

马仁礼笑着说："二三百里还不远，你这脚力不一般哪。"刁老三说："我就不明白，这里的人都明白玫瑰的事，你们非盯着老刁头干什么？"

马仁礼实话实说："兄弟，我们是从麦香岭来的，一到这玫瑰镇就听说刁师傅的大名。不瞒你说，我们想自己搞点玫瑰，可就是一窍不通，所以特来找刁师傅指点迷津。"

刁老三问："眼下玫瑰不好卖，赚不了什么钱，你们忙活这干什么？"马仁礼说："要是好买卖，那得挤破头了，哪还有我们的份儿！我们就是想试试，看看能不能把不好做的买卖做好。当然，我们也不打无把握之仗，提前搞了点研究，发现这买卖还是有干头。"

"那你们慢慢研究吧。"刁老三走了。马仁礼望着刁老三的背影故意大声说："咱们哪儿也不去，就在这儿等着，不信他不回家睡觉！"

黄昏，爷俩还坐在门口。刁老三走了过来说："还没走啊，老刁头不在家。"马仁礼站起来说："我看刁师傅根本没走。我来的时候摸了摸门环，这门环干净啊，按理讲，刁师傅走了一个月了，这门环也该沾点灰吧。再说，刁师傅家的院子真干净，看这干净劲儿，少说也得三天扫一回。我不光知道刁师傅没走，我还知道他在哪儿呢，远在天边近在眼前啊！"

刁老三望着马仁礼："真没看出来，你这双眼睛挺亮堂啊！怎么知道的？"马仁礼说："刁师傅，你到家门口能装作不认识，可你家的牛装不出来，你要不一把拉住牛头，它能拱进院里去。"

刁老三望着马仁礼连连点头："好聪明的人哪，屋里坐吧。"仨人进屋。马仁礼说："刁师傅，到底玫瑰赚不赚钱咱先不讲，我想请你跟我们走一趟，看看我们那儿能不能种玫瑰。"

刁老三担心地说："能又怎么样，我要是让你们种了，到时候卖不出去赔了钱，这担子我可担不起。"马仁礼说："刁师傅，这事你放心，赔钱也算不到你身上，算我们自作自受。跟我们走一趟吧，我代表全村的乡亲谢谢你！"

刁老三说："来找我的人多了，我是东躲西藏，能躲过一个是一个。多数人听说我没在家转身就走，没碰上像你这么眼亮的人。看来我是得走一趟了。"

刁老三来到麦香西村的地里，蹲下抓起一把土搓着，然后站起身，四周打量着。马仁礼问："刁师傅，我们这地怎么样？"刁老三说："玫瑰耐寒、抗旱，土质差不多就能立得住。你们这里的土能种，就是得能弄到好玫瑰苗。一般的玫瑰一年只在五月份集中开花，有一种玫瑰一年四季都开花。你想做玫瑰生意，最好选全年都能开花的玫瑰苗。我们那里南井村老井头家的院里就有好苗，那老井头肯不肯卖，就看你们的造化了。"

马仁礼追问："刁师傅，是不是我们能把好苗弄到手，你就能帮我们把这一摊子支巴起来？"刁老三说："我都来了，还能瞅着不管吗？"

尼娜在布拉戈维申斯克田野上飞马疾驰，乌云密布，闪电过后，隐隐传来雷声。突然，一个惊天劈地的炸雷响起，马匹受了惊吓，发足狂奔，尼娜使劲拽着缰绳，还是摔落马下，她当时就昏迷过去。

伊万见外面电闪雷鸣，大雨滂沱，女儿迟迟未归，便担起心来。他穿着雨衣走出家门，在大雨中呼喊着找尼娜。田野里雾气蒙蒙的，一个人影晃动着走来。伊万迎过去，人影越来越近，是杨春来背着昏迷的尼娜蹒跚着走来。伊万冲上前去喊："我的女儿怎么了？你对她做了什么？"杨春来累得喘不上气，伊万夺过尼娜，抱着她就往家里跑。

杨春来回到住处，浑身上下淋得像个落汤鸡，禁不住一个劲儿地打喷嚏。杨灯儿让他赶紧到里屋换干衣服，别着凉了。

杨春来换了身衣服出来，用大毛巾胡噜着湿漉漉的头发。杨灯儿问，你这是去哪儿了？杨春来说，本来想再看看那三块地，忽然赶上大雨。中间那块地不错，娘，等雨停了咱们再去看看。

两人正说着话，伊万怒气冲冲地闯进来，一把抓住杨春来的衣领子问："你到底对我的女儿做了什么？她怎么受伤了？"杨春来坦然道："我什么也没做。我看到她的时候，她在水沟里躺着，我就把她背回来了。"

伊万喊："你要不说实话，我可要报警了！"

杨灯儿说："伊万先生，你冷静一下，带我们去看看你的女儿。如果我儿子做了错事，我都不会放过他。"

伊万气呼呼地说："那好，走吧！"

伊万领着这娘俩进了家门，径直来到尼娜的床前。尼娜躺在床上，昏迷不醒。伊万焦急地说，你们看看，我女儿怎么了？杨灯儿看着尼娜，叫她的名字，尼娜毫无反应。杨灯儿皱起眉头，扭脸问杨春来，儿子，到底怎么回事？杨春来满脸不高兴地说，这事儿跟他没关系，该说的他都说了。伊万怒不可遏，质问道："你说，你俩怎么会在一起？你对我女儿做什么了？"杨春来怒气冲冲地骂道，你放屁！伊万恶狠狠地说，你等着，我去报警，让警察收拾你。杨灯儿拉住伊万，让他冷静冷静。伊万一把推倒了杨灯儿，杨春来不干了，跟伊万扭打在了一起。

这时，尼娜苏醒过来，颤抖着声音喊："你们不要打了。"

伊万和杨春来同时住手，伊万惊喜地跑到床边，抱住尼娜问："我的女儿，你到底怎么了？"

尼娜说："爸爸，马受惊了，我被甩了下来，然后就什么都不知道了。"

伊万愣住了，然后满脸愧疚地对杨春来说："杨，你救了我的女儿，我得感谢你。"

杨春来没言语，拉着娘转身出门而去。

误会解除，伊万和杨春来亲近起来。在俄罗斯，男人之间最好的话题就是喝酒。杨春来抱着几箱子酒送到伊万家，伊万高兴地拿起一瓶问："这是什么酒？"杨春来说："十里香。"伊万拧开酒瓶喝了一口："好酒，中国的味道，哈哈！"

杨春来说："伊万先生，租金过几天就到。""不急，有酒什么都不急。"伊万说着，端着酒瓶跳起舞。

几天后，杨春来把几大捆钱放在伊万家的桌子上，伊万兴高采烈地数钱，尼娜在笔记本上记账。数完钱，伊万不高兴了，说钱不够。杨灯儿很有把握地说："我们都算好了，一分不少。"

伊万摇头说："三块地，你们只拿了一块地的钱，怎么不少呢？"杨灯儿说："不是讲好了先租一块吗？"

伊万变脸了："笑话！三块地你们选中间最好的一块，两边的地我找谁租去？"杨灯儿说："伊万先生，当时好几个人在场，你不能说话不算数啊！"

伊万耍赖说："我要是不答应你们，能喝到这么香甜的美酒吗？"杨灯儿不客气道："你这是欺骗！我儿子救了你女儿的命，你难道一点情谊不讲吗？"

伊万说："这是两件事，为了报答你们，我可以请你们喝酒，请你们吃饭，请你们在我这儿住，你们在我这儿住这么多天，又吃又喝，我向你们要钱了吗？你要租地就租整片的，我决不分开租。"

尼娜拉着伊万的手说："爸爸，我们不能这样对待朋友。"伊万瞪着眼说："闭嘴！你懂什么？喝酒的时候我们是朋友，做起生意来这就是战场，大家都为了赚钱，谁也不能让谁做赔本买卖。"

牛有草知道土地租金的事出了问题，心急上火。马仁礼劝解说："租金的事你别上火，我入一股。你有两个厂子押着，我怕什么！就算亏了，你不是还在吗？我这后几十年就靠你养活了。"牛有草上前搂住马仁礼，感激地说："好兄弟，有你这话，我心里真是有底了！"

俩老伙计正说着，马公社忽然跑过说家里出了大事，拉着马仁礼就走。父子俩回家来到屋门口，马仁礼拉开屋门，隐隐约约中看见一个女人在灶台前炒菜。马公社说："爹，还瞅什么，快呀！"他推着马仁礼走进去。爷俩走到女人身后，虽然女人戴着厨师帽和白口罩，但马仁礼还是认出女人是乔月。乔月把煎牛排盛进盘子里，一转身看见了马仁礼。

马仁礼故意喊："哈喽。"乔月望着马仁礼："哈什么喽，等着吃饭！"

"还成，不是假洋鬼子。"马仁礼说着端着盘子来到桌边。乔月用手抹了一把眼睛继续炒菜。饭菜摆在了桌子上，马仁礼、乔月、马公社、小娥子围坐在桌前，乔月还戴着厨师帽和白口罩。

马仁礼说："都到饭桌上了，这身行头该撤了吧？"乔月一把摘掉厨师帽，一头金色的长发散落下来，她又摘掉口罩，嘴唇上搽着口红。其他仨人望着乔月愣住了，感觉这就是个老妖精。

乔月大大方方地说："都愣着干什么？赶紧吃吧。先吃这个煎牛排，这牛是听着音乐长大的，还有人给它做按摩，都尝尝。我怕你们吃不惯，煎了八分熟，我平常都吃六分熟的。"马仁礼眨巴眼说："我想吃煎饼卷大葱。"

乔月说："等我走了你再吃。"

马仁礼问："你打算什么时候走啊？"

乔月不满地斜一眼马仁礼问："你赶我走？"马仁礼笑着说："我怕吃你这东西吃惯了嘴，等你走了就没的吃，得饿死。"

乔月说："想吃跟我去美国，你们都过去，我养得起。"马仁礼嚼着牛排说："我放着好好的日子不过，跟你去美国干什么？"

马公社帮爹说话："娘，我爹干了个饲料厂，买卖可好了。"乔月说："我那儿也挺好的，整个农场除了几百亩地，还有养牛厂、果汁厂、奶酪厂、葡萄酒厂，都是我说了算。我舅舅去年走了。"

马公社说："娘，早知道您那儿地多，春来哥去您那儿种地好了。他跟灯儿姨去俄罗斯租地种，正发愁租金的事呢！"乔月说："赶紧吃，凉了就不好吃了。"

夜已深，万籁俱寂。乔月坐在炕沿上收拾着行李箱，马仁礼靠在被垛闭目养神。乔月从行李箱里拿出一沓美元说："他爹，我走了这么多年，亏欠这个家的，我拿点钱你先用着，不够我回去再给你寄。"马仁礼接过钱用手指搓着说："挺厚啊，要是换成人民币得再厚好几倍，真馋人。这钱我不要，这不是我的钱，我的钱是流一身臭汗赚来的，你这钱上没我的味儿，我不认识它。"

乔月叹口气："他爹，我知道你恨我，当时我让你们跟我一起走你们不跟我走。可人往高处走，水往低处流，有好日子我凭什么不过？我在美国这些年吃多少苦遭多少罪不讲，眼下我是过好了，今儿个我把钱拿出来，就是想让你们也过上好日子。钱你拿着，盖间新房子，不想盖就买点吃喝。"

马仁礼说："我真用不着，儿子不都讲了，我那个厂子的买卖可好，钱是挡不住地往兜里钻啊。再说回来，我就是没钱，就是穷死，也不用假洋鬼子的钱！"乔月说："算了，就当我什么都没说。"

马仁礼说："这钱也不是没地方用，你大儿子正缺钱呢。"说着把钱扔进乔月行李箱里。乔月说："杨春来的事我心里有数。时辰不早了，这地方也没宾馆，我没地方住，要不就住这儿？"

马仁礼故意调侃说："你睡我这儿，万一哪个姑娘看好我，那不得被你搅和黄了？"乔月穿上外衣拉上行李箱走到门口，马仁礼忙说："里屋空着呢。"

乔月望着马仁礼说："晚安。"走进里屋关上了门。马仁礼瘫软在被垛旁，他闭上眼睛，眼泪慢慢淌下来……

乔月坐在炕上，望着屋里的摆设，扯着被头闻着，眼泪也止不住流了下来……

早饭后，牛有草来找马仁礼，正好乔月站在房门口，她的一头金发飘着。牛有草倒退了好几步喊："我的妈呀，什么东西？"乔月说："大胆，是我。"

牛有草打量着乔月："你是乔月？美国就是不一样啊！仁礼呢？"乔月说："说去办点事儿。"

牛有草转身要走，乔月说："我正好要去找你，听说杨春来去俄罗斯租地去了？孩子想自己创业是好事，你得支持。"

牛有草说："这还用你讲，我这把老骨头敲碎了给他我都愿意。"乔月说："我听说租地的钱还不够？"

牛有草充胖子："谁说不够？那俩钱算啥，我身上拔一根汗毛就够他用一辈子的。"乔月认真地说："仁礼都跟我讲了，我这有点钱，你先给杨春来拿着，我回了美国再给他寄。"

牛有草推心置腹道："杨春来是你儿子，也是我儿子，他生下来就没享过亲爹亲娘的热乎气。一晃三十多年，孩子长大了，小的时候咱没尽到心，大了咱得把没尽到的心没出过的力全补上。我咋干是我的事，你咋干是你的事，你要想给孩子尽点心，那就跟他当面讲。"乔月沉默一会儿自己走进屋里。

在这里不受待见，乔月待着也没啥意思，住了几天后，她带着遗憾匆匆回了美国。人在这儿，马仁礼冷嘲热讽；人家走了，马仁礼又觉得心里空了一块儿。他骂自己是贱骨头，不争气，好容易才把心情平复下来。

杨春来的事儿一直揪揪着马仁礼的心，他为了给春来凑租金，把柜子里的存折拿出来，没成想毛手毛脚被牛有草发现。牛有草将存折抢在手中要打开看，马仁礼急了眼往回抢。

牛有草围桌子边跑边说："你还攒不少钱呢，把家底儿都揣身上，想冒什么动静？"马仁礼追着喊："你管不着，赶紧给我，再不给我可跟你翻脸了！"

牛有草逗趣说："这辈子我还真没看过你翻脸是个啥样，来翻几个脸我瞅瞅。"说着递过存折。马仁礼一本正经道："走，跟我取钱去。大胆哪，我这儿还有俩钱，不多不少，你拿去凑租金，厂子千万别动。"

牛有草望着马仁礼眼睛湿润了："仁礼呀，你不说我也明白。你是背着鸡毛掸子走干道，不留脚印的人，没事能把家底儿揣身上吗？咱兄弟这么多年，你一张嘴我就知道你要讲啥话。老伙计，养老钱是命根子，不能动啊，要是把这钱花了我还是人吗？"马仁礼故意说："等你赚了钱还我两倍，我不埋怨。"

牛有草这才说明："仁礼啊，伊万第一年的租金不要了，把地白送给咱们种。我刚开始也不信，可灯儿电话里讲得清楚，我又打电话问伊万，一点儿不假！"马仁礼提醒："咱们也得多留几个心眼，小心上当。"

牛有草说："我是吃啥长大的？老虎下巴拔根毛它也得老老实实！放心吧。仁礼呀，这回可要真刀真枪干一回了！"马仁礼问："怎么，不带我去了？"

牛有草笑道："这地也不用你花钱了，你去干啥？"马仁礼说："这话讲的，弄半天我白跟着忙活了！大胆哪，你不在家，我闷得慌。"

牛有草凑趣："我也没说去啊，我得在家陪你玩呀！灯儿在那儿我还惦记啥，年轻人的事让他们自己张罗，咱们做老一辈的，把钱备好把人备好就行了。"

租金没问题了，杨灯儿就考虑雇人的事。杨春来告诉她，雇用俄罗斯人的比雇中国人便宜，中国雇工要花钱办签证，吃喝拉撒睡都得包。可就是当地人每天只干八个小时，时间一到，就是钉子钉进去一半他们都会停下来走人，你给他们加钱他们都不回来。灯儿赶紧给牛有草打电话，让他们派人过来。这边抓紧盖几间房，给来的人住。

牛有草接到灯儿要人的电话，赶紧和马仁礼商量。两人集合了村民，先由马仁礼讲布拉戈维申斯克是咋回事。马仁礼说："布拉戈维申斯克原来叫海兰泡，是咱中国人的地盘，一百多年前，软弱的清政府与沙俄签订了《中俄瑷珲条约》，海兰泡就成俄国的了！"牛有草接上话说："一句话，咱们的地跑到外国老财手里去了，这口气咱们得出来！眼下，灯儿和杨春来已经在那儿租了地，准备开荒种田，狠狠赚老毛子的钱！你们想赚老毛子的钱就报名，凡是报名的，过年我一家送半头猪！"当时就有许多人报名。

经过严格筛选，确定了出国的村民。这天，麦香村像过年，响器班子吹打着，牛有草敲着鼓，乡亲们纷纷送行。出国的人排着队，高声唱着："雄赳赳气昂昂，跨过黑龙江，租土地种庄稼，有劲儿不怕忙；中华好农民，齐心团结紧，不获丰收决不回家乡！"

村民到达伊万农庄，房子刚刚盖好。节气不等人，大伙儿稍事休息就开始工作。首先是烧荒。夜晚，众村民擎着火把来到野地里。

杨灯儿说："乡亲们，来外国租地不容易，今儿个终于见着亮了。咱们这一把火点上随它烧，烧到哪儿咱就把地开到哪儿！"杨春来举起火把朝地里跑去，众人呼喊着跟上。杨春来抡起胳膊把火把扔向空中，众村民也把火把扔向空中。夜空中，火把飞舞着落到田地里，熊熊大火燃烧起来……

麦花真的把李国庆请来了。李国庆穿一身黑衣，戴着帽子和墨镜。二人在夜幕笼罩下来到仓库前，麦花和李国庆从窗户爬进去。麦花挡上窗帘拉开灯。

小肉包一把握住李国庆的手："兄弟，你可来了，谢谢！"李国庆说："别客气，麦花救过我妹子的命，她的事就是我的事。不过我还不知道能不能弄明白，试试看吧。"

麦花让小肉包看门去。李国庆立即坐在三连机旁摆弄起来，夜深了，李国庆还在专心致志地实验，麦花坐在一旁望着。小肉包走过来说："媳妇，要不你回家睡吧，这儿有我呢。"麦花瞪眼："你过来干什么，把门去！"

小肉包笑着："我不是怕你累着孩子嘛！"麦花一挥手："去去去，乱搅和什么。"小肉包笑了笑走了。

牛有草来到麦花家院外，看到屋里一片漆黑。他转身刚要走，想了想又站住，喊了几声麦花，没人搭言。他敲敲院门，还是没人搭言。牛有草满腹疑惑地走进面粉厂门口，问打更的鲁老四有没有什么动静。鲁老四说耗子叽叽喳喳的，吵得睡不着觉，得养只猫。牛有草朝院子里走，鲁老四跟着。

小肉包坐在仓库门口打瞌睡，牛有草和鲁老四朝小肉包所在的仓库走来。小肉包猛然惊醒，他透过门缝看到外面出现紧急情况，抬手拉熄屋里的灯。麦花和李国庆赶紧用布盖上三连机，然后悄悄爬出窗户。小肉包跑到窗口，麦花和李国庆把小肉包拉上来。牛有草在仓库门口让鲁老四把门打开，鲁老四要打开门，却忘了拿钥匙，他赶紧去拿钥匙，牛有草却不吭声走了。

麦花、小肉包和李国庆悄悄望着牛有草远去的背影，三人又从窗户爬进去。天快亮的时候，李国庆操作着三连机，三连机运转正常，排发展现出来。麦花接过排发条抻着欣喜地说："成功了!"

天蒙蒙亮，麦花和小肉包送李国庆去住处，在回家的路上，忽然发现前面不远处，牛有草坐在路边的树墩上。小肉包吓得腿一软，麦花扶住小肉包。

小肉包说："媳妇，怎……怎么办？咱们赶紧跑吧！"麦花说："跑了和尚跑不了庙，走！"二人朝牛有草走去。

牛有草坐在路边的树墩上低头不语，麦花和小肉包走过来。牛有草突然伸了个懒腰："这觉睡得真香啊!"麦花说："爹，您怎么起得这么早啊？"牛有草拖着怪腔："我起得再早也没你们起得早啊。"

麦花扯谎："爹，我俩出来遛遛弯。""年轻人就是有精神头，整宿不睡觉，跟没事一样。回去睡吧，睡足了咱爷俩慢慢拉呱。"牛有草说着站起身走了。

麦花思忖再三，向她爹坦白了偷干假发的事，并领着爹到仓库看三连机。牛有草围着三连机转，麦花在一旁望着牛有草说："爹，我该说的都说了，我知道这事您不赞成……"牛有草说："我不赞成的事你不也干了?!"

麦花央求道："爹，不管怎么讲，我干的都是正事。三连机已经研究出来了，您就让我放开手脚干吧。"牛有草吼道："干个屁，这东西是咱爷们儿舞弄得了的吗？你也不掂量掂量，自己有几斤几两!"

麦花说："爹，我都多大了，我就不能自己琢磨点事吗？"牛有草大声训斥着："你是不是以为自己翅膀硬了，想冲爹膀子扑棱扑棱，告诉你，有你爹在，轮不到你扑棱！全村几百双眼睛瞅着咱们呢，几百张嘴都等着咱们呢，咱们要是干砸赔钱了，你能担得起吗？眼下，面粉厂、养猪场效益都不错，一颗麦子做文章才开头，你想干就围着麦子转，你可倒好，打上假发的主意了，你保证能支巴起来不赔钱吗？"

麦花不服气："爹，我哥出国租地种更不靠谱，可您拼命擎着他，又出钱又出力，轮到我您一个不行，两个不行，处处挡着，您这不是偏心眼吗？"

"你哥没离开地!"牛有草望着麦花，他一把抓住三连机的台板，使劲掀，没掀动，他抄起一根顶门棍砸三连机。麦花一下趴在三连机上，顶门棍眼看就要砸在麦花背上，小肉包猛地扑到麦花身上，替麦花挨了一棍。

牛有草喊："都给我起来!"麦花推开小肉包，仍然趴在三连机上说："我不起来！你要砸三连机，就先砸死我！"

"翻天了，今儿个我就打死你！"牛有草吼着又抡起顶门棍。小肉包再次趴在麦花身上说："爹，你要打就打我，我肉厚，扛打。"麦花使劲儿推小肉包，小肉包就是不起来。

牛有草扔下顶门棍转身走了。小肉包扶起麦花，她望着牛有草的背影，高声喊："爹——"牛有草站住了。麦花跪在地上尽情诉说着："爹，我明白，您一心护着我，怕我把买卖干砸赔钱冷了乡亲们的心。您就没想想，您护我一时，能护我一辈子吗？爹，这些年我在您的翅膀下躲着，不怕风不怕雨，天大的事我都不担心，因为有您擎着。现在我不小了，不能在您的翅膀下活一辈子，我要自己闯出一条路，我要自己干点事出来，我要让乡亲们看看，您牛有草的闺女不是跟屁虫，不是吃干饭的！我去青岛假发厂，人家根本瞧不起咱们，说咱们农民只能靠地过日子。我不服气，就要让他们看看，咱们农民也能干离了地的事！"麦花说着眼泪流淌下来。

牛有草背对着麦花问："你到底怀没怀孩子？"麦花沉默着，牛有草站了好久才走。小肉包扶起麦花说："媳妇，你的骨头真硬！""你的骨头也不软啊。"麦花说着瘫倒在小肉包怀里。

小肉包被折腾得有些怕了，问麦花："媳妇，这弄假发的事儿，咱还干吗？"麦花坚定地说："为什么不干？咱爹什么都没说，那就是默许了。"

小肉包笑着："这回好了，咱们就甩膀子拉开架势干吧。媳妇，最关键的一步弄明白，看来这买卖是时候了。"麦花说："我这两天又研究了一下，假发制作有二十多道工序，像开料、整毛、档发、排发、截发、洗水、插发、卷发、烘发，一直到头皮制作再到做发型，总之难度不小，光靠咱们还整不明白。"

小肉包说："什么事要干就得抓紧，不能光说不练，拖久就没劲儿了。要不先开工，见着亮了再说。"麦花信心十足："对，咱一边做排发，一边寻摸下一步，等第一批货出来，咱们拿着去青岛展扬展扬，让那个厂长看看，咱们农民是不是干这事的料，弄不好人家一高兴，就帮着咱们把假发厂支巴起来了。"

第二十章

马上就要开始生产了，杨灯儿和杨春来向伊万租拖拉机和其他农具。伊万热情地说："我们是好朋友，什么都好说，这事就包在我身上。我有的农具肯定租给你们，没有的，我去帮你们找。"

杨春来拿出一份清单递给伊万，他接过清单在计算器上"嘀嘀嘀"狂按了一通，将计算好的价格报给杨春来。杨春来看后神色凝重，把计算器递给娘，杨灯儿看后倒吸一口凉气说，算了，撤吧。

回到自家屋里，杨春来抱怨说，这个伊万眼里只有钱，简直就是狮子大开口，太黑了。杨灯儿想了想说，咱这么多人，吃喝拉撒要花钱，还要花大价钱租拖拉机和农具，手里的钱不够啊！杨春来说，拖拉机太贵，那就租耕牛。杨灯儿摇摇头，伊万张大嘴就等着狠狠咬咱一口呢，看着架势，租啥都不少花钱。杨春来挠挠头说，要不让家里发一批农具过来？杨灯儿说，等农具发来，播种期也过了，这一年就歇着了。人家让咱白用一年的地，咱不能歇啊。杨春来想当然地说，那就买新的。杨灯儿说，不花那钱。料理了一辈子地，咱啥地没拾掇过？俺就不信整不了脚下这块地。

翌日，伊万和尼娜正在吃早饭，心情颇为愉悦。自从中国人来这儿租地，荒凉寂静的农庄一下子就热闹起来，伊万的钱包自然也鼓起来。杨灯儿与杨春来敲门进来，还是找伊万谈农具的事儿。伊万耸耸肩说："很抱歉，你们拿不出租金，我就不能白白把农具给你们用。"杨灯儿说："我们不租拖拉机，就租一些简单的农具。"伊万摇摇头说："除了拖拉机，其他农具不值钱，要租就一起租，我是不会分开出租的。"

尼娜看到杨春来有点为难，就说："爸爸，仓库里有闲着不用的农具，您就租

329

给他们吧，不要太吝啬了。"伊万说："不吝啬你能吃上美味的香肠吗?"

尼娜不高兴了："我用香肠换农具行吗?"伊万笑着说："好吧，就按我的宝贝女儿说的办。"

可是，租来的农具又锈又钝，破烂不堪，大家伙儿拿着觉得没法用。杨灯儿打气说："这些家什也不是不能用，各位乡亲，想赚钱就得豁出去，来了就得干出个模样来! 等把地种好赚钱咱就舒坦了。"说着她扶起犁，杨春来背起犁绳，二人朝地里走去。乡亲们互相看看，也都拿起农具开始埋头干活。

不远处，尼娜骑在马上，望着这群能吃苦耐劳，却不好理解的中国人若有所思。她心里喜欢上脾气倔强的杨春来，不忍心见他受苦，就骑着马过来说："杨，我的马可以帮你犁地。"杨春来板着脸说："我没钱。"尼娜翻身下马，从杨春来那里抢过拉犁的绳子套在马上，吆喝一声，催促着马儿犁地。杨春来怔怔地看着，内心一阵暖暖的。

黄昏，娘俩筋疲力尽地回到屋里，春来皱着眉头脱掉上衣，杨灯儿见他肩头磨得一片血红，叹了一口气说："孩子，你没干过这活儿，小肩膀头太嫩哪。你是没看过你爹那肩膀头子，小手指头粗细的沟，那硬是磨出来的。"

杨春来问："娘，那得犁多少地啊?"

杨灯儿说："一辈子啊。"

杨灯儿用毛巾蘸水给春来擦着肩头的瘀伤，疼得他倒吸凉气。杨灯儿说："忍着点儿，擦干净晾晾就好了。"

这时，尼娜敲敲门进来，把药水和纱布塞进杨灯儿手里，没说话转身就走。杨灯儿给春来涂着药水说："尼娜这姑娘模样长得俊，人也不错，娘挺喜欢。"杨春来笑着说："娘，你没看到她们老的时候，一个个胖得跟小猪似的。"

灯儿说："胖点好，旺夫啊。儿子，我看尼娜对你有意思。你已经三十多岁，该成家了。"杨春来摇头说："您别乱想了，我不稀罕她。"

春天转眼过去，夏季的布拉戈维申斯克田野一片翠绿，生机勃勃。风拂动着白桦林，美得像是一幅油画。

在杨灯儿和春来的带领下，大家伙儿盖起了一排气派的新房。房梁上，挂着一块匾，上面罩着红布。村民和附近的俄罗斯农民围着新房看揭匾，他们既兴奋又好奇。杨春来兴高采烈地喊："娘，揭匾吧!"

杨灯儿问："咦，怎么没挂鞭炮呢?"

杨春来笑着说："俄罗斯没这规矩。"

杨灯儿有些遗憾地说："唉，真想让这帮老毛子听听咱中国人的动静。"

杨春来说："娘，这事先攒着，等有机会，咱弄个几万响的过来。"

杨灯儿和春来用木杆挑掉红布，"麦香农庄"四个大字显露出来。村民一起鼓掌欢呼，他们安了"家"，算是站稳脚跟了。

中国人天生就是种地的好手，同样一块土地，俄罗斯人种蔬菜产量低，种类也单调，到了中国农民手里，什么番茄、甘蓝、胡萝卜、红甜菜等种下去就长势喜人。

这天，杨灯儿领着一群乡亲在田地里锄草，尼娜拎着锄头朝她走来问："我该怎么称呼您呢？"杨灯儿说："叫我灯儿姨就行。"

尼娜认真地说："灯儿姨，我可以跟您一起锄草吗？我自愿的，不用给工钱。"她边锄草边问，"你们国家没有地种吗？为什么到我们这儿种地？"灯儿笑着说："这事你得问我儿子，我儿子说去哪儿，我就跟着去哪儿。"

尼娜一连串地发问："您儿子去哪里了？他什么时候回来？他不会回国了吧？他结婚了吗？他喜欢什么样的女孩？"灯儿直起腰笑道："你到底是帮我干活来了，还是拉呱来了？"

尼娜眨巴着眼睛又问："什么叫拉呱？"灯儿说："就是说话。"尼娜点点头笑了，说很喜欢和杨灯儿拉呱。

晚上，杨灯儿正收拾被褥，尼娜敲敲门端着一盘水果走进来："灯儿姨，这些水果是送您的。"灯儿笑嘻嘻地说："孩子，你不光是给灯儿姨送水果吧？有心里话就跟灯儿姨讲，灯儿姨能帮上忙的肯定帮你。"

尼娜大方地说："灯儿姨，我觉得杨春来挺好的，他能喜欢我吗？"灯儿拉着尼娜的手："你这点心思灯儿姨早就看出来了，你放心，灯儿姨给你做主。你是个好姑娘，他会喜欢的。"

爱情这东西，只要萌了芽，就要生长。几天没见着杨春来，尼娜心里像是着了火，等得心焦，她又跑来问杨灯儿："灯儿姨，杨春来怎么还没回来？难道出事了？"灯儿忙说："尼娜，你赶紧呸呸呸几声！"

尼娜不明白地问："为什么要呸呸呸？"灯儿说："讲了不吉利的话就得呸呸呸。"尼娜赶紧说："呸呸呸。"灯儿点点头："这才像我的好儿媳妇。"

众人弯着腰正在绿油油的番茄地里除草，远处传来轰隆隆的马达声，一辆绿色的装甲车由远及近，车顶上的小炮台在旋转。杨灯儿与乡亲们吃了一惊，正满脸诧异，杨春来从装甲车里冒出头，他戴着风镜高声喊："娘，我回来了！"杨灯儿皱着眉头问："儿子，你怎么弄了一个铁疙瘩回来？"杨春来狡黠地一笑："娘，我饿死了，回去再说。"

回到"麦香农庄"，杨春来一边洗脸一边说："边境处理一批前苏联军用设备，价格相当低，咱们要是钱多，多买几台回来。这东西马力老大，犁地、拉货，干什么都行。就是没用了，运回国去当废铜烂铁卖都能赚钱。"杨灯儿问："这东西是打仗用的，人家能让咱们用吗?"

"炮筒都拆了，一个空铁壳子加发动机，打不了仗，您就放心吧。"杨春来说着，从水果盘里抓起一个苹果吃。杨灯儿笑道："这是尼娜送的。孩子，你还看不出来吗? 姑娘总替咱们说好话，还帮咱们开荒，人家是喜欢你了! 尼娜这孩子不错，娘相中了。你也老大不小，不能再等，差不多就行了。娘给你做主，这事就定了!"

杨春来咔嚓咔嚓大口吃着苹果，没有吱声，他心里有主意。

自打刁老三说他们那儿南井村老井头家有一年四季都能开花的玫瑰苗，马公社就动了心思，暗下决心一定要将这种玫瑰苗弄到手。刁老三提醒说，这老井头为人古怪，肯不肯卖玫瑰苗，就要看你们的造化了。

马公社心气高，性子急，马不停蹄地赶往玫瑰镇南井村，没费啥气力就找到了老井头的家。井老头果然是个怪人，一见马公社就冷言冷语，啥都不问，劈头就是一句："不卖玫瑰苗。"说着就要关院门。

马公社急忙喊："井大叔，我不是来买玫瑰苗，我渴了，想讨碗水喝。"老井头让马公社等着，过一会儿递出一碗水。马公社喝完水说："谢谢。大叔我饿了，能给个馒头吃吗?"老井头想了想，又进屋拿了一个馒头递给他，马公社接过馒头咬了一口说，"大叔，能给我抹点玫瑰酱吗?"

老井头皱眉问："年轻人，你到底想干什么?"马公社这才说实话："大叔，我知道您玫瑰种的好，您手里有好苗，能卖给我点玫瑰苗吗?"

老井头不悦地说："给你交个底儿，我这确实有好苗，不卖，留着自己看。"马公社笑着说："天下还有睄着钱不赚的人?""我就睄着钱不赚，怎么了?"老井头说着气哼哼地关上院门。

马公社吃了闭门羹，在老井头家的院门外坐下来，苦思冥想怎样才能打动这个古怪的老头。日头西斜，晚霞灿烂，村人扛着农具回家，各家屋顶升起袅袅的炊烟，一幅"农夫荷锄至，相见语依依"的乡村生活画卷。

老井头从院里走出来，见马公社还坐在院门口，吓了一跳，神色不悦地问："你怎么还不走?"马公社恳请说："井大叔，您就卖给我点玫瑰苗吧，我大老远来不容易，要是手里玫瑰苗少我就买几株，您随便开价。""不卖就不卖。"老井头扭头回去，关上了院门。

马公社没辙了，叹了一口气说："我怎么净遇到这样的人儿呢? 算了，不卖拉倒。"马公社垂头丧气地到马路边等客车，上了客车他心犹不甘地想，这个井老头实在不通人情世故，哼，绝不能白跑一趟。客车刚开出去没多远，马公社急忙叫司机停车。售票员高声说："下车可以，票钱可不退啊。"马公社摆摆手，跳下客车。

夜晚，马公社出现在老井头家附近，他蹑手蹑脚来到门口朝院里望，屋里透出昏黄的灯光。马公社刚要翻上板障子，院里传来狗叫声，他赶紧蹲下。老井头从屋里走出来，四处望了一会儿转身进屋了。

马公社拿着一根套绳朝院里望着，屋里关灯了，他悄悄朝院里的玫瑰苗甩出绳套。好，绳套套在玫瑰苗上了，他赶紧拽绳套，把玫瑰苗连根拔起拽出来。狗汪汪汪又叫了，屋里亮起了灯，马公社拿着玫瑰苗转身就跑。

马公社连气都顾不上喘，连夜拦车往家赶。

马仁礼见儿子不辱使命，尽管买的玫瑰苗少了点儿，还是高兴地请刁老三来瞅瞅。马仁礼问："刁师傅，是这个品种吗？"刁老三点点头说："不错，有了这几株苗垫底儿，不愁种不出满地的玫瑰花来。"

马仁礼说："太好了，儿子，你去买点熟食，再打二斤酒，今儿个咱们得乐和乐和。"刁老三拿着玫瑰苗仔细看着问："孩子，这苗真是买的？"

马公社硬着头皮说："是呀，人家不卖啊，我好说歹说，嘴皮子都快磨破了，人家才卖给我这么几株。"说完赶紧去打酒。

刁老三对马仁礼说："苗是好苗，来路不正啊。马厂长，我先回去了。"

马公社买酒菜回来说："爹，您怎么把刁大叔放走了？咱们得敬人家两杯酒，感谢人家啊！"马仁礼说："你刁大叔说心里堵，不吃了。你赶紧吃，吃饱了好说话。"

马公社端起酒杯："爹，我敬您一杯。"马仁礼板着脸："这酒得我敬你啊。儿子，你一路辛苦了。"

马公社奇怪道："爹，您说的什么话，这不都是我该做的吗？""什么是你不该做的？"马仁礼甩手摔了杯子，"玫瑰苗哪儿来的？说，到底怎么回事？"

马公社只好说："爹，您别发火，那个老井头死活不卖苗，给多少钱都不卖，最后把我逼急了……"马仁礼猛地抽了儿子一个耳光，骂道："刁师傅说得没错，那苗儿身上有绳子勒的印子，是活生生从土里拽出来的。小兔崽子，你还学会偷了，看我不打死你！"说着一把抓住马公社的衣领子，又抡起巴掌。

马公社恳求说："爹，你打死我也是偷了，我给他还回去，还不行吗？"马仁礼指着儿子训斥："我告诉你，咱们就是不做这买卖，旁人也挑不出毛病。你要是为了做买卖偷人家的东西，那这买卖一上手就臭了，不管你怎么干都有臭味儿，赚的钱也是臭钱！"

马公社知道错了，他带着那几株玫瑰苗敲开了老井头家的门，满脸羞愧地低头站在老井头面前。老井头拿起玫瑰苗说："走吧，去派出所。"马公社老老实实地跟着井老汉走出去。老井头走到院子里，把那几株玫瑰苗埋在土里栽好。马公社也帮着栽苗。老井头问:"没带点换洗的衣裳?"马公社摇摇头说:"没带。"老井头说:"你偷了我的玫瑰苗又把苗还回来,罪轻了不少,估计在里面待不长。"马公社无言以对,只好沉默不语。

老井头和马公社走到院门口,马公社说:"井大叔,我一时糊涂做了错事,这罪我认了。可认罪归认罪,我还想跟您商量个事儿,等我出来了,您能不能卖我几株玫瑰苗?就惦记您家的苗了。"老井头没言语,径直往前走。

马仁礼心疼儿子,悄悄地跟在后面,远远地望着老井头和马公社。

两人走了一段路,老井头看了看马公社,摇摇头返身往回走,马公社愣了一下,忙紧随其后。老井头回到屋里,坐在椅子上抽烟袋锅,马公社像孙子一样低声下气。老井头放缓语气问:"怎么不坐呢?"马公社说:"不是要去派出所吗?不坐了。"

老井头说:"算了,你回家吧。"马公社问:"那咱们的官司……"

这时,马仁礼敲敲门走进说:"犯了错就得受罚,这官司哪能说了就了!井师傅,您好啊,我叫马仁礼,是孩子他爹。常言道,子不教父之过,孩子犯错,当爹的脱不了责任。井师傅,我给您道歉,孩子交给您,您怎么处置我不说二话。"

老井头说:"算了,孩子你领回去,想打想骂是你的事,我管不着。"马仁礼说:"天下有这么大肚量的人,我真开眼了。儿子,给你井大叔跪下!"

马公社刚要跪,老井头一把拽住他:"这是干什么?算了,这事了了。""井师傅,我儿子犯错在先,您不计前嫌,这个恩情我不能不报,今儿个我得请您喝顿酒,这个面子您可不能不给我。"马仁礼从包里拿出一瓶酒,"千里送鹅毛,礼轻情义重,井师傅,这酒可比鹅毛重啊。"

老井头望着马仁礼点头道:"看来你不是个平常人儿。"

老井头、马仁礼、马公社坐在炕上喝酒。马仁礼举杯:"井师傅,这杯酒我敬您。我打心眼里谢谢您。"老井头笑着:"人活一辈子,谁没个马高镫短,年轻人一时心急做了点错事,知道错就行了,还非揪着不放吗?"

马仁礼伸大拇指:"井师傅,您真是个敞亮人!"老井头摆手:"我可不敞亮,敞亮你儿子就用不着偷苗了。"

马仁礼说:"井师傅,我不明白,您手里掐着好苗,为什么不卖钱呢?"老井头喝了一杯酒说:"说来话长。苗是好苗,可它伤了我的心。前几年,我带着一个小徒弟一门心思研究玫瑰苗,贪黑起早,风雨不误,到底弄出来眼下这个好品种。可知人知面不知心,那小徒弟是个财迷,他趁我没留神,带着我的玫瑰苗跑了,一跑就没了影儿。"老井头猛灌一口酒,"我就琢磨,为了钱连人味儿都没了吗?连师徒情分都不要了吗?从那以后我就狠了心,这玫瑰我自己种自己玩,给多少钱都不卖。"

马仁礼趁热打铁说："井师傅，我也交个底儿。我是个老农民，是麦香岭麦香西村的村长，在村里建了饲料厂，生意还不错。前段日子，我儿子琢磨出种玫瑰的道儿，孩子有想法，有干劲儿，当爹的得赞成。我就让他放开手脚大胆干，一是给孩子撑腰提气，再就是如果这买卖能干好，赚钱了，乡亲们的兜里能更宽绰，日子能更好过。玫瑰的品种不少，您的苗最好，我们要种当然想种最好的。可您心里有苦衷，我们不能疼您的心。我们就是来给您赔礼道歉，其他的事不讲了。"老井头望着马仁礼点头道："不说了，喝酒吧。"

酒喝好了，话谈透了，事儿还是没办成。老井头送父子俩出了院门说："我就不远送了。"马仁礼真诚地说："井师傅，谢谢啦。咱们后会有期。"老井头摆了摆手，目送这爷俩远去，关上了院门。

马家爷俩在街边一边走一边聊，马公社说："爹，咱们到底还是没弄着苗，回去可怎么办？"马仁礼说："想做成事得靠天时地利人和，缺一不可。回去跟你刁大叔商量商量，实在不行先放放再说。"

爷俩走到村口等客车，却见老井头拎着一个报纸卷站在那里，很是纳闷儿。老井头把报纸卷递给马公社说："拿着吧。"马公社接过报纸卷展开，里面是几株玫瑰苗，既惊又喜。马仁礼诧异地问："井师傅，您这是……"

老井头说："你们爷俩要是不来，这苗丢就丢了，还能找回来吗？你们仗义，我不能不仗义，就为仗义这两个字，苗送给你们。好好种，保你亏不着。"

马仁礼感动得不知说啥好，望着老井头走远，喃喃低语："真是个敞亮人哪。"

有了好的玫瑰苗，刁老三也来了劲头，他没事儿就待在塑料大棚里培育玫瑰苗。马仁礼是个谦虚好学的人，他蹲在一旁观摩，感叹地说："刁师傅，我没事也翻翻书，玫瑰育苗的技术可不简单啊！"刁老三笑道："简单了还用我来吗？玫瑰一般来说是一月育苗，二月萌芽，三月展叶，四月现蕾，五月花开。眼下咱们这苗育的有点晚了，可也不怕，这个……说多了你也不懂，等苗育好移栽到地里，我保证到了夏天，能让你看到满地的大玫瑰花！"

马仁礼高兴地道："刁师傅，有你这话我就放心了。来，坐下喝点水，晌午想吃点什么只管说，我给你备着。"刁老三说："别的不要，二两酒就行。"

牛有草听村民小转儿说，马仁礼在折腾大事儿呢，忍不住好奇来瞅瞅。他一进塑料大棚就嚷嚷："躲在大棚里嘀咕啥呢？种起玫瑰花了，这事儿够新鲜的。仁礼啊，我真没想到，你老了老了还玩上花儿了。我算明白你是啥心了，花心！"马仁礼反击说："你还有脸说我花心，这辈子我就娶一个媳妇还跑了，你倒好，三个女人围着你转，咱俩谁花心？"牛有草望着马仁礼说不出话来。

马仁礼得意了："怎么样？一句话就给你憋住了吧！话说回来，谁说老了就不能玩花儿？你老了还玩假发呢！"牛有草这才说："人一辈子吃多少饼子不知道，可几斤几两得清楚。小崽子胡折腾，当老人的也跟着胡折腾吗？我看你是赚了俩钱儿，吃几年饱饭就坐不住了，摸着肚子净琢磨不着边的事！"

马仁礼嘲讽道："孩子琢磨正事，当爹的就得托着擎着，不能像有些人，孩子一说干点什么就横挑鼻子竖挑眼，这不行那不行，到头来孩子把事也干了，自己倒气得晕头转向，屁都放不出来。"牛有草说："话讲多了没用，赚到钱才是真本事。啥时候送我几朵花玩玩？"

马仁礼说："咱俩是啥交情？送花礼薄了，怎么的也得送你点玫瑰精油，没事你搽点醒醒脑子。"牛有草问："啥油？能炒菜吗？"

马仁礼说："能，就怕你吃不起。"牛有草说："那我得留着命等着。"

不管马仁礼和牛有草怎么斗嘴，怎样比着来，玫瑰花经过刁老三等人的精心管理，玫瑰秧的枝头结满了花蕾。马仁礼、马公社、刁老三和众村民站在地头看着，都是满心欢喜。花香自有蜂蝶来，南方的几个花商来到麦香西村玫瑰地里来看玫瑰，低声嘀嘀咕咕谈论行市。

马仁礼说："大伙儿看了半天，有话尽管直说。"一个大胡子花商说："马厂长，这玫瑰是好玫瑰，品相非常好，到我们南方销售不是问题。可从你们这儿到我们那儿道儿不近，玫瑰娇贵，要是保鲜出了问题责任谁负啊？"马公社说："玫瑰保鲜是你们的事，你们要收，咱们就一手交钱，一手交货。"

另一个形容清瘦的花商说："这话不在理，你们这儿交通不便利，到我们那儿少说也得十天半月，难保鲜花不出问题，出了问题我们可负不起责任。"

马公社争辩说："当初你们怎么不讲这话？眼下花要开了，你们说怎么办？"大胡子花商说："要不你们就在当地卖吧。"

马公社生气道："要是当地好卖，我找你们干什么？"马仁礼赶忙打圆场："公社你少说两句。你们来一趟不容易，就在我这儿住几天，我好吃好喝备着。等我们再研究研究，看看还能不能有别的法子。"

忙活到现在，百密一疏，想不到运输成了问题。马仁礼、马公社、刁老三一起研究对策。马仁礼说："实在不行，咱们自己花钱运一趟试试。刁师傅，玫瑰花保鲜有什么好法子？"刁老三说："难就难在保鲜上，运道儿远了没什么好法子。"

马公社提议说："爹，要不咱们就在当地卖，卖点是点，总比亏着强。"刁老三出主意说："要是把玫瑰花蕾烘干了，方便保存不讲，弄不好是条出路，花蕾泡茶、入药都是好东西，说难也不难，造台烘干机就行了。"

马仁礼高兴地说："天无绝人之路！还是刁师傅见多识广，就这么办！"

马家的玫瑰花生意有了起色，牛家的假发厂也步入正轨，赶上了好时候，他们发家致富谁都不肯落后。牛有草遭受了马仁礼的一番奚落，心里跟他飙着劲儿，溜溜达达来到闺女的假发厂视察。只见工厂里成排的三连机忙碌着，发出嗒嗒嗒的声音，姑娘们在机器前坐着，做出来的排发条跟青岛那家假发厂的一模一样。

麦花一见牛有草进来，就迎上去说："爹，我正想找您呢。排发条生产出来了，我和肉包打算去青岛交货。"牛有草冷着脸拿起一个排发条看着说："这事不用跟我讲，讲我也管不了，你们自己折腾去吧。"说完，他将排发条扔到一边儿，转身走了。

麦花就没指望爹能支持她，她也是不服输的性格，非要干出点儿名堂不可。小肉包全听媳妇的，指哪儿打哪儿，夫妻俩当即带着产品坐车赶赴青岛。

一路上颠簸辛苦自不待言，他俩信心满满地来到假发厂厂长的办公室，小肉包从包装箱里拿出排发条，厂长看后沉思良久问："你们这手艺从哪儿学的？"麦花说："自己琢磨的。"

厂长满腹狐疑地问："真是自己琢磨的？看来三连机对你们不是秘密了。"麦花谦虚道："厂长，光有三连机没用，后面的那些还得靠您点化啊！"

厂长皱着眉头说："最难的一步你们都琢磨出来了，还叫我点化什么？"麦花说出打算："厂长，讲句老实话，我们要干就干大的，边角废料的事我们不干。虽然咱们是一个行当的，可也不一定就是冤家。这样行不行，你出技术，我提供场地，我那儿就是你的一个分厂，你领导我，咱们一块儿干，一块儿发财。"

厂长心里很不痛快，暗想，还说同行不是冤家，现在筷子已经伸到碗里来夹肉了，将来指不定还要蛇吞象呢。他沉着脸说："本来我只想让你们做档发，可你们做出了排发，这事我管不着，算你们聪明。可要想跟我合作，你就只能做到档发这一步，再往下干咱们合作不了。假发技术水平要求高，你们农民就别琢磨了，也琢磨不明白。"

小肉包不服地争辩："厂长，您这话不在理，我们农民就不能做假发吗？您这是看不起我们。"厂长不耐烦地说："你们愿意怎么想就怎么想，我还得去开会，失陪了。当初我说让你们做档发，你们却拿来排发条，这东西我不收！"

小肉包生气地质问："我们的排发条在您这儿质量合格吗？既然合格，那就是好东西，为什么不收？"厂长板着脸说："不收就不收，赶紧拿走。"

两口子满脸无奈地带着一箱排发条出了假发厂，小肉包说："那个厂长是明摆着欺负咱们！"麦花说："他瞧不起咱们，不带咱们玩，咱们自己玩，回去琢磨法子，非做出假发让他瞧瞧！"

小肉包发愁道："媳妇，咱们刚把排发研究明白，后面的工序多着呢，你能弄明白?"麦花只好说:"这一步迈出来收不回去了,咱们要是撂挑子不干,给咱们农民丢脸不讲,就是咱爹那儿,咱也抬不起头!"

麦花想了想,只能再次去请李国庆,希望他能来帮忙。李国庆为难地说,他家在青岛,不能来他们那儿。见麦花夫妇满脸失望,李国庆介绍了他的师傅。他师傅现在退休了,要是能把他师傅请来,什么事都不用愁了。麦花一听满脸喜色,李国庆提醒说,找他师傅的人不少,可没一个人能请动的,他师傅说累了一辈子,退休了该好好歇歇,不想动了。麦花夫妇的心忽悠一沉,像是掉进了冰窟窿。

牛有草知道麦花到青岛碰了钉子,就过来安慰道:"闺女,我弄了两条大鲤鱼,今晚炖上,再炒几个菜,你们来家吃吧。小沟儿小坎儿不算啥,咱们就当出门碰了头,脑袋撞个包,揉揉就好了。你们想干点啥,爹这有的是买卖,麦秸能造纸,纸能做包装箱,你们就围着麦子做文章吧。"

傍晚,饭桌上摆了好几个菜,牛有草坐在饭桌前不时朝窗外望。小肉包走进来怏怏地说:"麦花去青岛请人了,爹,咱还吃吗?"牛有草一挥手:"吃,有她没她一样吃。来,你给我使劲儿吃,这桌菜全归你了!"

马家父子弄来了烘干机,刁老三喜上眉梢,立刻按流程操作。烘干机运转起来,发出轰隆隆的声音,玫瑰花芳香四溢,旁边堆着烘干的玫瑰花蕾。俗话说,不怕人偷,不怕人抢,就人惦记。牛有草啥都不怕,就怕输给马仁礼,这不,他惦记着马家的玫瑰花买卖,又跑来瞅。牛有草打量着烘干机问刁老三:"兄弟,种玫瑰真能赚钱?"刁老三说:"前些年不赚钱,现在日子好了,玫瑰这行当也抬头了,后面的路长着呢。"

牛有草抓起一把玫瑰干花蕾闻了闻,芳香沁人心脾。马仁礼走过来喊:"我这东西可金贵,准看不准摸。"牛有草说:"是金子是银子啊,还不让摸?马厂长,啥时候送我玫瑰油啊?我等着下锅炒菜呢。"马仁礼说:"等着吧,到时候我给你放棺材里。"

这时候,小肉包跑过来喊:"爹,找您半天了,原来您在这儿。回来了。"牛有草问:"谁回来了?"小肉包使了个眼色,牛有草恍然大悟,点点头说:"啊,走,回家吃饭。"

马仁礼告诉刁老三,南方来信了,说收他们的干花蕾。刁老三挺高兴:"能卖出去我这心就落底儿了,苦点儿、累点儿就不算啥啦。"

小山一样的玫瑰干花蕾堆放在仓库里,马仁礼看着心里暖暖的,他端起茶杯喝刁老三配制的玫瑰花茶。刁老三盯着他的脸问:"味儿怎么样?"马仁礼品了一口说:"真香啊。"

这时，马公社兴冲冲进来喊："爹，订金打过来了！"马仁礼心里高兴，却不动声色地说："尝尝这茶，刁师傅配制的。"马公社端起来就喝，边喝边说："爹，麦花的假发买卖能干成，也就三个厂子。咱们要是把玫瑰弄好了，能建玫瑰花厂、玫瑰酒厂、玫瑰酱厂、玫瑰油厂，可比他们强多了。"马仁礼提醒儿子："那都是后话，别想一口吃个胖子，肉得慢慢长！"

麦花去青岛请李国庆的师傅碰了软钉子，刚刚回来。牛有草细问情况，麦花说："人家退休了，在家打打太极拳，哄哄孙子，不想出来挨累。等过两天我再请他去。"牛有草不悦地说："咋还没完没了？假发那东西咱干不了，一没人，二没手艺。摆在眼前的赚钱道儿你不走，非得找出力不讨好的买卖干，图啥呢？"

麦花说："爹，我心里憋着一口气，咱农民就得天天围着地头转吗？人家本来就瞧不起咱们，咱们要是低头认了，那真让人家瞧不起！"

牛有草见劝不动女儿，闷闷地走出屋，小肉包忙跟出来说宽慰话："爹，麦花心里憋屈，说出来就畅快了，您千万别生气。您闺女比您还拧啊。"牛有草叹了一口气："麦花要是还去请人，你提前告诉我。"

牛有草到底没忍住，还是跟麦花去青岛请人了。

许多老年人在公园里打太极拳。麦花一指说："那个瘦高挑的就是孔师傅，他是功夫迷，天天在这儿练。"牛有草蛮有信心地说："等明儿个我跟他过过招儿，就是五指山的孙猴子，我也得把他拽出来！"

夜晚，牛有草在旅馆房间里背着手来回转悠，不时伸手比画。麦花推门进来说："爹，刚出锅的包子，趁热吃。"她给牛有草倒水，"爹，我真没想到您能来，您不是不赞成我干假发吗？"牛有草说："不赞成归不赞成，可谁瞧不起我闺女，就是瞧不起我，打仗亲兄弟，上阵父子兵，这仗爹跟你一起打。"他说着，拿起包子，大口吃起来。麦花看着头发花白、满脸皱纹的老爹，一股暖流流过心间，眼睛湿润了。

第二天早晨，牛有草大模大样地来到公园，他看孔师傅打了一会儿太极拳，就走到他旁边比画起来。孔师傅收住招式，打量着牛有草问："您这是什么套路？"牛有草一本正经地说："我这是牛家十三式。"

孔师傅很感兴趣地问："牛家十三式怎么讲呢？"牛有草比画着说："这叫翻，这叫锄，这叫割，这叫撒，这叫挖……"

孔师傅点着头："有点意思。"牛有草问："怎么，你想学学？"

孔师傅反问："你能教我？"牛有草挺大气地说："这有啥不能教的，你跟我学，我跟你学，谁也不吃亏。"孔师傅学着牛有草的招式练起来。

练完功，牛有草和孔师傅从公园出来。孔师傅说："你这套拳法还真累人。"牛有草说："我要是把绝招亮出来，那才累人呢。"说着和孔师傅握手。

孔师傅惊奇道："你的手掌这么硬，铁砂掌？"牛有草一笑："你说呢？"

孔师傅挺佩服地说："真是高人不露相。老哥，幸会幸会，您看样子不是本地人。来青岛办事还是找人切磋武艺？"牛有草说："我来请一位高手。"孔师傅饶有兴致，请牛有草到家里坐，两人喝茶唠嗑，越聊越近乎。

回到旅馆时，已是夜晚。牛有草俨然成了太极拳高手，他在镜子前比画着对麦花说："闺女，你看爹这牛家拳咋样？像武功高手不？"麦花笑着说："太像了。爹，您怎么知道人家能跟您学呢？"

牛有草说："也是误打误撞。不管他跟不跟我学，我天天在他身边比画，早晚能把他的心思比画活动。讲句老实话，这是骗人的招啊，可不使这招跟人家搭不上话。先处处感情，找个机会把实底交了。"

果然，练功练出了感情，几天之后，孔师傅请牛有草在饭馆吃饭，他说："老哥，这些菜合不合你的口味？"牛有草说："嘴大吃四方，有酒就行。"

孔师傅要给牛有草倒酒，牛有草一把夺过酒瓶给孔师傅倒酒。孔师傅拦着说："您怎么能给我倒酒呢？"牛有草说："老弟，我打扰你好几天，这酒得我给你倒，这顿饭得我请你。"

孔师傅挺真诚地说："这可不行，哪有师傅请徒弟的道理！"牛有草说："就这规矩，要吃就得我请你，要不我不吃！"说着倒了两杯酒，"老弟啊，我教你好几天了，你就没琢磨琢磨这每一招为啥叫那名？"

孔师傅说内行话："功夫看招不看名，名再好招不好没用，招要是好没名也是好招。"牛有草开始交底："我这每一招的名都有讲究。翻就是翻地，锄就是锄草，撒就是撒种子，割就是割麦子，抢就是抢连枷，甩就是甩鞭子……"

孔师傅问："老哥，这不都是农活吗？"牛有草点头："一点不假，你老哥我就是农民，这一手老茧就是镢头把子硬搓出来的。"

孔师傅望着牛有草："老哥，我怎么糊涂了？"牛有草喊了一声："麦花，出来吧。"麦花走出来。

孔师傅望着麦花问："你不是找我干假发厂的那个人吗？"牛有草说了实话："孔师傅，我是麦香岭麦香东村的村长，叫牛有草，这是我闺女牛麦花，我们父女俩跑这么远的道，要请的高手就是您。"

孔师傅打破砂锅问到底："那您的牛家十三式……"牛有草实话实说："那是我们农民干活的把式，我要了一辈子，要讲种地，肯定是把好手！老弟啊，我该讲的都讲了，我要是再有一点儿招，也不能给你使这套路子，丢人哪！干假发是我闺女的主意，本来我不赞成，农民土里刨食，树上摘果，喂点牲口，吃口饱饭。可我听闺女讲，你们这儿的假发厂瞧不起我们农民，有点技术就憋着藏着，不让我们干。要真有能耐就不怕亮出来，亮出来你都学不会，那才叫真能耐！"孔师傅心里纠结，沉默不语。

牛有草继续说，"老弟啊，我这么大年纪也没多少年活头了，折腾这么多年，我村里的乡亲有饭吃，本来我该知足了。可我闺女比我心大，还想让大伙儿过上更好的日子。老实说，假发生意我本来寻思让年轻人摸摸试试，可一摸上这东西还挺扎手。我们农民一手老茧不怕扎呀，越扎还越舍不得放手。老弟，这都是掏心窝子的话，你要是瞧得起我们农民，那你就跟我走一趟，你去了就是技术入股，赚钱按股分红，乡亲们还感谢你的大恩大德。你要是不去我也不埋怨，就当我来这遛了个弯儿。"

孔师傅不是个能言善辩的人，他端起杯和牛有草碰杯。牛有草说："闺女，结账！"孔师傅说："这账我结！我得请您这老农民吃顿饭，尽尽地主之谊，要不等我去您那儿，乡亲们该笑话我小气了。"

牛大胆望着孔师傅，开怀大笑："有你这句话，乡亲们就能把你捧起来，托到天上去！"

马仁礼和牛有草在家乡的土地上八仙过海各显其能，杨春来娘俩在俄罗斯种地这条路却走得更为艰辛。盛夏，布拉戈维申斯克骄阳似火，日头毒辣辣地笼罩着田地。杨灯儿戴着草帽，在蔬菜地里摸着西红柿秧苗，查看墒情。杨春来走过来说："娘，我刚听广播，今年赶上三十年不遇的干旱，什么时候下雨不知道，只能有多少水浇多少，再等等看，说不定什么时候一个炸雷就把雨震下来。"杨灯儿发愁说："都半个月了，这苗该喝水的时候就得喝上，等蔫透了，就是来场大雨也抬不起头。伊万那儿不是有个水库吗？实在不行管他借点儿水。"

杨春来摇摇头："那人见钱眼开，我不求他。"灯儿沉吟片刻说："你抹不开面子，我去找他试试。"

伊万是个酒鬼，凡事利字当头，不讲人情。他一边喝酒一边皱着眉头耐心听杨灯儿和春来说借水的事儿，满脸不痛快地说："你地里旱我这儿也旱，我把水给了你们，我家的地怎么办？"

杨灯儿赔着笑脸："什么你家的我家的，还不都是你的地。你水库里的水暂时用不了，大太阳晒着，越晒越少，还不如借给我们点，就当送我们个人情，弄不好过两天就下雨了呢。"

伊万反问道："要是不下雨呢？"

杨灯儿真诚地说："那咱们再一起想办法。伊万先生，我们要是有了好收成，明年接着租地，你不是也赚了？"

伊万摇摇头："明年的事我看不到，我就能看到眼前的事。水不能借给你们，请不要打扰我品尝美酒。"

杨灯儿灵机一动说："伊万先生，你不是很能喝酒吗？那咱俩比一比，你要是赢了，我转身就走，你要是输了，就开闸放水。"伊万说："我不会和一个女人比喝酒，你根本不是我的对手。如果你输了，敢把你们那台装甲车送给我吗？"杨灯儿望着伊万豪爽地喊："拿酒来！"

桌上放着四瓶酒，伊万和杨灯儿对面坐着。伊万打开酒瓶，往杯里倒酒。杨灯儿打开酒瓶，对着瓶嘴喝。伊万默默地望着杨灯儿，他也拿起酒瓶对着嘴喝。喝完一瓶，二人又拿起一瓶酒喝。杨春来看得惊心动魄，心里既感动又惭愧，娘为了他，将命都豁出去了。杨灯儿咕嘟咕嘟喝完酒，用手支着头大口喘着气。伊万眼珠子红红的，他把最后一口酒使劲咽下去靠在椅背上呼哧带喘的。

杨灯儿盯着伊万喊："拿酒去！"伊万摇摇头说："没酒了。"

杨灯儿摇摇晃晃站起身打开酒柜，她拎着两瓶酒走过来，把酒蹾在饭桌上："来，接着喝！"伊万问："你怎么这么能喝？"

杨灯儿说："全靠一股气儿顶着，来，干了！"伊万像是喝毒药一样，一口酒喷出来，不停地摇着头。杨灯儿问："你认输了？"伊万说："输了也不给你水！"

杨灯儿涨红着脸喊："那你就不是个男人！"伊万耍赖说："我怎么不是男人？我还请你喝酒呢，你喝了我的酒该感谢我，想要我的水，没门儿！"杨灯儿站起身说："伊万先生，从今天开始，咱们不是朋友了。"

伊万望着杨灯儿的背影喃喃地说："这个女人太可怕了！"杨春来扶着娘走，杨灯儿腿一软，靠在他的肩膀上。杨春来搂着娘，眼睛湿润了。

晚饭后，大家伙儿聚集在麦香农庄餐厅商议对策。有人说，实在不行的话，等后半夜，偷偷在水库坝底下挖个洞，把水引过来。杨春来摇摇头说，偷偷摸摸的事儿咱不干，不能让老毛子把咱看扁了。沉默片刻后，有人发牢骚说，要不咱回家得了，吃香的喝辣的，还不用受窝囊气。杨春来说："大伙儿来的时候是自愿来的，想走随便走，我没权利拦着。不管谁走，我是不走，折腾了好几个月，苗都冒出来了，现在走了，就是给人家忙活了。"

大家想想在理啊，这时候撂挑子不是便宜伊万这家伙儿了吗？有个农民看着杨灯儿说："灯儿姨，咱们这儿数您辈分高，您讲句话吧。"

杨灯儿冷静地说："老天不下雨，咱们就从地里挖。"杨春来问这话是啥意思？他娘斩钉截铁地说，打井！

说干就干，杨春来夜里带着一伙儿人在田野里挖坑打井。不知是谁报了警，一辆警车呼啸而来，车灯雪亮，照得众人晃眼。几个警察走下来，其中一个警告说，想挖井必须有合法的手续，没有合法手续就是违法。

在人屋檐下怎敢不低头，杨春来心急火燎地出没于当地政府的一幢幢办公大楼，开始他还满怀希望地诉说恳请，遭受了无数次冷遇后，他有些垂头丧气了。尼娜看在眼里，疼在心头，劝父亲给杨春来他们放水缓解旱情。伊万态度坚定地说："气象台都不知道什么时候会下雨，水库里的水要是给了中国人，咱家没水用怎么办？爸爸知道你喜欢那个年轻人，可是你没有权利要求我为他做出牺牲，我要保护我农场的利益。"

持续的高温使田地龟裂，河流干涸，伊万家水库里的水快速蒸发，只剩了一半儿。伊万站在水库坝前也是忧心忡忡，他祈祷道："上帝呀，你快下雨吧！"尼娜牵着马走来，再次恳请父亲给杨春来他们放点儿水。伊万声色俱厉地说，不要再说这件事儿，谁都没有权利干涉他做出的决定。

尼娜失望地翻身上马，疾驰而去。伊万望着女儿远去的背影，在大坝前坐下，掏出酒瓶喝了一口酒，喃喃自语道："上帝呀，我是自私鬼吗？我做错了吗？不，没有人有权利分享我的东西！"

伊万喝得醉醺醺的，恍惚之间，看见一辆装甲车奔驰而来，迅猛地撞向水坝，水坝被撞开了一个大豁口，水喷涌而出，涌入田地。尼娜从装甲车里钻出来哈哈大笑，杨春来等人跑过来惊奇地望着这一幕，目瞪口呆。

伊万惊得酒醒了，指着杨春来和杨灯儿大喊："你们是抢劫犯！"尼娜说："爸爸，是我撞的水坝，跟他们没关系。"

伊万气愤道："可是你开的是他们的装甲车，都是他们让你做的，我要到法庭告他们！"尼娜大声说："爸爸，你要告就告我吧，是我抢了他们的车，是我抢了您的水，所有的罪过都在我身上！"

伊万伤心地说："尼娜，难道为了他，你就不顾爸爸的感受了吗？"尼娜说："爸爸，他救过我的命，您不应该对他这么吝啬。"

伊万说："用不着你教训我，尼娜，你要是跟爸爸承认错误，爸爸可以原谅你。否则，那你就不是我的女儿！"尼娜态度坚定地说："我没做错，不会承认错误。"

伊万伤心失望地说："好吧，尼娜，从今天起，我不是你爸爸，你也不是我女儿，就当我白养你二十年！"说完，他步履蹒跚地离去，尼娜望着伊万的背影流下了眼泪……

杨春来走上前，把尼娜紧紧抱在怀里。

忽然，刮起大风，天空乌云密布，轰隆隆的雷声响起，倾盆大雨下了起来。

谁都没想到，大雨竟然连下一个礼拜不停。这场暴风雨来得急，公路桥被冲垮，交通中断了。杨灯儿让大家提前准备，都勒着点裤腰带，省点粮食。

伊万站在窗口，望着窗外的大雨，满脸愁容。杨春来和尼娜穿着雨衣走进来，尼娜把一篮子蔬菜放在桌子上。伊万冷冷地说："我用不着你们可怜，我的仓库里堆满了香肠、面包、西红柿，你们没吃的别来找我就行。"杨春来和尼娜转身刚走出门，伊万就把篮子扔出去关上了门。蔬菜散落在地上，尼娜弯腰捡着蔬菜说："我爸爸一直都是个固执的人。"

没有吃的了，伊万穿着雨衣出去采购，可是，他走进好几家食品店，货架上都是空荡荡的。来到街头，伊万对着雨天高喊："上帝呀，这样的日子什么时候能结束啊？"伊万垂头丧气地回到家里，在自己仓库的麻袋里翻出四个西红柿。他捧着西红柿说："上帝呀，我感谢你！一天一个西红柿，能吃四天。"他用刀子切开一个西红柿，用叉子小心翼翼地又一块儿慢慢嚼着。

杨灯儿见阴雨下了一周多，还没有停止的意思，就召集大家开会说，乡亲们，还不知道大雨什么时候能停，也不知道路什么时候能通，大家每人每天三顿饭改成两顿饭，每人每顿一个馒头，一碟咸菜。

有村民抱怨说，完了，这一竿子支到旧社会了。杨春来说，多亏俺娘腌了咸菜，要不你就得吃馒头就咸盐。杨灯儿说，你们是年轻啊，没吃过苦。旧社会还能吃上白面大馒头？说好吃的是地瓜秧加野菜，说不好吃的是高粱壳就着野草根，吃了咽不下去，咽下去拉不出来呀。

大家伙儿纷纷感叹，得亏没活在旧社会啊！

尼娜拿着馒头和咸菜走出饭厅，杨春来心细，知道她惦记着父亲，就悄悄跟了出来，把两个馒头塞给尼娜说："这是我娘给你的，拿着。"

伊万吃完一个西红柿，望着另外三个西红柿吧嗒着嘴："多么美味儿的食物，上帝啊，快来救救我吧！"这时，传来一阵敲门声，伊万把西红柿藏进橱柜里然后打开门，尼娜站在门口。

伊万撇撇嘴问："你又来干什么？是不是没吃的了？"尼娜调侃说："我们那里有的是吃的，我吃撑了出来走走，不小心走到您这儿。"

伊万满不在乎地说："我也吃饱了，撑得难受。"说着他跳起舞。尼娜一边看着他表演，一边吃着馒头说："尝尝吧，可好吃了。"

"我有新鲜的面包。你走吧。"伊万赶走了女儿，虚弱地关上门坐在椅子上喘气。他打开收音机，新闻报道说大雨即将过去，交通马上就要恢复。伊万一下站起来高喊："上帝呀，这是您送给我的最好礼物，我爱您！"他打开橱柜，把剩余的西红柿狼吞虎咽地吃光了。

杨春来也听到大雨即将结束，交通就要恢复的消息。有人主张可以放开裤腰带吃，杨灯儿不同意，坚持每人每顿一个馒头，一碟咸菜。

雨又下了两天，说是交通正加紧修复，仍迟迟无法通车。

饥肠辘辘、已经虚脱的伊万在躺椅上闭着眼睛，一副有气无力的样子。尼娜走进来掏出馒头放在桌子上，伊万望着她说："那么难吃的东西还拿出来，看来你们是真没吃的了。"尼娜说："您别再硬撑着，我知道您没有吃的了。"

"谁说的？我刚吃了两个面包，一根香肠，两个西红柿，一罐酸黄瓜。"伊万说着站起身，哼哼着曲子跳起了舞，他旋转着突然倒在地上。

尼娜把伊万扶到躺椅上，撕着馒头喂他。伊万问："这是什么东西？真好吃。"尼娜说："它叫馒头。中国人会做各种各样的面食，有馒头，有花卷，有饼子，还有叫窝窝头的东西，总之可多了。他们还把吃不了的蔬菜腌制成叫咸菜的东西，平时可以吃，到缺少食物的时候，就成了美味。爸爸，您要是喜欢吃，我就跟他们学，学会了做给您吃。"

伊万问："孩子，你不恨我？"尼娜动情地说："您是我的父亲啊，我怎么会恨您？"

伊万又问："他们不恨我？"尼娜说："您吃的馒头就是灯儿姨和杨春来给的。爸爸，我和春来已经恋爱了。"

伊万点点头："多么善良的人啊！尼娜，我太自私了，差不多就结婚吧。"

丰收的秋天到了，蔬菜地里长满西红柿，杨灯儿带众村民挎着篮子采摘，一排排装满西红柿的筐立在地头上。

为了庆祝丰收，夜晚，大家伙儿在空地上点燃起篝火，中国农民和俄罗斯农民拉手围着篝火跳舞。伊万擎着酒瓶跳舞，脸上洋溢着笑容；尼娜和杨春来一人抓住杨灯儿的一只手，欢快地跳着舞。在火光的映照下，杨灯儿欢笑的脸上满是幸福。

生活就像是一场戏，意外总在意想不到的时候发生。这天中午，杨灯儿坐在家里的椅子上打盹儿，一个满头金发、珠光宝气的女人敲了敲门走进来。杨灯儿眯缝着眼睛打量这个女人，她挎着名贵的坤包笑着问："灯儿，不认得我了？我是乔月。"杨灯儿急忙站起来说："是乔月啊！除了头发和衣服，你跟当年没啥两样，好年轻！"

"是吗，可能是美国的水土滋润养人吧。你可是见老了。"乔月说着坐在椅子上。杨灯儿问："你回麦香岭了？"乔月点点头说："今年开春去过一趟。"杨灯儿又问："都见着了？"乔月感叹说："人都老了，可还都是那副脾气。"迂回了半天，杨灯儿想，还是打开天窗说亮话吧，于是问道："乔月呀，你大老远跑来，有事吧？"

乔月说："灯儿啊，从哪儿说起呢，我先谢谢你当年收养了狗儿。"杨灯儿说：

"要说这事儿，我得谢谢你，你给了我一个好儿子。这孩子书念得好，也能吃苦，满脑子都是正经精神头。有这么好的儿子在身边，我知足了。"

乔月感慨地说："灯儿啊，可说到底他是我的儿子。他小时候我想管他管不上，他长大了，创业遇到困难，我当娘的哪能不管呢！你们租地第一年的租金是我给的伊万。"灯儿恍然大悟道："我说伊万咋那么大方，白让我们种了一年地呢，原来是你拿的租金。"

乔月这才露底说："灯儿，我就实话实讲了，我这次来有两件事，一是看看孩子，再就是想让孩子跟我走。他跟我走，过得会比这儿好。"她说着从包里拿出厚厚一沓美元放到桌子上，"这是五年的租金。灯儿啊，你要想在这种地就种，不想挨这个累就拿钱回家，这些钱足够你松松宽宽安度晚年了。你要是嫌少，等我回去再给你寄，想要多少钱我就给你拿多少。"

灯儿脸色不悦地说："你说得对，狗儿是你儿子，你才是他亲娘，我再怎么养他也只是后娘。三十多年了，我不小心把他长我身上了，成了我身上的肉了，眼下你要把我的肉割下来，我疼。怪就怪我把他当成了亲儿子。孩子你领走吧，这钱你收回去，放在这儿不干净。"

话不投机半句多，乔月和杨灯儿都不说话，屋里的气氛压抑得让人感到难受。这时，杨春来拉着尼娜走进来。杨春来喊了一声娘，乔月和杨灯儿异口同声地答应着。杨春来看都不看乔月，径直走到杨灯儿面前，深情地说："娘，我这辈子就一个娘，叫灯儿！"杨灯儿心里暖暖的，流下眼泪说："孩子，谢谢你还能认我这个娘！"

乔月看在眼里，备感失落。她心里始终惦记着这个儿子，可儿子心里早就没她这个娘的位置了。

乔月站起身，悄悄地走了出去。她不想成为多余的人。

杨春来拉着尼娜，在田野间漫步。他像变魔术一样，拿出一枝玫瑰花，尼娜明知故问："玫瑰花是送给我的吗？"杨春来摇摇头："不是送给你的。"尼娜愣住了，大感意外。杨春来动情地说："这枝红玫瑰是送给最亲爱的尼娜小姐的！"尼娜一下搂住杨春来热烈地亲吻着。缠绵了一会儿，杨春来一本正经地说："尼娜，咱们的事该跟我爹讲讲了。你见过我爹，他是个倔老头。"

尼娜点点头问："我们什么时候去见你的父亲呢？"杨春来想了想说："等把蔬菜卖完咱们就过去。对了，我得跟我娘说说卖菜的事。"

尼娜奇怪地问："我糊涂了，杨春来，你到底有几个娘啊？"杨春来说："黄头发的是生我的亲娘，黑头发的是我后娘，对我来说，亲娘没后娘亲。"

尼娜叫道："杨春来，你太幸运了，能有这么多娘照顾你。"

两人正走着，乔月迎面过来。尼娜不想打扰，知趣地走开。乔月走到杨春来面前说："我溜达了一圈，你们怎么还是人工作业？又费人又费力，效率太低了。我在美国的农场都是机械化，拖拉机满地跑，种这些地用不了几个人。"杨春来说："我这儿虽然没有拖拉机，可我有装甲车，也是满地跑。"

　　乔月说："娘知道眼下你们手紧，娘给你买几台拖拉机。"杨春来摇摇头说："用不着，没那东西我们照样能开出地种出庄稼，能把钱赚到手。"

　　乔月感叹地说："春来啊，娘亏欠你的太多，对不起你。娘这回来，本来想把你带到美国去过好日子，可娘知道现在带不走你。"

　　"数年前我刚知道真情的时候，我恨你，恨我爹，恨你们生我却不养我！这么多年过去，该想的事都想通了，该撒的气也撒完了，不管怎么说我是您生的，可我心里只有一个娘，她把地儿占满了。不过，我得谢谢您还能记得我！"杨春来说完走了，乔月伤心得眼泪流了下来。

　　几天后，乔月要走，杨灯儿和杨春来送她。轿车启动了，乔月含泪望着杨春来。杨春来摆摆手，目送小轿车远去，他抬起胳膊搭在杨灯儿的肩膀上。

　　杨灯儿有些伤感："她一个人在国外不容易，越老越孤单，咋讲你都是她儿子，应该照顾她。"杨春来说："我不是您儿子吗？您去哪儿我去哪儿，这辈子您都甩不掉了。"杨灯儿靠着杨春来的肩膀幸福地笑了。

　　麦香农庄第一个丰硕的秋收结束，杨春来和尼娜的爱情也结了果。杨春来告诉娘，尼娜怀孕了。

　　杨灯儿惊奇道："婚还没结呢，咋就怀上了？"杨春来红着脸说："有一天晚上喝多了，就……娘，这事是我不对，您别生气。"

　　杨灯儿叹气说："面团子都进锅了，还啥对不对的！赶紧回家跟你爹说一声，把婚结了，等蒸成馒头，再揭盖就晚了！"杨春来担心地说："我爹那性子您也知道，没结婚就怀上了，他不得气个好歹！"

　　杨灯儿说："你把人家弄怀孕了都不怕，还怕见你爹吗？你要是个爷们儿，就堂堂正正地把媳妇领回去。这样吧，我先给你探探风再说。"

　　麦花的假发厂迎来了孔师傅，真是大不一样。在孔师傅的悉心指导下，假发厂终于生产出合格的假发样品。麦花和牛有草父女俩对孔师傅打心底里感激不尽，孔师傅对父女俩也是刮目相看，他钦佩地对牛有草说："老哥，您是大老板哪！一个村子建了好几个厂。"牛有草谦虚着说："都是乡亲们帮着撑起来的，要是我一个人，扒皮熬油也支巴不起来。"

　　孔师傅说："那也是你这头儿带得好。"牛有草呵呵笑着说："是我闺女头儿带得好！老弟，吃的还顺嘴？"

孔师傅笑着说："好酒好菜，能不顺嘴吗？都把我吃胖了。"

牛有草看着各种样式的假发，觉着很稀罕，便对着镜子轮换试戴，看得麦花咯咯笑，乐得直不起腰来。

牛有草正色地说："别乐了，看看爹戴哪个好看？"麦花说："爹，你一会儿换个发型，我都认不出来你了。咱们的'好运来'假发生产出来，接下来就是销售的事了，我打算到城里搞个巡游，探探市场。"牛有草特别赞成。

马公社一直贼着麦花他们呢，一得到准确消息，他马上告诉马仁礼，听小娥子说麦花他们要在城里搞巡游，还要请记者。马仁礼笑道："那都是跟咱学的。他们请记者好啊，省得咱们操心了。他们搞，咱们也搞，来个鲜花战假发，看谁能尝到甜头！"

这天艳阳高照，几十个村民排队走在县城街头，他们戴着各式各样的假发，边走边喊："戴上好运来，潇洒走世界！"麦花拿着喇叭喊："好运来假发，又好看又便宜，大家都来看呀！"许多行人围观，记者连连拍照，牛有草在不远处望着笑着。

围观的行人突然朝前面跑去，只见几十个村民排队走着，他们挥舞着玫瑰花。马公社和小娥子走在队伍前头，小娥子头上别着一朵玫瑰花。马公社拿着喇叭喊："大家都来看哪，麦香岭也能长出玫瑰花！玫瑰花，花皇后，大姑娘看了心欢喜，小媳妇看了乐开花！"小娥子夺过喇叭喊："一人一朵玫瑰花，就把美丽带回家！"行人纷纷赶来，记者也跑来拍照。马仁礼得意洋洋，站在不远处满面笑容。

假发的叫卖声和玫瑰花的叫卖声此起彼伏，显然是在打擂台。牛有草一眼就瞅见了马仁礼，气呼呼走过来质问："马仁礼，你这是啥意思？"马仁礼瞪着眼睛说："我还想问，你是啥意思呢！"

牛有草数落说："你闲着没事跟我学啥？我干养猪场，你就干饲料厂，我搞假发巡游，你就搞玫瑰花巡游，你这不是跟我学吗？"马仁礼不甘示弱地说："我卖饲料的时候，就请过记者；你这回也请记者来，到底是谁跟谁学？"

两个老头抻着脖子，谁都不服谁，像是两只好斗的公鸡。此时，两边的叫喊声一浪高过一浪，热闹非凡。

经过一番宣传，马家的玫瑰花生意和牛家的假发生意都打开了销路。中秋临近，县里食品厂要做玫瑰馅月饼，找马家订玫瑰花。南方的花商说，干花蕾不够卖的。马仁礼感叹说，这玫瑰花真是好东西啊！马公社得意地说，将来还要开发玫瑰酒、玫瑰酱、玫瑰精油，好事都在后头呢！

马仁礼点点头说，看来玫瑰花种少了，要是发动全村人都种玫瑰，他们种，有人收，产量和销量都不是问题。找时间开个会，一是给大伙儿吃定心丸，再就是搞动员。大伙儿要是乐意，就一起干，有钱一起赚。

麦花的第一批假发很快就卖光了，她还想再弄点儿新款式，估摸能卖得更好，牛有草却等着快点抱外孙子。上海是大都市，引导着时尚潮流，麦花想赶紧到上海考察，牛有草却总是唠叨她生孩子。麦花被催烦了，抱怨说："每次来家您都跟我要孩子，我还没玩够呢。您就别管孩子的事，咱还说假发，我一定去上海考察。"小肉包忙说："我也想去。"

麦花瞪眼说："你去干什么？去了给我添乱不说，爹谁照看？"牛有草粗声粗气地说："麦花你这是欺负人，小肉包就不能出去干点事了？挺大个老爷们还能总在家憋着？肉包啊，哪里有压迫，哪里就有反抗。当年爹跟你娘就从头打到尾，她压迫我，我就跟她干！"

麦花不满地喊："爹，你还教他跟我打架？"牛有草说："也没说撸胳膊挽袖子打，就是采取拐弯战术，敌进我退，敌退我进，敌疲我扰……"

小肉包摆手说："爹，您别说了，我不敢。"牛有草摇头叹气说："软柿子一个呀！"

转眼到了冬天，小雪纷纷扬扬地飘飞着。牛有草和马仁礼两家带领村民发家致富名声在外，成了当地的典型，县里通知市委领导要来视察，让他们做好接待工作。麦香岭村口悬挂着"热烈欢迎市领导莅临指导"的大红横幅，牛有草和马仁礼分别站在村口两侧迎候，他们身后站着响器班子及众多村民。

牛有草横了一眼马仁礼说："人家指名点姓叫我过来，说我的面粉厂、养猪场和假发厂成了麦香岭乡镇企业的典型，市领导要亲自光临。"

马仁礼不以为然地说："人家也指名点姓叫我过来，说我的饲料厂和玫瑰种植是麦香岭乡镇企业的典型，还让我提前准备好说辞，讲讲为啥你养猪场的猪吃了我饲料厂的饲料才那么肥！"

两人正斗着嘴呢，鼓乐声响起，几辆轿车驶来停在村口，市领导稳步下车。牛有草和马仁礼忙快步迎上去。县委书记介绍说："牛厂长，马厂长，这是市委刘建军书记。"刘书记伸出手，马仁礼刚要去握，牛有草一把搂住刘书记热情地说："建军弟，你可想死我了！"马仁礼紧紧地握着刘书记的手不停地晃动着说："刘书记，我太想你了呀！"

县委书记见牛有草搂着刘书记有失敬重，忙拽着他说："牛村长，赶紧松手！"刘书记笑呵呵说："两位老哥，你们的事迹我都听说了，这么大年纪还能做出如此大的成绩，我佩服你们！"

牛有草说："老弟，功劳全是乡亲们的，没他们擎着我干不成事儿。"刘书记点点头："两位老哥，虽说众人拾柴火焰高，可好车得靠好马拉呀，没你们带头，能干得这么好吗？乡亲们能过得这么富吗？你们的功劳大呀！"

牛有草一挺胸脯说："老弟，有你这句话，我还能再折腾三十年！"马仁礼抬杠说："哼，我能折腾四十年！"

刘书记高兴地说："太好了！你们家里人都好吧？都抱孙子了？"牛有草笑着说："孩子都结婚了，他们响应号召，晚婚晚育，等生了头胎我请书记喝喜酒。"

县委书记拽了拽牛有草，悄悄地说："牛村长，你这不是给书记出难题吗？"牛有草也悄声说："我就是客套客套，他要真来了，我还不知道咋招待他呢！"

第二十一章

　　杨灯儿告诉春来，马仁礼来电话了，让他放心大胆地回去。馒头该出锅就出锅，捧着热乎乎的大馒头，不信牛大胆不乐和。春来喜上眉梢，想让娘跟他们一起回，杨灯儿说，她现在不回，要回去也得风风光光地回。

　　北国风光，千里冰封，万里雪飘，黄河沿岸银装素裹，景色妖娆。

　　杨春来感慨万端地领着尼娜踏上故土，一回到麦香村，当时就炸了窝，乡亲们看着尼娜这个"洋鬼子"觉得很稀奇。尼娜一点也不扭捏，落落大方地对着大家伙儿微笑致意。

　　儿子还没进家门呢，消息早就传进了牛有草的耳朵里。他内心激动得波澜起伏，面儿上却风平浪静，绷着劲儿静静地坐在家里看电视，看的是动画片《黑猫警长》。

　　杨春来和尼娜来到牛有草家的院子里，他停住了脚步，尼娜低声问："这是你家吗？"春来心潮起伏地说："是我爹的家。"尼娜感叹说："这房子怎么这么破旧啊？"春来说："解放前盖的，比我的岁数大多了。"尼娜一脸惊讶，在她看来，这个古老的乡村不可思议的事情太多了。春来深深吸了一口气，在屋门口大声喊："爹，我回来了！"

　　牛有草恍若充耳不闻，愣愣地看着电视。他在心里暗暗地说，小兔崽子，总算喊爹了。春来拉着尼娜走进屋子，像是怕吓着牛有草，轻声喊道："爹！"牛有草耳朵似乎聋了，压根儿没听见。春来以为牛有草还在赌气，就放大了声音喊："爹！"

　　此时电视里"黑猫警长"说："不管黑猫白猫，抓到坏人就是黑猫警长！"

　　牛有草一拍大腿，胡噜了一把脸，迅速将眼泪抹去，起身说道："不管真儿子还是假儿子，只要叫了爹，那就是亲儿子！"

牛有草安顿儿子和尼娜坐下休息，拿出一堆零嘴儿让他俩看电视磨牙，说还有点儿事儿要张罗，然后就匆匆出了门。他一溜小跑来到麦花家，女婿小肉包正在吃饭，牛有草劈头就问："麦花呢？她哥回来了。"麦花外出谈广告去了，小肉包不敢说实话，谎称麦花去了厂里。牛有草让小肉包赶紧把麦花叫回来，今晚一家人好好乐和乐和。牛有草说完就走，小肉包望着他的背影说："完了，弄不好得上大刑啊。"

牛有草一溜小跑，上街买了一堆东西，高兴得满脸老褶子都舒展开了。他迎面遇见马仁礼，马仁礼问："听说春来回来了？"牛有草喜不自禁地说："是啊！他管我叫爹了！今晚我请客。"牛有草顾不上跟马仁礼多聊，屁颠儿屁颠儿地往家赶，马仁礼大喊："慢点儿跑，别崴了脚脖子！"

天刚一擦黑儿，牛有草就整满了一桌子菜，丰盛得都没地方摆。除了自家人，当然少不了老伙计马仁礼。牛有草皱着眉头问小肉包，麦花到底去哪里了？她哥从国外大老远回来，咋连个面儿都不露。小肉包不敢再瞒，说麦花为了扩大假发的销路，找人谈广告去了。牛有草生气地说："真是吃饱了撑的，乱花钱胡折腾！这么大的人了还不让我省心。"在座的人面面相觑，谁都不吭声。马仁礼忙劝说："春来带着尼娜回来一趟不容易，大家高兴。该开席还得开席，该乐和还得乐和。大胆，你别扫了兴。"

牛有草点点头说："今天我儿子回来了，咱们得高兴。儿子啊，这洋妮子叫啥来着？"春来忙说："尼娜，她叫尼娜。"马仁礼钦佩地说："尼娜是海量啊，愣是把我灌醉了。"牛有草惊讶地说："那咱就举杯干一个，一是欢迎我儿子回来，二是欢迎尼娜来做客。"

大家站起举杯，一饮而尽。

牛有草看着虎墩墩的儿子，真是感慨良多，他一边给春来夹菜，一边说："儿子啊，到家啦，吃饭就要甩开腮帮子可劲儿造！"春来忙不迭地点头，也给爹碗里夹菜，牛有草嚼着肉，笑着说："香，真香，香到骨头里了！"

尼娜一脸困惑，问春来："亲爱的，你施展了魔法吗？怎么能把菜变得更好吃？"春来笑着给尼娜夹菜，她吃着认真地说："没什么不一样啊！"众人听了哈哈大笑，这洋妞是个直肠子。尼娜一点儿也不避讳，夹菜喂给春来，两人腻腻歪歪，很是亲热。弄得牛有草和马仁礼不知往哪里瞅，真是别扭。

饭后，年轻人都跑出去凑热闹了，桌前就剩下俩老头儿。马仁礼喝得有点儿多，躺倒在炕上说："大胆哪，今天高兴，等我醒醒酒，咱俩接着喝。"牛有草皱着眉头说："春来搞什么鬼？带个洋鬼子回来，两人还挺热乎！"马仁礼笑呵呵说："就算他俩好上了也没啥啊！"

牛有草瞪着牛眼说："放屁，中国种和外国种能弄混吗？弄混还不得生个杂种出来？"马仁礼说："嘿，前阵子我说要找个洋媳妇，你不是很赞成吗？"

牛有草一本正经地说："那是玩笑话！你要是找个洋媳妇，还不把老马家的祖宗气死。"马仁礼因势利导说："都什么年代了，咋就不能弄混？杂交好啊，马和驴配生出骡子，骡子比驴能干活，还像马一样灵活。咱们管俄国人叫老毛子，俄国人和咱中国人生出的孩子叫二毛子，二毛子再生就叫三毛子……"

牛有草一挥手打断说："别说了！生来生去全是毛子，我老牛家的人不就没了？我进祖坟见到祖宗能交代了吗？"马仁礼问："你还能把一对小鸳鸯拆散？"牛有草气哼哼地说："我非把这事搅黄了不可！"

尼娜虽然性格直爽、大大咧咧的，可她还是能感觉到牛有草隐隐约约的戒备之心。尤其是春来的态度让她不满，磨磨叽叽的，竟然不敢挑明他俩的关系。夜晚，他俩躺在杨灯儿家的炕上，尼娜直言不讳地问："你为什么不跟你父亲讲我们的事呢？是因为我长得丑见不得人吗？"春来忙解释说："亲爱的，你想哪儿去了，不是没恰当的机会嘛。明天我就跟我爹讲。"

尼娜担心地说："你父亲是个保守的倔老头，会同意我们的婚事吗？"春来斩钉截铁地说："会的。你放心吧，这辈子我就爱你一个人。"尼娜高兴地钻进春来的怀里，两人吻到了一起。

翌日一大早，马仁礼就敲开了春来家的门，气喘吁吁地说："你爹不同意你们的事了，你赶紧领着尼娜回俄罗斯结婚，等孩子生出来他就没招了。"春来梗着脖子说："这不是偷偷摸摸的事儿，我既然回来了，就得把事说清楚。"

马仁礼劝道："你爹那牛脾气，你还不知道？万一把他气出个好歹，那可就好事变坏事了！三十六计，走为上计，躲过风头，再慢慢说。"春来想了想说："好吧，我回屋收拾完就走。"

送走马仁礼，春来急急忙忙收拾行李箱，尼娜诧异地问："我们要走吗，为什么啊？"春来苦着脸说："有些事儿我跟你讲不明白，你要相信我，咱们回去就结婚。"尼娜点点头："只要能跟你在一起，去哪儿都行。"

两人拖着行李箱刚要走，却被牛有草堵在院门口，他黑着脸说："刚回来就走？就是走也得跟你爹说一声啊！"仨人回到屋里，春来倒一杯水放在桌上说："爹，您坐吧。"

牛有草坐在椅子上神色严峻，春来和尼娜坐在炕沿上像是接受审问。春来鼓足勇气说："爹，尼娜是个好女孩，我和她……"牛有草打断道："别忘你是哪块地里冒出的苗！"

春来见爹态度生硬，赌气说："不管哪块地，是土里冒出的苗就行。"牛有草冷着脸说："咱们这儿的土跟他们那儿的土不一样，长出的苗也不一样。"

尼娜困惑地问："你们在说什么呢？土啊苗的，爸爸……"牛有草摆手说："等等，我还不是你爹，改口这事不能这么轻巧！"

尼娜皱眉道："对不起，我听不懂您在说什么，我只知道春来是我的未婚夫，我们就要结婚了。"牛有草撇嘴说："瞧瞧，爹娘还没答应呢，说结婚就结婚，老祖宗的规矩不讲了吗？"

春来耐着性子说："爹，我们这次回来，就是想跟您说说我们的事儿，我们要结婚了。"牛有草放出狠话："你要还是老牛家的人，你要还认我这个爹，就把话收回去。你要是和她结了婚，你爹我死后连祖坟都进不去！"

春来毫不退让地说："爹，您太守旧了，我娶一个外国人，至于让您进不了祖坟吗？不管您赞成不赞成，我一定要娶尼娜！"尼娜挺胸道："我一定要嫁给春来，他就是我的男人！"她说完抱着春来亲吻。牛有草一捂眼睛叫道："天哪，让我的眼瞎了吧……"他急忙站起来走出去。

儿大不由爹，牛有草晃晃悠悠回到家，闭眼盘腿坐在炕头上生气。马仁礼知道牛有草的牛脾气一旦发作，九牛都拽不回头，便跑来劝解："大胆，练气功运气呢？我给你倒杯水？"牛有草沉着脸不说话。马仁礼叹了一口气接着说："很平常的事儿让你弄得天要塌下来。不就是娶个洋妞儿嘛！哪儿的女人不是女人？"牛有草气呼呼抄起枕头朝马仁礼扔去。马仁礼闪身躲过说："你也就能朝我使劲儿，当着孩子的面你咋没劲儿了？捂眼看都不敢看。别急，这事先攒着，有账不怕算。眼下一对小鸳鸯不吃不喝绝食了，你看咋办吧？"

其实，这对鸳鸯并没有绝食，那是马仁礼的鬼主意，要将牛有草的军。尼娜不解地问："我们的婚事，为什么一定要你父亲答应呢？咱们都是成年人，可以决定自己的幸福。"春来解释道："你不懂中国人的规矩，我们中国人最看重一个'孝'字，我要是不经过爹娘同意就结婚，就成了不孝的人。"

牛有草听说小两口绝食，真的坐不住了，他来到门口高声叫开门。春来在屋里说："爹，您先说答不答应，不答应就不开门！"他说着唱起了《冬天里的一把火》："你就像那一把火，熊熊火焰温暖了我的心窝，每次当你悄悄走近我身边，火光照亮了我……"尼娜也跟着唱着。

牛有草眼珠儿一转有主意了，他扭头走了，很快就开着手扶拖拉机闯进院子里，手扶拖拉机冒着黑烟，发出突突突的马达轰鸣声。牛有草高声喊："你开不开门？"哪里有压迫，哪里就有反抗，屋里高唱起《国际歌》。牛有草冒火了，他一踩拖拉机油门，拖拉机朝门撞去。门被撞开，拖拉机冲进屋里，把炕撞塌了。灰尘中，牛有草掸着身上的灰尘使劲咳嗽。春来和尼娜靠在炕沿旁，紧紧地拥抱在一起，宁死不屈地盯着牛有草。

对这个倔脾气儿子，牛有草实在是没辙了，但要他让举白旗，没门儿。

一物降一物，卤水点豆腐。如果说，牛有草心里还有个怕的人，那就非杨灯儿莫属了。春来知道爹的软肋，打电话到俄罗斯告状。杨灯儿一听就火冒三丈，在电话里痛斥牛有草："牛有草，你凭啥撞我家房子？你咋不撞你家房子呢？"牛有草赔着小心说："他俩没住我家呀。灯儿啊，你别骂我了，我给你好好修修，保准比以前的好。"

杨灯儿一语定音："咋修你自己琢磨，孩子的事儿，我做主了！"牛有草哀求说："灯儿啊，你这是逼我进不了祖坟啊！"

杨灯儿挖苦讽刺说："你放心，等你进了祖坟，你祖宗问起这事，你就晃着脑袋装不知道。你偷着给我写信，我去找你，我跟你祖宗们讲。你祖宗要是拿板子打你屁股，我替你挨着！"牛有草装糊涂说："我家祖坟，你去干啥？"

灯儿厉声道："我咋就不能去？"牛有草只好说："这……不讲这事了，国际长途怪贵的，我挂了。"

灯儿喊："牛有草你给我听着，儿子三十多岁了，找个媳妇不容易，你要是把这门亲事搅黄了，我……我就让你惦记一辈子的好事成不了！"牛有草放下电话，长叹一声："一辈子惦记的好事啊，非成不可！"

这时，传来坏消息，尼娜突然昏厥被送乡医院。牛有草闻讯急忙来到医院打听情况，护士反问："你是患者什么人？"

牛有草嗫嚅着说："我是她……她是我儿媳妇。"护士说："你儿子真有本事，找了个外国媳妇。你儿媳妇没什么大事，就是身子虚弱，怀孕几个月了，营养得跟上。"牛有草连连点头："知道，怀上好，怀上好啊。"

尼娜从医院回来了，牛有草特意给她做了肘子、猪蹄和烧鸡，加强营养，她怀了牛家的骨肉，可得小心伺候。他撕下一个鸡腿递给尼娜，尼娜接过鸡腿道谢。

牛有草笑道："应该说谢谢爹。"尼娜高兴了："春来，我可以叫他爸爸了！"她一下抱住春来亲吻着。牛有草一捂眼睛说："赶紧吃，吃还不老实！"

春来说："爹，您也该成个家了。"牛有草长叹一口气："馒头蒸上了，啥时候能揭锅，得等它熟了。尼娜你赶紧吃，补好身子给我生个大胖孙子。"

尼娜认真地问："爸爸，还没生您怎么知道是孙子呢？难道您不喜欢孙女？"牛有草说："也稀罕，可我老牛家自打你爹我这代起是一脉单传，没个孙子垫底，我交代不下去！"

尼娜追问："爸爸，我听不明白，要是生了女孩该怎么办？"牛有草笑着说："那就再生，啥时候生出带把的你就交差了。"

尼娜困惑地问："什么带把的？"春来笑了："尼娜你别问了，有空我慢慢给你讲，赶紧吃饭。爹，您怎么不吃啊？"

牛有草摇头晃脑说："我正琢磨给孙子起个啥名好呢。人老了，说不定啥时候就腿一蹬，眼一闭打挺了，能不能看着孙子还两说。我得先想好孙子叫啥名，等见到你爷爷和各位祖宗，我得把名报上。"

春来宽慰道："爹，您这身子骨等孙子结婚都没问题！"尼娜插言："孩子的名字我想好了，孩子的妈妈叫尼娜·伊万诺维奇·伊万诺娃，孩子的爸爸叫杨春来，孩子就应该叫春尼·伊万诺维奇·伊万诺娃·杨。爸爸，您满意吗？"

牛有草忙问："他爷爷我姓牛，我孙子的名里咋没牛字呢？"春来忙说："爹，您听我的，孩子叫春尼·伊万诺维奇·伊万诺娃·牛，这样行吧？"尼娜拍手说："多美的名字，这是我们爱情的结晶！"

牛有草试探着问："能把中间那些零碎去掉吗？"尼娜不明白零碎是什么意思。牛有草解释，"零碎就是多余的东西，像鸡肠子狗肠子……"尼娜不高兴地说："爸爸，你这样说话是对我的不尊重！"

牛有草坚持己见说："你要跟我儿子结婚，就得按着我们这儿的规矩办，啥'维奇'、'诺娃'的，都给我去掉！"尼娜争辩道："爸爸，您只是孩子的爷爷，有建议权，没有决定权。我是孩子的妈妈，是孩子的直接监护人，我才有权决定孩子的名字！"

牛有草一拍桌子说："你这是啥话？爷爷就不能给孙子起名了吗？"春来急忙说："尼娜，不要跟我爹这样说话。爹，您别生气，这事可以商量。"

牛有草气呼呼说："商量个屁，我孙子的名我说的算，就叫牛铁蛋儿！"春来笑着说："这名太土气了。"牛有草瞪眼说："土气啥，你出趟国就成洋人了？"

尼娜赌气要回家，她动手收拾行李箱，春来劝说着尼娜。牛有草也生了一肚子闷气，走出门去。夕阳西下，牛有草坐在石蹾上发呆。马仁礼走过来说："你咋越老越糊涂呢？一辈管一辈的事儿，隔辈的事儿咱管不着，人家爱叫什么叫什么，等你两腿一蹬，人家就是改姓孙猴子你也没招。"牛有草气呼呼说："只要我还能看着影儿听着声儿就得管，还能让他们翻了天？"

马仁礼出招说："大胆哪，咱这是跨国婚姻，扁担两头都得顾。我跟孩子商量好了，给你孙子起三个名，一个叫他们说的那个名，是给他外公听的；一个叫牛春泥，是给你听的。春天的泥土又肥又厚，再加一头牛，地不愁种，人不愁吃，喜人啊！小名就叫铁蛋。他们都赞成，全票通过。"牛有草这才笑着站起来："二比一，这一仗打赢了！"

这对鸳鸯要飞回去了，牛有草送他们到黄河边。上船前，牛有草递给春来一个布包说："儿子，替爹给你娘带个好，我给她捎点膏药，你回去一定得让她敷上，那边冷，她那老寒腿禁不住。"

春来和尼娜上了船，牛有草看着船远去，热泪盈满眼眶……

麦花出去联系广告，一走就是好多天，等她走进家门时，天已经黑了。她蹑手蹑脚走进院子学着鸭子叫，门一开她就麻利钻进去。小肉包笑着说："媳妇你可回来了，事办的咋样？"麦花坐在炕沿上说："交订金了！"小肉包点点头说："没白跑，我去给你烧水烫烫脚。"

第二天一早，麦花去假发厂，迎面遇见爹。牛有草懒得再为她操心，见面就说："事儿办得挺好吧，今后自己走道儿吧。对了，你哥要结婚，你给我拿点儿钱，我得给你哥撑撑门面，买房置办家当。"

麦花为难地说："爹，为了让咱的买卖做得更好，我请明星做广告交了订金，手头暂时没钱。"牛有草不高兴地说："胡闹！赶紧把钱给我拿回来！"

麦花解释说："爹您别着急，钱拿回来也行，可是合同签了，现在拿回来是违约，得三倍赔偿人家。"牛有草愣愣地望着麦花，他脑子一晕身子倒了下去。

等牛有草醒来时，他已经躺在自家的炕上，小肉包正在给他的头做按摩。麦花把湿毛巾盖在牛有草额头上说："爹，您别着急，面粉厂还有订单，假发厂也快出货了，等回来钱我就给我哥寄去。"牛有草叹气问："你那广告不是还欠人家钱吗？"

麦花说："这事我想办法，您别着急上火，您一倒下我就没底了。"牛有草埋怨说："你想让我站就得给我个棍儿撑着，棍儿被你拿走了，我能站得住吗？"

牛有草闭着眼睛，一双手伸过来捏着他的头，他称赞说："呀，这几下力道不错，真舒坦！"马仁礼笑着说："也不看看是谁给你捏的！"

牛有草要起身，马仁礼按住说："老实点，再动我把你脑袋捏冒泡！为点小钱至于上这么大的火吗？"牛有草叫道："哪是小钱儿啊，儿子要结婚，人家没张嘴，我当爹的不得准备好吗？"

马仁礼掏出一个厚厚的纸包说："我这正好有点闲钱，你拿去用吧。"牛有草摆手说："我不用你的钱。"马仁礼只好推说："你以为我白给你用啊？利息比银行高。用不用？"牛有草点点头："那就用点儿也成。"

病了一场痊愈后，牛有草觉得自己老了，他想趁着还能走，到俄罗斯看看杨春来。麦花告诉他："我发现一有球赛，看台上那些欧洲球迷就戴着各式各样、五颜六色的假发，那些款式咱们厂子也有。今年夏天是足球世界杯，我想把咱们的假发往那里倒腾倒腾。这得到欧洲考察一下，看家里得有人坐镇，要不您先别走。"牛有草叹了一口气说："想管的时候管不住，不想管的时候撒不了手！"

麦花到欧洲后，给爹打电话说，那里竞争很厉害，印度商人使劲压价，国内假发厂商也在竞争，不好弄。牛有草让麦花赶紧回来，生意谈不成就当旅游了。可是麦花说不能白跑，一定要再努力争取。

又过了几天，牛有草和小肉包正吃饭，麦花拖着行李箱满身疲倦地回来，气也不吭就走到炕边仰身睡倒。牛有草赶紧劝解："闺女，不就是世界杯嘛，他们能相中咱们的假发是他们有眼力，没相中是他们不识货，这么大的便宜没占着，他们吃亏！"小肉包也说："爹讲得对，咱们不吃亏，他们吃亏！"

麦花一咧嘴哭了起来。牛有草和小肉包慌了，不知道该咋办。麦花忽然坐起来说："爹，成了！遭了多少罪就不说啦，反正咱成了。"牛有草心疼道："闺女你吃了不少苦，小脸都瘦了！"

麦花打开箱子，里面全是购买方给的纸板，各种发型要求都写在上面。麦花说："爹，这是合同和订货单，您光看数字就行。"牛有草拿着都是洋文的订货单手抖着说："闺女，赶紧加班加点，豁上命干吧！"

电视上正播放足球世界杯开幕式，许多工人坐在大电视机前观看，牛有草和麦花坐在最前排。看台上人浪翻滚，彩发飘飘。

麦花用手指着说："爹，您看，那就是咱们的假发！到处都是咱们的假发！"牛有草走到电视前，眼贴近电视仔细看着说："这是咱农民生产出来的假发！咱的假发让全世界的人都看到了！"

众工人欢呼，牛有草转身朝大伙儿深深地鞠躬，热烈的掌声响起来。麦花一把搂住牛有草，止不住热泪滚落。

晚上，小两口上炕睡觉，麦花兴奋地告诉小肉包："德国人来咱们这儿做一个农村项目的事有信了，他们正在考虑，很有希望。"小肉包说："这是天大的好事，咱们要是能把德国人招来，联合德国人把咱这一亩三分地换个新模样，到时候跟爹一讲，他展扬还来不及呢！"说完抱着麦花就亲。

牛家的生意蒸蒸日上，马家当然不甘落后，也想把玫瑰花的生意做大做强。这天，乡亲们在地里给玫瑰苗锄草，望着郁郁葱葱的玫瑰苗，马公社喜滋滋说："爹，小苗不愁长，又碰上暖春，那是噌噌地往上蹿。您看乡亲们精神头足的，就等着赚钱呢。"马仁礼提醒说："你上点心给我看住了。去年咱爷们儿自己种，赚钱赔钱是咱自己的事。现在乡亲们把压箱底儿都掏出来种玫瑰，这是信得着咱。可要是有个闪失赔了大伙儿的钱，那咱爷们儿这些年攒的热乎气儿全跑了，脸也丢尽了。"

马公社信心十足地说："爹，您想多了，咱们的销路这么好，还能出什么事？"马仁礼摇头说："儿子，小心无大差！"

真是怕什么来什么，接下来就是倒春寒天气，阴雨连绵，气温很低。马仁礼、刁老三和许多村民穿雨衣到地里看玫瑰苗。刁老三告诉大家，如果是一般的玫瑰苗，三五天就扛不住了，可咱们这玫瑰苗好，估计扛一个礼拜没问题。

可是，小雾雨还是昼夜不停地下着，玫瑰苗有点扛不住了。马仁礼愁容满面地站在院里仰头望天，雨点落在他的脸上身上，他求告道："老天爷，您开眼吧！乡亲们不容易，刚过几年舒坦日子，您别再折腾他们，我求求您了！"

马仁礼担心村民们埋怨，可是村民们没埋怨的意思。有的说，马村长这几年带着大伙儿过上了好日子，感谢还来不及呢；有的说，马村长让大伙儿种玫瑰，是想带大伙儿赚钱，碰上倒霉天气，谁也没招儿；还有的说，实在不行就当自己养花自己看，乐和乐和就完了。

话是这么说，可马仁礼不能这样想啊。他实在顶不住了，一下子病倒在床。马仁礼浑身发烫，却冷得不行，他捂着被子猫在炕上。马公社把一碗姜汤放在炕桌上说："爹，您喝点姜汤暖和暖和，我再去地头看看。"

牛有草走进来，脱掉雨衣甩了甩坐在炕头上："病了？还捂着厚被子！"马仁礼翻着眼珠说："管得着吗？我家的被子，想捂就捂。"说着打了个喷嚏，"都是被你这身牛膻味熏的！"

牛有草一脸正经说："仁礼啊，你说这天啥时候能缓过来？你是跟老天爷腚后头走的人，咋能不知道？"马仁礼说："你要是铆着劲儿来羞臊我，咱俩就别拉呱了，你忙你的，我忙我的。"

牛有草真心道："这叫啥话？咱兄弟是啥交情，我能在节骨眼儿上下绊子吗？我干的哪件事少了你？你不都是在背后给我支着吗？"马仁礼带着气说："我支着也没支出好儿，到头来好事都在你身上，出了毛病全是我兜着。"

牛有草说："这话不在理。唐三藏能取上真经，那是靠孙猴子帮忙；宋江能占山为王，那是靠着一百单八将；刘备能在一方立棍儿，那是靠诸葛亮支着。在我这儿你就是诸葛亮。仁礼啊，远的咱不讲，这几年我干养猪场，你干饲料厂；我闺女干假发，你儿子琢磨种花；我一颗麦子做文章，你一株玫瑰做文章。仁礼啊，你的心思我清楚，你是不服气。"

马仁礼实话实说："这话让你说准了。咱俩兄弟归兄弟，交情归交情，可我心里明镜儿一样，你这辈子没瞧得起我。"牛有草趁机来个激将法："你这话也说准了，我还真瞧不起你。远的不讲，就说近的，你没事玩啥花呢？就是要玩你玩得起才行！赚钱了你大嘴一张，这家伙乐的，后槽牙都能露出来；可受了点灾，一下就瘪茄子了……"

精明的马仁礼上套了，嚷道："你给我闭嘴！牛有草，我就喜欢养花，怎么了？今年花没了，我明年接着种，赔了乡亲们的钱，我砸锅卖铁、扒皮熬油也能还上！只要我还有一口气就赔得起！我要让你看看马仁礼是不是个瘪茄子！"牛有草哈哈大笑："这话讲得敞亮、硬气，你要真有这股硬气劲儿我就没白来。"

马仁礼说："你来不来都是这话，散会！"牛有草笑着说："姜汤还没喝。"

马仁礼也笑了："我真拿你没招儿。"牛有草说："没招儿你就当着老天爷的面把姜汤喝了，让老天爷瞪眼干着急。缺钱我那儿有。"

老天爷终于给脸，满天雾气散去，阳光洒满玫瑰园，大家满心欢喜，总算松了一口气。刁老三说："到底缓过来了，用不了几天一冒花骨朵，这事就成一大半啊！"马仁礼说："刁师傅，酿酒的事你得上上心啊。"

刁老三信心满满地说："酿酒我最拿手。提炼精油的设备前几年听说外国的设备好，有人亲自去考察，没成想还不如咱们自己的设备好呢。"马仁礼说："那咱们就自己造，不怕花钱，儿子，这事就交给你了。"

遍地的玫瑰花盛开了。小山一样的玫瑰干花蕾堆旁，烘干机运转着。炼精油的设备造好了，玫瑰精油一滴一滴地流淌出来。

马仁礼给牛有草送来一坛玫瑰酒，牛有草闻了闻说："真香啊！"马仁礼笑着说："还没揭盖就闻着香味了？"牛有草呵呵笑着说："是你身上的味儿不错。"

马仁礼故意说："咱天天围着玫瑰转，味儿能不好吗？不像有些人，天天围着猪圈转，能臭死人。"牛有草点点头说："你别看我身上臭，可我吃到嘴里香啊。"

马仁礼说："我这东西闻着香，吃着更香。你好好尝尝。"牛有草揭开坛盖闻闻说："酒这东西，光闻不行啊。"说着拿提子舀出酒就喝着。

马仁礼一把夺过坛子问："别急，先说好不好喝？"牛有草笑着说："还没尝出味儿呢。你这酒真不错，好酒配好菜，你给我弄俩猪蹄去。"

马仁礼撇嘴："呸，我管酒还管菜啊！"牛有草诡笑："你看你，又小心眼了。对了，你说的玫瑰油在哪儿呢？"

"早防你这一手，我今儿个就堵上你的嘴。"马仁礼说着从怀里掏出一小瓶玫瑰精油，"这东西你别看少，可金贵呢。一万斤玫瑰出三斤油，你说金贵不？外国的订单一个接一个，都不够卖的。"

牛有草接过精油瓶逗趣："就这么点儿啊，不够炒一锅菜的。"说着连忙把精油瓶揣进怀里，"不提这事了，仁礼啊，咱们喝酒。"马仁礼指点着牛有草说："你心里装的那点事儿瞒不过我，这瓶精油是给灯儿留着的吧？"牛有草说："这句话点的好，我该去接灯儿回家喽！"

一排崭新的拖拉机在麦香农场的地里奔驰，后面的铁犁翻动着土地。杨灯儿望着眼前的景象对春来说："孩子，这都是你亲娘买的，她让我给你捎个话，要是拖拉机不够用，她再给你买，还说再有啥难事就对她讲，她都能答应你。你得给你娘回电话。"春来点点头说："娘，我全明白。"

丰收的季节到了，辛勤的劳动换来丰硕的果实。几百筐西红柿、黄瓜摆在地头上，工人们往大货车上装。一辆装甲车从远处驶来，牛有草戴着风镜从装甲车里探出头。

　　杨灯儿高声喊："你来干啥？"牛有草回应说："灯儿啊，我来接你，咱们该回家啦！"杨灯儿摆手说："我在这儿挺好，不回去！"牛有草喊："你不回去，馒头就出不了锅！"装甲车开到灯儿旁边，牛有草伸出手，杨灯儿想了想，看着牛有草殷切期待的目光，也伸出了手。牛有草把灯儿拽上装甲车高声喊："回家喽！"杨灯儿望着牛有草笑，她的眼睛盈满热泪……

　　牛有草接灯儿回国后，就和马仁礼商量，俩兄弟把买卖合起来，再加上灯儿的那一块儿，成立一个集团。马仁礼点点头说："这是个好主意，可谁当头呢？"牛有草当仁不让地说："那肯定得是我呀！"

　　马仁礼笑道："成，你当头，我当董事长。你叫牛头！我叫马董！"牛有草逗笑说："我该叫你马长（掌）！牛头马掌，咋说你都在我下边，我带着你走！"

　　马仁礼摆手说："就为这点事争了一辈子，到这个岁数我争不动了，你爱叫什么叫什么。大胆哪，说句老实话，咱们该交权了。"牛有草点头说："咱们是该交权了，等集团成立了咱们就交权。"

　　麦香集团公司在噼里啪啦的鞭炮声中成立了，省里的首长要亲临祝贺。横幅悬挂，彩旗飘飘，牛有草和马仁礼带着麦花、小肉包、杨春来、尼娜等人站在村口迎接贵宾。

　　牛有草问："杨董哪儿去了？"春来说："我娘说这儿有牛董和马董，显不着她杨董，她在集团门口坐镇。"

　　县委书记跑过来特意交代："牛董，等省长来了，您可别像上次那样叫老弟，也别搂着人家。"马仁礼说："书记放心吧，我看着他呢。"

　　锣鼓响起来，几辆轿车停在村口。牛有草、马仁礼率众人迎上前去，省长下车走到他俩面前。县委书记介绍说："牛董事长，马董事长，这是周国强周省长。"周省长和牛有草、马仁礼握手后说："两位老哥，你们的假发上了世界杯，玫瑰产品远销海外，又把地种到俄罗斯，真给咱们中国人提气，给咱们中国的农民提气啊！"

　　牛有草不住地点头，却不说话。县委书记拽拽牛有草轻声说："牛董，省长跟你说话呢！"

　　牛有草一下搂住周省长说："国强弟，你可想死我了！"县委书记紧拽牛有草，牛有草就是不松手。周省长笑着说："叫弟好，听着亲切。"

　　周省长一行人参观过麦香集团，来到门口的空地上和大家合影。牛有草说："国强弟，你是大忙人，来一趟不容易，咱们得好好拍照啊！"周省长笑着："行，都听老哥您的。"

　　众人走到椅子面前，按主次顺序排好。周省长坐在第一排，牛有草、马仁礼、杨灯儿站在省长后面。照相师傅刚要拍照，牛有草高声喊："停！国强弟，跟你讲句话好不好？你能不能站后排，我们坐前排？"县委书记不高兴地说："牛董，赶紧照，省长忙着呢！"

　　牛有草执拗地说："国强弟啊，我明白，你是巡抚大人，这话放在过去，那可是犯掉脑袋的罪！可我叫牛有草，一辈子胆子大，我有啥得说啥。"周省长亲切地说："牛老哥，我今天就是为你们来的，您有话就说，我听着。"

　　牛有草说："国强弟啊，我为啥让你站后排呢？因为你是巡抚大人，是我们的靠山，你站在我们后面，就是为我们撑腰打气，有你在后面撑腰，我们就不怕了……"他说着眼睛湿润了。周省长很高兴："说得好！我们领导干部就应该站在你们身后，做你们的靠山！"

　　送走了省领导，人家伙儿在集团食堂聚餐。马仁礼和杨灯儿分别坐在牛有草两侧，服务员问牛有草："牛董，您是喝白的还是喝带色的？"牛有草说："喝马董的酒，满上，不能便宜了他。"服务员给牛有草倒玫瑰酒。

　　马仁礼摇着头说："都是一个集团的人了，还什么便宜不便宜！"牛有草笑着说："那喝你的酒也舒坦。"

　　马仁礼说："大胆哪，酒都满上了，咱俩谁先讲啊？"牛有草毫不推辞地说："老规矩，我先开场，你后敲锣。"他端着酒杯，依次走到春来和尼娜面前、麦花和小肉包面前、马公社和小娥子面前敬酒，推心置腹地说了一些陈年旧事，诚心诚意地说了一些感谢之类的话。

　　马仁礼挑刺说："牛董，敬酒可有讲究，宁可漏掉一桌，不能漏下一个。我和灯儿你怎么不敬了？"牛有草岔开话题说："马董，你讲两句吧。"

　　马仁礼大声说："今儿个把大家都请来，一个是集团成立了，咱们班子成员在一块吃顿饭，喜庆喜庆。回顾这些年，道路坎坷，可孟子曰，天将降大任于斯人也，必先苦其心志，劳其筋骨，饿其体肤……"

　　牛有草打断马仁礼的话："孩子们，我和马董、杨董都通好气了，我们年岁大了，脑瓜慢了，眼睛花了，腿脚不灵了，跟不上你们年轻人的步子了……"马仁礼插言："你才腿脚不灵了呢！"

　　杨灯儿接话道："是呀，你才跟不上步了呢！你就说你要干啥，别拉着我们吃挂落。"马仁礼一唱一和："就是，弄得我们跟半身不遂似的。"

　　牛有草无奈地坐下说："这话没法讲了，你们讲吧。"马仁礼朗声说："我们打算把集团今天交给你们年轻人，现在就交权。"他说着从兜里掏出钥匙，放在饭桌上，杨灯儿也掏出钥匙放在饭桌上。牛有草从腰间掏出一串钥匙，钥匙链子连着皮筋，他把钥匙放在饭桌上，一松手钥匙又弹回来。杨灯儿说："你不想交啊？"牛有草说："咋不想交，这不交了吗？"他说着又把钥匙放在饭桌上，可一松手，钥匙又弹回来。杨灯儿一把抓住钥匙链想要解开皮筋，费了半天劲儿却解不开。马仁礼从兜里掏出小剪子，一边剪皮筋一边说："大胆，就防你这一手。摘下钥匙轻快了吧？"牛有草抻着断皮筋，自嘲地说："不是轻快了，是哪儿凉快哪儿待着喽！"

一晃几年过去了，麦花这帮子青年人的视野和野心越来越大，连德国人都关注到了他们，想到麦香岭跟他们做一个农村合作项目。确定下来，有了初步规划后，德国人要来实地考察，然后就要规划道路、建住房、开工厂、建学校。麦香集团准备争取入股，联合开发。

麦花把这事告诉牛有草，牛有草很高兴地说："好得很！德国人啥时候来，我得跟他们拉拉呱。德国人到咱们这儿来，那是国际合作，这是让乡亲们都能尝到甜头的买卖，咱们可得提前准备好，该杀猪杀猪，该宰羊宰羊，白酒色酒都备上，提前睡好觉，不能在精神头上输给他们！"

小肉包兴奋地说："爹，听说他们要给咱们每家每户都盖上二层小洋楼，小洋楼里有床有炕，您想睡哪儿就睡哪儿，听说屋里还有茅房。"牛有草笑着说："那冬天就不冻腚喽。对了，要入股咱们麦香集团得多入点，名头不能让德国人抢了去！"

牛有草和马仁礼过起了交权后的休闲日子，两人坐在玫瑰地头的凉棚下，听着收音机播放的吕剧。

牛有草喝了一口玫瑰茶说："真是怪事，这玫瑰茶在你这儿喝是一个味儿，在我那儿喝又是一个味儿。"马仁礼笑道："喝茶得讲究地儿，我这是什么地儿，小树迎风摆嫩叶，遍地花香扑鼻来。你那呢？猪屎猪尿遍地流，皮里肉外满身臭啊！在你那儿，就是喝香水也是嘴香鼻子臭。"

牛有草点点头说："行啊，今后我就到你这儿坐。"马仁礼正色地说："你来管水不管饭。"

牛有草摇摇头说："你这心眼儿啊，一辈子大不了。老伙计，你说咱们就真折腾不动了？我想干的事好多，不知道身子骨答不答应。"马仁礼劝道："歇歇吧，你把活儿都干了，年轻人干什么？一锅馒头你还能都吃了？"

正说着话，一个村干部跑了过来说："大胆叔，您家里来人了，赶紧回去吧。"说着搀起牛有草就走。牛有草家门口站着村长、麦花和几个西装革履的德国人。

村长说："大胆叔，德国朋友来看您了。"牛有草喜笑颜开："好啊，大伙儿赶紧进屋坐吧。"

大家进屋分宾主落座，牛有草靠着被垛坐，德国人坐在椅子上，村长和麦花坐在炕沿上。

村长说："大胆叔，咱们省和德国的一个州建立了友好省州关系，德国人看好咱们麦香岭，想联合你们麦香集团，把东西两个村合成一个大村，要给咱们好好规划开发。"牛有草点头说："我早听到风了，这是好事。"

村长试探着说："是好事，可这事必须跟您商量，您不答应不行啊！"牛有草笑道："还有我不答应不行的事儿？"

村长说："他们要给咱们规划道路，建民房，规划道路这一块……"麦花插话说："这么讲我爹不明白，把图纸拿出来吧。"

德国人拿出图纸递给麦花，牛有草掏出老花镜戴上，麦花展开图纸指点着说："爹，我给您讲讲，图上这是麦香岭，这是麦香东村，这是村委会，这是要新建的民房，这是要新修的路。"

牛有草纳闷地说："不对呀，这路咋碰到这三个小三角就断了呢？"村长趁机说："大胆叔，我就是要跟您说小三角的事儿。"

牛有草好奇地问："小三角是啥东西？"村长说："是您家的那三棵树啊！"

牛有草诧异道："路要从我家那三棵树上过去？那树底下是我家的祖坟哪！"村长点点头："我知道，德国人就是这么规划的。"

牛有草瞪眼高喊："我管他那个勺子呢！我祖宗、我爷爷、我爹都在那躺着，你修道非得从我家祖坟上过吗？我得罪你了吗？"村长解释说："大胆叔，您别火呀，不是我要从那儿过，是德国人要从那儿过。"

牛有草高声说："你跟他们讲，这个坎儿横在那儿，谁也过不去，谁敢动我牛家的祖坟，我跟谁拼命！"麦花忙劝解："爹，您消消火，这事可以商量。"

德国人困惑地问："他在说什么？"翻译说："他说可以再商量商量。"

村长劝解说："大胆叔，我领他们回去再商量商量。您消消气，身子骨要紧。"

众人走了，牛有草靠着被垛喘粗气。麦花说："爹，您动不动就发火，气大伤身哪！"牛有草气哼哼道："都欺负到咱牛家老祖宗头上了，我能不发火吗？"

麦花为了解决道路通过牛家坟地的事，特意找到马仁礼，诉苦说："仁礼叔，这可是全麦香岭乡亲们都得实惠的事，这要是耽误了，人家一生气换到别的地儿，咱们就吃大亏，对不起乡亲们了。你和我爹最好，你劝劝他吧。"马仁礼感叹说："唉，这出头挨枪子儿的事，准能轮到我头上，我琢磨琢磨吧。"

三棵老枣树下，牛有草靠着中间的一棵睡着了。麦花走过来说："爹，德国专家要勘测咱们村，听说还要坐直升飞机。您在这过了一辈子，就不想从天上看看这块地儿吗？"牛有草说："你仁礼叔去我就去，我俩一辈子没玩够，掉下来也得一块儿掉，到了那边好有个拉呱的。"麦花把爹的话学给马仁礼听，马仁礼笑得喘不过气来："这个老东西，他的意思我明白！"

要坐飞机了，牛有草背着布包走了出来。马仁礼从轿车里探出头喊："又不是出远门，你背个包干啥？"牛有草说："带点干粮和水，这么大个麦香岭，没一天半天的能看清楚吗？"

牛有草和马仁礼来到直升飞机旁，牛有草说："这不是飞机，这是飞艇。当年小鬼子就把这东西放在咱们山梁子上停了半个月！"马仁礼说："管它飞机飞艇，能飞到天上去就成。"

老哥俩上了直升飞机，牛有草挽着马仁礼的胳膊，马仁礼攥着牛有草的手。麦花说："你们别害怕，直升飞机很安全，不过要把安全带绑上。"牛有草瞪眼："绑那干啥？万一出了事，跑都跑不了。"

马仁礼笑道："净放没用的屁，上了天，就是不绑上出事你还能跑哪儿去？"牛有草摆手说："不行，不坐了，我得下去。"

机舱门关闭，螺旋桨旋转起来，飞机起飞了。牛有草和马仁礼望着窗外不吱声。德国人介绍着下面的学校、民宅、工厂、道路，翻译立即翻译。前面是一条笔直的大道，却被几个坟包子和几棵树挡住了。

牛有草喊："那是谁家的？不挡道吗？"马仁礼帮腔："是啊，那是谁家的？真碍事！"

麦花特意说："是挺碍事，一条笔直大道还得为它拐个弯儿，一个小弯儿得多花不少钱哪！"牛有草很干脆地说："赶紧给它扒了，瞅着都闹眼睛！"

麦花亮底说："爹，那是咱家的。"牛有草愣住了，不再吱声。马仁礼煽风道："原来是你牛家的，那这个弯儿得拐。"

麦花忙接话说："对，咱家的祖坟不能动！"马仁礼看着牛有草问："老牛咋不讲话了？听不见了？"牛有草闭上了眼睛，心里实在是纠结，道理他懂，可就是感情上过不去啊。

艳阳高照，牛有草在三棵树下的牛家祖坟前摆酒菜馒头。一个黑头发的小女孩和一个黄头发的小男孩在不远处跑着捉蝴蝶。

牛有草站在坟前倒了一杯酒："爹，我给您摆了四凉五热九个碟，一壶老酒和白花花的大馒头，您儿子我有事跟您汇报。爹，儿子这一辈子听您的话，留住了咱家的三棵树，也没娶灯儿。好几十年过去，世道翻了几番，乡亲们日子好过了，吃上了白面馒头大花卷，大米干饭红烧肉。"

金发小男孩问："爷爷，您跟谁说话呢？"牛有草说："跟你太爷爷。"黑发小女孩问："姥爷，太爷爷在哪儿呢？"牛有草慈祥地说："你俩一边玩去，我先讲完再轮到你们讲。"

牛有草把酒洒在地上说："爹，三棵树您儿子保不住了，咱家的祖坟也保不住了，因为德国人要开发咱麦香村，要把麦香村变个好样，这是乡亲们梦里盼的大好事啊！您儿子不能当又臭又硬的绊脚石，您要是活着也会拍巴掌叫好。"

他跪在地上说："爹，我给您跪下了，儿子给您赔罪。我听了您一辈子话，没敢娶灯儿，现在我想娶她。这么多年我俩没在一块儿，可两颗活蹦乱跳的心早就连在一起了。眼下我蜡头不高了，想和她过几天好日子。等儿子到了您那儿，儿子给您穿上踢倒山的牛鼻子鞋，您要不乐意，就一脚把儿子踹出来还不行吗？爹，灯儿一直在儿子心里扑腾啊！"牛有草说着，老眼泛出泪花。

牛有草把两个小孩喊过来说："给你们太爷爷磕头！"孙子说："我不认识他，不磕头。"外孙女说："我也不磕头。"

"孩子，咱们老农民不能一代比一代忘性大。"牛有草硬按着孙子、外孙女的头磕下去，"爹，这是您的重孙了和重孙女，您看见了吗？咱家多旺啊！"

祭奠过祖宗，牛有草叫上马仁礼锯坟地上的三棵树，树伐倒了，竟然意外发现了九个金元宝。

马仁礼奇怪地说："元宝咋埋在老枣树底下了？我记得清清楚楚，当年我跟我爹上梯子，亲手把元宝扔烟囱里了。"牛有草撇嘴："你爹是猴，你是猴儿。你老说元宝在我家炕洞里，是想转移我的注意力，你爷俩心里清楚得很，我要不是万不得已，肯定不会伐这三棵枣树，这里才是最安全的地儿！"

马仁礼眨着眼说："我想起来了，当年你爹死后，我爹让我去看望你，我回家看到我爹沾一手泥巴回来，难不成他去藏元宝了？我不明白，我爹把元宝藏你家树底下为啥呢？他要是想给我留着，我也拿不到啊！"牛有草说："这事容易，你去问问你爹，就全清楚了。"

马仁礼说："要去咱俩手拉手一起去。对了，当年说好找到金元宝咱俩一人一半。"牛有草说："当年是当年，现在是现在，这事得开个董事会，大家一块儿商量该咋办。"马仁礼说："对，由董事会定，让你吃不上独食！"

眨眼到了2008年秋天。面貌一新的麦香村展现出来，水泥马路两旁立着一排排二层小楼，宽敞的广场上红旗随风飘舞。翠绿的麦苗露了头，麦地里一片郁郁葱葱，满头白发的牛有草蹲在地头上望着麦田。

马仁礼戴着老花镜看小孙子玩电脑，他说："孙子你慢点弄，爷爷还没看清楚呢。"小男孩说："爷爷，您来来回回都看半天了，还没看清楚？"马仁礼望着电脑抹起眼泪："老眼经不住风喽。"

牛有草对镜梳着花白的头发，麦花拿喷气式电熨斗给牛有草熨衣裳。牛有草说："裤线直了？肩挺了？都平整了？今儿个得风光一回。"麦花说："爹，您放心，我保准让您风风光光地出去。"

麦香村的广场上聚集着众村民，村长站在广场旗杆下的高台上，旁边的桌子上摆满小红本。

马仁礼上下打量着牛有草，咂吧着嘴："真是老来俏啊！"牛有草挺胸收腹说："赶上大喜事，俏一回没毛病。"

村长拿着喇叭喊："乡亲们，党的十七届三中全会的报告大家都听到了、看到了，人大的《物权法》明确了咱们农民的土地财产权，今后，土地承包经营权、宅基地使用权等都是咱们农民的合法财产权，有法律为咱们做保护。国家给咱们土地承包经营权人发放土地承包经营权证，咱们有权将土地承包经营权转包、出租、互换、转让、入股。"

村长刚要发小红本，牛有草高声说："我想讲两句。"他昂首挺胸穿过人群走上台，望着台下的众村民，清了清嗓子说，"乡亲们，我老了，可我心里亮堂，我憋了一肚子的话，一辈子的话，不讲出来就得憋死。想当年，咱们农民跟着党干革命，就是为了能有自己的地。党对得起咱们农民，1948年土改，咱们农民有了地契，记得地契刚掐到手的时候，有人把地契塞进嘴里一口吞了，他说吞到肚里就掏不出来了！1978年第十一届三中全会后，咱们农民包产到户，吃饱了饭；2006年全国取消农业税，几千年来的皇粮国税不用交了；眼下，咱们农民想都不敢想的好事儿又来了，国家给咱们农民发了小红本，从今往后，咱们农民自己的地自己说了算，咱们农民有权了。一晃整整六十年哪，我这辈子不白活了……"牛有草说着眼泪淌下来。

领到土地证的当晚，牛有草戴老花镜借灯光仔细看着土地证，他把土地证立在桌上呆望着，满是皱纹的老脸上洋溢着心满意足的笑容。

麦花走进来问："爹，您打电话让我回来干啥？"牛有草说："闺女，替爹给你灯儿姨传个话，就那句话，你说了她就知道。"

白发苍苍的杨灯儿给窗台上的那盆铁树浇水，可喜的是铁树竟然开花了！月光笼罩着村庄，杨灯儿坐在炕头纳鞋底。孩子睡熟了，小娥子躺在孩子身边。杨灯儿说："闺女，你总陪着娘，公社没意见？"小娥子说："他整天忙得晕头转向，才懒得管我呢。老夫老妻的，能有啥意见？"

杨灯儿体贴地说："那也不能热乎了娘冷了丈夫。娘这一辈子老想着往外折腾，村里有人对娘有看法，可不管你娘咋折腾，身子是干干净净，心里也是亮亮堂堂。"小娥子说："娘，您不用管他们，是灯儿就得亮着。"

杨灯儿笑着说："你爹死后，咱们家院里可热闹了，有男人往咱家圈里赶猪，有男人往咱家圈里牵羊，也有人半夜隔窗子捏嗓子喊，大妹子，冷不？我给你添把柴火？呸，一群死猫烂狗狼眼兔子头！闺女，娘看不上他们，娘的心尖上这辈子就擎着一个人儿，那就是你大胆叔！"小娥子说："娘，您俩该成个家了，不能再等。"杨灯儿点点头："得看一锅蒸熟的馒头谁来揭盖。"

当然，是牛有草来揭盖。艳阳高照，喜鹊临门。牛有草穿戴一新走进来，恭恭敬敬地说："灯儿，我今儿个来，就为那句话。"杨灯儿平静地问："你想揭盖了？"

牛有草涨红着脸说："不能再等，再等就熟过头不筋道了。"杨灯儿矜持着说："这话讲得轻巧了点！"

牛有草颤声道："灯儿啊，这辈子没有你，我没有今天！"杨灯儿动情道："大胆啊，这辈子没有你，我熬不到今天！"

牛有草坚定地说："都讲这话了，咱们就办了吧！"杨灯儿说："不能悄不声地就办了，我得听点响动！"

牛有草诧异地问："你要大办啊，县里还市里？五星级酒店成不，一百桌成不？要不要响器班子？你说句话咱啥都能办成！伴郎我找好了，就是马仁礼啊！"杨灯儿笑了："你找他当伴郎，弄不好就得打起来。我就要你办一件事，办成了，这锅我来揭！你身子骨还好？挑担水还能挑动？那你就从黄河边给我挑担水，我就要那个味儿。你挑担水从黄河边算起，遇到一个熟人就得站一下，说我给灯儿挑担水。就是见着马仁礼你也不能含糊！你把水给我挑到屋里，再给我烧锅热水，行不？"牛有草望着灯儿哈哈大笑，他边笑边咳嗽着说："妥了！"

牛有草从黄河里挑着水经过玫瑰地头，马仁礼说："大胆哪，你多大岁数了，作死啊？赶紧放下。"牛有草喘着气说："放不下，灯儿叫我给她挑担水！"马仁礼笑着蹲在地上，眼泪都笑出来了。他揪了两朵玫瑰花插在担子两头，牛有草挑着水迈着秧歌步走了。

牛有草挑着一担水晃晃悠悠地在村街走着，边走边喊："都让让道儿，我给灯儿挑担水！"他气喘吁吁地一手支腰一手扶着扁担。牛有草推开杨灯儿家的门，挑着水走进来大声喊说："灯儿，我给你送水来了！"他放下扁担，把水舀进锅里，"水倒进锅里了！"他点燃液化气炉子，"灯儿啊，水烧上了，一会儿就开，你痛痛快快洗个澡吧！"

白发苍苍的杨灯儿坐在沙发上，眼泪顺着脸颊流下来。窗台上的那盆铁树花开得正艳。

几十台拖拉机在大片的土地上奔驰。满头白发的牛有草和马仁礼在撒麦种，一撒一个金色的扇面。满头白发的杨灯儿抱着干粮和水罐，盘腿坐在地头上幸福地望着……

（完）

图书在版编目（CIP）数据

老农民 / 高满堂，李洲著. -- 北京：作家出版社，2015.1
（2022.1 重印）

ISBN 978-7-5063-7670-9

Ⅰ. ①老… Ⅱ. ①高… ②李… Ⅲ. ①长篇小说 – 中国 – 当代
Ⅳ. ①I247.5

中国版本图书馆CIP数据核字（2014）第257455号

老农民

作　　者：高满堂　李　洲
责任编辑：韩　星　苏红雨
特约编辑：韩明人
装帧设计：刘红刚
出版发行：作家出版社有限公司
社　　址：北京农展馆南里10号　　　邮　　编：100125
电话传真：86-10-65067186（发行中心及邮购部）
　　　　　86-10-65004079（总编室）
E-mail:zuojia@zuojia.net.cn
http://www.zuojiachubanshe.com
印　　刷：三河市北燕印装有限公司
成品尺寸：170×240
字　　数：420千
印　　张：23.25
版　　次：2015年1月第1版
印　　次：2022年1月第9次印刷
ISBN 978-7-5063-7670-9
定　　价：38.00元